ENTRE O SOL E A LUA

Ana Ferrarezzi

Entre o Sol e a Lua

Série Esmeralda

TALENTOS DA LITERATURA BRASILEIRA

novo século®

São Paulo, 2016

COORDENAÇÃO EDITORIAL
Vitor Donofrio

AQUISIÇÕES
Cleber Vasconcelos

EDITORIAL
Giovanna Petrólio
João Paulo Putini
Nair Ferraz
Rebeca Lacerda

PREPARAÇÃO
Livia First

REVISÃO
Denise de Camargo

COMPOSIÇÃO DE CAPA E DIAGRAMAÇÃO
Nair Ferraz

ILUSTRAÇÃO DE CAPA
Alexandre Santos

Texto de acordo com as normas do Novo Acordo Ortográfico da Língua Portuguesa (1990), em vigor desde 1º de janeiro de 2009.

Dados Internacionais de Catalogação na Publicação (CIP)
(Câmara Brasileira do Livro, SP, Brasil)

Ferrarezzi, Ana
Entre o Sol e a Lua / Ana Ferrarezi.
Barueri, SP: Novo Século Editora, 2016.
(coleção talentos da literatura brasileira. série esmeralda)

1. Ficção brasileira I. Título. II. Série

16-02449 CDD-869.3

Índice para catálogo sistemático:
1. Ficção: Literatura brasileira 869.3

NOVO SÉCULO EDITORA LTDA.
Alameda Araguaia, 2190 – Bloco A – 11º andar – Conjunto 1111
CEP 06455-000 – Alphaville Industrial, Barueri – SP – Brasil
Tel.: (11) 3699-7107 | Fax: (11) 3699-7323
www.novoseculo.com.br | atendimento@novoseculo.com.br

novo século®

Meu filho,
saiba que tudo nesta vida é possível quando se tem
perseverança, dedicação e muita paciência.
Amo você mais do que tudo nessa vida!

Mamãe

CARTA AO LEITOR

Prezado leitor,

Presenteio você com um verdadeiro tesouro: a *Série Esmeralda*. Mas, antes de iniciar esta leitura, sinto que é necessário oferecer-lhe alguns esclarecimentos.

A *Série Esmeralda* nasceu de uma inspiração. Confesso que, desde criança, interessei-me em ler sobre mitologia, lendas e folclores de diversas culturas; em especial, as da América do Sul. Naturalmente, devorei inúmeros livros e textos disponíveis sobre contos e lendas brasileiras.

Decidi escrever uma série que explora um pouco sobre a personalidade de cada entidade folclórica. Nesta série, procurei trazer um pouco sobre o que consegui adquirir durante esse tempo, dando uma visão madura e atualizada, muitas vezes escondidas. No entanto, para adequar o enredo, fui obrigada a criar algumas entidades e distorcer outras, e não me mantive inteiramente fiel à representação de todas elas. Por isso, não recomendo que utilize este livro como fonte de pesquisa acadêmica.

Na verdade, espero que esta história sirva de motivação para você fazer a sua própria pesquisa e aprofundar-se sobre as riquíssimas lendas e folclores por detrás dos personagens deste livro.

Dito isso, convido você a explorar o fantástico mundo da *Série Esmeralda*, a aventurar-se em meio aos seus mistérios, a surpreender-se.

Você entenderá, ao se deparar com o universo refletido nestas páginas, que me mantive inteiramente fiel a uma coisa: presentear o leitor com um verdadeiro tesouro.

Boa leitura!

Ana Ferrarezzi

PRÓLOGO

Conto original

Foi uma verdadeira surpresa para o Sol. Ele vagava e observava atentamente o movimento ao seu redor, até que encontrou a Lua, surgindo detrás da Terra. Como jamais vira esse curioso astro circulando a Terra? Intrigado, decidiu clareá-la. Foi assim, em meio à luz, que encontrou seu brilho, sua sensualidade e a fantástica entidade que o observava de volta com curiosa magia. Seu coração entrou em combustão, como se fosse capaz de ferver toda uma constelação. Naquele momento, invadido por um sentimento profundo de desejo e paixão que nunca conhecera, se rendeu.

A Lua circulava a Terra. Conhecido por eles como Ci[1], o planeta Terra era mesmo belo e extraordinariamente complexo, ele reconheceu.

Então voltou a sua atenção ao satélite, o objeto de seu fascínio. Soube que essa Lua era representada por Jaci.

– Jaci... Jaci... Jaci... – Guaraci, que representava o Sol, repetia seu nome como se compusesse uma melodia infindável. Só silenciava quando via que os olhos tímidos de Jaci o observavam de volta. Ao contrário da vontade de Guaraci, não era fácil interagir com ela. Jaci se escondia detrás da Terra e, quando Guaraci finalmente se deparava com ela, tinha pouco tempo para contemplá-la. Além disso, toda vez que buscava falar com ela, sua voz não conseguia alcançá-la e simplesmente era obrigado a vê-la partir.

---

1 Consultar glossário de nomes e termos próprios na página 511. (N.E.)

Infortúnio! A distância entre eles o enfurecia, e Guaraci pediu a intervenção de seu amigo Rudá, a entidade detentora do divino dom de compreender o amor em todas as suas formas. Uma inteligência rara, um guia, um conselheiro e um mestre na arte de amar e vincular. Rudá apareceu como mensageiro para mediar esse romance que parecia impraticável ao frustrado Guaraci. Felizmente, o amor não reconhece qualquer barreira física, diferença entre luz e escuridão, dia e noite, tampouco o conceito da impossibilidade. Rudá sabia que deveria haver uma forma de viabilizar esse romance.

Rudá encontrou no eclipse uma fabulosa solução e propôs a Guaraci que o provocasse.

Finalmente, Jaci e Guaraci puderam se encontrar! Sem perder tempo, se amaram intensamente. O encontro os surpreendeu de tal maneira que não conseguiam mais se distanciar. Em consequência, o eclipse perdurou por dias. O Sol deixou de direcionar o sistema que tanto dependia dele. Então, Rudá foi obrigado a intervir pela segunda vez. E aconselhou ambos a se materializarem em formas humanas.

Eles aceitaram o conselho do amigo, percebendo que o sentimento era profundo demais para viverem separados. Concordaram em viver na Terra, em forma humana, obedecendo às condições impostas. Eles não eram humanos, não representavam Ci. Apesar da forma, jamais seriam inteiramente humanos. Representariam os seus elementos – Sol e Lua – remotamente. Também envelheceriam junto ao sistema solar, manteriam suas memórias e seus talentos na íntegra, pelo tempo que o sistema solar existir. Caso fossem obrigados a abandonar seus corpos, eventualmente retornariam em outro corpo como se jamais tivessem partido. Essa é a condição dada a todas as entidades que optam por viver em forma humana.

Em pouco tempo, muitas entidades seguiram Guaraci e Jaci. Passaram a habitar a Terra, para viver ao lado dos humanos, aceitando a mesma condição imposta.

Rudá, como eterno conselheiro do amor, também ajudou o casal em outros momentos. Sabendo que Jaci sofria de cólicas demasiadamente dolorosas, preço pago sempre depois de fazer amor com Guaraci, dono de uma energia volumosa que a queimava por dentro, Rudá os trouxe um presente. Uma caixa de bronze. Um dispositivo para guardar temporariamente parte do poder de Guaraci, para que ambos pudessem gozar seus momentos sem se importar em moderar sua força ou seu calor.

Anos se passaram depois daquele imemorial tempo. O amor aflorou entre Jaci e Guaraci, e eles viviam em Ci, que os hospedou, assim como faz com todas as entidades, como uma verdadeira mãe. Viviam em eterna lua de mel.

Então, um dia, Guaraci foi obrigado a subir ao Sol, deixando Jaci sozinha. Uma viagem rápida e aparentemente sem consequências para buscar se alinhar melhor ao elemento. Ao contrário das expectativas de Guaraci, e como a vida nos reserva diversas imprevisibilidades, durante esse período, um portal minúsculo se abriu.

Os portais – "atalhos" – conectavam dois espaços indefiníveis. Eram uma espécie de túnel ligando dois pontos improváveis e que, nesse caso, abria-se em um ponto da Terra, terminando em outra extremidade, justamente perto de Uauiara que, curioso, passou por ele. O propósito de Uauiara era fazer uma visita – não perderia a oportunidade! Uma visita curta, tão curta como um piscar de olhos, quase que despercebida. Sua intenção era conhecer os animais marítimos nessa extremidade da Terra.

No entanto, ao passar pelo portal, Uauiara foi surpreendido pela formosura de Jaci, que se banhava nas águas límpidas de uma lagoa em meio à floresta tropical. Encantou-se profundamente pela bela moça que, afinal de contas, estava sozinha. O que haveria de mal em mais uma conquista?! Poucos segundos foram suficientes para Uauiara ferver como um dragão, atirar-se sobre sua presa, abraçando-a e levando-a até o fundo do lago. Inundou-a de sua energia, invadiu seus sentidos e a manipulou para que se entregasse a ele sem reservas. Uauiara nunca falara. Nem uma palavra sequer. Jovem orgulhoso, dotado de inegável e invejável beleza, por que perderia tempo com palavras já que possuía o encantamento de manipular o desejo alheio com os olhos?

Jaci, assustada com a energia estranha dentre as águas, se deixou inundar dos prazeres inimagináveis dos sentidos. Era impotente diante da força desse rapaz oportunista, foi levada. Uauiara a possuiu sem tardar, os olhos de uma terrível felicidade manipulavam os sentimentos de Jaci. Ele os conduzia com a perspicácia e segurança de um mestre em tal arte. Jaci fora subjugada ferozmente. Completamente dominada, permitiu que a traição durasse dias.

Foi uma frase única de Jaci: "Traí Guaraci" que acordou Uauiara para a maleficência de seu ato. Todos conheciam e invejavam o amor entre Jaci e Guaraci. Uauiara sabia da existência desse amor, mas só agora conheceu Jaci. Não precisou de muito tempo para concluir a precária situação em que se metera. Jaci havia traído Guaraci; sim, ele mesmo, Guaraci! Pior! Ela o traiu com ele! Como seria explicar tal façanha para Guaraci?

Como haveria de saber? Jaci não disse nada! Aliás, ele tinha de confessar que deu muito pouco tempo para ela reagir. Poderia dizer que "não sabia"? Poderia dizer que apenas coletou a moça e inundou-a de seu poder para atalhar, porque ela o nocauteou com seu poder de sedução? Poderia dizer que a possuiu, diversas vezes por sinal, sem ao menos perguntar seu nome? Por que não falou com ela? Não! Seria incrivelmente pior explicar ou justificar. A verdade não somente o tornaria um traidor, mas também um violento e imperdoável manipulador. Não... por pior que isso pudesse parecer, Uauiara concluiu que cometera um erro, apenas isso. Outro deslize em sua vida já intensamente errante. Além do mais, será que ele chegou a explicar para a confusa moça à sua frente o que se passou? Quem ele era? Não importava! Passou! Seu desejo passou! Ele a havia possuído e agora, felizmente para ele, e para ela, havia terminado!

Então ele liberou Jaci à margem do lago, exausta pela experiência de desejo consumado. Foi nesse momento, por mais difícil e estranho que fosse, que precisou falar pela primeira vez. A palavra doeu em seu pescoço de início, como um bloco de argila ao ascender para fora da boca:

– Des... Desculpe. – Ele engasgou, e forçou-se a prosseguir. – Sou Uauiara.

Como se seu nome pudesse explicar os atos. Naturalmente, Jaci não aceitou desculpas. Sentiu-se violentada, confusa com os sentimentos que a envolviam. Por que se deixou levar tão facilmente por essa entidade que sequer se apresentou? Será que seu amor por Guaraci era mesmo forte? E por que seu amor por Guaraci não a protegeu da sedução desse elemento? Infelizmente, não conseguia pensar. Ela estava confusa, triste. Não sabia como falar a Guaraci. Conscientemente. Consentiu com o desejo de Uauiara. Uma cruel realidade que a levou ao desespero voraz. Então, ela viu apenas uma solução: precisava de tempo e precisava se distanciar deste mundo. Precisava ficar sozinha, não havia alternativa. Ela teria que se desmantelar ou desistir da forma humana e retornar para a Lua. E foi exatamente o que fez.

Quando Guaraci retornou do Sol, encontrou um recado de Jaci sobre uma folha de bananeira, escrito com seu próprio sangue, em cima da caixa de bronze de Rudá: "Minha vergonha foi não conseguir reagir ao Uauiara. Deixei-me ser possuída sem lutar e, com isso, eu o traí. Traí o meu amor por você. Perdoe-me, se puder".

Guaraci se sentiu, pela segunda vez, desesperado. Um vazio, um sentimento de perda nunca experimentado antes era tão intenso que esmagava seu coração e contraía seu pulmão, provocando cãibras no peito. Sem entender tal dor, Guaraci apertou o peito com as mãos, no esforço de expulsar esse incômodo desconhecido. A imagem de Jaci angustiada apertava seu peito e roubava seu ar.

Justamente Uauiara!, Guaraci pensou, indignado.

Uauiara era uma entidade que se incumbia de cuidar dos peixes. Além disso, era extremamente impulsivo, um amante formidável e incapaz de se controlar diante da formosura feminina. Como se a natureza fosse uma mulher vaidosa e quisesse retribuir sua admiração, presenteou-o com um dom especial de persuadir e manipular o desejo. Um sedutor irresistível, um bruxo que manipulava sentimentos, ele utilizava seu poder de galanteador para persuadir mulheres e possuí-las. Uauiara era descuidado. Ele tinha uma maneira peculiar de seduzir com seu olhar que as penetrava profundamente. Jaci não teria qualquer chance ao lado dele.

Confuso, Guaraci correu em busca de sua companheira. Encontrou somente seus pertences e resquícios de pó da Lua. Sinal de que ela havia se desmantelado.

Explodindo em chamas, ele chamou seu amigo Rudá, mais uma vez, para interceder por ele. Mas Rudá não pôde ajudar, já que Jaci não queria contato e nada pode ser imposto no que se refere ao amor.

Desesperado, Guaraci anunciou sua partida. O solo então subiu, elevando Guaraci e Rudá até desaparecerem no céu. O anúncio de Guaraci foi tão doloroso que desestabilizou, pela primeira vez, o sistema e desencadeou a abertura de outro portal ainda maior, ligando a Terra com um ponto do cosmos remoto.

A Terra ganhou um novo e sombrio habitante. Tau, personificação da destruição, que, ao sentir-se adotado por Ci, não perdeu tempo, assumiu a forma humana e passou a interagir com humanos.

Pouco tempo se passou e Guaraci, já em seu elemento, notou uma drástica mudança de atitude nos humanos. Antes eram pacíficos e viviam em plena harmonia com Ci em uma Terra sem maldade. Não experimentavam doenças porque conheciam Ci como verdadeiros anfitriões e sabiam o que poderiam ingerir e no que tocar. Também não conheciam violência, porque não precisavam disso. Afinal, eles coabitavam o planeta com harmonia, dividiam tudo e não conheciam o conceito territorial do poder e da ambição. No entanto, algo mudou. Os humanos se tornaram possessivos, territoriais e perdidos.

Curioso e preocupado, Guaraci buscou o motivo dessa péssima mudança. Para o seu desespero, encontrou Tau. Infelizmente, Guaraci, por enclausurar-se na confortável solidão de seu elemento, abriu guarda. Deixou de proteger a Terra da destruição. Já era tarde, pois Tau se instalou em Ci.

No entanto, nada foi mais diabólico e inaceitável como a isca que Tau criou para conquistar uma bela índia, uma ninfa com corpo escultural e olhos negros.

Kerana, neta de Rupave e Sypave, os primeiros humanos na Terra, tentou resistir a Tau, mas não conseguiu.

Guaraci não pôde mais testemunhar tanta injúria. Ele abordou Aracy, uma entidade primária incrivelmente evoluída a ponto de ser capaz de prover sinergia e amor aos inúmeros e incontáveis sistemas solares, e contou sobre o ocorrido. Pediu para Aracy intervir e resgatar Kerana.

Geralmente Aracy não mediaria, mas, sabendo dos desastrosos efeitos que resultariam da união de Tau com uma mulher, desceu para a Terra.

Ao abordar Kerana, Aracy perguntou se ela queria voltar para a Terra. Afinal, não poderia resgatar alguém se este alguém não quiser ser resgatado. Infelizmente, foi o livre-arbítrio que deu a Tau sua primeira conquista.

Indignada pela inconsequente resposta de Kerana, Aracy amaldiçoou todos os frutos dessa relação. Também deu a Kerana parte dos poderes de Tau, para que ela fosse amaldiçoada também. Inevitavelmente, amaldiçoou Tau, por agora ser obrigado a conviver com Kerana a seu lado enquanto existir.

Guaraci, ainda mais frustrado ao se sentir traído por essa humana, já que não conseguia compreender sua escolha, se recluiu ainda mais.

A Terra se tornaria um lugar inóspito para viver em breve.

Juntos, Tau e Kerana tiveram sete filhos; os sete monstros lendários. Esses monstros viviam entre os humanos, pois tinham a forma humana, mas, quando ameaçados, se transformavam em criaturas horríveis.

Não demorou para Tau instigar a discórdia.

A verdadeira Primeira Guerra na Terra foi anunciada. Um evento tão antigo que, para a alegria dos humanos, perdeu-se em meio à nebulosa memória dos tempos.

Um terrível e desastroso período. A Terra já se dissolvia entre elementos confusos e furiosos. As águas inundavam os continentes; vulcões entraram em enormes erupções, matando a maioria dos seres à sua volta. Todos os alimentos apodreceram ou foram transformados em pó. O mundo se cobriu de cinzas. E um ar sufocante perambulava entre nuvens escuras e carregadas.

Animais esfomeados saíam dos rios e das matas em busca de alimentos, devorando os humanos. Seres enfurecidos surgiam por todos os lados, do mar, do céu, da terra. Criaturas monstruosas que se misturavam aos animais furiosos, exterminando uns aos outros e criando na Terra uma arena mortal. Tudo estava envolto em um inferno sufocante. Esse mundo corria em direção à aniquilação da vida.

Os humanos passaram a buscar sua esperança em um grupo de mulheres cuja obstinação era a maior arma. Iacy, entidade munida da habilidade de combate, guerreira incrível, se apaixonou imediatamente pela obstinação e pela garra desse grupo. Pediu a bênção de Tupã para acolhê-las e treiná-las com os seus conhecimentos de combate.

Tupã atendeu Iacy. As icamiabas eram lutadoras perfeitas, tinham parte da força de Tupã e a sensibilidade da mulher. Manejavam o arco e a flecha com perícia extraordinária. As icamiabas reforçaram a resistência em uma guerra que parecia durar uma eternidade.

Mas, para a surpresa de todos, foi uma humana, Porâsý, tia de Kerana, que ganhou a primeira batalha. Um portal abriu e Porâsý percebeu a oportunidade. Ela correu em sua direção e se fez de isca, sacrificando a própria vida para livrar o mundo de um dos sete monstros lendários, Teju Jagua, o filho mais velho de Tau e Kerana.

Teju Jagua, louco de raiva, buscava capturar a moça a qualquer custo. Ele se transformou em criatura, moveu-se por debaixo da terra, cavando buracos com garras afiadas, mãos ásperas e bico de pássaro que permitiam uma impressionante rapidez. Ora sobre a terra, ora por debaixo da terra, Teju Jagua moveu-se como um lagarto. Ele não percebeu o portal à sua frente. Foi sugado.

Guaraci precisava de motivação para voltar, e a encontrou ao ser profundamente tocado pela coragem daquela humana. Desceu à Terra e trouxe consigo a simbiose. A guerra finalmente acabou.

Ficou a amargura. Todos passaram a coletar os cacos despedaçados em meio aos destroços. Os humanos conheceram a amargura da perda cruel e insensata de entes queridos.

Rudá, esforçando-se para confortar a humanidade durante esse momento tão triste, encontrou Iacy amargurando suas perdas no meio do tronco de uma árvore. Ele a resgatou. Com o tempo, viu-se encantado. Pois é, o amor pode surpreender até o próprio amor. Demorou um tempo para ele conseguir conquistar Iacy, pois ela estava completamente trancada para o amor, mas, por fim, conseguiu seu intento.

Enfim, levou alguns anos para Jaci retornar. Outros anos para Uauiara conseguir coragem e pedir o perdão do casal. Levou alguns séculos, e algumas vidas ao lado de sua Jaci, até que ambos pudessem perdoar Uauiara.

Mesmo assim, mesmo após receber o perdão de Guaraci e Jaci, Uauiara teve a difícil tarefa de perdoar a si mesmo. Então, tornou a agir ao lado do grupo e, aos poucos, criou-se um laço entre todos com a sinergia do amor.

Cada uma dessas entidades passou a trabalhar com o objetivo único de manter esse sistema solar saudável, possibilitar vida em Ci. Cada entidade trabalhava em conjunto. Mesmo assim, mantinham a obstinação pessoal motivada pela necessidade de seu elemento, como havia de ser.

I

EM BUSCA DE JACI

RIO DE JANEIRO, QUINTA-FEIRA, 20 DE JANEIRO DE 1994

O Sol estava a pino. A sensação térmica era a de estar no meio do deserto, pela escassa brisa que circulava entre os prédios altos no centro da cidade. Lina havia combinado de almoçar com Alcinoe e parou seu carro em frente à empresa Assendent, uma das maiores empresas do setor de fornecimento de tecnologia e inovação sustentável.

Ela desligou o motor. Enquanto aguardava João aparecer, espiou a janela do terceiro andar da Assendent. Foi automático. Era onde trabalhava o seu companheiro, Gabriel, com quem se relacionava há tanto tempo que não se dava o trabalho de fazer as contas. Ora amantes, ora amigos, ao longo dessa longa existência, não dava para negar que a ligação entre eles era intensa.

Ela sorriu e ruborizou ao lembrar-se da noite passada. Gabriel a surpreendeu. Lina balançou sua cabeça na tentativa de controlar sua vontade de invadir aquela empresa para implorar um *replay*.

Pensando bem, o fato de Gabriel tê-la forçado a suportar sensações inigualáveis na noite anterior não a deveria impressionar, pois esse era um de seus maiores dons. Afinal, Gabriel era Rudá.

Lina lembrou-se da última vez em que o reencontrou. Os humanos celebravam o final da Segunda Guerra Mundial nas ruas da França. Ela andava pelas ruas, exausta, mas aliviada com o fim daquela intensa e explícita crueldade. Gabriel estava em uma vala, acuado e abatido, envolvido por um cobertor úmido para proteger-se da chuva. Não tinha forças para comemorar junto com a população. Na época, ele se chamava Andrew e lutou exaustivamente para lembrar a população do sentimento do amor. Dias depois desse reencontro, reataram o namoro, de início, para unir forças e, quem sabe um dia, elaborar a cruel experiência da guerra.

Uma guerra que ela daria tudo para esquecer. Mas, ao contrário de sua vontade, carregaria cada detalhe sórdido desse período em sua memória milenar.

Quantos homens, mulheres e crianças morreram...

Ela balançou a cabeça como a jogar as cenas da guerra para longe. Não dava para esquecer. Não dava para elaborar. O que lhe restou foi conviver com outra amarga memória que a assombraria até o final de sua existência.

Lina passou a mão pela nuca e, incomodada, esticou-se no banco de seu carro.

– Está sozinha? – perguntou um rapaz de terno azul, loiro, de olhos verdes e rosto bem feito. Seu tom era sugestivo, sedutor. Belo e impertinente. Jamais conseguiria competir com Gabriel. Mais ainda, ela não tinha tempo e nem queria. Sim, ela era livre para escolher.

Livre escolha.

Lina, Gabriel e seus amigos acumulavam vidas em meio a uma milenar existência. Eram obrigados a se reinventar de tempos em tempos para integrar-se à sociedade, viver diversas vidas, acumular nomes, morar em diversas cidades, experimentar diversas culturas. No entanto, um ponto similar ao humano era o livre-arbítrio. Detinham a liberdade de escolher livremente. Em contrapartida, eram obrigados a lidar com suas escolhas, pela memória intacta de uma longa existência e também sob a pena de conviver com as consequências.

Lina varreu o rapaz com a mão e saiu do carro, seu querido Jipe 88. Fechou seus olhos e fez careta, reagindo ao bafo do verão. Olhou para o relógio de rua, que marcava meio-dia em ponto. Logo em seguida, o mesmo relógio marcou quarenta e cinco graus centígrados. Ela olhou em volta a multidão que passava se abanando e suando. Homens com ternos quentes, que envolviam seus corpos como casulos de penitência. Sentiu pena daqueles que se viam obrigados a andar de terno, ignorando a realidade de que trabalhavam em um clima quente, tropical, escravos das normas empresariais de boa aparência. Como a sociedade tinha configurado um comportamento tão avesso à realidade do clima? A cultura moderna, em um determinado momento, torceu a coerência. Passou a imitar tendências sem questionar se elas cabem no ambiente no qual se vive. Lembrou que Gabriel, Cristiano e Cauã faziam o mesmo; afinal, viviam nesse mundo insano.

Cauã (o Guaraci, ou a estrela central do sistema solar), Cristiano (Uauiara, ou a forma original que mais o afeiçoava: o boto-cor-de-rosa) e Alcinoe (sua amiga e mais próxima icamiaba) também eram donos da Assendent, junto com Gabriel.

Impaciente com a demora, Lina esticou seu pescoço em busca de João. Não poderia ficar parada ali o dia inteiro! Ela iria falar com um atendente na portaria, mas um choque no meio das costas a forçou a segurar no capô do carro.

Lina buscou controlar sua respiração. Automaticamente olhou para as nuvens, pois sabia o que esse choque significava. Era Tupã manifestando-se diretamente com ela. Ele fazia isso com uma azucrinante frequência que aumentava nesses últimos anos. Lina não conseguia explicar sua relação íntima com Tupã, o real motivo por ele comunicar-se diretamente com ela, mas lembrou-se do dia em que ele lhe deu o seu consentimento para adotar o grupo de guerreiras humanas e criar uma nova entidade: as icamiabas.

Tupã, uma entidade extremamente evoluída, que orientava diversos sistemas solares para manter a simbiose, se comunicava com todos, inclusive com Cauã, por mensagens públicas em meio aos raios e trovões. Mas, com ela, se comunicava também por sensações. Ela não entendia o motivo dessa íntima relação.

Estranhas e, recentemente, berrantes. Essas mensagens diretas entre Tupã e Lina, antes amenas como uma suave corrente elétrica, gradativamente foram aumentando para agora se tornarem verdadeiramente dolorosas, como se abraçasse os fios descobertos de um poste de luz na rua. Um sinal, cada vez mais explícito, de Tupã informando que o Sol sentia falta da orientação de Guaraci.

Um alerta... como se ela não soubesse...

De fato, Cauã deixou de orientar o Sol e se afundou na amargura. Ele sofria. Lina presenciava sua agonia diretamente. Convivia com Cauã e testemunhava de camarote sua saudade sem fim. Depois de tanto tempo sem Jaci a seu lado, Cauã já não domava o Sol, e este parecia confuso, queimando em uma perigosa solidão. Seu tempo estava acabando e precisava achar Jaci, a entidade da Lua.

Onde está Jaci?, ela pensou, cansada.

Não foi a primeira vez que Jaci se distanciou de Guaraci, mas foi a primeira vez que ela demorou quinhentos anos para retornar. Um tempo que dispersou todos, separando-os para viver suas vidas. No entanto, quando notaram o sinal de Jaci surgir no Rio de Janeiro, perceberam que Guaraci precisaria de ajuda e voltaram. Na ocasião, ela morava com Gabriel em Paris. Cauã havia retornado ao Paraguai, após passar um longo período na Inglaterra; Alcinoe, na Amazônia; e Cristiano, na Itália. Desde quando notou sua estrela cair, anunciando seu retorno, todos decidiram se reunir no Rio.

Infelizmente, eles a perderam antes mesmo de a encontrar. Então a busca se iniciou, e Lina já se sentia frustrada. Buscavam Jaci há mais de vinte anos.

Lina afastou suas preocupações assim que viu João aparecer na garagem. Ele deveria estar ocupado manobrando os carros, concluiu.

Eles se cumprimentaram e ela estendeu as chaves do carro. Firmou seus lábios ao sentir outro choque. Procurou se distrair, alisando a mão em seu jipe. Lina adorava seu carro e não o trocava por nenhum outro. Não lhe dava luxo ou conforto, mas a acompanhou em diversos percalços. Gabriel tinha poucos argumentos para fazê-la trocar de carro. Se alegasse a segurança, sabia que não iria funcionar. Ela é Iacy, chefe das icamiabas, e, se algum ladrão decidisse, por obra do azar, incomodá-la em um péssimo dia, encontrar-se-ia em meio à órbita em poucos segundos. De fato, alguns acabaram sendo arremessados à órbita, mas isso não vem ao caso. O fato é que os argumentos de Gabriel cessaram completamente quando Mauro converteu seu carro para motor elétrico. Seu amigo Mauro, o Mairata, uma entidade absolutamente genial, um verdadeiro solucionador de problemas, transformou o carro de todos logo em seguida. E chegaram a vender a inovação.

Mas seu tempo estava acabando. Ou, melhor, o tempo de todos estava por um fio. O planeta Terra sofria. Lina, ao lado das suas icamiabas, buscava de todas as formas gerenciar os sintomas dessa desarmonia. Estavam exaustas. Mas, além disso, para temperar esse caldeirão fervente com pimenta malagueta, algo muito maior acontecia em paralelo. Guaraci agonizava a perda de Jaci e já não escondia sua amargura nem ao Sol nem às outras tantas entidades ao redor. Como resultado, todas as entidades se preocupavam com a gradativa omissão de Guaraci. Algo cada vez mais evidente com o passar do tempo. Além disso, outro desafio já tinha data para acontecer: o alinhamento planetário, quando a aproximação dos planetas converge e confunde suas energias. As entidades têm a função de direcionar seus elementos e evitar que essa fusão de energias resulte em choques ou congruências que possam ser catastróficas para os seres vivos, os planetas e o equilíbrio do sistema solar.

Cadê Jaci?!

Lina encarou o Sol novamente e sentiu outro choque. Seus músculos tencionaram pela força dessa mensagem. *Sei... sei*, pensou. Ela respondeu à mensagem fechando os olhos e limpou sua testa suada com a palma da mão.

– Quente... – reclamou sozinha.

Lina pensava em Jaci com preocupação. Tentava articular as ideias para definir um caminho ao seu encontro. Mas não conseguia pensar com muita clareza. Sem Jaci, o alinhamento seria um verdadeiro caos. Afinal, quem mediaria a energia entre a Lua e a Terra? Sem Jaci, a Lua se tornaria um satélite secundário sem rumo. Uma espaçonave sem piloto.

Uma buzina cortou abruptamente seus pensamentos, um carro atrás de seu Jipe. Em meio ao devaneio, Lina percebeu que estendeu as chaves, de fato, mas seus dedos cravaram no chaveiro e João a aguardava. Ela sorriu rapidamente e as entregou. João rapidamente dirigiu o carro para dentro da garagem da Assendent.

Lina se manteve parada na calçada. Encarou o imenso e imponente prédio envolvido por vidro e mármore da Assendent. A empresa foi inaugurada há vinte anos, assim que chegaram ao Brasil e procuraram se ocupar, enquanto aguardavam Jaci crescer. Lina se incumbiu de achá-la. A empresa se tornou uma potência no setor de inovação. Trabalhavam com fábricas de construção de eletrodomésticos, vendendo soluções mais econômicas e ecológicas. Uma empresa que atuava basicamente com *joint venture*, ou empreendimento conjunto. Ela fornecia suas inovações para empresas e explorava a possibilidade de melhorar o rendimento com menos energia. Substituíam equipamentos danosos ao meio ambiente por outros menos agressivos. Uma empresa cujo único fim era fornecer inovação e não tinha a menor intenção de atuar independentemente. Eles costumavam ligar-se a um projeto único em cada empresa. Quando o projeto terminava, a associação era dissolvida automaticamente. A ideia era compartilhar a técnica e as reduções de custos e potencializar os pontos fortes de cada uma. A empresa compartilha seu equipamento, sua marca, enquanto a Assendent aumenta a capacidade produtiva, fornece a mão de obra e sua estrutura.

Também sustenta estratégias de marketing, vendas e distribuição. Sim, era um trabalho completo, mas a Assendent lucrava com essa parceria. Principalmente Ci, a Terra, ganhava.

Agora estavam diante de um novo projeto: captação da energia solar, seu armazenamento e uso otimizado por um período prolongado de tempo.

Voltou sua atenção à imponência do prédio moderno, com uma estrutura parcialmente sustentável. Era uma incrível visão. Sim, parecia impressionante. De fato, era – para outros, por não os conhecer assim como Lina. Pelo tempo que tinham de existência e pela memória acumulada, era um feito bastante natural.

Lina aguardou à frente do prédio. Estava impaciente. Sozinha, ela tendia a perder-se em memórias e pensamentos. A inatividade a deixava inquieta e a cansava mais do que a batalha mais exigente. *Mas, onde está Alcinoe?*, pensou irritada com o atraso. Alcinoe era sua amiga há quase cinco séculos. Uma icamiaba intrigante que, inexplicavelmente, tinha ligação estreita com todos. Muito mais estreita do que as outras icamiabas...

Repentinamente, Lina sentiu uma estranha vibração, como se o tempo-espaço houvesse permitido algo extraordinário perto dela. Uma impressão súbita de ser observada. Seus olhos, munidos de um poder de concentração incrível, averiguaram o entorno. Não havia nada. Ela controlou sua energia e procurou se acalmar. Nesse momento, Alcinoe saiu da empresa. Lina deu uma última olhada à sua volta antes de abraçar a amiga. Elas seguiram a um restaurante para o qual Lina apontou do outro lado da rua.

– Boa ideia, Lina. Vamos almoçar por perto – Alcinoe comentou e adicionou, elevando uma sobrancelha. – Hoje está complicado.

Ao se acomodarem no restaurante, Lina não comentou sobre o sentimento que tivera há pouco. Ela conhecia a reação de sua amiga. Alcinoe, uma verdadeira guerreira, obcecada pela luta, era capaz de desistir do almoço e sair à procura de um possível adversário. Certamente, diante do desequilíbrio de Cauã e da precariedade da situação, seria uma atitude justificável, mas nada funcional para o dia em curso.

Alcinoe sentou ainda mais quieta do que o normal. Como Lina a conhecia, sabia que isso significava uma coisa. Cristiano pulara a cerca novamente. Não... não exatamente pulara a cerca. Eles não tinham um relacionamento firmado como o de Lina e Gabriel. O fato era que Lina não conseguia rotular aquele compromisso incomum desse casal explosivo. Além do mais, Cristiano não saberia ser diferente. Ele era Uauiara, o boto. O que ela poderia esperar dele?

Alcinoe amava profundamente Cristiano. Obviamente, Cristiano respondia à sedução de Alcinoe com a promiscuidade de sua essência, mas jamais permitia se aprofundar em sua relação. Apesar de uma certeza exata, como o resultado preciso de uma equação matemática, de que Cristiano não iria assumir uma relação monógama com Alcinoe, ela persistia. Lina aceitou essa persistência como componente intrínseco à sua obstinação. O que mais poderia dizer?

– Como o pegou dessa vez? – Lina perguntou, sabendo que Alcinoe gostava de desabafar. Geralmente, Alcinoe falava, amaldiçoava e, logo em seguida, corria para os braços de Cristiano. Às vezes, minutos após terminar o discurso.

O silêncio de Alcinoe foi interrompido pelo garçom, que trouxe as taças com água. Lina pediu salada para as duas, o garçom anotou rapidamente e se afastou.

Lina olhou com cuidado para Alcinoe.

– Amiga, você tem que respeitar a essência de Cristiano. Ele jamais mudará. Como se muda a essência dele? Ele é o boto! – exclamou espalmando as mãos rapidamente.

– Sei... – Alcinoe respondeu. – Fale isso para meu coração, ele não o liberta. Fico ansiosa quando ele não me procura. E quando me procura, e vejo que jamais pode ser meu, sinto-me abandonada. Anseio uma nova vida, mas temo que a minha memória me traia e me direcione para perto dele. Não sei mais a quem recorrer... estou recorrendo a tudo: à análise para me conhecer melhor e à religião para me dar esperança. Não sei mais o que fazer... vamos mudar de assunto?

Lina assentiu e trouxe à tona o segundo assunto mais discutido depois das puladas de cerca de Cristiano.

– Conseguiu alguma pista de Jaci? – Finalmente perguntou Lina.

Um brilho novo modificou o rosto de Alcinoe, sua postura abatida se refez em um porte obstinado. Era assim que Lina gostava de ver sua amiga e sorriu pela nova feição de Alcinoe.

– Nossa... já fiz de tudo. Sua estrela caiu aqui, disso temos certeza... Mas ela não está na região do Rio de Janeiro! Sua família deve ter se mudado. – Alcinoe bebeu um gole de água e continuou. Lina já parecia mais aliviada ao ver sua amiga esquecer Cristiano por um breve instante. – Mapeamos cada região, cidade e bairro desta cidade e da redondeza. Não temos uma pista sequer.

– Cauã está cada dia mais insuportável – lembrou Lina, ao olhar para o Sol fulminando através do outro lado da janela.

– Sim. O Sol está cada dia mais desorganizado – Alcinoe concordou.

Foram interrompidas novamente com um estranho bilhete entregue pelo recepcionista. Lina abriu.

"Prezadas,

O que vocês procuram está localizado em torno da região de Campinas.

Boa sorte."

– Quem entregou esse bilhete? – Lina interrogou o recepcionista.

O recepcionista deu de ombros, elevou sua sobrancelha e voltou para a recepção.

Lina não perdeu tempo com o recepcionista e saiu do restaurante correndo ao lado de Alcinoe, deixando tudo para trás. Precisavam achar o elemento que havia deixado o bilhete. No entanto, pela rua do centro da cidade, onde estavam, circulava uma verdadeira multidão. Seria impossível achá-lo.

Então, Lina entregou o bilhete para Alcinoe e disse:

– Por que não?

Sim, por que não? Poderia ter sido um amigo. Por que elas virariam as costas para uma oportunidade, uma informação como essas? Depois de tudo que vivenciaram ou interferiram? Nada, absolutamente nada, por mais estranho que parecesse, deveria ser ignorado ou castrado pela ideia degradante da impossibilidade. Não para eles.

Tudo, absolutamente tudo nesse vasto universo é possível.

Então, por que não? Afinal, o futuro, seja ele qual for, está diante delas como algo vivo e misterioso, e esse recado é tudo o que elas têm para seguirem algo provável.

2
DRAGÃO E BORBOLETA

INDAIATUBA, QUINTA-FEIRA, 20 DE JANEIRO DE 1994

Escolhas...

Cada escolha leva a uma consequência, que leva a uma nova opção e, por sua vez, a uma outra consequência...

Estudei a superfície interna e brilhante da xícara como um estudante de medicina observa um cadáver. O mundo ao meu redor perdeu a importância. Nada me distraía. Nem o calor escaldante da sala na casa de meus pais, ou a ausência deles, ou os murmúrios entre a vidente contratada por Camilla, minha amiga, para ler a nossa sorte com a borra de café turco. Passei meus dedos pela parte externa da xícara branca. Era uma cerâmica relativamente simples, totalmente branca. Deve ter sido comprada em uma loja em liquidação. Havia falhas em diversos pontos em suas extremidades. Voltei minha atenção ao molde da borra de café no interior da xícara, outra vez, na esperança de que, nesse intervalo, a cena mudasse completamente. Não mudou... A cena manteve-se firme, expondo com precisão o nó de marinheiro que minha vida se tornou. Essa imagem foi como receber um soco no meio do estômago. Isso porque eu sabia como cheguei a esse ponto. Foi minha escolha.

Curiosa, perguntei a mim mesma: houve algum evento significante em meu passado que me levou a tal designo? Tive qualquer trauma de infância, ou evento fora do comum, que possa justificar o tumultuado caminho pelo qual optei?

Profundamente incomodada, busquei, em meu passado, pontos relevantes e que contribuíram para aquela fatal decisão que entortou minha vida. Estiquei ao máximo a minha memória para o ponto mais remoto da infância no interior de São Paulo. Com pouca renda, tive infância simples, mas plena e feliz. Não houve nada que tenha se destacado nesse período. Segui engasgando pelo caminho para disfarçar a fatal realidade de que não tenho boa memória. Consegui sacar, em meio a um grande emanado de nada, uma lembrança parcial do meu aniversário de dezoito anos, que, por sinal, foi há cinco. Na ocasião, saí com meus companheiros de cachaça, Camilla e Sandro. Lembro-me de quando me diverti e bebi. Não me lembrei do final dessa noite. Tudo bem... Nesse evento específico, alegaria amnésia alcoólica.

Sem alternativa, passei a analisar meus familiares e amigos mais próximos. Quem sabe encontraria alguém que me induzisse a tomar aquela decisão. Se eu encontrasse, exigiria (por bem!) que dividíssemos a culpa.

Joamir, meu pai, era explosivo. Uma bomba gasosa inflando seu corpo e temperamento. Mas, por detrás daquela agitação, morava um homem de coração grande, apaixonado, que se casou com minha mãe logo após conhecê-la em um certo carnaval. Também me assumiu como sua filha, mesmo sabendo que jamais poderia ter filhos, e ficava furioso quando pescava qualquer nota de dúvida a respeito de seu parentesco. Afinal, pai é quem educa, cria, senta ao lado de sua cama para contar histórias de ninar, lhe dá conforto quando o mundo ao redor perde o sentido e que está ao seu lado, sempre.

Enfim, ele trabalhou em uma indústria farmacêutica como operário e se aposentou por invalidez, devido a um problema cardíaco que não lhe permitia fazer qualquer esforço. Apoiou-se em minha mãe e, enquanto isso, reclamava pelos cantos.

Nem ele nem seus asquerosos gases afetaram meu juízo. Vou prosseguir...

Sarah, minha mãe, era uma mulher fascinante, morena, olhos negros, amável e linda, via-se obrigada a ficar em casa para evitar as crises de ciúmes de meu pai. Ela vendia marmita em casa para os peões que trabalhavam nas obras ao redor, e meu pai ficava ao seu lado, como um sargento (praticamente rosnando como um cachorro), para que nenhum deles tivesse chance de fazer qualquer gracinha. Jamais pôde esconder que havia engravidado de outro homem, já que meu pai era estéril. Ela me amava, eu sei. No entanto, ter engravidado de um homem e casar-se com outro não deve tê-la feito bem. Minha mãe não gostava de falar sobre seu passado e lembrava-me sempre da importância de nossas escolhas, a cada dia.

Praga de mãe...

– Mostre-me a xícara e revelarei o que está reservado para você – a vidente pediu, transportando-me para a pequena e rústica sala de estar da casa de meus pais, que, como disse (e por sorte!), não estavam em casa. O tom de voz da vidente arrepiou cada pelo de meu corpo.

Indecisa, olhei para Camilla, minha melhor amiga. Uma mulher com traços perfeitos, corpo magro, cabelos longos, ondulados e dourados, olhos incrivelmente belos e azuis. Tão bela que fez uma fortuna como modelo e decidiu aposentar-se aos 25 anos.

Ela trouxe uma vidente para ler a nossa sorte em uma xícara de café turco com o objetivo de preencher essa tediosa tarde.

Certamente, ela poderia ajudar-me nessa decisão.

Camilla deu de ombros, e eu revirei os olhos.

Ao contrário de Camilla, Sandro certamente me ajudaria. Ele era mais fácil de manipular do que ela. Apesar da péssima fama na cidade, pelas inúmeras ocasiões em que não dosava seu comportamento e acabava criando alguma confusão difícil de explicar, ele era uma pessoa boa. Não me deixaria sozinha no meio dessa roleta-russa.

– Deixe-me ver – a vidente repetiu ao estender uma de suas mãos calejadas. Ela parecia impaciente. Protegi a xícara de café com meu torso e a encarei com a firmeza de quem não queria ser pressionada para tomar a decisão. Considerando minha aflição, ela pisava em um campo minado!

Sem me importar com a pressa evidente nos dedos que ela movimentava freneticamente, indicando para que eu lhe devolvesse a xícara, ou com a falta de expressão de Camilla, revelei o que vi:

– Vi um arco e uma flecha, uma borboleta, um dragão com suas garras e uma grade.

Camilla levantou-se e perguntou aos risos:

– Joana, por Deus! Você viu isso tudo na xícara? Deixe-me ver.

Neguei. Mantive a xícara protegida com o meu corpo. Eu ainda não havia feito a minha decisão. Não sabia se estava preparada para devolver a xícara e abdicar do desenho ou mostrar o desenho para os demais, sem saber o que ele significava para mim.

Recém-formada em Psicologia, não consegui me controlar e me vi impelida a interpretá-los.

– O dragão é Rodrigo, eu sou a borboleta... – E murmurei. – Faz todo o sentido.

Camilla explodiu em gargalhadas. Aparentemente ela perdeu a força das pernas com o riso e caiu no sofá. Fiquei ali, parada, aguardando minha amiga se recuperar enquanto ela segurava sua barriga e gargalhava às minhas custas. Eu e a vidente nos entreolhamos, atentas e predispostas a lutar uma com a outra. Após alguns segundos, Camilla limpou seus olhos lacrimejantes e comentou:

– Concordo! Você definitivamente é uma borboleta.

– Fico feliz em diverti-la. – Foi o que consegui articular, ofendida com a reação da minha amiga.

Conheci Rodrigo, meu atual namorado, em seu sítio. Dono de incontáveis acres em uma cidade próxima, chamada Itu, ele possuía uma impressionante fortuna gerada através de seus trabalhos de consultoria estratégica prestados a diversos empresários. Em aparência, um homem de negócios formidável, mas a convivência revelou um lado sombrio, arrogante e cruel.

A vidente levantou-se da cadeira.

– Tenho uma escolha a fazer. – Fui ríspida e pouco amigável ao direcionar essas palavras à estranha. As pálpebras dela abaixaram o bastante para indicar que recebeu minha insistência como um insulto. Ela andou em minha direção. A vidente queria resgatar a sua xícara e, pela sua expressão furiosa, o faria utilizando qualquer meio que julgasse necessário. Agi impulsivamente. Levantei em um salto, corri até o banheiro e tranquei a porta.

Escutei a vidente reclamar pelo outro lado da porta.

– Não tenho todo o tempo do mundo! Devolva-me a xícara!

Munida de outros minutos para melhor analisar a cena na xícara, estudei os contornos da borboleta. Era impressionante como parecia uma borboleta atrás das barras. Será que essas barras estavam abertas? Um raio solar iluminou a xícara e um estranho brilho do pó de café refletiu em meus olhos. Fui obrigada a desviar o olhar. Jurei que o brilho saiu dos dentes do dragão com sua boca aberta para devorar a borboleta.

Rodrigo foi meu primeiro namorado e primeiro homem. Ele sabia seduzir. Além disso, eu queria saber como era estar nua nos braços de um homem. Eu era virgem e minha experiência se resumia a "bitocas" roubadas em bailes. Pode rir... Sei como isso é patético... Confesso. Fui uma verdadeira cretina! Agora, como essa borboleta, me vi atrás das barras, sem saber se poderia fugir.

Pois é... Eu não contei o motivo pelo qual vim a namorar somente aos dezenove anos? Foi Sandro que decidiu infernizar a minha já difícil vida adolescente. Abordando cada garoto interessante, instituindo-se o guardião da minha virtude. Além disso, ele expunha com a propriedade de um jornalista minha pureza. Confesso que, nessas ocasiões, Camilla se divertia e eu buscava uma forma de cavar um buraco até a China.

No entanto, ao conhecer Rodrigo, Sandro recuou. Silenciou-se em seu mundo misterioso. Como uma esfinge, ele deixou de reagir. Nem expressões faciais revelavam qualquer coisa em que pensasse.

Hum... Será que foi por esse motivo que namorei Rodrigo?

Digamos que, durante esses cinco anos, esse namoro tumultuado foi gradativamente se tornando perigoso. Nos primeiros anos, minha tortura se resumia às crises existenciais. Rodrigo terminava o namoro com um intervalo quase preciso de quinzena a quinzena. Eram separações informadas com todos os requintes de crueldade e justificativas vagas. "Preciso de um tempo" era como ele geralmente iniciava seu discurso e, gradativamente, tornava-se mais impositivo quando desafiado. De início, eu sinceramente acreditava que precisava agradar mais, fazer algo diferente para resgatá-lo. Com o tempo, fui entendendo que, independentemente do que eu fizesse, seus surtos retornavam como se ele tivesse outros compromissos. Como se tivesse uma vida paralela. Depois de alguns anos, percebi que esse "tempo" fazia parte de seu ciclo e não havia muito o que fazer.

Eu o aguardava em casa. Nos primeiros anos, chorava, enquanto passava o tempo lendo poesias de Cecília Meireles ou na companhia de Sandro. Formidáveis companhias em momentos de profunda rejeição. Meus pais também me consolavam, da sua maneira. Meu pai brindava minha liberdade com um copo de cerveja. Minha mãe, com o seu discurso: "Filha, você pode escolher com quem vai dividir a sua vida. Não deixe que sua primeira experiência amorosa influencie suas escolhas".

Ela estava certa...

Convivi com essa relação e afundei-me como em um pântano pegajoso. Aprendi com o tempo a identificar quando explodiria sua agressividade, seu estímulo para a crueldade. Diante de seus olhos sanguíneos, fugia, escondia-me onde pudesse desaparecer por alguns minutos. Muitas das vezes foi o banheiro que me protegeu.

Talvez foi por esse motivo que instintivamente corri até o banheiro para me proteger da vidente. Nesse pequeno lugar, meu corpo sentia-se protegido.

No fim, as investidas sensuais de Rodrigo tornaram-se um convite para a tortura. Ele percebia meu corpo negar seu toque e parecia se excitar com minha repulsa.

A crueldade do homem era mesmo ímpar.

Eu precisava me libertar desse namoro – esse nó de marinheiro no qual me amarrei – e fugir de Rodrigo.

– Joana, saia do banheiro. – Camilla pediu com sua voz suave. – A vidente tem que ir embora e, francamente, seu comportamento já está me assustando.

Passei a ver o mundo rodar. Deixei a xícara em cima da privada e me segurei nas paredes. Meu corpo não aguentava mais. Precisava mudar o rumo de minha vida.

Camilla murmurou:

– Está bem, você é a borboleta, e Rodrigo é o dragão.

Contei até dez, respirei lentamente e me concentrei em controlar as batidas do coração. Peguei a xícara e abri a porta do banheiro.

Sem que eu pudesse prever, a mão da vidente apareceu, como um passe de mágica, e sacou a xícara de minha mão. A mulher tornou a arrumar seus pertences.

Foi a minha vez de pedir.

– Quero saber de você o que esses desenhos significam.

– Seu tempo acabou.

– Desculpe pelo surto. Por favor, diga-me, é importante! – implorei.

Ela suspirou, me encarou com seus olhos azuis, escurecidos pela raiva. Enrubesci, agora envergonhada, pela minha audácia de momentos atrás. Afinal, após o meu ataque, a vidente poderia se recusar a falar. Por retaliação.

Talvez por notar meu desespero, a expressão daquele rosto anguloso se alterou levemente. Ela piscou algumas vezes e seu porte severo voltou, expulsando a candura. Então, vomitou as palavras enquanto enfiava todos os potes, as xícaras e os sacos com o pó de café em sua bolsa.

– Você terá uma vida de viagens com grandes oportunidades. – Suas mãos suavemente se elevaram, enfatizando a palavra "grande", e ela continuou. – Você tomou a decisão certa ao beber o café.

Precisei de alguns segundos para dar sentido às palavras. Elevei as mãos, pedindo mais tempo, mas era inútil. Em poucos segundos a vidente estava pronta para partir. Frustrada, voltei-me para Camilla, que, divertindo-se, deu de ombros.

– Mas vi um dragão! – exclamei e repeti, indignada. – Um dragão! Certamente não deve ser um bom presságio ver um dragão. Não é?

Sem qualquer explicação, a mulher se despediu e saiu, ignorando solenemente meus argumentos.

– Você pagou para ela? – Cheguei a perguntar a Camilla, frustrada.

Sem responder a minha pergunta, brincando com as unhas, Camilla murmurou:

– Achei que seria mais divertido... – refletiu um pouco e reformulou. – Aliás, foi... até você surtar e se trancar no banheiro com a xícara da mulher.

Camilla riu, eu não.

A brincadeira acabou. Restou a experiência esdrúxula e uma decisão. Um dragão não podia ser bom, apesar de eu não fazer a menor ideia do que ele simbolizava, já que a mulher saiu sem explicar. No entanto, minha decisão havia sido tomada e ia agir sem mais tardar.

Peguei meu Uno velho, de segunda mão, sem ar-condicionado, que andava relativamente bem (na maioria das vezes), e arranquei.

Estava ávida para agir.

Entrei na casa de Rodrigo. Encontrei-o na sala vendo televisão. Fui rápida e dura. Informei minha decisão de terminar o namoro, sem hesitar ou gaguejar muito.

Enquanto eu falava, um lado da boca de Rodrigo curvou-se, como se ele já tivesse sido previamente avisado. Certamente ele não parecia surpreso. Apenas disse:

– Você não vai a lugar nenhum.

E levantou.

Minha reação foi previsível. Tranquei-me no lavabo que, por sorte, estava logo ao meu lado.

Parcialmente segura, gritei:

– Não sou sua prisioneira! – E esmurrei a porta do banheiro, incapaz de controlar minha raiva.

Ele riu. Não tive como protestar sua reação. De fato, foi cômico clamar minha liberdade enquanto me encontrava presa no lavabo.

Abri a pequena janela por cima da privada e, com alguma dificuldade, arremessei meu corpo para fora da casa. Colidi de costas na grama, reclamei por alguns segundos de dor e corri até meu Uno estacionado em frente à casa.

As mãos trêmulas quase me impediam de fazer aquilo que era tão automático, mas ainda assim consegui sair dirigindo. Já a alguns metros, um impacto na parte de trás estilhaçou o vidro traseiro. Por mais difícil que pareça ser arremessar uma pedra a uma distância de metros, não tive dúvidas, Rodrigo a jogou.

Foram poucos os momentos na vida em que realmente senti medo. Esse estava no topo da lista. Senti as pernas amolecerem e pisei com esforço no acelerador. Era capaz de escutar as batidas de meu coração acelerado, mesmo atordoada com a falta de ar. Então o céu caiu. Uma verdadeira tempestade estrondou em minha volta. Ironicamente, fui forçada a desacelerar para enxergar a estrada. Cega, dirigia devagar, arregalava meus olhos já inchados pelo desespero com o paradoxo de notar que finalmente enxergava a real precariedade de minha posição. E agora tinha outra evidência de sua violência impressa no vidro traseiro de meu carro.

A água entrava no carro pelo vidro quebrado e molhava o banco traseiro, aumentando minha revolta. De quando em quando, verdadeiras tempestades desabam sobre a face da Terra, devastando tudo que encontram pela frente. Assim também ocorreu em minha vida: de repente, fui pega por uma tempestade, algo que eu deveria ter previsto, pela quantidade absurda de sinais à minha volta. Bati no volante do carro, irada com o tempo que perdi ao lado de Rodrigo, furiosa com a falsa noção de conforto fútil que me manteve ao lado desse elemento.

O céu parecia desabar em minha cabeça. O vento invadia meu carro e agitava meus cabelos, obrigando-me a segurá-los em um rabo com uma mão enquanto mantinha o volante do carro com a outra. Era uma chuva que estava em perfeita sintonia com os violentos sentimentos de minha cólera. Fechei os vidros do carro o máximo que pude para não embaçar a visão. Um relâmpago rasgou as nuvens, seguido imediatamente pelo trovão que abalou o solo. Pude sentir claramente o carro vibrar. Outro relâmpago e outro trovão. Outro e outro. Naquele momento, enquanto dirigia meu carro, eu gritei e chorei, implorei por socorro e por um caminho. Então senti meu coração acelerar ainda mais, já sentia taquicardia e respirava desesperadamente, sentindo falta de ar. Era a verdadeira impressão de morte. Era como se meu coração tivesse explodindo. Sem saída. Já não me concentrava na estrada. Desacelerei o carro e gritei. Os carros passavam depressa demais e o mundo parecia tomar a mesma velocidade. Tornei a gritar por socorro e afoguei-me na agonizante sensação de morte em volta. Cogitei voltar para os braços de Rodrigo. Os braços perigosos, porém fortes, de meu ex-namorado pareciam confortantes e uma melhor alternativa do que morrer sozinha na estrada. Mais seguro que o mundo à minha volta. Parou de chover. Foi então que ouvi uma voz suave de mulher:

– Olá, minha querida. Não volte atrás!

Era uma voz pouco nítida, como se tivesse sendo afetada pela interferência.

Parei o carro no acostamento da estrada para respirar.

– Estou literalmente perdendo meus sentidos! Estou pirando! – Gritei, apertando o volante do carro com as mãos trêmulas.

Então, ouvi novamente:

– O que você está fazendo? Corra! Ele vai alcançá-la!

Liguei o carro novamente. Não sei se foi o medo de sentir outra vez a sensação de pânico, de morte iminente, de alucinar ou de me deparar com Rodrigo. Só sei que entrei no automático e voltei a dirigir. Foram quilômetros de desespero até chegar a meu quarteirão. Para meu alívio, Sandro me aguardava na frente de minha casa. Notei a sua pressa. Sandro nasceu com um defeito congênito e sem uma das pernas. Foram poucas as vezes que ele esqueceu de aparecer sem a sua prótese da perna.

Atirei-me em sua direção, me permitindo desfarelar, chorando e gritando:

– Quero sair daqui! Quero fugir daqui! Estou enlouquecendo! Preciso sair daqui antes que seja tarde demais! Já estou escutando vozes! – Confidenciei a Sandro, que era o único capaz de ouvir sem que tivesse a moral de me julgar.

– Acho que podemos cuidar disso, amiga. – Sandro retirou do bolso um folheto convidando para um processo seletivo na Assendent, uma empresa no Rio de Janeiro. Eu o olhei assustada, mas por alguma razão o folheto me reconfortou.

3
AUDÁCIA

INDAIATUBA, SEGUNDA-FEIRA, 11 DE ABRIL DE 1994

Tomei alguns goles do suco de laranja, pensativa.

Passaram-se dois meses desde minha separação de Rodrigo. Foi tardia, mas orgulho-me pela atitude. Estranhamente, depois da reação violenta, Rodrigo não me procurou. Imaginei que tenha desistido e segui a vida sem pensar muito sobre o assunto.

Fiz o que Sandro sugeriu: enviei meu humilde currículo pelo correio e me candidatei para a vaga de Assistente de Segurança, Meio Ambiente e Saúde, apesar de não saber absolutamente nada sobre o assunto. Foi audacioso. As chances eram mínimas. Mas tinha pressa. Pressa de deixar a cidade tão querida na esperança de encontrar uma vida nova.

Mordi um pedaço relativamente pequeno do pão francês com manteiga. Estava nervosa.

– Boa sorte. – Minha mãe disse e beijou minha testa. Em seguida, pegou sua bolsa e saiu. Foi uma verdadeira surpresa receber o convite para participar da entrevista. Sem dúvida, meus conhecimentos obtidos nos anos de pouco foco no estudo e muita televisão não contribuíam para um currículo atraente. Também não me sentia preparada para uma entrevista de emprego. Sim, eu precisaria de sorte para ter alguma chance de sucesso.

Sandro comparou a entrevista a liderar uma carruagem movida por cavalos selvagens. Não me dei ao trabalho de tentar decifrar essa mensagem.

Cocei o nariz com cuidado para não borrar a maquiagem. O silêncio da casa aumentou a minha ansiedade. Desisti de comer. Peguei minha bolsa e segui o caminho em meu parcialmente reformado Uno até o hotel de Campinas, onde foi marcada a entrevista.

Procurei não pensar muito sobre o que poderia acontecer. Não queria alimentar grandes expectativas, então preferi conferir o nome correto à experiência. Seria apenas uma oportunidade para aprender. Apenas isso...

Munida de uma confiança bastante duvidosa, me apresentei na recepção. Fui encaminhada para uma sala com dois sofás extensos, envolvidos por diversos vasos de plantas. Sentei, meio acuada, e cumprimentei algumas mulheres que também aguardavam silenciosamente. Olhei à volta e constatei um curioso fato. Todos os candidatos eram mulheres. Isso me incomodou um pouco.

Então uma mulher de cabelo excessivamente ressecado, com mechas loiras que se destacavam de forma rudimentar sobre a sua pele branca, com uma expressão sisuda, apontou para uma das mulheres sentadas no sofá. Silenciosamente a mulher se levantou, e, ao se aproximar, falaram um pouco e desapareceram pelo corredor.

Reparei no período em que fiquei aguardando que a loira entrava e saía com candidatos com a mesma pressa com que enviei meu currículo ao correio. Ela apontava, entrava e saía.

Desconfortável com a situação, tentei me distrair fazendo uma lista de coisas para fazer depois da entrevista. Interrompi o esforço inútil e suspirei, ainda mais frustrada, ao notar que não tinha nada para fazer.

Após o que imagino ter passado dez minutos, a loira de cabelo ressecado apontou para mim. Automaticamente levantei e caminhei em sua direção.

A mulher de cabelos ressecados se apresentou com um tom de voz apático e uma expressão facial pouco amigável:

– Sou Kátia e estou incumbida de entrevistar os candidatos nessa tediosa manhã. – *As candidatas*, eu a corrigi mentalmente, ainda incomodada com o que vi, mas assenti com um sorriso, dissimulando meu desconforto.

Começamos a andar pelo corredor enquanto ela reclamava do calor, da poeira típica da região, do cansaço e de outras inúmeras coisas que tornam seu dia insuportável. Para não me infectar pelo seu mau humor, procurei me distrair contando os estranhos azulejos portugueses em uma fila única que percorria todo o corredor. Após alguns passos, perdi o interesse nos azulejos e esforcei-me para lembrar o que diria na entrevista. Pensei na maldita carroça de Sandro e preferi voltar a minha atenção aos azulejos.

Entramos em uma sala de auditório e sentamos a uma das diversas mesas espalhadas no salão. Éramos nós duas em meio ao imenso salão. O desconforto transformou-se em ansiedade, e arrumei meus cabelos ainda na tentativa de dissimular a minha vergonha. Kátia parou de reclamar, para meu alívio, e tornou a ler meu currículo com a animação de quem lia a bula de um remédio que jamais tomaria. Inclusive a sua feição foi de tomar uma pílula amarga.

Após murmurar algo que parecia ser um discurso decorado sobre a vaga, algo que não consegui escutar em meio a um súbito ruído irritante que parecia vir do ar-condicionado, Kátia iniciou a entrevista:

– Fale-me sobre você – pediu com uma expressão vaga.

– Graduei-me em Psicologia e não tenho experiência, mas estou muito entusiasmada em aprender... – Engasguei.

Preferia mil vezes sofrer de desinteira do que estar na posição atual. Subitamente os braços de Rodrigo tornaram-se acolhedores. Minha vontade era de correr até Itu e me esconder em sua grandiosa fazenda. Se não fosse a lembrança do nosso último encontro como um tumor em meu ventre, teria ido.

– Sei...

Droga! Somente nesse momento percebi que havia permanecido calada por mais de um minuto, o que claramente indicou que havia terminado de responder à sua pergunta. Senti minha boca abrir e fechar como a de um peixe, enquanto lutava para continuar. Não consegui imaginar o que poderia complementar meu discurso, até porque esqueci o que havia falado. Por Deus, esqueci da pergunta!

– Diga-me, Joana: você é casada?

– Não – respondi com uma sutil risada. Não queria ter rido, mas aconteceu. Estava dando bandeira à minha ansiedade.

– Tem filhos?

– Não. – Lembrei-me de Sandro. Isso me remeteu à maldita carruagem varar sem qualquer controle sobre uma rodovia curvada no alto de um morro. Uma questão de tempo para ela errar a rodovia e espatifar-se morro abaixo.

– Sabe ler, escrever, contar, somar...?

Nesse momento, a entrevista tomou um rumo estranho. Meu queixo caiu e não me preocupei em ajeitá-lo. Eu estava lutando para manter o mínimo de equilíbrio e dignidade, apesar de falhar imensamente, e Kátia parecia zombar das minhas poucas, estimadas e não mencionadas qualidades. Forcei-me a retirar o foco da entrevistadora e concentrar-me na entrevista. Essa pergunta pode ter sido parte do teste. Quem sabe a entrevistadora precisa testar como o candidato se porta diante a uma pergunta ofensiva? Reprimi minha irritação. De uma forma louca, senti as mãos finalmente firmarem sobre a rédea da maldita carruagem desgovernada.

– Desculpe-me? – perguntei cordialmente, buscando manter a postura diante da estranheza da pergunta. – Acabei de sair de uma faculdade. A vaga é para qual setor? – perguntei, para certificar-me de que era a vaga correta.

– Assistente de Segurança, Meio Ambiente e Saúde.

– Ah – resmunguei.

Ela prosseguiu:

– Você namora? Torce para algum time de futebol? Segue alguma religião?

A palavra "namora" estalou sonora. Ela se destacou das demais. Respirei fundo, lutando para abafar o som explosivo que corroeu meus ouvidos. Lembrei da última coisa que Camilla me disse antes de eu seguir para a entrevista: "Volte para Rodrigo imediatamente! Ele é a única coisa que presta em sua vida!".

A lembrança foi como jogar gasolina na fogueira. Fechei minha expressão completamente, alinhando-me ao humor sombrio da entrevistadora. Senti-me humilhada, enojada. Por Deus, eu queria puxar metade das mechas secas de Kátia até arrancá-las. Encontramo-nos em um face a face hostil. Observamo-nos como felinas a ponto de saltar para o ataque. A esse ponto joguei as rédeas da carroça para o alto. Perdi minha paciência. Queria ser poupada daquele ultraje teatral.

Levantei da cadeira. Estava pronta para partir, decidida a dirigir meu Uno velho até não poder mais, depois deixaria o futuro decidir qual caminho seguir. O que me impediu de dar o primeiro passo foi um súbito som agudo, como uma martelada em minha mente; *Não!Não!Não...*

Decidi ficar. Estiquei as pernas para disfarçar e sentei. Pode ter sido a raiva me alimentando, mas felizmente minha mente passou a funcionar. Então assumi as rédeas da carroça. Passei a contar sobre a faculdade, minhas experiências, sem que ela tivesse chance de intervir.

Para minha felicidade, a entrevista tomou um rumo diferente. Fui obrigada a ouvir, por um período de uma hora inteira, um discurso claramente ensaiado de Kátia sobre a empresa, seus projetos, seus investimentos e seus megaclientes.

Kátia trabalhava há três anos no setor e havia sido promovida duas vezes. Aparentemente, isso me deu uma dimensão da oportunidade que a empresa tinha a oferecer.

No fim, após suas perguntas sobre religião e suas ofensas tão sutis como uma retroescavadeira, saí convencida de que não ia ser escolhida e segui minha vida normalmente.

Mais tarde fui surpreendida com a ligação de Kátia. Foi uma conversa rápida, seguindo o tom eloquente da entrevista, mas que me informou que havia sido aceita como Assistente de Segurança do Trabalho. Ao desligar, saltei como uma criança. Procurei não pensar sobre o que levou a empresa me escolher. Apenas liguei para Sandro e o convidei para sair. Camilla não quis nos encontrar, já que não concordava com a minha escolha. Mas em uma coisa ela estava certa: era a minha escolha!

4

LIBERDADE!

INDAIATUBA, TERÇA-FEIRA, 12 DE ABRIL DE 1994

Jamais fui original. Por isso, ao escancarar meus olhos no dia seguinte e sentir minha cabeça latejar dolorosamente, após uma noite de farra e caipirinha, jurei não beber álcool pelo resto da minha vida.

Escutei o barulho da campainha. Levantei subitamente. Me arrependi. Coloquei a mão na testa, sentindo o mundo rodar. Apoiei na quina da cama, lutando contra a labirintite, e escutei a campainha tocar pela segunda vez.

– Já vou! – gritei, como se pudessem escutar.

Cambaleei pelas escadas da pequena casa de meus pais colocando o robe. Ao abrir a porta, meramente coberta, mas longe de estar arrumada, um motoboy me estendeu um envelope pardo. Indiferente ao meu estado, ele apontou a um local em seu livro e estendeu uma caneta. Assinei no local indicado.

Havia a carta formal com o convite de emprego, um encaminhamento para exames admissionais em uma clínica da região e todas as condições de trabalho. Também havia uma nota, assinada pela diretora Alcinoe M. F. Carvalho (supostamente a minha chefe), congratulando minha seleção, e havia a recomendação para que eu me mudasse imediatamente. Para provar a urgência, uma passagem de avião anexa. Partiria no dia seguinte.

Um mísero dia para empacotar minha vida e mudar para o Rio de Janeiro. Um único dia para me despedir dos amigos! Um único dia!

Agradeci ao entregador.

Ao fechar o portão, saltei e rodopiei, esquecendo-me completamente da ressaca. Afinal, não tinha tanta coisa para arrumar nem tantos amigos de quem me despedir. Além do mais, Rio de Janeiro não é tão longe assim.

– Liberdade! – Exclamei com a voz rouca, estendendo minhas mãos aos céus.

– O que houve, filha? – Meu pai surgiu da porta da cozinha.

Sem me conter, corri em direção ao velho e o puxei para um abraço apertado.

• • •

A noite chegou. A minha última noite sob o estado dependente de filha. Eram somente oito horas da noite, mas deitei para aguardar o sono chegar. Foi um dia longo. Meu corpo tremia de cansaço, minha cabeça rodopiava de sono. Foi um dia bom... Meus pais me acompanharam para comprar roupas pertinentes de trabalho e não deixavam de contar a novidade aos amigos, que passavam pela região, com exagero na notícia (é claro). Diziam que fui a primeira colocada no processo seletivo da Assendent. Faziam isso por alívio de me tirar de perto de Rodrigo e pelo orgulho. Sim, certamente inspiravam alívio e expiravam orgulho.

Minha mala marrom já estava arrumada no canto do quarto, com o máximo de roupas que pude amontoar dentro de seu limitado espaço, e, por cima, a muda de roupas que utilizaria no dia seguinte, especialmente compradas para a ocasião. Era um terno elegante com risca de giz cinza e camisa azul-claro.

Deitada, fui arrebatada pelo sentimento nostálgico de uma fase da vida prestes a terminar. Sentiria saudade do cheiro de calçada molhada pela manhã, um costume bem paulista e, na minha concepção, sem sentido. Sentiria falta do clima ensolarado e seco do verão, acompanhado de um calor insuportável pela falta de brisa, e também do inverno rigoroso do interior de Sampa. Também sentiria saudades de meu quarto, simples, branco, pequeno. Da minha cama com colchão gastado. Da minha escrivaninha do mesmo modelo da cama e do espelho que se envolvia na moldura de ferro, também branca, ornamentada com as minhas fotos, lembranças de uma adolescência que passou. Meu quarto ficava no segundo andar de uma casa estreita de três andares. No primeiro havia uma sala de estar modesta, com móveis confortáveis, com destaque para a espada que meu pai ganhou de seu avô. Havia uma sala de jantar para seis pessoas, com a mesa de vidro e móveis castanhos. Havia uma cozinha separada da sala de jantar por uma porta de correr de vidro. A suíte de meus pais ficava em frente ao meu quarto, e meu banheiro, no corredor estreito do segundo andar. O carpete era bege, o quarto de meus pais, de madeira bege. Apenas meu quarto era branco nessa casa. Só para contrariar a dominância do bege ao meu redor. No terceiro andar, era o terraço.

A porta de meu quarto se abriu e minha mãe entrou, a nostalgia se desfez como uma tênue película de fumaça.

– Você estava chorando? – A voz suave de minha mãe perguntou.

– Não, não estava – respondi. Não era de todo mentira. Uma única lágrima não pode ser considerada choro.

– Camilla já lhe chamou pela segunda vez, mas prontamente a dispensei. – Minha mãe falou, apoiada à porta de meu quarto, sem esconder um sorriso em seu rosto. Ela estava se divertindo em dispensar Camilla.

– Obrigada, mãe. Prefiro descansar. Aliás, já me despedi dela por telefone e odiaria ter que fazer isso novamente.

Virei-me para não dar margem à sua crueldade. Camilla, diferentemente de Sandro, estava desconsolada pela minha partida. Inclusive tentou reatar meu namoro com Rodrigo, deixando minha mãe ainda mais furiosa com ela.

Não dormi essa noite. Revirei-me na cama e procurei me acalmar. Ao contrário de meus esforços, meus pensamentos me atormentavam como raios diante da tempestade de sentimentos estremecendo os meus músculos embebedados pela adrenalina da partida.

5

O ANJO DE TERNO

Indaiatuba, quarta-feira, 13 de abril de 1994

Apesar das poucas horas de sono, estava desperta. Era como se estivesse em estado de alerta diante da nova vida, buscando uma coerência diante do temor da mudança e da ansiedade de experimentar o novo. Sim, basta estar vivo para estar sujeito às mudanças, é a lei da vida. Independência significava, nesse dia, muito mais que uma dissociação da filha diante do conforto materno e paterno. Era mais que isso. Era a quebra da autoridade estabelecida por Rodrigo. Era também o meu livre-arbítrio e minha dignidade ganhando sobre o conforto e a força masculina.

Percebi que eu era muito mais forte do que parecia, apesar de pouco racional. Sabia o que me aguardava na outra cidade: trabalho e pagamento de contas mensais. Seria incumbida de limpar a casa, lavar roupas e me atordoar de serviços diários que certamente se estenderiam pelo fim de semana.

Mas meu conceito de liberdade fazia tudo valer a pena.

Já estava na hora de arriscar, de não ter medo de sofrer, de chorar e, se não tiver como escapar, sofrer mesmo. Então, respirei fundo e me vesti com todo o cuidado.

Durante o caminho, não olhei para trás. Tranquei meus olhos assim que vi minha mãe trancar o portão da casa para não sucumbir aos encantos de seu conforto.

O pior foi passar pelo caminho que fazia até a casa do Rodrigo. Uma mistura incerta de sentimentos me dragou para o centro de um furacão individual. Foi a única vez que me perguntei, mesmo sentindo o alívio imediato da fuga, se agia de forma corajosa ou se era uma covarde em me mudar para outro estado. Sim. Ele impulsionou minha mudança, mas não deve ser dado crédito àquele monstro, somente à ocasião.

O aeroporto de Viracopos tinha um ar diferente e, finalmente, verbalizei:

– Liberdade!

Uma vida com regras estipuladas por mim! Regras coerentes. Seria finalmente livre para escolher meu caminho, meu namorado (Sandro não estaria lá para amedrontá-lo!) e minha vida.

Livre escolha! Até o gosto do café da manhã havia sido diferente, emanava um aroma delicioso de liberdade (como é lindo esse nome). Concentrava-me em tudo à minha volta ao me identificar no guichê de embarque, exatamente às sete horas da manhã, com bolsa de mão cuidadosamente comprada para a ocasião, e senti como se aquilo fosse algo metafísico e escrito em algum lugar do universo para acontecer, e respirava.

Meus pais se despediram rapidamente. Olhos emocionados. Eles não queriam drama, muito menos eu. A nova vida estava ali à minha frente, o sentimento que deveria prevalecer era o da felicidade.

Fiz o *check-in* e segui ao saguão de espera. Meu semblante de alegria e alívio destoava dos demais. Eu observava cada coisa ao meu redor com vivacidade. Notei diversos homens de terno passarem pelo *check-in* e seguirem seus caminhos para o saguão apressados. Alguns incrivelmente enfadados. Havia casais dividindo a mesma felicidade que a minha, pelo motivo exatamente contrário ao meu. Vi poucas crianças, duas ou três dormindo no colo de suas mães. Uma mãe, por sinal, parecia se curvar com o peso da criança.

Logo antes de entrar no saguão, um homem com terno e postura impecável cruzou o meu caminho. Seu perfume remeteu-me a um sentimento delicioso de estar chegando em casa. Não era um aroma engarrafado, comercializado. Era uma mistura de lar com o aroma da natureza e da grama cortada no inverno. Sem me conter, estudei o belo rapaz.

– Hum... – Murmurei, franzindo meus olhos, curiosa. Sua bela imagem não era estranha.

Ele era branco, com cabelos pretos. Seu rosto tinha um formato angelical. Traços finos, olhos azuis-turquesas. Uma cor completamente incomum, apesar de ser azul. Textura perfeita de pele, cabelos curtos e corte atemporal. Era a definição exata de beleza masculina. Para apimentar, agia com elegância, conferindo a ele um porte que impunha respeito.

Ele conversava amigavelmente com o grupo de policiais federais que revistavam sua bolsa de trabalho. Amável demais, perfeito demais. Ele era tão irritantemente belo que desconsertou duas policiais que pararam de revistar as mulheres, apesar da fila quilométrica, para encarar a beldade. Nenhuma moça se importou. Encaravam-no do mesmo jeito.

Ele foi liberado. Agradeceu aos policiais. Pareceu sem jeito quando uma policial lhe entregou uma anotação, mas pegou-a, colocou-a em seu paletó e coçou a cabeça, um gesto sutil. Subitamente senti uma sensação estranha. Uma estranha intuição. Um *déjà vu*. Como se tivesse reconhecido esse singelo gesto em uma vida anterior. Então, tive uma ideia louca, uma clara impressão de que era uma espécie de destino ir ao Rio de Janeiro. Era como se seguisse um caminho já traçado ou algo em que minha livre escolha não fazia parte da equação.

O rapaz entrou no saguão. Olhei em volta e notei que um grupo considerável de moças comentavam entre si, claramente apaixonadas. Algumas encabuladas com seus próprios pensamentos. Não tirei a razão delas.

Voltei minha atenção ao anjo de terno. Refleti. Sinceramente, deve ser triste ser observado dessa maneira. Neguei com a cabeça.

Não...

Não deve ser triste, não.

Ao entrar no saguão, voltei a minha confortável observação do ambiente e de todos que estavam em volta. Notei os passageiros espalhados, decrépitos, postura triste, aguardando o avião e com os olhos distantes. Comprei um café e me sentei na cadeira aguardando o embarque, tomei apenas um gole e queimei severamente a boca. Após a avaria, fechei os olhos, passando a língua nos lábios ardidos. Finalmente, o cansaço me pegou pelas poucas horas de sono e me encontrei no mesmo estágio que os demais passageiros.

Bocejei lacrimejando e sentei em uma cadeira. Incrível como as poucas horas de sono se fazem sentir em algum momento do dia.

– O café está quente demais? – perguntou uma voz rouca, suave, mas com um tom grave. Virei-me. Inadvertidamente nossas mãos se chocaram. Senti um choque eletrostático pinicar em minha mão. Vacilei. Descuidada, derramei um pouco de café em sua perna. Petrifiquei por raiva, ou por pura agonia. Para a minha sorte, o terno dele era preto. Foi tão perturbador quanto, nos momentos seguintes, uma brisa suave passar por mim em seguida e sussurrar uma mensagem em meio ao vento: "Jaaaaaciiii".

Naturalmente ignorei a mensagem e atentei-me à vítima do café em chamas.

Ele também segurava seu café, sentado ao meu lado em outra cadeira. Sorri encabulada e enrubesci, assim como a policial fez há pouco. Ele sorriu e limpou o café com um guardanapo. Admirei sua calma.

– Você me assustou. Desculpe-me – falei e me recolhi envergonhada. Ele me encarou, por alguns segundos. Parecia me estudar. Mordi meus lábios sem saber o que fazer. Deveria falar com o estranho? Ele sorriu. Balancei a cabeça. Foi o que consegui fazer no momento.– É... – balbuciei pateticamente.

O estranho, então, tomou um longo gole de seu café e disse:

– Boa sorte em sua mudança.

Deveria estar estampado em meu rosto o fato de estar de mudança, pois eu não havia mencionado nada sobre o assunto. Fiz um gesto silencioso de agradecimento. Eu não sabia como continuar a conversa. Nunca havia sido boa nisso, jamais fui aberta e não achava fácil falar com estranhos.

Ele se espreguiçou e disse:

– Você é bem jovem, não? – perguntou, após uma inspeção rápida de meu rosto e corpo.

Respondi com um som muito difícil de decifrar, até para mim. E ele prosseguiu:

– Deve ter vinte... e..

– 24.

– Hum – fez ele. O estranho juntou as sobrancelhas, como se não tivesse acreditado em minha resposta. Em seguida ouvimos a chamada aos passageiros.

Sem relutar nem falar seu nome, o maravilhoso estranho pegou sua maleta e foi em direção ao portão de embarque, automaticamente encerrando nossa breve conversa.

Peguei minha bolsa e fui atrás dele. Espantei toda a minha timidez de momentos antes. Não estava preparada para deixá-lo ir sem saber se havia conhecido o rapaz em outros momentos.

– Desculpe-me, mas eu o conheço de algum lugar? – perguntei em um salto.

– Sim, em diversas vidas, inclusive – respondeu o sujeito em um tom brincalhão.

A desorganização da fila deixou o sujeito entrar bem antes de eu poder alcançá-lo. Abdiquei da minha curiosidade julgando que o belo e intrigante rapaz já fazia parte do meu passado.

Passageiros disputavam espaço para colocar suas bagagens e eu busquei me manter em território neutro. Sentei em minha poltrona, no meio da fila de três assentos. Quando relaxei, pensei nos meus pais. Imaginei-os a caminho de casa naquele momento. Subitamente senti-me só. Passei minha mão no rosto e estalei o pescoço, não me pergunte o motivo. Apenas queria ocupar-me com algo. Fechei os olhos. Procurei ocupar minha mente tentando imaginar cada perfeito detalhe daquele estranho.

– Desculpe-me, você se importa se eu passar? Minha poltrona é na janela.

A primeira coisa que vi foram os olhos azuis brilhantes do belo rapaz me encarando como se estivessem sorrindo. Era o mesmo rapaz do saguão.

– Claro... Digo... Desculpe-me... Digo... Pode ir... Ah... – Afinal, me levantei, pois claramente estava fazendo outra cena patética na sua frente.

Um sorriso sutil refletiu-se na boca do anjo de terno. Achou graça da minha falta de jeito. Confesso, fiquei envergonhada. Era inacreditável como eu poderia estragar qualquer clima com os homens que achava interessantes. Realmente, não tinha jeito para lidar com homens. Revirei meus olhos e olhei para outro lado, aceitando meu vexame.

Ele sentou-se e soltou um murmúrio. Ajeitou-se no banco. Seus olhos cruzaram em minha direção. Ao notar que eu o observava, disse:

– Eu me chamo Gabriel Walters. Desculpe o murmúrio. Estou um pouco cansado. Ontem tive de procurar algo realmente importante em São Paulo. Agora que consegui o meu intento, sinto-me aliviado. Não saberia encarar o meu sócio caso houvesse falhado. Sabendo a importância disso que vim buscar.

Estendeu sua mão. Eu o toquei. Não consegui controlar meu riso enquanto balançou nossas mãos lentamente, em forma de cumprimento.

– Mas você não parece tão cansado. – Precisava dizer algo. Pois bem, foi isso que saiu. Não sei de onde saíram essas palavras, que sem dúvida não foram premeditadas por mim. Ele deu um largo e espontâneo sorriso. O homem tinha covinhas que emprestavam à sua beleza masculina um toque inusitadamente doce.

– Você é casado? – Agora, sim, estraguei tudo. Como não consigo manter minha boca calada? Tranquei os meus lábios fortemente.

– Hum... Pode-se disser que sim... – Ele juntou as sobrancelhas e ruborizou um pouco. Sua reação me deu um motivo para rir. Que bobagem minha imaginar que um homem desses estaria sozinho.

– Falei algo engraçado? – perguntou ele sorrindo.

– Desculpe-me, estava pensando em outra coisa. Você parece novo demais para tamanha preocupação em falhar. Imagino que tenha seus 25 anos... – respondi, após rapidamente pensar em uma explicação coerente. Não quis ser indelicada, nem revelar o que me fez rir.

– Não se desculpe... tenho trinta anos, mas com um temperamento de idoso.

O avião começou a decolar. Suas turbinas cortaram meus pensamentos e, por poucos segundos, me concentrei na decolagem. Assim que atingimos uma boa altitude, consegui olhar para o céu e admirar o seu esplendor.

– Deseja suco, refrigerante ou água? – perguntou a aeromoça sorrindo.

– Nada, não desejo mais nada... – respondi serenamente, mantendo meus olhos em direção ao Sol. O céu iluminado como em um sonho de paz. Somente isso podia ser mais belo que Gabriel Walters, ali ao meu lado.

6

LIBERDADE?

Rio de Janeiro, quarta-feira, 13 de abril de 1994

Penetramos nuvens carregadas confrontando a força da natureza e desafiando a lei da gravidade a milhares de quilômetros de altitude. Tudo ao redor tremeu. Automaticamente, como se isso fosse ajudar, agarrei ambos os braços da cadeira.

Um anúncio.

– Senhores passageiros, estamos passando por uma área de instabilidade que está resultando em turbulência.

Na minha concepção, "turbulência" não poderia ser a definição exata da experiência. Estávamos em uma máquina de lavar roupas desgovernada com a centrífuga ligada. Meus dedos cravaram nos braços da cadeira, arregalei meus olhos. O avião remexia-se como uma criatura viva, saltava pelo ar como um dragão enlouquecido. Comecei a balançar freneticamente as pernas. Um patético esforço de fingir a mim mesma que a tremedeira era mesmo das pernas. O piloto, estranhamente calmo, pediu:

– Por favor, retornem aos assentos, apertem os cintos e mantenham-se sentados para a sua segurança. Aproveitem a viagem.

Sarcasmo! A indignação tomou o lugar do medo. Se a imperiosa turbulência não me impedisse de caminhar pelo corredor do avião, invadiria aquela cabine para descontar minha ira, frustração e medo no piloto.

Rapidamente, espiei o anjo de terno.

Estranhei a calma de meu vizinho. Gabriel lia um livro de capa dura, tão antigo que as páginas pareciam manchadas. Um dos poucos passageiros realmente aproveitando a viagem, sem se abalar com a turbulência.

Decidi fazer o mesmo. Peguei a revista colocada no assento da frente. Folheei sem controlar a velocidade e, após meros segundos, a arremessei à poltrona do lado.

Zam!

O avião perdeu a altitude.

Senti um repentino frio na barriga como se estivesse descendo uma montanha-russa. Fui me afogando em terror, enquanto o avião se esforçava para voltar à estabilidade. Tentei rezar, sem sucesso, pois esqueci a ordem das palavras. Gabriel olhou para mim com olhos fraternos e calmos. Parei de rezar. Toda a admiração que senti por esse homem se transformou em um caldeirão borbulhando de fúria.

– Acalme-se, menina. Esse avião não cai hoje.

Revirei os olhos. Gabriel parecia tão sarcástico como o piloto há pouco.

Zam! O avião perdeu altitude outra vez. Escutei o grito abafado da mulher na cadeira de trás. Era um momento de puro terror. Fechei os olhos por um instante e esperei o inevitável. Pensei em meus pais.

O avião foi parando de chacoalhar, mas mantive os olhos firmemente cerrados. Então, gradativamente a tremedeira foi amansando.

Munida de uma coragem renovada pela estabilidade do avião, abri os olhos para ver o estado do clima ao redor do avião. Pela janela ao lado do Gabriel, tive a grata visão de ver as nuvens finalmente se afastando.

Ao mesmo tempo, notei um fato curioso. A palma da mão de Gabriel estava encostada na janela e ele parecia concentrado. Talvez rezando... Acho que pude ver até uma luz fraca, quase como uma pequena lanterna na palma de sua mão. Julguei estar alucinando como da vez em que ouvi uma voz feminina falar comigo no meio da estrada, quando fugi de Rodrigo.

Procurei organizar meus pensamentos e controlar minha respiração, ainda ofegante. Não havia crianças a bordo, mas me senti como uma infanta, transgredindo com meu desamparo em busca de Sarah. Sarcasmo do destino.

Liberdade?!

Bah!

Houve um nítido alívio de um comentando com o outro a loucura daquela cena. O medo súbito e o desamparo da infância, pelo visto, não afligiram somente a mim. Com isso, magicamente, toda a distância do saguão foi retirada e aqueles que não se conheciam agora se falavam como se tivesse criado um laço de amizade.

Meus olhos pararam no livro em cima do colo de Gabriel. Ele abriu os olhos. Voltou a me olhar com seus olhos azuis.

– Você ainda não me disse seu nome, ou disse?

– Joana – respondi sem conseguir distrair a tremedeira da voz. Meu coração ainda seguia um ritmo metaleiro pesado. Coloquei a mão no peito para apaziguá-lo.

– Ah, belo nome. Origem no latim. Feminino de João. Seu nome simboliza uma pessoa que só amadurece depois de muito lutar pelo equilíbrio entre a razão e o coração. – Ele sorriu, ainda mantendo a mão na janela. – Indecisa a princípio, mas segue com a paixão de uma verdadeira súdita quando finalmente toma uma decisão. Ousada e intrigante. Estou errado?

Dei de ombros. Não saberia responder a isso. Rapidamente observei montanhas verdes pelo horizonte da pequena janela. Imaginei, com alívio, que estávamos chegando. Gabriel riu, franziu a testa, fechou a janela e continuou:

– Não gosta de ficar parada.

Voltei minha atenção a ele e comentei:

– Isso é uma verdade.

– Por fim, um nome forte. Indica uma pessoa que desafia o contexto devido à sua grande agilidade mental e física.

Abri a boca ensaiando uma resposta. Na completa falta de opção de palavras, fechei-a. Afinal, se tivesse esse nível de intelectualidade, teria uma resposta na ponta da língua. Ele riu. Contemplei as covinhas de seu sorriso. Era como se ele tivesse saído de uma propaganda de revista. Seu rosto, aliás, era deslumbrante. Gabriel parou de rir e refletiu minha falta de resposta.

– Acha que errei? – perguntou.

Neguei. Vamos lá! Quem confessaria que não detinha essa tal "agilidade mental", descrita com a convicção das palavras de um belo homem vestido de terno e com uma postura impressionante? Além do mais, ele deveria saber como seu sorriso estimulava instintos mais primitivos em uma mulher.

Ele continuou:

– Apenas estou descrevendo seu nome. Joana.

– Sim – murmurei.

– Gosta de servir. Muitas vezes seu senso de obrigação, de servir, a leva a fazer sacrifícios extremos por alguma pessoa ou aspiração.

– Impressionante. – Foi o que consegui dizer após seu discurso.

– Descrição pertinente. Afinal, você ainda aparentava estar aterrorizada. Acredito que a distraiu, não foi? – Gabriel falou rindo ao abrir sua janela.

Meu queixo caiu ao notar que havíamos aterrissado e nem percebi.

Nesse momento, os passageiros aplaudiram o piloto, após sua brava luta contra o vento e heroica aterrisagem em pista escorregadia e molhada, no aeroporto Santos Dumont em um dia de chuva forte no Rio de Janeiro.

Sorri, verdadeiramente grata com Gabriel por ter me distraído naquele momento, como ele mesmo havia dito.

Os passageiros levantavam mais apressados que antes, na ansiedade de sair do avião, como se a claustrofobia os houvesse transformado. Todos se levantaram, antes mesmo de o avião parar e anunciar que abririam as portas, abriram os compartimentos de cima e avançaram em direção às respectivas bolsas. Voltaram a ser todos estranhos, cada um por si, suprimindo qualquer resquício de possível incidente que os havia unido minutos antes. Admirei a mudança e os hábitos, sentada, enquanto Gabriel olhava em sua janela em busca de algo, ou alguém.

Ele voltou-se para a mim e comentou: – Minha companheira me aguarda. – Então perguntou: – Você precisa de ajuda?

– Não. – Essa resposta me pareceu apropriada. Eu poderia gerar uma crise de casal. Meus pensamentos muito pouco ingênuos em relação ao rapaz contribuiriam no conflito, e muito.

– Quando você conhecer a minha companheira, não terá muita opção.

Ele foi pegando minha bolsa e me vi sem saber o que fazer, a não ser acompanhá-lo. A aeromoça agradeceu a presença de todos, abriu as portas da aeronave. Seguimos à esteira de bagagens. Felizmente, minha mala antiga foi fácil de identificar e já estava disponível. Fui em direção a ela, mas Gabriel a coletou antes e perguntou.

– É sua mala?

Confirmei.

– Vamos, então.

Sem saber como fugir da situação, acompanhei Gabriel até o saguão de desembarque e, logo ao chegar, avistei uma mulher morena, com cabelos longos, castanhos e levemente ondulados. Traços belos e impressionantes, distintos, beleza rara. Seus olhos enormes destacavam o verde de forma esplendorosa e sua pele, levemente trigueira, completava a beldade estonteante. Seus lábios eram grossos e o sorriso perfeito nos saudava. Eu podia ver de longe esse sorriso, mas estava com receio de que minha presença pudesse tornar esse encanto um pesadelo.

Também não pude deixar de notar seu vestido vermelho, perfeito para seu tom de pele, e sua panturrilha com músculos claramente expostos, dando um toque de encanto único.

Eu estava tão hipnotizada com a beleza de Gabriel que não me dei o trabalho de perguntar o nome de sua esposa. Também, como poderia prever que seria apresentada à respectiva? *Como*?!

Gabriel correu em direção a ela. Abraçou-a, levantando-a do chão com uma mão enquanto a outra segurava minha bolsa e mala.

A bela mulher o abraçou, fechando os olhos, parecendo aproveitar cada segundo desse reencontro. Fiquei parada, sem saber como reagir, aguardando os beijos e afagos, com uma inveja louca e sem saber como me comportar, já que minha bolsa e mala ainda estavam em sua posse.

Ele a colocou no chão e ela me olhou. Soltou um novo sorriso.

– Estamos separados há alguns dias... – Ela gesticulou, meio sem jeito, como se as entrelinhas de sua frase inacabada pudesse explicar tamanha ternura no cumprimento. Sorri e assenti, sem saber o que falar. Então, ela fez uma expressão de quem estava intensamente comovida e me deu um abraço apertado.

Arregalei meus olhos. Sinceramente, não esperava tamanha receptividade. Todos os músculos de meu corpo tencionaram.

– Ah, desculpe-me... – Ela se distanciou ao perceber o meu espanto. Respirou fundo, se recompôs, juntou as mãos e disse. – Sou Lina.

– Ah. Sou Joana. – Pausei. Detive a vontade de encolher-me. Passei a enrolar os cabelos em meu dedo indicador. Sem saber por que subitamente manifestei um comportamento completamente estranho, parei. Sorri. Então disse. – Desculpe-me. Gabriel e eu nos conhecemos no saguão em Viracopos. – Cocei a cabeça e arrumei meus cabelos sem jeito. – É... Ele me ajudou a me acalmar durante a viagem, pois passamos por uma tempestade forte e eu tive a terrível impressão de que o avião poderia cair.

Acho que me expliquei demais. Ambos se entreolharam, sem esconder a alegria. Um casal irritantemente belo à minha frente. Eu me senti um acessório com defeito ao lado desse casal. Ao contrário de Lina, eu carregava quilos extras que são, de acordo com Camilla, tristemente acumulados em minha barriga, culote e braços. Meus cabelos mereciam mais cuidados e acho que senti bafo de sono e café. Isso me fez dar alguns passos para trás.

– Você tem transporte para seu destino? – Lina perguntou. – Quer carona?

Tentei recusar, querendo fugir:

– Não se preocupe. Obrigada.

– Aonde você vai? – perguntou Gabriel.

– Vou direto para a empresa Assendent. – Acho que a minha resposta era satisfatória, afinal, quem não conhecia a Assendent?

Para o meu espanto, Gabriel enrugou a testa e disse:

– Você não falou que trabalhava na Assendent. Está com sorte! Sou um dos sócios e diretor de projetos da empresa.

Meu espanto foi claro e expressivo.

– Desculpe-me... Não esperava ver o sócio da empresa em um avião comercial – comentei.

– Geralmente não nos transportamos por esse meio... – Gabriel estava dizendo quando Lina deu um leve tapa em sua barriga. Torci minha cabeça, sem conseguir ver sentido na resposta de Gabriel nem na reação de Lina. A esse ponto, meu desarranjo se transformou em plena curiosidade.

– A Assendent tem diversos parceiros espalhados pelo mundo. Também financia diversas pesquisas em faculdades, sem contar com seus inúmeros projetos sociais. – constatei na confiança de quem conseguiu coletar em jornais e revistas informações suficientes sobre a empresa. Sim, eu tinha feito uma pequena pesquisa, preparando-me para a entrevista, pena que a entrevistadora não sabia o que perguntar. – Você, sendo um dos sócios da empresa, deve viajar bastante mundo afora. Como viaja? Por navio?

Ri da minha suposição sem nexo. Levaria mais de dois meses para cruzar o Atlântico de navio. Um executivo como Gabriel não perderia tanto tempo.

Lina sorriu, sem graça e mudou de assunto:

– Eu sou responsável por alguns orfanatos. Financio essas instituições e as administro. Além de... outras coisas... – Ela inspirou, olhando para cima, dando a entender que buscava palavras certas, mas não as encontrava. Então disse: – Um trabalho muito gratificante.

O sorriso não saía de seu rosto. Não consegui sorrir de volta, confusa. Primeiro, não entendi a recepção. Segundo, não entendi qual era o motivo para tamanha alegria. Terceiro, não entendi a mudança de assunto. Será que o avião particular dele caiu?

– Qual será o seu cargo? – Lina perguntou, curiosa.

– Vou começar como Assistente de Segurança do Trabalho.

Gabriel ordenou:

– Você irá conosco.

– Não, obrigada. – Ri e neguei com as mãos. – Sério. Não precisa. – Reforcei minha negativa com a cabeça. Imagina! Meu primeiro dia de trabalho e entro desfilando ao lado do sócio da empresa? O que os outros iriam pensar? Logicamente que eu havia sido indicada e que não passei suadas horas em meio a uma entrevista estranha com uma colega do setor.

Sem me escutar, Gabriel se ajeitou. Arrumou o livro que folheava no avião em sua maleta, colocou-a em seus ombros, pegou minha mala e bolsa e seguiu à frente. Lina pegou em meu braço e passou a me conduzir. Nesse momento, fui duvidando do grito de liberdade que havia acabado de conquistar. Tão perto e tão longe!

– Ele gosta de livros antigos? – perguntei, apontando a maleta onde o livro havia sido colocado.

– Ele gosta de livros. O tema desse livro que ele colocou na maleta é relacionado ao ciclo solar.

Gabriel, atento à nossa conversa, complementou:

– O Sol tem um ciclo, assim como a Lua. Seu intervalo gira em torno de onze anos. Os períodos em que a atividade é mais elevada conhecemos como máxima solar. É quando o Sol irradia seu calor de forma descontrolada e podemos ver as chamadas manchas solares.

– O que são manchas solares? – perguntei.

– Uma mancha solar é uma região onde ocorre uma redução de temperatura e pressão das massas gasosas no Sol, certo desequilíbrio, estando intimamente relacionada à sua energia magnética. Obviamente, interfere em nosso campo magnético.

– Você parece conhecer do assunto – elogiei Gabriel.

Gabriel respondeu, aos risos:

– Sim. Fui eu que escrevi o livro. Vou fazer outra revisão. Bom... alguns amigos e eu. Achamos que está na hora de apresentar novas informações sobre o Sol.

Ri com o seu comentário. Imagine! Um livro notoriamente antigo escrito por um homem dessa idade! Para a minha vergonha, ri sozinha. *Não é piada?*, pensei. *Perdi alguma coisa?*

– Pode me emprestar o livro? – pedi a Gabriel.

– Claro. – Ele me passou o livro.

O livro era de 1932, e o autor, Walters, A. Então me lembrei de seu nome: Gabriel Walters. O nome do autor começava com "A". Concluí que fora escrito por um parente e que Gabriel havia, de fato, feito uma piada. Neguei com a cabeça e lhe devolvi o livro.

Comentei:

– Sempre gostei da luz do dia e de dias ensolarados.

– Bom saber! – Gabriel respondeu, claramente satisfeito com o meu comentário.

Chegamos ao carro. Uma máquina que eu nem sabia que havia chegado ao Brasil. No caminho do centro, enquanto eu examinava cada maravilhoso aspecto do incrível banco de uma espécie de couro estranho, Lina contou que nascera na Grécia, mas morava no Brasil há muito tempo. Lina mora com Gabriel há tanto tempo que, segundo ela, não se lembra de muito da vida antes de conhecê-lo. Sinceramente, achei um pouco exagerado, mas estava de carona e não queria ser desagradável.

Em meio ao trajeto, falamos sobre assuntos corriqueiros como tempo, clima, falta de segurança, meio ambiente, até que o carro parou logo em frente à empresa e o manobrista correu para abrir as portas. Então vi um deslumbrante prédio de vinte andares e seu revestimento de janelas escuras, com uma arquitetura bem atual.

– Obrigada, João – Lina agradeceu ao funcionário quando saía do carro.

Na qualidade de nova funcionária, sem os benefícios de primeira-dama, eu mesma abri minha porta.

– Ela é Joana, uma nova funcionária do setor de segurança e minha amiga – Lina me apresentou. O rapaz, João, me olhou com curiosidade.

Aquela situação de ser amiga, de repente, estava me incomodando. A intimidade em poucas horas não combinava com meu passado, com a maneira como eu lidava com os demais. Além disso, Kátia, após mencionar sobre suas promoções, disse que a Assendent tinha quinze mil funcionários diretos, sendo que dois mil eram alocados nessa sede, e o resto, em empresas parceiras, faculdades e instituições sociais, em trinta diferentes países. Quando cheguei a perguntar, a título de curiosidade, o motivo de os sócios se instalarem no Rio de Janeiro, ela sorriu e respondeu que eles moravam em diversos países. Então ela comentou que financiavam diversas linhas de pesquisa e ofereciam bolsas de estudos em diversas universidades. Eram empreendedores que financiavam talentos.

Definitivamente não deveriam ter tempo para tal recepção a uma mera assistente.

Procurando manter-me neutra aos galanteios, respirei fundo e procurei alguma lógica para tamanha hospitalidade. Enquanto observava o imponente prédio à frente, rapidamente recordei os momentos-chaves que me levaram a esse desfecho. Esbarrei em Gabriel, derramei parte de meu café pelando em suas pernas, ele se sentou ao meu lado no avião que, por sinal, quase caiu. Logicamente isso tudo cria certa intimidade. Não foi?

– Então a senhora será tratada como se fosse minha supervisora direta! – Afirmou João me trazendo de volta ao momento.

Agradeci, sentindo meu rosto enrubescer. João correu para o porta-malas e pegou as minhas malas, enquanto Gabriel arrumava sua bolsa com uma feição séria, muito diferente da que eu já havia conhecido.

Gabriel arrumava algumas pastas em sua maleta de trabalho. O aguardamos. Enquanto isso, João levou as minhas malas para dentro da empresa. Ao retornar, Lina e João conversaram sobre o fim de semana, sobre Marina, a esposa do João, e assuntos corriqueiros. Aguardei, em silêncio, observando a arquitetura magnífica do prédio.

Ao entrar na empresa, sofri uma súbita febre de curiosidade. Comecei a sentir as mãos suarem. Olhava tudo que estava em volta. Procurava tirar fotos com a mente da imensa recepção, da interessante forma como eles expunham o nome da empresa, como se tivesse sido cravada em cobre e pendurada por diversos fios de nylon, dando a impressão de que a "Assendent" levitava no ar. A recepção era feita de madeira reciclada e tinha um ar rústico, porém muito elegante. Havia duas funcionárias na recepção. As duas, uma loira e outra morena, estavam muito bem vestidas com *tailleur* preto e camisa branca. O olhar das duas brilharam ao ver Gabriel entrar na recepção e ir em sua direção. Foi nítido perceber a morena enrubescer. Ao mesmo tempo, foi nítido ver que ele não retribuiu os olhares e que a sua postura se manteve intacta, profissional.

Ele anunciou após um breve cumprimento:

– Gostaria que vocês conhecessem Joana. Ela irá iniciar hoje no Departamento de Segurança, Meio Ambiente e Saúde como assistente. Gostaria que vocês anotassem essa contratação e já solicitassem um crachá para ela. Não gostaria de vê-la presa na portaria.

– Imediatamente, Sr. Gabriel. – Uma das recepcionistas respondeu e anotou em seu livro de ocorrências. – Joana?

– Monteiro – respondi.

– Obrigada. – Uma das recepcionistas, a morena, anotou.

– Pode vir comigo, Joana. – Ele indicou o hall de entrada com três elevadores em cada extremidade. – Eu a encaminharei ao departamento. Alcinoe é a Diretora do Departamento de Segurança e você responderá diretamente a ela.

– Que nome diferente – observei. Realmente, li seu nome na carta de oferta de emprego, mas ouvir o som sair da boca de Gabriel pareceu ainda mais exótico.

– E, se me permitir opinar, é muito belo. Alcinoe é responsável pelo seu setor e é uma mulher extraordinária. Ela iniciou a empresa conosco. Admiro-a muito e tenho certeza de que você estará em boas mãos.

Silenciosamente, concordei com Gabriel.

A cada passo parecia aumentar minha vontade de iniciar seja lá o que eu iria fazer. Será que a minha empreitada, ou nova fase de vida, daria certo? Naturalmente listei os inúmeros pontos que poderiam dar errado: se eu não gostasse do trabalho? Se eu não conseguisse desempenhar de forma adequada? Se o trabalho fosse difícil demais? Se Alcinoe não gostasse de mim? Se eu não me adaptasse a essa nova liberdade ou estado? Somente em pensar nessa possibilidade passei a sentir vertigem. E se… eu não conseguisse ficar sozinha… E se Rodrigo…

Antes que minha lista elevasse a minha ansiedade à estratosfera, enquanto o elevador subia em uma velocidade irritantemente devagar, escutei a suave voz de Gabriel, que apontava para trás de mim:

– Notou como o céu está belo? – O tormento tempestivo de meus pensamentos deveria estar gritante. Estava nervosa demais. Virei-me e finalmente notei a impressionante vista para a Baía de Guanabara. O elevador era panorâmico. E, como tantas vezes no passado, o colorido do céu durante o entardecer do dia me afetou pelo seu esplendor. – Jamais comece o seu dia sem contemplar o céu – ele indicou.

Concordei silenciosamente.

O Sol repousava em um lado do horizonte e a Lua aparecia em outro. O céu estava parcialmente encoberto de nuvens densas. No espaço entre a Lua e o Sol, havia um colorido de nuvens magníficas. Uma mistura maravilhosa das cores laranja, rosa, lilás, vermelho, azul e cinza.

– Você sabe que as nuvens coloridas indicam a mensagem de amor entre o Sol e a Lua? – perguntou. Belo, inteligente e sensível, outra vez ele percebeu o meu nervosismo e tentou distrair-me. Lina era uma mulher de sorte.

Mantive meus olhos na vista magnífica à frente, as nuvens, o Sol e a Lua. O elevador subia devagar, como se a sua intenção fosse fornecer tempo para que todos observassem a maravilhosa Baía de Guanabara. Também tempo suficiente para testemunharmos a poluição à sua volta. Um convite para contribuirmos na mudança desse triste cenário.

O elevador parou e meu estômago pulou. Mais uma vez, notando a tensão em meu rosto, ele comentou:

– Tudo vai ficar bem.

Minha barriga deu um nó e rapidamente coloquei as mãos sobre ela. Meu pai me alertou, quando aceitei a oferta, que o primeiro dia de trabalho era um dos poucos dias de que valia a pena se lembrar em detalhes. Talvez ele esteja certo. Tudo à minha volta parecia tão colorido e especial como o céu sobre o Rio de Janeiro. Enruguei minha testa ao lembrar-me do que meu pai disse logo após acabar seu minuto de inspiração. Ele disse que o resto dos dias de trabalho era para eu tentar esquecer.

– Pode confiar em Alcinoe. Você estará em boas mãos... – ele anunciou assim que a porta do elevador abriu e acenou a uma mulher sentada à mesa dentro de um escritório completamente exposto por uma parede de vidro. Ela acenou de volta, levantou-se de sua mesa, e parecia sair de seu escritório para nos cumprimentar.

Saímos do elevador, passamos por um corredor de armários e nos aproximamos da moça, que parecia brilhar com seu largo sorriso. O corredor da empresa era envolvido por vidro, muito amplo. Havia abas espalhadas, mas distantes uma das outras. A arquitetura do ambiente era incomum. No teto, havia poucas luzes. O ambiente era bem iluminado, mas havia algo parecido com espelhos redondos espalhados nas paredes que captava os raios solares. Era uma visão realmente impressionante.

– Fico feliz em saber que você fez a gentileza de trazer Joana pessoalmente – a mulher comentou. – Seja muito bem-vinda, Joana. – A mulher me dirigiu a palavra com uma cordialidade incomum. – Sou Alcinoe.

Alcinoe tinha estatura média, muito elegante e seus braços eram fortes. Ela se vestia com esmero. Sua calça de linho marrom e camisa branca conferiam-lhe um ar profissional. Seu rosto tinha traços fortes que se misturavam em perfeita sintonia com o olhar aconchegante.

Bonita, visto que combinavam todos os traços. Cabelos pretos e bem arrumados; aparência jovem, apesar de Gabriel falar sobre sua vasta experiência. Sinceramente, percebi que seu comentário estava fora do contexto, ao ver uma moça que aparentava ter praticamente trinta anos, no máximo.

– Bem-vinda, Joana. – Alcinoe me deu um longo abraço de boas-vindas.

– Bom, vou seguir o meu caminho – Gabriel anunciou.

Estatelada e petrificada, recebi o inesperado abraço de Gabriel.

– Você não tem ideia de como estamos felizes por tê-la encontrado.

Alcinoe concordou.

Sem saber como reagir, assenti.

Ele seguiu seu caminho pelo corredor. Abriu uma porta, de onde supus ser as escadas, e desapareceu. Apertei meus lábios por entre os dentes para controlar minha boca. Mantive-me encolhida, de braços cruzados e em estado constante de alerta.

Deixei que os braços de Alcinoe envolvessem meus ombros ao me conduzir para sua sala. No caminho, passamos pelo setor de segurança, contando dez pessoas em um andar, espalhadas confortavelmente em um ambiente claro. O setor dividia-se em baias que estavam individualmente personalizadas. Percebi uma baia vazia, ao lado de seu escritório. Um ambiente igual a todos os outros no andar, exceto pelo grande vazio. Imaginei, no caminho, que esse poderia ser meu local de trabalho.

Alcinoe abriu seu escritório composto por uma mesa central com três pernas tubulares de madeira prensada, bem elegante, que dava um ar rústico ao ambiente. Era elegantemente jovial, um móvel que impunha respeito e era o ponto focal na sala.

Uma poltrona em frente à sua ampla janela e um sofá preto, logo à frente da poltrona. Ao lado desta, havia uma pequena mesa redonda com alguns copos ornamentados e uma jarra de cristal cheia de água. Havia um biombo, um bengaleiro e uma estante com pastas, de aparência muito antiga. Não havia fotos, mas somente um quadro, um retrato de pintura a óleo moderno, que imaginei ser a face de Alcinoe, ou uma face qualquer.

Sentei-me na poltrona. Alcinoe sentou-se à sua mesa e iniciou um discurso que entendi como uma forma de integração.

– Pois bem. Fico feliz que você tenha aceito essa oportunidade. Espero que você se encontre aqui, conosco – disse ela. – Fez boa viagem?

– Sim – menti.

– Não se preocupe com nada hoje, somente em conhecer o ambiente.

– Como é esse trabalho?

– Imagino que esteja curiosa. Antes de tudo, asseguramos que todos os funcionários trabalhem em proteção, focando em sua segurança. Também nos esforçamos em ensinar aos funcionários o conceito de preservação. Lutamos muito por isso. Acredite.

Ela levantou-se, se dirigiu à mesa pequena, de madeira, redonda, ao lado da poltrona, encheu dois copos de água, me estendeu um deles e sentou à sua mesa, com outro na mão. Andava confiante, alegre e desinibida. Bebeu um gole e continuou:

– A empresa foi criada há vinte anos.

Elevei minhas sobrancelhas. A aparência dela não condizia com o tempo de empresa.

– Vocês devem tê-la inaugurado bem jovens. – Minha intenção era fazer um elogio, mas o tom de voz legitimou minha consternação.

– Não nos julgue pela aparência.

Queria perguntar a sua idade, mas, felizmente, por cautela, mantive a boca fechada. Estampei um sorriso qualquer para garantir meu silêncio.

– Ela foi inspirada após o grande nevoeiro de 1952 em Londres. Uma tragédia originada pela intensa queima de carvão, uma fonte de energia dominante no país para manter as casas aquecidas, para cozinhar, para abastecer fábricas, por exemplo. Esse triste evento foi considerado o pior desastre ambiental em uma metrópole. Infelizmente essa atividade é bastante concentrada no Brasil pelas queimadas de florestas e pastos. – Alcinoe bebeu outro gole. – Carbono negro, também chamado de fuligem. É um poluente composto por pequenas partículas de carbono. Basicamente o carbono negro absorve o calor fornecido pelo Sol e prejudica a respiração. Esse nevoeiro letal desceu sobre Londres e cobriu a cidade. Famílias inteiras agonizando de doenças respiratórias e sendo literalmente asfixiadas. Uma tragédia que incentivou mudanças.

Alcinoe pausou, possivelmente para me dar tempo de assimilar a informação. Bebeu outro gole de água. – O que nos inspirou foi justamente isto: a escolha de mudar, de sermos capazes de tomar uma decisão ecológica, consciente e coletiva. Então, esta é a filosofia da Assendent: inspirar, criar, inovar e desenvolver soluções viáveis para possibilitar a tomada das rédeas do nosso próprio destino. O conceito da empresa é fornecer soluções de tecnologia que também contribuam para reduzir a poluição, o desmatamento e o controle do lixo. Teoricamente, algo moderno e fácil de se vender. No entanto, nosso desafio são as pessoas. Uma máquina se controla, mas pessoas são imprevisíveis. São influenciáveis pelas tentações da ambição e da onipotência. Bom, agora falando sobre o departamento... O Departamento de Segurança e Meio Ambiente é muito mais desafiador que parece. É um paradoxo. Ama-se trabalhar nesse departamento, mas as frustrações são grandes e diárias. A responsabilidade vem na mesma linha que o desamparo. Considerado hoje como um grupo em franco crescimento, buscamos talentos novos no mercado para treinar.

Alcinoe pegou em minha mão, estudando a minha reação ao que disse.

Assenti, procurando demonstrar alguma confiança.

– Obrigada, você explicou muito bem – agradeci.

– Joana, você está iniciando uma carreira em Segurança do Trabalho. Reconhecemos que a sua qualificação em Psicologia poderá nos ajudar imensamente em investigações de acidentes e na padronização de treinamentos. Antes de tudo, minha sugestão é conhecer as funções, o departamento, e se apaixonar pelo que faz. Peço que você encontre um propósito para estar aqui, para construir sua carreira conosco. E... se tiver que mudar de função, que seja ao nosso lado... – concluiu.

Minutos se passaram e fiquei fixada no olhar de Alcinoe. Nunca pude esperar esse desfecho no discurso.

Mudar de função?

Alcinoe quebrou o silêncio novamente e reiniciou com voz firme:

– Para lidar com as mudanças que afetam as organizações e se preparar para o futuro, o profissional de HSE (*Health, Safety and Environment* – Saúde Segurança e Meio Ambiente – SMS) precisa focar na vantagem competitiva e ser um parceiro estratégico dos negócios da empresa, assegurando a segurança do meio ambiente e das pessoas. Nosso objetivo principal é o progresso ecológico, com responsabilidade. – Enfatizou bem a palavra "responsabilidade" e continuou. – Hoje, o mercado exige postura cada vez mais proativa e inovadora, e o profissional de HSE não pode ficar na janela vendo o tempo passar, sob pena de ficar para trás. Ele precisa ter competência técnica multifuncional, habilidade interpessoal e política, visão estratégica, criatividade, espírito inovador, foco em resultados, facilidade de comunicação, flexibilidade e energia própria. Além de estar sempre buscando se desenvolver.

– Obrigada pela explicação, mas... por onde começo?

– Joana, nesse momento você não deverá trabalhar. Vai apenas conhecer seu local de trabalho. Quem sabe, se tivermos sorte, irá encontrar a sua revelação nesses dias... Venha, vou lhe mostrar a sua mesa.

Alcinoe me encaminhou até minha mesa. Ela mandou juntar todas as pessoas do setor para que pudesse me apresentar. Incapaz de assimilar tanta informação, procurei ser delicada com as minhas colegas, acenando. Todas me encaravam com olhares curiosos. Era um grupo constituído, na grande maioria, por mulheres. Fui conhecendo cada colega por nome e reponsabilidade. Maria tinha origem portuguesa, traços rústicos, pele pálida com diversas irregularidades e estava acima do peso; trabalhava na área de consultoria interna com Kátia.

Todo o setor de Certificação era controlado por Ana, morena com traços finos e, ao contrário de Maria, bastante magra. De acordo com as informações obtidas, Ana foi chamada, diversas vezes, para trabalhar na informática e preferiu manter-se nesse departamento. Ela era um verdadeiro gênio em computação a ponto de assumir, como parte de suas tarefas, a manutenção de todos os programas e computadores funcionais desse setor, bem como a de todos os sócios e diretores. Impressionante!

Sua equipe de Certificação era uma das maiores. Manoel (o único homem do setor) era mulato e tinha o corpo de um jogador de futebol. Tinha também Carla, Lindalva e Rosana. Carla e Rosana tinham rostos belos, à sua maneira, e corpo bem cheio. Lindalva se destacava das demais pelo corpo delicado, sua beleza negra e olhos verdes. Tereza, assistente como eu, uma menina de óculos redondos, rosto fino e alta demais para o gosto comum, estava rodando todos os locais no esforço de entender o setor e se alocar. Tereza estava com a aparência desgastada, parte pelo seu clareamento no cabelo que, assim como ocorria com Kátia, não ajudava em nada na beleza.

Rafaela e Manoela atuavam no setor de Treinamentos e também eram responsáveis por campanhas internas. Ambas morenas. Manoela, com os cabelos curtos, tinha aparência simples, mas muito elegante. Rafaela, com largos cachos nos cabelos volumosos, tinha aparência de mulher fatal. Pelo que entendi da orientação de Alcinoe, eu teria de me encaixar em alguma tarefa, encontrar minha revelação. Teria de fazê-lo rápido, para deixar de ter uma cara de "perdida" e cansada como a da pobre Tereza.

O celular de Alcinoe tocou. Ela informou que era o CEO e precisava atender, mas pediu para prosseguirmos. Bom, sem saber muito como prosseguir, percebi que o momento introdutório acabou, então agradeci a Alcinoe e aos demais. Direcionei-me à minha mesa.

– Joana, você não vai se apresentar? – perguntou Rafaela, sorridente.

Virei com sobressalto, imediatamente me esforcei para manter uma postura digna. Se Rafaela me conhecesse um pouco, perceberia como eu odiava falar em público. Balbuciei algumas palavras que acho que fizeram algum nexo e, ao ver a expressão profundamente confusa de metade da equipe, finalizei o discurso.

– Sou de uma cidade chamada Indaiatuba, em São Paulo. Estou muito feliz com essa oportunidade. Gostaria de aprender e poder contribuir com todas.

Após um angustiante silêncio, Alcinoe saiu do celular e disse:

– Joana, hoje é seu primeiro dia e quero que você vá com calma.

– Obrigada.

– Você já procurou um local para alugar? – Kátia interrompeu-me de maneira nada sutil, como antes, na entrevista.

– Meu pai me deu um dinheiro para ficar em um hotel enquanto não acho apartamento.

– De jeito nenhum! – Alcinoe contestou. – Rafaela, confirme a reserva de Joana no Copacabana Palace até que ela ache um local para morar, essa foi a minha recomendação.

Todos se entreolhavam, logicamente confusos. Percebi que aquela recepção não era para todos os funcionários. De fato, a situação estava ficando cada vez mais estranha.

– Não é necessário – eu disse, muito desconcertada.

Alcinoe me ignorou e encarou Rafaela enquanto não a via agir.

Então Rafaela se atirou ao telefone e, após discar o número, já agendou um quarto. Não pude deixar de notar que Rafaela desligou o telefone, bastante confusa. Alcinoe entrou na sua sala, me deixando paralisada de vergonha diante dos olhares confusos da equipe.

– Joana – Rafaela veio até mim –, Alcinoe nunca fez isso com ninguém. Você realmente deve ser um talento e tanto! Até Carla, que não entrou como assistente, quando se mudou para o Rio, para iniciar seu trabalho com a empresa, não teve esse tratamento.

– Devo agradecer Alcinoe então, mais uma vez.

– Antes disso... – ouvi Carla falar – você poderia me ajudar a arrumar alguns arquivos de funcionários desligados em nossos arquivos? Temos de manter registro de todos os treinamentos separados individualmente. Não jogamos nada fora. Te mostro como é feito.

– Tudo bem. – Peguei umas folhas e pastas indicadas por Carla. A segui pelo corredor. Notei que, bem à frente dos elevadores, tinha um pequeno corredor. Entramos nesse corredor que desvendou, a cada lado, duas espécies de armários gigantes e deslizáveis através de uma trilha de ferro na sua base. Eram verdadeiros muros de ferro com prateleiras cheias de pastas arquivadas com uma espécie de volante que Carla passou a rodar. Pelo visto, esse volante à frente de cada armário os movia de um lado para outro no trilho.

À frente de cada prateleira, havia indicativos do alfabeto. Carla pressionou um botão com seu pé e seguiu para dentro do armário.

– Antes de entrar no meio dessas prateleiras, pressione o botão do chão – ela alertou. – Não se esqueça. Caso contrário, elas podem machucá-la, pois são pesadas.

Assenti.

Satisfeita com a minha resposta, Carla pegou as pastas da minha mão. Logo em seguida retirou duas pastas do mega-super-arquivo e me entregou.

– Leve para a minha mesa, por favor.

Assenti novamente e segui pelo corredor em direção ao nosso setor.

Algo cruzou meu caminho. Parei imediatamente, assustada com o movimento. Esse vulto passou tão próximo que chegou a roubar parte do ar ao meu redor. As pastas deslizaram de minhas mãos com o susto. Por alguns segundos, ignorei o barulho da queda das pastas. Também não me importei com a papelada espalhada ao meu redor. Logo em seguida um perfume e um calor surgiram como rastro de cometa. Era algo completamente diferente dos demais. Arrisco dizer que não se comparava ao perfume de Gabriel. Isso porque, diante desse aroma, meu corpo inteiro reagiu. Todos os meus sentidos se concentraram exclusivamente nas sensações remanescentes da passagem daquele vulto, em seu calor, perfume e gosto (sim, gosto!). Jamais imaginei que degustaria com o paladar a súbita passagem de outro.

Meu estômago revirou, meu coração disparou, meu cérebro paralisou. A sensação foi tão arrebatadora que perdi a força das pernas. Senti vertigens e achei que fosse desmaiar. Rapidamente disfarcei minha reação pegando algumas folhas caídas das pastas.

Jamais imaginei que o efeito de um perfume pudesse tirar-me do eixo dessa forma. Foi impressionante. Era como se o mundo tivesse parado, ou acelerado, nesse momento.

Levantei meu rosto para ver quem foi o responsável por mudar o meu eixo com essa facilidade. Foi então que vi um homem de cabelos castanho-claros, quase loiros, ombros largos.

Ele caminhava em direção à sala de Alcinoe. Parecia estar com pressa. Mantive-me lá, imóvel, imaginando como era aquele homem de frente. Ele era alto. Media aproximadamente um metro e noventa. Não consegui ver muito além do terno cinza-escuro, maravilhosamente alinhado em seu corpo.

Ele virou seu rosto para olhar a vista pelo vidro das imensas janelas do prédio, como se tivesse estudando o dia envolvido pelas nuvens densas. Foi nesse momento que consegui ver o seu perfil, perfeito demais para ser verdade. Ele se movia com uma confiança incomum, *sex appeal* e magnetismo que o fez onipresente. Brilhava entre os demais com a elegância de seus movimentos naturais, sem exageros. Simplesmente andou, como se estivesse acostumado com o efeito desnorteador por onde passasse. Tereza ajoelhou ao meu lado para ajudar. Notei que havia parado de aglomerar as folhas espalhadas e voltei ao trabalho.

De repente, e sem dar qualquer sinal, ele girou o torço e nossos olhares se encontraram. Ele parou, cerrou seus olhos e deu alguns passos para trás. Notei uma nota de espanto em sua expressão. Encaramo-nos, sem piscar, nos mesmos segundos em que parei de respirar. Era como se seu olhar tivesse invadido meu corpo e tocado em minha alma. Enrubesci e pisquei os olhos algumas vezes.

Desviei meus olhos com tremenda dificuldade e olhei para o chão. Espiei novamente. Ele já havia entrado na sala de Alcinoe. Eu me senti uma palhaça, parada e de joelhos no meio de uma papelada espalhada pelo corredor. Assim que retornei à realidade, peguei os papéis de Tereza, agradeci rapidamente e amontoei todos em uma pilha desordenada. Minhas pernas tomaram uma velocidade surreal e voei para o pequeno corredor do arquivo morto.

Minha vontade era de entrar no meio das prateleiras pesadas de ferro. Distraída, colidi com Rafaela e as pastas caíram no chão novamente. Meu queixo caiu, incrédula com tamanho desastre. Ajoelhei-me mais uma vez, irada com a minha patética atolação e falta de foco, logo nas primeiras horas do trabalho. Ela riu, agachou-se para me ajudar e falou, como se estivesse acostumada ao efeito daquele homem.

– Ele é Cauã – explicou. – Ele geralmente produz esse tipo de efeito nas mulheres. É o CEO... Você sabe, o executivo líder. Nunca imaginei conhecer um homem tão lindo, inteligente e solteiro. É de matar uma mulher, não é?

Ela riu do próprio comentário. Eu não consegui reagir.

– Está tudo bem? – perguntou, rindo da minha palidez.

Felizmente saí do encanto. Ri com ela, fiz um gesto de desdém com a mão e emiti um som:

– Buf.

O gesto exagerado de minhas mãos pareciam dizer: "Jamais cairei na armadilha de um homem lindo, inteligente e solteiro". Naturalmente não consegui dizer as palavras, já que não eram verdadeiras. Jamais fui boa em mentir.

– Esse rapaz pode ter qualquer mulher a seus pés. Deve ser chato demais ter tanta opção para si – respondeu com um tom de voz sarcástico. – Ele é mais reservado do que os outros sócios... Não é tão aberto com os funcionários. Bom, pelo menos tornou-se mais recluso depois de um boato de ele sair com uma funcionária. Digamos que aquela fofoca não caiu bem. Hoje, asseguro, ele não dá a mínima atenção a qualquer mulher dessa empresa, das demais filiais e de todos os outros milhares de possíveis estabelecimentos com os quais tem algum envolvimento profissional. – Ela deu de ombros e concluiu: – Deve sair somente com modelos.

Alcinoe apareceu como uma assombração no arquivo. Assustamo-nos e nossa reação foi rir, imediatamente, já que as pastas, que acabáramos de arrumar na poltrona, haviam retornado ao chão (pela terceira vez!) com o pulo de Rafaela.

– Joana, venha comigo, gostaria de apresentá-la ao CEO, Cauã – anunciou Alcinoe e tomou seu rumo em direção à sala.

Paralisei.

– Vamos, ele a está esperando. – Alcinoe retornou em poucos segundos.

Olhei para Rafaela, buscando alguma explicação para o CEO querer conhecer uma mera assistente sem a menor experiência. Ela deu de ombros e falou:

– Acho melhor você ir, Joana.

Andei lentamente, concentrando-me a cada passo como se estivesse embriagada. Senti um frio na barriga. Altamente alerta, me assustei com um som estrondoso no prédio como se um avião tivesse colidido nos andares de cima. Muitos se abaixaram. Um raio desativou a energia na empresa, mas, como ainda não havia anoitecido, ainda refletia luz pelas nuvens densas ao redor, o lugar se iluminava com espelhos. Não houve muita mudança na luz do ambiente.

A natureza parecia enfurecer sem motivo algum. O vento soprou com violência pelo andar em meio às primeiras gotas de chuva que liberavam aromas penetrantes que intensificaram o meu entorpecimento. Escutei uma comoção. Pessoas fecharam as janelas. Ouvimos outro som de trovão, dessa vez um pouco mais longe. O vento era forte lá fora, podíamos saber pelo som que produzia nas janelas.

Carla passou por mim, quase me derrubou, correu até o setor e pegou o telefone.

– Será que minha mãe está em casa? – disse ela. – Vai chover muito e devo avisá-la para pegar minha filha.

Pela parede de vidro, estudei a expressão de Cauã, como pude. Ele parecia cansado. Também arrisco dizer que emergia certo desamparo que contrariava minha concepção de imagem de um homem poderoso e bem-sucedido. Sentou-se na poltrona de Alcinoe com as costas curvadas, apoiando-se no joelho. No momento em que entrei na sala, ele se levantou, muito pouco confortável. Ele olhou diretamente para mim, com uma expressão séria e punitiva. Respirou fundo e fechou os olhos como se estivesse se esforçando para buscar energia extra. Ao me aproximar, notei detalhes de sua expressão facial vazia, sem cor.

Cauã era incrivelmente mais elegante de perto. Ele havia retirado o paletó de seu terno cinza-escuro. Sua camisa também estava dobrada, deixando à mostra o seu antebraço. Eu sempre adorei antebraços, e esses deram um passaporte inevitável para imaginar como seria seu peitoral, notavelmente definido e maravilhosamente esculpido. Seus olhos eram castanhos-claros, âmbar, singulares. Olhar profundo, tão penetrante que me mediu dos pés à cabeça.

Mediante a minha afetada observação e distorcida percepção da realidade, consegui captar apenas fragmentos em sua expressão facial: espanto, dúvida, anseio e, por fim, melancólica indiferença.

– Joana, por favor, conheça Cauã, nosso sócio majoritário e CEO. – Alcinoe estava sentada à sua mesa. – Cauã, essa é minha nova assistente, Joana. Como você foi gentil em vir me visitar, estou aproveitando a oportunidade de apresentá-la. Estou apostando muito em seu potencial.

Soltei um sorriso estremecido pela adrenalina do momento. Ele fez um gesto quase imperceptível, cumprimentando-me.

De alguma maneira, ele parecia incomodado e, diferente da minha reação nocivamente estranha, contrariado. Imaginei que a situação de estar diante de uma mera assistente, sendo formalmente apresentado, não seria norma na empresa. Seu perfume enfeitava a sala de Alcinoe e me servia de veneno mortal. O que diabos estava acontecendo comigo?!

– Fico feliz em trabalhar na empresa – disse de modo atrapalhado.

Isso era o melhor que conseguia? *Francamente!*

Ele elevou suas sobrancelhas e balançou positivamente seu rosto em aprovação.

– Joana acabou de chegar. Ela veio de uma cidade chamada Indaiatuba, que fica próximo a Campinas, em São Paulo. – Alcinoe observou. Ele pareceu ignorar o comentário de Alcinoe e olhou-me novamente, como se estivesse me estudando. Parecia um gesto de arrogância casual como se ele se sentisse no direito de me avaliar. Notei, por meros segundos, seu olhar ousado, pousando em meus seios. Cruzei os braços, envergonhada.

– Gostaria de...

Alcinoe foi interrompida por Cauã com a palma de sua mão. Notei o susto de minha diretora e disfarcei o olhar. Subitamente, o ar do escritório ficou pesado. Não sabia se eu deveria sair discretamente da sala para dar espaço para os dois conversarem ou ficar.

Ele espreguiçou-se e arrumou sua postura com um sorriso encabulado. Agradeceu a Alcinoe, virou-se em direção à porta e partiu. Ele partiu. Seguiu seu caminho sem dar uma única palavra ou dar-se conta de levar o seu paletó.

Ficamos imóveis com sua reação. Alcinoe e eu. Confusas ao ver aquele homem partir sem maiores explicações, observamos a imagem de Cauã pelo corredor enquanto a tempestade crescia lá fora e as janelas eram testadas pelos ventos fortes. Desejei que o chão se abrisse, tornando a fechar-se sobre o meu corpo, digerindo-o e cobrindo a intensa vergonha desse extraordinariamente desastroso encontro.

– Ele não é assim, Joana, desculpe-me. – Alcinoe tocou em meu ombro, me confortando. – Ele deve ter tido um dia ruim no trabalho.

Ouvimos então outro estrondo de raio no prédio ao lado, que assustou a todos. Cauã, que andava no corredor em direção ao elevador, parou por um instante, sem se virar, passou a mão pelo rosto e tomou as escadas. A luz apagou-se em todo lugar.

Alcinoe virou-se para sua equipe e anunciou:

– Podem ir. Afinal, já está quase no final do expediente e, pelo visto, a chuva vai apertar.

– Vamos a um bar, Alcinoe. As ruas já estão alagadas – Rafaela anunciou.

Alcinoe não pareceu muito satisfeita com o anúncio da funcionária e com o fato de Rafaela tê-la alertado pela chuva que estava por vir. Bom, acho... Eu estava frustrada demais para prestar atenção nisso.

– Quer nos acompanhar? – Rafaela quebrou meu sentimento de desamparo depois do encontro com Cauã e sugeriu que fôssemos a um bar perto do prédio. Dei de ombros, indecisa. Afinal, era o meu primeiro dia de trabalho, mas Alcinoe suspirou e apenas disse:

– Tome cuidado, Joana.

– Fique tranquila, chefe – Rafaela intercedeu. – Vou cuidar de Joana.

Alcinoe riu com a resposta de Rafaela e nos varreu com seus dedos.

Animada, Rafaela pegou em meu braço. Eu a segui sem objeções. Era preferível reprimir a vergonha de momentos atrás e sucumbir à diversão a perder-me em especulações comportamentais. Descemos as escadas. Rafaela descia excitada e esbaforida com o exercício. Subitamente, ela parou e chamou a atenção de um moço muito elegante, com seu terno preto, que também estava descendo as escadas.

– Olá, Cristiano!

Sua pele branca tinha um tom pálido, mas sua postura, mesmo desajeitada, era extremamente charmosa. Seu sorriso transparecia uma felicidade infinita que nos fez esquecer a tempestade que açoitava o prédio naquele exato momento. Seu rosto tinha traços finos e, ao mesmo tempo, másculos. Seus cabelos expunham um corte moderno e médio, com franja que cobria parte da testa.

– Essa é Joana – Rafaela me apresentou rapidamente.

Quando me olhou, seus olhos arregalaram, ele tropeçou e caiu alguns degraus. Corremos atrás dele.

– Tudo bem? – perguntei e peguei sua bolsa de trabalho.

– Está machucado? – Rafaela o inspecionou de cima a baixo.

– Estou bem – ele disse, sorrindo, ao se levantar.

Ele se recompôs, passou as mãos pela calça, e Rafael o apresentou:

– Joana, Cristiano é um dos sócios da empresa. Responsável pelo setor comercial. Alcinoe viaja muito ao seu lado, para apresentar soluções em diversos locais do mundo. Muitas vezes, Alcinoe leva alguém do seu setor. Às vezes vou eu, às vezes vai Lindalva, às vezes vai Ana... Também Manoel já os acompanhou nessas viagens. Acabamos nos tornando amigos. Não é, Cristiano?

Ele riu.

Eu não sabia se ria ou se mantinha minha cara de choque diante da audácia de Rafaela de oferecer explicações que não pedi, completamente descabíveis, à frente de um dos sócios da empresa.

– Estamos levando Joana a um bar. Tenho certeza de que você não vai conseguir chegar em casa antes da chuva terminar – disse Rafaela.

– Joana, é um enorme prazer conhecê-la. – Cristiano apertou a minha mão com um largo sorriso no rosto. – Inclusive, vou sim. Vamos brindar esse encontro!

– Assim que eu gosto! – exclamou Rafaela quando voltamos a descer.

Na rua, a chuva havia dado uma trégua. Seguimos o caminho com certa diversão ao desviar das poças que se acumulavam. No meio do caminho, a chuva retornou e entramos no bar molhados. O lugar era simples, mesas de madeira rústica com toalhas de papel branco.

Cristiano se tornou o centro da atenção assim que pisou no bar. Seu poder de sedução atraiu os olhares da maioria das mulheres, independentemente de idade, como se tivesse um olhar ingênuo que se misturava à promiscuidade sexual. Uma afrodisíaca mistura de inocência com grande porção demoníaca de luxúria. Ele não tinha a imponência ou a magnitude de Cauã, nem a serenidade de Gabriel, era simplesmente singular.

Algumas desviavam seus olhares encabuladas, outras o encaravam como feras. Buscavam-no compulsivamente a cada passo pelo bar adentro. Algumas sutis, outras nem tanto. Incrível como nenhuma mulher ficou indiferente diante de sua presença.

Sentamos à mesa já ocupada por Kátia, Ana, Tereza e Lindalva; cada uma com seu copo de chope e a porção de batata frita no centro da mesa. A chuva caía cada vez mais forte. Já se podiam ver pontos de alagamento na rua pela vidraça do bar.

– Joana, conte-nos um pouco sobre você – disse Lindalva ao nos sentarmos.

– Estamos todas intrigadas com sua recepção. Você já conhecia Alcinoe antes? Amigas? – Ana sugeriu. Essa pergunta me desconcertou, confesso. Julguei, a princípio, como sendo um esforço impertinente, considerando que Cristiano estava sentado ao meu lado. No entanto, eu não conhecia Ana. Não saberia interpretar o motivo que a levou a dizer tal absurdo. Pisquei algumas vezes para espantar minha revolta e respondi:

– Não, inclusive Kátia fez minha entrevista de admissão, não é? – Virei para Kátia com o objetivo de ter algum suporte, ou confirmação de sua parte, nesse momento.

– Não vejo como qualquer opinião minha mudaria a decisão de Alcinoe – Kátia respondeu, para minha surpresa. – Alcinoe parecia tê-la escolhido muito antes de o processo iniciar. Lembro-me de que, quando Alcinoe abriu a vaga, que até pouco tempo não existia, ela queria focar o processo seletivo na região de Campinas e ao redor. Foi difícil inclusive ao RH fazer um mapeamento da região. Não me leve a mal, é que sempre fizemos recrutamento no Rio de Janeiro e achei estranho buscarmos especificamente em uma região de São Paulo. Achei inclusive que iríamos abrir uma fábrica na região! Foi um processo de dois meses e o RH teve muito trabalho. Nunca vi Alcinoe tão envolvida em recrutamento antes. Até que, um dia, Alcinoe fechou o processo de recrutamento e me indicou para que eu entrevistasse alguns candidatos, em especial uma candidata: você. Foi muito certeiro e decisivo. Ela ignorou todo o banco de dados. Como se você já tivesse sido fortemente indicada por alguém.

Rafaela cortou seu discurso, para a minha alegria:

– Quem sabe Joana foi indicada e você não soube? Alcinoe não é obrigada a lhe informar cada passo.

Olhei para Cristiano, incomodada com a conversa. Ele sorriu e negou com a cabeça, Como se tivesse dando uma mensagem para eu relaxar.

Kátia me chamou a atenção e disse, com uma indignação inesperada:

– Rafaela, eu nunca fui formalmente apresentada a Cauã.

– Nem precisa! Sei quanto você se atira nele. Reconheço também o desespero de Lindalva quando Cauã se aproxima. Afinal, um cara de trinta anos e já sócio majoritário. Ainda mais, solteiro. É de matar qualquer mulher... Interesseira – discursou Rafaela ao tomar seu primeiro gole de cerveja, rindo como se ela não tivesse interesse algum.

– Ótimo, Rafaela! – Kátia exclamou. – Agora Cristiano poderá contar a Cauã! É amigão dele, esqueceu?!

Olhei para Cristiano boquiaberta com a fervura e a transparência da conversa entre as mulheres. Ele arrumou a sua franja e pude ver uma marca, um sinal sutil no meio de sua testa. Não pude evitar contrair os olhos para melhor focar na marca. Ele reparou, sorriu e a cobriu novamente.

– Se ele contar, corre o risco de Cauã dar alguma atenção a você! Quem sabe? – Rafaela retrucou, voltando ao assunto da mesa.

Quebrando a lógica do assunto na mesa, uma mulher se aproximou de Cristiano. Balançando seu corpo, curvando-se para apresentar seus belos seios, ela pegou uma cadeira e sentou-se ao lado dele. Ele, sem se importar que estava rodeado de funcionárias, ou com o que iriam pensar, foi igualmente receptivo e passou a conversar com ela. A moça passou a mão no rosto de Cristiano, segundos após a conversa deles iniciar. Enrubesci, ela sutilmente abaixou uma parte da sua saia e mostrou a marca do biquíni. Aquilo já não era uma sedução. Parecia coação, ou chantagem. Forcei minha cabeça para o outro lado, apesar de não conseguir controlar a curiosidade. Afastei minha cadeira de seu lado, temendo que ele caísse. Isso porque, quando a moça foi sussurrar no ouvido dele, Cristiano se inclinou em minha direção.

Virei-me com olhos arregalados para o grupo que ainda conversava sem se incomodar com o que acontecia ao lado. Senti alguém me cutucar no ombro. Virei, e Cristiano perguntou:

– Você quer ficar aqui muito tempo? Posso lhe dar carona? Você está no Copacabana Palace? – perguntou.

Não consegui evitar. Estudei a moça atirada que ainda estava sentada ao lado de Cristiano. Ela era definitivamente bela e não parecia ser uma prostituta. Estava muito bem vestida para esse ofício, apesar de sua atitude promíscua.

Rafaela respondeu por mim:

– Espere, Cristiano, pois a chuva está apertando novamente.

Realmente. Dava para perceber a chuva torrencial que se intensificava a cada minuto.

– Meu carro está no estacionamento. Acredito que não haverá problemas de sair com ele – disse.

Impaciente, a moça atirada levantou-se. Pegou Cristiano pela gola e o arrastou para um canto do bar, desaparecendo de vista.

– Complexo de Édipo! É isso! – exclamou Rafaela, apontando para Cristiano.

Todas riram com a súbita conclusão fora de contexto de Rafaela.

– Nunca vi um homem gerar esse efeito nas mulheres. Como ele faz isso? – perguntei.

Lindalva respondeu:

– Não sei! Só sei que ele ficou com metade das mulheres da empresa e que nós – ela apontou para a mesa inteira, inclusive para mim – não podemos dar atenção a ele. Mesmo!

Rafaela se aproximou e sussurrou em meu ouvido:

– Você se lembra de quando comentei que Alcinoe geralmente leva alguém do seu departamento para as viagens? Ela precisa de ajuda, é muito trabalho, realmente. Até um ano atrás, ela geralmente escolhia sua companhia aleatoriamente ou de acordo com o trabalho em questão. Depois que encontrou uma colega nossa, que foi desligada, por sinal, na cama de Cristiano, concentrou sua lista em mim, Lindalva, Manoel e Ana. Não diga ao resto... Alcinoe não fala abertamente sobre o assunto, mas está claro que ela tem algo com Cristiano. – Ela riu e comentou. – Não conte isso para ninguém, mas ontem mesmo acho que vi Cristiano escondido dentro do carro da gerente de RH.

Fiz uma expressão confusa e aterrorizada, naturalmente. Que espécie de empresa aceita que sócios assediem as mulheres? Droga, será que fiz certo de ter aceitado o convite de emprego na Assendent?

– Uma dica de amiga, se você me permite. Mantenha uma postura profissional... – ela deu de ombros e comentou. – Pode ser amiga de Cristiano, mas não o paquere. De todos os sócios da empresa, ele é o mais aberto a... amizades. Mas é um cafajeste de marca maior. – E, com um dedo em meu nariz, enfatizando sua última frase e impondo uma certa força em cada palavra, disse. – Não. Caia. Em. Sua. Armadilha. Ok?

Eu assenti.

Voltamos nossa atenção à conversa da mesa. A discursão passou a ficar calorosa a respeito de carro, vaidade masculina, Cauã, Cristiano e complexo de Édipo. Difícil de acompanhar. Decidi mudar de assunto.

– O que se faz no fim de semana no Rio? – perguntei a Rafaela.

– Ora, Joana, praia – riu da minha pergunta, como se fosse óbvio.

Como nunca havia ido a tal programa, dei de ombros, e o assunto mudou para tipos de praia, quem conheceu qual praia, nudismo e ecologia. Subitamente, a conversa flutuou. De paisagismo, deu uma passada rápida em política e retornou ao complexo de Édipo.

Lindalva discutia passionalmente com Rafaela e Kátia. O assunto migrou para comparação peniana. Aparentemente, ela conseguiu acompanhar a lógica do assunto e voltou à corrupção dos políticos.

Cristiano retornou à mesa. Suas roupas amassadas denunciavam o que seu rosto angelical tentava esconder. Não precisei fantasiar o que aconteceu com a moça, era óbvio. Decidi não pensar nesse assunto.

Lindalva disse:

– Na verdade, não há como explicar o tamanho de seus pênis pelo nível de roubo ou corrupção. Está mais para um problema de caráter do que sexual.

– Pênis? – Cristiano perguntou, assim que se sentou em sua cadeira.

– Sim, Cristiano. – Ana também parecia estar alinhada com o assunto e explicou-lhe. – A grande busca de poder geralmente compensa o fato de eles não aceitarem o tamanho do membro.

– Não foi isso que quis dizer – Lindalva cortou Rafaela.

– Então não entendi! Explica? – perguntou Ana, curiosa.

Cristiano soltou um riso que enfeitiçou ainda mais as mulheres. Como pode?

– E futebol? A comparação peniana tem algo relacionado à paixão dos homens pelo futebol? – Rafaela perguntou.

Uma pergunta que silenciou a mesa. Todas se entreolhavam reflexivas. Confesso que eu também calei, por um dado momento. Uma entreolhava a outra e houve um súbito consenso reflexivo.

– Agora entendi tudo... – concluiu Rafaela.

– Opinião masculina? – Lindalva se dirigiu ao Cristiano.

Ele largou seu copo, deixou uma larga soma de dinheiro na mesa, acredito que daria para pagar a conta e mais três rodadas, e agradeceu a companhia de todas.

– Deixem esse *happy hour* por minha conta. Foi um prazer estar aqui! Vamos, Joana? – Cristiano perguntou.

– Vamos – respondi prontamente.

Eu aguardava Cristiano pegar a sua maleta. Sua expressão calma não combinava com a pressa com que se arrumava para sair do bar. Olhei em volta algumas mulheres acompanhando seus movimentos e concluí que ele estava fugindo de alguma forma, provavelmente de um conflito que poderia explodir a qualquer momento, já que alguns rapazes o observavam com certa fúria. Era um bom momento para sair do bar. Antes que pudesse haver qualquer conflito originado por Cristiano.

A chuva passou a apertar novamente.

Lindalva se dirigiu ao garçom.

– Ok. Vamos pedir a conta? – ela falou.

– Deixe comigo – Cristiano indicou.

– Nós o chamaremos mais constantemente para o nosso *happy hour*, então – Lindalva indicou em um tom de brincadeira.

Cristiano pegou na minha mão e perguntou:

– Está pronta para se molhar?

Sem que eu pudesse ter tempo para responder, me puxou para a chuva. Corremos pela calçada em direção à empresa. Ríamos ao nos ver derrapar e da minha falta de jeito com as poças. Cristiano me auxiliava para não cair. Lutávamos para passar por todas as poças estrategicamente posicionadas e que deixavam impossível decifrar a diferença entre a calçada e a rua.

Era inexplicável a sensação de paz que eu sentia naquela hora, apesar de estar molhada, de ter passado pelo primeiro dia de trabalho e do trauma de ter conhecido Cauã.

Chegamos ao estacionamento e ele sumiu em busca de seu carro. Sempre muito animado, falava com todos. Então, apareceu com uma picape cinza.

– Suas malas já estão aqui. Vamos?

– Obrigada por me dar carona até o hotel – agradeci ao entrar no carro.

– Não se preocupe, se você quiser, poderei buscá-la amanhã.

– Não, obrigada, tenho que achar um meio de me virar sozinha o quanto antes.

– Sério, ficaria muito feliz em ter uma companhia até o centro, faço questão.

Procurei uma desculpa para não aceitar o convite; afinal, não poderia me encrencar logo na primeira semana de trabalho. Principalmente, após o alerta que foi dado na mesa do bar, mas foi difícil negar. Então respondi:

– Obrigada. – E senti algo no banco assim que sentei. – Desculpe-me, sentei em seu casaco.

– Não é meu… É do Cauã… Pode se enxugar com ele.

Fiz o que Cristiano pediu. Passei o casaco de lã azul-escuro em meu corpo. Senti a lã macia e reparei nela o mesmo cheiro que me encantou à tarde. Subitamente, me senti levitando no carro, em uma espécie de transe. Fechei meus olhos. Coloquei as mãos no rosto. Um sono incontrolável me arrebatou.

Não prestei atenção em Cristiano. Ao contrário, surgiu uma voz urgente em minha cabeça: "Apresse-se em descobrir quem você é, seu tempo está se esgotando. Descubra-se antes que descubram você e o que você tem!".

Ouvi novamente meu nome, mas era Cristiano agora. Encolhi-me e abri os olhos com muita dificuldade. Fechei-os novamente.

– Joana, você está bem?

Abri os olhos, vendo-me no carro de Cristiano.

– Você apagou. Deve estar cansada, ou foi a bebida? Está acostumada a beber?

– Deve ter sido cansaço. Obrigada – respondi com a voz rouca, buscando me localizar.

– Você já está no hotel.

– Obrigada e desculpe-me por ter dormido... – falei, saindo do carro cambaleando e extremamente envergonhada.

– Não se importe. Estarei aqui amanhã às oito e quinze.

Na verdade, eu estava tão cansada que não tinha nem forças para qualquer outra novidade ou para reparar no ambiente do hotel. Precisava tomar um banho e dormir.

– Sou Joana Monteiro, da Assendent.

– Ah, sim. – O recepcionista parecia já saber quem eu era. – Aguarde um momento. – Pegou um papel e me deu para preencher. E me entregou o cartão da porta. – Bem-vinda ao Copacabana Palace. Aqui está um recado da Sra. Lina Cardoso – disse, entregando também um envelope.

– Obrigada. – Abri o envelope e uma letra claramente esculpida e bem ornamentada dizia: "Bem-vinda e bom descanso! Estarei a aguardando para o café da manhã aqui no hotel às 7h30 e a levarei para a empresa. Um grande beijo!".

– Não sabia que Dona Lina viria. Já marquei com Cristiano. – Chacoalhei-me e corrigi. – Com um colega. – Certo. Não era relevante nem apropriado dizer o nome dele. Sem prolongar o assunto, decidi seguir meu caminho. Foi um dia longo e com muitas novidades. Ainda não consegui entender a minha reação diante ao Cauã. Por que tropecei? Por que ele virou as costas e saiu? Será que o ofendi?

Entrei no quarto e fui direto ao banho. Em meio ao sabão e ao xampu, convenci-me de que eu estava cansada. Muitas novidades. Era um fato; por mais que tenha tentado me preparar para o que poderia enfrentar, jamais poderia ter antecipado tantas surpresas. Isso porque, pelo visto, nem a empresa nem as pessoas seguiam o padrão formal de uma empresa comum.

Deitei-me, enquanto tentava listar as inúmeras improváveis tarefas do que poderia ser um imprevisível cargo. Imaginei que devesse ler a minha descrição de cargo assim que entrasse na empresa. Sim, iria tentar discutir o meu cargo com Alcinoe.

Suspirei ao olhar para o teto, em meio à cama enorme.

Foi então que finalmente senti um aperto no coração pela saudade de meus pais. O pranto, movido pelo cansaço, resumiu-se em lentas lágrimas. Ainda escutava os raios acompanhados de uma chuva branda. Cogitei ligar para eles, mas a exaustão me cobriu. Fechei os olhos. Então, não senti mais nada.

7
O PODER DO OLHAR

Rio de Janeiro, quarta-feira, 13 de abril de 1994

O amplo apartamento de Gabriel e Lina tinha cinco quartos e estava localizado em frente à praia de Ipanema. Havia uma razão especial para um apartamento tão amplo. Ao contrário do que se espera de uma pessoa com posses, todos, com exceção de Cristiano, dedicavam cômodos aos amigos, dividiam as chaves de sua casa e não estranhavam quando encontravam um deles esparramado no sofá. Era uma intimidade criada após séculos de convívio.

Lina decorou o apartamento de forma bastante peculiar. Cada ambiente foi ornamentado com puro requinte, mas a mistura de modernidade com móveis antigos conferiu ao ambiente uma personalidade única. Ela preferia móveis antigos, pois eram feitos com cuidado e com qualidade. Uma verdadeira ideia de sustentabilidade, apesar de não terem sido criados com essa intenção.

Todos se reuniram na sala de estar.

Cauã levantou do extenso sofá para pegar um copo de água. Água geralmente acalmava seus ânimos, apagava sua fúria. Era exatamente de que precisava. Principalmente ao lembrar-se do seu encontro com Joana.

Reconheceu que foi um dia difícil, mas esperava uma longa e intolerável noite a contar com os humores de Alcinoe e Lina.

Ele ainda buscava compreender todas as variáveis que instigaram sua reação de fuga quando Alcinoe forçou um contato direto com Joana. Ele agiu como um menino de oito anos sendo forçado a dar um selinho na boca de uma menina pela primeira vez.

A culpa foi do maldito plano de Lina e Alcinoe, concluiu amargamente.

Elas pretendiam conquistar a confiança de Joana e, aos poucos, lhe apresentar sua condição. Estavam bem-intencionadas, Cauã achava. Mesmo assim, ele considerava esse plano arriscado e, mais que isso, ridículo. Um plano de reaproximação com incontáveis falhas. Mesmo assim, aceitou, ou quase.

Hoje pela manhã, de acordo com o plano, ele deveria ser cordial e convidá-la para jantar com a desculpa de lhe apresentar detalhes de um projeto em que, supostamente, Joana o auxiliaria. Ao contrário, praticamente rosnou e seguiu seu caminho.

Todos ao redor, com exceção de Lina que estava ligando para o hotel onde Joana estava hospedada, estavam perdidos em pensamento. Bom, talvez não todos. Gabriel, este filho da puta que não intervém, estava sentado no sofá, com ambos os braços esparramados.

Cauã bebeu outro copo d'água, pensando nas inúmeras formas de punir severamente o aprendiz de cupido pela sua passividade. Retraiu-se ao concluir que o amigo não era de se subestimar. Além do mais, por mais irritante que pareça, era seu amigo.

Mais ainda, Gabriel tinha razão. Seria muito mais trabalhoso se opor à tensão feminina que os rodeava.

Cauã bufou silenciosamente e bebeu seu terceiro copo de água com poucos goles. Geralmente a água aliviava o furioso calor que o queimava por dentro. Mas, dessa vez, não deu certo. Cauã precisaria gastar essa energia ou iria enlouquecer. Ele largou o copo na pia e retornou à sala.

Lina e Alcinoe estavam bem-intencionadas. O plano foi formado para prevenir qualquer resistência por parte de Joana, assim ela seria introduzida a uma nova realidade sem transtornos. Também tinham a esperança de que ela se lembrasse de algo durante o processo.

Se o plano louco não funcionar, e Cauã se ver obrigado a mudá-lo, falaria tudo, sem reservas. Joana podia até se assustar e tentar fugir, mas as chances de ela conseguir o seu intento seriam mínimas.

Aguardando o recepcionista atender, do outro lado da linha, Lina fechava e abria seus olhos lentamente. Mesmo exausta, ela queria saber se Joana havia recebido o recado de que iriam tomar café da manhã juntas.

De acordo com ela, era uma forma de remediar o dano causado pela reação de Cauã. Alcinoe aguardava ao lado da imensa prateleira de livros na parte da sala que geralmente usavam para relaxar.

Confuso, Cauã removeu sua gravata e abriu alguns botões da camisa. Permitiu que seu corpo caísse no sofá. Limpou o suor da testa.

Gabriel disse:

– Você precisa chamar Joana para jantar.

– Vá à merda – Cauã respondeu com sinceridade, afinal, nesse momento não soube distinguir se o amigo estava de pura e cruel sacanagem ou se falava sério.

– Falo sério.

– Joana deve estar nos achando loucos. Afinal, ela não foi convidada para uma vaga de assistente? – Cauã resmungou. Não queria repetir outra vez quanto achava o plano cretino.

Gabriel riu. Ele achava o mesmo.

Babaca.

Lina falava no telefone. Conseguiu contato com o recepcionista. Cauã não prestou atenção na conversa, mas, pelo sorriso da amiga, conseguiu seu intento. Ela desligou o telefone e sentou em uma das poltronas pretas que comprou na Inglaterra quando morou lá no período entre 1500 e 1550. Era uma poltrona de madeira maciça. Pouco confortável, mas incrivelmente resistente. Não poderia dizer o mesmo de seu sofá azul de doze lugares que já apresentava traços de erosão nas bases de ferro.

Alcinoe, ao contrário da amiga, fechou ainda mais a sua expressão. Algo a atormentou. Levando em consideração que Alcinoe era a única a prestar atenção na conversa de Lina, Cauã chegou a duvidar no sucesso do telefonema. Ele não perguntou. Em vez disso, observou Alcinoe colocar uma dose de uísque em um copo. Ela queria aliviar o seu incômodo.

– Liguei para Rafaela para saber como foi o *happy hour*. Com a queda súbita de luz e a tempestade, Rafaela chamou Joana para um bar. Rafaela me disse que acabou encontrando Cristiano nas escadas e ele as acompanhou. – Alcinoe constatou e bebeu outro gole, agora largo.

Ah, Cristiano, lógico. Alcinoe era uma mulher fascinante e uma icamiaba poderosa, mas tinha um ponto fraco: Cristiano.

Alcinoe perguntou.

– Depois de levar Joana para o hotel, ele saiu para outro lugar?

Ao escutar a pergunta e finalmente perceber as entrelinhas perturbadoras do incômodo da amiga, Cauã sentiu os músculos de sua mandíbula tencionarem. Teve uma vontade incontrolável de quebrar a primeira coisa em sua frente, sair da casa de Gabriel e quebrar a cara daquele peixe assim que o encontrasse.

A informação o desconsertou. Sem conseguir se conter, Cauã levantou-se do sofá.

– Ele não...

Cauã queria dizer: "Cristiano não é louco de tocar em Joana. Ele não pode ser suicida a esse ponto". Mas não disse. Parou ao encarar os olhos de Alcinoe vagarem desconfortavelmente pela sala.

– Calma, Cauã, Cristiano é nosso amigo. É louco, mas não ia encarar novamente a sua fúria sabendo quem é Joana – Gabriel interferiu aos risos e complementou. – Ele se comportou na presença dela.

Alcinoe mudou a direção da conversa, em boa hora.

– Não deixo de me preocupar com o estado em que Joana apareceu. Parece que ela não tem qualquer pista de quem ela é! Sem qualquer revelação, ela deve estar assustada com nossa recepção.

Cauã estava andando até a janela e parou com o comentário de Alcinoe.

Cauã e Gabriel se encararam, esperançosos. Será que ela finalmente percebeu o quanto esse plano era medonho?

– Mas é preciso seguir com o plano... – Alcinoe finalizou.

Gabriel segurou seu riso, e Cauã, sua raiva. Não daria outra satisfação ao cupido.

Alcinoe continuou. – Depois de tanto tempo... Uma entidade que ficou sobre forma original por quinhentos anos. Precisamos ajudá-la a encontrar a sua revelação. Vamos parar tudo que estamos fazendo e focar em Jaci... Joana. Não há outro jeito.

Cauã voltou a andar pela sala, incapaz de manter-se quieto em um local por muito tempo. Lina e Alcinoe criaram uma operação de guerra para ajudar Joana a se encontrar, mas se ela não for Jaci? Ainda sobrava-lhe dúvidas de que Joana era, de fato, Jaci. A melancolia sugou grande parte de sua energia durante esse tempo. Chegou a convencer-se de que o coração gelado era uma valiosa virtude. Com o tempo, aprendeu a ignorar seus sentimentos, seus instintos e desaprendeu a interpretar seus sinais.

Será que Jaci voltou?

Cauã franziu o cenho, confuso. Seus instintos estavam convencidos de que era sua Jaci. Queria acreditar em seus instintos, mas não suportaria a desilusão, caso estivesse errado. Não houve tempo suficiente para sentir a energia dela, portanto suas dúvidas sobre a moça eram reais, válidas. De fato, era difícil acreditar que ela voltara. Além disso, a energia que emergiu dos olhos dela era envolvente e completamente estranha.

Mesmo assim, ele não podia negar que a moça produziu reações fortes nele.

Ele lembrou-se claramente da última vez que vira Jaci, há quinhentos anos. Na época, chamava-se Ana. Ela disse que não voltaria tão cedo. Que não queria vê-lo tão cedo. Será que ela o perdoou?

Invadido por perguntas inquietantes e lembranças de um passado lindo que foi dramaticamente interrompido, Cauã abriu a janela e buscou se acalmar ao se concentrar na tempestade e nos raios. Refletiu e comentou:

– Ela deve estar com medo. – Pausou, queria achar as palavras apropriadas. – Ela está... diferente.

Foi o que conseguiu dizer.

Cauã sentou-se na janela deixando seu peito e braços molharem com as gotas de chuva que caíam ferozmente. Sentiu a suave brisa o acariciar, esfriando sua fúria e o calor que paulatinamente aumentava. Olhou para a rua e refletiu. Se fosse Jaci mesmo, talvez não fosse ruim ela aparecer sem memória, sem saber quem era. Talvez fosse a forma de ela perdoá-lo. Quem sabe? A memória, às vezes, serve como uma arma mortal, pelo menos para as entidades, que são obrigadas a conviver com cada resultado de seus atos por milênios. Se esse for o caso, então que seja! Ele adoraria ter que descobri-la novamente. Conhecer, além disso, o estranho encanto em seus olhos o intrigou. Concluiu que esse encanto fosse algo que ela trouxe como brinde a essa bela forma humana que se tornou.

Cauã coçou a cabeça. Ele não estava interessado na conversa dos amigos. Não nesse momento. Não conseguia. Ele se consumia internamente. Estava extremamente ansioso com a possibilidade de conhecer Jaci novamente. Ainda conseguia sentir os deliciosos choques de deleite ao lembrar-se de como seu corpo reagira àquele maravilhoso olhar. Foi uma força em ação. Cauã jamais viu algo parecido em toda a sua existência. Ele literalmente sentiu toda a colisão de elétrons dentro de seu corpo. Era como se tivesse envolvido pelo épico calor da máxima solar. Nenhuma das antigas formas humanas de Jaci o fez entrar em plena fusão com um único olhar.

Poderia convencer-se de que aquela violenta reação de seu corpo não foi em reação aos olhos de Joana, mas o desconforto descomunal pela castidade após, inacreditavelmente, uma semana inteira sem sexo. Uma verdadeira calamidade. Desde o dia que finalmente suspeitou ter encontrado Jaci, não conseguiu deitar-se com outra mulher.

Após alguns minutos refletindo sozinho, percebeu a curiosidade dos amigos, se recompôs e comentou:

– Ana, aos dezenove anos, já tinha todos os poderes amadurecidos, ao contrário de Joana.

Gabriel seguiu o exemplo de Alcinoe. Foi até a prateleira, pegou dois copos, colocou uísque em cada um deles, sem gelo, e andou em direção ao amigo.

– Hoje Jaci responde por Joana – alertou Gabriel e entregou o copo a Cauã.

Cauã pegou, bebeu um longo gole e disse:

– Ao ver Joana hoje, percebi quanto Jaci me faz falta.

– Foi isso que aconteceu então, Cauã? – Alcinoe o confrontou. – Por isso você foi tão frio e distante com Joana quando eu os apresentei? Por isso que você saiu do meu escritório e me deixou sem reação diante dela?

– Não – Cauã respondeu a Alcinoe. Ele não quis mencionar sobre a explosão em proporções cataclísmicas que o olhar de Joana gerou em seu corpo. Estava difícil de ele entender o que houve, quanto mais explicar para os outros. Também não iria discutir sobre o plano, porque simplesmente cansou. Então disse: – Preciso de tempo.

– Tempo?! Você praticamente a ignorou e foi embora? – Alcinoe complementou enquanto elevou suas sobrancelhas, sorriu sarcasticamente e repetiu, elevando o tom de voz. – Precisa de tempo!

O "tempo" dito com tanta propriedade indicou a quão explosiva era a ira da sua amiga. Cauã não opinou, preferiu observar as gotas grossas caírem na rua. Ele não ilegimitizaria a ira nem o sarcasmo da amiga. Julgava certa sua indignação. Além disso, Alcinoe não era idiota e sabia que tempo era exatamente algo que ele não tinha a seu favor.

Talvez este fosse o momento ideal para revelar a briga que resultou no desmantelamento de Ana. Um passado que dava tudo que tinha para esquecer.

Um evento tão doloroso que negou, na esperança de que o tempo possa, enfim, apagá-lo. Mas, ao contrário de seu intento, o tempo só intensificou sua agonia.

Tempo... Nada é tão poderoso como o tempo...

– Vamos dar uma ajudinha para nosso Sol. De novo... – Gabriel comentou com um ar sereno, passou por Alcinoe, ainda transtornada, tocou seu ombro e tomou o restante de sua bebida com um grande gole. Alcinoe desarmou-se completamente ao sentir um pouco a deliciosa energia do amor advinda de Gabriel. Com essa energia, ela relaxou os ombros. Alcinoe estava cansada da amargura de Cauã. Estava ainda mais exausta com as escapadas de Cristiano. Nesse caso, ela exaurir-se-ia quantas vezes fossem necessárias até entender que nem ela nem Cristiano tinham controle sobre tais escapadas.

Alcinoe continuou:

– Sabemos que ela vai se lembrar e que será quase inevitável que vocês se aproximem. Mas queremos que ela venha até nós gradativamente, controladamente. Esperamos que, com o convívio, Joana lembre-se de que é Jaci. – Cauã optou por não argumentar. Ela virou-se para Cauã e disse. – Se isso não acontecer, você precisará ser a memória dela. E mais... Se cuide... Sua função é vital. Não se esqueça, a máxima solar se aproxima.

Droga, Alcinoe não precisava lembrá-lo de que em breve seria obrigado a sair da forma humana e domar o Sol durante a sua máxima solar.

Durante a máxima solar, o Sol entra em uma espécie de processo inflamatório que proporciona a sua renovação. Seu astro é afligido por manchas que, em algum dado momento, amadurecem e explodem em uma imensa tempestade solar. Um processo delicado que precisa de monitoramento direto, e não remoto.

Um processo que o obrigaria a estar longe por mais de uma década. Justo agora que encontrou Jaci.

Então, Cauã estreitou sua postura, voltou a andar sem rumo pela sala. Ele passou o antebraço na testa para limpar, novamente, o suor. Seria uma longa discussão. Olhou em seu relógio. Eram dez horas da noite.

– Joana é... diferente... – Sim, ela não tinha mesmo nenhum traço de Ana. Era uma mulher completamente diferente. Tão singular que ele não saberia reconhecê-la sem a ajuda de seus amigos. – Preciso pensar. Preciso de espaço.

Cauã colocou as mãos na cabeça e cerrou os olhos. Precisava focar no presente e livrar-se do passado.

– Você parece não confiar mais em nós! Se fechou há quinhentos anos e não conseguimos mais acesso. Não estou suportando mais! – Lina socou a mesa central de madeira rústica à frente da poltrona e do sofá. Os livros de fotografia saltaram e caíram no chão imediatamente. Ela não se incomodou com o efeito do barulho de seu punho sobre a mesa central, tampouco em quebrar parte da madeira maciça. Sua frustração era evidente. – Por favor, abra-se – Lina exclamou, levantou da poltrona e seguiu para a outra extremidade da sala, mantendo-se longe de Cauã. Nesse momento, até ela precisava de espaço.

– Calma, meu amor – Gabriel levantou-se, andou em sua direção e sussurrou em seu ouvido. – É Cauã com quem estamos falando. Nosso amigo.

Cauã se sentou no sofá. Voltou-lhe a feição vazia, tão característica desde que Ana partira. Então permitiu que a assombração de sua memória corresse solta pela sala:

– Ana era, como sempre, maravilhosa. Éramos muito felizes. Ajudávamos a todos da vila. Procurávamos curtir o clima frio da Inglaterra, vivendo intensamente uma época criativa, cruel, mas extremamente interessante.

– Mas o que a levou a se desmantelar então? E você a reagir tão friamente esses anos? Ela desmantelou outras vezes e você não reagiu dessa maneira! – Alcinoe interferiu. Estava ansiosa. Não era por menos, afinal, Cauã sofreu de melancolia e, apesar dos esforços de todos para ele se abrir, guardou isso por mais de quinhentos anos.

– Foi Camilla.

– Quem é Camilla?

Cauã lançou seus braços para cima e continuou:

– Vamos lá! Quem é fiel a uma pessoa por uma eternidade? Será que a eternidade não é muito tempo para se estar ao lado de uma pessoa só? Eu amo Ana ou Joana, mas ser fiel por toda a eternidade? Ela também experimentou outros homens, eu sei!

– Sem comentários... – Gabriel murmurou, estendendo as palmas das mãos enquanto Lina e Alcinoe o encararam, aguardando alguma resposta da entidade do Amor à tamanha tolice dita pela entidade do Sol. – Cauã já está desconcertado e não vou aumentar o drama – ele explicou.

– Obrigado – Cauã respondeu com sinceridade, tendo consciência da ilegitimidade em sua justificativa.

Cauã prosseguiu. Agora que começou, seguiria até o fim:

– Camilla era bela... Um corpo irresistível e incrivelmente radiante. – Cauã passou a mão pelo rosto para acalmar seu temperamento e continuou. – Camilla, uma moça que resgatamos de um grupo de homens que diziam levá-la para a forca. Diziam que ela era uma bruxa. – Cauã riu enquanto falava, sentindo uma onda de calor e aperto no coração com a lembrança. E continuou novamente. – Nós a levamos para casa, e Camilla se tornou grande amiga de Ana. Ajudava na casa e se acomodou em uma casinha simples, porém confortável, perto de nossa fazenda. Era uma jovem solitária, mas muito fogosa. Ela recebia homens a todo o momento em sua casa. Até então, não havia nada de estranho, apesar de não combinar muito com o comportamento de uma moça da época.

Cauã pausou para respirar e tomar outro gole de seu uísque.

– De repente, Ana passou a ir à mata. Passava horas enfurnadas naquela mata. Enquanto isso, Camilla passou a me perseguir. Ela dizia estar carente e, inclusive, apelou. Introduziu a suspeita de que Ana estava se encontrando com outra pessoa. Consegui resistir a suas investidas, mas, conforme os anos se passaram... – Cauã pausou para tomar outro gole. Respirou fundo para manter certo controle e continuou. – Em uma de nossas brigas, Ana decidiu viajar para comprar os mantimentos e manter um pouco a distância, para se acalmar. Eu estava furioso com ela. Com isso, passei a traí-la com Camilla. – Cauã parou para beber seu uísque e resumiu. – Ana se desmantelou na minha frente quando nos pegou transando em nossa cama.

Cauã lembrou-se de Ana em soluços enquanto ela se desfazia em pó da Lua. Sua Jaci desistiu de viver como humana. Ela desmantelou. Com isso, Ana deixou de existir. Jaci retornou para a Lua.

Como não eram inteiramente humanos, eles jamais poderiam morrer como um humano. O processo de desistir da forma humana era chamado de desmantelamento. Era um processo individual, vivido de maneira bem diferente entre entidades. Era o meio de eles desistirem da forma humana e retornarem, como seres imateriais, ou almas, para os seus elementos.

A revelação apaziguou os humores.

Lina sentou-se ao lado de Cauã para confortá-lo.

Cauã continuou:

– Depois, morei com Camilla por vinte anos, ela era a minha gueixa, fazia tudo que eu queria. Até se desmantelar, quando descobri que ela era uma de nós. Camilla desistiu da forma humana, transformou-se em milhares de borboletas na minha frente e voou para todos os lados. Ela era Caupê, a entidade relacionada à beleza. Extremamente vaidosa e egoísta. Seduziu-me e manipulou Ana. Quando Ana se desmantelou, tive tempo para ficar com Camilla, estava enfeitiçado e cego. Deixei de sair de casa à noite para não ter que me deparar com a Lua nem com Jaci. Naquele momento, Camilla me despistava e sumia. Descobri que ela ansiava ser contemplada por outros, noite adentro. – Como relembrar de um erro machuca. Os olhos mareados de Cauã voltaram-se para Gabriel quando revelou. – Traí Jaci da pior maneira. Não tem como temperar o passado para deixá-lo mais fácil de digerir. Também não há como justificar o meu erro. Eu...

Lina deu-lhe um abraço acolhedor, um gesto único da amiga que o acompanha por longos anos. Gesto certeiro de quem sabia exatamente o que fazer, na hora certa.

Gabriel tomou a palavra:

– Não há como justificar o que fez, mas pode-se ao menos entender os motivos de sua escolha. Você e Jaci estão ligados. As suas essências uniram-se há milênios. Assim como o Sol tem o seu ciclo, o que chamamos de máxima solar, o amor também. Ele nasce com uma faísca, sua chama cresce, explode, reduz, para posteriormente reacender novamente. Não entenda que o seu sentimento de amor por Jaci é linear. Não, meu caro... Ele é tão ardente e tão vivo como o Sol.

– Eu deveria ter resistido à sedução de Camilla. Ela não chegava aos pés de Ana... Ninguém chega aos pés de minha Jaci.

– E por que não resistiu?

– Porque fui um filho da puta – Cauã respondeu sem firulas. A grande verdade era que queria esquecer o ocorrido. Para isso, ele optou por não contar aos amigos e viver sua amargurada solidão. Uma posição incoerente. Agora que revelou seu tormento, tudo se tornou mais leve. Após quinhentos anos, Cauã sentiu-se finalmente parte do grupo; não um corpo estranho. Como era boa essa sensação. Agora, só faltava Joana ao seu lado... Jaci...

Cauã riu de sua súbita confusão, silenciosamente, e prosseguiu com a discussão:

– Você e Lina se separaram e voltaram diversas vezes. Por que não consegui fazer o mesmo com Ana? Por que tive a ilusão imbecil de que não haveriam consequências para a minha escapada? Por que não tive coragem, já que me sentia cego, sabe se lá como, por Camilla, e libertei Ana?

– Não nos compare. Lina e eu nos amamos, mas não somos ligados como essência. A minha essência, Rudá, não está unida com a essência de Lina, Iacy. Libertar um amor de essência como o seu é muito difícil.

Lina interrompeu a discussão, incomodada com o atual rumo da prosa:

– Gabriel, você fala como se a nossa relação não fosse real.

Gabriel se aproximou de sua amada e a abraçou por trás, respondendo-lhe:

– O amor entre Jaci e Guaraci é o que os humanos chamam de alma gêmea. Extremamente raro. – Ele beijou suavemente o rosto de Lina, sussurrando. – O que nós vivemos é real, forte e maravilhoso.

A chuva passou a cair tão feroz como há algumas horas. Uma onda de vento molhado invadiu a sala e interrompeu a discussão. Lina correu para fechar a janela.

O celular de Cauã tocou. Ele cerrou seus olhos como se a imagem do nome fosse o suficiente para desencadear dor física. Era Priscila. Uma linda loira que conhecera em um bar e a quem convidou para jantar. Ela o fazia se lembrar de Ana. Seus traços físicos, sua boca carnuda, seu corpo pequeno. Ele se deslumbrou diante da física semelhança a princípio. Bom, pelo menos as semelhanças físicas o distraíram por uma semana. Até ela convencê-lo de que não chegaria aos pés de Ana e ele também se lembrou da falta que sentia da sensualidade de Jaci. Priscila não era charmosa nem sensual. Ao contrário, era vulgar e indiscreta. Mesmo assim, algo o compeliu a manter o relacionamento outra semana. Não soube bem o que o levou a postergar por mais uma semana um relacionamento já fadado ao fracasso, até porque tinha mais o que fazer, mas o fez. Dois meses após finalmente terminar o relacionamento, uma surpresa: Priscila foi selecionada para o cargo de recepcionista. Naturalmente, Cauã não mantinha o departamento de Recursos Humanos informado de seus relacionamentos e, portanto, não haveria como saber se Priscila não lhe informasse. Algo que logicamente ela não fez. Então, seu inferno foi declarado. Não tinha um dia sequer que ela não se fizesse presente. Em alguns momentos de fraqueza, acabou cedendo aos poucos encantos que restavam dela. Um grande erro. Depois de um tempo, foi informado por Cristiano de que Priscila espalhou na empresa que voltaram a namorar. Então se distanciou, procurou não se aproximar da recepção.

Agora Joana acabou de ser contratada, e acreditavam ser Jaci. Se Joana não for, Cauã estava certo de que estaria entrando em uma rota trágica, difícil de sair. Um assédio da pior espécie. Pior! Outro triste episódio de traição. Isso porque ele estava certo de que não resistiria aos olhos de Joana. Também tinha certeza de que encontraria sua Jaci, eventualmente.

Cauã passou as mãos no rosto e encarou os olhares curiosos dos amigos. Ah, o plano... Sabia que não conseguiria seguir com o plano, por falta de paciência e inspiração em atuar em um cenário empresarial fictício, já com tanta coisa em sua mente. Imaginou o tamanho susto de Joana quando descobrisse que a Assendent não tinha a necessidade de outra funcionária em seu imenso quadro de funcionários e que, como CEO, Cauã jamais teve a intenção de oferecer uma carreira, mas de presenteá-la com sua vida.

Momentos se passaram até que ele se levantou, passou o antebraço nos olhos para buscar algum foco e caminhou até a primeira porta do corredor do apartamento do casal de amigos. Abriu a porta do quarto que usualmente utilizava e a fechou sem dizer uma palavra ao grupo.

• • •

– Entrou em seu quarto – Alcinoe reclamou, lançando as mãos aos céus.

Gabriel foi atrás de Cauã. Alcinoe pegou sua bolsa, virou-se a Lina e disse:

– Comece a falar com Joana. Cauã está totalmente desequilibrado e não saberá conduzir essa reaproximação com delicadeza. Ele está com medo da maneira como ela reagirá quando se lembrar. Temo por ele e por nós. Não se esqueça, o tempo está acabando e, se ela não lembrar quem é, logo não teremos força de sincronizar a energia. Precisamos de todas as entidades de suporte unidas e fortes.

– Eu sei! – Lina respondeu.

– Tem que estar forte e totalmente recuperada, e precisamos da união de todos!

– Eu sei – Lina, nervosa, respondeu novamente.

Alcinoe respirou fundo e falou:

– Agora vamos dormir. Amanhã arranjaremos um meio de fazer os dois conversarem a sós.

Subitamente, elas viram Cauã saindo do quarto em direção à porta. Ele estava terrivelmente lindo, com calças jeans muito bem cortadas e camisa listrada azul e branca.

– Aonde você vai? – Lina perguntou assustada com esse impulso de Cauã.

– Vou sair com Priscila.

– O quê? – Lina perguntou, incrédula.

– Claro, Lina! Esqueceu que Jaci retornou? Priscila já descobriu onde eu moro e já tenho problemas suficientes. Preciso explicar, de uma vez por todas, que o nosso relacionamento deixou de existir e que é para ela deixar de me procurar.

– Quer que eu explique para a ela? – Alcinoe se voluntariou, com um sorriso mordaz em seu rosto.

Cauã riu, já imaginando Alcinoe liderando um verdadeiro esquadrão de icamiabas com o esforço para finamente distanciar Priscila.

– Deixe que eu cuido disso.

– Mas por que vai tão bonito para terminar, de vez, com Priscila? – Lina perguntou.

– Já terminei com Priscila. Como disse, quero apenas explicar que ela não terá qualquer chance de reaproximação comigo.

Antes que elas pudessem intervir, ele pegou a carteira e seguiu seu caminho.

– Deixe. Vai ser assediado de novo – comentou Alcinoe e saiu logo atrás de Cauã.

Todos saíram. Lina estava finalmente sozinha com Gabriel. Em teoria, era o momento certo para argumentar sobre o que Gabriel dissera anteriormente.

Ela poderia concordar que, tecnicamente, não eram almas gêmeas, mas tinham um relacionamento muito forte.

Lina tinha a intenção de argumentar quanto eram ótimos juntos, mas perdeu a voz ao ver seu amado surgir da cozinha com um copo de água na mão. Ele era lindo demais. Seus ombros eram largos e fortes. Sua barriga esculpida sobre músculos perfeitamente ondulados e suados com o calor do Rio. Era como se ele tivesse sido esculpido para ela. Sentiu seu corpo estremecer ao vê-lo retirar a camisa para limpar o suor da testa com o tecido. Assim, despretensiosamente. Ele não sabia que agir assim, de forma natural, sem interesse para o que ocorria ao seu redor, a enlouquecia? Provavelmente ele sabia.

Sem perceber que Lina o encarava, ele bebeu toda a água e retornou à cozinha para encher novamente o copo.

– Caramba, como faz calor – Gabriel reclamou e retornou novamente à sala. Foi então que reparou nos olhares de Lina sobre seu torço. Franziu a testa e riu. Automaticamente, largou o copo e seguiu em sua direção.

Lina sorriu e elevou um ombro em um gesto convidativo e sedutor, mas manteve-se firme diante do sofá. Ele finalmente a beijou ardentemente. Seu gosto, tão particular, a paralisava e servia como um veneno para os seus sentidos. Então, ela se deixou levar com a certeza de que esse profundo amor a carregaria a lugares inacreditáveis.

• • •

Lina acordou assustada no meio da noite com o barulho de algo se quebrando na sala. O relógio indicava três horas da madrugada. Cutucou Gabriel, que dormia profundamente, e ele nem ao menos se mexeu.

Levantou-se e foi até a sala. Tinha certeza de que iria encontrar Cauã, já que Alcinoe foi atrás de Cristiano e, geralmente, ela era bem-sucedida em encontrá-lo. Colocou seu robe e andou em direção à sala, sem pressa. Confirmou sua suspeita e encontrou seu amigo degradantemente cambaleando na sala com um copo de uísque na mão.

– Olá, Lina. – Ele bebeu um gole largo, ignorando seu estado. Cauã estava com a aparência péssima. – Desssculp... por ter ssssido tão arrogante porrrr... Hum... – Engasgou. Limpou a garganta e prosseguiu. – Sabe... tanto tempo! – ele fez um gesto circular com as mãos, dando ênfase em suas palavras. Em seguida, riu e comentou: – Sinto-me como um planeta rondando o sssol. Mmmmm.

Cauã abraçou Lina, atirando-se desajeitadamente sobre seus ombros. Lina não aguentou e riu com a cena patética de seu amigo bêbado em sua casa.

– Faz tempo que não o vejo assim! – ela comentou. Foram poucas as vezes que Cauã bebeu a ponto de perder completamente o controle sobre sua fala. No entanto, diante do dia que tiveram, nada mais justo.

– Desculpe-me por ter feito perguntas que o machucaram – Lina respondeu retribuindo o abraço e decidiu não comentar sobre o terrível bafo do amigo. Ela o distanciou de si e riu novamente ao vê-lo cair no chão, quebrando o copo de uísque.

– Ah... Des... culpe – ele falou com dificuldade. – Eram perguntas bem pe... digo... pertinentes... e... – Elevou o dedo indicador. – Preciso falar com você sobre...

Ela tampou o nariz, franziu sua testa e se distanciou do terrível bafo de álcool.

– Vá dormir, Cauã. Amanhã você tem um longo dia de trabalho e ainda tem que reconquistar... ou pedir desculpas a Joana... ou algo parecido...

Ele ria alto e cambaleando pela cozinha. Derrubava pratos e talheres no chão. Cordialmente se desculpou. Lina riu com a mistura ridícula da cordialidade e da falta de coordenação do amigo.

Então, ele confessou:

– Eu fui até o hotel. Adivinhei o quarto em que ela estava hospedada e entrei. Ela estava dormindo com parte de seu corpo encoberto pelo lençol. Suas pernas... descobertas... seu cheiro...

Arremessou-se no sofá, e Lina parou de rir. Arregalou seus olhos, confusa com a revelação.

– Mas falou com Priscila? – perguntou.

Cauã levantou novamente e, com um passo, tropeçou no tapete caindo de cara no chão. Piscou veementemente para posicioná-lo. – Como roda... – resmungou. Balançou sua cabeça e elevou novamente o dedo indicador.

– Priscila entendeu que não poderá mais atormentá-lo?

– Rapidamente... – Fez um gesto de desdém com a mão. – Ela entendeu – assegurou. – Mas Joana...

Lina pegou Cauã pelo braço, levantou-o e o acompanhou até o quarto. Pôs o amigo na cama e tirou os sapatos dele.

Ele falou, deitado na cama, enquanto Lina arrumava a coberta, cobrindo-o:

– Envolvi Joana com a minha energia... – Cauã tocou em sua cabeça e apontou seus pés. – Aqueci cada ponto de seu corpo. Ssssua sensualidade... Hum... – Apontou ao peito. – Sua respiração, ofegante... – Ele arregalou seus olhos vermelhos. – Seus seios me chamavam! – Ele avançou em Lina com seu bafo, segurando em seus ombros, e falou. – Seus seios me chamavam!

Lina fez uma careta e se afastou. Precisou de alguns segundos para juntar e dar sentido às palavras do bêbado.

– Você invadiu o quarto dela, sem que ela estivesse sequer acordada, e envolveu sua energia nela? – Lina perguntou assustada. – Cauã! Você não poderia entrar em seu quarto sem que ela permitisse! Como assim, seios? O que aconteceu?

Ele varreu a preocupação de Lina.

– Foi nada! Queria ter certeza. – Ele levantou seu rosto e olhou intensamente a Lina quando disse: – Agora preciso dela imediatamente!

Essa última frase foi dita de forma clara. O tom, decidido.

Lina silenciou, apreensiva. Colocou sua mão em frente aos lábios, pensativa. Agora que Cauã teve a prova de que precisava, será bem mais desafiador controlar a sua voracidade.

– Ah, Joana – murmurou em meio a sua consternação e aguardou que ele adormecesse, entorpecido pela bebida.

8

SEGUNDO DIA DE UM (IM)PROVÁVEL TRABALHO

RIO DE JANEIRO, QUINTA-FEIRA, 14 DE ABRIL DE 1994

Estou em uma floresta densa, mergulhada em um lago cujas águas mornas acariciavam minha pele. Esse lago era envolvido por árvores, plantações e flores incrivelmente coloridas. Cada flor acumulava diversos tons de cores difíceis de imaginar ou encontrar nos dias de hoje. Braços fortes, masculinos, envolveram suavemente minha cintura. Meu coração se acelerou em meio ao seu abraço. Fecho meus olhos ao inalar seu aroma rústico, selvagem. Viro meu rosto para trás e nos beijamos. Seus lábios macios tiram meu fôlego. Sussurro em seu ouvido:

– Nunca me largue.

Escuto sua voz firme e incrivelmente sensual sussurrar de volta:

– Não existo sem você.

• • •

Um barulho estridente na porta me assustou e forçou a abdicar do sonho. Coloquei a mão em seu peito na tentativa de desacelerar as batidas em meu coração.

– Quem é? – perguntei um pouco ofegante. Perdida, vaguei meus olhos pelo quarto e rapidamente minha memória retornou. Ontem foi o meu primeiro dia de trabalho na Assendent. Uma empresa multinacional para a qual não entendi muito bem como fui selecionada, tampouco a maravilhosa recepção que recebi dos sócios da empresa. Uma recepção cheia de sorrisos, atenção e um quarto no hotel mais luxuoso do Rio de Janeiro.

Apalpei a cabeceira ao lado da cama e encontrei o despertador. Para o meu desespero, o relógio indicava sete e meia. Meu queixo caiu.

– Bom dia, é Lina. – Escutei a voz da Lina por trás da porta. Convenhamos! O quão difícil seria ter-me atentado a ligar o despertador?! Bati a cabeça na parede ao constatar que a esposa de um dos sócios da empresa na qual acabara de ser admitida, há um dia (não posso deixar de lembrar-me desse detalhe!), encontrava-se à frente de meu quarto no hotel. Havíamos marcado um encontro pela manhã e eu estava atrasada devido à minha incapacidade de ligar o bendito despertador.

– Ah, nossa, apaguei e nem escutei o despertador! – Joguei o despertador para o outro lado do quarto para descontar a minha raiva. Arrependi-me logo em seguida ao vê-lo colidir contra a parede e cair no chão. O despertador era do hotel. Merda! Será que a empresa arcaria com esse custo?

– Está tudo bem? – perguntou Lina. Eu não poderia responder a essa pergunta de imediato. Antes eu precisava analisar a avaria do despertador. Passei as mãos pelo aparelho e respirei aliviada ao constatar que ele se manteve intacto. Corri até a porta e a abri rapidamente. Outro ato impulsivo, já que não tínhamos a mínima intimidade para eu me apresentar de camisola.

– São sete e meia. Imaginei que você poderia estar dormindo – ela comentou. – Troque-se rápido, aguardo no restaurante – concluiu ela com um sorriso que traduzia seu pensamento sobre meu deslize tão precoce.

– Desculpe-me. Já estarei lá!

Ela se virou e se distanciou pelo corredor com passos graciosos. Procurando reprimir minha vergonha, mantive-me ali, encostando a cabeça na porta, observando-a. Ela usava um vestido verde-claro com singelas estampas floridas na cor rosa e creme. Ela era mesmo linda. Com um gesto suave e contemplativo, fechei a porta. Em seguida, fechei meus olhos. Buscando reprimir a minha frustração por ter perdido a hora, bati minha cabeça na porta. Colisões leves, para não alarmar aqueles que passavam pelo corredor. Então suspirei e fui me trocar.

• • •

– Nossa! Isso foi rápido! – ela comentou aos risos.

– Desculpe-me. Não ocorrerá outra vez. – Minha sinceridade era tanta que, se houvesse uma Bíblia disponível, colocaria minha mão em cima dela para jurar solenemente.

– Não se desculpe toda a hora, não é preciso, acontece. Além do mais, creio que estamos criando uma amizade. Não é?

– É... – Tentei controlar o tom questionador na resposta, mas falhei. Para disfarçar, coloquei o punho fechado em frente à minha boca e tossi algumas vezes. Em seguida, sentei à mesa.

– Sirva-se! – Lina apontou para o grande bufê de frutas e pães. – Gostaria de um café?

– Sim, obrigada.

Prontamente, o garçom surgiu e encheu as nossas xícaras.

– O que você achou do trabalho? De Alcinoe, sua diretora?

– Difícil prever como será meu trabalho – respondi com sinceridade. – Mas Alcinoe pareceu uma mulher de fibra. Parece ser muito inteligente.

Lina assentiu, satisfeita com a minha resposta, sabe-se lá por qual motivo, já que não lhe ofereci uma resposta digna de uma profissional prestes a botar a mão na massa.

– Conte-me sobre o seu primeiro dia?

Respondi um pouco encabulada:

– Interessante e estranho.

Lina levantou sua sobrancelha de curiosidade e evoluí minha dissertação:

– Conheci a equipe, e Alcinoe me deu explicações sobre a empresa. Adorei conhecer você e Gabriel. Conheci também Cristiano. Ele é outro sócio e Diretor Comercial, não é? – Lina assentiu novamente e continuei. – Cristiano me impressionou com a sua alegria! Vai ser maravilhoso trabalhar a seu lado... aliás, saímos ontem. Fiquei boquiaberta ao ver como ele encanta as mulheres! – Fui parando de falar quando notei o sorriso de Lina gradativamente fechar. Percebi que meu comentário me levou metaforicamente para um lugar estranho. Calei-me.

– Ele a encantou?

– Não! – respondi prontamente. Ri de mim mesma e balancei a cabeça com desdém às minhas palavras. Está bem, não foi de todo mentira o que disse. Cristiano me encantou, mas de uma forma estranhamente fraterna.

Lina sorriu novamente.

– E o Cauã? Conheceu ele? – ela perguntou.

– Não cheguei a realmente conhecê-lo. – Tomei um gole de café e escolhi um dos pães com doce de leite da cesta de pães que o garçom prontamente colocou à mesa. Senti-me aliviada por Lina ter mudado de assunto e também por não ter perguntado sobre a noite de ontem. Não queria dar uma impressão errada a respeito de Cristiano, principalmente depois do alerta de Rafaela, que foi tão sutil como um letreiro de dez metros, em cima de um prédio, assinalado com uma seta flamejantemente vermelha. – Foi uma apresentação rápida. – Mastiguei, engoli e complementei. – Deve ser um cara ocupado.

Lina respondeu:

– Todos nós somos. – Ela tomou um gole de café e refletiu. O que poderia dizer? Que Cauã foi o único que se comportou de acordo com um homem ocupado diante de uma nova assistente, ao contrário de todo o resto que parecia soltar fogos de artifícios? Lina disse: – Cauã é um cara fascinante. Certamente terá outras chances de conhecê-lo melhor.

Então, inesperadamente, Lina mudou radicalmente de assunto.

– Você já ouviu falar em entidades? A entidade da Lua, do Sol, do Amor... Formas que representam e orientam seus elementos? – perguntou ela.

– Não – respondi e dei de ombro.

– Jaci, a entidade da Lua... Já ouviu falar?

– Já li um livro infantil... Lendas indígenas. – respondi. – Ganhei um livro de lendas indígenas de meu pai no meu aniversário de... – Estalei os dedos, tentando lembrar o ano. Desisti quando este não me veio e revelei o ano aproximado. – Dez anos. Tive alguns pesadelos e minha mãe não me permitiu ler tais livros novamente.

– Hum... Bom, permita-me contar um pouco sobre essas entidades. – Ela riu. – Prometo que não lhe darão pesadelos.

Ri encabulada, até porque o que falei era verdade!

– Há milhares de entidades vivendo e interferindo no universo – continuou ela. Elas surgem de diversas formas (orgânicas ou imateriais), representam um elemento específico e evoluem com o tempo. Surgem da forma mais imatura: entidades de suporte; desenvolvem-se para a forma secundária e, depois, a forma primária. Bom, tem o nível ainda mais elevado da evolução de uma entidade, mas isso não vem ao caso no momento.

Achei estranhas aquelas explicações, e por qual motivo o assunto havia ido para uma natureza tão distinta.

– Existe nível de evolução para essas entidades? – perguntei, coçando meus ombros.

– Sim… A diferença é o impacto delas no sistema… no universo… Bom, as entidades de suporte são aquelas cujas ações impactam em um único planeta. As entidades secundárias detêm a responsabilidade sobre o sistema solar. As primárias, sobre a galáxia.

Fascinada com a criatividade de Lina, coloquei o cotovelo na mesa e descansei o queixo com punho fechado.

Continuou ela:

– Entende-se, mesmo conhecendo o equívoco da interpretação, que o nível primário seja o máximo de evolução que uma entidade possa alcançar. Isso porque nada a impede de uma evolução maior. O fato é que, quando a entidade evolui para a condição primária, se torna tão complexa que não pode se materializar em um organismo vivo por muito tempo, e também o tempo parece não ser o suficiente para chegar ao nível mais elevado: o de energia pura. A maioria das entidades deixa de existir muito antes disso. Assim como Nhanderuvuçu, a entidade que atingiu essa magnífica evolução da mais pura energia e agora sobrepõe nossa humilde compreensão.

Após alguns segundos em silêncio nos quais ela me observava e eu assimilava o que ela havia acabado de dizer, Lina mudou de assunto:

– Já ouviu falar das amazonas?

– Hum… Sim. Mulheres guerreiras, amazonas. – E perguntei. – Entidades de suporte?

Lina sorriu com a minha resposta e prosseguiu.

– Sim… Entidades de suporte… Na verdade, as chamamos de icamiabas. Elas são o primeiro e mais persistente mito… grupo… de mulheres livres, lutando e vivendo em uma espécie de comunidade. Com regras bem definidas. Guerreiras, evidentemente. – Lina pausou.

O garçom encheu nossa xícara com café, colocou sobre a mesa uma pequena jarra com leite, ovos mexidos, torradas, manteiga e renovou a cesta de pães. Olhei para o lado e notei uma mesa enorme com diversas frutas.

Lina apontou para a mesa e disse:

– O mamão está divino. É sempre bom comer mamão antes de qualquer outro alimento.

Neguei e torci meu nariz com a cabeça, sorrindo. O fato é que jamais gostei do sabor dessa fruta. Pelo corpo maravilhoso dessa mulher à minha frente, não duvido que ela siga regras rígidas de alimentação. Outra constatação invejável, já que a gula era um pecado que eu já assumira como minha verdade existencial.

– Obrigada, prossiga – pedi. – Quero ouvir mais sobre as ica...

Esqueci o nome. Lina sorriu e me lembrou:

– Para nós, elas se chamam icamiabas... Para os gregos, chamam-se amazonas. O nome surgiu quando acreditavam que essas mulheres comprimiam ou cortavam o seio direito para melhor manejarem o arco, as flechas e as lanças. – Lina se divertiu com minha expressão. – Amazonas, ou mulheres sem peito – concluiu.

– Continue! – pedi. Sempre adorei conhecer lendas, contos e mitologias.

– As icamiabas, com grande poder de força e estratégica, seguem regras muito rígidas, mas há uma regra que elas criaram após uma grande batalha e da qual não abrem mão. Elas não podem se envolver com ninguém de forma definitiva. Não podem perder tempo ou permitir que sejam conquistadas com o olhar da paixão. Tinham que se dedicar exclusivamente a proteger um bem maior...

– Lembro-me de que as amazonas eram guerreiras, mas eram regularmente visitadas por homens guerreiros, ou aventureiros que acasalavam com aquelas mulheres. Elas apenas ficavam com as filhas e repudiavam ou matavam os filhos do sexo masculino.

Lina riu, negou com a cabeça e comentou:

– Mulheres lutando pela Terra. Por todos que a representam, como a humanidade, a fauna e flora. Principalmente as crianças, jamais matariam um menino! – Então perguntou: – Joana, imagina se elas vivessem entre nós?

– Não... – Achei fascinante aquela ideia improvável.

– Imagine... – ela sussurrou suavemente, quase nostalgicamente.

Tasquei outro pão em minha boca. Mantive meu silêncio. Peguei outro pão, passei manteiga e o abocanhei, mantendo meus olhos curiosos em Lina.

– Existem entidades em outros sistemas solares? – perguntei.

Lina sorriu, meio sem jeito, deixando escapar uma nota de frustração, e respondeu:

– Sim. Nosso sistema solar, outros sistemas solares, enfim... Cada sistema tem um grupo de entidades que representam cada planeta, astro, elemento ou até condição. Até os humanos são entidades! São entidades de Ci.

– Temos a entidade da Lua, que chamamos de Jaci. Também temos a entidade do Sol, que chamamos de Guaraci. Enfim, temos inúmeras entidades.

– Alienígenas – presumi. Sempre amei ler sobre eventos de contatos inexplicáveis. Indaiatuba sempre foi repleta de ocorrências fantásticas. A minha predileta é a de uma antiga vizinha que informou à delegacia que um humanoide de olhos vermelhos, largos e em formato de gota roubou o dinheiro que ela guardou para pagar o aluguel de sua casa.

Ela pausou e me olhou, aguardando alguma reação. Abocanhei novamente o pão e tomei outro gole de café. Era muito cedo para um papo tão psicodélico. Lina suspirou. Imaginei que ela havia suspirado por notar que o meu interesse pelo pão era maior que por sua história. Larguei o pão no prato. Então ela continuou. Ajeitei-me e me atentei à história daquela mulher linda e com uma imaginação tresloucada.

– Entidades responsáveis por manter a harmonia daquilo que representam.

– Humanos representando Ci?

– Com essa devastação, torna-se difícil de acreditar que os próprios humanos, plantas e animais são entidades. Mas... Voltando ao surgimento das icamiabas. Você conhece a lenda da briga entre a entidade da Lua e do Sol. Jaci e Guaraci? Uma traição gerada pela ingenuidade de Jaci diante dos poderes de outros seres...

– Traição? – Dei de ombros. – Não.

– Pois é... – Ela se balançou reflexiva e franziu as sobrancelhas como se tivesse decepcionada com algo. Será que foi comigo? Larguei o pão e me ajeitei na cadeira. Ela continuou. – Jaci traiu o Sol com uma entidade que representa os peixes, Uauiara. Hoje, conhecido como o boto. Após essa traição, a entidade da Lua, envergonhada por ter caído nos encantos do boto, voltou para o seu astro e abandonou seu amado, Guaraci. Este, com a dor da perda, subiu ao lado da entidade do amor, deixando este mundo desguarnecido. Então, uma entidade destrutiva...

– Existem entidades destrutivas?

– Lógico. Assim como há o buraco negro no universo. Voltando à história... Essa entidade destrutiva viu a sua oportunidade e manipulou os humanos. Colocou um povoado contra o outro. Houve uma grande guerra. Até Ci se manifestou com seus vulcões, terremotos, tsunamis e furacões.

Um verdadeiro caos na Terra que, por consequência, quase exterminou a vida nesse planeta. Em meio ao caos, surgiu um grupo de mulheres guerreiras que se posicionaram contra a guerra e passaram a reagir em prol de Ci, mesmo sabendo de sua remota chance de obter sucesso. Sua esperança e persistência acalmaram as entidades. As entidades do Sol e do amor se inspiraram e retornaram. A guerra foi então cessada. Essas mulheres foram presenteadas com um dom, um diferencial. Surgiram as icamiabas. Mulheres cujo objetivo é proteger Ci, assim como todas as outras entidades. Diferente dos humanos, elas vivem uma vida extremamente prolongada.

– Nossa! Adoraria conhecer uma icamiaba! – disse, e Lina soltou um sorriso iluminado. – Mas... Elas não morrem? Isso não é vida eterna?

– Calma... – Lina se divertiu diante do agrupamento de perguntas desordenadas. – Não necessariamente morrem... Existe outro nome para isso. Desmantelamento. – Ela se alongou, encabulada. – A morte existe quando se percebe um fim para uma história. O desmantelamento é similar à morte, perde-se o corpo, mas com uma diferença notória. Aquele que desmantela tem consciência de sua continuidade. Volta em um novo corpo com a memória intacta. É apenas uma outra forma de existir. – Ela pausou, estudou-me por alguns segundos, elevou suas sobrancelhas, pensando em algo, e bebeu um gole de café. Então disse: – Os humanos, por sua vez, não tem consciência de que sua essência vem e vai... Na verdade, esse é um dos maiores mistérios da humanidade. Há vida após a morte para os humanos? Não quero a inundar com tanta informação sobre as entidades...

– Não... Pode falar – pedi. Realmente, senti-me interessada. – Conte mais sobre o desmantelamento.

– Está bem. Essas entidades às quais me referi, quando desmantelam, abdicam-se de seu corpo físico e retornam ao seu elemento. É um processo irreversível e violento, como a morte, mas, logicamente, mantendo a memória intacta. Está entendendo? – Assenti. – Ok. No momento em que escolhem voltar sob forma humana, precisam nascer, crescer e se desenvolver como, de fato, faz um humano. Elas assumem novos corpos, novas culturas, novas vidas. Então, quando chegam a uma certa idade, têm uma revelação e descobrem que não são inteiramente humanas. Logo depois dessa revelação, sua memória é desencadeada e ela assume a sua função no universo como se jamais tivesse partido. – Notando meu interesse, Lina sorriu e prosseguiu. – Essas entidades crescem até a idade exata em seu sistema solar. Em perfeita harmonia. Assumem um envelhecimento lento, alinhado a esse sistema. Assim permanecem existindo, envelhecendo gradativamente, junto com o sistema solar no qual residem. Após algum tempo, elas podem até assumir uma certa liberdade. Podem optar por ir até o seu elemento, perder a forma humana temporariamente. Mas devem retornar logo ou desmantelam.

Eu iria perguntar qual era a idade do nosso sistema solar, considerando a estranha história de Lina, quando ela me interrompeu com um dedo. E continuou:

– Em todos os sistemas solares, apenas Guaraci, a entidade do Sol, e Rudá, a entidade do amor, surgem com total liberdade para se transformar de forma imaterial à material. – Sorri, adorando a fantasia. Lina retraiu-se. Como se tivesse escolhendo suas palavras, ela disse: – De acordo com a lenda, eles não desmantelam. Não sabem nem o que é isso. São importantes demais para que o sistema os perca, mesmo que temporariamente. Imagine o Sol sem a orientação de Guaraci por quinze anos? – Ela riu de si mesma. Eu me mantive séria e concentrada em sua fantasia. Ela, ao notar minha reação, se ajeitou na cadeira e prosseguiu. – Guaraci e Rudá simplesmente vêm, assumem a forma humana que desejam e já na idade representada pelo sistema solar. Quando precisam voltar ao elemento, o que é bastante comum, saltam e vão perdendo sua forma humana no caminho. Podem ficar no elemento o tempo que quiser. Bom, quando voltam, assumem a forma humana também durante o pouso... Naturalmente.

– Tenho que reconhecer. Você é muito criativa – elogiei. Lina me encarou, em silêncio. Sua expressão era ilegível. – Você acredita nessa lenda? Nas icamiabas? – perguntei por impulso. Aquela história era tão distante de uma realidade tolerável.

– Claro que sim! De todas as maneiras! Sem hesitar – ela respondeu prontamente.

Voltou a atenção para o seu relógio e disse que tínhamos de ir. Fomos até seu carro. Um Jipe antigo e incrivelmente bem conservado.

Calei-me reflexiva pelo resto da viagem. Distraí-me com a paisagem ao redor. O dia estava ensolarado e com poucas nuvens brancas no céu. Um dia perfeito. Com um calor sutil que acariciava meus braços, com o vento morno vindo das janelas abertas. O carro de Lina parou em frente à empresa, quinze minutos depois do início do expediente. Tecnicamente, não estava atrasada, ainda. Peguei a minha bolsa e agradeci Lina pela carona.

Ela bocejou e disse:

– Não há de quê! Puxa, tem dias que é difícil acordar.

Senti-me um pouco estranha por ter sido deixada pela mulher do sócio da empresa. Ela que me deu vários, inúmeros motivos de invejá-la, mas que, ao contrário, ganhou minha simpatia.

Olhei para o prédio. O Sol iluminava esplendorosamente sua estrutura. Andei a passos largos, ansiosa para enfrentar meu segundo dia de trabalho. Ainda não sabia ao certo quais seriam minhas tarefas, o que aumentava minha curiosidade. Sorri para João, que retribuiu o sorriso ensolarado e com um sonoro "bom-dia".

Respondi, dando-lhe bom dia, e entrei no lobby. Automaticamente, fui em direção às recepcionistas para liberar meu acesso. Havia uma notória mudança de humor nelas, comparando-se ao dia anterior. As duas conversavam baixo, não percebendo a minha presença. Hesitei por uns segundos em interromper a comoção da morena enquanto a loira contava-lhe algo sério, perturbador. Percebi que uma delas, a recepcionista loira, se curvava enquanto enxugava suas lágrimas. Falavam baixo a ponto de eu não conseguir escutar. Na verdade, eu desejaria dar-lhes a privacidade necessária, mas, infelizmente, dependia delas para que liberassem meu acesso.

Perturbada por elas não perceberem minha presença, fiz um barulho com a garganta para alertá-las de que eu estava por perto.

Foi então que a recepcionista morena notou minha presença, sorriu brandamente, buscando manter-se profissional. A segunda abaixou seu rosto para a tela do computador, transparecendo um profundo cansaço.

– Olá, sou Joana. Lembra-se? Gabriel me apresentou ontem.

– Bom dia, Joana. – Finalmente a recepcionista loira respondeu a meu chamado com uma voz rouca de sono. Uma morta-viva à minha frente.

– Bom dia, Joana. – A segunda foi mecanicamente simpática. – Pode passar, entregaremos seu crachá até semana que vem.

– Obrigada.

Não me pareceu conveniente prolongar nossa conversa. Quis ser prudente e objetiva, e não engasgar em meio à minha curiosidade. Dirigi-me à catraca em direção aos elevadores. Virei rapidamente para estudar as recepcionistas. A recepcionista loira passou as mãos no rosto, enxugando as lágrimas. Uma mulher curvada, certamente enfrentando uma lástima perda. Não havia como ignorar a cena e arrepiei-me quando subitamente seus olhos vermelhos me encararam. A mulher ajeitou a sua postura e mudou seu semblante de melancolia para raiva. Ela tinha razão de se irritar com meu interesse diante do seu drama. Uma atitude tão irritante como passar lentamente com o carro na cena do acidente para estudar o estado das vítimas.

Passei pela catraca e parei em frente a um dos elevadores.

Vi-me encarando a recepção, paralisada, novamente. Por que ela me atraía tanto? Ela encontrou meus olhos. Manteve seus olhos, agora estranhamente secos, sem uma lágrima sequer, trancados aos meus, como se ela se preparasse para um confronto direto. Subitamente, uma mulher esbarrou em mim e deixei minha bolsa cair no chão.

Era Rafaela, que pegou minha bolsa e disse:

– Ah, desculpe-me, Joana, fui eu que entrei pela catraca correndo sem ver. – Fiquei feliz em vê-la, mais feliz por ela ter distraído a recepcionista, que focou sua sombria atenção para a rua. Cheguei perto de seu ouvido e perguntei baixo para que os outros não ouvissem.

– O que houve com aquela recepcionista? Você a conhece?

– Ah! – Rafaela virou-se para a recepção e viu a recepcionista enxugar outra lágrima e se contorcer como se estivesse tentando manter fortemente a postura. – Não converso muito com elas. A morena é Bárbara e a loira é Priscila. Você se lembra da fofoca a que me referi ontem?

– Qual delas? – perguntei, realmente confusa. Rafaela falou pelos cotovelos. Não saberia, nesse momento, categorizar o que era fofoca e o que era real.

Ela apontou:

– Quando lhe disse que Cauã namorava, ou namorou, uma funcionária... É a loira! Ah, como eu queria tirar essa história a limpo! Por curiosidade... É claro.

– Por que não pergunta ao Cristiano?

– Porque, além de um cafajeste e galinha, o patife sabe manter segredo. É sua marca registrada. Por isso que consegue sair com tantas mulheres sem ser, na maioria das vezes, pego e enfrentar a fúria de seus sócios.

Rafaela riu do boato. Mantive-me séria. Realmente não vi graça alguma.

As portas dos dois elevadores se abriram na mesma hora, mas minha cabeça estava ainda na recepção. Avistei Cauã entrando na empresa. Reservado, lindo de morrer, cumprimentou sutilmente alguns funcionários em seu campo de visão e seguiu em direção às escadas. Com seu terno escuro, exalava charme e confiança. Rafaela me puxava para dentro do elevador, mas eu estava em transe, curiosa para saber a reação desse suposto casal. Não pude deixar de reparar, já que Rafaela havia disparado tal fofoca, na postura de Priscila mudando de ruim para péssima ao ver Cauã entrar no prédio. Ela ficou pálida e paralisada, como se um veneno tivesse afetado seu sistema simpático. Juro que pude ver o sangue de Priscila parar em suas veias.

Todo o teatro repentino foi nada diante da imagem de Cauã passando imaculado pela recepção. Meus olhos não conseguiam se distanciar de Cauã enquanto enfrentava uma verdadeira tempestade de suposições. Rafaela me sacudiu.

– Vamos! O elevador chegou, Joana…

Aparentemente Rafaela falou alto demais. Cauã escutou. Ele parou em frente às escadas. Refletiu e, em poucos segundos, continuou sua rota. Então, senti as mãos de Rafaela me puxando pela bolsa para dentro do elevador.

– Desculpem-nos, pessoal – Rafaela se desculpou com os funcionários. Com uma timidez inquietante, fiz o mesmo.

Subimos o elevador tão lotado que mal conseguia respirar. Para nosso desespero, ele parou andar por andar. Ao chegarmos ao nosso destino, fomos abordadas por Maria no corredor, segurando um copo de café.

– Quem bom que veio, Joana, bom dia! – disse ela com sorriso no rosto. – Atrasada, Rafaela!

Sorri, sem saber o que falar; afinal, eu estava atrasada e era meu segundo dia de trabalho. Maria, então, anunciou:

– Alcinoe gostaria de conversar com você, Joana. – Apontou seu dedo a Rafaela e disse: – Vá direto para sua mesa. Alcinoe precisa do relatório que você ficou de passar. Lembra?

– Pois, pois! Não me lembre disso… – Rafaela respondeu em um tom de brincadeira, avançando um abraço em Maria. Maria riu com a brincadeira e sumiu pelos corredores. Rafaela, por sua vez, sumiu no meio da papelada empilhada em sua mesa. Por instantes, consegui ouvir suas queixas, enquanto mergulhava fundo nos certificados a serem arquivados, faturas a serem despachadas e orçamentos. Apesar de bastante raivosa no momento, Rafaela ainda inspirava um carinhoso desleixo. Balbuciava uma reclamação difícil de entender, mas algo do tipo: "Mais requisições, e mais requisições de treinamento, daqui a pouco vamos treinar o estado...", ou era algo parecido como: "Daqui a pouco vou peitar o safado".

Imaginei as milhões de combinações que aquele sussurro poderia dar, divertindo-me com sua imagem mergulhada em requisições e certificados. Andei para o escritório de Alcinoe. Bati à sua porta e aguardei a permissão para minha entrada.

– Joana, pode entrar direto, eles a estão aguardando! – Maria apareceu pelo corredor com pressa. Certamente ela teria outros assuntos a tratar, mas queria ter a certeza de que eu seria direcionada às minhas tarefas. Imaginei. Talvez iniciar meu treinamento ou, quem sabe, dar um pouco mais de orientação e me indicar para alguma tarefa especificamente.

Abri a porta calmamente, aguardando o que poderia suceder.

Minha calma acabou assim que vi Cauã e Alcinoe em plena discussão. Escapou, em minha face, a expressão de terror e susto. Procurei manter-me quieta enquanto Alcinoe terminava seu argumento.

– ... projeto. Dê um tempo para ela entender. Ela vai ficar mais confusa.

Eles estavam se entreolhando e rígidos como pedra. Cauã estava sentado em uma das poltronas da sala, enquanto Alcinoe se apoiava em sua mesa. Os dois pareciam tão arrepiados como felinos estudando a melhor estratégia de ataque.

Antes que eu pudesse desaparecer, não sabendo exatamente como faria isso, já que a porta estava aberta escancaradamente, os dois me olharam e instintivamente me arrependi por entrar sem bater. Mordi os lábios, encabulada por interferir em uma discussão séria. *Pense, Joana! Pense!* – reclamei internamente, colocando-me em meu devido lugar.

– Desculpem-me. – Foi o que consegui dizer. Olhei para o chão encabulada.

Mantive meu rosto no chão, querendo morrer ou desmantelar. Como não tinha opção, dei um passo para trás e tornei a fechar a porta.

– Pode entrar, Joana. Sente-se – pediu Alcinoe. Andou até a porta e a abriu novamente. Para minha felicidade, Alcinoe retomou a sua posição acolhedora

Cauã se levantou da poltrona, retomando a postura impecável. Ele andou até a janela, juntou as sobrancelhas como se estivesse refletindo sobre alguma coisa. Entrei lentamente, com cautela, como se estivesse em um ringue de batalha. Depois de minha entrada triunfal, todo cuidado era pouco. Vi-o balançar sua cabeça com um "bom-dia". Não respondi e senti meus joelhos tremerem. Meus olhos, involuntariamente, se mantinham em sua direção, como se seu corpo fosse envolvido por um ímã. Ele era a personificação viva de um elemento perfeito que, por acaso, se assemelhava ao corpo de um homem. Não podendo ficar ainda mais perfeito, seu terno dava um toque de elegância e servia como última arma letal.

Sentei na mesma poltrona na qual ele estava sentado. Quis me embebedar de seu singelo calor e perfume que ainda estava cravado na poltrona. Sim, fui uma tola. Fiquei imóvel, compenetrada em cada movimento de Cauã e gritando a mim mesma: *Mova os olhos, sua tola*.

Ele se apoiou na janela. A poltrona na qual me sentei se posicionava logo ao lado da janela. Com isso, estávamos bem próximos. Ele cruzou os braços e deu um sorriso. Sorri de volta imediatamente e procurei segurar meu estômago, já que senti todos os meus órgãos reagirem imediatamente. Droga, o que estava acontecendo comigo? Jamais reagi dessa forma, tão violenta, com homem nenhum! Percebi, depois de um tempo, que havia parado de respirar.

Inspirei.

– Tudo bem, Joana? – Alcinoe perguntou.

Expirei.

Inspirei novamente.

Foco, Joana... Foco...

Alcinoe sentou-se no local em que estava anteriormente posicionada ao discutir com Cauã. Foi um breve momento de silêncio. Cauã perguntou:

– Alguém lhe contou como essa empresa começou?

– Você, Cristiano, Gabriel e Alcinoe iniciaram a empresa e hoje é uma das maiores...

Alcinoe riu e balançou a cabeça diante da simplicidade da resposta. Cauã corrigiu.

– Joana, iniciamos a empresa, sim, mas ela foi, na verdade, reestruturada. Pegamos outra empresa, falida, com os piores índices de acidentes de trabalho e ambientais. A partir daí criamos outra, focada em tecnologia e soluções.

Não me lembro de Alcinoe ter mencionado isso ontem – refleti.

– Temos um novo projeto em andamento. Vamos focar em projetos relacionados à energia limpa. – Alcinoe complementou. – Você sabe o que é energia limpa?

– Não conheço muito – respondi, um pouco constrangida.

Alcinoe sorriu.

– Tudo bem. Você vai aprender. Estou alocando você para representar o nosso departamento nessa empreitada. Assegurar que Cauã cumprirá todos os requerimentos de segurança das pessoas e do meio ambiente. Para isso, vamos treiná-la.

– Como farei isso?

– Vá com calma e aprenda sobre o cargo, o projeto – disse ela, mostrando as palmas da mão para inibir minha ansiedade.

A porta se abriu, me assustando e interrompendo uma possível explicação de Alcinoe. Que saco! Ela tinha que aparecer justo agora!

Maria disse:

– Já preparamos um carro para Joana.

Mantive-me quieta, incapaz de formular uma pergunta. Tampouco entendendo a rapidez dos fatos. Alcinoe curvou-se enquanto levantava da poltrona como se estivesse erguendo dois pesos acima do ideal. Levantei-me logo atrás, extremamente confusa.

– Peça para o João aguardar – Cauã demandou para Maria, que saiu prontamente. Então ele cruzou os braços e me explicou. – Joana, vou me envolver diretamente nesse projeto, pois será um investimento bastante alto e, francamente, tenho bastante experiência no assunto. Precisaremos também fazer parceria com centros de pesquisa e universidades. Alinhar com cientistas, talvez nos tornar um centro de pesquisa também. O plano é que você me acompanhe, imediatamente.

Senti todos os pelos de meu corpo se arrepiarem com a prospecção. Imagine! Eu trabalhando diretamente ao lado de Cauã! Acho que meus olhos arregalados deram um claro sinal de espanto. Cauã abriu sua boca para falar. Senti outro choque no meio das pernas. Cruzei-as. Ele fechou a boca, tenso. Silenciou-se e franziu a testa. Puta merda, ele percebeu!

Cauã passou a mão pelos cabelos, meramente desconfortado (eu também estava!) e continuou:

– Gostaria de explicar algo a você, antes de irmos. A energia está presente em toda a matéria. O que difere uma da outra é a facilidade como podemos acessá-la e os impactos causados pela sua utilização. Fontes de energia limpa tendem a apresentar menor impacto ao ambiente. Como exemplo, a energia eólica ou solar.

– Energia solar eu conheço, mas o que é energia eólica? – perguntei.

– Energia provida do vento. A energia eólica advém da transformação da energia do deslocamento do vento em energia mecânica que, por sua vez, pode ser transformada em energia elétrica. Para a produção desse tipo de energia é necessário ambiente que apresente geografia uniforme e ventos com velocidade e regularidade apropriada. Você sabe que a Terra é banhada todos os dias por um volume energético imenso de energia provida pelo Sol. O poder dessa energia é tanto que, por cada hora de exposição, se acumulada e armazenada a longo prazo, tal energia poderia iluminar a Terra por um ano.

Eu franzi a testa e balancei a cabeça admirada. Cauã se aproximou e sentou-se no sofá em frente à poltrona na qual me sentei. Inalei novamente seu perfume invasivo e foi automático, sem controle. Era como uma criança passar o dedo no recheio do bolo para sentir seu gosto. Bocejei imediatamente arrebatada por um sono incontrolável. De onde veio esse sono? Irritada, pisquei algumas vezes para focar novamente no projeto.

– Nosso projeto é fazer dessa energia uma fonte barata de ser produzida, aumentar consideravelmente o tempo de armazenagem e prospectar uma forma de auferir lucro. Se não for lucrativa, e estratégica, sobrepondo os benefícios de outras fontes de energia, nenhum investidor vai realmente aderir. Infelizmente. Todo o time envolvido será treinado para esse fim. Você fará parte dessa equipe, mas, antes disso, teremos que viajar para visitar duas universidades. – Ele se virou a Alcinoe e falou diretamente com ela. – Joana poderá fazer o treinamento assim que retornar.

Alcinoe interrompeu Cauã, que se levantou pronto para partir, e comentou:

– Mas Joana nem teve a chance de estudar os procedimentos! Não dá para dar uma semana a ela?

Olhei para ambos, me sentindo um ser deslocado na discussão. Sinceramente, Cauã era difícil de entender. Aliás, o que havia para entender? O conheci ontem! Peguei minha bolsa, aguardando o desfecho da conversa.

– Joana poderá ler o procedimento de avaliação de cargos no caminho. – Cauã se dirigiu ao armário e retirou uma das pastas de procedimentos. – Podemos levar?

Alcinoe sentou-se à sua mesa, discordando com a cabeça.

– Adianta discutir com você? – ela reclamou. Claramente frustrada. Senti-me uma vaca desnutrida sendo levada ao abate. Alcinoe se dirigiu a mim e ignorou a presença do CEO em sua sala. – Sei que você tem potencial. Não se preocupe e não se intimide. Qualquer coisa, fale comigo. Principalmente se você se sentir confusa ou precisar de alguém para conversar.

– Vamos, Joana? – Cauã pegou sua maleta do laptop. – João a está aguardando. Eu lhe informarei que você irá diretamente ao hotel. Estarei lá em duas horas para buscá-la e viajaremos para São Paulo.

Cauã ordenou com sua voz grossa e firme. Não sei se fui levitada ou levantei da poltrona. Não tive consciência. Ele estendeu a mão e automaticamente a peguei. Subitamente deixei de sentir as pernas.

Estou no alto de uma montanha. Vestida com uma manta branca e flores. Percebo que as flores eram usadas para me perfumar e enfeitar. Está frio e sinto os braços de meu companheiro me abraçarem. Percebo que eram os mesmos braços fortes que me abraçaram no lago. Era estranho. Tenho um maravilhoso sentimento de estar em meu lar. De amar e sentir uma curiosidade imensa de observar e contemplar ao meu redor. É como se tudo em nossa volta tivesse um encantamento especial. O aroma de meu amado mistura-se ao perfume da selva. Maravilhoso. Beijamo-nos.

– Joana! – Escutei a voz de Cauã me chamar. Ele parecia assustado.

– Cauã, dê espaço para Joana respirar! – Era Alcinoe.

Senti a palma de uma mão masculina tocar minha testa.

Retorno à montanha. Mantinha meu foco e amor platônico vivo. Encaramos o surgimento do eclipse.

– Vamos subir aos elementos – ele anuncia. É um momento especial para nós. Entreolhamo-nos, sua bela face parecia com Cauã. No entanto, bem mais novo. Estranho...

– Ela está voltando! – Alcinoe anunciou. Senti suas mãos sobre meu rosto.

– Mas ela estava acordando e desmaiou novamente assim que eu toquei nela – Cauã anunciou irritado. Por que ele estava irritado? Por que desmaiei?

– Fique longe, então!

– Não! – Esse ato de desespero poderia ser a versão de Cauã para uma recepção calorosa? Possivelmente. – Joana! – ele me chamou enquanto pegou em minha mão direita.

Encontro-me no familiar lago com uma pedra envolvida por flores brancas no meio, com o mesmo rapaz. Ele tem os olhos de Cauã. O calor desse rapaz esquenta a água. *Sinto-a morna, deliciosa. Meu coração torna a bater desenfreadamente quando sinto seu beijo caminhar de minha nuca até os ombros. Viro-me de olhos fechados e nos beijamos. Então, os abro e encaro os olhos profundos e* âmbar *dele; meu amor.*

Abri os olhos assustada. Olhei em volta e estava deitada na poltrona de Alcinoe. Meu coração batia forte como se estivesse ainda aos beijos com aquele rapaz do sonho (a versão mais jovem de Cauã, logicamente).

Senti a mão de Alcinoe passar em minha testa e me virei para ela, assustada.

– Calma, Cauã! Ela está bem! – ela anunciou.

Cauã estava andando de um lado para outro, digitando em seu celular. Ele parou e me encarou, franzindo a testa. Ele parecia bastante atormentado, confuso e irritado.

– Eu apaguei por quanto tempo? – perguntei, com a voz rouca, tentando me ajeitar.

Cauã e Alcinoe se entreolharam.

– Joana. Você apagou por alguns minutos. Algumas vezes – Alcinoe respondeu enquanto Cauã voltou a digitar em seu celular.

– Oi... É Cauã... Algo aconteceu e teremos de mudar os planos. Já conversei com Alcinoe... não... cancele a minha reunião, vou sair imediatamente daqui... Tudo bem... Depois a gente se fala. – Cauã desligou e se aproximou, perguntando. – Você está bem para ir comigo? Eu a levarei para o hotel.

– Você vai me levar? – perguntei, buscando controlar a vertigem e me colocando em posição ereta na poltrona.

– Você está bem? Digo... Isso acontece bastante? – Alcinoe perguntou.

Neguei e tentei justificar:

– Deve ter sido o nervosismo ou o tempo que fiquei sem comer.

Obviamente mentira, havia comido que nem uma vaca no café da manhã.

Pisquei meus olhos algumas vezes, me recuperei e disse:

– Desculpem-me pelo incômodo que causei. Realmente não desmaio com frequência e juro que não acontecerá novamente – disse com naturalidade, procurando deixá-los calmos, dando a impressão de que alguns desmaios houvessem ocorrido antes, o que não era verdade. Peguei a bolsa. – Mesmo assim vou viajar com o senhor? – perguntei esperançosa. Eu realmente queria ir.

– Cauã... Meu nome é Cauã – ele respondeu, mantendo seu tom sério, um tanto preocupado. – Claro que vai. – Voltou-se a Alcinoe e anunciou, falando diretamente a ela. – Como disse, os planos mudaram.

Contraí-me com o anúncio de mudança de planos. Principalmente ao reparar o espanto dos olhos de Alcinoe. Pelo visto, o anúncio foi um alerta, uma ameaça.

9
MUDANÇA DE PLANOS

RIO DE JANEIRO, QUINTA-FEIRA, 14 DE ABRIL DE 1994

Seu carro era um Alfa Romeo. Um modelo único no Rio de Janeiro. Por isso, não havia uma pessoa que o ignorasse enquanto passávamos pela praia. Cauã parecia apreensivo e reflexivo enquanto dirigia. Ele ligou o rádio para quebrar o silêncio. Tocava "Drão", de Gilberto Gil.

– Adoro ele! – comentei, sorrindo e tentando quebrar o silêncio. Sua feição não mudou. Agitei-me nervosa e complementei. – Amo essa música.

– Isso já aconteceu antes? – ele perguntou.

Neguei, sem dar uma palavra.

Seguiu-se outro silêncio desconcertante. Atento à estrada, Cauã passou os dedos sobre as sobrancelhas, como se fosse difícil conter sua exasperação. Passamos por toda a rota entre o centro da cidade até a Avenida Atlântica sem falar uma palavra. Uma rota de trinta minutos que mais pareceu horas, apesar da distração da música, que preenchia o silêncio.

Ele parecia reflexivo. Provavelmente cogitava uma forma de cancelar a minha contratação, tendo em vista minha condição de saúde. Veja bem, ele não me conhecia. Para evidenciar meu perfeito estado de saúde, reportei:

– Fiz exame admissional e passei.

Uma verdade. Alcinoe enviou o contato de uma clínica em Indaiatuba que quase me virou ao contrário. Fizeram exame clínico, coletaram meu sangue (mantendo nota de que bebi álcool no dia anterior e de que não estava em jejum), fizeram audiometria, exames de visão e raio x de tórax.

Cauã apenas negou, como se estivesse arrependido, incomodado ou confuso. A rispidez de sua reação aumentou a minha insegurança.

Ajeitei-me na poltrona confortável, fazendo um esforço para controlar o que seria, possivelmente, uma futura rejeição. Se assim fosse, seria uma ironia. Até porque não menti para Cauã. Realmente, jamais tive esses surtos em minha vida miserável. Droga... Já conseguia imaginar a surpresa de meus pais ao saberem dessa novidade.

Passei a mão pela testa como se pudesse varrer a cena dolorosa.

– Você me levará mesmo para a viagem ou está com outros planos? – Quis saber.

Ele parou no sinal, virou-se na minha direção, fitou-me por um tempo, como se estivesse querendo adivinhar os planos aos quais me referi. A força de seu olhar vacilou meu equilíbrio. Meus olhos fugiram de controle e encararam aquela boca perfeita, imaginando o que seria beijá-la. Pisquei algumas vezes, incomodada com minha falta de ponderação.

– Eu lhe disse que você viria comigo na viagem, não disse?

– Sim.

– Então, não há motivo algum para duvidar.

Cauã respondeu com convicção. Fui uma tola. Acabei falando demais e sem pensar muito no assunto. Minha mãe sempre disse: "Quando falta sensatez, o melhor é ficar quieta".

Ela estava certa.

Recolhi-me no seguro silêncio, mas, para meu alívio, Cauã deu a seta para a direita e entrou no caminho para a entrada do hotel. Assim que ele parou, abri a porta.

– Obrigada – disse ao sair do carro. Ele saiu em seguida e deu a chave ao manobrista. – Você aguardará na recepção? – perguntei sem jeito.

– Não – Cauã respondeu autoritariamente. – Vou acompanhá-la até seu quarto. Pode ser estranho, mas quero fazer um teste e preciso que estejamos a sós.

Teste?

– Confie em mim – ele complementou.

Teste? – pensei novamente. Será que ele vai ver se eu resisto a ele? Meu coração não inspirava confiança. Nunca soube de um homem entrando no quarto de uma mulher para fazer um "teste".

Teste... Isso é sério?! Passei a achar engraçado o comentário dele. Irônico... De certo eu iria falhar. Desde o momento em que vim para o Rio de Janeiro, meu corpo assumiu um modo automático, promíscuo e totalmente suicida. Ah, eu estava lascada! Principalmente considerando como meu corpo reagiu nesses últimos dias.

Andávamos pelos corredores antigos do Copacabana Palace e procurei dispersar a minha ansiedade na decoração do ambiente.

Abri a porta do quarto e me afastei para que Cauã pudesse entrar.

Mais uma vez ele falou:

– Confie em mim e me dê sua mão.

Eu parei alguns instantes, envergonhada e encarando os seus olhos. Estes que pareciam comunicar palavras que não combinavam com uma relação de trabalho, mas condiziam com o ambiente em que estávamos localizados. Sem querer interpretar, obedeci. Estava preparada para tudo, menos...

Um amigo, a quem chamei de Rudá, me deu uma caixa. Eu havia encomendado esta caixa para guardar temporariamente os poderes de meu amado. Eu havia feito esse pedido especial a Rudá, pois não conseguiria sentir prazer sem ter dor com o meu amado. Gostaria de fazer amor como ele sem me sentir queimada.

Guaraci se sentia incomodado ao ver minhas cólicas após fazermos amor.

– Tome – disse Rudá. – Este é um presente meu para vocês.

Rimos juntos. Rudá tinha uma risada muito assemelhada à de Gabriel; estranhamente, essa figura à minha frente era considerada tão íntima como um irmão. Eu o abracei. Eu estava ingenuamente feliz e estava ansiosa por estar aos braços de meu querido Guaraci.

Acordei assustada em cima da cama. Estava de noite. O relógio apontava sete horas. Levantei e levou alguns minutos para me deparar com a realidade. Cauã me deixou no quarto e...

Que desastre! Que vergonha!

Olhei em volta buscando meus cacos no meio do escuro. Liguei a luz do quarto e avistei uma rosa vermelha com um bilhete embaixo que dizia:

"Tente não pensar no que aconteceu. Acreditei em você quando disse que esses desmaios jamais ocorreram antes. Encontre-me no restaurante às oito, Cauã".

Está certo... Eu decidi não pensar nos desmaios que, ironicamente, aconteceram logo após tocar em Cauã. Tentei ver o lado positivo neles.

Quem sabe eles são apenas um mecanismo de defesa frente à violenta reação de meu corpo diante de Cauã, quando o repertório usual, com o qual estou acostumada, me falta?

Sim, definitivamente era um mecanismo de defesa.

Assenti, querendo impor algum crédito em minha suposição.

Saquei um vestido novo comprado para uma ocasião especial no Rio de Janeiro. Minha mãe me ajudou a escolher. Ele era na medida para a ocasião. O vestido azul, um tubo simples que caía abaixo do joelho. Deixei-o em cima da cama.

Lembrei que não havia ligado para os meus pais. Antes de tomar banho, disquei para a casa deles, mas ninguém atendeu. Deixei recado na secretária eletrônica. Confiante de que eles estariam confortáveis com meu recado, entrei no banho.

Eram sete horas e quarenta minutos quando já estava pronta. Não poderia descer antes. Também, a pedido de Cauã, não me afundaria nas diversas suposições ao redor de meus desmaios. Sentei na cama e aguardei. Decidi folhear uma revista do hotel, que divulgava uma matéria sobre Búzios. Paquerei cada pousada e praia. Nunca tinha ido a Búzios e as fotos me deixaram curiosa.

Sete horas e quarenta e oito minutos. Peguei a flor e cheirei seu delicioso perfume em meio a suas pétalas vermelhas.

Cauã...

Tive vontade de estapear minha cara quando senti meu corpo acender ao pensar em Cauã. Não poderia entrar nessa armadilha! Imagine! Apaixonar-me pelo CEO da empresa na qual havia acabado de ser contratada. Ontem!

Será que ele queria jantar para conversar sobre o projeto ou me cortejar? Sendo a segunda opção, tinha de confessar, ele não precisava de tanto esforço. Tão natural como acordar e espreguiçar-se após uma longa noite de sono. Bastava sua presença e sua elegância em cada movimento...

Confesso que a inocência serve como disfarce para se vendar aquilo que não se quer enxergar. Uma flor indica claramente cortejo. Não indica? Meu corpo urgia com a curiosidade de seu toque. Subitamente, a ideia de um novo emprego e a expectativa de carreira pareceram pequenas diante de Cauã.

Lembrei-me da recepcionista que chorava amarguradamente essa manhã e de sua reação rígida quando Cauã passou na sua frente. Sim, Priscila foi descartada. Não havia dúvidas. Evidências estampavam-se como um filme digital, mas, ao mesmo tempo, eram rapidamente apagadas com o perfume da flor.

– Droga, Joana! – rosnei. Larguei a rosa na cama. Logo em seguida encarei o espelho do quarto e, com um dedo indicador apontando para mim mesma, dando-me o sermão de que precisava, exclamei. – Coloque a sua cabeça no lugar! Não deixe que uma miserável flor a cegue! Aja como uma profissional!

O fato era que eu não parava de pensar nele. Aliás, será que foi assim que Priscila sentiu no primeiro encontro com ele?

– Profissional! – repeti.

O fato é que o coração ignora evidências. Distorce a realidade. Faz-nos acreditar na fantasia e nos cega para os percalços de uma relação. Como pelo canto de uma sereia, somos movidos sorridentemente para a morte mais do que certa. Eu caminhava seguindo o magnetismo desse homem sem chance de reagir.

O fato é...

– Pro-fis-sio-nal! – proclamei. Realmente precisando acreditar nessa palavra.

Olhei para o relógio e meu coração disparou. Eram sete horas e cinquenta e cinco minutos.

Acho que, se eu descer agora, vou levar uns dez minutos para pegar o elevador e me direcionar ao restaurante. Como estou no terceiro andar e o restaurante é no térreo, é razoável sair agora...

Peguei a bolsa. Saí do quarto, buscando colocar minhas ideias no lugar. Era um jantar para nos conhecermos. Apenas isso. Já que, provavelmente, o assistirei em um projeto importante e custoso, é justificável tal jantar. A flor no quarto foi uma gentileza. Meu desmaio, dispensável. Apertei o botão do elevador e estudei o corredor branco, com seus detalhes dourados, luxuosos. Queria distrair-me do arrepio que revirava meu estômago. Apesar de patéticas, essas distrações realmente funcionavam comigo; na maioria das vezes. A porta do elevador se abriu e entrei. Apertei o botão do térreo e busquei prestar atenção à música do elevador.

Está certo. Desci cedo demais. De certo não ficaria igual a uma tola o aguardando na recepção. Decidi caminhar quantas vezes fossem necessárias em torno da piscina para passar o tempo. Melhor assim, precisava de um tempo para colocar minha cabeça no lugar.

No entanto, ao sair do elevador, deparei-me com Cauã e Gabriel na recepção conversando. Ambos tinham a feição ambígua. Animados e misteriosos ao mesmo tempo. De repente, algo inusitado. Cristiano entrou na recepção e foi ao encontro deles. Fiquei parada em frente ao elevador. Apesar de saber que todos trabalham na diretoria da empresa, jamais pude pensar que viriam para esse jantar.

Tomei coragem. Respirei fundo novamente e fui na direção deles. Ao chegar perto, Cristiano me avistou e colocou sua mão em um dos ombros de Cauã, e este virou-se, sorrindo para mim. Nossa, como ele estava deslumbrante! Nesses poucos passos na direção de Cauã, não consegui tirar os olhos dele, nem ele de mim. Encarávamos um ao outro profundamente.

Falei sem demora, na esperança de expurgar o pequeno incidente da memória:

– Desculpe-me pelo *desmaio*, de novo. – Abri a discussão, buscando ser simpática. Não ia justificar, pois nem saberia como fazê-lo.

– Olá a todos! – Acenei encabulada.

Aproximei-me de Gabriel para cumprimentá-lo com três beijos na bochecha, um cumprimento que acabei adquirindo. Confundimo-nos no terceiro beijo, mas ele aderiu ao terceiro beijo depois de me ver encabular. Então ele se justificou:

– No Rio, damos somente dois beijos.

– Relaxe, Gabriel – interveio Cristiano. – Não mude um comportamento tão carinhoso e bem-vindo à região fluminense! Como somos frios em nossos cumprimentos! Vamos, Joana, pode me dar três beijinhos; aliás, pode dar quatro ou cinco!

– Você fala demais. Afaste-se. – Cauã empurrou Cristiano em um tom de brincadeira. Sorri ao ver os rapazes, sócios da mesma empresa, agindo como três grandes amigos. De alguma forma essa imagem derrubou a minha concepção de seriedade e sobriedade de um executivo de uma grande multinacional. Na verdade, nem esperava conhecê-los, nunca. Nem com vinte anos de Assendent. Quanto menos vê-los em pleno divertimento momentos antes de jantarmos. Aliás, eu não iria jantar somente com Cauã?

Como se Cauã tivesse escutado minha mente, comentou:

– Gabriel e Cristiano já estão de saída. Não jantarão conosco.

Cristiano perguntou esperançoso:

– Não mesmo? Nem acompanhar o *couvert*?

– Não – respondeu Cauã secamente, como se a brincadeira houvesse acabado assim que Cristiano se convidou a nos acompanhar. Sorri, sentindo uma estranha e deliciosa sensação de que Cauã queria me manter só para si.

Me dirigi a Cauã, sorrindo para cumprimentá-lo, confiante de que o prognóstico do encontro seria maravilhoso. Ao contrário de minhas perspectivas, quando me aproximei dele para cumprimentá-lo, ele se afastou. Mostrou as palmas das mãos e sorriu, balançando a cabeça negativamente.

– Melhor não... – ele comentou sem se justificar.

Minha vergonha me tornou pequena. Enrubesci. Queria desaparecer, morrer ou desmantelar! Certamente, se fosse Guaraci, ou Rudá, saltaria para a órbita, abandonando meu corpo pelo caminho. Só voltaria após uns... cinquenta anos. Quando estiver velha demais para distrair-me com fantasias.

Será que ele temia que eu desmaiasse novamente? Não... O mais racional seria uma reação cautelosa e distanciada frente a uma assistente.

Certamente estava sendo profissional.

Tive vontade de chutar minha bunda, com força. As especulações e esperanças em torno desse jantar cegaram meu bom senso. A flor ajudou-me a afundar no romantismo. Confundi-me.

Por mais estranho que pareça, o CEO de uma empresa megamultinacional iria jantar com uma assistente recém-contratada. Imaginei que fosse um modelo de gestão novo, inovador, utilizado pelas multinacionais.

Dei um passo para trás e jurei comportar-me durante o jantar.

Cauã assentiu a Gabriel e Cristiano. Então se dirigiu a mim, ignorando minha vontade de desaparecer, e disse:

– Vamos, Joana, nossa mesa está reservada. – Cauã pegou em minhas costas e o encarei, sem entender muito o que havia acabado de acontecer. Ou o que de fato estava acontecendo. Ao olhar para trás, vi os dois saindo do hotel ainda agitados com a conversa. Percebi Cristiano gesticulando enquanto Gabriel colocava a mão na cabeça.

Sorridente, diferente do personagem que conheci na empresa, Cauã me conduziu para o restaurante. O ambiente era pouco iluminado e bem confortável. Parecia bem requintado. Sentamos. Cauã estava muito elegante com sua roupa casual, em comparação com seus ternos, que já pareciam estupendos. Aliás, ele não ia conseguir aparentar nada menos que maravilhoso. Não dava. Ele vestia uma calça jeans que fazia jus ao contorno de suas pernas e de sua bunda. Sim, olhei a bunda perfeitamente moldada quando ele afastou a cadeira para eu me sentar. Seu peitoral e ombros estavam ainda mais destacados com a camisa polo azul-escuro. Cheguei a torcer a cabeça para focar melhor na vista. Ele se virou subitamente, me pegando desguarnecida. Voltei a encará-lo encabulada e sorri.

– Gosto de vê-la sorrindo, Joana.

Cauã riu e sentou-se à minha frente.

Paralisei com o susto frente ao elogio inesperado. Confundi-me. Não era a reação esperada para iniciar um jantar profissional. Meu mundo parou e tornou a rodar descontroladamente. Será que isso é apropriado para se falar a uma assistente? Em um momento súbito e trágico de consciência, para não cair em outra armadilha, sem hesitar outro segundo, decidi vomitar as palavras desapropriadamente.

– Desculpe-me, Cauã, tenho que admitir que estou espantada com esse jantar. Não me leve a mal, eu quero muito estar aqui, mas sabe... É o meu segundo dia de trabalho. Sou sua funcionária... Assistente, inclusive... – Balancei a cabeça, confusa com as palavras. – Essa recepção incrivelmente calorosa de todos confundiu não só a mim, mas a todos do departamento!

– Recepção? – ele perguntou, franzindo a testa.

– Sim... Gabriel, que por um acaso encontrei no avião e me deu carona para a empresa... Lina... Cristiano, que...

– Cristiano? – Cauã perguntou, engrossando a voz.

O garçom apareceu, cortando nosso diálogo.

– Boa noite, Sr. Assent.

– Boa noite – respondeu Cauã.

A empresa recebeu em partes o seu sobrenome? – pensei curiosa. Se esse for o caso, e o resto "den", entre o "n" e o "t"? Seria nome de quem?

Outro homem com um terno bem alinhado, moreno, olhos escuros e alto apareceu e dispensou o garçom. Provavelmente, o gerente do restaurante.

Ele cumprimentou Cauã e cordialmente beijou a minha mão.

– Fico feliz em recebê-lo, com sua companhia e, principalmente, neste andar, já que o encontro sempre no andar de cima. O que deseja esta noite?

– Peça para o chefe Alexandre nos surpreender, não vou olhar para o cardápio. – Cauã me olhou e comentou. – Hoje minha atenção está exclusivamente direcionada à Srta. Joana Monteiro.

Choque na parte inferior da barriga com a antecipação de me tornar o centro das atenções de Cauã. Pode ser patético, mas poderia listar esse momento como um dos mais eróticos em minha vida. E ainda estaria no topo dessa lista. Desconcertada com a estranha e nova sensação de meu corpo, cruzei as pernas. Também incomodada com a reação imediata das minhas pernas, procurei distrair o choque de meu corpo com um breve exercício de respiração. Não consegui.

– Obrigado, Sr. Cauã – o gerente falou, me olhou com certa curiosidade e foi para a cozinha.

– Você sabe meu sobrenome?

– Sim – ele respondeu.

– Você sempre vem para cá? – perguntei, estranhamente, mais curiosa do que gostaria. *Trouxe Priscila?*, pensei e não disse.

– Sim... Negócios. Na verdade, é a primeira vez que trago uma companhia feminina para esse restaurante. Digo, para o andar de baixo.

Respondido... Agora, precisava acreditar em seu comentário. Ao mesmo tempo, perguntei. Era o momento certo para determinar as minhas expectativas para a noite:

– Não estamos aqui para negócios?

Cauã não respondeu. O garçom interrompeu-nos e trouxe um uísque para Cauã, que agradeceu e tomou um gole.

– Gostaria de algum aperitivo, senhorita? – o garçom que ia pegar o nosso pedido perguntou.

– Um vinho tinto.

Precisava beber alguma coisa. Entorpecer-me de alguma forma para sobreviver a esse jantar. Precisava relaxar diante de Cauã, maravilhosamente perto e dedicando toda a atenção a mim.

– Posso sugerir um *Pinot Noir*? – Cauã perguntou e eu sorri, consentindo. Sinceramente, não tive a menor ideia do que ele falou.

Ele riu e assentiu ao garçom.

Voltou a me encarar com sorriso nos olhos e disse:

– É isso que deseja fazer? Falar de trabalho?

– Desejo saber o motivo do jantar – perguntei, torcendo para que essas perguntas não me frustrassem. – A empresa recebeu parte de seu sobrenome? – Mudei de assunto.

– Sim. Por falta de tempo e paciência – Cauã respondeu.

– O "den", entre o "n" e o "t"? – finalmente perguntei.

– Contribuição de Cristiano. Não há explicação exata. – Ele soltou um riso encabulado maravilhoso. Então falou, fazendo meu mundo girar novamente sem controle. – Ao contrário do que imagina, não quero falar da empresa. Quero conhecê-la. Apenas isso. – Bebeu um gole de sua bebida e continuou. – Soube que saiu com Cristiano. – Ele bebeu novamente e distanciou os olhos. – Como foi o *happy hour*?

– Legal – respondi, sem querer prolongar o assunto, estudando o belo e escuro salão.

Silêncio.

Voltei os olhos para ele e mordi os lábios. Cauã se encostou de forma relaxada na cadeira e me encarou em silêncio, de alguma forma ansioso. O garçom apareceu com uma cesta de diversos pães. Meu estômago murchou.

– Do que estávamos falando? – perguntei, perdi o fio da meada.

– Estávamos falando de Cristiano Pinto – Cauã continuou a prosa.

Desconcertei-me por alguns segundos. Cauã me pegou desprevenida ao revelar o sobrenome do Cristiano. Uma bobeira da minha parte, já que o sobrenome é bastante comum. – Na verdade não... Digo... Toda essa recepção. É muita sorte ou muito azar!

– Por que sorte?

– Porque acredito que quase todas, senão todas, as mulheres, sem discriminação de idade, gostariam de estar jantando com você! Aliás... Negócios aqui?

Confesso que estava difícil de acreditar em seu comentário anterior, de que jantou nesse restaurante apenas por negócios.

– Nem todas... – Ele riu. – Sim, Joana, negócios. Não me leve a mal, claro que poderia ter trazido uma moça para esse restaurante. Apenas não aconteceu... Até agora... – Seu tom sério indicou confiança. – Mas azar, por qual razão? – ele perguntou.

Decidi demonstrar a mesma confiança. Respirei fundo e vomitei as palavras sem pensar:

– O azar é que, dependendo do andamento desse jantar, estarei me enfiando em uma confusão sem tamanho já na minha primeira semana de trabalho.

Sim, falei com sinceridade. Não sei bem explicar por que as palavras simplesmente desfilaram de minha boca como um bloco desorganizado de carnaval. Assim que notei a gravidade de como elas poderiam ser interpretadas, fechei a boca e revirei meus olhos.

Ele riu descontraído e disse:

– Você não tem ideia…

O garçom trouxe uma taça, abriu o vinho e serviu. Dei um gole e matei o cálice sem poder evitar. Delicioso, complexo e, ao mesmo tempo, leve e amendoado. Escutei Cauã rir e acenou ao garçom.

– Pode deixar a garrafa na mesa.

O garçom lhe obedeceu. Assim que o garçom se distanciou, Cauã comentou:

– Você está incomodada em jantar com o CEO da empresa que a contratou…

– Ontem – ponderei.

– Tente me ver como um homem apenas… É o que sou… Agora.

– Difícil, já que sou sua assistente no meu segundo dia de trabalho – arrebatei.

– Tente.

Silêncio.

– Conte-me de seu passado. De onde veio… – Cauã pediu.

Felizmente chegaram os pães e alguns frios. Rapidamente os estudei e sorri para ele, notando a minha incapacidade de comer algo. Por que ele me deixava tão nervosa?

– Não deseja *couvert*? – ele perguntou.

Busquei no vinho remédio para me acalmar. Tomei outro gole. Por que o sorriso dele parecia familiar? Lógico! Sonhei com a versão jovem de Cauã algumas vezes desde quando cheguei ao Rio de Janeiro. Na verdade, já havia sonhado com um rapaz, em pleno amor, diversas vezes. Jamais vi o rosto do rapaz. Parecia-me o mesmo homem nos sonhos. No entanto, sempre acreditei que esses sonhos eram desejos de achar alguém diferente de Rodrigo.

– Joana?

– Sim.

– Você está perdida em seus pensamentos.

– Estou perdida... e um pouco nervosa – confessei o que era evidente.

– Tente se acalmar... Vamos, conte-me sobre sua vida...

Ri de nervoso. Tomei outro gole do maravilhoso vinho. Enquanto degustava o vinho, me assustei com o dedo de Cauã suavemente empurrando a ponta da taça para cima, na tentativa de fazer-me beber um gole maior. Por muito pouco não engasguei e deixei a taça de vinho na mesa, boquiaberta. Seu sorriso moleque me desconcertou e passei a rir. As pessoas das outras mesas nada notaram.

– Isso não foi justo! – arrebatei novamente. – Quase deixei o vinho derramar!

– Relaxe.

– Difícil.

– Acredite. Eu sei quanto é difícil deixar de pensar naquilo que nos rodeia, mas de vez em quando é necessário relaxar. Tente – insistiu ele.

Cauã fitou-me, por alguns segundos, como se pretendesse imprimir na memória os menores traços de meu rosto. Sorri encabulada. Distraí-me tempo suficiente para Cauã lançar outra traquinagem. Ele encheu a minha taça até transbordar um pouco do vinho na mesa. Inspirei assustada, segurei meus cabelos e inclinei a cabeça para beber os goles transbordados. No instante que eu percebi a isca, até porque ele tornou a rir, ajeitei-me imediatamente e firmemente alertei:

– Todos estão olhando!

Cauã questionou:

– E?

– Podem ser da empresa, ou um cliente... – argumentei.

– E... – Cauã repetiu. Ficamos alguns segundos nos encarando em silêncio. A feição de Cauã era firme, logicamente relaxada e brincalhona. A sensação era de estar ao lado de um antigo e íntimo amigo. Era a impressão estranha de que eu jamais seria julgada por meus atos, além disso, de que eu estava completamente protegida. Uma curiosa impressão de que eu poderia, pela primeira vez, agir sem pensar.

Logicamente pensando, mantive meus olhos firmes nos dele. Ele firmou seus olhos lançando um desafio. Fiz o mesmo. Passamos alguns segundos nos encarando.

O celular de Cauã tocou e quebrou a sintonia estranha que pairava entre nossos olhares. Ele olhou o visor do celular, elevou uma sobrancelha e atendeu:

– *Mauro... Espero que seja rápido... Sei... Sugiro a você viajar antes de nos encontrarmos então... Não posso encontrá-lo agora, pois estou no meio de uma profunda conversa telepática com Joana...*

Boquiaberta, deixei de pensar. Cai nos risos. Impulsivamente joguei uma torrada em sua direção. Cauã comentou aos risos no telefone assim que desviou da torrada:

– *Jamais imaginei que a conversa telepática funcionaria...* – Ri e ele tentou controlar seu riso no celular, aparentemente Mauro não deixou de falar. – *A esse ponto, para você me deixar em paz nesse momento, concordo com tudo...* – Cauã sorriu e disse – *Boa viagem.*

Subitamente, o ambiente se descontraiu. Conversamos animados. Ele perguntava muito sobre minha vida, meus pais, como foi a faculdade. Foi uma hora e meia de perguntas, como se ele realmente estivesse interessado.

Contei sobre minha mãe e sua luta para me manter praticamente sozinha, já que meu pai ficou inválido quando completei cinco anos. Revelei meu gosto por livros e poesia. Obviamente, falei sobre minha poetisa preferida, Cecília Meireles. Nesse momento, ele me fez suspirar quando recitou "Serenata". Foi um momento solene. Mantive-me, por alguns segundos, em silêncio. Meu mundo rodava, em parte pelo entorpecimento do vinho, em parte pelo sentimento divino.

– Continue... – Cauã quebrou o silêncio, deixando seus ombros encostarem na mesa e mantendo seus olhos profundos fixados em mim.

Por mais difícil que pareça, continuei. Falei sobre o curso na faculdade e do curso de mitologia, uma das disciplinas inesquecíveis. A esse ponto, o garçom trouxe outra garrafa de vinho tinto com um prato de vitela tão macia que derretia na boca. Havia um risoto maravilhosamente envolvido com frutas vermelhas. Ao primeiro olhar, parecia estranho juntar frutas vermelhas com arroz, mas o sabor era divino. Pena que só consegui comer duas garfadas de arroz e três pedaços de carne. Cauã distraía meu apetite, revirava meu estômago.

– Conte-me um mito – pediu Cauã.

O vinho e a refeição estavam maravilhosos. O efeito relaxante do vinho lançou minha vergonha para algum lugar longe dali. Pensava na possibilidade de uma carreira. Mas diante dos olhos de Cauã, o emprego era a última coisa que importava. Eu queria Cauã. Ajeitei-me com sensualidade e firmeza. Cauã olhou meus seios e, por um segundo, juro tê-lo visto lamber sutilmente os lábios.

– Vou contar sobre a história de Apolo e Dafne. Apolo, deus da juventude e da luz, identificado primordialmente como uma divindade solar, um arqueiro esplendoroso. Esse é o mito de que mais gosto.

Cauã parecia satisfeito, arrisco em dizer que estava se sentindo um pouco orgulhoso, convencido.

Prossegui:

– Na verdade, foi uma história de um amor não correspondido. Apolo encontrou um dia Cupido brincando com suas flechas e, muito rudemente, o alertou de que as flechas eram perigosas demais para um menino. A arrogância de Apolo enfureceu o Cupido. Este lançou uma flecha no coração de Apolo, que se apaixonou perdidamente por Dafne. Uma moça que, por sorte ou por azar, passava pela região.

– Sorte ou azar? – ele perguntou ironicamente.

– Pois é… – Levantei a mão, indicando para ele não me interromper. – Não desfoque – alertei e prossegui animadamente enquanto ele se sentou relaxado no banco e sorriu para mim com seus olhos profundos.

Respire!

– Cupido lançou outra flecha de chumbo em Dafne, o que a fez repudiar Apolo. De tanto Apolo perseguir Dafne, ela implorou para Zeus transformá-la em um loureiro, a fim de que nunca tivesse qualquer chance de se casar.

Cauã argumentou:

– Chumbo pode armazenar energia. – E desafiou. – Vejo que o julgamento de Dafne foi severamente afetado. Apolo poderia ter levado Dafne para os oráculos, a fim de retirar esse encanto. Sempre há um jeito…

– Cupido não deixaria – respondi seu desafio à altura. Não controlei minha risada, mas neguei com a cabeça. Um esforço para manter minha frágil firmeza.

Cauã refletiu por alguns segundos. Um sorriso surgiu sutilmente no canto de sua boca. O humor fez os seus olhos brilharem. A diversão o transformou. Não parecia mais tão rígido como o conheci na sala de Alcinoe. Poderoso, sim, mas não rígido.

– Sei... Hum – fez ele depois de um instante. – Certamente Cupido está supervalorizado nessa história. Apolo poderia ter tomado a rédea. Virado a mesa.

– E tornar-se o macho alfa? Você acha mesmo que Apolo não devia respeitar a escolha de Dafne em não querer casar-se com ele? – complementei rindo.

Cauã juntou as sobrancelhas e perguntou:

– Escolhas? Você acha que qualquer personagem nesse conto teve chance de escolher?

Sim... Realmente estávamos conversando! Aos poucos, senti-me cada vez mais confortável ao seu lado e esqueci totalmente o episódio estranho de ele se afastar em nosso cumprimento.

Comi pouco, eu estava sem muito apetite e com o estômago embrulhado de ansiedade. Perdi a conta do quanto bebi.

A conta apareceu. Cauã abriu rapidamente a pastinha preta e deu seu cartão de crédito, sem discutir. Momento incrivelmente chato. Naquele entorpecimento, peguei a conta. Estava decidida a dividi-la. Ele me olhou confuso.

Abri a conta constatando que o valor era maior do que as compras mensais de supermercado, fechei humildemente a conta, imaginando quantos meses teria de lavar pratos para pagar tal façanha.

Cauã levantou e indicou para irmos.

Sem discutir, levantei logo atrás.

– Leva-me até o quarto? – pedi em um suspiro, mordi meus lábios e cerrei os olhos, nervosa com a resposta. Não sei exatamente o momento em que deixei de jantar com o CEO da Assendent para me deparar com Cauã. Talvez o momento entre sua reação diante o mito de Apolo e minha confissão de ter dançado lambada ao som da música sertaneja no palco da festa de boiadeiro da cidade.

Cauã me estudava com seus olhos incríveis que pareciam me despir. Sua boca curvou-se ligeiramente para cima, mas mantinha-se fechada. Ele procurava as palavras certas e com isso já estávamos no lobby do hotel. O manobrista apareceu com a chave do carro de Cauã e meu corpo estremeceu. Esse era o momento de ele estabelecer os limites, talvez lembrar-me de que ele era o meu chefe.

– Retorne com o carro – Cauã disse ao manobrista e meu corpo entrou em combustão, antecipando os eventos que sucederiam. Seus olhos queimavam, cheios de perigo. Cauã passou a mão em minhas costas, eletrocutando cada ponto em que tocava sobre meu vestido. Senti o calor da palma de sua mão sobre o vestido. Tão distante, mas ao mesmo tempo tão íntimo. Eu estava lascada. Era oficial, eu iria transar com o Cauã, que, por sinal, era o CEO da empresa em que trabalhava, há dois dias.

– Não pense – Cauã alertou ao entrarmos no elevador. Sem me tocar, ele me imprensou na parede do elevador com as duas mãos cravadas na parede, me engaiolando em seu poder, como se o seu perfume já não fizesse o trabalho esplendorosamente. Agora, nem um ciclone me arrastaria para longe desse aroma. – Sei que tudo parece estranho, mas preciso que você confie nos seus instintos.

Minhas pernas tremiam. Senti vertigem. Encarei a feição dominadora de Cauã que, certo de meu consentimento, já me comia com seus olhos. O ambiente enclausurado do elevador intensificou meu entorpecimento. Escutei o pedido de Cauã para confiar nos meus instintos, mas parecia que meu corpo já seguia sua ordem antes disso. Meu corpo passou a mover no automático, sem dar margem para minha razão opinar. Havia algo forte demais que me atraía a Cauã. Seu perfume me afogava em um transe maluco e, ao se juntar com o entorpecimento da bebida, arranjei a coragem de agarrar a sua camisa e violentamente empurrá-lo para dentro do quarto. Ele entrou no quarto e fechou a porta, sem opinar.

Nisso, avancei em um beijo.

• • •

Uma fazenda rodeada por um vastíssimo pomar e árvores esplendorosas. Pode se ver hortas propositalmente plantadas para ornamentar o panorama ao redor, além de nos alimentar, fazendo do local um recanto de ternura.

No alto do terreno, há uma casa, modesta, se comparada à vasta terra ao seu redor e, logo abaixo, outra casa menor, que ficava ao lado de um estaleiro. Logo adiante, há um moinho e outras dependências.

A cerca de quinhentos metros para oeste do moinho estão os currais, cômodos para guardar os mantimentos, ração, arreios, carroça e utensílios.

Estamos deitados na grama logo à frente do moinho e ele passa uma flor pelas minhas costas. Nós nos beijamos e olhamos o céu.

– O almoço está servido! – Ouço uma voz de mulher. Levanto-me subitamente.

– É ensopado! Adoro ensopado! – Corro para a casa e ele anda atrás.

Sentamo-nos.

Uma moça da nossa idade, linda e formosa, senta ao lado de meu companheiro.

– Vou viajar para o centro – ele anuncia. – Precisamos rever os legumes. Vou trocar as alfaces pela cebola.

– Posso ir com você? – pergunta a moça.

– Não – ele prontamente responde. Olha-me e complementa. – Temo que Eça tomará um espaço importante na carruagem.

Cansada de intervir em prol da moça, no entanto, mais uma vez forçando-me a intervir, disse:

– Meu amor, deixe-a ir. Camilla retornará a pé. Não é?

– Claro!

• • •

Meus olhos abriram. Eu estava deitada na cama. *Não é possível! Outro blackout. Novamente! Não pode ser!*

Incrédula com o que havia acabado de acontecer, levantei-me e andei em círculos no quarto. De repente, o quarto ficou pequeno e enclausurado. Eram somente dez horas e estava me sentindo sufocada. Ainda era cedo e sabia que eu não dormiria. Estava agitada demais, confusa demais e envergonhada demais. Minha vontade era de bater o pé no chão como quando criança. Ah! Por Deus! Frustrada, sozinha, bati o pé, decidida a procurar um neurologista no dia seguinte.

A frustração se transformou em angústia, que passou a ser cólera. Instintivamente, peguei o telefone e disquei o número que Rafaela havia me dado.

Ela atendeu prontamente e com uma voz animada me convidou:

– *Oi, Joana! Que bom que ligou! Vamos para uma boate. Quer ir?* – Rafaela falou. – *Estão indo Lindalva, Carla e Manoel também. Podemos pegá-la no hotel. Já estou saindo de casa e vou buscar Lindalva. O hotel é caminho e devo passar aí em dez minutos. Espero na porta!*

– *Tudo bem.* – Desliguei e peguei a bolsa. Nem pensei em me trocar novamente. Saí do quarto e fui para a recepção.

Ao descer, tive outra surpresa. Dessa vez, uma surpresa boa. A minha grande amiga Camilla e Sandro conversavam com o recepcionista. Ela exigia o número de meu quarto, que o recepcionista não estava autorizado a oferecer. Havia um conflito borbulhando entre os dois enquanto Sandro apenas aguardava o andamento da carruagem. Para eliminar o conflito, abracei os dois imediatamente.

– Nossa! Como vocês me encontraram aqui? – perguntei, verdadeiramente curiosa.

– Sandro descobriu. Ele ligou para a sua nova empresa. Assediou a recepção, que passou para o setor de Recursos Humanos que, após alguma insistência, informou o setor legal.

Sandro prosseguiu:

– No setor legal, assediei mais três outros funcionários. Depois de quase sete horas ininterruptas de amolação, me passaram para uma moça chamada Kátia. Ela me deu o seu paradeiro – Sandro complementou com um sorriso no rosto, certamente satisfeito com sua conduta. Revirei os olhos querendo controlar meu riso ao imaginar como ele perturbou a empresa.

Camilla explicou:

– Viemos passar o fim de semana ao seu lado. Você nos larga e se muda para o Rio! Como você acha que nos sentimos?

Sandro corrigiu Camilla:

– Fale por você, pois estou muito feliz pela Joana! – E me deu um abraço, deixando Camilla ainda mais furiosa.

– Você vai ver! Domingo ela vai largar essa patética empresa e voltar para Indaiatuba conosco! – ela exclamou.

Realmente, Camilla estava determinada a me levar de volta para Indaiatuba. Tive vontade de apertar suas lindas bochechas pela inocente esperança de fazer-me mudar de ideia.

Rafaela deveria morar bem ao lado do hotel, porque não haveria outra justificativa para ela ter chegado tão rápido. Escutei a sua buzina tocar escandalosamente, assustando a todos, inclusive Camilla e Sandro.

Agora que havia acabado de encontrar meus amigos, em teoria, não poderia deixá-los e sair com minhas colegas de trabalho. No entanto, a teoria não funcionaria tão bem, pois foi minha a iniciativa de ligar para Rafaela para convidá-la para sair. Aproximei-me do carro. Encontrei o sorriso largo de Rafaela e perguntei:

– Posso levar dois amigos?

Rafaela os examinou, torceu seu nariz e respondeu de forma simpática, se desculpando com o olhar: – Poxa, amiga. O carro vai lotar. Posso dar o nome da boate e eles podem nos encontrar lá.

Camilla não escondeu seus ciúmes ao examiná-la de volta.

– Joana, estou bastante cansado. Quero apenas dormir – Sandro disse. Bocejou e me varreu com os dedos. – Vá.

– Assim que você voltar, precisamos conversar. – Camilla disse.

Tudo bem… Camilla e Sandro realmente vieram de surpresa. Retornei ao saguão meio sem jeito, entreguei o cartão de meu quarto e disse:

– Vão descansar. Amanhã sairemos, sem falta!

Virei-me para Sandro, que não deixava seu típico sorriso. Beijei sua bochecha. Passei as mãos nos braços de Camilla e comentei. – Estou muito feliz que vocês vieram.

Camilla disse:

– Nós a vimos no restaurante, jantando, muito bem acompanhada. Pelo porte dele, já lhe adianto… É galinha.

Demasiadamente feliz! Quem sabe eles poderiam me ajudar a conotar um significado para tudo que vivi nesses dias? Quem sabe Camilla poderia me ajudar a criar um mecanismo de defesa mais hábil para acalmar a reação de meu corpo frente a Cauã?

– Estávamos no restaurante, mas não quisemos interromper – Sandro explicou.

Rafaela buzinou.

– Desculpem-me. Tenho que ir… A respeito do cara, depois a gente conversa.

Camilla pegou meu cartão para abrir o quarto e disse, contrariada:

– Volte logo.

Entrei no carro. Rafaela quebrou o clima pesado com o seu sorriso e falou:

– Nem acredito que você ligou, Joana, eu estava para pegar o telefone e convidá-la, mas não sabia o número do quarto. A noite é uma criança! Está preparada para a *night* do Rio?

10
JACI

Rio de Janeiro, quinta-feira, 14 de abril de 1994

Eram dez e quinze quando Cauã saiu do hotel. Ele estava tão feliz que decidiu andar um pouco para gastar energia. Há pouco tempo, Joana havia lhe roubado um beijo. Seus lábios se uniram com aquela fome que só um amor milenar, ou uma grande abstinência, provoca. Um momento de ostensiva riqueza, interrompida subitamente pela perda dos sentidos de Joana.

O desmaio não tirou o encanto do beijo. Foi um beijo curto, de segundos, mas longo o suficiente para ele sentir, enfim, o doce gosto de Jaci.

Ele passou a mão pela testa, deu alguns passos em direção ao mar, deixando seus sapatos no meio do caminho para sentir o confortável frescor da areia sob seus pés. Seu peito inchava de tanta felicidade, seu corpo queimava de tesão e sua mente borbulhava de agonia.

Era um mistério. A cada toque seu, especificamente, o corpo de Joana tremia como se o estivesse repelindo momentos antes de desligar. Era um tipo de transe que a desfigurava por uns segundos e, depois, cessava como se estivesse dando seu último suspiro. Segundos depois, voltava a respirar normalmente, como se estivesse ressuscitando.

Um surto sem precedentes.

Isso jamais aconteceu antes. Para as entidades que hospedavam, mas não representavam Ci, suas lembranças se manifestavam através de sonhos e comunicados; lembranças, não surtos e transes. E iniciavam na adolescência, e não na fase adulta. Joana estava destoando de todos. Esse fato o intrigava e ao mesmo tempo preocupava.

Mairata, que respondia por Mauro, outra entidade companheira e um gênio em todos os assuntos, buscava uma solução por meio de seu conhecimento sobre anatomia e ervas medicinais. Durante o jantar, inclusive, ele ligou e informou que achou um amigo que poderia dar pistas sobre o encanto, mas que não seria possível falar pelo telefone. Mauro foi ao encontro desse amigo nos Estados Unidos. Gabriel também investigava a causa dessa reação, mas não houve sucesso na busca. Até agora, não encontraram solução ou explicação para isso.

Mas Cauã andava satisfeito, lembrando-se de como ela havia sido espontânea e corajosa. Ele estava encantado novamente, como na primeira vez que sentiu o beijo de sua Jaci. Naquele momento, nada mais importava além do sentimento.

Cauã decidiu que estava demasiadamente feliz e precisava dividir essa felicidade. Seu coração estava batendo como nunca, seu sangue fluía em espirais pelo corpo. Olhou para as ondas do mar e pôde, finalmente, após muito tempo, ver beleza em seu movimento.

Ele parou um instante e decidiu ir de encontro às ondas. Caminhou até a beira do mar. Ao olhar para cima, viu a Lua, brilhante e linda, como se estivesse sorrindo para ele.

– Obrigada por convencer Jaci a voltar. Confesso que foram anos difíceis, quando a perdemos, mas finalmente a encontramos. – Cauã falou diretamente para ela, certo de que, se pudesse escutá-la, certamente ela responderia com o mesmo entusiasmo. Quantos séculos ele pediu perdão a Jaci em meio ao luar... Quantas vezes a Lua tentou interceder, informando a melancolia da sua entidade...

Ele não se conteve. Foi em direção ao mar e deu um mergulho. A água o acariciava. Cauã não sentia frio nem incômodo por estar na água com suas roupas.

Finalmente, sentiu-se livre. Cauã nadou munido pela alegria. Sem se dar conta, já havia nadado por uma hora quando avistou um barco de pesca com um único pescador. *Engraçado*, pensou. Não percebeu o barco chegar. Deveria estar muito distraído. E de fato estava. Parou para encarar o barco vindo em sua direção.

O barco parou a um metro de distância e o pescador apareceu.

– O moço vai se perder no mar. – O pescador o alertou ao chegar perto da proa do barco. Era uma entidade antiga, companheiro de Ieda. – Ela, a entidade do mar, Uiara, mandou eu vir buscá-lo.

Ela, assim como todas as entidades que acompanharam sua amargura, estava preocupada. O pescador jogou uma escada de corda para Cauã embarcar.

Cauã lhe obedeceu.

O pescador lhe ofereceu um copo de água, sentou-se na proa e riu.

– Encontrou o amor! Consigo ver em seu rosto. Quanto mais você tenta esconder, mais esse sentimento aparece. É como a água. A água é a essência da vida, e o amor é o propósito para se viver!

– Não está com sorte na pesca? – Cauã perguntou ao ver a bacia do rapaz vazia.

– Nunca tive muita sorte na pesca. Mas já dei sorte no amor um dia – o pescador respondeu e continuou. – Certo dia, decidi ficar a noite inteira no mar e voltar somente quanto tivesse um peixe grande. Essa era a minha obsessão. Pescar… Pescar… Foi então que, no meio da noite, vi uma mulher que me tirou de órbita. Ela decidiu me ensinar a pescar. Depois desse dia, minha obsessão passou a ser Uiara e a pesca.

Uiara, a entidade das águas. Uma mulher reservada, que vinha e voltava com as ondas do mar e que, atualmente, respondia por Ieda.

Assim como ela, o pescador apareceu poucas vezes em terra. Era um ser marítimo, igual aos peixes. Por isso Cauã, amplamente curioso, deixou temporariamente sua felicidade de lado para escutar o que ele tinha a dizer:

– Eu a convenci a ficar ao meu lado, por um tempo. – O pescador riu da lembrança. – Isso foi há muitos séculos. Havia acabado de ficar viúvo… Bom, não necessariamente viúvo. Minha esposa decidiu me largar porque, de acordo com ela, eu a destratei. – Ele fez uma careta e um gesto com os dedos em desdém. – Nunca relei a mão na piranha! – O pescador arregalou seus olhos e limpou sua garganta, procurando disfarçar o seu deslize. Abriu a boca e fechou, em estalos, algumas vezes. Então prosseguiu: – Sobre Ieda… Isso, estávamos falando sobre Ieda. Bom! Eu a convenci a ficar ao meu lado e ela aceitou, com uma condição. Que eu nunca insultasse o mar e de quem era do mar. – Ele riu. – É claro que minha ex-esposa falou sobre sua infortuna com Ieda. Caso contrário ela não teria exigido essa condição. Aceitei e ela passou a dormir em meu navio as noites. – O pescador falou sorrindo. – De repente, a felicidade me cegou de tal maneira que deixei de prestar atenção nela. Ieda me apontou que isso estava acontecendo. Eu não lhe dei atenção, alegando que ela deveria ter conversado com a minha ex-esposa e que esta a envenenou com suas frustrações de meia-idade. Meu caro! A felicidade me deu um senso de onipotência e arrogância, pois pescava baldes e baldes de peixe! Estava no topo! Então levei um caixote! Destratei o mar e ela me deixou, sem olhar para trás.

O pescador pausou, olhando para o horizonte. Cauã aguardava.

– Perdi novamente para o mar. Desde então, voltei à minha condição original. Não pesco nada. Mas, de tempos em tempos, ela aparece. Me pede coisas. A merda é que ela aparece, com seu sorriso, me trata bem, lembra-me do que eu fiz e de nosso trato e vai embora! – disse e completou nervoso. – Para que adianta esse balde? – O pescador pegou seu balde vazio e jogou-o para dentro do barco. Então se virou a Cauã e comentou: – Estou lhe dizendo isso, meu amigo, para alertá-lo sobre a felicidade. Ela é como a água. Quando a gente acha que capturou, ela escorre entre as mãos.

O pescador colocou sua mão no mar como se tivesse buscando a sua felicidade. E então, com o silêncio de Cauã, o pescador anunciou:

– Dou-lhe carona, pois você está cego e pode desaparecer em alto-mar!

Ao chegar à costa, Cauã agradeceu novamente. O pescador acenou e ligou os motores.

– Entidade do Sol... Preste atenção para não se cegar com a sua felicidade. Foi um grande prazer!

– Dê um abraço para Ieda! – Cauã acenou e o pescador acenou de volta, avistando o barco de pesca sumir em alto mar.

Cauã olhou para suas roupas, que estavam ensopadas. Passou-se um tempo. Subitamente, as palavras do pescador passaram a tomar uma forma diferente. Cauã passou a recapitular o jantar, as palavras de Joana, seus cabelos, seu sorriso. Lembrou-se de cada detalhe do jantar, do beijo, do gosto de Joana e, subitamente, se espantou ao perceber que havia um casal conhecido ao lado dele e de Joana. Eram... Caupê e Saci? Eles estavam no restaurante!

O pescador estava certo; afinal, Cauã havia se distraído e não percebera que Joana poderia estar sendo cercada por outras entidades sem perceber. Entidades que poderiam não querer seu bem.

– *Camilla!* – rosnou, exasperado.

Cauã disparou descalço pela calçada. Estava furioso consigo mesmo por ter deixado Joana sozinha. Não agora, não desse jeito! Enviou um sinal para Alcinoe, Lina, Cristiano e Gabriel: "Caupê e Saci estavam no restaurante!". Em segundos, encontrou-os em frente ao hotel.

Alcinoe já buscava notícias na recepção e saiu do hotel assim que viu Cauã se aproximar.

– Ela saiu com algumas amigas. – Então revelou, com cautela. – Ela encontrou um casal e ofereceu o quarto dela para eles. O rapaz se chama Sandro e a moça... – Pausou por alguns segundos. Cauã teve vontade de extrair o nome à força, nem que tivesse de enviar seus dedos pela garganta de Alcinoe e estapear suas cordas vocais. – Camilla.

Cauã teve vontade de berrar para liberar um pouco da raiva. Nesse exato momento, tudo ficou claro.

– Alcinoe... Temos que colocar as icamiabas ao lado de Joana a cada passo. Protegê-la quando não estivermos ao seu lado – Cauã falava com sua voz trêmula. – Não posso perder Joana. Você ouviu!

– Vou ter que buscar recrutas. Todas elas estão posicionadas e bastante atarefadas. Não podemos retirá-las de lá – Lina retratou-se.

– Alcinoe e Lina, está na hora de treinar outras icamiabas. Talvez precisemos delas em breve – Cauã ordenou.

Gabriel finalmente interveio:

– Concordo com Cauã. Chega de cautela. Temos que proteger Joana, que é o elo mais fraco. Pelo menos, até sabermos com o que estamos lidando.

Nesse exato momento, Cristiano estacionou seu carro à frente dos amigos.

– Você está atrasado! – Cauã estava intolerante.

– Tive que deixar uma garota em casa. Não podia arremessar ela longe para vir ao encontro de vocês. Inclusive, ela acha que sou casado depois de minha súbita saída.

Lina, sempre prática, perguntou:

– Cristiano, você sabe aonde ela poderia ter ido?

Cristiano se concentrou, procurando se lembrar de qualquer pista. Sorriu e disse:

– Esperem, vou ligar para Rafaela. Ela é o único contato que Joana tem no Rio, além de nós.

Cristiano saiu do carro, pegou o celular e passou a falar com Rafaela. Ele desligou com olhos apáticos, daqueles que não diriam nada além do extremamente necessário.

Ele disse:

– Ela está segura. É o que posso, é o que vou dizer...

Cauã não gostou da resposta, vindo de Cristiano.

• • •

Era uma pequena danceteria em meio a uma boate estilo *country*. Pequena demais para a quantidade de gente que enfiaram no recinto. Apesar disso, a música era boa, o repertório, bem escolhido e convidativo para se desvirtuar na pista de dança.

– Cristiano acabou de ligar. Perguntou onde estávamos e quem havia saído conosco – Rafaela disse com um tom alto, para vencer o barulho. – Ele disse que viria e logo depois desistiu. Louco!

– Vocês gostam de vir aqui? – perguntei a Rafaela e Lindalva.

– Gostamos, mas há vários outros lugares! Gostamos ainda mais de variedade! – Lindalva respondeu.

– Amamos a noite, a dança e os homens – Rafaela comentou. – Muito! Inclusive temos um lema de variar, sempre. Lugares, danças, homens...

Vi Ana revirar os olhos, impaciente com o comentário de Rafaela. Manoel e eu demos gargalhadas.

– Estão rindo! – Rafaela falou. – Então escutem essa! Não sou apta a ter um relacionamento sério com apenas um homem. Sou tão ruim em relacionamentos que jamais passei de um mês.

– Ah! Exagerou! – Lindalva corrigiu. – Quinze dias. No máximo.

– Cale a boca, Lindalva – Rafaela retrucou com um tom elevado, buscando impor sua voz em meio ao som alto do ambiente e continuou: – Pois bem. O safado saiu para a *night*, sem avisar, e, pior, antes de sair, fez a maior zona na cozinha. Alertei... No dia seguinte... Mesma coisa... Alertei... No terceiro, ele esqueceu... No quarto, o chefe dele estava lavando a louça da cozinha.

Ri, sem precisar de maiores detalhes.

– Pois é. Confesso que sou melhor que Rafaela – Lindalva cortou Rafaela e passou a contar. – Decidi namorar um cara sério. Sério mesmo.

Rafaela riu imediatamente e disse:

– Ah, sim! Como em sua cidade natal. Ela decidiu namorar... Namorou tanto, mas tanto, que começou a confundir os nomes dos caras. Teve que sair fugida. Acho que está fugida até agora!

Manoel balançou a cabeça e não pude conter minha gargalhada. Após essa conversa pouco instrutiva, as duas se perderam na pista de dança. Ana ficou pouco tempo e se despediu, falando que iria encontrar-se com sua namorada.

Dancei, cantando cada música sozinha, enquanto Rafaela e Lindalva caçavam homens para dar as suas beijocas. Manoel me fez companhia na dança. De vez em quando, eu conseguia encontrar uma no meio da multidão. Elas me olhavam satisfeitas e mostravam com as mãos o placar dos homens beijados. Também apareciam para saber o placar da outra. Eu me divertia com a competição cerrada entre as duas. E, assim, a noite prosseguiu.

11

JUNTANDO AS PEÇAS

RIO DE JANEIRO, SEXTA-FEIRA, 15 DE ABRIL DE 1994

Camilla e Sandro... – Lina disse os nomes em sua mente. – *Devo chamá-los de Camilla e Sandro.* Se o chamassem pelos nomes da entidade, seria mais difícil extrair uma informação útil, já que poderiam se sentir ameaçados. Apesar do histórico de Caupê e da reputação de Saci, Lina não gostaria de julgá-los antes de confrontá-los diretamente.

Camilla e Sandro... – repetiu novamente.

Lina estava calma diante da possibilidade de confronto. Após milênios lutando sem desmantelar, seu velho e calejado corpo agia com naturalidade à ameaça. Além disso, depois de ter confrontado Macaxera, a Entidade da Guerra, na primeira guerra da Terra, não encontrou outro adversário a sua altura. Foram poucos os audaciosos que desafiaram Lina, com resultados nada satisfatórios para eles.

Ela entrou no hotel sem precisar se identificar, afinal, todos a conheciam. Cumprimentou aqueles que passavam pelo caminho com um singelo e silencioso gesto com a cabeça. Subiu pelo elevador e parou diante da porta do quarto de Joana. Bateu à porta e aguardou. Como não houve resposta, bateu novamente.

Uma mulher estonteante abriu a porta, arregalou os olhos e tentou fechá-la, mas Lina a impediu com sua bolsa. O temor nos olhos da estranha confirmou que era uma entidade, pois reconheceu Lina. A beleza tão evidentemente exposta nos poucos segundos revelou que a moça era Caupê.

– Só quero conversar – Lina assegurou e entrou autoritariamente no quarto. A moça não conseguiu impedi-la. Era uma mulher maravilhosa, mas pateticamente fraca.

Sim, sua intenção era conversar. Estava sendo sincera. No entanto, não poderia prever o que aconteceria depois dessa conversa. Deparou-se com Sandro deitado na cama, com seu curioso sorriso no rosto. Então, como um mestre em sair à francesa, quando Lina voltou a sua atenção a Camilla, esta se fora havia muito tempo.

Zamp! Sandro saltou com a rapidez de um ciclone e as mãos de Lina encontraram o pescoço dele.

– Não tão depressa... – ela alertou.

Lina também sabia ser rápida.

• • •

Frente à possível e desconhecida ameaça, Cauã tomou a frente, como havia previsto. Lina e Alcinoe finalmente lançaram mão do plano.

Eram sete horas da manhã e todos, com exceção de Gabriel, se reuniram na sala de reunião da Assendent. Não era o lugar mais apropriado para se reunir para discutir o assunto, mas queriam abordar Joana assim que ela surgisse. E ela iria surgir, já que havia saído com as colegas de trabalho. Uma necessidade, já que Cristiano se recusou veementemente a dizer onde ela estava.

A esse ponto, Lina já havia confrontado Camilla e Sandro para obter informação. Por sua expressão sombria, evidentemente descobriu algo perturbador e aguardava a reunião iniciar. Já a expressão de Alcinoe era de pura frustração. Pelo visto, não havia encontrado indicações para o novo grupo de icamiabas.

Cristiano sentou-se silencioso no sofá da sala de reunião. Suas pálpebras escuras revelavam a exaustão da noite. Cauã lhe ordenou a cuidar da papelada para vender a Assendent. Uma forma de o punir, já que o boto não abriu a boca para revelar a localização de Joana.

Com a vulnerabilidade de Jaci, as evidentes ameaças, o alinhamento planetário e a máxima solar, precisavam rever suas prioridades.

Gabriel seguiu para a polícia federal a fim de providenciar os documentos para Joana viajar no dia seguinte. Logo, seguiria para o consulado americano, pois Cauã decidiu levar Joana para Cape Cod, Estados Unidos. Eles tinham uma residência compartilhada que fora previamente construída por Gabriel em uma época maravilhosa em sua vida. Após os acontecimentos terríveis vividos pela entidade do amor na histórica Segunda Guerra Mundial, foi assumida por Cauã. Lina também se incumbiu de reformá-la para livrá-la de recordações. Muito pouco utilizada, nesse momento era o lugar propício para proteger, e conquistar, Joana. Ao mesmo tempo, abordaria Mauro para obter informações que possam explicar os desmaios.

Cauã limpou o suor da testa. Não conseguiu achar uma posição confortável na cadeira de reunião, então levantou-se e apoiou-se na mesa. Pressentia que havia algo ainda mais perturbador envolvendo esses desmaios, como se esses fossem um sintoma de uma doença ainda mais perigosa. Recebeu uma mensagem de Gabriel, informando que iria se atrasar.

– Vamos começar. – Cauã levantou da cadeira de reunião, ansioso.

– Está confirmado – Lina disse. – Camilla é, na verdade, Caupê. Sandro é, na verdade, Saci. Ambos são entidades e buscam exercer influência sobre Joana. Eles se mudaram há cinco anos para a cidade onde Joana morava. Tornaram-se rapidamente grandes amigos. Caupê, na verdade, utilizou-se da alegria e do espírito brincalhão de Saci para facilitar seu envolvimento com Joana. Agora vem a informação mais importante: essa não foi a primeira vez.

Cauã caminhou até a janela. Notou, já de início, que seria uma reunião difícil. Ele sugeriu:

– Caupê nos abordou há quinhentos anos. É possível que Saci também? – ele perguntou.

Ela assentiu silenciosamente.

– Alguma outra informação? – perguntou Cauã, agora andando de um lado para outro na sala de reunião, como uma fera enjaulada.

– Mauro ligou – Cristiano falou. – Pediu para isolá-la imediatamente. Pelo material que enviei a ele de Joana, disse que o encanto é composto de uma essência. É a essência de Luisón, entidade relacionada à morte. Agora, o problema é reverter o quadro. Confirmou que esses desmaios foram resultados de um encantamento.

– Que material, Cristiano? – Cauã perguntou enciumado, afinal, era o boto que falava. Além do mais, Mauro não mencionou durante o telefonema no dia anterior qualquer análise de material. Bom, também Cauã cortou o assunto antes mesmo de iniciar enquanto se perdia nos olhos de Joana. Mas isso não importava… – Responda! – Cauã ordenou, impaciente.

Cristiano balançou a cabeça e reclamou:

– Acabei de falar que o encanto se originou da essência de Luisón, entidade relacionada à morte, um dos filhos de Tau, e você está preocupado em como consegui o material para enviar ao Mauro? Isso é sério?

– Sim – Cauã confirmou entre dentes. – É sério!

Cristiano respirou fundo, ainda mantendo a postura amigável. Algo fácil para ele, já que controlava parte de seus sentimentos e os dos outros.

– Quando a levei para o hotel, no primeiro dia, após o *happy hour*, passamos pela chuva e nos molhamos. Então, ela se enxugou com seu casaco, que estava em meu carro, e apagou. – Cristiano não deu tempo para Cauã argumentar. Continuou: – Com relação à memória dela, ele suspeita de que alguém a retirou com um pingente, assim como Gabriel faz quando encontra uma criança agonizando o mais intenso sofrimento e dor.

Alcinoe elevou as sobrancelhas. Cauã fechou sua expressão.

Gabriel, com a intenção de aliviar as crianças, vítimas das mais terríveis violências durante o holocausto, com pingentes feitos de ouro, sugou um pouco a memória delas. O suficiente para que essa criança, inocente e vulnerável, pudesse viver a vida com alguma sanidade. Julgou necessário. Se ele tinha dificuldade de viver depois do que viu, imagine uma criança! Mesmo assim, não ajudaria, nesse momento, seu amigo a mudar o direcionamento da conversa para lembrar da atividade que Gabriel assumiu após ver as atrocidades que o homem pode fazer.

Cauã caiu no sofá de dois lugares no lado extremo da enorme sala de reunião. Ele encarou a extensa mesa de 22 lugares e tampou a raiva em seus olhos com as mãos.

Exasperado, questionou:

– Quem teria o interesse de retirar a memória de Joana com um pingente? Onde está esse miserável pingente?

Subitamente, a porta da sala de reunião abriu. E, em vez de Gabriel, como esperavam, surgiu Manoel. Alcinoe fez uma cara de desaprovação e indagou:

– O que você está fazendo aqui? – Uma pergunta rude para o padrão de Alcinoe, mas o momento era bastante tenso, e um funcionário havia invadido a sala em péssima hora e sem aprovação.

Manoel sentou-se com toda a calma na mesa. Isso imediatamente irritou Cauã.

– Você ouviu a pergunta de Alcinoe? – Cauã perguntou, ajeitando-se no sofá.

– Vim porque vocês precisam de ajuda – Manoel respondeu. – Eu achei.

Cristiano interrompeu Manoel e falou mais calmamente:

– Desculpe-me, meu amigo, essa reunião é confidencial.

Manoel insistiu:

– Mas vocês pediram a minha ajuda e estou aqui. – Manoel inclinou a cabeça como se fosse confidenciar um segredo e repetiu. – Eu as achei...

Cauã pressentiu que havia algo mais profundo nessas palavras de Manoel. Ele levantou-se do sofá, incapaz de manter-se quieto em um canto por muito tempo, e perguntou:

– Quem é você?

– Sou um homem com espírito de menino que foi maltratado, violentado e assassinado da maneira mais cruel possível por um fazendeiro nos tempos da escravidão. Uma experiência que, infelizmente, se repete até hoje com outras crianças das mais diversas formas. Uma violência que não tem justificativa ou explicação. – Manoel encostou-se na cadeira e continuou, enquanto todos prestavam atenção com curiosidade. – Quantas vezes adultos passam tarefas que julgam impossíveis para os menores, e eles, pela inocência ou pela falta de opção, se veem obrigados a fazer? Tarefas em que fatalmente falharão! E são punidos cruelmente pelo fracasso. Como se o adulto tivesse o sádico desejo de poder e, para punir, só precisasse de uma justificativa. Quantas vezes o adulto imagina que o castigo físico faz parte da educação e erra na dose? – Manoel pausou e sorriu. – Minha história é contada em livros infantis, mas seu tema infelizmente é bem atual. Fui punido... assim como as inúmeras crianças o são hoje em dia. No meu caso, o fazendeiro me ordenou a pastorear cavalos e potros que acabara de comprar. Na minha inocência aceitei e, como disse, era uma tarefa difícil demais para um menino. Infelizmente, os perdi. Após muito custo, achei todos os cavalos, exceto um: o baio. Justamente o cavalo mais prezado pelo dono. Ele me espancou com seu chicote e me amarrou em cima de um formigueiro. Recebi uma segunda chance como Entidade de Suporte. No dia seguinte, reapareci intacto para esse mesmo fazendeiro que clamou por meu perdão e eu o perdoei. Uma criança ainda detém a maravilha da inocência que permite tal façanha com facilidade, assim como inúmeras crianças nas delegacias perdoam seus pais por tê-las espancado para que não sejam presos. No entanto, no meu caso, peguei o baio, que se tornou meu companheiro, cavalgo nele até hoje. – Manoel levantou da cadeira e sorriu para todos. Então anunciou. – Sou gaúcho, com muito orgulho. Gosto de ser chamado de Negrinho do Pastoreio. Agora, minha obsessão é ajudar e procurar aquilo que se deseja.

Uma história comovente. Lina limpou seus olhos mareados, imaginando o desamparo de uma criança diante de tal violência.

Alcinoe, espantada, falou:

– Não tinha consciência de quem você era...

Manoel, sorriu para duas e se direcionou a Cauã:

– Escutei a conversa de vocês pelo corredor. Saci e Caupê...

– Você tem como encontrar o pingente com a memória de Joana?

– Não. – Manoel respondeu, aos risos. – Temo que o pingente com a memória de Joana foi encantado. Está trancado para a minha visão. Agora escute... Saci e Caupê, como várias outras entidades, estão respondendo a um fato que só vocês não perceberam.

Lina saiu para atender um telefonema em silêncio para não interromper a conversa.

– O quê? – Alcinoe perguntou.

Manoel pausou e olhou para cada um:

– A vulnerabilidade de Jaci não é seu único problema, apesar de concordar que vocês devam focar nela completamente, nesse momento. Um portal físico se abriu recentemente e trouxe quatro entidades a este mundo. Um deles é o filho de Tau, Teju Jagua, um dos sete monstros lendários. O filho de Tau que foi banido deste mundo pelo sacrifício de Porâsý. Vocês se lembram muito bem da guerra...

– Sim – respondeu Cauã e, então, apoiou a cabeça nas mãos, fechou os olhos e emitiu um resmungo exasperado. Foi o único momento em sua existência em que ele deixou sua obrigação de lado para viver a amargura. Quando Jaci o traiu com o boto. Mas foi nesse momento, por obra do azar, que um portal abriu e deu a chance de um dos milhares dos Guardiões de Anhangá encontrar a Terra, assumi-la como seu patrimônio para destruir, desencadear sua metamorfose de guardião para Tau. Cauã sofria as consequências até os dias atuais. – Difícil esquecer...

Cauã se lembrava da Primeira Guerra como se fosse hoje, apesar de ter ocorrido há milhares de anos. Também lembrava nitidamente, para o seu tormento, como permitiu a destruição penetrar a Terra.

– Tau... – Sua boca resmungou como se tivesse vida própria. Parecia que seu sangue deixou de circular. Então reclamou. – Mais uma vez... Tau...

Como se o universo tivesse um humor perverso, Tau só consegue surgir em um mundo, nascer, se Guaraci permitir.

A destruição possui três formas: o Guardião como forma menos evoluída, Tau e Anhangá.

Anhangá, a Entidade Primária da destruição, vaga pelo universo espalhando terror. Ao contrário de Tupã, que é responsável por manter o equilíbrio e permitir vida com sua força em prol da construção, Anhangá consome todas as outras. Um verdadeiro monstro no universo. Uma força inimaginável capaz de destroçar e assimilar tudo à sua volta, inclusive o próprio tempo. Alguns o chamam de buraco negro, mas Cauã o chama de demônio.

Antes um Guardião, um escravo sem forma que circula ao redor de sua Entidade Primária. Preso, agoniza a dor excruciante que o controla em prol da vontade de Anhangá, vive uma existência da mais pura agonia, de padecimento, e com uma coisa única em mente: liberdade. Algo inalcançável pela épica força que sofre à sua volta.

Por ínfima obra do acaso, se um dos milhares desses Guardiões se libertar, não está garantido o final de seu tormento. Os perigos são inimagináveis. Primeiro, Anhangá não tem o menor interesse em perder um Guardião. Segundo, nenhuma entidade ligada a Tupã permitirá sua aproximação.

Esse Guardião precisa fugir da força colossal à sua volta, vagar pelo cosmos despercebido e surgir em um mundo antes de ser aniquilado no meio do caminho. Completamente imaturo, sua única arma de defesa é a camuflagem. Para vagar com alguma chance de sucesso, esse Guardião assume a forma de algo que o rodeia, geralmente um meteoro ou asteroide.

Apenas os mais sortudos dos Guardiões camuflados sobrevivem. Há uma inacreditável pequena chance de esse Guardião encontrar um mundo. A chance é ainda menor de achar um mundo inocente à destruição, pois só pode haver um Tau em cada mundo. Então, sim, ele se instala, entra em metamorfose e assume sua nova identidade: Tau.

Um feito que beira o impossível.

Cauã passou a mão no rosto cansado. Poderia ter evitado Tau de instalar-se na Terra, mas não o fez. Fora sua culpa. Agora era obrigado a conviver ao lado da destruição.

Cristiano comentou:

– Teju Jaguá desmantelou há milênios. Ele demorou tanto para voltar à forma humana que achei que Porâsý havia, de fato, o extinguido. Ele voltou mesmo?

Impossível. Não se extingue uma entidade. Cauã, assumindo uma posição mais realista, achava que Teju Jaguá havia encontrado um novo mundo ao passar pelo portal no qual Porâsý havia se sacrificado.

– Como ele voltou, fisicamente? – Cauã perguntou, presumindo que Teju Jaguá retornou em outro corpo após ter sido desmantelado. Sua esperança era que Manoel pudesse dar uma dica.

– Vocês não entenderam – Manoel continuou. – Sua forma é idêntica à de milênios. Teju Jaguá não desmantelou. Alegou que entrou no portal onde se deparou com outro mundo e encontrou três formas humanas. Disse que um dos rapazes era tão parecido com Cauã que se sentiu confuso e não soube como reagir. No entanto, logo viu que o rapaz jamais poderia ser Cauã, pois seu poder era incomparável com o da entidade do Sol. Disse que o rapaz tinha o poder de domar o tempo. Foi empurrado de volta ao portal. De acordo com Teju Jaguá, ficou banido por meros segundos e pulou milênios à frente.

– Você fala em viajar no tempo. Um portal transporta para um lugar, não para um tempo – corrigiu Cauã.

Manoel deu de ombros.

– Vocês não souberam do ocorrido? Não perceberam um portal abrir na Terra há poucos meses? Não perceberam o retorno de Teju Jaguá? Não perceberam que a Terra foi invadida por outros três elementos, sendo que, possivelmente, um deles é mais poderoso que o tempo? Não ouviram os murmúrios entre as entidades? Não se fala em outra coisa além do poderoso Guardião do Tempo.

Cristiano riu incrédulo com a situação que não parecia ser séria. Não para ele.

Manoel o corrigiu:

– Não subestime Teju Jaguá. Agora ele responde por Marcelo. Sua revelação pode ser louca, mas pode levar todos para a mesma loucura. Seu discurso é bem convincente. Ele diz que o Guardião do Tempo assumirá poder sobre este mundo e roubará o tempo dele.

– Roubar o tempo? – Cauã perguntou incrédulo.

– Sim... Roubar... Levar... Terminar... Exterminar a todos... Dar um fim a este mundo. Iniciar a última guerra... Vamos... Não estamos tão longe disso... Até porque todos sabem que o alinhamento está por vir e que Guaraci não parece preparado. Além disso, Lua está desguarnecida. – Manoel respirou nervoso encarando Cauã. – Este mundo está morrendo e a palavra de ordem é encontrar um portal para sair daqui.

Cristiano concluiu, ainda com dificuldade para acreditar:

– Estamos sozinhos?

– Precisamente! – Manoel respondeu.

Após milênios acompanhados de uma diversidade enorme de Entidades de Suporte, seria uma impensável adaptação serem obrigados a harmonizar os elementos recentemente abandonados pelas suas respectivas entidades. Ainda mais preocupante seria fazê-lo próximo ao alinhamento. Uma ideia desastrosa. Na posição em que estavam, sem entidades para auxiliar na harmonia em cada elemento, eles não teriam utilidade alguma.

Cauã balançou a cabeça, precisavam prosseguir com o plano, ser práticos. Joana precisava saber quem era e rápido. Precisava provar às entidades que saberia lidar com o alinhamento e a máxima solar. Isso, em tese, tiraria o crédito das palavras de Marcelo e acalmaria as entidades.

– Joana precisa se lembrar de quem ela é – Cauã comentou. – Todos concordam? Não temos mais tempo a perder... Precisamos de todos preparados...

De fato, a vulnerabilidade de Joana só intensificaria o pânico entre as entidades.

Lina entrou na sala nervosa, interrompendo Cauã.

– Cauã, tem mais!

Manoel levantou-se e foi em direção à porta.

– Tenho muito que fazer. Acho que minha tarefa aqui terminou.

– Espere um instante! – Alcinoe exclamou. – Você pode me ajudar a achar minhas icamiabas?

Manoel sorriu e respondeu.

– Isso eu posso encontrar! Vou preparar a lista e a entrego em breve.

Alcinoe abraçou Manoel. Ele retribuiu seu abraço desajeitado, envergonhado, e saiu da sala ruborizado.

Lina continuou:

– Joana teve um namorado chamado Rodrigo. Namoraram anos, mas ela terminou com ele devido a um desentendimento, dois meses antes de a acharmos e ela se mudar para o Rio de Janeiro. Ele mora em Itu e é milionário. Caupê estava no Rio para intermediar por ele... Aparentemente, ele queria se desculpar e pedir Joana em casamento. Pressinto que há algo a mais nessa história.

Cauã não demonstrou sinal de perplexidade com a informação, apesar de todos se prepararem para o contrário.

Cauã, então, complementou Lina:

– Muito bem falado. Ela terminou com ele assim como terminei com Priscila. Não tenho nada contra Joana ter tido experiências. O importante é que, agora, ela está aqui e vou protegê-la.

Cristiano, com sua postura prática e impaciente com o rumo da conversa, levantou-se, pegou uma pasta, retirou alguns papéis de dentro dela e falou:

– Agora vamos tratar de outros assuntos. – Cristiano anunciou, pegando uma pasta com documentos. – A venda da Assendent.

Manoel apareceu, entregando a Alcinoe um papel contendo os nomes listados com sua letra.

Eram dez nomes incluindo Rafaela, Lindalva, Ana e Priscila!

Alcinoe se assustou:

– Priscila? – perguntou a Manoel.

– Sim, inclusive ela – respondeu ele.

Alcinoe entregou a lista para Cauã, que não disse uma palavra e saiu da sala de reunião.

Gabriel adentrou à sala com aparente pressa. Todos o olharam.

– Perdi alguma coisa? – Gabriel perguntou.

12

MORPHEUS, O SAÚDO!

Rio de Janeiro, sexta-feira, 15 de abril de 1994

Lindalva, Rafaela e eu dançamos até fechar a boate enquanto Manoel e Ana decidiram seguir seus rumos muito antes disso. Foi uma noite boa. Dançamos, Lindalva terminou com o placar de sete beijos, e Rafaela, com o placar de oito, apesar de a boate ser relativamente pequena.

Se Camilla tivesse ido junto, elas não teriam a menor chance e, além do mais, eu me divertiria ainda mais com a companhia de Sandro.

Dancei para espantar a frustração por ter desmaiado. Mais ainda, dançava para distrair-me. Pensar em outra coisa além dos lábios de Cauã. Isso porque minha razão decidiu dar o ar da graça. Ela categorizou aquele meu súbito ataque como semissuicida, o que resultaria, invariavelmente, no desligamento.

Como dizem, antes de atravessar o rio, deve-se medir a profundidade e a correnteza com uma vara. Eu ignorei o sábio conselho e mergulhei de cabeça. Que diabos estava acontecendo comigo?

Bocejei e limpei meus olhos lacrimejados de sono. Precisava me preparar para uma conversa difícil com Alcinoe e retornar a Indaiatuba. Jamais confessaria minha audácia aos meus pais. Apenas diria que acreditei em minha grandeza e isso sumarizaria com fidelidade a experiência.

Rafaela me pegou pelo braço e, felizmente, cortou minha reflexão. Voltei ao presente. Não daria tempo para sequer trocarmos de roupa, então decidimos seguir direto ao trabalho. Entramos no carro de Rafaela, que tornou a dirigir estranhamente sóbria e inacreditavelmente acordada. Bocejei algumas vezes e enxuguei os olhos mareados de sono.

– Putz... Ainda estou com a roupa de trabalho que usei ontem. – Rafaela confessou. Então deu de ombros e prosseguiu.

Foi nesse momento que percebi que eu estava usando o mesmo vestido do jantar. Merda... Como fui descuidada.

– Espero não encontrar Cauã hoje – balbuciei. – Ele não é idiota. Ao me ver com o vestido de ontem, ao ver as bolsas inchadas de sono abaixo de meus olhos, perceberá que não dormi no hotel.

– Qual é o problema? – Rafaela perguntou.

– Ontem jantei com ele.

– Tá... Mesmo assim, por que se preocupa? Aconteceu algo nesse jantar? – Lindalva perguntou, confusa. Rafaela riu da pergunta da amiga, não soube bem o motivo. Lindalva estapeou o braço dela. Ri. Foi um gesto amigo, meio ingênuo, desses que conquistam. Talvez, por isso, despejei minha cautela pela janela e me abri:

– Eu avancei um beijo nele...

Confessei, sem dizer que desmaiei logo em seguida. Queria manter um pouco da minha dignidade, pelo menos em aparência.

Acordei assim que ouvi o grito de Rafaela. Como pode uma mulher ser tão escandalosa? Acho que nesse momento cheguei a escutar o grito de Lindalva também.

Rafaela parou o carro subitamente, no meio da pista, com uma freada.

Acordei!

Só nesse exato momento percebi que confidenciei às minhas colegas de trabalho, que conheci há dois dias, que beijei Cauã momentos antes de sairmos. Seria possível que meu desejo por Cauã tenha embotado meu cérebro a ponto de me esquecer de que não poderia me expor dessa maneira?

– Não creio! – Rafaela comentou aos risos.

Concordei com Rafaela, mas por um motivo bem diferente: minha estupidez.

Lindalva perguntou enquanto Rafaela ria sem controle:

– Você beijou Cauã? – Ela riu e exigiu. – Explique-se!

– Não se desesperem, mulheres loucas – comentei, com a voz um pouco mais animada, pelo susto, assim que me recuperei. Então expliquei. – Eu interpretei mal a cordialidade de Cauã. Não foi a sua intenção me seduzir. Entendem? É que ele já seduz sem muito esforço. Por Deus! Ele é perfeito! Seu físico atrai mulheres independentemente da idade, da raça, da religião ou do estado civil... Não sou nada diferente delas...

Elas se entreolharam, aos risos. Está certo. Era preciso admitir que a situação não havia correção. Também não havia como eu surgir na frente de Cauã e lhe informar que havia sido apenas um mal-entendido. Eu havia alcançado uma rua sem saída. Havia cometido um delito e, da forma mais imbecil, revelado às colegas. Difícil acreditar, mas meu comportamento foi indesculpável, irracional, antiprofissional e vergonhoso. Não havia muito o que racionalizar. Nesse caso, anunciei:

– Pedirei desligamento assim que conseguir falar a sós com Alcinoe.

Pelo menos manteria, em parte, minha dignidade.

Lindalva lançou as mãos aos céus, como se estivesse pedindo clemência, e disse:

– Não seja tola! Deixe acontecer! Se ele foi apenas cordial, e não teve qualquer intenção de seduzi-la, então você saberá. Ele certamente não a levará à viagem e você será encaminhada para outro projeto.

Rafaela adicionou.

– Nós lhe daremos cobertura nesse dia... – Ela fez uma cruz no peito e proferiu. – Manteremos isso em segredo.

Mesmo sem acreditar em Lindalva e sem confiar em Rafaela, agradeci. Ao menos foram gentis.

Lindalva respirou fundo, com uma expressão sóbria, assumindo uma postura parcial e lógica, e anunciou:

– Tudo bem... Não aja impulsivamente sem analisar os fatos... – Silêncio. Rafaela e Lindalva se entreolharam. – Onde vocês foram jantar?

– No restaurante do hotel.

Instantaneamente gargalharam. Devo confessar, o ambiente do restaurante era demasiadamente romântico. Nesse ponto eu poderia aliviar meu coração ao julgar que não interpretei erroneamente. Mas Cauã disse que conduzia reuniões de negócios lá!

– Cauã leva inclusive clientes para aquele restaurante! – argumentei.

Rafaela deu de ombros e confirmou.

– Pode ser... No lado de cima do restaurante. Um lugar com um clima sóbrio e perfeito para uma conversa de negócios. Diga, Joana... – Ela voltou dirigir o carro, felizmente, pois estávamos paradas quase no meio da rua e a movimentação de carros estava aumentando. – Ele a levou para o primeiro ou para o segundo andar?

Sabe de uma coisa? Dane-se – pensei, dando de ombros. Desisti de presumir. Estava cansada, com sono, confusa, frustrada e falida, mesmo antes de receber meu primeiro contracheque. Não respondi.

Lindalva riu e assumiu por mim:

– Embaixo! – Ela apontou para mim e concluiu. – Você, minha nova amiga, não interpretou Cauã erroneamente e fez muito bem em lhe dar um beijo. Afinal, estão solteiros. Concorda?

Não respondi. Não concordei. Havia uma empresa inteira com código de conduta que serviria de impedimento.

– Melhor pensar assim – Lindalva adicionou, já adivinhando o que eu estava pensando.

Rafaela concordou aos risos. Tampei o rosto encabulada. Quão distante estávamos da empresa? Rafaela, então, interrompendo o inquérito, comentou:

– Assim que chegar a hora do almoço nós vamos à minha casa e nos trocamos, já que o quarto de Joana foi literalmente invadido pelo casal sem noção. Aliás, Cauã sabe disso?

– Camilla e Sandro são meus amigos e não gostei do comentário – intervi. Após uma noite de balada, e de minha impulsiva confissão, acreditei ter intimidade para confrontá-la sem que ela se sentisse ofendida. Além do mais, o que Cauã tem a ver com a história?

– Sandro parece simpático, mas Camilla é intragável.

Camilla tinha corpo e rosto perfeitos. No meu conceito, o tipo de mulher por quem Cauã supostamente se interessaria. Rafaela, em contrapartida, era desleixada. Bonita, mas sem muito diferencial. Se eu não conhecesse o temperamento de Camilla, atribuiria esse comentário de Rafaela à inveja. No entanto, eu conhecia Camilla. Convivi com ela por cinco anos. Ela era sarcástica, cruel e, com sua hábil teatralidade, transparecia suas intenções sem reservas. Não foi difícil perceber o desgosto de Camilla quando Rafaela parou o carro à frente do hotel. Ela trancou seu sorriso, cruzou os braços e trincou os olhos na direção de Rafaela. Seu desgosto ficou evidente. Rafaela deve ter percebido o gesto de Camilla e logicamente reagiu.

Rafaela estacionou o carro no estacionamento da empresa e cessamos o assunto referente ao dia anterior. Passamos pela portaria da empresa. Ao contrário delas, Morpheus, o deus do sono, me acompanhava com sua suave proposta de descanso. Passamos pela portaria. Rafaela me cutucou e disse:

– Ela vai demorar muito até se recuperar. Cauã era um partido que ela jamais encontrará.

Sim, Priscila estava um trapo. Eu também...

Revirei os olhos, sem querer discutir.

Conforme o elevador subia cada andar, aumentava exponencialmente meu sono. Bocejei, lacrimejei e encostei-me à parede do elevador. Morpheus! Subitamente, senti uma cutucada de Lindalva e percebi que caí no sono por alguns segundos no elevador. Um dia muito difícil estaria por vir.

Saímos do elevador. Paramos, as três. Havia uma movimentação surreal no andar. Funcionários passavam por nós agitados. Correndo atrás de números, informações, pastas. Lindalva olhou para o seu relógio e comentou:

– Não estamos atrasadas. Algo sério está acontecendo. Será que houve um acidente?

– Difícil – Rafaela respondeu, juntando as sobrancelhas.

Surgiu Kátia pelos arquivos. Ela carregava algumas pastas. Assim como os funcionários à nossa volta, ela parecia agitada. Ela comentou:

– Todos os Executivos estão reunidos na nossa sala de reuniões. Alcinoe já perguntou por você, Joana.

Merda!

Corri e sentei-me à minha mesa sem olhar para os lados. O que Alcinoe queria? Passei as mãos no rosto veementemente, para espantar o sono. Não deveria ter saído ontem.

Rafaela pegou meu braço e disse:

– Fique tranquila que vamos lhe dar assistência. Mas procure ser produtiva. – Ela sacou algumas pastas de sua baia, atrás de mim, as colocou à minha frente e ordenou. – Leia. São procedimentos.

– O CEO está presente? – perguntou Lindalva, a duas baias de distância da minha. Sentada em sua baia, Lindalva elevou o pescoço para analisar o movimento, por entre uma cortina de cortiça entreaberta na sala, pela parede de vidro da sala de reunião. Realmente não deveria ter saído ontem. Espalhei-me na cadeira. Se pudesse, fingiria estar morta. Olhei na direção do olhar de Lindalva. Por uma brecha da persiana, avistei Alcinoe lendo um papel e discutindo passionalmente.

– Claro! – respondeu Kátia.

Voltei meu olhar para o procedimento, com olhos arregalados. Procurei reprimir minha agitação. Respirei com calma. Ao mesmo tempo, deslizei na cadeira para me esconder dentro do circo protetor da baia. Cauã estava lá, por detrás das persianas.

– Só Gabriel não está. Parece-me que tiveram uma reunião entre os sócios antes mesmo de a empresa abrir. Ah! Lina, a esposa de Gabriel, está participando. Provavelmente para representá-lo. Manoel...

Kátia subitamente parou de falar ao notar Manoel sair da sala de reunião. Observamos Manoel anotar algo em uma folha de papel e retornar para a sala; entreolhamos confusas. Realmente o ambiente parecia nervoso.

Subitamente, Gabriel surgiu. Ele cumprimentou rapidamente e passou por nós aos pulos. Todas responderam prontamente, acho que ouvi alguns suspiros, mas pode ser o sono. Quando passou por mim, sorriu, também me cumprimentando. Enrubesci automaticamente. Ele havia me visto com o mesmo vestido no dia anterior. Notou. Foi evidente quando sorriu ao examinar minha roupa. Cagadas acontecem em grupo, trabalham em equipe. O vexame parecia não ter fim! Rafaela pegou em meu braço e disse:

– Venha comigo. Rápido! Vamos ao banheiro.

Obedeci.

– Você disse que jantou com Cauã ontem com este vestido.

– Sim, agora ele me verá com o mesmo vestido. Um claro indício de que saí para a *night* depois do jantar, e ele certamente achará isso, no mínimo, lamentável. Mas... Gabriel já viu... – Dei de ombros. O que poderia fazer além de aceitar os desígnios de meu fatal destino?

– Espere! Não saia do banheiro! – Rafaela saiu em disparada e, após alguns segundos, apareceu com Lindalva. – Tire a sua roupa – Rafaela ordenou.

Lindalva riu e disse:

– Rafaela, sei que você é maluca, mas já chegou a um limite!

Rafaela aparentava estar sem paciência para discussões:

– Vamos! Troquem as suas roupas! Acho que o tamanho da Lindalva cabe em você e vice-versa.

– Para quê? – Lindalva perguntou.

Eu, que já tinha entendido o plano, comecei a tirar o vestido e me direcionei a Lindalva:

– Por favor!

Sei lá por qual motivo eu me importava em dissimular minha saída do dia anterior para Cauã. Está bem, sei o motivo. Uma mulher é tola e romântica. Após a nossa noite de ontem, eu tinha secretamente aquela faísca de esperança de que ele me chamaria para jantar outra vez. Eu queria jantar com ele outra vez. Se ele me encontrasse com o mesmo vestido do dia anterior, poderia mal interpretar meu desmaio. Quem sabe, acreditar que eu fingi um desmaio para dispensá-lo e sair com as meninas logo em seguida.

– Ok! Mas vou querer a blusa de volta! Foi cara e sou apaixonada por ela!

– Obrigada!

Retornamos à nossa mesa, munidas de uma expressiva cara de pau.

Kátia reparou imediatamente e fez uma cara de desaprovação. Encabulada, sorri e sentei à minha mesa. Voltei minha atenção aos procedimentos. Que sono!

• • •

Vi-me andando nas matas em busca de algo, com roupas de camponesa, ansiosa por encontrar alguém. Estava ávida por diversão. Subitamente, Sandro apareceu como em um passe de mágica. Assustei-me, mas também eu estava acostumada a suas travessuras. Isso me encantava.

Rimos e seguimos para o lago.

• • •

– Café! – Ana colocou uma xícara cheia em minha mesa. – Eles já vão sair e você dormindo na mesa...

A reunião acabou. Todas as meninas aguardavam ansiosamente notícias do desfecho da reunião pela Alcinoe. De acordo com Ana, Alcinoe sempre contava as notícias na íntegra para o time. Cocei a cabeça. Tomei um gole com um ar sonhador.

Tornei a ler os procedimentos, custando para prestar atenção. Minha cabeça já estava pulsando de dor. Passaram-se alguns minutos e eu vagava pelo segundo parágrafo do primeiro procedimento e já o havia lido mais de cinco vezes. Fechei os olhos e bocejei. Passei os dedos em meus olhos lacrimejantes e abri a boca estalando, cansada demais para me importar com o que os outros pensassem.

Notei que uma pessoa parou à minha frente, sorri com seu perfume delicioso e levantei a cabeça. Cauã! Arregalei os olhos e me ruborizei automaticamente. Gabriel passou logo atrás, rindo, e apontou para minha camisa.

Sem jeito, olhei para ela e vi que eu havia pulado um botão. Merda! Ele percebeu que trocamos de roupa. Suspirei. Tudo bem, estava na hora de uma abordagem menos hipócrita. Pelo visto, a camuflagem não estava funcionando. Além do mais, Cauã estava longe de ser burro.

Cauã não usava terno. Vestia calça jeans, diferente da noite anterior, mas com efeito similar sobre seu corpo, e também uma camisa de botão branca jogada para fora do jeans. Óbvio que me desnorteou ontem! Ele desnorteava quem estava em volta!

Cocei a cabeça, ruborizando novamente, ao passar os olhos em ambos os braços maravilhosamente esculpidos e agora cruzados em minha frente. Sorri. Mantive meus olhos ao vazio para disfarçar meu cansaço e parte da culpa por ter saído na noite anterior.

Bocejei.

Bebi um gole do café enquanto lacrimejei de sono. Ele não mexeu um músculo. Examinava-me, como se fosse me dar um sermão a qualquer momento. Antes que eu lançasse meus braços para cima em rendição e clamasse um perdão, afinal, havia muito para perdoar, tomei outro gole de café.

Precisava de cafeína para levantar os braços.

Cauã finalmente quebrou o silêncio desconfortante:

– Vamos viajar imediatamente. Você está com alguma mala pronta no hotel? Posso pedir para João buscá-la e enviá-la depois?

Um barulho tremido de papéis seguido por um estrondo distraiu Cauã por alguns segundos. Kátia havia deixado suas pastas caírem no chão. Sorriu, meio confusa e tímida, quando notou que Cauã a olhava. Então ela se abaixou e tornou a coletar as pastas. Em parte, entendi seu espanto. Até eu tinha dificuldade de entender a minha função de ajudá-lo nessa viagem, principalmente depois de ontem.

Contrapus:

– Achei que os planos haviam mudado e não fiz mala alguma ontem.

– Imaginei... – Cauã retorquiu. Demasiadamente energético para esta manhã, fez um gesto para eu segui-lo. Tornou a andar pelo corredor sem olhar para trás. Olhei em busca de Alcinoe, que acabara de sair da sala de reunião, afinal, ela ainda era minha chefe.

Ela percebeu minha indagação.

– Vá, Joana. Não há tempo a perder. Cauã vai lhe explicar no caminho, espero...

Assim fiz, sem contestar, pegando a minha bolsa e deixando algumas canetas caírem no chão. Não pude deixar de perceber que a equipe inteira parou de trabalhar prestando atenção à situação. Enquanto isso, Gabriel, sorridente, chamou Alcinoe para conversar em sua sala ao ler um papel que ela entregou.

– Intrigante! Um grupo intrigante. – Escutei ele comentando com Alcinoe.

Não entendi, mas, pelo menos, o prognóstico era bom. *Grupo intrigante* – só poderia significar algo bom, pensei.

Segui-o a caminho do elevador. Cauã segurou a porta para eu entrar. Ele pressionou o último andar sem dar qualquer explicação. Também me mantive quieta. Aliás, nem saberia o que perguntar ou por onde começar. Chegamos ao andar, e ele segurou o elevador para eu passar. Como eu não sabia para onde ir, aguardei seus movimentos. Ele foi na direção da escada de emergência e abriu a porta para eu acompanhá-lo. Assim o fiz. Subimos até o topo do edifício onde avistei um L-Deck e subitamente parei ao ver o helicóptero estacionado. Cauã caminhava na direção dele. Não havia piloto.

– Aonde vamos? Você vai pilotar o helicóptero? – perguntei.

Cauã, impaciente, disse:

– Joana, perdoe-me pelo que vou fazer agora.

Não deu tempo. Ele me puxou para junto de si, com força, pela minha cintura e meu coração bateu em disparada. Senti meu sangue subir como um tsunami em direção à cabeça e minhas bochechas coraram imediatamente. Não senti meus joelhos e ele me segurou firme. Caso contrário, eu cairia. Foi então que seus lábios se encostaram nos meus…

• • •

Estou na Lua. Aliás, me misturo a ela de alguma maneira inexplicável. Então ouço uma voz forte, sedutora e, ao mesmo tempo, grossa como o anúncio de um guerreiro à sua conquista.

– Apaixonei-me no exato momento em que a vi pela primeira vez. Você é meu oposto e meu complemento. Sem você não sou nada, não descanso e não ilumino. Não consigo deixá-la. Venha comigo e seja minha companheira para o todo o sempre.

Dizer sim para esse pedido sem poesia seria considerado um crime. Mas o que dizer diante dessas palavras? O conforto de meu lar havia se tornado pequeno e mesquinho diante da grandiosidade do amor que sentia. Mas o que dizer? A minha solidão, que antes era abraçada com carinho, hoje seria vista como um veneno. Não tive outra opção a não ser dizer sim.

Sinto um emanado de poeira lunar se depositar no meu corpo de mulher. Encontro meus olhos fulminando de desejo por um rapaz que ainda parecia longe. Salto e me perco no espaço. Então, seus braços fortes envolvem minha cintura, nos laçamos com um beijo e descemos à Terra juntos.

Subitamente, sinto-me transportada para uma mata densa e, ao olhar para cima, a Lua tão grande como nunca visto antes. Escuto uma voz suave de mulher.

– Preciso de que você se lembre de quem você é. Preciso de você…

• • •

Emergi de um sonho. Inesperadamente, minha consciência flutuou para a superfície. Olhei em volta e me espreguicei. Foi a voz de Cauã que me puxou. Ele falava no telefone em um francês perfeito. Encontrei-me deitada em uma poltrona totalmente reclinada em um avião de médio porte. Isso não poderia ser considerado um desmaio ou *black out*, tecnicamente… Estava com muito sono.

Era um avião particular. As poltronas eram grandes e, com exceção da minha, viravam para frente. Eu estava confortavelmente deitada em um dos bancos espaçosos do avião e coberta por um cobertor. Não estávamos em um helicóptero? Desmaiei à frente de um helicóptero, após Cauã tocar sua boca na minha, e, no entanto, acordei em um avião particular. Passei as mãos no rosto, buscando me localizar em meio àquela loucura. Levantei meu rosto e avistei Cauã.

Ele desligou seu telefone e estava escrevendo em seu laptop, sentado em uma das enormes poltronas de cor creme do avião. Havia uma mesa redonda acoplada ao chão do avião à frente dele, com um copo de água e um pote com amendoins ao lado do laptop. O avião era enorme. Pelo que percebi ao estudá-lo rapidamente, o avião continha algumas alas. A cabine do piloto (logicamente), a copa, a ala com cadeiras (onde estávamos) e duas portas por detrás do avião. Naturalmente uma dessas portas era o banheiro. A outra seria, supus, a última ala. As cadeiras eram totalmente manejáveis. Percebi porque a minha cadeira, completamente reclinada, virava-se na direção do corredor. Havia seguramente trinta cadeiras espaçosas no avião na ala de onde nos encontrávamos. Olhei para o relógio de pulso. Eram sete horas da noite. Olhei pela janela. Era noite! Realmente, dormi o dia inteiro! Automaticamente, pensei em Camilla e Sandro, que deveriam estar me aguardando no hotel. Eles vieram me visitar no dia anterior e provavelmente, a esse ponto, deveriam estar preocupados com o meu sumiço. Mas, caso conseguisse falar com eles, como explicaria toda essa sucessão de eventos?

Cauã, ao me ver levantando confusa, quebrou o silêncio:

– Lina fez sua mala para a viagem e me pediu para dizer que havia escolhido duas mudas de roupas. – Ele tomou um gole de água.

– Lina foi ao hotel? Falou com meus amigos? – perguntei, buscando entender os últimos acontecimentos.

– Ela fez suas malas... – Ele pausou, esparramou-se sobre a cadeira, em um gesto indagativo e perguntou. – Que amigos?

Parecia genuinamente preocupado, pelo tom de voz. Eu planejava responder, é claro, mas, antes disso, queria me recompor. Levantei e avistei minha bolsa em uma das poltronas. Abri e vi duas mudas de roupa. Eu não teria como tomar banho no avião, mas poderia trocar de roupa, certamente. Fui até o banheiro, levando-a comigo. Parei pateticamente perplexa diante do box de acrílico transparente no banheiro do avião. Havia um chuveiro no avião! Abri a porta ao lado do banheiro por curiosidade. Era uma sala de reunião com uma mesa redonda central e seis cadeiras. Fechei a porta e entrei no banheiro. Felizmente poderia tomar meu banho. Quase gemi de prazer.

Assim que terminei, pude olhar as roupas com mais calma. Eram dois vestidos. Um longo e extremamente decotado e o segundo vestido era vermelho e curto. Escolhi o longo e me olhei no espelho. Eu estava com a feição cansada. Será que ela colocou a minha maquiagem? Ao vasculhar a bolsa, encontrei minha bolsa de maquiagem. Silenciosamente, agradeci a Lina.

Agora, um pouco mais confortável por ter tirado as roupas de Lindalva, pude retomar a nossa conversa.

– Camilla e Sandro. Moram em Indaiatuba, se mudaram para lá uns cinco anos atrás e, desde então, somos amigos. Vieram me visitar no Rio. Eu não gostaria de deixá-los no hotel sem notícias minhas.

Cambaleei de um lado para outro, buscando algum equilíbrio no avião e falhando miseravelmente. Parei em direção à poltrona na frente da mesa onde estava o laptop de Cauã. Encarei a poltrona e a estudei. Ela estava revirada para frente. No caso, precisava mudar de direção para estar frente a frente com Cauã.

Como fazer isso?!

Tornei a testar todas as alavancas e botões, sem sucesso. Cauã me examinava, enquanto isso, com um sutil sorriso no rosto, se divertindo com minha desordem. Felizmente a comissária surgiu e me ajudou. Ela posicionou a cadeira. Sentei, meio encabulada, enquanto Cauã mantinha seu silêncio. Para o meu desgosto e humilhação, o meu estômago roncou alto o suficiente para Cauã escutar. Ele fechou o laptop e indicou à aeromoça:

– Amora... Por favor, sirva nosso jantar. – Ela assentiu e fechou a cortina.

Quebrei o silêncio novamente:

– Aliás, meus pais também não têm notícias minhas. Aonde estamos indo? – perguntei e me levantei novamente, agitada. Cambaleei até a minha bolsa, com bastante dificuldade, e peguei um xale.

Ao dar um passo de volta à poltrona, constatei que meu vestido se prendera em uma das poltronas. *Merda!* – inclinei-me ao lutar contra a poltrona para resgatar meu vestido intacto. Cauã permaneceu imóvel, enquanto eu lutava com a saia e minhas pernas circulando as poltronas, pateticamente estabanada com o movimento do avião. Encabulada com meu circo, não estudei Cauã de volta, mas imaginei que ele, discretamente, divertia-se às minhas custas.

A aeromoça apareceu no momento preciso em que ganhei a batalha e libertei minha saia da cadeira. Amora indicou o telefone.

– A senhora poderá ligar para qualquer lugar deste telefone – informou-me.

– Estados Unidos, Cape Cod – Cauã respondeu, finalmente, sobre nosso destino.

Ergui minha sobrancelha, curiosa com a súbita viagem internacional. Ainda mais sem documentos! Dei de ombros. Imaginei que ele teria meios para consegui-los, levando em consideração sua fortuna. Caso contrário, retornaria. Sem querer discutir, peguei o telefone e disquei o número de meus pais. Eu lutava para ficar em pé e me encostei no balcão. Atendeu a secretária eletrônica.

– *Olá, Mãe... Sou eu... Tudo bem... Estou viajando... Na verdade, vou fazer um treinamento nos Estados Unidos... Não se preocupe... Vou deixar o telefone do hotel... Um beijo para você e para o papai...* – Desliguei o telefone e o saquei novamente. Já estava com uma náusea insuportável. Lembrei-me então de que não tinha anotado o telefone do hotel no Rio para falar com Camilla e Sandro e, portanto, não conseguiria ligar. Abortei a empreitada, assumindo que meus pais eventualmente falariam aos meus amigos sobre meu paradeiro. Sentei na poltrona em frente a Cauã, finalmente. Lutando agora contra a náusea. Meu estômago rosnou de fome e sede novamente. Prontamente, a aeromoça começou a arrumar a mesa, colocando toalha, talheres, e anunciou:

– Teremos salada verde, pães e queijos de entrada, risoto de palmito com salmão ou paella como prato principal e frutas ou petit gateau como sobremesa. Deseja beber vinho, espumante, uísque, água ou refrigerante?

A aeromoça aguardou nossa resposta com um amplo sorriso.

– Um uísque no gelo – Cauã respondeu.

– Um vinho tinto – solicitei.

– Posso trazer água com o vinho?

– Claro.

– O piloto pediu que apertem os cintos, pois passaremos por uma turbulência.

Tranquei o sorriso, lembrando da experiência anterior.

Cauã, percebendo a minha tensão, comentou:

– Vejo que você está incomodada com o avião. – E encostou a mão no casco do avião, como Gabriel havia feito quando nos conhecemos. – Não vamos enfrentar turbulências. – Ele lançou um olhar para a aeromoça e assentiu cordialmente. Um gesto gentil para dispensá-la. A aeromoça sorriu um pouco confusa, foi em direção à copa e fechou a cortina.

Realmente, estávamos passando por dentro de uma nuvem e eu conseguia ver lampejos de raios pelas janelas em torno do avião. O avião saltou. Cravei minhas unhas na poltrona como se ela pudesse evitar minha morte caso o avião caísse. Os músculos tensionaram-se imediatamente. A última experiência havia me traumatizado muito e minha expressão não deixava dúvidas sobre isso. Cerrei os olhos.

– Confie em mim – ele disse, sereno. Como se as suas palavras tivessem o domínio sobre meus músculos, senti meu corpo relaxar o suficiente para abrir os olhos. Pela palma da mão de Cauã, saiu uma luz tênue azul semelhante à de Gabriel. Após alguns segundos, magicamente, o avião parou de tremer. Meu estômago roncou novamente. Eu me distraí com o cheiro agradável de pão que instigou ainda mais a minha fome e distraiu a minha mente para outra direção. Melhor assim. A situação já estava confusa demais. A aeromoça retornou com as taças. Mesmo assim, eu, ainda apreensiva, não peguei a taça de vinho. Aguardei por outros longos segundos a turbulência com as unhas cravadas na poltrona. Cauã riu ao ver a minha apreensão.

– Pode ficar tranquila, Joana. – Apontou para a taça de vinho com a outra mão. Cauã agia com uma confiança invejável. Ele exalava confiança e logicamente isso aumentava o seu *sex-appeal*. Ele tinha a segurança de Zeus, a confiança de Apolo e, além disso, seduzia como Eros. Frente à perfeição masculina, que por um acaso dedicava sua inteira atenção a mim, deixei de raciocinar.

– Só sequestrada piso novamente em um avião – reclamei.

– Sequestrada? Um sequestro... Privar ilicitamente uma pessoa de sua liberdade, mantendo-a em local do qual ela não possa livremente sair. – Cauã olhou em sua volta e arqueei minhas sobrancelhas. Apesar de vomitar as palavras aleatoriamente, era exatamente essa a minha situação. – Você tem razão. – Ele encostou-se reflexivo na poltrona. – Mas você não queria estar aqui?

Pela primeira vez, notei a autoconfiança inabalável de Cauã ceder um pouco. Apesar de me sentir um pouco culpada por tê-lo praticamente acusado de sequestro, achei a expressão dele encabulado um charme. Tomei um gole enorme do vinho e sorri ao constatar que ele me seduzia sob qualquer circunstância, não importa o seu estado, confiante ou confuso. Mas, de fato, eu queria estar aqui com ele, e estava plenamente feliz. Cauã riu ao notar a minha reação e relaxou novamente. Meu coração saltou com o seu sorriso. Chegaram os pães, um prato de queijos e um prato de salada verde para cada um.

– Joana, preciso fazer algumas perguntas e gostaria que você fosse totalmente sincera. – Assenti, preparada para responder qualquer coisa. Ele continuou. – Você já experimentou, nos últimos anos, eventos inexplicáveis e que nunca contou para ninguém? – A curiosidade tomou conta do meu corpo. Subitamente meu estômago murchou para o tamanho de uma uva passa e deixei de sentir fome. Ignorei a salada, aliás, os alimentos em geral.

– Isso é uma pegadinha?

Cauã sorriu, elevou as sobrancelhas como se estivesse me desafiando, e comentou:

– Vamos, Joana... Fiz uma pergunta simples. Por que não me dizer? Suponhamos que essa informação seja crucial para que eu consiga protegê-la. Imagine que eu dependa disso.

Apesar de ele ter suposto uma situação imaginária, lançou uma brincadeira, estranhei sua pergunta. "Dependo disso", uma frase com significado explícito de que tínhamos uma relação firme e interdependente.

Perguntei confusa:

– Proteger do quê? Você nem pode me tocar. – Eu disse, em um tom de brincadeira. Em absolutamente todas as ocasiões em que toquei Cauã, desmaiei. Por isso que, para amenizar, dei uma nota de humor a uma reação que não consegui entender. Além disso, parte de mim acreditava nessa impossibilidade. Uma parte romântica, infantil e que ainda acreditava em contos de fadas. Essa mesma parte se esqueceu da sensatez ao expor tão claramente essa fantasia.

Ele soltou uma risada e eu acompanhei. Um calor percorreu minha pele, avivou e atingiu o meu íntimo. Chocante e deliciosa sensação em cada recanto de meu corpo.

– Queria entender por que... – Eu disse. Cauã assentiu e me aguardou enquanto eu buscava a palavra certa. Meu sangue movia em ciclones pelo meu corpo. – Na verdade, eu não deveria querer lhe tocar.

Cauã me encarou, por alguns segundos, após minha última revelação audaciosa. Não consegui pescar, em sua expressão, qualquer sentimento. Apenas me analisou. Seus olhos concentravam-se intensamente nos meus, como se pudesse ler a minha alma. Tive vontade de revirar os olhos. De fato, isso não era preciso. Em poucas palavras, acabei revelando exatamente a pergunta estampada em minha alma.

Ele comentou:

– Nossas peles não podem se tocar, ainda, mas nada impedirá nossos toques sobre uma camada de pano. Bom, tecidos que não acumulam resquícios de nossas peles... Pelo que percebi – Cauã comentou, seguindo a linha de meu devaneio, sem questionar se era direito, de fato, esse meu desejo. Talvez tivesse chegado à conclusão de que os meus desmaios faziam parte da minha teatralidade. Uma fantasia estranha, um cortejo, como aquelas pessoas que encenam alguma fantasia antes do sexo.

Firmei meus lábios em uma linha reta.

Precisaria de um tempo para pensar sobre isso...

– Vamos descobrir o que há por detrás desses desmaios – assegurou.

Será que eu deveria dizer-lhe que os desmaios não eram encenação?

Confusa, neguei para mim mesma.

– Por que me sinto tão... – Interrompi minha pergunta. Não poderia revelar ainda mais o que estava reservado em minha alma. Cerrei os olhos quando notei a péssima escolha da palavra. Optei por outro caminho e completei. – Entorpecida...

– Deve parar de beber.

– Não!

Ah! Cretina! Reformulei:

– Confusa. Não sou tão incompetente em controlar meu comportamento frente a um homem. Jamais avancei um beijo em outro...

– Já namorou?

– Sim! – Estapeei o ar com minha resposta. Essa conversa estava sendo embaraçosa!

Ah! Droga! Agora ele achava que sequer tive experiência com outro homem.

– Tive um namorado. – Chacoalhei a cabeça, realmente incomodada com o rumo da conversa.

Cauã comentou, buscando segurar sua risada:

– Quando a gente quer se relacionar com uma pessoa, é necessário revelar-se com cuidado.

Não diga! – pensei ao deslizar as mãos pelo rosto. Cauã parecia estar prestes a falar algo, mas eu precisava reformular minha frase. Eu o interrompi com um gesto, ele pausou. Com a esperança de resgatar a pouca integridade que me restou, soltei uma risada falsa, esperando que ele não percebesse a falsidade, e disse:

– Imagine! Acho que exagerei quando relatei a minha incompetência de controlar meus sentimentos ao seu lado. Foi uma semana tumultuada.

– Exagerou? – Cauã perguntou confuso. – O que você sente ao meu lado?

Ri transtornada.

– Sinto... – Balancei a cabeça de um lado para outro, precisando de um tempo, para reformular meu pensamento outra vez. – Como posso descrever... curiosidade. – Não, palavra errada. – Interesse... – *Puta merda,*

Joana! Meus pensamentos gritaram quando percebi que constatei um "interesse" nele. Claramente ele poderia imaginar que eu tivesse "interesse" em seus bens! Certamente, teria de refletir ainda mais nas palavras, já que ele era muito, excessivamente rico. Reformulei, cerrando os olhos e clamando por uma palavra, ou frase ideal. – Apreciação.

Ele riu.

Desisti. Calei minha boca e tomei um gole de vinho, resignada. Melhor ficar quieta mesmo. Joguei um pedaço de pão na boca para me assegurar de que manteria silêncio.

– Fico feliz – Cauã constatou. – Vamos, Joana, me responda se experimentou algo esquisito.

– Além do que vivi nesses últimos três dias? – perguntei e apontei para mim e Cauã. Ele elevou uma sobrancelha, desafiando o meu exemplo. Ah! Logicamente ele não poderia achar nosso relacionamento instantâneo normal!

– Certamente deve ter outros eventos tão estranhos quanto esses vividos nesses dias – ele indicou.

Difícil…

Hum.

Lembrei-me da ocasião em que escutei a voz de uma mulher me alertar de que meu ex-namorado, Rodrigo, me seguia enquanto eu dirigia em meio a uma tempestade. A voz parecia sumir, como se estivesse conversando comigo em meio a um péssimo sinal de telefone. Na ocasião, eu havia terminado o relacionamento pelo motivo de ele ter um temperamento agressivo. Houve outras ocasiões de ter escutado essa voz, mas julguei ser minha imaginação e a ignorei. Obviamente, não falaria nada! Mantive meu seguro silêncio.

– Pode falar, Joana.

Nem sob a mais sórdida tortura!, pensei, trancando os lábios. Ainda mais depois de minha súbita exposição. O fato é que eu havia acabado de dizer que estava curiosa, interessada e apreciando estar a seu lado!

Silêncio.

– Também a aprecio – Cauã comentou, provavelmente buscando me deixar mais à vontade. Como um perfeito cavalheiro, ele se expôs. – Tenho interesse e estou curioso. Assim como você.

Mantive meu cauteloso silêncio.

Tomei meu vinho e olhei para o pão. Não conseguia mais comer. Tomei outro gole.

– Cuidado para não se entorpecer... – ele comentou, naturalmente se divertindo.

Está bem, eu deveria esperar isso...

Larguei o vinho.

Mais silêncio.

Ele me desafiou com a firmeza de seu olhar. Dei de ombros, desistindo da minha mudez. Coletei a taça da mesa e comentei:

– Já me expus demais em tão pouco tempo... E bota pouco tempo nisso!

Foi então que o rumo da conversa mudou e me perdi de vez.

Cauã disse:

– Sim, não se deve se expor ao pretendente até que saiba que o relacionamento está maduro o suficiente para suportar a carga emocional das palavras reveladas. Parte do jogo é saber quando e como se mostrar ao outro. Como você claramente apontou, tal façanha não é tão simples como parece. Além do mais, essa dica não se aplicará a nós. Vou arriscar tudo e falar abertamente.

Ahn?! Meu sistema de defesa inteiro gritou e entrou em alerta.

Munido de uma confiança invejável! Ele continuou:

– Não vou... Nem quero negar que, desde o primeiro dia em que a vi, senti-me profundamente atraído por você.

Arregalei meus olhos. O exagero de sua declaração, acoplado ao seu sorriso, gerou efeitos incontroláveis e em cascata sobre meu corpo. Meu estômago virou ao contrário, meu esôfago deu nó, meu fígado encolheu, meu pâncreas sumiu por detrás do intestino delgado, meus ovários mudaram de lugar, meu cérebro declarou greve e acredito fielmente que tive uma breve parada cardíaca.

– Joana, pode parecer estranho o que tenho a dizer, mas não vejo outra maneira. Você merece receber explicações sobre a nossa recepção... – E, em um tom cauteloso, Cauã adicionou: – Também sobre sua contratação. – Pausou. Parecia querer encontrar as palavras certas para prosseguir.

Enquanto isso, ele me examinava tão profundamente que me fez desviar o meu olhar.

– Joana, olhe para mim – ele pediu. Obedeci, sem questionar. Então, ele inclinou-se na mesa, em minha direção, e disse: – Você precisa saber que temos uma longa... longa história juntos. Nossa ligação ultrapassa o conceito do que se entende por ser eterno.

Concluí que ele falava sobre uma ligação forte e que utilizou a metáfora do tempo para isso.

Ele bebeu um gole de seu uísque, passou a mão pelos cabelos e, logo em seguida, pelo seu rosto. Cauã parecia desconcertado. Após alguns angustiantes segundos, ele continuou:

– Estou apaixonado por você há tantos anos que nem me atrevo a dizer quantos. Ao vê-la ajoelhada no chão do corredor, achei que estava à beira do colapso e que estava alucinando. Realmente foi difícil acreditar. No entanto, foi ainda mais difícil aceitar ser obrigado a vê-la como uma estranha. Quando Alcinoe me apresentou a você, vi a intensa e maravilhosa energia em seus olhos. Preferi ser cauteloso. Por isso saí tão abruptamente. – Ele riu. – Alcinoe ficou furiosa. – Ele elevou as sobrancelhas como se estivesse lembrando da fúria de Alcinoe. Ele balançou a cabeça, espantando a lembrança que o distraiu nesse momento, e bebeu outro gole de seu copo. – No entanto, ao vê-la novamente, assim, em carne e osso, na minha frente, pude perceber quanta saudade tive de você e quanto você me faz falta. Qualquer um precisa de um motivo para viver. Qualquer um precisa ser reconhecido por alguém para existir. Sou o Sol, e você, a Lua. Somos complementos, isso não há uma alma na face da Terra que negue. Você é meu motivo e preciso que você reconheça isso; caso contrário, deixarei de existir. – Deixei de respirar e de sentir minhas pernas, literalmente em estado de choque. Ele perguntou. – Quando você dorme, por exemplo, com o que você sonha?

Realmente, ele acha que vou falar qualquer coisa depois disso?

– Preciso que você se abra para mim e conte qualquer evento estranho, mesmo que pareça insignificante. Digo, além desses três dias. – Cauã agora agia naturalmente. Seu suposto nervosismo passou como se estivesse se sentindo aliviado com a confissão. Ele aguardou a minha resposta. *O que ele quer que eu fale?* Eu estava paralisada, em estado de choque. Ele disse com a certeza de quem apostava a sua alma. A brincadeira acabou. Saímos das metáforas e suposições. Senti as lágrimas descerem pelo rosto. Acreditava que qualquer mulher na minha posição cairia de joelhos após essa declaração. Eu não. Respondi com lágrimas que caíram em minhas pernas. Meus pensamentos giravam como se estivessem em um acelerador de partículas.

Tentei demonstrar calma, mas meus olhos não disfarçavam a explosão de emoções como uma janela abrindo a minha alma.

Foi então que, na confusão dos sentimentos e pensamentos, lembrei-me de Priscila. Será que ele fez o mesmo com ela? Será que ele me deixará depois e terei que me encontrar em uma desilusão profunda?

– Bem que me falaram que você é irresistível e acaba com o coração das mulheres à sua volta... – Não era bem isso que meu olhar queria dizer, mas foi o melhor que consegui.

Cauã retirou a mão da fuselagem do avião e inclinou-se ainda mais, em minha direção, claramente interessado na conversa. Ele respondeu:

– Você está falando da Priscila. Já soube do boato. Agora eu lhe digo: ela nunca teve nenhuma chance comigo, tampouco transpareci ou disse algo diferente para ela. Saí com ela algumas vezes, a tratei bem, mas nunca dei qualquer esperança. Joana, tudo que sou, tudo que tenho, minha existência, minha vontade e meu futuro são seus.

Se meus olhos pudessem falar, eles diriam: "Em poucos segundos você acabou de mudar todo o curso de minha vida". Se seus olhos pudessem enxergar o que meus olhos estão vendo, veriam que eu desisti de lutar sem ao menos tentar. Que acabei de mudar todos meus planos, minha vida e meu futuro, sem debater ou discutir, no exato momento em que ele falou aquelas palavras. Não me vi com outra saída, outra escolha, só uma e esta era seguir a sua vida.

Cauã sorriu, como se estivesse reagindo a meus olhos, e limpou algumas lágrimas, que deslizavam sobre as minhas bochechas, passando suavemente o guardanapo.

Limpei a garganta e procurei me recuperar. Passei a mão pelo cabelo e pisquei algumas vezes.

– Conte-me seus sonhos – ele pediu.

– Hoje, por exemplo, sonhei com a Lua – comentei, em meio ao meu vacilo. As especulações em torno daquelas palavras foram mais eufóricas do que jamais pude imaginar. Entorpeceram meus sentidos mais do que qualquer vinho. Meu lado inescrupuloso cogitava saltar sobre a mesa e avançar outro beijo e sentir o corpo dele colado no meu, por outros instantes. Engasguei ao notar a testa de Cauã enrugar, exigindo uma resposta. – A Lua me pedia suporte. Também sonhei com alguém parecido com você, só que mais novo.

Ri encabulada e tomei outro gole grande, terminando a taça.

A expressão de Cauã se iluminou como se eu tivesse revelado o local exato de um tesouro perdido. Ele se levantou da sua poltrona, em uma reação inesperada, e veio à minha poltrona. Meu coração pareceu saltar pelo peito com o susto. Para minha frustrada expectativa, que esperava um beijo, ele parou. Então, disse, apontando para a janela do avião:

– A Lua está cheia hoje, não é? Fale com ela.

Ao se aproximar, senti o doce aroma de seu perfume mesclado ao aroma do uísque de sua respiração, que passava como uma brisa suave. Minha impressão era de que ele estava entorpecido também, pois a conversa tomava um rumo surreal. Após tantos goles de vinho, eu já estava tonta o suficiente para não me sentir desconfortável a ponto de sentir certo prazer em nossa conversa. Enfim, estava pronta para viajar no rumo do papo. Mas falar com a Lua? Olhei para fora da janela e, realmente, ela estava linda, cheia, farta. Seu brilho era tanto que parecia um pequeno Sol dotado de vontade para tornar à noite. De fato, com toda a certeza, sou tão curiosa quanto ela.

– Vou precisar de mais vinho – brinquei, apontando para minha taça. Ele riu em troca de minha patética reação. Porém, ele ainda demonstrava postura firme. Ele não iria desistir de seu inquérito. – Que perfume você usa? – perguntei, na tentativa de mudar o assunto. Não queria arriscar. A noite estava bela demais para eu estragá-la com minhas experiências estranhas.

Ele sorriu, mas ignorou minha pergunta e continuou:

– Joana, o que digo é importante. Não vamos nos desfocar. Fale algo para ela, ela vai gostar.

Certo! Metaforicamente, eu deveria falar com a Lua.

– Na verdade, eu queria pedir orientação para ela.

Seria maravilhoso se ela pudesse me orientar. Se ela fosse, de fato, meu elemento. Uma fantasia bela. Cauã apontou para a Lua quando viu que eu parecia estar hipnotizada por ele. Eu olhei automaticamente para ela e senti sua mão apoiar-se na minha, por cima de um guardanapo.

Foi então que escutei uma voz suave, a mesma voz que escutava nos sonhos, só que, agora, eu estava acordada. Eu deveria me sentir aterrorizada, mas, ao contrário, me senti serena e acolhida.

– Sinto seu coração, somos uma só, sinto que você quer falar algo e não consegue. Sinto sua confusa energia e entendo... Por mais difícil que pareça acreditar, o tempo não tem relação alguma com o amor que sente. Isso porque vocês se conhecem há muito tempo... Não tenha medo... Confie nele... Ele não é como os outros – a voz serena disse. – Vocês complementam um ao outro.

Hesitei. Poderia ser insanidade. Concluí encarando meu copo de vinho, já imaginando estar alucinando. O fato era que, até o momento, estávamos falando metaforicamente. Olhei para a Lua, que parecia sorrir, saudando-me pela janela. *Estou ficando louca!*, concluí nervosa em meio ao meu devaneio.

– Não! Estou aqui! Guaraci a encontrou! Minha Jaci! – a Lua me corrigiu.

Cauã se aproximou e passou a cheirar meu pescoço e cabelos.

– Não se mexa – ele ordenou, sussurrando em meu ouvido. Contorci-me, fervendo por dentro. Plena loucura. Fechei os olhos ao sentir a sua respiração. Um calor que instigou um choque que percorreu do ponto onde ele cheirava, passando com velocidade alucinante pela minha cabeça, orelhas, descia ainda mais rápido percorrendo minha barriga, cintura, costas. Passando pelas coxas e parando na virilha, dando uma sensação incrível. Apertei bem os olhos e minhas mãos nos braços da poltrona, para forçar meu controle e não pular em cima dele. Ainda não sabia como agir, já que perdi a capacidade de diferenciar a fantasia da realidade.

Paralisada, disse:

– Ouço a voz de uma mulher me chamar de Jaci. – Ele me encarou sério. Complementei. – Ela o chamou de Guaraci.

Satisfação emergiu em seus olhos. Ele se afastou com cuidado. Notei-o cerrar a mandíbula. Parecia nervoso, tenso. Afinal, acabei de reportar a esse homem que escuto vozes. Cerrei a boca com força, incrédula com a minha capacidade de falar merda!

– Acredite, faz todo o sentido. Continue... – ele respondeu sério, para minha surpresa. Será que Amora colocou algo em nossa bebida? Larguei minha taça na mesa e mudei de assunto.

– Você pediu para eu falar sobre algo não usual. Pois bem. Como disse, sempre gozei de perfeita saúde. Nunca havia tido esses desmaios antes. Acho que estou com problema neurológico.

– Não há problema neurológico algum – ele respondeu aos risos. – Vamos descobrir o que há por trás desses desmaios.

Escutei a voz serena e suave de uma mulher dizer:

– Ele a aguarda há muito tempo. Confie nele... Não tenha medo.

Será que era isso que Cauã esperava: ousadia e fantasia? Pode ser... Essa voz, ou a Lua, ou minha insanidade, estava certa. Não deveria temer.

Escolhi agir com audácia. Desabotoei o cinto de segurança, peguei o guardanapo para envolver em sua boca e lhe dei um beijo sobre o pano. Ele me abraçou firme e, apesar de não estarmos nos tocando, tecnicamente, senti a sua respiração e o peso de seu abraço. Distanciei a boca, o guardanapo caiu suavemente no chão do avião. Encarei seus olhos brilhando como jamais os vi.

– Você não tem ideia de quanto tempo esperei para tê-la em meus braços – comentou em meio a um sussurro. Nos abraçamos por um período como se estivéssemos nos reencontrando. Como se eu tivesse saído de sua vida por longos anos e finalmente retornado. Minha barriga roncou alto o suficiente para ele rir. Revirei meus olhos. Então ele disse. – Você precisa se alimentar. Posso pedir para trazer o prato principal? – Cauã perguntou, enquanto me abraçava firme.

– Estou pensando em tudo agora, menos em comer. Aliás, preciso perder rapidamente uns centímetros – respondi, já antecipando futuras e inúmeras... Aliás, incontáveis noites de amor que estariam por vir.

– Você é perfeita – ele falou e me deu outro beijo, sem o guardanapo.

Saudei Morpheus! Apaguei nas nuvens em um sonho do qual não queria acordar.

13
PESADELO

CAPE COD (EUA), DOMINGO, 17 DE ABRIL DE 1994

Estou com um vestido vinho. Ando escoltada pela Camilla e sinto medo, ou talvez ansiosa por não saber ao certo aonde vou.

– Você será muito feliz, amiga! Asseguro. – Camilla me acalmava. Ela também se vestia para uma ocasião especial. Linda, como sempre, usava um vestido vermelho, longo e decotado. Reconheci o local. Era o corredor da casa de Rodrigo, o que explica meu desconforto. Avisto Sandro encostado na parede do fim do corredor, vestindo roupa branca. No entanto, sua séria expressão foi estranha. Camilla sorri assim que chegamos no fim do corredor e nos deparamos com a sala de estar, imensa, sem os móveis. No lugar deles havia velas e rosas vermelhas. Havia um altar e Rodrigo me aguardava na frente. Ando sozinha a caminho do altar. Paro em frente ao altar, sem entender muito. Rodrigo pega a minha mão e me auxilia a subir os degraus do altar. Estranhamente, não há um padre ou cerimonialista na frente. Nada.

Paramos, aguardando. Uma poeira surge magicamente em frente de nós. Essa poeira cresce até atingir dois metros de diâmetro. Ela se transforma em um buraco de poeira cinza e densa; preta por dentro.

Um vento insuportável emerge do buraco e, subitamente, escuto um trovão. Assustada, viro de costas para o buraco. Vejo a Lua, linda e com uma áurea *em volta, como se estivesse sangrando.*

– Não vá! – Eu conseguia escutar a Lua gritando.

Sinto, quase que integralmente, toda a fúria e medo vindos da Lua. Empurro Rodrigo, percebendo-o como uma ameaça. Meus pais aparecem.

Querem me proteger de Rodrigo. Ao ver Rodrigo vir em nossa direção, meu pai estufa o peito e se posiciona na minha frente e na frente de minha mãe. O que ele estava pensando? Ele não tinha menor chance contra Rodrigo!

Rodrigo ri da cena e continua a se aproximar. Subitamente, vejo Cauã surgir por trás de mim e de minha mãe e, como em um piscar de olhos, empurra meu pai para trás, para fora da zona de combate. Começo a gritar e a tentar ir ao encontro de Cauã. Temo por ele.

Cauã era forte, mas Rodrigo era imortal.

Grito. Meu pai se posiciona à nossa frente, como se estivesse nos protegendo. Minha mãe me abraçava em choro de desespero, pedindo que eu não olhasse.

Era um confronto surreal, ouço cada soco como barulho de um trovão. Em certo momento, noto Rodrigo recuar e tentar fugir. É então que vejo Cauã cravando suas unhas na camisa de Rodrigo e o arremessando para o buraco em frente ao altar. Imaginando que Rodrigo havia sido levado pelo buraco, Cauã se virou para mim, mas Rodrigo ainda segurava parte de sua blusa e o empurrou também para o buraco. Grito e agonizo enquanto Cauã é puxado pelo buraco que se fecha.

Então ele se fechou.

• • •

Acordei sobressaltada, soltei um grito abafado, minha respiração era rarefeita. Depois de um sonho agitado, perguntei-me, por instantes, onde estava. Demorou um pouco para perceber que estava deitada em uma cama enorme e em um quarto ainda maior, comparado ao quarto do hotel no Rio. Havia uma cama *king size*, não maior… Seria a famosa cama Califórnia *king size*? Não podia dizer… O que sei é que eu poderia rolar três vezes de um lado para outro sem cair no chão. Seu lençol e colcha de seda pura branca me envolviam como um casulo. Olhei em volta. Havia papel de parede listrado de azul por trás da cama. Era discreto e sóbrio, como o quarto. Um sofá preto de três lugares na parede ao lado da porta, desproporcionalmente grande e branca, situada à esquerda. Parecia uma antiguidade! Logo à frente, notei um armário com duas portas de madeira escura, pequeno, considerando o tamanho do quarto, e outra porta de madeira escura que julguei ser o banheiro. Não havia televisão, mas pude ver um espelho, com moldura moderna na parede ao lado de uma porta de vidro que dava para a varanda no lado direito do quarto. A cortina preta estava aberta, deixando o raio de Sol entrar no quarto com certa abundância. Havia um roupão preto cuidadosamente pendurado na porta do armário e duas toalhas brancas enroladas em cima do sofá.

Custei para me levantar. Sem dúvida, havia chegado a um destino. Mas como? Lembrei-me do dia anterior, do avião e, aos poucos, deduzi já ter chegado ao destino informado por Cauã. Sinceramente, depois das palavras dele no avião, não importava que lugar seria, contanto que estivesse ao seu lado. Passei as mãos pelo lençol e percebi que estava vestida com algo diferente. Levantei o cobertor e vi a camisola rosa com rendas. Era de tecido tão fino que deixava à mostra cada parte do meu corpo!

Quem me trocou?

Cruzei meus braços em frente aos seios, meio pensativa.

Envergonhada e confusa, varri as possibilidades de minha mente. A última vez que me lembro de estar acordada beijava Cauã em um avião particular. Não quis pensar nas possibilidades. Levantei e cambaleei em direção à porta fechada logo à frente da cama, que supus ser o banheiro. Abri-a e encontrei um banheiro magnífico. Havia uma parede de vidro por trás da banheira, encoberta por uma folhagem cuidadosamente plantada. Emanava uma luz salutar. Estávamos em uma praia. Aliás, quem colocaria parede de vidro em um banheiro? Olhei para os lados procurando o dispositivo de luz. Encontrei um painel de controle que mais parecia de uma espaçonave e, para o meu pavor, um controle remoto! *Puta merda!*

Saí apertando todos os botões. Subitamente, liguei a luz… *Achei onde é o dispositivo da luz, menos um.* Liguei a banheira… *Acho que esse botão giratório regula a temperatura da água… Acertei!*

Tirei a camisola e deitei rapidamente na banheira, me protegendo dos supostos curiosos que estariam na praia. Diante desse vidro, minha melhor opção seria tomar um banho na banheira, por trás das plantações, mais discreto do que ficar de pé no chuveiro.

A água estava boa. Relaxei, finalmente, ao me sentir protegida pela folhagem do outro lado do vidro e que cobria, em parte, minha nudez. Deitei a cabeça na banheira para encarar a paisagem entre as folhas. Havia uma praia, algumas flores e folhas de todas as cores. As folhagens pareciam estar ressurgindo dos galhos secos em cada árvore.

Realmente, a paisagem era de tirar o fôlego. Por um instante, me distraí. Não importava onde eu estava. Eu estava feliz. Sentia-me finalmente livre! Livre de problemas, livre de Rodrigo, livre de meus pais, enfim, livre!

Sorri com a perspectiva.

Olhei novamente a paisagem e percebi a presença de uma pessoa no horizonte. Essa pessoa parecia estar correndo ou fazendo exercício. Ele corria com a energia de um verdadeiro atleta e em uma velocidade invejável. Corpo perfeitamente moldado e forte. Incrivelmente forte. Apertei os olhos para focar e admirar o peitoral esculpido do rapaz que corria sem camisa. Caralho, como era definido... Era... Era Cauã correndo. Ele estava vindo em direção a casa... Em minha direção... Estou me banhando e tem uma parede de vidro.

Afundei na banheira, encabulada. *Será que ele me viu o encarando? Será que ele me vê por detrás desse vidro que substitui a parede do banheiro? Levantei e espiei pelos arbustos. Merda! Ele acenou e sorriu! Está me vendo! Respondido, Joana!* Sem saber para onde fugir, repentinamente, levantei e saí correndo atrás da toalha. Que toalha? Virei minha cabeça veementemente para um lado e para outro no banheiro e não a encontrei. Idiota! Esqueci a toalha no quarto!

Não olhei para trás, patinei até o quarto levando água da banheira para todos os lados e escorregando pelo caminho. O frio parecia rasgar a minha pele. Estremeci e, com pressa, enxuguei-me. Então me sentei na cama e enrolei-me na toalha.

Respirei aliviada pelo calor da toalha, mas irritantemente envergonhada e perturbada.

Estranho. Percebi que não havia malas no quarto. Levantei-me, enrolada na toalha, para estudar o meu redor e, quem sabe, encontrar algo com que me vestir. Fui direto ao armário com alguma esperança de encontrar uma camisa de Cauã. Ao abrir a porta do armário, outra surpresa. O armário estava arrumado... Com as minhas roupas...

Está bem... Dei de ombros, já resignada com a falta de explicação para o que ocorria à minha volta e escolhi uma calça jeans stretch, camisa de manga longa (adorava essa camisa) e casaco. Coloquei uma sandália. Penteei meus cabelos e passei um gloss. Olhei em volta, buscando outro acessório, e percebi o perfume que ganhei de Rodrigo no último aniversário que passei com ele. Segundo ele, esse perfume deveria ser usado com ele, e somente com ele, pois poderia deixar outro homem louco! Acredito que essa era minha intenção com Cauã; portanto, nada mais justo.

Saí do quarto e me vi no segundo andar de uma casa muito grande! Havia um corredor com diversas portas. Um lustre de cristal posicionado de maneira magistral à entrada da casa onde a escada circulava.

Desci as escadas olhando para todos os lados. Era uma casa ricamente construída. Havia um charme inusitado no ambiente, uma abertura incomum com paredes de vidro substituindo paredes comuns. Isso permitia que a luz do Sol entrasse no ambiente, iluminando cada cômodo.

Foi então que esbarrei em uma mulher na faixa dos cinquenta anos, provavelmente a governanta, que me saudou com um sorriso. Apareceu um moço com o porte de mordomo. Ambos me saudaram sorrindo. Apresentaram-se como Mr. Robinson e Mrs. Fine.

Subitamente Mrs. Fine deu um passo para trás e abriu duas portas que separavam a sala de entrada e a sala de jantar. Essa última sala tinha decoração requintada e mesa de doze lugares. Era formidável, com madeira antiga, e seus cantos ricamente esculpidos com ramos de flores. A sala era tão grande que daria para fazer uma festa para cinquenta pessoas. Havia quadros e espelhos espalhados pelas imensas paredes brancas. Boquiaberta, estudei a diversidade de estilo dos quadros que certamente desafiavam a linha do tempo. Havia quadros que pareciam ser de arte Bizantina, Romana, Gótica, Renascentista, Moderna e fotos. Diversas figuras com rostos recentemente familiares e outros desconhecidos. Rostos felizes nos mais diversos locais. Então notei a imensa mesa com o desjejum e meu estômago forçou a minha atenção para assuntos mais urgentes. Ovos mexidos, bacon (eu ignoraria esse alimento), torradas, muitas frutas, sucos, leite, queijos e iogurte.

Uma verdadeira miragem, pois estava faminta! Voei na mesa sorrindo e agradecendo aos dois.

Mrs. Fine prontamente se posicionou em frente a uma máquina de café enorme e perguntou o tipo. Respondi que gostaria de um café expresso.

Devorei a primeira torrada com ovos mexidos. Fechei os olhos de puro deleite. Nem imaginava quanto estava com fome! Então, entrou Cauã na sala de jantar. Senti o estômago dar um salto de 360 graus e interrompi imediatamente o desjejum.

Cauã sentou-se em uma das cadeiras.

– Bom dia. – Ele sorriu, e eu engasguei.

Ele havia acabado de tomar banho, estava com os cabelos molhados e vestia roupas leves. Estava ainda mais bonito que das outras vezes. Ele usava camisa de manga curta verde e calça social.

Pegou um copo com suco de laranja, bebeu em poucos goles e falou:

– Pode continuar. Você deve estar com fome.

Lógico que parei de comer, já que meu estômago encolheu do tamanho de uma azeitona.

– Imagino que chegamos aos Estados Unidos. Aliás, como passei na imigração?

– Normalmente, como qualquer outra pessoa. Chegamos, saí um pouco antes para organizar nossos transportes, a aeromoça a acordou e passamos pela imigração. Depois disso, entramos no carro e você apagou novamente. Você não se lembra? – Cauã respondeu, espantado com essa perda de memória.

Sorri, meio sem jeito, e respondi:

– Claro que sim!

Mentira... Não me lembrava de absolutamente nada.

– Vamos nos instalar nesta casa? – perguntei, elevando a sobrancelha.

– Sim. Essa casa é minha... de todos... – Ele se corrigiu. – Nossa.

Ignorei esse comentário final. Lembrei-me de meus pais. O que eu diria a eles? Que em menos de uma semana estou namorando e, pelo visto, sério, o CEO da empresa que me contratou e que agora me encontro em uma viagem internacional?

– Cauã, como vou dar aos meus pais o telefone de uma casa e não de um hotel? – perguntei nervosa.

Cauã respondeu com a naturalidade de um noivo.

– Pode dar o telefone daqui.

Claramente ele não pode ser tão ingênuo a ponto de acreditar que o que está acontecendo conosco é natural. Que será percebido de forma natural pela minha família. Ele respondeu sem se mexer de sua cadeira. Parecia preocupado com outra coisa. Cauã passou a mão pelo rosto. Parecia cansado.

– Você também sugere que eu deva contar aos meus pais que, em menos de uma semana, estou em uma viagem internacional acompanhada pelo CEO? – perguntei, segurando a minha fúria.

– Você está acompanhando seu namorado em uma viagem internacional – Cauã corrigiu e fiquei ruborizada imediatamente. – Não estou na posição de CEO aqui... – ele respondeu e sorriu. Claramente satisfeito.

Então ele refletiu por alguns segundos, levantou e continuou:

– Tudo bem... Tenho apenas uma reunião de negócios. Depois estou livre.

– Namorado? Não vou me opor a isso! – Respirei e passei a mão pelo rosto, claramente nervosa.

– Fico feliz – Cauã respondeu com meio sorriso no rosto e com um tom quase irônico e passou a arrumar uma papelada em sua maleta.

– Chegamos ontem? Que horas?

– Chegamos há um dia. Você apagou há mais de 24 horas. É domingo.

Meu queixo caiu. Antes não tivesse perguntado.

– Pelo menos vou lhe dar assistência nessa reunião? – perguntei, mudando de assunto, mas ainda buscando me localizar nessa confusão.

– Não – ele respondeu com firmeza. – Você está aqui na condição de minha namorada, apenas.

Até então, consegui controlar a minha raiva diante da falta de opção. Isso mesmo! Ele não havia me perguntado se eu o autorizava a me carregar para uma viagem internacional! Simplesmente me arrancou do trabalho.

Ri enfurecida e o estapeei com a pergunta:

– Não fui escalada para uma espécie de projeto especial?

– Seria, mas mudamos os planos.

– Não iríamos viajar para escalar faculdades, para arranjar uma forma de melhorar o armazenamento da energia solar?

– Mudança de planos – respondeu, fechando sua maleta. Respirou fundo como se estivesse cansado. Provavelmente trabalhou todo esse período sem parar e, enquanto eu, como uma marajá, dondoca, patricinha, madame ou na condição de namorada do CEO da empresa que me contratou... na minha primeira semana de trabalho... dormia.

– Esse projeto existe? – Estapeei-o com outra pergunta.

Cauã passou seu braço na boca. Parecia nervoso.

– Por que acharia o contrário?

– Não deveria? Fui escalada para acompanhá-lo em um projeto e agora estou na condição de sua namorada, não acha que deveria ser honesto desde o início? Não acho isso certo! – Acho que o tom de voz saiu violento demais! Foi com o silêncio incomodado de Cauã que me deparai com a realidade de ter dormido um dia inteiro. – Você disse 24 horas?

Ele elevou uma sobrancelha e respondeu:

– Sim... Passaram-se 24 horas – ele respondeu, seco. A rispidez de sua reação alertou-me para sua mudança de humor. Pouco me importei, já que eu não era um saco de batata que pudesse ser exportado e levado para onde achar pertinente. Mantive-me firme. Ele balançou sua cabeça e perguntou. – Por que não seria certo?

– Sou sua funcionária – respondi igualmente seca. – Foi isso que você fez com Priscila? Aliás, quantas funcionárias você já namorou? – alfinetei.

– Namorei Priscila antes de ela se tornar funcionária. – O tom de sua voz elevou-se e enfatizou a palavra "antes". – Ela entrou na recepção depois que eu terminei com ela. Acredite... Eu não tive qualquer parte nisso. Eu sabia que havia uma seleção para novas recepcionistas, mas jamais imaginei que ela fosse se candidatar. – Balançou a cabeça e confessou. – Depois que ela entrou, e se tornou minha funcionária, procurei manter distância. – Cauã interrompeu seu discurso e se levantou. Ele se calou ao notar a minha fúria crescer. Por que homens tendem a pisar nos próprios pés quando falam de relacionamentos antigos?

Abriu uma maleta com papéis e colocou seu laptop.

– Não sou funcionária?

– Vou resolver isso – respondeu com um tom claro, forte e decidido. Após alguns minutos de um intolerável silêncio, ele prosseguiu. – Eu erro, e muito... Errei, por exemplo, em aceitar o plano de trazê-la como funcionária para dar tempo para você se encontrar... Peço somente um favor. Jamais se compare a Priscila. Aliás, não se compare com nenhuma outra mulher neste universo.

Ignorei esse último comentário. O fato era que eu não sabia como me posicionar nesse novo, estranho e súbito cenário. Tudo bem, ele não queria me ver como funcionária. Nesse caso, tinha outro problema: meus pais. Mudei o assunto em questão para a discussão há pouco, temendo meu contrato de trabalho, afinal, vim na posição de namorada.

– Meus amigos, Camilla e Sandro, que vieram ao Rio para me visitar. Como você acha que eles se sentiram quando simplesmente sumi sem dar notícias? O que direi a eles? E o que sugere que eu conte aos meus pais? Você não acha que eles estranhariam tudo isso? Cauã... Eles são extremamente protetores e não iam aceitar essa condição! Além do mais, eles devem estar apavorados com minha falta de notícias!

– Eu não ia esperar algo diferente por parte de seus pais – Cauã respondeu, analisando e organizando outros papéis em sua pasta e colocando-os em uma divisória próxima de onde o laptop fora inserido. Voltou à postura serena, com a certeza de não ver nenhum percalço no assunto. – Além do mais, seus amigos foram avisados de que você precisou viajar às pressas.

Inflei e acumulei xingamentos silenciosos com sua súbita mudança de postura. Ele se arrumava para sair de casa me deixando sozinha e nessa confusão, como se tivéssemos uma década de relacionamento!

Subitamente, Cauã se virou. Fiquei parada no canto da sala, aguardando a sua reação, qualquer uma.

– Sim... Estou atrasado – ele anunciou. Simplesmente fechou a questão. – Retorno apenas para o jantar, não preciso lhe dizer para se sentir à vontade, não é?

Vi então Cauã disparar em direção à porta, pegar seu carro (um Porche cinza chumbo conversível) e desaparecer.

Imaginaria qualquer outra reação de Cauã, exceto essa. Cauã disse que ajudaria, mas me abandonou logo em seguida. Uma promessa eleitoral. Um discurso vago, sem consistência.

A porta da frente da casa fechou-se sem ruído. Uns passos pesados na escadaria de madeira à frente da casa, depois o barulho suave de um carro distanciando-se da propriedade. Perdida, fiquei de pé, em frente à mesa farta, olhando para as frutas sem vê-las.

A minha surpresa deu lugar à cólera que, logo em seguida, cedeu seu lugar à revolta. Incapaz de pensar naquela situação com calma e coerência, aos poucos fui me afundando em um mar de suposições.

Talvez ele tivesse mudado de ideia? Ele pode ser um rico excêntrico e impulsivo que se afunda em seus sentimentos para depois sair deles da mesma forma que entrou.

Uma possibilidade.

De fato... Uma possibilidade grande, já que tudo aconteceu muito rápido. Mas ele não parecia louco a esse ponto. Será que entrei em uma armadilha? Senti as lágrimas progressivamente descerem por meu rosto.

Corri em direção ao quarto, fechei a porta, deitei na cama e me encolhi. Não queria pensar mais. Desfiz-me em soluços.

Subitamente, a possibilidade de Cauã mudar de ideia me apavorou. Agora me apavorava em pensar que Cauã tivesse repensado, refletido e percebido que não tinha o interesse, a curiosidade e a apreciação que imaginava sentir.

O coração anda no compasso singular. Único. Um sentimento não reconhece o conceito da razão. A relação direta do tempo com a intensidade do sentimento. A paixão simplesmente acontece e domina nossa vida sem que o tempo tenha qualquer relação com isso. Simplesmente, não se consegue aguardar. Subitamente, se torna uma necessidade fisiológica.

Chorei como criança, curvando meu corpo na cama. Fechei os olhos e cobri meu rosto com o travesseiro. Tive a impressão de sentir uma carícia em meu pé e finalmente deixei de pensar.

14

INSANIDADE

Cape Cod (EUA), domingo, 17 de abril de 1994

Parecia que tinha chumbo pesando em minha cabeça ao acordar. Pisquei algumas vezes para espantar a terrível sensação de meu cérebro estar dentro de um aquário. Passei uma mão na testa e pressionei. Respirei fundo. Acalmei-me por alguns instantes. Elevei os braços e estiquei as pernas. Gemi de prazer ao me espreguiçar. Estranhei a maciez dos panos. Levantei confusa e liguei o abajur.

Já conhecendo a minha lerdeza para acordar, eu tinha como rotina, na maioria das vezes, recapitular os eventos ocorridos no dia anterior. Um esforço para me posicionar ao presente. Era algo muito similar a passar as cenas principais do episódio anterior antes de apresentar a continuação de uma série.

Destranquei os últimos acontecimentos de minha memória. Lembrei-me da nossa discussão, também de meu colapso nervoso e da súbita partida de Cauã; interrompi a tarefa, julgando que havia recordado o suficiente.

Além disso, com a recordação, veio o meu tormento, que intensificou meu desconforto. Passei as mãos pelos cabelos e abracei as pernas, sentindo-me impotente. Tivemos uma discussão rápida, nada que pudesse, em tese, ameaçar qualquer prospecto de relacionamento. Cauã era um homem maduro, apesar de ter delirado, ou exagerado, quando revelou que me aguardou por uma eternidade.

Na maioria das vezes, eu era movida pela emoção e ignorava solenemente a razão. Essa não foi uma exceção. A emoção sobrepôs a cautela da razão. A sensatez, como uma virtude que combina melhor com a maturidade, naturalmente não era meu forte. Quando Cauã revelou ter me esperado por uma eternidade, a minha emoção comoveu-se. Ela disse que também o aguardava. Ela achou intensamente romântico.

Agora, meu coração, incoerente, apertava-se como jamais o fez ao lembrar-se de como ele me abandonou. Abracei as pernas e voltei minha atenção à escuridão da noite iluminada pela luz do luar. Um aspecto invernal, para os meus parâmetros de clima. A porta de minha varanda, protegida por uma densa folhagem que rodeava grande parte da casa e que camuflava meu dormitório, assemelhava-se a uma torre de um castelo fortemente guardado por árvores fortes cujos braços se cruzavam em um movimento de proteção, como soldados prontos para defender o reino.

Suspirei, sem forças para mover-me, até que vi uma caixa amarela colocada na beira da cama. Essa caixa era envolvida cuidadosamente por uma fita branca e havia um cartão em cima.

"Vamos jantar em casa às 8h. Fique à vontade para escolher seu traje, mas segue uma sugestão.

No sofá deixei outro presente.

Com amor, Cauã."

– Com amor... – repeti em alto e bom som, sentindo-me verdadeiramente acariciada com as palavras. Fechei os olhos e deixei escapar um sorriso. Engraçado... O fato era que não precisava muito. Essas duas palavras eram mais que suficiente para iluminar a minha noite. Logo, meu tormento deu lugar à curiosidade.

Acariciei a caixa e então a abri. Envolvido por um papel tão fino como uma seda, meus dedos encontraram um traje. Assim que o tirei da caixa, meu queixo caiu com a peça. Um tomara que caia lilás com uma renda transparente, sutil, muito bela e que o envolvia completamente. Ao tirá-lo completamente da caixa e posicioná-lo na cama, pude ver sua glória. A renda parecia ter sido costurada à mão e com atenção aos detalhes de cada fio. Mas era curto. Talvez uma blusa, quem sabe? De fato era lindo. Mas parecia faltar uma peça. Voltei a minha atenção à caixa em busca de uma saia ou calça, mas, em vez disso, achei uma sandália preta.

Era curto mesmo; no entanto, ao vê-lo esticado na cama, cheguei à conclusão de que era um vestido. A sensatez fugiu-me novamente. Tornei a rir ao imaginá-lo em meu corpo. Senti uma pontada em meu estômago e coloquei a mão sobre ele para assentar a ansiedade pela antecipação às intenções que se tornarão tão claras com esse vestido. Cauã me queria nesse vestido, isto é, parcialmente vestida. Deu vontade de descer nua ao seu encontro. Quem sabe seria audaciosa ao fazê-lo se tivéssemos realmente sozinhos na casa? Olhei automaticamente para meu traseiro. Será que o vestido cobrirá? A parte de baixo era inteira com renda fina.

Posicionei o vestido à frente de meu corpo e olhei para o espelho. Minunciosamente calculei quanto esse vestido precisaria esticar para caber em meu corpo. Concluí que, infelizmente, teria de ser muito. Em um ato de desespero, o estiquei para analisar que caberia em meus seios. Pelos meus cálculos, precisaria perder, no mínimo, dois quilos até o jantar. Ao averiguar a hora no relógio digital ao lado da cabeceira da cama, teria uma hora. Perdi completamente a pouca sensatez que restou e comecei a pular.

Senti-me uma criança e me arrependi com os inúmeros chocolates comidos durante a vida. *Será que consigo perder dois quilos em uma hora?*

Continuei a pular.

Dava?

Calma, Joana!

Idiota!

– Não acredito! – gritei para mim mesma. – Vou morrer pela boca! – Levantei minha blusa e averiguei a barriga, minha velha companheira nada agradável. – Está vendo?! – exclamei, indicando meus lipídios diante do espelho. Mergulhei na cama afundando a cabeça no colchão.

Agora não tinha jeito. Tinha de enfrentar outra batalha. Então, com a fúria desbravada de uma guerreira em busca de sua confiança, procurei ignorar o peso corporal que obviamente não mudaria agora, nem com quantidades exorbitantes de pulos.

– Ele disse que sou perfeita… O que tenho a temer?

Sim, ele disse… Agora, o desafio era eu acreditar.

Olhei finalmente para o sofá e vi outra caixa, bem menor. Sem muito tempo para me recuperar, levantei e fui à direção da caixa. Abri sem mais tardar e encontrei um celular, carregado, com outro bilhete:

"Este presente é para deixar o seu coração mais calmo e, é claro, o de seus parentes. Pode ligar quanto quiser e falar o tempo que quiser. O número está em um post-it no celular. Obs.: não se esqueça de digitar 00 – 55 antes do código de área de sua cidade.

Com amor,

Cauã."

Ele estava certo, meu coração apaziguou. Beijei o bilhete com força, como se pudesse tocar em seus lábios. Liguei na hora para os meus pais sem tardar e atendeu a voz macia de minha mãe.

– *Oi, mãe!*

– *Minha filha!* – Sua voz macia sumiu imediatamente e escutei seu tom nervoso. – *Onde você está? Estávamos doentes de preocupação! Seu pai estava ligando para meio mundo e eu já estava fazendo uma oração a Santa Rita de Cássia para...*

– *Mãe, estou bem!* – interrompi. – *Estou só muito ocupada. Alguma novidade?*

– *Camilla passou aqui em casa duas vezes, mas fique tranquila que já a dispensei!* – Minha mãe contou essa notícia com uma alegria desnecessária.

– *Mãe, qual é o motivo de você ter essa raiva de Camilla? Ela sempre foi uma grande amiga minha!*

– *Grande amiga! Uma grande amiga estimula a outra a manter um relacionamento violento e doentio?*

Eu não queria discutir com ela.

– *Tudo bem... Como vai papai?*

– *Espere aí que ele quer falar com você! Joamir, é Joana! Venha atender rápido porque é uma ligação internacional!*

Ouvi passos largos até o telefone.

– *Filha!* – Meu pai atendeu esbaforido. – *Como foi sua primeira semana? Não diga nada agora, estamos em uma ligação internacional, não é?! Falaremos na semana que vem, que você vem para casa!* – Ele tinha um tom de voz de orgulho e eu fui ficando cada vez mais sem jeito.

– *Vamos ver, papai, ligarei amanhã ou depois.*

– *Quando o treinamento acaba?*

– *Quinze dias* – chutei alto. Seria mais fácil dizer que o treinamento acabou mais rápido.

– *Um beijo, filha!* – Minha mãe pegou o telefone à força de meu pai.

– *Um beijo!*

Dei o número do telefone. Eles anotaram alegremente, e desliguei. Agora eles estavam tranquilos, já que sabiam que eu estava bem. Cauã era incrível. Essa grande sorte parecia muito para mim.

Arrependi-me por ter acusado Cauã de ter mentido quando me informou que eu não atuaria como sua assistente e que não viajei ao seu lado a trabalho. Motivo inicial da nossa discussão. O fato foi que ele mentiu, mas, se não o fizesse, eu estaria aqui? Provavelmente não. Além disso, agora foi a minha vez de mentir para os meus pais. Fui estapeada com essa realidade fatal. Atirei uma pedra nele, o julguei. Agora deveria receber a minha pena, deveria ser julgada.

Muita coisa ainda não se encaixava. Haveria uma grande possibilidade de que todos ao meu lado tinham mentido, de que queriam me encontrar por outro motivo. Fui contratada pela empresa de Cauã; no entanto, não fui recebida como uma nova funcionária, mas como uma amiga que retornou de uma longa viagem. Então a minha posição, que não deveria ter tanta relevância, por ser uma assistente júnior e considerando a minha inexistente experiência no cargo, passou a ser estratégica e a estar ligada diretamente ao CEO. Com isso, tudo mudou. Cauã praticamente me sequestrou e levou-me para outro país. No meio do caminho, ele disse coisas que jamais imaginei escutar de qualquer homem com uma confiança invejável.

Um desejo grandioso agitou-se dentro de mim. Algo tão violento que nem saberia, ou ousaria, denominar. Como eu queria acreditar em suas exageradas palavras. Como queria conviver com Lina, Gabriel, Cristiano e Alcinoe.

Tranquei os lábios com um esforço tremendo para não me afundar ao delírio insensato e ignorar os poucos argumentos da minha razão. A mesma que advertiu minha esperança e mandava os sinais de alerta, de ponderação. Batidas à porta interromperam meu raciocínio. A porta abriu um pouco e sorri quando vi Mrs. Fine espiando dentro do quarto. Ela pediu permissão para entrar. Eu consenti e, assim que ela entrou, me vendo parada no meio do quarto, arregalou os olhos e apontou para o seu relógio.

– *I's almost time for your dinner!*[1] – Ela me alertou.

---

1 Está quase na hora do seu jantar!

Sete e meia! Dei um salto para o banheiro. Sabendo que não havia mais tempo para desperdiçar, corri. Tomei um banho rápido enquanto Mrs. Fine esticava o vestido na cama.

Ao sair do banho, Mrs. Fine sugeriu:

– *Sit down, I will prepare your hair for the event.*[2]

– *Where is the event?*[3]

Ela riu e respondeu sem esconder a vergonha exposta em seu rosto ruborizado.

– *In-house.*[4]

Eu perguntaria mais enquanto ela arrumava os meus cabelos, praticamente para distrair-me. Ela cerrou os lábios e negou com sua cabeça. Não poderia falar mais uma palavra, até porque não tinha mais tempo para explicações. Então, movida pela pressa, suas mãos pesaram sobre meu couro cabeludo. Após dolorosos minutos, me olhei no espelho. Ela havia feito um lindo trabalho! Agradeci. Ela pegou o vestido e me envolveu com ele.

Estufei a barriga e senti-a forçar o zíper para cima. O maldito não fechava nem matando! Segurei os peitos, parei de respirar, estufei ainda mais a barriga, pulei e nada, o zíper não subiu nem um centímetro! Ai de mim! Minhas orgias alimentares!

Mrs. Fine estava vermelha e suando com o seu esforço. Finalmente, após alguns minutos de plena agonia, entreolhamo-nos apavoradas e ela saiu do quarto como um tiro. Fiquei paralisada e confusa, sem saber o que fazer.

Foi então que ela retornou com uma caixa. Abriu e eu pude ver diversos laços lindos! Ela me mostrou um laço preto e deu de ombros. Sorri em aprovação. O que fazer agora? Ela me mandou tirar o vestido. Assim o fiz. Sem opção, lhe entreguei e fiquei bucolicamente parada, de calcinha, no meio do quarto, segurando meus peitos e arrependida com os anos de gordura acumulada. Respirei fundo. Agora não dava mais para voltar atrás. Os lipídios já faziam parte da minha vida insana e descontrolada. Ela pegou uma tesoura e pude ouvir sons de rasgos. Ela se movia como um cirurgião. O zíper caiu no chão e inacreditavelmente o vestido estava intacto! Então a vi costurar a fita em laços alternados nas costas de maneira genial.

---

2 Sente-se, vou preparar seu cabelo para o evento.

3 Onde será o evento?

4 Dentro de casa.

Em poucos instantes, eu estava vestida, e ela, dando a amarração final nas costas. Encarei-me no espelho e sorri aliviada. O vestido cobriu o meu traseiro por inteiro. Isso me fez suspirar e liberar toda a adrenalina que intoxicava os meus sentidos. Analisei-me no espelho. Eu estava apavoradamente linda, apesar da péssima experiência que vivi com o vestido. Além disso, não é que ele me emagreceu?

Maquiei-me e ela me deu os sapatos. Ao ver o resultado, não tive dúvidas, saltei para cima de Mrs. Fine para lhe dar um abraço. Eu estava deslumbrante. Ela retribuiu o abraço carinhosamente.

– *Ready?* – Mrs. Fine perguntou se eu estava pronta.

– *Yes* – respondi. Passei as mãos em torno de meu traseiro, ainda tentando me adaptar ao vestido, mas, ao me olhar de costas no espelho, orgulhei-me do que vi. Eu estava sensual e muito linda. Então ousei concluir que, se eu fosse Cauã, iria me sequestrar.

Seguimos em direção à sala de jantar. Senti meu coração bater em sintonia a cada barulho do salto no chão. Não soube enquadrar esse ritmo como veloz, ou não. Na verdade, não sei se eu caminhava ou se uma força externa controlava os movimentos de minhas pernas. Só sei que cada barulho do salto fazia meu coração pular.

Mrs. Fine abriu a porta da sala de jantar e emergiu um cenário deslumbrante. As luzes das velas revelavam flores que decoravam o ambiente; a mesa central estava posta de talheres e taças. Havia dois lugares posicionados na lateral da mesa. No meio deles, destacava-se um belo ornamento de tulipas.

Entrei na sala de jantar. Estava sozinha olhando cada detalhe da decoração. Nunca havia visto uma tulipa de perto e achei-as deslumbrantes. Havia algumas flores abertas e outras ainda fechadas, deixando o arranjo ainda mais lindo.

Assustei-me com a entrada de Cauã na sala. Torci meu pé direito e, para minha sorte, consegui me ajeitar segurando em uma das cadeiras da sala de jantar, disfarcei esse deslize com um sorriso encabulado. Ele deixou sua maleta em uma mesa ao lado. Julguei, um pouco aliviada, que, para minha sorte, ele não reparou.

– Obrigada pelo carinho – eu disse com um largo sorriso e com a certeza de que meus olhos brilharam de alegria.

Havia humor em seus olhos quando ele se virou.

Ele reparou, sim. Revisei meu fortuno com uma nota de frustração.

Ele parecia analisar cada centímetro de meu corpo com verdadeira ousadia. Estremeci e senti meu corpo aquecer para uma temperatura desconfortante. Disse a mim mesma que deveria manter meus pés firmes ao chão, mas a verdade sussurrava o contrário em meu coração. Estávamos, novamente, envolvidos em um clima de intensa excitação e fascinação. Isso interferia no meu raciocínio, me inquietava e confundia. Logo perderia a sensatez, como se a possuísse, em algum momento, no passado.

Ele disse:

– Como é bom entrar em casa e ver essa mulher deslumbrante na sala de jantar. – Seu tom de voz soou como uma carícia. Ele apontou para o vestido. – O que posso dizer? – Elogiou sem precisar falar uma palavra, pois seus olhos já diziam tudo.

Por alguns instantes, nos mantivemos assim, um olhando para o outro, como se estivéssemos reconhecendo detalhes perdidos com o tempo.

– Onde você estava? – Engasguei. Precisava preencher aquele silêncio desconcertante. Encostei-me à mesa de jantar, buscando esconder a minha extrema excitação e incompetência em manter o meu autocontrole ao ser estudada por Cauã.

Ele voltou sua atenção à mala e pegou uma pasta. Ele colocou a pasta na mesa e respondeu:

– Pela manhã, saí para resolver um assunto relacionado ao projeto da energia solar, ao qual eu me referi anteriormente. Hoje à tarde, acabei de finalizar uma negociação. Então, fui buscar uma pista para a sua condição. – Ele curvou seus lábios para cima. Referia-se ao fato de não podermos nos tocar.

Lembrei-me da suposição de Cauã. Ele imaginou que eu gostava de encenar... Um jogo de sedução excêntrico. Tudo bem... Rodrigo jamais perdeu tempo com preliminares. Adotava uma abordagem mais selvagem. Não, era algo ridiculamente peculiar e violento. Como não tive experiência com o assunto, decidi seguir o fluxo da encenação.

Ele largou a pasta que estava prestes a abrir em cima da extremidade da mesa vazia e andou lentamente em minha direção. Seu perfume praticamente me levitou.

– Você está linda – falou com a voz suave e acariciou a extremidade de cima do vestido que cobria meus seios, quase no limite da pele. Meu corpo inteiro aqueceu, conseguia respirar o seu ar e me embebedava com o perfume que me lembrava da luxúria acumulada entre as pernas. Automaticamente, me aproximei. Para minha frustração, ele se distanciou.

Mr. Robinson apareceu com duas taças de vinho tinto em cima de uma bandeja de prata.

– *You may leave the bottle here, thank you*[5] – Cauã pediu. Arrepiei-me com seu sotaque inglês.

Engoli a seco a vontade de lamber o pescoço de Cauã para ver se seu gosto era tão bom quanto seu perfume, mas não o fiz. Primeiro, não seria nada civilizado e, segundo, nada funcional, já que jogaria um balde de água fria na fantasia. Irônico, o que posso dizer? Perguntei:

– Para que tudo isso?

– É uma noite especial. E espero que dessa vez possamos nos conhecer melhor.

Seguir o fluxo da encenação, fechei os olhos com esse pensamento como ponto focal.

Mr. Robinson deixou a garrafa de vinho e saiu da sala de jantar. Cauã agradeceu e apontou para a cadeira na extremidade da grande mesa de jantar, onde havia dois lugares postos com pratos finamente ornamentados, uma quantidade inacreditável de talheres e diversas taças com os mais variados tamanhos. Sentei-me e ele pegou as duas taças da bandeja e me entregou uma taça com vinho tinto.

Olhei em volta, contemplando esse ambiente exuberante e, francamente, um pouco exagerado para nós dois.

– Especial por que motivo? – perguntei curiosa.

– Naquele dia, na Assendent, reuni-me com Gabriel, Lina, Cristiano e Alcinoe para formalizarmos uma importante decisão. Quero comemorá-la com você. – Ele levantou a taça satisfeito, esperando que eu fizesse o mesmo. Logicamente o fiz, mesmo sem saber o motivo. Brindamos e bebemos um gole. O vinho estava delicioso. Tomei outro gole, murmurando de prazer, e notei Cauã sorrir.

– Qual decisão?

Cauã sentou-se ao meu lado, colocou a sua taça de vinho na mesa e respondeu:

– Estamos comemorando o sucesso da minha negociação na venda da empresa.

---

5 Você pode deixar a garrafa de vinho aqui, obrigado.

Não deveria estar tomando meu terceiro gole, mas aconteceu. Engasguei. E me recompus rapidamente antes que ele pudesse bater em minhas costas. Seria muita humilhação, de fato, se assim o fizesse.

– O quê? – perguntei, parcialmente recuperada. Ele tomou outro gole, indiferente à minha reação. O que o levaria a se desfazer de uma empresa que obviamente era uma das maiores do mercado? Então era esse o motivo dos negócios. Confusa, balancei a cabeça. – A empresa não está indo bem?

– Está, sim. Apenas temos coisas mais importantes para tratar e, nesse momento, a empresa irá distrair nossos esforços.

– Mas e o projeto de energia solar? – Uma indagação importante.

– Os projetos de energia limpa continuam. Pela manhã constatei que a Assendent não irá fornecer muita vantagem no desenvolvimento dessa empreitada. Não agora...

– Por quê?

– Adoraria ser específico e responder a todas as suas perguntas. – Ele levantou da cadeira e assentiu. Imaginei que era para eu fazer o mesmo. Então, levantei. – Imagino que tenha muitas perguntas, mas vamos brindar novamente?

Encarei-o ainda mais confusa, enquanto ele elevou a sua taça de vinho. Sem saber o que fazer, levantei a minha e brindamos. Fiquei meros segundos o encarando boquiaberta e lembrei-me de beber. Bebi um longo gole, esquecendo toda a etiqueta. Qual era o motivo desse outro brinde?

Ele elevou agora a sua sobrancelha, provavelmente refletindo sobre a minha voracidade no gole, e pegou um pão da cesta no meio da mesa. Ele rasgou um pedaço e me deu:

– Coma...

Balancei a cabeça negativamente. Acho que meu estômago desmaiou com o choque. Cauã firmou seus olhos e pressionou os lábios, como se eu tivesse lançado um desafio. Firmei os meus.

Voltei ao assunto:

– Por que vendeu uma empresa que dá lucro?

Ele balançou seu rosto, riu para si mesmo. Então ele coçou a cabeça e murmurou, como se estivesse falando consigo mesmo.

– Como vou explicar isso? – Então me encarou como se estivesse estudando a melhor rota de comunicação a ser tomada. – Lucro não tem a ver com a decisão de vendê-la. Apesar da negociação ter resultado em um ganho considerável. – Ele pausou e estudou minha reação apática à soma incalculável que poderia resultar dessa negociação. Então disse: – Você vai saber de tudo, Joana. Vou lhe contar. Mas tenha paciência. Dê tempo ao tempo. A venda não interfere em você trabalhar na Assendent, se quiser. – Ele refletiu, buscando as palavras. Por que ele estava tendo tanto cuidado com as palavras? – Apesar de precisarmos muito de você em outro ofício.

– Qual? – insisti no assunto.

– Vou lhe dizer. Por hora, preciso lhe pedir para confiar em mim, somente isso – ele pediu e assentiu com a cabeça, manipulando a minha reação que o seguiu automaticamente.

Bebi um gole largo do vinho, julgando necessário.

– Cuidado, Joana, você não come desde essa manhã.

Eu iria exigir explicações para tanto suspense, mas Cauã pediu com um gesto na mão para darmos uma pausa na conversa. Algo no quintal chamou a sua atenção. Ele andou até a varanda, abrindo-a. Seus olhos vagaram pela paisagem como um falcão em busca de um inimigo. Ele parecia cansado, tenso, alerta como um soldado fazendo uma ronda à noite. Espiei o quintal, curiosa com o que ele buscava sem me levantar da cadeira. Nada além do breu da noite e folhagens ao redor. Após alguns segundos, ele relaxou. Ele se virou novamente e fechou a porta.

Ele sentou-se à mesa, ao meu lado. Sem dizer uma palavra sobre o que aconteceu, pegou o pedaço de pão e me ofereceu.

Ri encabulada e o neguei. Era a sensação de estar em meio a um sonho. Por que comeria?

– Não estou com fome – disse.

– Não é possível – ele arrebatou, mantendo o pão à mostra e próximo à minha boca.

– O vestido quase não coube – argumentei.

Cauã observou o vestido, colocou o pão em seu prato e riu. Então disse:

– O corpo como o seu, cheio de curvas, foi feito para instigar o desejo. Bom, esse é o meu gosto. Prefiro curvas… Não posso me referir a todos os homens, mas espero que o meu gosto seja o que vai lhe interessar. – Arregalei os olhos com sua revelação tão confiante, aberta e delirantemente romântica.

O impulso tomou conta. Queria sentir o gosto de sua boca. Assumi minha derrota no jogo e apresentei a bandeira branca. Sutilmente aproximei meu corpo para perto do dele para lhe dar um beijo (era a vontade que explodia em meu corpo!). Cheguei a sentir o suave calor de seus lábios e, de repente, desapareceu. Em um susto, Cauã saltou para trás. Ele levantou-se de sua cadeira como se tivesse levado um choque e chegou a colidir com a parede. Uma sinfonia de peças orquestrou no ambiente e me acordou para o momento. Petrifiquei, assustada. Apreensiva, olhei em volta para verificar se algo havia quebrado. Felizmente nada se quebrou.

Droga, precisava controlar melhor os meus impulsos e manter-me concentrada nesse jogo imbecil. Uma ideia que eu, inadvertidamente, dei, com meus súbitos desmaios.

Jurei, mentalmente, fazer um check-up completo ao retornar para o Brasil.

Cauã ajeitou a sua postura, respirou, pressionou os lábios e passou sua mão no rosto em pé.

– Não podemos... – comentou, com uma voz tensa. Ele não esperava minha reação. Ele andou um pouco, de um lado para outro, como se tivesse fazendo um esforço sobre-humano para conter a si mesmo. A luz suave do ambiente iluminou seus olhos, que pareciam fulminar de ira ou desejo contido. Assustei-me ao encará-lo nesse momento. – Não se engane. Quero tocá-la, e muito.

– Então vamos acabar com esse jogo – convidei.

– Jogo? – ele perguntou confuso. Refletiu sobre minhas palavras. Sem jeito, perguntou. – Você acha que isso é uma espécie de fantasia? – Os olhos de Cauã, indignos e furiosos, me deixaram ainda mais confusa. Algumas pessoas tendem a reagir muito negativamente quando saímos da fantasia e os posicionamos para a vida real. Cauã pode ser um desses caras.

Mudei de assunto:

– Escolheria você... – Vomitei as palavras, buscando demonstrar a confiança que jamais tive. – Se ainda fosse CEO da empresa, se tivesse de escolher entre ter um emprego e me relacionar com você, escolheria você. – Pisquei sem saber como desenvolver meu discurso.

A tensão se apaziguou com meu comentário. Seu rosto se transformou. Cauã amansou.

– Estou feliz em saber que nenhum cupido arremessou uma flecha de bronze em seu coração. Seria... desconcertante ser obrigado a deixá-la para trás por causa de uma vaga de emprego. – Ele voltou e sentou-se à minha frente com meio sorriso. Acariciou minha cintura e senti todos os pelos de meu corpo arrepiarem.

– Caso o cupido tivesse arremessado essa flecha? – desafiei, sorrindo com o tom de brincadeira para eliminar a pressão completamente.

– Iria arrancá-la na marra – ele respondeu, se aproximou novamente e sentou-se na cadeira ao meu lado.

Satisfeita por ter reaproximado Cauã, peguei o pão da cesta. Agora foi a minha vez de alimentá-lo, já que era impossível nos tocarmos, de acordo com a sua irritante fantasia. Ele abriu a sua boca para aceitar o pão de meus dedos. Decidi mergulhar de cabeça na fantasia, mas, antes, precisava de informações para melhor mediar minha personagem. – Por que não podemos nos tocar? – perguntei.

– Não sei por quê. Se soubesse, já teria resolvido, evidentemente. Mas vou descobrir. – Ele engoliu o pão, em silêncio, encarou meu vestido por alguns segundos e disse com um tom sacana. – Aliás, eu me seguro para não arrancar esse vestido e fazer amor com você, só não o faço porque gostaria de possuí-la acordada…

Vacilei. Dramatização como preliminar era comum entre alguns casais. Não poderia ser hipócrita em fingir estar assustada com a teatralidade. Em algum momento ele iria me tocar, eu iria fingir desmaiar e ele me possuiria. Estranhamente, essa ideia me esquentou.

Um sorriso escapou no canto de minha boca e o cobri com a mão.

Ele estudava em silêncio:

– Pelo visto, você ainda não acredita na existência do encanto.

Abri minha boca, buscando o que falar, para manter-me na ilusão, mas fomos interrompidos por Mr. Robinson que trouxe, para a minha surpresa, o prato…

Principal?

– Tanta formalidade e vamos iniciar a refeição com prato principal? – Ri ao perguntar.

– Mas é claro! Soube que estou a matando de fome. Desde ontem você não completa uma refeição. Sugiro inclusive iniciarmos nossa refeição agora em silêncio, para não dispersar. – Cauã deu uma garfada de seu prato e eu só consegui rir. Então, senti o aroma da carne que se misturava com um molho de aspargos. Meu estômago se fez presente com uma infeliz serenata de amor diante da minha refeição. Senti meu rosto ruborizar. Dei uma garfada e a coloquei na boca antes que meu estômago orquestrasse outros sons tão sutis quanto a quinta sinfonia de Beethoven. Degustei a macia carne com o molho agridoce divino e que surpreendeu o paladar. Dei outra garfada e parei ao encontrar os olhos profundamente belos de Cauã me observando. Engoli com dificuldade e tomei outro gole de vinho.

Precisaria controlar a ingestão de vinho.

– Ok. Você pediu para eu contar algum sonho ou evento estranho que presenciei. – Larguei meus talheres.

– Sou todo ouvidos – Cauã disse enquanto comia.

– Venho vivenciando sonhos extremamente reais em uma floresta, mas não uma floresta como conhecemos. Era uma floresta densa, envolvida de flores diferentes, que eu nunca conheci em minha vida, nem em fotos. Nessa floresta me vi com você, bem mais novo; na adolescência. Algumas vezes em uma lagoa. Outras vezes sonhei que vivíamos em um sítio. Outra em uma espécie de deserto. Foram vários sonhos, diários. Como se algo me ligasse a você.

– São memórias – Cauã respondeu como se estivesse falando sobre o clima.

Ri, verdadeiramente impressionada com a criatividade do meu recém-namorado. Algo que se fez presente desde o início da noite:

– Imagine, sonhar com memórias de lugares que certamente não existem!

– Mais... – ele complementou. – Não existem mais...

– Isso é loucura!

Cauã puxou sua cadeira e se aproximou de mim. Automaticamente enrijeci meu corpo. Meu coração disparou imediatamente com a aproximação.

– Defina loucura – desafiou.

Dei de ombros, buscando me lembrar dos textos do curso de psiquiatria. Respondi como pude.

– Tudo que foge ao que percebemos como normal.

– Uma condição da mente humana composta por pensamentos anormais – reformulou. – Você concorda que o que percebemos atualmente como normal, ou natural, não é igual ao de um século atrás?

– Sim.

– Há de concordar também que esse mesmo mundo, a Terra na qual moramos, era bastante diferente há milênios?

– Sim – concordei, dando de ombros.

– Você acredita na possibilidade de viver diversas vidas? – Cauã perguntou. Ele sorriu para mim de um jeito tão encorajador que me fez sorrir e assentir.

– Então, por que não acredita que esse seu sonho possa ser uma memória se revelando?

O ar ficou tumultuado, cheio de pensamentos, enquanto a sala encontrou seu silêncio. Listei inúmeros sonhos que me marcaram desde a adolescência. Todos tinham um personagem em comum: Cauã.

– Seus pais vão achar que não cuidei de você. – Ele fez um gesto de desaprovação ao notar meu prato, pegou meu talher, cortou um pedaço de carne do meu prato e o estendeu em frente à minha boca. Abocanhei sem jeito e fiz um esforço enorme para não engasgar.

Arregalei os olhos ao sentir suas pernas apertarem as minhas. Não nos tocávamos tecnicamente, havia panos separando nossas peles, mas, mesmo com roupa, notar esse gesto de desejo me elevou às alturas e tive vontade de gritar com o choque arrebatando minhas coxas.

Cauã mexeu em seus cabelos em um carinho incomum. A sensação tomou meu corpo por inteiro, inclinei-me em sua direção; ofereci-me. Ele correspondeu. Inclinou-se. Aproximou seus lábios dos meus em uma sugestão de beijo. Eu já beirava à loucura. Por alguns segundos, roubamos o ar um do outro.

Então ele levantou tão rápido que meu cérebro quase não processou esse abandono. Elevei a minha sobrancelha curiosa. Ele seguiu em direção a uma caixa de veludo azul. Acima da caixa, descansavam luvas cirúrgicas.

– Levante-se e vire-se para a varanda – ele sugeriu. – Quero experimentar algo. Vamos ver se funciona.

Obedeci sem questionar. Pelo reflexo do vidro da varanda, consegui ver o que Cauã estava fazendo. Ele cobriu suas duas mãos com luvas cirúrgicas.

Uni minhas sobrancelhas, estranhando. Subitamente, a cena se contorcia de algo intensamente romântico para algo perturbador. Uma mulher sensata fugiria ao ver a cena. Não se iludiria com possibilidades românticas, e bastante improváveis, as quais a luva permitiria. Não continuaria vivendo a fantasia se a realidade se torceu para uma cena de suspense macabro. Afinal, quem colocaria luvas cirúrgicas se não planejava manusear sangue?

Mas eu estava tão envolvida pelo romance que ignorei o alerta berrante da razão. Voltei os olhos para a paisagem. Precisava me concentrar. As folhagens moviam-se suavemente com a brisa do mar. Um cenário aconchegante com uma mensagem de conforto. Fechei os olhos. Então senti os seus dedos passarem levemente sobre os meus braços e caminharem em direção ao meu pescoço. Meu queixo caiu. Cada pelo de meu corpo se arrepiou em sintonia com os dedos dele. Meu coração estava batendo sem controle. O prazer dominou-me completamente. Uma necessidade dolorosa e desesperada me afligia. Senti o calor de sua respiração sobre meu pescoço.

Ele me seduzia e brincava com minha frágil sanidade. Uma deliciosa tortura. Virei a cabeça para lhe dar mais acesso à pele, mesmo sabendo que era possível prosseguirmos com as carícias. Respirei fundo e segurei no vestido firmemente, mordi os meus lábios e trinquei os olhos. Eu estava diante do momento mais erótico que já vivenciei.

Ouvi sua voz falar suavemente perto de meu ouvido:

– Não se mexa, Joana.

Seus dedos envolvidos pela luva, sua mão e sua respiração exploravam meus ombros, braços, cintura. Tocou em meu seio, por cima do decote tomara que caia.

– Não se mexa – ele sussurrou novamente e eu me perdi em sua voz rouca e suave. Achei que fosse desmaiar de prazer. A esse ponto, já aceitava os desígnios da vida. Estava de peito aberto e aguardando a morte certa por esses dedos talentosos.

Senti um colar sendo colocado em meu pescoço. Arregalei meus olhos com o peso da peça. Vi o esplendoroso brilho das pedras verdes sobre o reflexo do vidro da varanda. Automaticamente, coloquei a minha mão nele, olhei para baixo. Parei de respirar.

Atônita e ansiosa para ver melhor aquela preciosidade em meu pescoço, cambaleei até o espelho ornamentado na sala de jantar. Então meu queixo caiu ao ver o colar. Ele havia colocado em meu pescoço um colar de esmeraldas. Havia uma quantidade imensa de esmeraldas emolduradas com um lindo cordão de ouro. Não eram pedras de igual tamanho, cada uma refletia uma singular personalidade. Ao encarar seu brilho, talvez por esse dançar diante da luz de velas ao redor da sala, tive a clara impressão de estar diante das imensas montanhas de uma da floresta densa e sem fim. Ao estudar os seus detalhes com meus dedos, imaginei acariciar a natureza. Louco, mas verdade. Nunca havia chegado nem perto de uma esmeralda antes. Virei-me para Cauã meio sem jeito. Já ia contestar o presente até que ele pegou a minha mão, me levando para fora da casa, em direção à praia. A brisa do mar surpreendeu minha pele de tão gelada. A Lua nos observava imponentemente do horizonte do mar. O ruído das ondas suaves acariciava meus ouvidos. A brisa do mar surpreendeu minha pele de tão gelada, e Cauã me envolveu com o paletó de seu terno, que me esquentou de imediato.

– Obrigada – agradeci, aconchegando-me com seu paletó. – Não sei o que dizer. – Toquei no colar.

Meu corpo reagia contrariando minha mente. Senti automaticamente um sono incontrolável ao ser envolvida pelo paletó de Cauã. Encarei a Lua. Se pudesse falar com ela, pediria para manter-me desperta até o dia raiar. Senti uma energia quente e deliciosa me envolver. Era a sensação de pequenas carícias eletrocutadas em meu coração e cérebro. Poderia ser a energia da Lua? Não. Era apenas a envolvente criatividade de Cauã, e constatei que apenas espantei meu sono.

Fora da casa, pude ver o tamanho da residência. Era uma mansão, certamente, de quatro andares e tantas janelas que não consegui contar. Era linda e muito moderna. Estava envolvida por uma floresta densa. Havia muitos pinheiros por entre as árvores que se misturavam com a estrutura da casa. Identifiquei a varanda de meu quarto pela grandiosidade dos galhos que a envolvia, criando uma proteção natural, escondendo grande parte da parede de vidro. Em diversos pontos e ao redor da mansão, havia enormes ramos de flores. Havia, em grande maioria, tulipas vermelhas e amarelas. Também identifiquei, dentre as diversidade, girassóis e rosas; vermelhas e brancas. Era uma visão esplendorosa.

– Dividimos algumas residências. Gabriel, Alcinoe, Lina, Mauro, Cláudio e eu. Acho que, quando se conhece um grupo e convive por tantos e tantos anos, isso acontece. Apenas as entidades ligadas ao mar não abrem suas casas, já que se encontraram no meio das águas. – Ele comentou. Refletiu e corrigiu: – Bom, levando em consideração que as águas estão abertas para todos, devemos considerar que as entidades do mar abrem suas casas para todos, sem exceção…

– A casa é verdadeiramente bela. Obrigada por ter me trazido aqui. – Acariciei o colar. – Obrigada pelo colar, não sei nem o que dizer… é lindo demais – elogiei.

– Fico feliz que tenha gostado. Eu mesmo manufaturei essa peça. Queria algo só seu. – Meu coração perdeu a batida ao imaginá-lo criar algo tão lindo para mim. – Obrigada por voltar. Agora nada a tirará de meu lado. – Ele disse. – Nada neste universo será capaz de tirá-la de mim. – Ele acariciou meus cabelos e eu coloquei minhas mãos em torno de sua cintura. Ele tencionou imediatamente com meu gesto e sussurrou em meu ouvido. – Aguardo você há muito tempo. – Senti seus braços apertarem meu corpo diante do seu.

Estávamos sozinhos em uma febre caótica que obliterava nosso julgamento. Meu corpo inteiro tremia de felicidade.

– Você mesmo fez o colar?

– Claro que sim – ele respondeu.

Cauã se distanciou, ajeitou seus ombros. Parecia tenso e desconfortável. Tirou seus sapatos, depois, pegou minha mão. Aproximamo-nos do mar até as ondas quase tocarem nossos pés. Ele perguntou:

– Você conhece o Conto das Esmeraldas?

– Não.

Ele me abraçou por trás e falou:

– Na época dos bandeirantes, diziam que havia uma montanha, no meio da mata densa, que brilhava com a luz solar. Ela se destacava facilmente das outras, mas ninguém sabia ao certo em qual perímetro se encontrava, apesar de haver mapas que acreditavam indicar a localidade. Bom... Essa serra abrigava um dos maiores depósitos de esmeraldas do mundo. Muitos bandeirantes foram atrás desse tesouro em verdadeiras expedições. – Ele pausou, ajeitou seu abraço, beijou meus cabelos e continuou: – Um paulista, Fernão Dias Paes, se deparou com um desses mapas. Apesar da idade avançada, ao contrário da vontade de seus familiares, decidiu ir atrás desse tesouro. Fez uma das maiores bandeiras em São Paulo e partiu. Foi uma viagem de sete anos. Ele abriu trilhas ao longo do caminho, onde se tornariam, futuramente, cidades. Depois de um tempo e de muito sofrimento, seus recursos secaram, e Fernão Dias foi obrigado a pedir dinheiro à sua família, que foi obrigada a vender as joias para financiar a expedição. Então houve um movimento contrário, no meio da viagem, liderado justamente pelo seu próprio filho com o intuito de desistir da viagem. Fernão Dias, profundamente injuriado e traído, o enforcou.

– Nossa... Enforcar o próprio filho... – disse eu, esfregando o pescoço com aquela súbita imagem que me passara na cabeça.

– Fernão passou por uma lagoa cristalina e brilhante, onde se acreditava que vivia Iara. – Nós nos olhamos e ele, presumindo minha ignorância, explicou. – Uma mulher cujo canto seduzia e atraía homens para o fundo de seu lago. Ela foi posta para dormir pela Entidade da Guerra (Macaxera) a pedido dos índios na região; os índios Mapaxós.

– Sei quem é Iara – comentei.

– Hum... – ele murmurou e perguntou: – E os índios Mapaxós?

Calei-me.

– Pois é. Infelizmente uma das tarefas dos bandeirantes era buscar índios, considerados selvagens, para escravizar. Loucura... Não é?

– Nossa... Claro.

– Pois na época não era...

– Hum. – Agora fui eu quem resmunguei ao retornarmos o assunto relacionado ao conceito de loucura. Logo estaríamos beirando o assunto surreal e, francamente, almejara o romantismo, não ficção científica.

Ele voltou a falar:

– Iara dormiu e seus cabelos foram crescendo e cobrindo todo o fundo do lago, transformando-se em pedras verdes. Ninguém poderia retirar as pedras sob pena de ser castigado pela própria entidade da Guerra. Fernão Dias foi alertado pelos índios Mapaxós, mas não os escutou, infelizmente, e pediu que fossem retiradas amostras, achando que fossem esmeraldas. Ele morreu dias depois com a ilusão de que efetivamente havia achado as pedras preciosas.

– Ele descobriu as esmeraldas? – perguntei.

Cauã riu.

– Não. Infelizmente, eram turmalinas verdes. No entanto, acredita-se que as cidades brotadas dessa expedição formaram a base para Minas Gerais – respondeu ele.

– Jura? Foi assim que Minas Gerais foi inaugurada?

Ele riu e me apertou em seu abraço. Não respondeu.

– Não seria lindo se fosse – comentei, assumindo a magia do conto. Coloquei minha mão no colar e o contemplei, em silêncio, enquanto ele acariciava minha nuca. Não poderia estar mais feliz, tudo que ele fez desde que me conheceu estava certo, ele não havia se enganado em absolutamente nada.

– Espero que você se acostume com isso – Cauã sussurrou e instantaneamente o calor subiu a ponto de eu sentir as minhas pernas suarem, apesar de estar exposto ao frio. – A casa, o terreno em volta e a praia fazem parte desta propriedade. Amanhã todos estarão aqui.

– Todos? – Arregalei os olhos no susto.

– Sim, Joana. Todos – ele respondeu, já entendendo meu susto bem evidente na face. – As icamiabas ficarão com você. Lina, Cristiano, Gabriel e eu precisaremos sair. Seria bom você ficar bastante familiarizada com as icamiabas.

– Icamiabas?

– Sim, Joana, icamiabas.

Lembrei-me da conversa que tive com Lina durante nosso café da manhã há dois dias. Lembrei-me de sua reação, de suas palavras e de seu tom imponente ao ser indagada se acreditava na lenda das icamiabas. Ela disse: "Claro que sim! De todas as maneiras! Sem hesitar".

Cauã beijou meus cabelos e apertou-me em seus braços.

– Vocês tem outro avião particular? Como eles vêm?

– Eles virão de outra forma. Joana… não precisamos de um avião para nos transportar. Bom, utilizamos avião na maioria das vezes para passar pela imigração etc. – Estranhei a resposta, mas lembrei-me de que Gabriel mencionou algo similar quando o conheci. Virei-me para ele, sem saber como reagir.

Cauã murmurou:

– Como eu queria que você se lembrasse, pelo menos do crucial.

– Lembrar-me do quê?

– Você sabe por que escuta vozes? – Cauã perguntou.

– Porque tenho surtos psicóticos – respondi firmemente.

Ele riu.

– Claro que não! Lembra-se de que falei que a linha da loucura é desenhada de acordo com os parâmetros nos quais a sociedade percebe ser normal? No entanto, no nosso caso, o conceito de loucura deve ser ampliado.

Fixei meus olhos em seu atraente olhar.

– Está preparada para ouvir? – ele perguntou e me olhou com um tom sério, sem dar margem para argumentação.

– Sim – respondi, um pouco curiosa e apreensiva.

– Fico feliz. Terei de expor a nossa condição hoje. Você demorou demais para aparecer... – ele confessou, e eu elevei a minha sobrancelha.

– Sei que isso pode parecer estranho, mas representamos elementos, astros, você e eu. O seu está nos estudando neste exato momento. Não somos inteiramente humanos. Inclusive nem envelhecemos como eles. Amadurecemos junto com nosso elemento.

– Quantos anos você tem? – Não consegui evitar a pergunta.

– Não conto mais... tenho a idade do nosso Sol... Apenas aparento trinta anos.

Um silêncio tenso infestou o ar. Procurei manter-me firme à fantasia, mas havia algo perturbador nas entrelinhas. Será que não havia percebido os sinais? O mundo tornou a girar. Imaginei ter entrado no espelho onde tudo que antes parecia normal deixou de ser. Automaticamente, saí dos braços de Cauã. Pisquei algumas vezes ainda mais confusa, já me arrependendo de elogiar esta noite. Ironicamente, achei um defeito nesse homem que parecia não ter nenhum: ele era louco.

– Joana... Confie em mim – ele pediu. Ele percebeu. Meu rosto lívido me denunciou. Devolvi-lhe seu paletó e cruzei meus braços. Todo cuidado agora era pouco. Afinal, podia estar diante de um psicopata. Meu coração se apertou e me agitei, custando a acreditar.

– Confie em Guaraci! – Uma voz feminina clamou. Assustei-me e, automaticamente olhei para a Lua. Decidi, pelo bem da minha sanidade, ignorá-la e voltei minha atenção a Cauã. Ele estava imóvel, agora segurando seu paletó e estudando as minhas reações.

A expressão de Cauã era séria:

– As evidências estão à sua frente, Joana... Por que não acredita? – Ele colocou seu paletó na areia, estendeu a mão e disse: – Confie em mim. Não se afaste.

Neguei com a cabeça, fiz um gesto com as mãos para ele se distanciar e me virei em direção a casa. Ele havia falado muito, mas pouca coisa fazia sentido. Não havia como negar a sua loucura. Enquanto estávamos no avião, encarei toda a conversa como uma mera brincadeira, apesar de me perder em meio às suas juras de amor. No entanto, agora, eu via Cauã por outro ângulo. A situação parecia séria, até bastante perturbadora.

– Você precisa de tratamento – constatei, olhando para o chão, agora amargurando uma noite que poderia ter sido perfeita. Tudo mudou. Nesse momento engavetei completamente os meus sentimentos, estes que me conduziram a essa armadilha, e procurei ser prática. Racional. Primeiro, precisava fugir deste lugar. Depois me encarregaria de juntar os meus caquinhos, que se desmontavam com a desilusão. Quem sabe, um dia, após muito tempo, conseguiria ver algum sentido para tudo que aconteceu e aprenderia com a dor.

– Amplie seu conceito de loucura, Joana – Cauã falou agora com a voz firme, imponente, quase ameaçadora.

Irônico como uma noite tão romântica e promissora mudou completamente seu curso. Concentrada em me distanciar, dei um passo em direção à mansão. Depois outro e outro. Nesse momento, precisava focar toda a minha atenção em passos. Precisava deixar de pensar; de sentir. Uma mão tocou em minhas costas e corri com o susto. Então, deixei de sentir a areia fria que envolvia vagarosamente os meus pés há tão pouco tempo. Olhei para o chão e havia levitado alguns metros. Corria, mas não saía do lugar! Constatei o óbvio. Algo me levitou. Assustada, encarei Cauã me observando alguns metros abaixo de mim. Havia uma chama inegável em seus olhos. Ele estava irado e em controle, sabe-se lá como. Atônita, olhei para cima, buscando algum truque. Já imaginei o homem insano prever a possibilidade de provar seus superpoderes. Era isso que ele observava pela porta de vidro durante o jantar? Se o seu truque estaria pronto para ser testado?

Certa de que não cairia novamente na armadilha de seu delírio, rosnei:

– Ótimo truque...

Cruzei meus braços no peito, já deixando de correr. Passei as mãos sobre o colar para ver se tinha algum ímã envolvido e, logicamente, não tinha; ao contrário, teria me enforcado. Idiota. – Pode me colocar no chão agora? – pedi.

– Você acha que isso é um truque? – ele repetiu, agora ofendido. – Truque?

Parecia ofendido... e puto.

– Como você fez isso? – Ousei desafiá-lo, olhando para todos os lados e buscando uma estrutura de ímã, fio, algo que compusesse esse truque. – Conte-me!

– Conto.

Passaram-se alguns segundos, durante os quais eu aguardei ele me colocar no chão ou o efeito do truque passar e eu me estatelar na areia. Pelo contrário, mantive-me estável. Incomodada com o tempo já levitando, estudei ao redor. Passei as mãos no ar, buscando alguma pista para aquele dilema. Deveria ter uma justificativa plausível para aquele truque. Enquanto isso, ele manteve-se em silêncio, como se estivesse aguardando eu cansar de examinar ao redor e voltar minha atenção a ele. Assim o fiz, mas, para incrementar ainda mais a minha fúria, encontrei um singelo sorriso em seu rosto. Cauã já não parecia mais ofendido, agora se divertia às minhas custas. Cerrei meus dois punhos e enrijeci meu corpo, incapaz de reprimir minha fúria.

– Agora! – exigi.

– Isso não é truque, Joana, desista – ele comentou.

– Lógico que é!

– Tenho todo o tempo do mundo. – Cauã sentou-se na areia. Foi então que notei uma luz muito suave saindo da palma de sua mão. Meu queixo caiu e trinquei meus olhos para focar melhor nesse mais novo fenômeno. Além de estar levitando e de ter escutado vozes do além, estava vendo coisas. Ele levantou a palma de sua mão ao observar minha reação.

– Quer que eu explique?

Sem querer, movimentei minhas pernas e me senti desequilibrar. Gritei, abanando os braços pelos lados. Minhas sandálias voaram de meus pés.

– Coloque-me no chão! – ordenei, agora em pânico.

Abri mão de saber o que havia por detrás desse truque. O fato era que Cauã era rico o suficiente para orquestrar algo dessa magnitude.

– Desculpe-me, Joana – Cauã respondeu, me mantendo no ar. – Vou protegê-la mesmo que seja contra sua vontade.

– Proteger? – perguntei. – Por quê? Estou em perigo?

– Talvez... Não sei. Certamente, você está sob um encanto.

Ele se referia à impossibilidade de nos tocarmos. Essa maldita fantasia! Estupefata, não me interessei em prosseguir com a peça. Cruzei os braços e aguardei. Uma hora ele iria cansar.

Suavemente, desci e senti a felicidade da areia envolvendo meus pés, agora descalços. Virei-me para Cauã no susto, como se estivesse frente a uma fera.

– Posso prosseguir? – perguntou impaciente com a minha posição de alerta. Fiquei parada, a metros de distância dele, enquanto ele se mantinha sentado na areia.

– Fala dessa luz que saiu da sua mão? – perguntei, direcionando a conversa.

– Cada um de nós tem uma energia, ou poder, que se assemelha ao de seu elemento. Essa energia que saiu da palma da minha mão é em parte o magnetismo. Nada além disso.

Como se explicasse tudo…

– Vi uma luz semelhante sair da palma da mão do Gabriel. O avião estava enfrentando uma turbulência doida e, assim que ele tocou a janela, ela parou.

– Esse outro "truque", como você gosta de chamar, também é banal. Todas as entidades secundárias fazem com facilidade. Apenas encostam a mão e se concentram em desviar as nuvens – ele explicou, agora um pouco impaciente.

Ele passou a mão pelos seus cabelos, visivelmente desconfortável:

– Como você não se lembra disso?

– Lembre-se de quem você é, minha Jaci… – Imaginei que a voz serena fosse minha emoção se manifestando vividamente em minha mente. Meu coração acreditava, queria saltar no colo do insano e maravilhoso homem à minha frente. Balancei a cabeça, mantendo-me firme à realidade. Literalmente escutei minha emoção bufar, impaciente.

Bufei em contrapartida. Também estava cansada do jogo. Além disso, jamais tive espírito esportivo e odiei a experiência de fantasias como preliminares.

– Quem é a humanidade para desenhar uma linha tão inflexível, ignorar as diferenças de cada um e rotulá-la como insanidade se eles sequer escutam os gritos de seu elemento? – ele reclamou.

– Cauã… Deixe-me ir… – Vê-lo falar insanidades quebrou meu coração em pequenos pedacinhos. Agora que o choque da realização de sua loucura passou, ficou apenas o vazio e a certeza de que eu não retornaria inteira para a casa de meus pais. Perdi meu coração. Não queria escutar mais… Chega. Cada palavra desconecta dele despedaçava ainda mais meu coração. Demoraria muito para resgatá-lo. Solucei.

– Escute-me! – Cauã soltou uma ordem que me trouxe ao presente. Com olhos lacrimejando, forcei-me a escutá-lo. Não havia alternativa, ou saída. Afinal, eu era a sua hóspede. Cauã prosseguiu. – Não somos deuses. Não somos nada diferentes dos humanos. Somos representantes de um astro que não é a Terra. – Abri a boca para contestar e ele fez um gesto com a mão para eu deixá-lo continuar. – Eles, os humanos, representam esse astro, Terra, a quem chamamos Ci.

Ele levantou-se da areia e passou sua mão em torno da sua bunda perfeita para retirar a areia. Ele voltou a sua atenção a mim, mostrou as palmas das mãos e disse:

– Posso me aproximar? Asseguro que minha loucura gira em torno do desejo que sinto por você.

Desamparada, limpei as lágrimas em meus olhos.

– Não chore... Por favor – ele disse com suavidade. Ele se aproximou com cuidado, talvez para eu não surtar de vez. A esse ponto, minha emoção já estava em sério conflito com minha razão. Meu coração clamava pelo abraço de Cauã, enquanto minha razão arrancava seus cabelos, já querendo me submeter a uma sessão de eletrochoque. Confusa, petrifiquei. Isso lhe deu a sensação de que eu estava cedendo. Ele me abraçou por trás e selei meus lábios, sem saber o que fazer. Pisquei inúmeras vezes e listei diversas alternativas. Depois esqueci delas quando encontrei o seu aroma, que esquentava meu corpo.

– Obrigado pelo voto de confiança. Preciso de você para manter a harmonia neste sistema solar. Fazemos isso nos envolvendo com nossos elementos e nos alinhando com outras entidades que orientam diretamente os seus elementos. – Ele apontou para a Lua, que parecia me olhar com seus olhos mareados, rejeitada por mim. Esqueci-me da melancolia e ri da minha tolice. Verdadeiramente apaixonada, eu já parecia dividir a loucura de Cauã. – Veja como ela se comunica e chama por você.

– Clamo por ti... – A voz suave estava sussurrando, concordando com Cauã.

– Eu sirvo como um mediador para todos os elementos, orientando-os e fornecendo magnetismo sobre forma de luz e calor.

Então desafiei. Impulsivamente, sem pensar, louca:

– Prove.

Ele desafiou de volta:

– Confie.

Cauã me abraçou novamente por trás e sussurrou em meu ouvido:

– Joana, por favor, confie em mim.

Senti-me levitar e sorri ao me deixar envolver completamente pelos braços de meu louco e maravilhoso rapaz. Estiquei meus pés e notei que não tocavam mais na areia. Olhei para baixo e estava novamente levitando. Aliás, subia... subia... Já alcançávamos o teto da casa.

– Estamos levitando, nós dois? – perguntei assustada.

– Iremos para nossos elementos – ele respondeu serenamente. – Você pediu prova.

– Não! – Dei a máxima ênfase à palavra. Já atingíamos as primeiras nuvens. Não era assim que imaginei desafiar a loucura. Minha razão voltou à sua plena forma e olhou em volta, ainda desconfiada de algum fio, ímã ou mecanismo de levitação, enquanto a emoção se divertia com a insanidade da outra. Notei que minha emoção ganhou em disparada a batalha. Com o susto, minha mão cravou os braços fortes de Cauã, que envolviam minha cintura. Aliás... já estávamos tão alto que já não reconhecia a casa de onde estávamos. A casa já estava no tamanho de uma ervilha. – Desça... acredito... confio! – gritei resignada.

– Tem certeza? – Cauã perguntou sem elevar a sua voz e notei que paramos de subir.

Assenti veementemente.

– Acha que tem alguma corda, fio ou algo nos prendendo? – perguntou aos risos, divertindo-se de meu desespero. Silêncio. Olhei em volta, desconfiada novamente. O que posso dizer? Apenas que a razão tentou se manifestar mais uma vez e, agora, já sabendo que seria derrotada? – Somos entidades de outros astros. Podemos saltar para outros continentes, saltar à órbita, levitar. A maioria ainda desmantela e depois nasce de novo, tendo revelação ao chegar à pré-adolescência. Ao chegar a uma idade aproximada de trinta anos, o corpo passa a envelhecer junto com o sistema solar no qual encontramos. Podem deixar o corpo por pouco tempo para ir até o elemento, mas, se passarem do tempo, acabam desmantelando. Gabriel e eu já não nos desmantelamos. Podemos ir e retornar ao elemento por tempo indeterminado e sem prejuízo em nossa fisiologia. Nós, você e eu, escolhemos estar aqui, como humanos, para ficarmos juntos. Eu a amo e você me ama. Não quero que você tenha qualquer dúvida disso. Portanto, vamos subir.

Gritei enquanto passávamos as nuvens. Subimos a uma velocidade inimaginável. O frio estava intolerável. Abaixo, via luzes, morros, mas não conseguia mais localizar a praia de onde saímos. Senti os braços de Cauã afrouxarem e gritei ao lado da minha razão e emoção pelo terror de cair.

– Calma, Joana... por mais que eu queira ensiná-la a levitar, não é o momento. Primeiro, você tem que aceitar ser quem é, nem que você tenha que desmaterializar por alguns minutos para estar ao lado da Lua.

– Leve-me para baixo – pedi. A honestidade sempre foi uma virtude que esforcei a praticar, principalmente comigo mesma. As provas eram gritantes. A esse ponto, torci minha razão. Estiquei o máximo possível meu conceito de loucura. Isso porque estava tão certa quanto às inúmeras e incontestáveis evidências permitiam, por mais que não fosse a certeza total o que queria ter, ou precisava ter. Olhei para baixo e fechei os olhos. – Sim, sou Jaci!

Ele me apertou em seu abraço e o senti cheirar meus cabelos. Tudo com muita cautela para não nos tocarmos. Descemos. Com o impulso da descida, senti um frio na barriga, um arrepio delicioso. O vento passava pelo meu corpo e colidia diretamente entre as minhas pernas. Nossa! Era uma sensação incomum, mas muito... muito boa. Não conseguia evitar o choque que a pressão do ar dava em minha barriga. Queria murmurar e acho que cheguei a soltar alguns suspiros. Não sei... pressionei minhas mãos nos antebraços dele e fechei os olhos já esbaforida, buscando me achar quando sabia que havia me perdido completamente. O prazer governou meu corpo com uma necessidade dolorosa e desesperada para ir além da decência. Acho que foi tudo, a novidade, Cauã, o tom da voz dele por detrás de minha orelha, seu perfume, sua força. Perdi-me de vez nessa deliciosa e insana sensação.

– Se você duvidar novamente, eu a levarei ainda mais longe, para a órbita da Terra. Não me provoque novamente com suas dúvidas – ameaçou Cauã, ao aterrissar suavemente sobre a areia em frente à mansão.

– Nossa – murmurei, mergulhada na deliciosa carícia que mudou o ritmo de meu coração. Afundei-me completamente na sensação, já não me importava com nada. – Jamais senti algo tão...

Falei sem pensar. Cauã me virou. Ele entendeu o recado e completou:

– Prazeroso?

Mordi os lábios. A esse ponto pousamos na praia e as sensações desapareceram. Utilizando a cautela, possivelmente pela maneira com que escolheu suas palavras, ele perguntou:

– Perdoe-me a curiosidade. Você é virgem?

Neguei. Procurando controlar minha respiração.

Cauã refletiu alguns minutos olhando para o oceano, passou sua mão na testa como se tivesse enxugando seu suor. Parei confusa. Ao deparar-se com o ponto de interrogação em minha expressão, perguntou:

– E jamais sentiu algo parecido quando se deitou com seu ex-namorado?

Tranquei meu sorriso e indaguei sem paciência, pedindo para ele falar sério:

– Pergunte o que quer saber!

– Perguntei – Cauã confirmou serenamente, com um tom de voz ligeiramente sarcástico, como se estivesse alimentando sua virilidade.

– Ah, bem.

Dei de ombros. Notando que ele não me obrigou a uma resposta, mudei de assunto, mergulhando em nossa insana discussão originária:

– Seus amigos representam outros astros ou elementos?

Minha respiração voltou ao normal e encontrei-me, após as irrevogáveis evidências, mais interessada no assunto.

– Sim – ele respondeu. – Nossos amigos – corrigiu Cauã. – Eles acompanham você também e são nossos amigos há milênios. Gabriel, com sua inteligência rara, lhe permite conhecer profundamente o amor. Cristiano, além de ter poder sobre os animais marítimos, amante e verdadeiro sedutor das mulheres, seu poder evoluiu para evocar e controlar sentimentos nos outros. Ele ainda tem que controlar a evolução do seu poder, ainda que não consiga dominar sua essência.

Ri com o comentário de Cauã ao lembrar que dias atrás Cristiano quase foi degustado por metade das mulheres em volta:

– Isso explicaria muita coisa... – comentei.

Cauã torceu o nariz, mudando sua expressão sacana de poucos segundos para ligeiramente incomodado, e continuou:

– Lina deu a vida a icamiabas que nos protegem e protegem os humanos. Alcinoe é uma das icamiabas mais recentes; mesmo assim, a mais habilidosa e a que tem maior vínculo conosco.

– Alcinoe? – Balancei a cabeça e comentei, agora mais interessada no assunto. – Também Lina me contou sobre a lenda das amazonas... icamiabas.

– São memórias, Joana.

– O meu é a Lua – confirmei.

Cauã, percebendo minha inegável oposição, me virou para a Lua e me abraçou por trás, me mantendo encarando seu esplendor. Eu já não lutava mais contra sua insanidade. Procurava uma forma de adaptar-me a ela. Estava difícil...

– Os humanos, animais e plantas, representam Ci – complementou Cauã. – Quando representamos um elemento, e queremos nos envolver com ele, nos unimos a ele completamente. Eles definem nossa essência. Determinam nossas escolhas. Nossa obsessão. Assim como eles definem a nossa e nos influenciam. É uma troca. Trocamos energias, os orientamos e eles fazem o mesmo. – Cauã apontou para a Lua e disse: – Ela e você fazem parte de um time. Uma não existe sem a outra.

Fixei meus olhos na Lua.

– Mas por que a Lua só tem a mim, quando Ci é representada por milhares?

– Com o tempo saberá... – ele respondeu. – Existem outras entidades que conhecerá no seu devido tempo. Agora feche seus olhos e escute a Lua, que sente a sua falta.

Cauã levantou e se afastou.

Fechei os olhos. De repente, uma voz suave de mulher começou a falar nitidamente. Essa voz dizia:

– Escute Guaraci. Minha Jaci... Escute Guaraci.

Abri os olhos e vi Cauã pegando uma tulipa de seu jardim. Levantei. A flor estava completamente fechada. Eu o vi chegar perto de mim para me entregar a flor.

Então algo maravilhoso aconteceu. Ele tirou sua luva, passou sua mão por cima da flor e ela se abriu imediatamente, reagindo ao seu calor. Era tão imediato como se ela estivesse reagindo e obedecendo a uma ordem. Mantive meus olhos na flor enquanto ele colocava a luva.

Encarei a linda flor boquiaberta, e minha emoção lançou seu braço ao céu em vitória sobre a razão. Era como se meu mundo estivesse tomando uma forma diferente. Uma nova realidade. Depois de tantas evidências, eu seria uma tola se não reconhecesse que a definição de loucura, no meu caso, deveria ser revista.

Ele era bastante convincente, seu comportamento, suas palavras. Seu discurso, eventualmente, mergulhou em meu coração, em minha essência. Suas mãos firmes e seguras caminhavam pelas minhas costas até minhas pernas, reivindicando meu corpo, como se não estivesse vestindo nada. Ele conquistou minha sanidade, agora queria meu corpo. Eu, afogando, já lhe doava minha alma.

– Você é a minha Jaci e desta vez irei protegê-la e nada irá afastá-la de mim. Enquanto você estiver vulnerável e sem sua memória recuperada, assumirei essa tarefa. – Cauã estava incrivelmente sério e continuou. – As icamiabas são entidades humanas criadas por Lina, diretamente com a energia de Tupã, para proteger fisicamente os humanos na Terra; e, nesse caso, elas a protegerão, a meu pedido. Agora a vejo como se fosse a primeira vez em que a vejo. Já que você não se lembra, irei desvendá-la, com todo prazer.

– E por que a gente se distanciou tantas vezes? – perguntei.

– São histórias longas que contarei em seu devido tempo.

– Tupã?

– Uma das entidades primárias que circulam nosso mundo.

– Entidades primárias?

Cauã balançou incrédulo a cabeça.

– Nossa, como você foi se esquecer disso… – Ele respirou fundo e sentou-se em uma pedra, parecia exausto. Sentei ao seu lado. – Suporte, Secundário ou Primário. São esses níveis que definem o impacto do desenvolvimento e do poder de uma entidade. Na verdade há outro nível acima do primário… Mas não irei explicar isso neste momento. – Lembrei-me de que Lina comentou sobre isso em nosso café da manhã. – Na grande maioria, surgem como suporte, nível menos evoluído. Algumas entidades, como você, Gabriel e eu, surgimos e logo evoluímos para o nível secundário. Pela condição de impacto já inerente ao nosso elemento. Outras demoram um tempo, mas eventualmente chegam lá. – Ele refletiu, elevando sua sobrancelha e continuou: – Cláudio, você conhecerá futuramente, foi extraordinariamente movido para o nível secundário conosco.

– Lina e Cristiano são suportes – julguei.

– Sim…

– Alcinoe?

– Sim…

– Icamiabas?

– Sim.

– Humanos, plantas e animais?

– Entidades de Ci... Com níveis de evolução diferenciados. – Ele notou minhas sobrancelhas se arregalarem confusas, mas não tentou explicar.

– Joana, tudo vai ser explicado, tenha calma.

Ouvi a voz suave de uma mulher falar em meus ouvidos:

– Levite uma folha para proteger a sua boca e beije-o. Você consegue. Faça agora, que vou ajudá-la...

Assenti, como se tivesse precisando demonstrar que acumulava forças para agir. Essa era a última prova. Uma parte de mim não queria seguir adiante. Não sei se aguentaria a amargura caso a folha não levitasse.

Cauã parou de falar.

Escutava sua voz suave falar:

– Levite-a... Você pode não se lembrar de quem é, mas seu poder não foi alterado.

Dei um passo para trás, meio sem jeito, tirei uma folha da árvore e, sem hesitar, a lancei para o ar.

A folha levitou e caminhou suavemente em direção à boca de Cauã, enquanto ele a olhava imóvel. Meu coração disparou assim que avancei em cima dela para lhe dar um beijo. Cauã manteve-se imóvel, fechou os olhos e correspondeu, segurando meus braços com força.

Ouvi a Lua falar contente:

– Joana, você é a minha Jaci!

Ao afastar-me, comovi-me ao ver os olhos dele marearem.

– Você é minha Jaci – falou com uma voz cansada. Pude notar o sentimento em cada sílaba dessa frase. Então, quando ele se distanciava, sem jeito, para se recompor, finalmente me ocorreu: Cauã jamais mentiu. Ele me amava.

Meu coração saltou de alegria.

Ele respirou fundo e disse:

– Já é tarde. Temos que dormir.

– O quê? Não... Assim? – Eu estava incrivelmente agitada. Meu sangue e meu corpo respondiam de tal maneira ao beijo que eu não poderia pensar em dormir agora! A noite não poderia parar por aqui! – Não teríamos a noite toda?

– Foi difícil me controlar para não a agarrar até agora... Não vamos esticar o limite de meu autocontrole.

– Ficarei longe... prometo!

Cauã riu e pegou em minha mão para me levar até dentro de casa.

– Mas... – Eu não conseguia achar uma palavra para argumentar a fim de prolongar a noite. – Beije-me! – gritei e parei subitamente quando estávamos a poucos metros da porta. Cauã parou, com sua fisionomia séria, como se estivesse confuso.

– Beije-me e me leve para a cama. Aliás, você me trocou de roupa quando cheguei? – perguntei.

– Claro! – ele respondeu. – Infelizmente, não usei luvas, o que pode ter prolongado o seu sono – Cauã respondeu reflexivo. – Eu certamente não deixaria essa tarefa para nenhum outro. Foi um imenso prazer trocá-la.

Sorri, envergonhada com o tom de voz sacana, e pedi:

– Faça novamente. Beije-me e me coloque na cama...

Cauã não hesitou um segundo. Ele tirou suas luvas, colocou-as no bolso de sua calça e avançou para seus lábios.

– Por favor, Lua – clamei, agora acreditando em tudo. – Dê-me forças para ficar acordada um tempo!

Senti a Lua responder e enviar uma energia que vagava em meu corpo enquanto nós nos beijávamos. Pela primeira vez, senti de forma prolongada o gosto de Cauã, a maciez de seus lábios e sua respiração. Senti meu corpo parar de responder e a energia cessar sutilmente. Senti os braços de Cauã me segurarem com força enquanto eu deixava de sentir as pernas. De repente, senti nosso corpo levitar do chão e, ao abrir os olhos (com muito esforço), vi a porta de minha varanda. Eu, já meio apagada, lutando para manter os olhos abertos, vi Cauã abrir a porta da varanda sem tocar nela, enquanto me segurava, com toda facilidade, em seu outro braço.

Meus olhos não abriam mais. Senti seus lábios tocarem os meus outra vez.

15
ICAMIABAS

CAPE COD, SEGUNDA-FEIRA, 18 DE ABRIL DE 1994

Sonho lúcido. Ter a perfeita consciência de que eu estava em um estado de sonho era algo totalmente novo. Uma sensação confortável e curiosa. Estou sentada em uma cadeira de madeira e a Lua minguante à minha frente.

– Como devo agir em seus estados minguante e crescente? – pergunto.

– Nesse período ainda nos comunicamos.

– Como chego a você?

– Assim como Guaraci fez ontem, levitando...– Uma pausa em nossa conversa.

– E em um eclipse? – perguntei.

A Lua riu ao responder.

– Ah... É quando a Lua e o Sol finalmente se encontram. Você se uniu a Cauã em vida e essência. Isso significa que eu, seu elemento, me uni ao Sol. Somos amantes e complementares. Podemos nos contemplar em diversos momentos, mas em um Eclipse Anular me aproximo de meu amante o suficiente para sentir mais vivamente a sua energia. A sensação é divina.

– Me conta?

– Uma sensação que jamais pode ser descrita. Só vivenciada. – Então a Lua mudou de assunto com um alerta. – Escute bem, Joana. Você tem a chave.

– Tenho a chave? O que isso significa?

– Você tem o dom de abrir ou fechar um portal. O portal é uma ponte, um buraco de minhoca, um canal que se abre em um ponto do universo para

outro. Essa ponte dá a chance de qualquer entidade entrar ou sair deste mundo. Aprenda a domar esse dom!

• • •

Ao abrir os olhos, eu me deparei com um grupo enorme de mulheres espalhadas em meu quarto. Dentre elas, estavam Rafaela, Ana, Kátia, Lindalva e Priscila.

Levantei-me com o susto. *Priscila? O que a ex-namorada de Cauã fazia em meu quarto? Aliás, o que todas faziam em meu quarto?*

– O que vocês estão fazendo aqui? – perguntei em estado de alerta.

Rafaela deitou ao meu lado confortavelmente, apesar de eu não ter dado nenhuma permissão, e respondeu:

– Finalmente você acordou. São onze horas da manhã! Cauã deu instruções expressas para que você coma. Então, na condição de sua guardiã e treinada nas mais profundas técnicas de combate, sem dizer na severa arte da luta das icamiabas, informo que você se levantará e nos acompanhará até o seu desjejum! E aí, gostou do vestido que escolhi?

– Você escolheu o vestido? – Eu queria matar Rafaela.

– Com a ajuda de Lindalva! – Rafaela apontou para Lindalva depois de ver minha expressão assassina emergir.

– Eu disse que era curto! – Lindalva reclamou e eu virei os olhos. Lindalva explicou. – Chegamos ontem. Nós nos voluntariamos para ajudar em seu traje. Como passou?

– Bom… O vestido coube, graças a Mrs. Fine, e Cauã não reclamou dele.

Rafaela riu, bastante satisfeita, e comentou diretamente a Lindalva.

– Lógico!

Foi a vez de Lindalva revirar seus olhos.

– Esperem aí… – Sim, demorei um tempo para recapitular a noite anterior, me posicionar ao momento presente, mas finalmente consegui. – Vocês são…

Rafaela complementou:

– Icamiabas!

Meus olhos passaram em cada mulher espalhada em meu quarto. Cada uma com uma beleza única, singular, mas com a postura semelhante. Confiantes a ponto de intimidar qualquer guerreiro. Pelo visto, não fui a única a sofrer uma mudança de vida.

As meninas pareciam ter assimilado a nova vida sem qualquer hesitação. Bom, pelo menos a maioria... Priscila, ao contrário, caminhava como se estivesse em busca de algo, talvez uma saída... Seu ar sombrio infestava o ambiente como se fosse uma névoa, seus olhos aparentavam o irritante e similar cansaço de quando a encontrei por detrás do balcão da recepção. Além disso, sua postura cabisbaixa não disfarçava a agonia que ela sentia em estar aqui. Era como se ela não fizesse parte do grupo, mas insistia em manter presença.

Intensificando meu estado de alerta, levantei sem tirar os olhos de Priscila. Meus instintos gritavam para mantê-la longe de mim e de Cauã. Após alguns desconfortáveis segundos, decidi tomar uma atitude madura e estendi a minha mão.

– Priscila, acho que Gabriel nos apresentou brevemente. Sou Joana...

– Namorada de Cauã... – Priscila completou, me interrompendo.

Sorri desconfortável com sua interferência. Na verdade, ela errou em assumir que eu iria me apresentar como "namorada de Cauã". Pelo contrário, eu iria me apresentar como "Joana Monteiro", pois esse era o meu nome. Depois iria completar minha apresentação com um abraço e lhe dizer que gostaria de conhecê-la melhor. Aprendi, com meus erros no passado, que a gentileza neutraliza possibilidade de batalha. Na maioria das vezes, tive sucesso, mas agora foi como socar a ponta de uma faca. O desconforto transformou em ofensa quando ela me desafiou com um tom rude:

– Fui indicada para o grupo das icamiabas. Algum problema?

– Ok. – Lindalva foi obrigada a intervir. – Passado foi passado. Priscila está em outra. Inclusive outra bem escolhida por sinal! Além do mais, seguimos uma regra bem rígida de conduta. Estaremos juntas e unidas para sempre. Teremos nossos casos, mas não iremos nos compromissar com ninguém, além do grupo.

Enquanto isso, outra moça abriu a porta da varanda, era loira, pequena e parecia mais nova que as outras. Ela acenou e sorriu para mim, pegou Priscila pelo braço e a conduziu para fora da casa.

– Aquela é Amanda. Depois lhe apresento – Lindalva falou. – Vá lá ao banheiro se recompor porque você está com um bafo de leão.

Ia contestar, mas decidi obedecer, pois percebi que qualquer discussão seria inútil diante delas.

Tomei meu banho. "Recompus-me", de acordo com as palavras de Lindalva.

Desci com uma verdadeira manada de mulheres (inclusive Priscila) atrás e nos sentamos na sala de jantar. Priscila não sentou. Ela vagou alguns segundos pelos cantos até que saiu pela varanda. Como ela me deixava inquieta. Era um sentimento visceral, profundo. Na verdade, eu não estava arranhando meus olhos de ciúmes de Cauã, apesar de confessar senti-lo, logicamente. Meu coração acreditou em seu amor, por isso ela não representava uma ameaça. Era algo mais profundo e perturbador.

Engraçado que, em tão pouco tempo, a ideia de ser uma entidade, de conhecer outras entidades, de viver várias vidas com a mesma pessoa, de ele me aguardar e me reconhecer em todas elas e de esperar que eu fizesse o mesmo parecia tão real como estar sentada à mesa tomando meu desjejum com um grupo de amazonas, ou icamiabas! De repente, com a simples presença delas, tive a certeza de que tudo parecia natural.

Elas não tinham ideia de quanto me fizeram bem pela simples presença nessa manhã. Na verdade, eu estaria muito preocupada se tivesse acordando sem elas para me deparar com a triste realidade de um homem ensandecido. Também de ter alucinado, em diversos momentos...

Mrs. Fine, gentil como sempre, após colocar as xícaras de café na mesa, deu um bom-dia e desapareceu. Tomei meu primeiro gole de café e quebrei o silêncio:

– Perdoem-me por não ter perguntado o nome de vocês.

Como se eu tivesse lhe dado um convite, apesar disso estar longe de ser minha intenção, Rafaela saltou de sua cadeira e começou a apresentar as meninas em volta. Eram nove mulheres. Todas eram atléticas e tinham uma beleza única. Rafaela apresentou então aquelas que eu não conhecia e falou por todas, deixando muito pouco espaço para complementos.

– Amanda: a mais nova. – Rafaela apontou praticamente com o dedo no nariz da pobre menina. Ela foi a loira que tirou Priscila de meu quarto momentos atrás. – Posso dizer que você é órfã, foi cuidada por Lina, cresceu em seu orfanato no Rio de Janeiro e que acabou de terminar seu segundo grau?

– Já disse. – Amanda sorriu e gargalhamos.

– Confesso que você é muito nova – Lindalva reclamou. Contou que Amanda tinha dezoito anos, o que a fez revirar os olhos. Mantive-me quieta;

apesar de mais nova, Amanda certamente tinha o potencial de ser mais madura que Lindalva e Rafaela.

Rafaela continuou. Ela apontou para uma mulher branca, com cabelos ondulados pretos e olhos negros. Linda de morrer:

– Paula... Era jornalista, acabou de se formar. Seus pais são separados e vivem em pé de guerra. – Paula elevou suas sobrancelhas na direção de Rafaela, já aguardando os comentários descabidos dela. – Imaginem! Ela ainda morava com sua mãe mesmo com seus 27 anos! – Rafaela se virou a Paula, já boquiaberta com a ofensa, e complementou, ao notar a reação da amiga. – Melhor assim! Agora achou algo de "útil" – Ela fez um aspas quando disse a palavra "útil" – para fazer na vida, já que não trabalha.

– Trabalhei como *freelancer*! – Paula argumentou.

Rafaela assentiu:

– Está vendo?

Como elas aguentam essa pilha interminável? Controlei minha risada com a curvatura de Rafaela irônica diante de Paula.

– Tomou energético? – perguntei a Amanda, que estava mais próxima a mim, apontando para Rafaela.

Respondeu uma moça morena de cabelos e branca de pele, cabelos curtos e estrutura fina.

– Um dos efeitos da pílula que tomamos... Nos deixa um pouco agitadas. Algumas brigam, outras falam até morrer... Sou Adriana.

– Muito prazer.

Demos as mãos.

– Coma, Joana! – Rafaela me assustou com sua súbita mudança de tom, apontando para meu prato intacto, aos berros. Pegou uma colher de ovos mexidos e lascou em cima. Não contestei e abocanhei. Dessa vez, não via a menor vantagem em desafiar!

– Alex! – Rafaela elevou as duas mãos como se estivesse apresentando uma atriz prestes a fazer uma mega-apresentação.

A ruiva de olhos verdes e boca invejavelmente volumosa riu e acenou. Apesar do gesto doce e da feição suave, havia uma agonia em seu olhar. Também pela energia de sobra de Rafaela. Alex não teria muita chance de falar. Rafaela continuou:

– Sim! Sei o que está pensando! O nome dela é masculino! – Alex elevou suas sobrancelhas, claramente demonstrando impaciência. – Quem sabe, um dia, ela nos conte a história por detrás de seu nome estranho? – Alex suspirou, mas não disse uma palavra. Apenas colocou um pão na boca. Rafaela prosseguiu: – Alex é do Ceará, 24 anos e fugiu de casa, mudando o seu nome após um conflito familiar aos vinte anos. Sua família morava no sertão e passava muita necessidade. Não é? – Alex firmou seus lábios em uma linha, provavelmente contendo seu protesto. Rafaela continuou: – Disse que trabalhava como mulher de programa e, quando recebeu o convite, não hesitou em aceitar. – Pausou para respirar. – Falei certo? – Rafaela perguntou, e Alex suspirou. Revirou seus olhos, mas, por fim, assentiu. Provavelmente deu para conhecer Rafaela e sabia que não havia jeito de fazê-la parar de falar. E, com isso, Rafaela continuou seu discurso, agora apontando para Ana.

– Ana...

– Ela já me conhece! – Ana levantou o dedo na tentativa de calar a boca de Rafaela. Ela era a coordenadora da minha área e um verdadeiro gênio na informática. Não conseguiu.

Rafaela voltou a falar:

– Ah! O que Joana não sabe é que, além de você ser capaz de invadir qualquer sistema de informática, não importando o nível de segurança que ele contenha, também é recém-separada, já que encontrou seu ex-marido com outra mulher no seu carro dentro do estacionamento do shopping enquanto ela fazia as unhas. Tem 28 anos e decidiu, depois desse episódio, encarar sua verdadeira afinidade por mulheres?

Ana estava para abocanhar um pão e parou no meio do caminho. Meu queixo caiu. Rafaela não tinha freios? Ana largou o pedaço inteiro na boca, provavelmente para calar-se. Eu faria o mesmo...

– Já me apresentei! – exclamou Adriana. – Apenas vou complementar. Sem interrupções, Rafaela. – Adriana pediu e Rafaela cruzou seus braços e mexeu seus pés impacientemente. – Tenho 27 anos e sou gaúcha. Concluí meu primeiro ano de residência em medicina clínica no Rio de Janeiro, mas percebi, para meu desespero, que essa profissão não era exatamente do meu gosto. – Ela deu de ombros. – Não me leve a mal, gosto de cuidar das pessoas. Apenas achei o processo meio enfadonho.

Mostrei os dentes, apreensiva. Realmente foi uma infeliz notícia. Lindalva passou a liderar a conversa.

– Cada uma de nós recebeu um convite. O convite dizia para nos reunirmos no saguão do Hotel Copacabana Palace para ouvir uma proposta de ocupação.

– Interessante a definição do motivo da reunião – Kátia comentou, interrompendo Lindalva. – Eu não recebi o convite e fui assim mesmo!

Lindalva continuou relatando que todas estavam no dia e na hora marcada aguardando no saguão e apareceu um dos assistentes do hotel com um copo d'água para cada uma.

– Tomamos o copo de água – Adriana interferiu. – Eu particularmente estava com sede. Pelo menos tinha gosto de água.

Eu ri e complementei:

– Isso porque era água.

– Não! – Rafaela me corrigiu.

Lindalva continuou seu relato:

– Na verdade, era água, sim, mas haviam pingado um tipo de toxina nela. Soubemos disso quando Alcinoe e Lina apareceram para relatar a proposta. Disseram que, se aceitássemos fazer parte do grupo, deveríamos tomar uma semente, que ia paralisar o envelhecimento das células ao atingir aproximadamente trinta e poucos anos. Também ia dar ao corpo força e potência para sermos treinadas na arte da luta das icamiabas.

– Confesso que dei uma boa risada – Adriana falou. – Eu havia acabado de sair de um plantão, estava frustrada, com sono, eu havia perdido um paciente no dia e ainda tive que ouvir aquilo! Achei que fosse uma pegadinha. Levantei e fui embora.

– Mas não explicaram? – perguntei.

– Disseram que as explicações seriam dadas em seu devido tempo. Mas pediram para que pesquisássemos o assunto – Adriana respondeu.

– Se você achou que era uma pegadinha, por que tomou a semente? – perguntei.

Adriana, então, respondeu:

– Ao sair do saguão, eu percebi que havia esquecido um documento no hospital e tive que retornar. Nisso presenciei algo inesperado. Como eu havia acabado de retornar, o médico que me rendeu veio tirar satisfações. Todos os pacientes estavam em um transe e acreditavam que eu havia dado uma dose errada de medicamento.

– Uma dose errada do mesmo medicamento para todos? – Amanda perguntou.

Finalmente bebi um gole de café e abocanhei um pedaço largo de ovos mexidos após Rafaela apontar novamente para o meu prato com seus olhos arregalados.

– Difícil acreditar! – Adriana falou em um tom de desabafo.

– Que tipo de transe? – perguntei.

Peguei outra garfada de ovos e apontei para Rafaela, para ela sair do meu pé.

– Todos pediam, em coro, para que eu tomasse minha semente.

– Deve ter sido assustador! – Amanda comentou.

– Tomei imediatamente – Adriana relatou aos risos.

Paula comentou:

– Era como tomar um energético. Oi, sou Paula... Tentava me candidatar para uma vaga de assistente em uma academia, quando Lina me abordou e me convenceu a escutar uma palestra para um novo ofício no Copacabana Palace. A energia é quase demais para tolerar. Tive vontade de correr e saltar para acalmar as batidas de meu coração. Achei que fosse enfartar. Depois senti uma dor surreal em meus músculos, como se eu tivesse feito três horas de musculação pesada.

Rafaela quem o diga! Essa menina nem parou quieta em seu assento esse tempo que conversávamos e parecia perfurar um buraco no chão de tanto que batia e rodava seu pé no piso. Rafaela finalmente sentou e passou a encher seu prato com todo alimento que pudesse achar e Adriana acariciou o ombro da amiga ao comentar:

– O efeito pode se prolongar em algumas. – Rafaela ignorou o comentário da amiga e passou a abocanhar os pães. Adriana continuou: – Um motivo pelo qual Lina não deixou Rafaela treinar ontem. Por isso pediu para Lindalva acompanhar Rafaela até o shopping para comprar um vestido e sapatos para você usar no jantar. O efeito deve assentar um pouco mais.

– Bom, voltando ao evento... – Adriana prosseguiu. – Depois de eu tomar a pílula e esbanjar energia ao correr como uma maratonista de salto alto, jaleco e bolsa até meu apartamento, encontrei Alcinoe. Ela apareceu pouco tempo depois e me presenteou com um talismã. Chamavam de Muiraquitã.

Adriana me mostrou um colar com uma espécie de medalhão de barro ou cerâmica.

– Lina e Alcinoe dividiram-se para buscar todas naquela noite – Ana complementou. – Elas presentearam cada uma com um Muiraquitã.

– Poderia ter sido confeccionado com outras pedras – Amanda disse. – Na verdade devemos manter esses amuletos em nosso pescoço. Estamos também aprendendo a moldar outros amuletos, feitos de barro. – Ela me mostrou um molde estranho, de barro seco. Algo que parecia com uma bola amassada ou, no máximo, uma tartaruga com elefantíase nas patas. – É um sapo – ela explicou e eu fiz um "oh" com a boca, feliz por manter-me calada. – Precisamos treinar a confecção desse amuleto para, quando for a hora de participarmos do ritual de amor das icamiabas, podermos dá-lo para o nosso amante. Esse talismã os protegerá de doenças e dará sorte. Mas somente Lina irá nos dizer quando. Ainda não sabemos ao certo.

Rafaela largou seu prato e se levantou para me mostrar. Ela tinha cinco amuletos pendurados em seu cordão.

– Olha só! Já estou treinando!

– Por que você tem cinco? – perguntei a Rafaela.

– Porque não tive tempo para fazer mais! Devemos presentear cada "namorado".

– É... – Ri enquanto comentava. – É pouco mesmo! Mãos à obra! – Houve uma comoção de gargalhadas entre as mulheres.

Olhei para o relógio, que acusou meio-dia. Levantei. Eu estava ansiosa. Já era meio-dia, e Cauã não havia retornado de seu compromisso. Ansiava pelo seu retorno. Meu corpo sentia a falta de um toque que jamais havia sentido. Eu precisava de uma distração e fui até a varanda. Então passei a encarar a paisagem atrás de Priscila.

O perfume cítrico de Priscila me deu náuseas e pensei em voltar a casa, mas me mantive firme. Priscila sentava reflexiva no banco da varanda, fixada no oceano, e virou-se a mim desgostosa. Ela me incomodava. Só o fato de imaginar ela fazendo amor com Cauã me dava náuseas. Certamente Priscila não devia desmaiar a cada toque.

A campainha tocou. Lindalva surgiu por trás de mim, pegou em meu braço e me carregou para dentro de casa. Obedeci-lhe prontamente, achando que ela tinha algo para dizer ou mostrar quando, na verdade, era somente para me ter por perto, segura. Achei a atitude um pouco exagerada. Contudo, o exagero maior foi de Alex que, ao abrir a porta e ver um homem carregando uma caixa, voou por cima dele, imobilizando-o imediatamente.

O coitado do homem gritava, tentando falar algo que eu não consegui escutar direito. Lindalva me empurrou para o lavabo e fechou a porta. Coloquei o meu ouvido na porta na tentativa de ouvir algo, mas o que pude escutar foram as comoções das meninas. Aparentemente o sujeito buscava falar algo, mas não conseguia ter sucesso diante de tanta gritaria. Finalmente ouvi a voz de Adriana buscando ordem e informando a todas que era um mero entregador. *Mas entregador de quê?*

A porta do lavabo se abriu e era Lindalva perguntando. Ela estava séria e agitada:

– Você ou Cauã encomendaram alguma coisa?

– Não – respondi rapidamente.

Lindalva fechou a porta e anunciou para não deixarem o cara sair. O exagero do grupo me deu nervoso. Era cômico vê-las agir dessa forma. Comecei a ter pena do pobre indivíduo, que estava somente fazendo o seu trabalho. Ele gritava pedindo socorro e dizendo às mulheres ensandecidas que era somente o entregador. Foi então que decidi resgatar o coitado e gritei no banheiro.

– Desculpem-me, esqueci que fui eu quem pediu a encomenda! Minha memória ainda está falhando. Podem deixar o cara ir embora.

Rafaela abriu a porta, agora com um tom autoritário:

– Você não está falando isso porque está com pena do cara, está?

– Não, claro… Minha memória é terrível. – Saí do banheiro buscando me manter calma e, ao olhar pela entrada da porta, percebi que o cara corria, gritando e xingando sem parar. Enquanto ele saía em disparada para fora da propriedade, vimos um carro com Lina e Alcinoe adentrar a faixa de entrada da casa.

As duas observaram o homem fugindo desesperado pelo portão. Entreolharam-se curiosas e Alcinoe deu de ombros. As duas saíram do carro e Lina entrou na casa com pressa. Assim que ela me viu no corredor, apontou para o segundo andar e disse:

– Joana, vamos a seu quarto, você tomará um banho enquanto iremos nos desfazer das suas coisas.

Segui Lina sem questionar, alegre em viver uma realidade surreal e a qual me fazia tão bem. Era bom vê-las fora do ambiente da empresa. Alcinoe acenou para mim de longe e levou o grupo para a praia. Acenei de volta. Ouvi Alcinoe corrigindo algumas dúvidas a respeito de técnicas de imobilização e defesa.

– Alguma coisa está acontecendo? – perguntei ao seguir Lina pelas escadas.

Ela parou para me responder. Assim que ela se virou, não contive minha felicidade, avancei um abraço na minha mais nova, e mais antiga, amiga. Ela riu, me segurou em seu abraço por alguns segundos e comentou:

– Teremos muito tempo para comemorar o seu retorno, mas agora precisamos focar... Suspeitamos que existe uma entidade muito perigosa ligada a você. Tau, uma entidade essencialmente destrutiva. Descobrimos hoje que ele quer alguma coisa de você. Descobrimos também que ele, de alguma maneira, teve acesso a seus pertences e pode ter colocado um encantamento neles. Precisamos descartá-los, todos...

Enquanto ela falava, uma luz refletiu pelos ornamentos espelhados da parede. Virei-me para a porta de frente da casa, ainda escancaradamente aberta, e avistei o meu Sol sair do carro. Meu coração saltou de alegria. Lina interrompeu seu discurso. Cauã estava chegando em casa com o seu carro. Gabriel e Cristiano estavam de carona. Uma visão que enfeitiçaria e paralisaria qualquer mulher. Os olhos de Cauã encontraram os meus e sorrimos um para o outro. Meu corpo respondia de tal maneira que ficaria impossível qualquer pessoa de fora não perceber que éramos namorados. Eles não aparentavam tanta urgência como Lina, que segurou meu braço com firmeza para que eu a acompanhasse até o meu quarto. Foi no exato momento em que Lina abriu o armário que me dei conta de que iríamos jogar fora tudo que eu tinha.

– Tudo? – perguntei.

– Tudo... – Lina respondeu.

– Lina, não acho razoável descartarmos tudo que tenho, sem ao menos analisar o material.

– Não temos tempo para isso – respondeu ela, sacando antecipadamente cada peça de roupa, sapato e acessórios, indiscriminadamente enfiando-os em uma sacola de lona.

– São minhas coisas, e algumas, bem queridas. – Dessa vez segurei o braço de Lina. Ela apontou para dentro e perguntou:

– O quê, por exemplo?

Olhei com certo espanto o restante das roupas, realmente eram poucas e não conseguia me lembrar de algo pelo que valesse a pena brigar com Lina. Mas, por fim, vi o perfume que Rodrigo me deu.

– Isso, por exemplo! – falei com certa firmeza. Não que o perfume tivesse tanta importância. Era por necessidade de me posicionar. Lina pegou o perfume, cheirou-o e recuou, torcendo o nariz. Olhou para mim desgostosa. – Onde você pegou isso?

– Um ex-namorado me deu – respondi com desconforto.

– Você já usou isso com Cauã?

– Claro, não me lembro do dia em que não usei. – Olhei para Lina. – É ruim?

Lina colocou em direção ao meu nariz com um olhar desgostoso. Eu inalei seu aroma novamente. Era um perfume doce, de fato, mas não poderia ser ruim a ponto de torcer o nariz:

– Posso levar? – Ela tossiu como se estivesse expulsando o aroma. Agora foi a minha vez de torcer o nariz. – Gostaria de dar para uma pessoa analisar esse perfume. Qual o nome de seu ex-namorado? De onde ele é? – Lina perguntou.

– Rodrigo. Ele mora perto de minha cidade natal... Pode levar... – respondi sem jeito, agora duvidando da magia do aroma desse perfume. Talvez fosse doce demais... – Agora existe o vestido, o sapato e o colar que Cauã me deu. Não dou!

Lina colocou o perfume em sua bolsa, deixou a sacola com todos os meus pertences de lado e me ordenou para ir ao banheiro. Assim o fiz.

– Vamos levar os presentes que Cauã lhe deu também. Devem ser analisados. Enquanto isso, eu vou colocar sais de banho com sal grosso na banheira. Você vai ficar submergida até que eu a autorize a sair.

Olhei para a parede de vidro do banheiro e vi agora os três no terraço. Apontei e disse:

– Eu não tiro a roupa agora nem matando.

Lina me olhou e riu, perguntando:

– Cauã não lhe mostrou o dispositivo para tirar a visibilidade do vidro?

– Não – respondi boquiaberta.

– Imaginei que ele não tivesse lhe mostrado. Também imagino que ele perambulou como um adolescente cheio de hormônios pela praia.

– Bom, o vi correndo que quase morri de vergonha.

– Claro! – Lina resmungou e apertou um botão vermelho no meio do painel.

Estremeci incomodada, mas sorri com a audácia de meu namorado. Tirei a minha roupa e deitei na banheira. O cheiro da água na banheira era parecido com o da água do mar. Lina saiu do banheiro. Ela estava ocupada se desfazendo de minhas coisas e eu procurei relaxar. Fechei os olhos e relaxei por uns instantes.

– Joana! – Ouvi a voz de Rafaela e abri meus olhos. – Estou deixando um vestido de Lina para você usar.

Mas Lina vestia, pelo menos, dois números a menos. Levantei curiosa para ver o modelo e fiquei mais apavorada quando o vi. Era um vestido curto vinho trecho! Demasiadamente pequeno para vestir, não tinha corpo para isso, eu ia ficar ridícula! Saí da banheira boquiaberta e cheguei ainda mais perto do modelo. Percebi alguém entrar no banheiro, virei e sorri para Lina, que apareceu com uma sacola fechada com uma calcinha nova.

– Por que saiu da banheira?

Voltei em silêncio. Assim que mergulhei, comentei:

– Obrigada, mas não acredito que vou ficar bem no vestido…

– Joana, não seja ridícula, você tem corpo suficiente para encher cada espaço do vestido.

– Justamente. – Mantive a minha posição. – Tenho corpo para encher até transbordar os espaços desse vestido.

Lina riu e pegou uma toalha:

– Pode sair.

Saí e me envolvi com a toalha; então, ela me virou para o espelho. Ela encostou-se à parede do banheiro e falou, enquanto eu me enxugava.

– Olhe para o seu corpo, Joana, seu corpo diz uma história linda. A sua história feminina. Seu corpo recita poesia que encanta. Esta mesma poesia que fez Cauã se apaixonar de novo, como das tantas vezes anteriores. – Encarei o espelho, ruborizada. – Ainda digo mais, as curvas de seu corpo, seu cheiro, seu gosto, seu jeito, tudo que compõe você faz Cauã não a esquecer mesmo com o teste do tempo, e olha quanto tempo! Amiga… minha amiga. Olhe-se no espelho. Apaixone-se também pelo seu corpo.

Eu me olhava no espelho, procurando me convencer com as palavras dessa mulher linda ao meu lado. Lina pegou o vestido e o colocou em frente ao meu corpo. Então ela disse:

– Sei que é difícil se convencer quando é definido um modelo ideal. Principalmente para mulheres que tentam se comparar. Mas isso não é loucura? Assumir e definir o gosto tão peculiar e pessoal do próximo?

Lina olhou para as meninas e Alcinoe, que estavam espalhadas em meu quarto, escutando a conversa. Inclusive Priscila estava lá. Não havia reparado que elas invadiram o meu quarto.

– Existe um único tempero de sedução, esse não é o molde do corpo.

Alcinoe parecia estar dispersa, olhando para o cenário do mar revolto pela varanda, encostada em uma das portas e com um sorriso apaixonado no rosto. Então ela subitamente entrou na conversa completando Lina. E disse:

– É se amar. Convencer-se de que sua beleza é singular, só sua. Sentir-se especial acima de tudo. Valorizar-se e não doar de primeira. Você é uma joia que deve ser conquistada. Obviamente, quando se pensa assim, o seu corpo reage e atrai atenção. – Alcinoe levantou a sobrancelha e riu. – Pena que tendemos a nos esquecer de quando estamos frente a um sedutor que conhece muito bem tais regras.

Rafaela, Ana e Lindalva pareciam conhecer bem o drama de sua antiga chefe. Lina também, e virou os olhos. Subitamente, localizei-me no tempo e espaço. Era segunda-feira. Voltei meu olho à minha ex-chefe e perguntei:

– Você não deveria estar na Assendent?

– Passei o bastão. Sou uma icamiaba... Cauã não lhe explicou? Temos algo mais urgente para tratar.

Sim, algo urgente. Esse algo que eu não tinha a menor ideia, mas que também me envolvia. Esse algo que faria parte do meu ofício, junto à Lua, o que quer que seja ele...

Lina falou:

– Joana... Não deu para perceber que jamais faria uma carreira na Assendent? – Olhei para o chão confusa. Precisava me reposicionar diante da nova realidade. – Você queria realmente fazer uma carreira lá? – Lina perguntou assustada.

– Quero conhecer o que estou destinada a fazer, mas não sei por onde começar. Também preciso de renda... Não posso depender financeiramente de um namorado que acabei de conhecer...

Lina apontou para meu vestido. Realmente eu estava o abraçando tensa, como se estivesse me segurando em algo.

– Ele não é um namorado recente… Bom, tecnicamente é, mas não é, ao mesmo tempo… – Sorri com sua resposta confusa, concordei… Realmente era confuso.

Lina perguntou com o tom de voz tão incrédulo como o de Cauã no dia anterior quando ele me fez a mesma pergunta. Ela balançou a cabeça e continuou:

– Cauã não lhe contou? Você tem uma existência prolongada o suficiente para não se preocupar com renda. Acumulou um bocado. Além disso, ele investiu para lhe dar conforto. – Encarei Lina com uma dificuldade imensa em acreditar. – Pelo visto ele não lhe contou muito…

Não concordei. Inclusive, quase pirei com o pouco que ele contou.

– Não quero saber do dinheiro de Cauã… – Eu relutei, sem saber o que dizer.

Lina respondeu:

– Não é dele, é seu… Nesse momento, temos de ser práticas e quero que você não pense em orçamento quando comprar suas roupas. Tudo bem? – A voz suave de Lina me confortou.

Coloquei o vestido sem comentar o anunciado de Lina. Era muita coisa para assimilar. Então me analisei no espelho. Avistei como se moldou ao meu corpo, cada centímetro. *Até que fiquei bem no vestido*, pensei. Apesar de estar sem sutiã, o vestido até que segurava bem meus seios. Lina se posicionou atrás de mim e falou com um tom autoritário:

– Vamos mudar de assunto por hora? – ela comentou e eu concordei. Então ela ordenou. – Toque em seus seios.

– O quê?

Puff… Fundiu o meu HD. Olhei assustada para Lina. Ela me olhou autoritária. Ruborizei e os toquei, um pouco tímida de início, e, depois, ao ver os olhares das icamiabas atrás, quis me enfiar em um buraco. Já imaginei minha razão estrebuchada de um lado e a emoção do outro.

– Sinta seus seios. Sinta o que Cauã está louco para sentir. – Lina se afastou. – Sinta o que Cauã passou séculos fantasiando, sente saudades.

Não discuti em caracterizar Cauã de "louco". Também não discutiria em me enquadrar nesse mesmo conceito. Obedientemente, coloquei uma mão em cada seio e, suavemente, senti suas curvas. Meus mamilos arrepiaram com o toque suave de minha mão, ruborizei ainda mais.

Retirei as mãos, ansiosa para terminar com a demonstração.

Alcinoe explicou:

– O que Lina quis dizer foi que você deve sentir o poder que esse corpo, por mais que não acredite, tem diante de Cauã.

Lina me olhou com um tom analítico. Virei-me para ela, aguardando algum retorno sobre a minha aparência. Lina elevou as sobrancelhas e riu, dizendo:

– Você está linda no vestido. – Lina pegou o secador e uma escova. Riu e lançou seu desafio. – Vamos atormentar os machos? Vou lhe fazer uma escova e maquiá-la. Vamos ver se Cauã não vai querer te levar ao shopping.

Rafaela não aguentou e interveio.

– Cauã foi bastante enfático quando entrou. Disse que não ia nos acompanhar no shopping. Ele falou: "Tudo menos isso!". – Ele, inclusive, deu ordem explícita para todas estarem alertas protegendo Joana.

– Tá, não vou permitir que ele acompanhe. Cauã precisa descansar. Apenas quero que Joana teste seu poder de sedução.

Sentei na beira da cama enquanto Lina pegava o secador e a escova.

– Todas? – perguntou Priscila e olhei automaticamente para ela, cerrando os olhos.

– Você não precisa ir, se não quiser... – argumentei, incapaz de manter-me calada. Minha intenção não foi ser indelicada, apesar de adorar vê-la longe.

– Fique quieta – Lina falou para mim enquanto iniciava o seu penteado.

Submeti-me à sua ordem.

Após meia hora de tortura, e eu já estava de olhos fechados, ouvi Lina suspirar e falar:

– Cauã lhe obedecerá imediatamente!

Abri os olhos e me espantei com a transformação. Arregalei-os. Eu estava linda! Imediatamente senti vontade de tocar em meus cabelos e, ironicamente, nos meus seios. Sorri. Lina riu e disse:

– Agora, sim, amiga! – Então anunciou. – Vamos ao jogo de sedução.

Lina estava estupenda como sempre e não teve dúvida. Abriu a porta de meu quarto e saiu na frente. Saí logo atrás. Em seguida, foram Lindalva, Ana, Rafaela, Amanda e Paula atrás de mim. Todas agitadas com o jogo instalado por Lina. Todas queriam ver a chefe das icamiabas vencendo a batalha com o amor. Até eu estava curiosa para testemunhar o seu poder de sedução e manipular o sentimento que manipula o universo. Alex, Kátia e Priscila ficaram no quarto com Alcinoe. No meio da escada, Lina parou e virou-se para mim, sussurrando:

– Preste atenção em mim e faça algo semelhante. Lembre-se de manter a confiança. Apresente-se, mas cuidado para não ser vulgar. Qualquer vulgaridade fora do quarto, e longe do ambiente sexual, é vista como mera mendigagem. É ridículo. Suas mãos geralmente conduzem os olhos do homem, então use-as. Por exemplo... Usarei as minhas mãos para conduzir os olhos de Gabriel para meus cabelos. Ele gosta de meus cabelos... Então, permita que seu corpo atraia, naturalmente. Seus olhos farão o convite e o seu sorriso o laça... Eles estão na sala de jogos.

Não sabia onde ficava a sala de jogos. Cauã não me apresentou a casa. Então, aguardei o movimento de Lina para descobrir.

Ela se virou e desceu as escadas, prendendo intencionalmente seus cabelos com um rabo de cavalo. Ela andou alguns passos pela ampla sala de entrada e virou à esquerda. Presumi que a sala de jogos era na porta da frente da sala de jantar e abaixo da escadaria, onde não tive ainda tempo de explorar.

Lina estava transbordando poder, assim como ela disse anteriormente. Então tive que colocar a minha mão na boca para não largar uma risada. Lina se posicionou na frente da sala e diante da porta para que os meninos pudessem vê-la. Então eu a vi sorrir muito sensualmente, soltar seus cabelos, balançar a cabeça e suspirar. De seu corpo emergia um calor incomum.

– Estamos saindo. Não temos hora para voltar – ela disse com uma voz aveludada, mas despretensiosa, que serviu de arma para a sua batalha.

Não consegui escutar o que falavam dentro, mas, quando vi Lina sair com umas sacolas grandes de lona, escutei Cristiano comentar:

– Vai largar assim?

Segundos depois, piscou para mim e apontou para eu entrar no ataque. As meninas riram, imaginando a expressão patética de Gabriel sendo literalmente manipulado pela Lina.

Desci logo atrás, lembrando-me das orientações de Lina. Ao aparecer pela porta e ver a expressão bucolicamente transtornada e reflexiva de Gabriel, esqueci-me do que estava prestes a fazer, só consegui rir. No entanto, ao avaliar a reação de Cauã deixando seu copo de uísque cair no chão boquiaberto, voltei a minha atenção ao jogo, senti esse poder invadindo meu corpo e arrebatando Cauã como um raio. Isso intensificou a minha maldade. Queria ver mais. Segui até ele, debrucei-me a ponto de seus olhos focarem diretamente os meus seios e falei em seu ouvido:

– Você vai ficar em casa me aguardando?

Virei e vi Cristiano fazendo um gesto com as mãos, querendo dizer que Cauã havia acabado de "se estrepar". Cristiano ria e Gabriel já estava em pé, pegando a sua carteira.

Gabriel já estava pegando a carteira, mas Cauã, pelo contrário, ficou imóvel na poltrona. Sinais de cansaço obscureciam a bela cor de seus olhos. Ficou sem reação, parado como uma estátua. Saí da sala e segui Lina para fora da casa, um pouco confusa. Lina aguardava em frente ao carro de Gabriel, sorrindo. Desci até ela e dei de ombros.

Lina disse:

– Estou levando sacolas de lona para colocar as compras. Nada de plástico...

Então sussurrei:

– Não sei se consegui.

Subitamente senti as mãos de Cauã me puxarem pela barriga e Lina deu uma gargalhada.

Gabriel chegou perto de Lina, reclamando:

– Você não me deixa em paz! – E entrou em seu carro. Satisfeita, Lina entrou logo atrás.

Com todo o cuidado para não encostar em Cauã, me deixei ser direcionada para seu carro. Sentia-me excitada com seu toque firme envolvendo minha cintura. Ele marcava, de alguma forma, seu território, e eu adorei.

O Sol estava exalando a cor da pele de Cauã e ainda mais o brilho de seus cabelos castanhos. Ele abriu a porta do lado do passageiro e cuidadosamente se afastou para que eu entrasse em segurança. Fechou a porta do meu lado, colocou seus óculos escuros e disparou para o outro lado. Seu andar me hipnotizava como um ímã. Meus olhos o acompanharam a cada passo. Meu coração disparava ao vê-lo entrar no carro e sentir seu cheiro.

Gabriel e Lina dirigiam outros carros e as meninas se distribuíam entre eles. Cauã debruçou-se diante de meu banco e chamou a atenção de Cristiano, que já tinha manobrado o carro. Cristiano olhou para nós.

– Podem ir à frente e nos encontraremos no shopping.

Cristiano ia iniciar uma discussão com Cauã, mas vi Alcinoe e Rafaela chamarem a atenção de Cristiano com tapas sincronizados em dois pontos de sua cabeça. Alcinoe respondeu:

– Fique à vontade. Estaremos aguardando.

Cristiano olhou confuso para Alcinoe enquanto ela o mandava ligar o carro para seguirem seus caminhos. Eu também estava confusa, mas confesso que eu estava muito mais excitada sentindo Cauã tão perigosamente perto que seus cabelos chegavam a tocar em minha bochecha.

Ao vermos todos seguirem os seus caminhos, vi Cauã se distanciar enquanto sacava uma luva que estava convenientemente em seu bolso da calça. Ele colocava a luva e falou:

– Você sabe que não posso tocá-la e mesmo assim me tenta. – Não foi uma pergunta. Ele se debruçou à minha frente e eu senti automaticamente todos os meus músculos tencionarem. Sua voz firme fez meus órgãos revirarem. – Eu nunca fiquei tanto tempo longe de você. Já me sinto torturado o suficiente sem poder tocá-la…

– Desculpe? – perguntei, assumindo que devesse me desculpar, mas sem sentir qualquer remorso. Ri da minha dissonância. – Eu também sinto, sinto muito, sinto tudo que você sente. Eu o quero muito… – expliquei…

– Sinceramente, vou encontrar o filho da puta que gerou esse encanto e incendiá-lo… Agora você se apresenta, nesse vestido, com todas as suas curvas… Isso está me matando.

Cauã me encarou em silêncio, roubando a minha respiração enquanto eu roubava a dele. Olhei sua mão esquerda tocar levemente minha coxa enquanto a outra lhe dava sustentação, segurando em meu banco. Sua mão acariciava e caminhava pelas minhas coxas. Meu corpo tremia de excitação e passou a ferver quando senti seus dedos deslizarem pelas minhas coxas. Jamais me senti tão entorpecida desse jeito, nem diante da maior intimidade com Rodrigo.

Ele sussurrou em meu ouvido em meio à sua respiração ofegante:

– Não se mexa.

Revirei os olhos, incapaz de me controlar diante de tamanho prazer. Não vou me culpar, o que uma mulher faria em meu lugar? Meus lábios encontraram os de Cauã. Após o toque de seus lábios nos meus, deixei de sentir.

16
VIDA NOVA, ROUPAS NOVAS

CAPE COD, SEGUNDA-FEIRA, 18 DE ABRIL DE 1994

Um cheiro forte de enxofre irritou meus olhos. Eu os pisquei algumas vezes, estiquei minhas pálpebras e torci meu nariz, para aliviar o incômodo. A porta do meu lado do carro estava completamente aberta para que Gabriel pudesse me acordar. Meu banco, deitado. Provavelmente Cauã deitou o banco do carro quando, mais uma vez, dormi após um único toque.

– Ela acordou – Gabriel, que segurava um frasco antigo e opaco à frente, anunciou. Ele finalmente se distanciou, levando o pequeno e irritante vidro malcheiroso.

Estávamos no estacionamento do shopping, presumi, após analisar o redor. Avistei Lina e Cauã, lado a lado, dividindo a mesma expressão séria enquanto olhavam em minha direção. Cauã inspirou profundamente, como se estivesse largando um peso enorme das costas. Ele passou a mão em seus cabelos e se aproximou do carro.

Então Gabriel disse:

– Isso é uma pista. Tenha paciência. Apenas não toque em Joana. Vou terminar a nova caixa hoje.

Caixa? Que caixa? Cauã parecia entender sobre o assunto. Ele assentiu em um gesto de agradecimento ao amigo, mas com olhos vazios.

Pode parecer estranho, mas meu coração acalentou com a angústia de meu amado. Era o que tínhamos, essas pequenas provas de amor.

– Estou bem – eu disse, querendo confortá-lo, retribuindo o gesto de carinho. Sorri ao ver Cauã se agachar ao se aproximar.

– Vou achar uma solução para isso, Joana. Confie em mim.

– Confio – respondi, agora confiante de minha resposta. A minha razão cedia aos poucos. Isso porque era orgulhosa e demorou a dar o braço a torcer diante da emoção que se mostrou amplamente certa, e a menos cega das duas.

– Vou retornar para casa. – Cauã anunciou e seguiu seu caminho ao lado de Gabriel, sem me dar um beijo ou qualquer toque, como havia de ser para o meu infortúnio. – Fique sempre ao lado de Lina.

Saí do carro, observando-o partir. Senti uma mão delicada envolver meu antebraço. Era Lina, que falou:

– Bom... Vamos às compras. Aparentemente você tem de comprar tudo, inclusive um perfume novo! Tudo menos os presentes que Cauã lhe deu. O colar de esmeralda já está em seu armário...

– Tudo foi analisado? – perguntei. – Já?

– Mauro é incrivelmente rápido.

– Quem é ele? Não me lembro de Cauã ter falado de Mauro.

Pode até ter falado, mas minha memória não registrou.

– Mairata, um verdadeiro gênio das entidades. Por isso descobriu que suas roupas não estavam limpas... Ele está buscando uma solução para o seu caso, mas tem de ter paciência. Enquanto isso, vamos tentar lhe dar um banho de sal grosso para aliviar um pouco do encanto.

– Não tenho dinheiro, e o meu ofício, pelo visto, não me dará nenhum... Como vou pagar por tudo isso?

Lina riu, passou a andar, forçando-me segui-la, e respondeu:

– Você não escutou o que falei no seu quarto?

– Meu quarto? – perguntei, estranhando e erguendo a sobrancelha diante de uma constatação estranha.

– Sim, Joana... Seu quarto... Seu Cauã... – Então ela me deu um envelope com um cartão de crédito. Encarei o cartão com meu nome, pálida. – Sim, o seu cartão. Ativamos sua conta com os seus pertences acumulados... E se acostume com isso.

– Isso tudo... Parece tão irreal! Parece um sonho!

Ela me abraçou e disse:

– Nossa, como é bom tê-la conosco!

Pelo visto, não tive opção e, francamente, nem queria! Não soube bem o motivo, mas aparentemente voltei de uma viagem ou, quem sabe, de um coma. Como se estivesse infestada de uma grave doença que me fez perder os sentidos. Mesmo assim, sorri para o cartão e o devolvi a Lina.

– Desculpe-me. Não posso aceitar.

Já entrávamos no shopping e Lina apontou para uma loja. Pegou o cartão impaciente e o colocou em sua carteira.

– Vou guardá-lo até você voltar aos seus sentidos. Enquanto isso, Cauã me deu carta branca para comprar o que você quiser. Afinal, fizemos você se livrar de todas as suas roupas. Nada mais justo.

Dei de ombros e cruzei os braços.

– Não vou aceitar – constatei orgulhosa.

Lina suspirou e acenou a Rafaela, que se aproximou. Todas as outras já se espalhavam pelo shopping compenetradas. Observando tudo e todos, trinquei meus olhos e ri da estranha campanha de guerra.

– Peça para elas relaxarem! – comentei com Lina, apontando em volta.

– Fique tranquila – Lina respondeu, então se virou para Rafaela e comentou: – Joana aceitou usar as minhas roupas. – O *quê?* Encarei o sorriso sereno de Lina ao anunciar: – Podemos ir.

– Não! – Dei a máxima ênfase à negação.

– Você vai se vestir com o quê? – ela perguntou.

Boa pergunta. Mais uma vez, e agora irritantemente uma palpável realidade, estendi minha mão para receber o cartão de volta. Lina riu e o devolveu para entregou.

– Cuidado, pois a senha provisória está no envelope.

– Hum... – resmunguei.

Ela bufou e alertou:

– Com diversão ou voltaremos.

– Não sei nem quanto tenho no banco – dei de ombros.

– Asseguro que tem o suficiente para essa tarde – ela riu.

Quem discutirá com a chefe de uma icamiaba? Sorri encabulada. Ela me abraçou e entramos em nossa primeira loja.

• • •

Francamente teria de trabalhar mais de um ano para pagar a minha ampla dívida após uma tarde de compras ao lado de Lina. Eu particularmente estava exausta, principalmente pela consciência da quantidade de dinheiro que acabara de gastar. Pura impulsividade, ou irresponsabilidade.

Confesso que já gastei mais do que pude em diversas ocasiões, mas em todas elas tinha ideia de quanto havia em minha conta corrente.

Além disso, fomos obrigadas a nos desculpar pela fúria desbravada de Alex, que discutiu passionalmente com outra cliente por conta de um vestido; resgatamos Rafaela em meio aos amassos com um vendedor maravilhoso dentro de um vestiário, apartamos brigas de calcinhas entre Lindalva, Rafaela, Ana e Amanda. Também despistamos os olhares dos seguranças enquanto Alex e Paula decidiram apostar corrida no teto de vidro do shopping.

No caminho de volta, ao me ver sozinha com Lina no carro, decidi entender um pouco sobre a intrigante informação que a Lua me passou e perguntei:

– A Lua me disse em um sonho que tenho a chave.

Lina arregalou os olhos, me examinou rapidamente e voltou a dirigir. Ela resmungou.

– Merda. Você já está vulnerável e ainda mais essa? – Sua reação denunciou a gravidade dessa condição.

– O que significa ter a chave? – perguntei, após alguns segundos de angustiante silêncio, enquanto Lina vagava seus olhos para todos os lados.

– A chave é um dom flutuante. Ela se instala em uma pessoa sem avisar, fica por um tempo e some. Também pode pairar no ar, sem dono. Ela escolhe o dono e permanece nele até que um dia simplesmente o abandona. Não sabemos nada de sua origem. É um verdadeiro mistério. Na verdade, ela possibilita a pessoa a abrir portais ou atalhos no universo; buracos de minhocas. Alguns sortudos que detêm esse dom por algum tempo, e conseguem dominá-lo, determinam o mundo no qual esse portal se abrirá. – Ela refletiu um pouco, e elevou o dedo indicador, como se tivesse se lembrado de algo importante a esse respeito, e disse: – Tem um planeta, em um sistema solar próximo à Terra. – Ela estalou os dedos, provavelmente tentando se lembrar do nome. – Gáa... Ou algo parecido... Bom, lá, nesse planeta, há uma entidade com esse dom instalado por séculos. Essa entidade é representante da Lua, Jaci. – Ela sorriu para mim. – Como você.

– Existem outras Jacis?

– Lógico! Assim como têm outros Guaracis, Rudás, Mairatas... – Ela fez um gesto com a mão, dando a entender que a lista era longa, mas complementou: – Assim como tem outras civilizações humanas.

Sim, a explicação de Lina fazia sentido.

– Conte-me sobre essa Jaci.

Ela respirou fundo, como se precisasse de tempo para recordar, e prosseguiu:

– Jaci, a entidade da Lua desse outro planeta do qual esqueci o nome, assim como você, possui o dom flutuante há muito mais tempo, e consegue dominá-lo com tanta maestria que determina onde o portal será aberto. Houve, inclusive, um evento dramático, nesse planeta, em que o filho do rei, incapaz de viver em harmonia, foi amaldiçoado e banido. Dizem que essa Jaci abriu um portal para bani-lo e que Rudá rogou uma maldição. Hoje, esse príncipe vive aqui na Terra. Cauã e Gabriel não dão muito crédito a essa história, já que nunca viram o príncipe. Mas algumas icamiabas realmente acreditam na vida do príncipe. Eu confesso que ainda não me decidi sobre o assunto.

– Nesse caso, se houver, de fato, um príncipe, ele poderá saber que eu tenho a chave. Isso me colocaria em perigo?

– Se não fosse sua maldição, certamente a colocaria.

Ela encostou o carro no estacionamento. Antes de sair, ela pediu:

– Não se preocupe. Iremos lhe proteger. Ok?

– Sim.

Lina firmou seu lábio em uma linha reta, abriu a porta e seguiu em direção às compras.

• • •

Eram sete horas da noite e já estava escuro. Acabávamos de retornar a casa após seis horas de compras. As mulheres se dispersaram em seus quartos para descansar. Segui Lina em direção à sala, em busca de Cauã. No entanto, Cristiano acabara de sair para dar uma volta na praia, e Gabriel estava compenetrado com uma caixa. Ele construía algo com ela. Ouvi Lina perguntar a Gabriel:

– Acabou?

Gabriel respondeu com gestos, querendo dizer “quase”.

Segui para o meu quarto, perguntando-me onde Cauã havia se enfiado. Ao abri-la, encontrei-o deitado em minha cama e dormindo profundamente. Foi então que percebi, até com as palavras de Lina, que este não era o meu quarto, e, sim, nosso quarto. Pelo visto, ele apenas não havia dormido ao meu lado (se é que dormiu). Aproximei-me dele com cuidado para não o acordar. Ele estava parcialmente coberto com o edredom, mas dormia sem camisa. Eu o cobri inteiramente, deixando apenas parte de seu rosto descoberto, e deitei em cima para sentir seu corpo. Elevei meu rosto e falei, sussurrando ao seu ouvido, como se ele pudesse ouvir:

– Não importa quanto tempo levaremos para retirar esse encantamento, sou completa ao seu lado e aguardarei até então, serei só sua e de mais ninguém.

Senti ele se mexer e levantei para não incomodá-lo. Saí do quarto, fechando a porta com cuidado, e me dirigi até a sala de estudos, onde Gabriel estava. Sentei em uma das poltronas da sala e olhei curiosa para ver o que ele estava construindo. Gabriel me olhou de volta e disse:

– É para você… Esta caixa será sua, mas ainda não acabei.

– Para que serve a caixa? – perguntei.

Gabriel se levantou, abriu uma das gavetas de uma escrivaninha e sacou outra caixa. Eu reconheci a caixa imediatamente de um de meus sonhos e fiquei boquiaberta.

– Conheço esta caixa! – declarei.

– Claro que conhece. Esta caixa é sua, eu lhe dei há muitos anos.

– Para que ela serve?

– Cauã é uma das entidades mais poderosas. Ele detém o poder de harmonizar todos os planetas em volta do Sol, já que seu poder vem do Sol. – Meio sem jeito, ele continuou: – Ele a queima, se não retirar parte do dom, enquanto fazem amor.

– Eu sonhei que você me presenteou com essa caixa. Foi memória – supus.

– Precisamente – Gabriel confirmou.

Minha razão acreditou dessa vez. Afinal, palavras proferidas da Entidade do Amor quebram qualquer resistência. Fechei meus olhos e sorri com a minha imensa sorte.

Ele continuou:

– Acho que você gostaria de saber que esta não foi a primeira vez em que vocês tiveram dificuldade de se amar. Só que desta vez vocês estão encarando um desafio um pouco maior.

Sorri e, de alguma maneira, senti certo conforto em ouvir que já sofremos uma barreira antes.

– Para que serve essa caixa? – perguntei novamente.

– Pois bem, ela serve para segurar parte dos poderes de Cauã a fim de dar-lhes um pouco mais de liberdade, sem que seja perigoso para você. Veja esta pedra. – Gabriel abriu a caixa antiga e mostrou uma pedra amarela alocada dentro. – Essa pedra se chama pedra da lua.

Abri minha boca em um "oh" ao pegar a pedra da lua e sentir sua textura com meus dedos.

– Isso mesmo! – Gabriel riu. – Se Cauã esfregar as palmas das mãos na pedra da lua, ela absorverá o poder dele por um tempo. Também a envolvi com um mineral impermeável, além de, logicamente, com o cobre. Esse mineral e o cobre mantêm o poder de Cauã seguro na caixa.

– Quando você terá isso pronto? – perguntei, ansiosa, e ele riu com a minha reação.

– Calma, Joana! Eu acabei de achar o material que havia encomendado. Pedi para entregar em casa e o achei jogado na despensa.

Subitamente me lembrei do pobre entregador. *Coitado!*

– Devo terminar até amanhã pela manhã. Depois vou sair.

– Aonde você vai? Quem vai? – perguntei.

– Cauã precisa descansar; portanto, lhe fará companhia. Todos nós iremos sair... Cristiano, Lina, Rafaela, Paula e eu iremos para Washington enquanto Alcinoe e o resto do grupo irão ao centro.

– Por quê? – perguntei curiosa, apesar de estar feliz em ficar sozinha com Cauã em casa.

– Eu tenho que ler e revisar o contrato final referente à negociação de Cauã. Alcinoe precisa de instrumentos para desenvolver as armas para as novas icamiabas, assim que elas passarem pelo ritual de iniciação.

– Armas?

Lina entrou na sala de estudos, interrompendo-os ao ouvir a nossa conversa. Ela já estava vestida para a boate. Estava com um vestido vermelho justo até o joelho. Elegante, apesar da cor, discreto e lindo.

– Uma lança que é capaz de se transformar no que precisar – Lina respondeu. – Você não vai se trocar?

– Vou, sim. – Saí da sala, e Lina fez um sinal para que Gabriel se apressasse.

Subi as escadas e abri a porta de meu quarto (agora de Cauã também) e me deparei com ele saindo do banheiro, de calça jeans meio aberta e segurando sua camisa longa.

Saltei com o susto:

– Invadi sem bater.

Meu salto e comentário o fez lançar um olhar duro.

– Não se desculpe... você tem livre acesso ao nosso quarto.

Sorri encabulada com o "nosso quarto". Sinceramente, eu precisava me acostumar com essa mudança. Meu desconforto era redundante, para mim e para todos ao meu redor. Firmei os lábios.

Seus olhos brilharam. Percebi a ousadia de um olhar masculino que estudava meu corpo e maquinava as possibilidades. Então, seus olhos se concentraram intensamente nos meus. Observavam-me com tanta eficácia que fui obrigada a piscar algumas vezes. Minha vontade era de me aproximar. Por Deus, a vontade era tanta que forcei meu punho na maçaneta para mantê-la onde estava. Mantive-me perto da porta o estudando, vendo a perfeição de seus movimentos, o magnetismo de seu olhar, até que, por puro impulso, perguntei:

– Somos um só?

Ele sorriu, negou e respondeu:

– Somos mais do que um.

Ele passou os dedos pelos cabelos cheios e úmidos e, então, pegou sua carteira na cômoda e a colocou em seu bolso de trás da calça. Eu o observava, curiosa. Era estranha essa intimidade.

Sem maiores explicações, Cauã abriu a porta e disse:

– Eu a aguardo lá embaixo.

As últimas palavras de Cauã dançaram em minha mente como uma carícia. Senti uma ternura genuína em sua resposta. Sorri encabulada, peguei a sacola com o vestido e, contemplando sua mensagem da mesma forma como contemplei a perfeição do rosto de meu amado, segui distraída até o banheiro.

Eu estava feliz. Mas não completamente feliz. Habitava em mim um sofrimento agudo, confuso e profundo da falta do toque de nossa pele, do gosto de seu beijo e do prazer de ser invadida por ele. Tropecei no tapete do banheiro e segurei na pia para não cair. Tudo me distraía, porque ele era tudo que me atraía.

Estava feliz e arrasada. Confusa, sem nexo e foco, arrumei meus pertences na pia, buscando prestar atenção no que fazia, ao menos dessa vez. Coloquei o vestido dobrado na bancada, os brincos, as luvas e a pulseira logo ao lado, e a sandália no chão. Liguei o chuveiro e entrei no banho. A água estava quente, muito gostosa, e relaxei, deixando a água correr por uns segundos.

Ao virar e olhar para a parede de vidro, sentado ao lado de fora da casa, mas perto o suficiente a ponto de embaçar o vidro com a respiração ofegante, vi um animal esdrúxulo, sombrio. Ele tinha a forma de uma anta com focinho de um cão. Ele me olhava como se me conhecesse. Merda, o que eu deveria fazer e quem foi o idiota que colocou um vidro no lugar de uma parede na frente da banheira? Trêmula, sem saber como reagir e forçando para a minha respiração se acalmar, lentamente movi minha perna direita para fora da banheira. Ele ainda me olhava e rosnava como um cão com raiva. Assim que meu pé tocou o chão, ele soltou um grito infernal. Meu coração saltou como se estivesse diante da morte, mas o grito era agudo demais e tampei meus ouvidos, assustada. Ele parecia estar a ponto de atacar. Engasguei-me com a água corrente. Meu corpo se contorcia de tensão.

Ocorreu-me, então, que aquele lobo não poderia atravessar o vidro, passei a encará-lo, mas prossegui com o banho, até que ouvi a voz suave da Lua em meus ouvidos.

– Não fique aqui sozinha, você está sendo desafiada por uma entidade que é mais perigosa do que parece. Grite!

O animal não se mexia. Parecia me vigiar, me estudar. Ou quem sabe estava aguardando o momento de atacar, como se estivesse com fome. O fato é que eu não quis pagar para ver e soltei um grito alto, desligando o chuveiro, já envolvida pela tremedeira.

Em menos de um segundo, escutei a porta do banheiro se abrir, a tranca se quebrar, como se não estivesse trancado. Entrou Cauã, compenetrado, com os músculos inchados como se estivesse se preparando para uma briga. Quando me deparei com Cauã no banheiro, agi instantaneamente e saltei em sua direção. Ele deu um salto para trás e alertou:

– Não toque!

Quando percebi, já estava muito próxima dele não conseguiria parar. Inevitavelmente, íamos nos tocar. No entanto, ele desviou ainda mais rápido e, com o seu desvio, escorregou e quebrou um dos vasos de planta do banheiro, fazendo um corte profundo em seu braço.

Nesse momento, eu já estava enrolada na toalha e desesperada, pois não poderia tocar nele para poder acudir. Chegaram Lina e Alcinoe assustadas, e ambas olhavam em volta do terreno pela vista da parede de vidro. O animal já tinha fugido e estava demasiadamente escuro para ver qualquer coisa. Senti-me envergonhada, como se fosse uma menina pedindo atenção.

Alcinoe, ao ver a confusão, ordenou às demais:

– Não foi nada. Foi só um tropeço – Alcinoe falou para afastar as meninas do quarto. Alcinoe saiu logo em seguida, um pouco confusa.

Cauã se levantou como se não tivesse ocorrido nada com seu braço, apesar do sangue cair em gotas no chão. Olhou para a parede de vidro, procurando algo ou alguém, e perguntou:

– O que você viu?

Mantive meus olhos no amplo corte, imaginando como poderia fazer um curativo sem tocar em sua pele. Nisso, com um passe de mágica, testemunhei seu braço cicatrizar instantaneamente. Olhei para ele assustada, e ele perguntou novamente:

– O que você viu, Joana?

Engasguei boquiaberta, agitei-me toda e respondi:

– Vi uma espécie de lobo estranho. Ele parecia estar a ponto de atacar. – Não saberia enquadrar a forma daquele animal.

Realmente não havia sinal algum do animal. Sentei-me na privada, aguardando quieta. Só conseguia pensar que passou... passou...

Cauã e Lina conversavam sobre algo, não escutei. Apenas ouvi as batidas de meu coração e repeti a mim mesma: *passou*...

Enquanto isso, Lina falou algo para Cauã que o desconcertou. Minha respiração não permitiu escutar direito, mas acredito que ela disse algo sobre eu estar com a chave. No entanto, foi no momento que ele indicou que talvez devêssemos ficar em casa que intervim.

– Não foi nada, Cauã. Devo ter imaginado ou devo ter tido um daqueles *flashes* de memória... Só isso...

Cauã precisava descansar. Portanto, me proteger estava fora de questão. Eu estava agitada demais para ficar em casa. Queria sair, dançar. Faria bem para nós nem que fosse por algumas horas.

Entrei no banheiro e passei a pentear os meus cabelos. Lina nos deixou e Cauã entrou logo atrás. Ele já havia colocado sua camisa e me abraçou por trás com cuidado. Fiquei imóvel imediatamente e fechei os olhos. Senti-o cheirar meu pescoço, e minha barriga deu um nó. Abri os olhos, ele não estava mais lá.

17
NOITE ENVOLVIDA DE MISTÉRIO

Cape Cod, segunda-feira, 18 de abril de 1994

Fiquei alguns minutos me analisando no espelho. Sorri, orgulhosa com as minhas curvas envolvidas pelo meu novo vestido. Escolhi usar um vestido cinza chumbo, colado no corpo até o meio dos glúteos e rodado até os pés. Era de mangas longas, de gola rolê. O vestido cobria meu corpo por inteiro. Pela primeira vez em um bom tempo, estranhamente, me encarei com olhos benéficos, postura confiante. Era como se, nesse curto espaço de tempo, tivesse ganhado uma nova perspectiva. Fui além de alongar o conceito de loucura, apliquei-o para minha fisionomia.

Minhas mãos se moveram por conta própria e encontraram meus seios. Então sorri e ruborizei ao ouvir a voz da Lina ao entrar em meu quarto.

– Finalmente, você está se descobrindo…

– Flexibilizando!

– Todos estão aguardando você, Joana – Lina comentou e, finalmente, voltei para o momento. Coloquei as luvas, peguei minha bolsa e descemos as escadas. Ao olhar para a sala de estar, vi Amanda e Alex reunidas, vendo televisão.

– Elas não vão – Alcinoe anunciou. – Para onde vamos, só pode entrar acima de 21 anos, e Amanda ainda é muito nova. Alex e Priscila decidiram fazer companhia a ela. É bom que elas descansem, pois amanhã teremos um dia muito cheio.

Priscila não estava na sala, mas só de saber que ela não iria para a boate me deixou um pouco mais aliviada. As outras permaneciam sentadas confortavelmente no sofá, conversando de forma descontraída.

Saí da casa e fui em direção ao carro de Cauã. A luz do quintal clareou Cristiano, sentado no bando de trás do carro. Ele conversava com Cauã, que, supus, estava sentado no banco do piloto, apesar de não tê-lo visto. Não consegui disfarçar minha admiração pela elegância de Cristiano, ao entrar no carro. Ambos pararam de falar. Ajeitei-me no banco. Passei a mão pelos cabelos e olhei Cauã. Ao perceber que minha breve escapada de olhar fora notada por Cauã, cai na risada. Coloquei as mãos no rosto. Não consegui disfarçar. Eu estava envergonhada por ter elogiado mentalmente a beleza de Cristiano. Para piorar o humor de Cauã, Cristiano se contagiou com meu riso. Cauã não se envolvia no riso, estava intacto, e, sem perceber que sua seriedade só piorava nosso estado, anunciou:

– Terminaram?

Ciúme sem sentido, mas que me encheu de alegria. Éramos o que tínhamos. Não poderíamos nos tocar, então nossas carícias eram voltadas em gestos infundados, mas afundados pelo sentimento. Coloquei um fim na ira de meu amado quando segurei sua mão. Assustado, ele saltou. Não esperava meu toque. Mostrei minhas mãos vestidas com a luva.

– Agora quem toca sou eu! – disse em um tom autoritário, pondo um ponto final em seu breve ato de ciúmes. Notei sua expressão amansar. Nossos dedos se entrelaçaram. Enquanto isso, Cristiano manteve-se sorridente, no banco de trás, aguardando. Cauã se virou para Cristiano, soltanto um alerta.

– Fique longe de Joana.

– Joana, deveria explicar para esse homem que sua desconfiança não tem qualquer validade…

– Sei! – Cauã rosnou.

Cristiano elevou um dedo e continuou:

– … alguma! – E explicou. – Gosto de Joana como uma irmã!

– Sei! – Cauã não parecia convencido e, francamente, nem eu.

– Além do mais, geralmente fico pouco tempo na boate. Escolho a minha gata e sigo meu caminho – argumentou Cristiano.

Automaticamente, dirigi meus olhos para o carro de Gabriel, onde Alcinoe estava com as outras icamiabas. Será que Cristiano e Alcinoe têm um relacionamento mesmo? Sinceramente, parecia que a fofoca não tinha validade alguma, até porque, se ele estivesse com Alcinoe, não estaria em um carro separado, estaria ao lado dela. Ou, quem sabe, ela estaria ao seu lado no banco de trás do carro de Cauã.

Então perguntei, buscando ser prática:

– Mas você não precisa de carro... Digo, caso conheça uma moça especial?

– Justamente – Cristiano respondeu. – Geralmente vou no carro delas e, com isso, para a casa delas. Não dá para trazer nenhuma mulher aqui. O que elas iam pensar de uma casa cheia de esquisitices e mulheres raivosas?

Foi um argumento cruelmente charmoso.

Logo Ana e Lindalva entraram no banco de trás e seguimos nosso caminho.

A boate era gótica, porém havia um ar aconchegante e romântico. Era relativamente pequena e estava lotada. Cauã mantinha seu braço em torno de minha cintura, mas mesmo assim as mulheres em volta me irritavam com os olhares e suspiros. Antes que eu pudesse reclamar, Cauã me levou para uma área VIP. Para nossa sorte, Alcinoe havia ligado para reservar as mesas, então não tivemos problema em sentar.

Sentamo-nos perigosamente perto, apesar de eu estar completamente coberta com o vestido. Conseguia sentir seu cheiro e minhas pernas alocaram-se em cima das dele. O sorriso de Cauã não o deixava mentir. Ele estava feliz, e eu, ainda mais. No entanto, eu estava curiosa com o drama entre ele e Cristiano. Como o som estava demasiadamente alto para iniciarmos uma conversa com o resto do grupo, perguntei a Cauã:

– Conte-me: por que você se sente irritado com Cristiano perto de mim? – Cauã bebeu sua água e me deu meu vinho. – Você não vai beber? – perguntei.

– Voltarei dirigindo – Cauã respondeu. – Além do mais, ainda estou um pouco cansado.

– Por que você pediu para Cristiano ficar longe de mim? – repeti. – Digo... Pede para confiar em você, mas não demonstra muito crédito em mim!

Ele me olhou por uns instantes, sorriu desajeitado, então elevou as sobrancelhas e disse:

– Ah, sim. Sobre Cristiano... – Ele pausou e refletiu. – Descreva novamente os seus sonhos.

– Sim. Já sonhei com uma floresta estranha. Tive diversos sonhos com um homem muito parecido com você em um lago.

– Era um lago envolvido por flores de diversas cores e tamanhos. Alocadas e misturadas sem qualquer ordem. No entanto, essa desordem as tornava verdadeiramente lindas. Assim como um buquê de flores do campo? – Arrepiei-me com a descrição.

– No meio do lago havia uma única pedra cheia de...

– Flores brancas – ele completou e todo o sangue de minha cabeça sumiu. Empalideci com a resposta dele. Qualquer outro homem responderia musgo, ou terra, mas jamais flores brancas. No entanto, ele acertou em cheio.

– Sim, flores brancas – repeti, meio sem jeito.

– Lembrança. – Ele pausou e sorriu. – Já nos divertimos muito nesse lago. Você já sonhou com outro homem em um lago?

– No fundo de um lago – respondi. Já sonhei diversas vezes com um rapaz parecido com você, apenas mais novo. No entanto, já sonhei com outro rapaz, moreno, bem moreno, e incrivelmente belo no fundo do lago.

– Esse era Cristiano... Bom, Uauiara. Ele acabou desmantelando ao longo dos tempos; portanto, sua forma física mudou.

Fiquei boquiaberta com a revelação. Isso realmente havia acontecido!

– Mas, como fui capaz de traí-lo? – Agitei-me, assustada. Não era isso que queria dizer! Reformulei. – Jamais vou traí-lo!

– Acredite... Ele pode ser bastante persuasivo. – Ele eriçou a sobrancelha e complementou: – Não acredito que ele fizesse algo agora, sabendo de nosso relacionamento. Mesmo assim, pela sua vulnerabilidade, não quero arriscar.

– Desmantelei? – perguntei, curiosa com o significado da palavra.

– Sim... Diversas vezes. Várias vidas e uma existência. Você, inclusive, já voltou com as mais diversas formas: loira, ruiva, negra, oriental, e amei cada uma delas. O ato de desmantelar é muito semelhante a morrer, mas com uma diferença: mantém-se a memória intacta.

– Então morri da última vez – constatei.

– Não... – Cauã respondeu reflexivo. – Isso não é possível. Desmantelamos. Algo aconteceu com a sua memória nesta vida. – Então ele continuou e eu me esforcei para escutar e controlar a minha curiosidade. – Após me trair com Cristiano, você se desmantelou. Foi seu primeiro desmantelamento. Deixou-me um bilhete explicando. Fiquei furioso comigo mesmo por não tê-la orientado e alertado sobre as outras entidades. Era meu dever orientá-la, já que foi a primeira vez que você tomou a forma humana. Fiquei furioso com você, por não ter tido coragem de me encarar diretamente. Assim fiquei anos. Você retornou algumas vezes, mas essa história ainda me torturava, parecia que também a torturava. Ficávamos poucos anos juntos, na maioria das vezes brigávamos e você se desmantelava, me deixando sozinho. Foi somente em seu último retorno que pudemos viver várias décadas juntos, até Camilla nos encontrar.

– Camilla? – perguntei.

– Camilla. Sua essência é Caupê, entidade que representa a beleza. Então foi a vez de eu trair a sua confiança. – Ele elevou sua sobrancelha e bebeu um gole de água. Mantive-me quieta, agradecendo ao fato de não ter me lembrado disso. – Só percebi que ela era uma entidade depois de alguns anos... – Ele se chacoalhou, tomou um gole de água e continuou: – Morei com Camilla durante anos. Você deveria estar vendo tudo pela Lua porque demorou muito para retornar. Somente 25 anos atrás vi a sua estrela descer no Brasil. Eu morava na Inglaterra na época, em nossa casa, e me mudei para o Rio de Janeiro imediatamente.

– Desta vez, você será fiel?

– Eu estava sob um encanto. Demorou anos para perceber isso. Assim como a loucura, vamos ampliar o conceito da fidelidade. Vivemos muito tempo para estabelecer algo tão definitivo. – Incomodei-me com seu discurso, e ele continuou: – Vivemos de forma diferente. Vamos entender que a fidelidade é algo mais ligado à confiança do que à monogamia.

Homens...

Lina me cutucou e disse, com um tom de grito para sua voz se sobressair à música do ambiente:

– Vocês vão ficar aí parados? Vamos dançar!

Cauã sorriu e se levantou prontamente. Ele pegou a minha mão e me conduziu até a pista de dança. Ele começou a se mexer e me puxou para perto. Ele me apagava com seus movimentos. Era só ele na pista, mais ninguém. Eu o olhava como se ele tivesse o poder de me hipnotizar. Eu estava encantada e não conseguia desviar meus olhos. Minhas mãos passeavam pelo seu corpo livremente e ele respondia, exalando sua energia puramente sexual. As luvas impediam meus dedos de sentir sua pele, somente o relevo de seu corpo. Mas eu estava sob seu encanto. Quanto mais próximos ficávamos, mais sentíamos ferver nosso sangue. Minha pele, ainda intocada, respondia a cada ensaio de toque frustrado pela camada de panos que nos envolvia.

Não nos beijávamos, não podíamos tocar nossa pele, mas nossos olhos mandavam mensagens eróticas, cheias de significado e promessas.

Tocaram várias músicas antes de eu perceber que, ao nosso redor, estavam diversas mulheres, também encantadas. Ciente de meu ciúme infundado, mas sem qualquer vontade de controlá-lo, peguei em sua mão e disse:

– Vamos nos sentar um pouco?

Ele não discutiu. Pegou em minha cintura e me conduziu até a mesa, indiferente aos olhares à sua volta. Confesso que me senti um pouco mais aliviada sentando com Cauã na mesa, longe dos olhares estrangeiros:

– Você me empresta o carro?

Ele falou demasiadamente alto para eu escutar e dei uma gargalhada. Com Cauã entre mim e Cristiano, me aproximei ainda mais de Cauã para falar com Cristiano. Cauã afastou seu rosto para não nos encostarmos.

– Você não ia pegar carona com uma gata? – perguntei.

– Joana está certa. Eu também estou confuso – Cauã falou com um tom de deboche.

Antes que Cristiano pudesse responder, Alcinoe se aproximou de nós e falou:

– Acredito que isso não será mais necessário, Cristiano. Sua gata desistiu, infelizmente…

Fiquei espantada com a súbita interferência de Alcinoe. Olhei Cauã com uma cara de questionamento e ele colocou seu dedo à frente da boca, com um sinal de que devíamos ficar calados. Cauã sabia de algo que eu ainda não havia sacado. Alcinoe sentou-se bem próxima a Cristiano. Ambos haviam bebido e ela parecia bem atirada. Uma mulher sempre tão séria e recatada, estava difícil desmontar essa imagem dela. Não pude disfarçar meu espanto. Eu estava boquiaberta ao reparar Alcinoe jogar seu encanto para cima de Cristiano. Ele sorriu em resposta à sedução dela e se beijaram apaixonadamente.

– Ah?! – Apontei-os a Cauã.

Ele coçou a cabeça e disse:

– Esses dois têm uma longa e animada história.

Cristiano se levantou e perguntou se queríamos retornar para casa. Alcinoe deu sua chave para Paula, que já estava incumbida de levar todos para casa de qualquer maneira. Paula estava tão assustada quanto eu ao ver a cena. Nos levantamos e nos direcionamos ao carro. Deixamos todos no bar, e teria bastante fofoca para Paula espalhar durante a noite.

Cauã se divertia com a minha cara de espanto ao ver o casal se beijando animadamente no banco de trás do carro. Cristiano sussurrava nos ouvidos de Alcinoe e reclamava da distância entre eles. Eles se beijavam e se acariciavam. Seria uma noite longa para eles.

Senti uma pontada de inveja por estar obrigatoriamente distanciada de Cauã por um encanto absurdo. Parecíamos um casal cansado pelo cotidiano, apesar de termos nos encontrado há pouco tempo. Invejei Cristiano e Alcinoe que, apesar de terem suas próprias vidas, nada os impedia de se amar livremente.

Chegamos à casa e os dois saíram do carro, disparados para o quarto de Alcinoe. Amanda ainda estava na sala, mas nem percebeu nossa passagem. Fomos direto para o quarto. Cauã e eu subimos as escadas como um casal meio sem jeito de dormir no mesmo quarto.

Sentei na cama extremamente agitada, sem graça e muito excitada para esconder minha tensão. Clima havia, só não podíamos nos tocar. Um detalhe que tornava um ato de amor impossível e, nesse momento, nos distanciava. Porém, nada disso parecia atormentar Cauã. Ele tirava sua camisa, escovava seus dentes, tirou sua calça e só depois percebeu que eu estava imóvel sentada à beira da cama. Perguntei:

– Você dormirá na cama?

– Não – ele respondeu.

Agitada, tirei o meu vestido. Desvendei meu corpo a ele e pedi:

– Beije-me.

Cauã me olhou furioso.

– Você está louca?

– Beije-me, não vou conseguir dormir se você não me beijar.

– O quê? – Os olhos de Cauã fulminavam com uma ira incomum. – Você está pedindo um beijo para pegar no sono? – Ele fez uma careta, murmurou um impropério e disse. – Tenho andado com a coisa sempre em pé, constantemente, pensando em você, desde o dia que te vi. – Ele apontou. – Em seus seios: – Seu dedo moveu de cima para baixo. Fez outra careta e reclamou: – Bote uma roupa!

Sentindo o ápice de minha frustração, abri o armário com violência. Peguei uma camisa longa, que vai até o joelho, e a coloquei.

– Melhor assim? – Praticamente o estapeei com a pergunta.

Cauã se acomodou no sofá preto e disse:

– Boa noite, Joana.

– Só um beijo. – Curvei-me e implorei.

– Boa noite, Joana!

E com isso Cauã dormiu. Mas ele dormiria naquele sofá desconfortável?

Aproximei-me de Cauã, lentamente, e ouvi mais uma vez:

– Boa noite, Joana!

Explodi de raiva. Coloquei um robe de banho gigante, sem me preocupar com a aparência, e saí do quarto como um tiro. Assim vestida, não mereceria nenhum prêmio de elegância, mas, pelo menos, não sentiria frio. Fui parar no andar de baixo, no imenso e invejavelmente belo salão, altamente emburrada, sentei no grande sofá cinza ao lado de Amanda. O salão era branco, como Lina gostava, com detalhes nos móveis altamente criativos e coloridos. Muito elegantes. Ficou claro que foi Lina a responsável pela decoração dessa casa.

– Já chegaram? – Amanda perguntou. – Brigou com Cauã?

– Tecnicamente, isso não pode ser considerado uma briga, já que ele nem quis me escutar.

– Joana, ele está sem dormir há dois dias. Ele vigiava a casa, protegendo você e aguardando nossa vinda para poder descansar. Dê um tempo para ele.

Droga! Agora eu estava me sentindo uma ogra! Agora que eu não ia dormir mesmo.

– Preciso dar uma volta – declarei e saí da sala.

– Parece que vai chover. Amanda alertou.

– Está sozinha há muito tempo?

– Alex já foi dormir.

Ouvi um trovão. Se eu tiver qualquer influência sobre o clima, certamente ia chover. Uma névoa úmida pairava sobre a floresta, criando um ar de suspense.

– Vou com você – Amanda anunciou.

Agradeci a sua companhia e saímos na varanda. Pingos largos caíram enquanto observávamos o mar, mas isso não nos incomodou.

Enquanto passávamos pela névoa, Amanda passou a falar:

– Lina e Gabriel representam o mais próximo que conheci da figura de pais. Lembro-me, inclusive, de que Lina me levou inúmeras vezes para dormir em sua casa... Mas sempre preferi o orfanato, por ser mais divertido e por ser meu lar. Além do mais, Lina e Gabriel sempre foram muito ocupados, mesmo tendo toda a habilidade especial que possibilita se movimentar em um tempo bem diferente de um humano. – Ela riu ao evocar memórias. Então, com olhos lacrimejando de emoção, continuou: – Fui parar no orfanato de Lina quando era apenas um neném. Fui uma das únicas bebês que não foram adotadas. Isso porque ninguém queria adotar uma neném prematura cuja mãe era viciada em crack. Mas tive uma infância feliz, livre. O orfanato de Lina realmente é muito bom. Tive uma educação... privilegiada, comparando com muitas escolas particulares, por mais difícil que pareça. Lembro, com muito carinho, o nome de todas as assistentes sociais e professoras que cuidaram de mim. Lembro também de algumas icamiabas que também trabalhavam no orfanato enquanto não estavam treinando. O orfanato sempre foi um lugar movimentado, mas bem organizado.

Passei a mão em seus ombros, comovida com o seu relato. O jeito dela era suave, convidativo. Ela sorriu, dando a entender que não havia qualquer remorso pela sua vida. Pelo contrário.

– Agora, onde mora? – perguntei.

– No centro de treinamento. Junto com todo o grupo...

– Centro de treinamento?

– Sim. Cada orfanato tem, em seu subsolo, um centro de treinamento para as icamiabas. É um lugar fantástico. – Ela riu. – As icamiabas que trabalham no orfanato auxiliam no esforço de manter esse centro de treinamento em segredo. Nem as assistentes ou as crianças sabem de sua existência. Bom, a maioria das crianças...

Rimos.

– Por que manteria esse centro de treinamento em segredo?

– Veja bem, Lina construiu o centro de treinamento no mesmo lugar do orfanato porque fazia sentido. As icamiabas mantêm as crianças seguras enquanto o orfanato mantém o segredo dessa estrutura em segurança já que o governo somente vê o que está na superfície do terreno.

A esse ponto, penetramos a mata densa ao redor da residência.

Perdida nas palavras de Amanda e profundamente curiosa com o seu relato sobre o Centro de Treinamento, não me incomodei com os barulhos da mata, dos animais. Nesse momento, ignorei tudo para focar nas palavras de Amanda, que prosseguiu:

– Tive doze anos quando desvendei o segredo do centro de treinamento. Foi o dia que consegui despistar-me das assistentes e segui uma delas e me deparei com um casebre, que, na verdade, era um elevador supermoderno e que dava a um salão enorme. Fiquei tão maravilhada com o que vi que me descuidei e Alcinoe me pegou. Pedi para ser treinada. Elas negaram, até agora, quando recebi o convite oficial.

– Como é o treinamento?

– Difícil. Alcinoe é exigente.

– Lina não se envolveu em seu treinamento?

– Em algumas sessões, mas na maioria das vezes ela está saltando de um lado para outro, gerenciando os outros centros e cuidando das crianças. Ah... Enquanto vocês estavam na boate, Alex e eu rimos muito lembrando do treino de hoje à tarde – comentou Amanda.

– Você e Alex? Priscila não estava com vocês? – perguntei.

– Não, ela não foi com vocês? Ela decidiu de última hora e saiu antes mesmo de vocês irem à boate. Imaginei que ela havia os acompanhado. – Amanda suspirou e elevou as sobrancelhas. Então disse: – Priscila deve ter saído atrás daquele homem. Eu não gosto do cara.

– O namorado de Priscila está por aqui? – Um arrepio fino como a brisa do mar passou pelos meus braços. A sensação era do frio perfurar minha pele até a barreira do osso. Cruzei meus braços.

– Ela nos disse que ele veio aos Estados Unidos para uma reunião de negócios e passaria para vê-la.

– Priscila já indicou quando planeja falar sobre seu relacionamento a Lina?

– Perguntei isso a ela algumas vezes. Já até ameacei contar, mas Priscila pediu um tempo. Estou dando até o dia de amanhã para Priscila contar, caso não o faça, eu farei. – Orgulhei-me por sua coragem, mas não disse nada. Amanda apontou para o leste e disse: – Quero lhe mostrar uma lagoa linda que fica bem perto daqui.

A névoa dissipou-se, assim como as suaves gotas de chuva, que pararam de cair. O toque de Amanda me acalmou, e sorri agradecida pela sua companhia. Estava frio e úmido. O vento do mar, que passava por meio das árvores, parecia rasgar o roupão. Estremeci. Nós cruzamos os braços, reagindo igualmente ao frio. A princípio, caminhamos em silêncio. Imaginei que Amanda havia se arrependido da decisão de sair de casa. Eu não. Parecia certo caminhar fora da casa por alguns instantes.

– Não é um treinamento fácil – Amanda quebrou o silêncio enquanto andávamos. – Mesmo com a toxina que tomamos para potencializar nossos músculos, sentimos câimbras pelo esforço. Todas estamos sofrendo, mas Kátia e Priscila parecem não ter jeito e, sinceramente, não deveriam estar lá. Kátia nem recebeu o convite.

– Deixaram?

Ela elevou a palma das mãos em posição de defesa e disse:

– Lindalva e Rafaela imploraram. Ambas são bem persistentes.

Dei uma risada e concordei com Amanda. Conhecia pouco a Lindalva e Rafaela, mas esse pouco era o suficiente. Já conseguia ver, com bastante facilidade, as duas infernizarem o juízo de Alcinoe até esta ceder.

Nossa conversa foi interrompida com um grito infernal na mata. Levei um susto. Em reação imediata, Amanda correu em direção ao barulho munida pela energia, inocência e coragem de uma recém-icamiaba. Corri atrás dela sem saber o que fazer. Fui prensada em uma árvore pelo braço certeiro de Amanda. Escondemo-nos pelos arbustos ao encontrar a figura de um homem a muitos metros de distância. Ele andava de um lado para outro, de costas, parecia revoltado e gesticulava com abundância. Era moreno de cabelos e branco de pele, difícil analisar pela distância e escuridão da mata. Ele discutia com uma mulher de joelhos e que, ao forçar minha vista, virada para a nossa direção, para minha surpresa, parecia ser Priscila.

– Aquela é Priscila? – Amanda perguntou, com a voz baixa, dividindo minha perplexidade.

– Parece que sim – respondi, com a voz igualmente baixa.

– O moreno é o namorado de Priscila! – Amanda revelou com a voz mais elevada, sem conseguir controlar sua surpresa. – Priscila não blefou! Ela sabe que não pode se relacionar sério. Ela está quebrando o código do grupo mesmo antes de se tornar icamiaba!

– Como você sabe que o namoro é sério? – perguntei.

– O cara viria até aqui se não fosse?

A cena se transformou de tal forma que cortou nossa discussão. Priscila, ou alguém muito parecida com ela, clamava alguma coisa para esse estranho. Ela levantou e se despiu, expondo seu corpo nu ao rapaz. Era como se ela clamasse alguma atenção desse rapaz. Então nos assustamos e lancei minha mão à boca ao vê-lo estapear o rosto de Priscila. Ela caiu no chão, derrotada.

– Aquele babaca! – indicou Amanda. – Vou dar um jeito nisso. – Amanda sussurrou e deu seu primeiro passo. Antes que ela desse o segundo passo, a cena mudou outra vez. O rapaz, que antes estapeou Priscila, agora pegou-a pelos cabelos e a elevou para si, beijando-a passionalmente.

Paramos confusas.

Da sombra das árvores, atrás de nós, algo se movimentou e nos fez olhar para essa direção. A folhagem cedeu lugar a outro elemento. Um rapaz com expressão sombria, traje de motoqueiro, barba por fazer, aparência suja, me encarou como se tivesse encontrado seu prêmio e indicou sua glória com um grito infernal. Era o mesmo grito emitido pelo lobo que me encarava no vidro enquanto eu tomava banho. Também era o mesmo grito infernal que nos levou até a esse local.

Pressionei meus lábios. Meu corpo tencionou de tal forma que achei estar segurando o chão, a terra, com os dedos dos pés. Quem era ele e o que ele queria? Ele certamente nos atraiu para esta mata. Com sua voz sombria, se apresentou:

– Não chegue perto – Amanda alertou o camarada.

Ele riu, muito pouco intimidado com o alerta de Amanda.

Amanda tornou a percorrer com os olhos todos os lados. Apesar de termos caído na carapuça do idiota, ela custava a acreditar que já havia perdido as opções de se libertar daquela situação. Outro sujeito saiu do lado oposto da mata. Um loiro baixinho vestido com roupas claras e segurando um bastão. Ele parecia criança, mas não era. Seu corpo era infantil, mas seu rosto, quase velho.

A esse ponto não tive dúvidas, estávamos rodeados por entidades.

Surgiu ainda outro elemento mais estranho. Um lagarto estranho saindo de um buraco do chão que se transformou em um homem cujos olhos pareciam estranhar o local. Por trás, provavelmente surgido do mar, uma serpente com uma cabeça de dragão. Tranquei meu grito ao vê-lo se transformar à minha frente em um homem alto, de aproximadamente dois metros de altura, e muito forte. O homem, previamente sobre forma de lagarto, respirou bem próximo a meu rosto com um bafo nojento, que me deu ânsia, e fechei os olhos por uns segundos. Ele mantinha seus olhos estranhos focados nos meus, agora arregalados, paralisados de medo. Uma presa reconhece os olhos famintos da fera momentos antes de ser devorada.

– Distancie-se dela – Amanda alertou, já com um tom ameaçador.

Ignorei o barulho das árvores em volta, a onda do mar passando suavemente pela areia, o casal a metros de distância e que pareciam indiferentes ao que acontecia ao seu redor. Era como se o tempo e as circunstâncias tivessem paralisado naquele caótico encontro. O homem lagarto riu e foi empurrado pelo homem do mar. Não pareciam bem organizados. Ele subitamente ajeitou a postura, passou a mão pela boca como se estivesse precisando limpar sua saliva e perguntou com um tom de voz confuso, como se tivesse buscando uma informação urgente:

– Você é Jaci?

Meu queixo caiu. Amanda inspirou nervosa e me encarou assustada. Puta merda, estávamos encrencadas!

– Vamos, responda! Não tenho tempo a perder! – O homem lagarto olhou em volta e disse: – Devemos entregá-la como moeda de troca a pedido de Tau.

Tau? Quem é Tau? Como assim, sou moeda de troca?

– Ela tem que ir por conta própria. – O homem do mar comentou.

Então, o homem lagarto segurou, com força, na gola de meu robe e disse:

– Você vai se a gente pedir com carinho. Não vai?

Seu bafo era repugnante. Gritei. Certamente, me deparava com uma entidade louca, mesmo com o conceito significativamente flexibilizado de loucura. Amanda o empurrou. Ele voou à distância de cinco metros, rompendo a mata; tapei minha boca. Ela era incrivelmente forte! Mas antes que ela pudesse respirar o homem forte a empurrou em direção aos braços abertos de Carlos, como se ele tivesse prestes a abraçá-la. Surgiu então do ar, com uma poeira densa e escura, um ser também sombrio, do tamanho de um humano normal. Ele chutou Carlos antes que ele pudesse capturar Amanda e ela colidiu contra uma árvore, batendo a cabeça. Corri ao seu encontro. Ela sentou-se e passou a mão na cabeça, igualmente perplexa.

Então houve um mórbido silêncio no ar. Os homens, antes inflados pela coragem e rebeldia, agora pareciam perecer frente a esse novo sujeito sombrio, pálido, aparentemente fraco, que parou em nossa frente como se estivesse fazendo uma barreira protetora. O rapaz de casaco longo, cor de chumbo, a ponto de cobrir seus pés, e pele pálida nos olhou brevemente. Seu rosto me lembrou o rosto rude e perigoso de Rodrigo.

O homem lagarto e louco que acabara de retornar da mata parou subitamente e parecia apreensivo com esse novo elemento envolvido por uma capa enorme.

Como um homem, certamente de aparência comum de um humano, sem qualquer qualidade física extraordinária, intimidou a todos dessa maneira?

– I-Interferindo em nossos ass-assuntos, irmão? – perguntou o rapaz forte que, curiosamente, diante desse elemento de capa, engasgou, perdendo a sua coragem.

– Quem são vocês para me dizer em que devo, ou não, interferir? Além do mais, já estava na redondeza, a trabalho...

Eles se entreolharam, como se estivessem querendo adivinhar qual seria de fato o serviço.

– Protegendo as moças? – perguntou o homem de casaco de coura, sorrindo e bastante nervoso.

– Carlos, você não é surdo. Presumo que precise que eu repita a mensagem para raciocinar. Infelizmente tenho muito pouco tempo para isso. – E deu um alerta. – Outra pergunta! E vou, realmente, proteger as moças. – O elemento alertou e riu de forma sombria. – Sugiro se manterem calados.

Foi uma voz rouca, quase demoníaca, vindo da direção de onde Priscila estava que rasgou o ambiente e roubou qualquer curiosidade de desvendar o que havia acontecido.

– Quem está aí? – Finalmente, consegui forças para levantar Amanda, igualmente perplexa.

– Sumam daqui – ordenou a voz sombria.

Já vimos o bastante e decidimos não discutir a ordem do nosso sombrio cavaleiro. Pouco me importa o que ele veio fazer.

Corremos o mais rápido que pudemos para frente da casa. Um grito infernal e incrivelmente agonizado arranhou os ares. Foi nesse momento que percebemos que estávamos longe da casa e aumentamos os passos.

Então ouvimos a mesma voz demoníaca, a mesma que rasgou a mata e interrompeu nosso encontro, gritar:

– Seu idiota! – E ordenou. – Jaci Jaterê! Faça alguma coisa!

Saímos da mata. Notamos que o humanoide corria atrás de nós com seu bastão na mão e saltava entre os galhos das árvores como um macaco. Ele parecia monstruoso, a visão mais próxima de um demônio que já vi. Suprimi meu grito, precisava focar na fuga. Finalmente alcançamos a varanda quando Amanda se virou para trás, como se pudesse confrontar a fera. Só percebi isso quando entrei na casa e ela fechou a porta da varanda da sala de jantar.

Olhei para trás em desespero e vi o homem pequeno lançar de seu bastão um pó em cima de Amanda. Pisquei algumas vezes os olhos, esbaforida, custando a acreditar no que havia acontecido. Fiquei ali, perplexa, confusa e incapaz de me mover ou gritar por ajuda. Então, antes que meus olhos pudessem acompanhar, esse mesmo homem sumiu e Amanda caiu no chão desacordada.

Abri a porta da varanda e sacudi Amanda em desespero.

– Amanda! Amanda!... Tudo bem? – Minha voz trêmula saiu baixa como se estivesse em um pesadelo. Para o meu espanto, ela abriu os olhos e me encarou. Sorriu e colocou a mão na cabeça.

– Nossa, devo ter tropeçado.

Respirei fundo e apontei para a mata:

– Puta merda! Você sabe o que aconteceu por lá? Quem são eles?

Ela sentou confusa e perguntou:

– Quem?

Silêncio.

Elevei minha testa espantada com a súbita perda de memória de Amanda. Para piorar, Amanda colocou a mão em meu rosto e disse, em resposta aos meus olhos arregalados:

– Você deve estar com sono. Vá dormir. – Ela levantou com um pouco de dificuldade e riu reclamando: – Foi um tombo e tanto!

Perplexa, testemunhei Amanda entrar na casa e seguir para um dos quartos, como se nada tivesse acontecido.

Será que foi obra da minha imaginação? Será que flexibilizei demais o meu conceito de loucura e permiti ver mais do que deveria? Realmente era difícil acreditar. Respirei fundo e fechei os olhos. Como contaria isso para os outros, se Amanda, que estava ao meu lado, levantou como se nada tivesse acontecido? Apertei os punhos, sentindo as lágrimas caírem de meus olhos mareados, assustada e confusa. Sem saber como elaborar, senti meus músculos tremerem, me encostei silenciosamente na parede da sala de jantar e encarei as cadeiras que, no dia anterior, eu dividira com Cauã.

Vi a porta da frente da casa abrir, e Priscila entrou em casa. Parecia vestir outra roupa. Calça jeans e camiseta. Ela aparentava estar feliz e satisfeita, andando pela casa. Sem saber o que fazer, decidi me silenciar, por hora. Iria confrontá-la quando eu estivesse mais calma.

Assustei-me novamente ao ver a luz da sala de jantar acender. Era Gabriel que, ao ver o meu estado, perguntou assustado:

– O que houve? – Apenas me levantei e o abracei. – Seu coração está acelerado demais. Parece que viu algo. Conte-me. – Ele constatou e pediu.

Na dúvida de como falar, na dúvida da veracidade da minha experiência, decidi falar o que me levou a sair da casa.

– Brigamos.

Gabriel me encarou e pegou minha mão. Passamos pela sala de jogos e entramos em um escritório, logo ao lado da sala de jantar. Estava iluminado apenas por um pequeno abajur verde sobre a mesa de estudos enorme no meio da sala. Havia um material de ferro, bronze, madeira, pregos, algumas pedras e ferramentas na mesa.

Segui Gabriel. Ele parou em uma escrivaninha, abriu uma gaveta e tirou uma caixa de bronze nova. Não era ornamentada, cheia de ornamentos circulares como a antiga. Essa caixa era lisa. Anunciou:

– A Caixa está pronta! É muito mais potente do que a anterior. Praticamente sugará todo o poder de Cauã. Há uma chance de que, após nos desfazermos de suas roupas antigas, o encantamento perca força, mas ainda está aí. Consigo senti-lo. Utilize esta caixa, ok? Vou deixá-la na gaveta, ao lado da antiga.

Dei-lhe outro abraço. Foi então que senti um súbito alívio na sua companhia e não consegui segurar meu choro. Gabriel me sentou na poltrona.

– Por que discutiram?

Ele me libertou de seu abraço para me dar espaço.

– Eu pedi um beijo para ele, só um beijo. – Gabriel parecia confuso. – Eu pedi um beijo para poder dormir.

E com isso Gabriel riu.

– Você quer dizer que você acabou por dizer a Cauã que seu beijo serve como um sonífero?

Assustei-me com a interpretação de Gabriel e respondi:

– Não... Quer dizer...

– Não é uma discussão séria, Joana – ele concluiu aos risos.

Bocejei e olhei para o céu. O Sol estava se pondo.

– Fico feliz que a nossa conversa lhe deu sono.

– Hum?

Ele riu se divertindo, não sei exatamente como, da nossa conversa.

– Vá dormir, Joana – Gabriel disse. – Vou terminar isso e vou ter que sair com Lina.

Assenti e segui a caminho do quarto. Deitei poucos minutos após minha conversa com Gabriel. *Nem conversei com a Lua hoje*, pensei. *Será que ela viu?*

Fechei os olhos com uma lágrima ainda caindo sobre minha bochecha.

18
MINHA AMIGA LUA

CAPE COD, TERÇA-FEIRA, 19 DE ABRIL DE 1994

– O que aconteceu ontem na mata? – pergunto a *Lua.*

– Você conheceu uma entidade perigosa, o Capelobo. Nesta vida ele chamava-se Carlos. Dizem que ele fora um índio muito velho que acabou se alinhando com Anhangá para vencer a morte. Deixou de ser humano e se tornou isso, uma criatura extremamente perigosa. Um lobo esdrúxulo que mata a vítima com o seu abraço.

– Esse era o lobo esquisito que me encarava no banho? – Silêncio. Ela não deve ter visto. – Era? – perguntei.

– As nuvens bloquearam minha visão naquele momento. Agora já passou, ele foi levado para o seu destino. Luisón, o sujeito que a protegeu e protegeu Amanda, o buscou. Mas, um dia, ele retornará.

– Quem foram aquelas criaturas que encontrei na mata? Quem é Luisón? – perguntei, ainda mais curiosa.

– Você conheceu alguns dos filhos de Tau e Kerana. Bom, com exceção de Carlos, que logicamente não é filho de Tau e Kerana. Caso você não saiba, Tau é a entidade da destruição e Kerana é uma humana que se apaixonou por Tau. Tau é extremamente perigoso. É movido pela destruição e, sabe-se lá como, manipula os animais. Kerana se tornou entidade da destruição também. Ela foi punida ao receber parte dos poderes de Tau quando se permitiu gerar os seus sete filhos.

– Punida?

– Capelobo e Kerana, antes humanos e agora entidades da destruição. Sim, foram punidos. Kerana é obrigada a viver ao lado de Tau e a se lembrar de toda a sua existência de agonia. Capelobo vaga como um indigente sem rumo!

– Entidades malignas têm níveis de evolução? – perguntei ao lembrar-me um pouco das explicações de Cauã na praia.

– Sim. Anhangá é a entidade primária da destruição. Tau e Kerana são entidades secundárias, e Capelobo, entidade de suporte. Os seis filhos de Tau são entidades de suporte com exceção de Luisón. Ele é entidade secundária.

– Hum – resmunguei.

– Você conheceu alguns filhos de Tau e Kerana. Teju Jagua que vaga pelas cavernas e grutas, criando-as. Um verdadeiro minerador. O primeiro filho do casal. Ele responde agora por Marcelo. Foi banido há milênios da Terra e voltou recentemente por um portal aparentemente louco e paranoico. Assegura com toda a confiança que nosso mundo está morrendo. Diz que estamos sendo atacados por uma entidade tão poderosa que domina o tempo.

– Era o homem que surgiu sobre forma de lagarto? – perguntei para confirmar se ela se referia ao rapaz ruivo, com pupilas grandes e olhar trêmulo.

– Sim.

Sim, era o louco que surgiu pela mata. Era como se ele tivesse realmente entrado em um estágio de surto psicótico. Arrepiei-me ao me lembrar de sua transformação. Por que ele queria saber se eu era Jaci e por qual motivo queria me entregar como moeda de troca para Tau?

– Posso continuar? – ela perguntou, como se tivesse sentido meu incômodo.

– Pode. – Não saberia nem como organizar meus pensamentos tampouco formular uma pergunta com o mínimo sentido.

– Você também conheceu Mboi Tu'i, protetor das criaturas aquáticas, répteis e do curso das águas. Ele impulsiona medo pelo seu olhar e, quando tem a oportunidade de manipular os animais marítimos, os direciona para verdadeiras atrocidades. Nesta vida, ele responde por Túlio. No entanto, algo controla a voracidade de Túlio, para o nosso alívio. Ele é entidade dos animais marítimos, assim como Cristiano, mas ambos não têm nenhuma intriga.

– Sei quem é Túlio. Também percebi a loucura de Marcelo. – Reconheci o bafo de peixe podre de Túlio e a loucura nos olhos de Marcelo. – Também ampliei o meu entendimento de loucura – reconheci. – E Túlio não me parecia calmo.

– Ele tende a ser facilmente influenciável, como os peixes são influenciados pela maré.

– Quem é essa entidade poderosa que domina o tempo?

– Jamais vi essa entidade do tempo, Jaci. Marcelo não sabe o que diz e tampouco mede o resultado de suas ações. Você conheceu outro filho de Tau. Jaci Jaterê, que rouba memória. Foi exatamente o que aconteceu com Amanda na varanda. Ela recebeu uma dose da essência de Jaci Jaterê.

– Você viu? – perguntei, já aliviada em ter a Lua como meu guia. – Quem era o elemento de casaco longo?

– Luisón. Única entidade secundária dos filhos. Ele é detentor do poder de conduzir as essências após a morte. Ele não é muito social. Veio apenas buscar Carlos. Isso porque, depois que vocês correram, Tau desmantelou Carlos. Luisón busca aqueles que morrem e desmantelam. Muito ocupado.

– Capelobo é também filho de Tau e Kerana?

– Não… Como disse, ele fora um humano que se tornou Capelobo por medo de morrer.

– Então conheci apenas quatro filhos. Quem são os outros filhos?

– Moñai, um verdadeiro ladrão que se instala pelos campos abertos, onde encontra a vulnerabilidade dos corajosos e tem o poder de manipular, com seu poder hipnótico. Tem Kurupi que, movido pela doente sede sexual, violenta e estupra homens e mulheres e, além disso, assegura sua energia ao se alimentar daqueles que atormentam os outros achando que tem direito de estabelecer uma regra para a escolha sexual. Por fim, ao que responde nesta vida por Ary. Ele é um canibal cujo nome de entidade se deu pelo som que faz quando persegue sua vítima. Vai entender… – explicou a Lua. – Joana, Marcelo estava em busca de você. Não se coloque em posição de vulnerabilidade novamente. Fique ao lado de Guaraci! Não se esqueça, você tem a chave!

Lembrei-me de minha discussão com Cauã no dia anterior.

– Após falar com Gabriel, percebi que deixara transparecer que o beijo de Cauã me coloca para dormir.

Ela riu e emburrei.

– Será que acabamos com o encantamento nos desfazendo de minhas coisas? – perguntei, desconsiderando a reação da Lua, que não parou de rir.

• • •

Abri os olhos. Estava nublado, chovia e, francamente, eu não queria levantar. Recapitulei rapidamente os eventos estranhos da noite anterior. Elevei minhas sobrancelhas, a única reação que sobrepôs à barreira da minha preguiça. Olhei o horário no celular, que indicava onze e meia. Eu havia perdido o café da manhã e conseguia escutar as meninas treinando na chuva. Não havia sinal de Cauã no quarto.

Levantei-me, abri a porta da varanda e me deparei com o grupo de mulheres treinando para combate. Olhei-as por um instante. Amanda, Adriana, Lindalva, Ana, Alex e Rafaela me impressionaram. Priscila e Kátia, ao contrário do resto, eram terríveis. Era no mínimo cômico vê-las golpear o vento, tropeçar, cair sem jeito. Diverti-me um pouco ao vê-las treinar, estabanadas na lama. Será que Priscila revelaria sobre seu relacionamento a Lina? Bom, isso se o repulsivo rapaz sobreviveu às aquelas estranhas criaturas, logicamente. Não me surpreenderia se viesse uma má notícia em direção de Priscila, afinal, a voz demoníaca parecia vir justamente da direção do casal.

– Não ria delas... Mostre respeito... Cada uma tem uma curva de aprendizado e elas serão responsáveis também pela sua segurança.

Virei-me assustada ao ouvir a voz de Cauã dizendo essas palavras, posicionando-se ao meu lado na varanda enquanto passou a observar a luta. Era o momento perfeito para me desculpar:

– Desculpe-me por ontem. Não quis dizer que seu beijo era um sonífero...

Cauã me puxou para perto dele pelos meus braços. Por um breve momento, inspirei apreensiva com o toque. Encarei suas mãos na esperança de o encanto haver cessado. Para a minha frustração, ele vestia luvas cirúrgicas. Cauã cheirou meu pescoço e disse:

– Vamos achar a solução.

– Na verdade, a gente não sabe se ainda estou, ou não, com esse encantamento, não é? Não joguei tudo que era meu fora? Não compramos tudo novo? – argumentei.

– Quer experimentar? – Cauã perguntou com um tom que beirava à reprimenda. Eu balancei a cabeça de forma negativa. Eu não estava pronta para descobrir. Pelo visto, nem ele. Seria frustrante demais.

Ele sugeriu:

– Vamos deixar para depois, quando todos estiverem na rua.

Boa ideia.

– Amo você – sussurrei no ouvido dele e senti suas mãos apertarem meus braços.

Cauã expirou demoradamente, sorriu e disse:

– Você não tem ideia de quanto essas duas palavras me acalmam.

– Amo você – repeti.

– Cauã... Já está tudo organizado. Vamos partir em breve. – Gabriel interrompeu sua fala e paralisou com olhos arregalados na soleira da porta da varanda. – Interrompi algo?

Ruborizei.

Gabriel abriu a boca, sem jeito e disse:

– Merda... Desculpe... Joana, você se abriu ao Cauã... Bosta... Péssima hora para eu aparecer... Volto mais tarde.

– Não – Cauã negou com a cabeça, passou a mão pelos cabelos e disse: – Vamos desvendar logo esse rolo para acabar com meu tormento. – Cauã encarou minha boca e disse: – Quanto mais rápido, melhor.

Gabriel riu e me abraçou.

– Fico feliz em tê-la encontrado.

Senti minha razão rodopiar algumas vezes e cair no chão intoxicada pelo aroma de Gabriel. Minha emoção a abanou com um pano e agradeceu aos céus.

– Precisamos finalizar alguns pontos relativos à negociação – Gabriel alertou a Cauã, indiferente de meu nariz ainda mirar seu pescoço. Cauã, felizmente indiferente também à mira de minha narina, entendeu imediatamente o assunto a que o outro se referia. Gabriel finalmente me largou e ambos saíram do quarto. Melhor assim.

Era estranho notar como cada indivíduo desse grupo tinha uma ligação forte comigo. Logicamente confusa, eu tentava me encontrar diante de cada um. Nesse momento, quando Gabriel me abraçou, senti uma profunda vontade de conhecê-lo completamente e de não deixá-lo partir.

Gabriel era a entidade que entendia o amor, mas será que ele influenciava o amor?

Mordi os lábios curiosa e encabulada com o meu atrevimento e me virei para o imenso pátio ao lado da casa, onde estavam sendo conduzidos os treinamentos. Não havia ninguém lá. Pelo visto, o treinamento tinha acabado. Não seria irônico se chegássemos à conclusão de que eu não era, de fato, Jaci? Poderia estar alucinando que estava ouvindo a Lua falar. Pense bem... Todos estavam tão certos de minha procedência que eu poderia ser influenciada também... Não era difícil imaginar isso acontecer e por isso decidi mudar o caminho do meu pensamento que, por sinal, me levava a um labirinto difícil de sair.

Mudei o curso de meus pensamentos.

Cheguei a ensaiar um sentimento de culpa por estar me divertindo à custa de Priscila e Kátia. Elas eram ruins mesmo. Se cada um tem uma curva de aprendizado, imaginei a curva delas como uma espécie de avenida elevada curvada em 360 graus, ou uma ponte em espiral. Não sei bem por que imaginei vias expressas como representações de aprendizado. *Peraí...* Vou entender... Hum... Não... Não dá para explicar.

– Cauã me convidou. – Uma voz feminina interrompeu meu devaneio. E eu me virei ao quarto, encontrando Priscila, de banho tomado, com um vestido curto verde, e linda, me encarando com seus braços cruzados sobre o peito. O meio sorriso em seu rosto dava uma dica do rumo da prosa que ela pretendia tomar.

– Cauã?

– Sim, ele me convidou. Insistiu para eu vir, inclusive. – De fato, seria uma boa explicação para ela nos acompanhar. – Já transaram? – ela perguntou e mantive-me calada. Cruzei meus braços e me aproximei da cretina. – Ah, não?! – Sua boca curvou-se satisfatoriamente ao assumir, pela minha expressão. – Mesmo supostamente sem o encanto, ele não tocou em você.

Será que luto melhor que essa condenada? – perguntei a mim mesma enquanto media o insignificante tamanho de minha oponente. Certamente eu era mais pesada. Supostamente, mais forte. Certamente, mais talentosa.

– Comigo era diferente. Ele não me dava nem tempo de tirar as roupas.

Eu nocautearia a vaca em dois minutos – respondi a mim mesma.

Ela continuou:

– Ele é o Sol e tem muita energia. – Ela riu e trinquei os lábios. Então ela me encarou de cima a baixo, dizendo. – Fique tranquila, ele não tocará em você até termos a certeza de que o encanto saiu de seu corpo. – O tom dela foi irônico? Mesmo? – Afinal, ele me convidou por um motivo. – E concordou comigo. – Certamente não sei lutar.

Ela riu, com aquele riso um tanto agudo.

– Não difame a sua habilidade na luta. Ela é a única coisa boa que há em você – comentei, suprimindo minha vontade de arranhar aquele rosto sorridente.

Filha da puta! Antes que eu pudesse arrancar as tripas dessa mulher pelo seu traseiro, Lina apareceu.

– Vamos comer?

Nossa discussão cessou.

– Você está melhorando, Priscila, estou percebendo isso. – Lina elogiou Priscila.

Filha. Da. Puta.

– Vou descer... – Priscila anunciou e saiu, sem olhar para a minha direção.

– Lina, Cauã convidou Priscila para participar do grupo? – perguntei diretamente. Preferi. Sabia que Lina iria dizer a verdade. Esperei alguns segundos torturantes enquanto Lina me encarava, tentando entender a pergunta. Ela não gostou nada de me ouvir expressar essa ousada insinuação. Minha imaginação e criatividade vagariam em breve, descontroladas, se ela não respondesse logo. De fato, iriam me levar a ruas expressas mais curvadas que a linha de aprendizado de Priscila e Kátia, juntas. De fato, me levariam fisicamente para fora dessa casa e a um caminho muito diferente de Cauã. Lina elevou a testa e arregalou os olhos.

– Jamais! – desconcertada, ela repetiu. – Ele jamais iria chamá-la... Foi isso que ela lhe disse? Por isso que se irrita toda a vez que a vê? Eu lhe disse, ela foi indicada, assim como as outras... – Pausou, trincando a boca. Olhou-me ainda desconcertada e continuou: – Eles namoraram por duas semanas apenas. Ele terminou porque não a queria mais. Cauã é muito ocupado para perder tempo com quem não deseja... Isso foi dois meses antes de o RH admiti-la como recepcionista e é claro que Cauã se assustou ao vê-la na recepção, porque também não teve nenhuma relação com ela ser contratada na empresa. Isso foi seis meses antes de sabermos de seu paradeiro e durante todo esse tempo ela não desistia de Cauã. Ela foi convidada para vir, mas não foi pelo Cauã nem para criar intriga entre vocês... Além do mais, Alcinoe e eu tivemos uma conversa bem séria com Priscila e ela prometeu não assediar Cauã... – Então, Lina olhou para o corredor, de onde Priscila saiu, e anunciou irritada: – Ela prometeu... Uma promessa para a gente nos marca como uma tatuagem. Vou falar com ela. Já basta o que estão passando…

Ela pausou, mas acho que o fez ao ver minha expressão facial tão sombria que podia adivinhar meus pensamentos. Priscila seguia Cauã há meses. Jogou veneno para me atormentar e deixou claro em sua mensagem que não desistiria.

Um enorme sentimento de posse se apoderou de mim. Cauã era meu! MEU! Cerrei os punhos e passei a estudar minhas roupas como se fossem armas de combate. Priscila aprenderá que um ataque jamais foi uma via de mão única.

Saquei um vestido ainda mais chamativo que o dela, joguei-o em meu corpo, passei as mãos pelos cabelos e saí do quarto em direção à sala de jantar.

Eu estava fulminando fogo. Parei na soleira da porta, que dava à sala de jantar. Cauã e Gabriel já estavam sentados, conversando. Precisei me segurar na porta ao ver Priscila, com seu sorriso sacana, se aproximando de Cauã.

Cauã estava sentado na cabeceira da mesa e Gabriel explicava algo que parecia ser importante, pois ele nem percebeu o evidente flerte da garota.

Senti a mão suave de Lina nas costas. Ela sussurrou:

– Priscila tem um temperamento ruim, mas ela vai melhorar. – Mais uma vez, para minha irritação, Lina repetiu. – Ela prometeu.

Arranhei a porta de raiva. Sussurrei de volta:

– Ah… Prometeu uma ova! Só se tatuou a promessa com canetinha colorida. Aliás, quantas pessoas prometem para logo em seguida se esquecer das palavras?

Quantas resoluções e promessas de final de ano são imediatamente esquecidas no dia seguinte?

Priscila soltou um sorriso sedutor e foi em direção à cadeira. Ensandecida de ciúmes, experimentei um "teto preto". Minha raiva se apoderou de toda a minha consciência.

Assim que ela puxou a cadeira para se sentar, mentalizei essa mesma cadeira. Não saberia como explicar tampouco como planejei tal feito, algo esquentou e formigou pelo corpo até as minhas mãos. Subitamente senti uma estranha sensação de que a detinha sob minha energia, como se estivessem cravados os meus dedos sobre a cadeira. Mentalizei a mesma força que instiga o crescimento do mar e o direcionei. Senti sua energia na outra extremidade da Terra.

– Somos uma – a sua voz suave sussurrou baixo em minha cabeça. Ela sentiu minha agonia. Senti a energia da minha mão cravar sobre a madeira dessa cadeira. – Faça o mesmo que fez com a folha. Você consegue – ela orientou baixo em meu ouvido. A lua deveria estar na minha órbita, apesar do horário. Como conseguimos nos comunicar com tamanha distância? Talvez pela raiva... Abri minha mão e puxei a cadeira de volta para a mesa.

A cadeira moveu-se em direção à mesa, seguida por um barulho de móvel se arrastando, e lá ficou. Um silêncio dominou a sala de jantar. Todos pararam suas atividades, surpresos com o momento. Todos, com exceção de Priscila, que tentava puxar, em vão, a cadeira. Assustada, ela encontrou meus olhos. Foi a minha vez de sorrir.

E foi assim, nessa estranha ocasião, que tive a prova que tanto almejava. Ironicamente, Priscila me deu o maior de todos os presentes: me provou quem eu era.

Imaginei a minha emoção gritando de glória pela guerra vencida sobre a razão. Senti a Lua estremecer de alegria. Orgulhosa, levantei minhas sobrancelhas como se estivesse dizendo: "Sou Jaci, e não mexa comigo, jamais!". Então, com a cordialidade da entidade da Lua, assim que avistei o grupo das icamiabas entrar, indiquei a cadeira entre Rafaela e Kátia, levitando-a suavemente.

Cauã tentou suprimir seu sorriso, mas seus olhos deixaram escapar sua admiração pelo meu feito. Cheguei a notar a luz solar invadir ainda mais a casa como se quisesse ver. Então, para estragar o momento mágico, foi a vez de Rafaela manifestar – claro, de forma incoerente – sua opinião, até porque ela não viu o ocorrido, não sabia o motivo de minha manifestação.

Rafaela, como sempre, não se conteve e aplaudiu, dizendo:

– Proteja o que é seu, amiga!

Todas riam e aplaudiam enquanto Priscila se sentava na cadeira que indiquei. Priscila reclamava, dizendo que "apenas estava sentando ao lado de Cauã. Nada mais!". Rafaela respondia a Priscila:

– Não se pode ser cautelosa demais...

– Rafaela, isso não é jardim de infância – Lina recriminou Rafaela e dirigiu a palavra a mim. – Joana, estamos felizes que você finalmente se manifestou. Mesmo assim... Priscila é uma icamiaba, que assegurará sua segurança. Depois quero que vocês duas se acertem. Rafaela, não coloque mais lenha na fogueira. Priscila é uma de nós. Chega.

Desafiei a chefe da icamiaba com um sorriso, um ato meramente suicida. Tudo bem, minha razão já desistiu de trabalhar contra a emoção e não lhe dei atenção. Lina manteve-se quieta... Bah...

Fechei o assunto. Satisfeita, devorei a maravilhosa refeição, com um apetite que fazia honra à descoberta de si mesmo.

• • •

Cauã reunia-se com Cristiano, Gabriel e Alcinoe; Lina, com as icamiabas.

Fiquei na varanda refletindo sobre o estranho evento da noite anterior.

Tau, a entidade secundária, a destruição em si, manipula animais. Tinha sete filhos com Kerana. Passei a mão no rosto. Cocei meu braço. Tudo na cena da noite anterior me atormentou. E Priscila estava lá, em meio a tudo. Imagino que ela deva ter sido igualmente afetada.

Levantei-me da cadeira e me sacudi para me livrar da cena que não parecia saudável. Então, avistei Priscila correndo em direção à mata e carregando uma bolsa. Corri atrás dela e consegui alcançá-la. Algo não parecia certo.

– Aonde você vai? – perguntei.

– Vou embora – ela respondeu rispidamente. Havia um recado subliminar nesse tom firme de quem faz exigências. Era hora de me desculpar.

– Desculpe-me. Só reagi sabendo que vocês tiveram uma história juntos, mesmo sabendo que essa história se encerrou. – Dei de ombros e continuei. – Foi imaturo e cruel. Não farei mais... Você é uma amazona.

– Icamiaba, Joana – corrigiu Priscila, zombando-me. Priscila riu e passou a mão no rosto, como se estivesse buscando paciência de algum lugar. – Gostou de experimentar a manifestação do poder à minha custa?

– Você sabe por que fiz isso...

– Não precisava. Por mais que Cauã me procure... – Ignorei seu veneno desta vez e busquei não escutar o resto da frase até chegar em – ...estou com outro homem.

– Aquele que a estapeou ontem? Você não acabou de fazer seu juramento para a icamiaba?

Eu a surpreendi. Priscila negou enquanto juntava suas sobrancelhas. Sua expressão facial se trancou. Ela não esperava que eu soubesse de seu relacionamento.

– O juramento não ocorreu ainda. Não passamos pelo ritual. As meninas devem ser treinadas antes. – Priscila pausou, refletiu. Foram segundos de precipitação. Então ela se recuperou, como se tivesse finalmente trancado uma informação em sua cabeça e escondido a chave. Então, ela revirou os olhos e fez com a mão um gesto muito rude. – Adeus.

– Você vai abandonar as icamiabas? – perguntei.

Priscila me encarou longamente, com uma arrogância casual que demonstrava que ela se sentia nesse direito, algo que mulheres em posição inferior não ousariam. Desarmou-me. Automaticamente distanciei-me. Ela respondeu amargamente:

– Eu não sou, e jamais serei, uma icamiaba.

Fui obrigada a ver Priscila desaparecer na mata com sua bolsa de viagens. Talvez sua fuga tivesse sido uma forma de evitar falar no assunto de seu namoro com Lina e enfrentar as inevitáveis implicações. Corri para casa e informei Lina do ocorrido. Eu a encontrei na soleira da porta, prestes a seguir seu caminho.

– Nossa... – Lina Botou a mão na testa. – Hoje está sendo um dia difícil. Alcinoe e Cristiano acordaram emburrados, aparentemente brigaram sério ontem, e agora isso! Deixe que contarei a ela no caminho. Uma má notícia tem o poder de mudar o mundo, ou torcê-lo um pouco. Meu coração acordou moído hoje pela manhã. Ele já previa um dia cheio de sofrimento. – Lina respirou fundo e continuou. – Devo avisá-la que Mrs. Fine e Mr. Robinson estão de folga. Não se animem! A palavra de ordem será "cautela", pois você ainda não está bem.

Vibrei de alegria e virei os olhos, buscando controlar minha reação ao notar Lina cerrar os seus.

– Cautela.

Fechei a porta e escutei o barulho dos três carros saindo pela garagem. Oficialmente, estávamos sozinhos. Olhei em volta e não havia sinal algum de Cauã. Olhei para o relógio de pulso que acusou seis horas da tarde. Pelo visto, ia anoitecer em breve. O que deveríamos fazer para nos distrair? Jogar baralho?

Corri em direção à cozinha, que ficava no fundo do corredor principal. Logo atrás da escadaria enorme de mármore que dava para os quartos. Olhei em volta, parada no corredor principal, admirando o ambiente. Foram tantos os acontecimentos que não deu tempo de olhar em volta. O corredor principal dava para três ambientes. Do lado esquerdo havia a sala de jogos, do outro lado havia a sala de jantar e, logo à frente, a cozinha. Ao lado direito abria-se uma ampla sala separada por três largos ambientes. Uma sala de estar em frente à lareira com um enorme sofá curvado e uma poltrona redonda vermelha à frente da lareira de metal, e um tapete colorido quebrando a sobriedade do local. Um segundo ambiente com um sofá *vintage*, muito semelhante ao que tinha em meu quarto e três poltronas creme com uma mesa de centro em madeira rústica. No terceiro ambiente havia um piano de cauda e almofadas pretas, vermelhas e creme espalhadas em montes no chão.

A cozinha era grande também. Havia uma ampla mesa de madeira clara no meio com panelas de bronze penduradas na parede logo em cima. O fogão, o forno e duas geladeiras de inox compondo a cozinha com a pia branca, azulejos brancos antigos, pareciam reciclados, espalhados, e uma mesa também de madeira clara ao lado, com cadeiras azuis-claras. Sorri com a modernidade misturada com o sutil design antigo. No entanto, o que me chamou a atenção foi a adega, por trás de uma porta de madeira na extrema direita da cozinha. Reconheci algumas prateleiras empoeiradas de vinho pela pequena janela de vidro ao meio da porta. Entrei na adega e peguei uma garrafa de vinho tinto incrivelmente empoeirada. Pela minha pouca experiência e extrema ignorância nesse assunto, julguei que uma garrafa de vinho empoeirada fosse um vinho ignorado. Então, o escolhi e sequer olhei o rótulo. Queria me acalmar, adormecer meus sentidos. Reduzir a extrema ansiedade pela perspectiva certamente frustrada do futuro.

Abri a garrafa, peguei uma taça do armário e tomei goles largos. Passei então a andar pela casa com a taça de vinho em uma mão e a garrafa na outra. Notei a Lua aparecer no céu pela porta de vidro da sala que dava para a mesma ampla varanda da sala de jantar. Foi então que avistei Cauã sentado na praia, olhando a Lua e o mar. A Lua estava esplêndida mesmo hoje. Então, andei em passos curtos até me aproximar de Cauã.

– Me dá um gole? – ele pediu quando me viu ao seu lado. Ofereci-lhe a garrafa e, ao analisar rótulo, Cauã concluiu: – Ótima escolha, Joana. Eu estava guardando essa garrafa.

– O vinho é bom mesmo. Você sabe a idade?

– Comprei na época de ouro da Inglaterra. Lembro-me da noite em que comprei esse vinho. Era o nosso aniversário de casamento daquela época.

– Putz, eu não sabia! Estou me sentindo mal por não ter perguntado antes. Simplesmente abri sem perguntar.

Ele riu e negou com a cabeça, jogando seu charme e me deixando sem direção.

– Você fez bem. Confesso que estou exagerando com as formalidades. Talvez indo rápido demais com você. – Cauã tomou outro gole e sorriu. Sentei-me ao seu lado na areia, já sentindo a maravilhosa brisa passar por nós com uma vontade amplamente frustrada de passar a mão pelos seus cabelos curtos e desembaraçados com o vento. Ele estava com uma calça de *jogging* e camisa branca. Confortavelmente belo.

– Acredite, estou incomodada justamente porque acho o contrário.

Cauã me encarou com seus olhos profundos como se pudesse me despir, vacilei. Ele sorriu, meio sem jeito. Peguei a garrafa da mão dele, ignorando a taça, e tomei no gargalo.

Então ele perguntou:

– O que você acha que seus pais iam dizer quando soubessem que você mora com um estranho, uma semana após ter saído de casa?

Engasguei com o vinho e perguntei:

– Moramos juntos?

– Claro.

– Cauã, você acha que é só dar uma paulada com um bastão na cabeça de uma mulher para que ela seja imediatamente sua?

Não sei por que falei isso. Ele soltou uma risada e acabei o acompanhando. Ele se levantou e disse:

– Bom. Acho melhor você pensar no que vai dizer para os seus pais, pois amanhã estaremos a caminho de sua terra.

– O quê? – Olhei para a Lua, buscando alguma palavra de sabedoria.

– Quais os nomes de seus pais?

– Joamir e Sarah – respondi confusa.

– Joamir é agressivo? – perguntou Cauã. Uma piada. Acredito que ri de nervoso. Nem imaginava meu pai ter alguma chance de combate contra Cauã, muito menos de Cauã ser agressivo com o meu pai. Ele disse: – Nunca falei tão sério. Precisamos de pistas para esse encantamento. – E com isso ele se espreguiçou.

– Você está voltando para a casa? – perguntei.

– Sim. Vou terminar a assinatura do contrato e iniciar os preparativos para retornarmos amanhã. – Ele pegou a garrafa da minha mão. Bebeu um gole e anunciou: – Farei nosso jantar.

– Não iríamos tentar nos tocar?

– Talvez depois. – Cauã parou e me olhou sarcasticamente. – Quer um... beijo?

– Isso não merece resposta – resmunguei. Com isso, Cauã deu outra gargalhada, me devolveu a garrafa e tomou seu caminho.

– Vou beber este vinho sozinha?

– Você não está sozinha. – Cauã apontou para a Lua.

Passei a tomar goles largos. Sim! Frustrada, agora estava querendo me entorpecer para dormir. Hoje eu não ia tocar no Cauã e ia dormir. Só isso!

– Minha Jaci... – Escutei a linda e suave voz da Lua. – Beba como se estivesse mais interessada no efeito entorpecedor do que em se deliciar com o gosto desse vinho especial!

– Isso mesmo... – respondi sarcasticamente. Pirei. Aliás, justificativa não me faltava!

Ouvi a Lua rir.

– Ficaria mais sensual, para o Cauã, se você se entorpecesse com água.

Resmunguei com a ironia. Um dia cheio de possibilidades e luz se escureceu. Uma enorme lassidão se apoderou de mim.

– A água purifica os sentidos e chama a renovação do corpo. Isso é sensual. A água evoca sensações misteriosas em nosso organismo, nos oferece uma energia mágica, pois ela é pura magia.

– Vinho intoxica e nos deixa um pouco mais alegres, além de fazer dormir – comentei com a Lua. – Além do mais, por que eu ia querer demonstrar sensualidade se Cauã está com receio de tocar em mim?

A Lua suspirou.

– Você não pensa em outra coisa, minha Jaci. Priscila a desconcertou esta tarde... Sinto isso em você... Ok, venha para a água. Vou energizá-la para trinta minutos com ele, cuidado com o tempo. Não deixe de levar a caixa de Rudá.

Ahn?

– O que faço? – perguntei, repentinamente agitada.

– Tire a sua roupa e venha para o mar, vou iluminar exatamente o local.

Estava frio, mas obedeci. Senti verdadeiras facas penetrando em minha pele ao entrar na água. Estava pelada e rugindo de dor a cada passo.

– Isso não poderá dar hipotermia? – perguntei preocupada, já que eu não sentia mais os pés.

– Minha Jaci... Venha para a luz que lhe darei forças.

Com muito custo, consegui chegar à luz indicada pela Lua. De repente senti novamente os pés e um calor insuportável. A água começou a soltar bolhas.

– Estou fervendo! – gritei para a Lua.

– Isso é calor... energia. Mergulhe na água para se purificar e receber nossa força.

Mergulhei.

Ao levantar, senti uma energia estranha fluindo em meu corpo. Não sentia frio, nem calor. Ainda não tinha capacidade de entender que tipo de calor fluía em meu organismo, era uma vibração gostosa que passava pelos braços, caminhava pelo meu torço, minhas coxas e retornava ao pescoço.

Vi-me em um leve transe, andando nua pela praia em direção a casa. Na verdade, eu não estava me importando com nada em volta. O mundo havia tomado uma forma diferente e desacelerada nesse momento. Eu me sentia desconectada e me exaltava com cada passo, tocava em meu corpo, assim como Lina havia sugerido, estava apaixonada por ele. Sentia uma sensação maravilhosa e precisava ver Cauã.

Abri a porta da varanda e entrei na sala de estudos. Abri as gavetas em que Gabriel havia colocado as caixas. Encontrei só uma, não duas. Peguei a que encontrei e me direcionei a Cauã. Meu corpo estava molhado e pelos meus cabelos escorria água para o chão da casa. Isso não me importava. Pelo contrário, as gotas quentes que passavam sobre o bico de meus seios só aumentavam meu desejo. Precisava dele e ia ser agora.

Encontrei-o na cozinha, ele estava preparando nosso jantar, cortava pedaços de presunto e preparava um sanduíche. Ao me olhar, ele arregalou os olhos, perdeu o controle da faca e cortou a mão. Fez uma cara de dor e pegou um pano de prato para estancar o sangue, enquanto a mão cicatrizava. Orgulhei-me com o efeito que meu corpo despido causou nele e senti a súbita ânsia de tornar-me ainda mais cruel. Entrei na cozinha desfilando suavemente e ainda permitindo que as gotas de água do mar molhassem o piso. Coloquei a Caixa de Rudá na ampla mesa de madeira no centro da cozinha, onde ele preparava os sanduíches, e meu olhar encontrou o dele, convidando, ou desafiando, dedicando todo o poder de sedução que há pouco nem sabia que tinha. Nesse encontro, algo estranho aconteceu, senti um profundo choque nas ancas. Algo que jamais sentira antes. Ainda mais estranho, eu o vi sendo arrebatado pelo mesmo sentimento. Era como se um raio caísse em mim e nele em perfeita sintonia. Em um paralelo único. Minhas coxas gritavam por ele e meu seio inchou como se estivesse se inflando para o toque. Sem dar uma palavra, e sem tirar os olhos desse homem, sorri, virando-me para sair da cozinha. Não sabia muito bem por que fiz isso.

De repente, eu o vi entrar em um transe incomum. Ele me devorava com os olhos e suas mãos cravaram na mesa de madeira como se estivesse se segurando. Escutei algo estalar e ele olhou para a mesa. Havia quebrado uma grande lasca da madeira.

– Toque-me. A Lua me energizou… – Iniciei uma espécie de justificativa para meu ato insano e, antes que eu pudesse terminar o meu discurso, escutei seu tom de voz grosso, como se ele estivesse com dor.

– Agora você será minha, nem que seja desacordada – ele anunciou com o tom de voz afetado.

Ri com a felicidade da perspectiva. Sim, queria ser dele sob qualquer estado. Então ele pegou a caixa, pegou a pedra de dentro, esfregou em suas mãos e a pedra se iluminou. Ele a colocou de volta na caixa, fechou-a e, sem luvas ou qualquer barreira, me pegou e me beijou.

Então, algo ainda mais inesperado aconteceu. Sei que deveria prever tal reação, teoricamente, mas meu passado me provou diversas vezes a falta de sensação de meu organismo. Senti um arrepio incontrolável e incrivelmente prazeroso em meu corpo. Em cada célula. Senti suas mãos caminharem em torno do meu corpo como se estivesse buscando o tempo perdido, enquanto eu tratava de tirar sua roupa.

Amamo-nos sem sentir medo ou nos preocupar com o que estava em nossa volta. Tornamo-nos loucos e nos amamos. Tocávamos, impregnando um no outo como se para assegurar-nos da nossa recíproca existência.

Loucos pela felicidade de finalmente nos tocar, de nos reencontrar. Ele me deitou na mesa da cozinha, sem se preocupar com os pratos que caíram pelo chão. Beijávamo-nos enquanto suas mãos caminhavam precisamente sobre pontos que só aumentavam meu desejo. Era como se ele conhecesse o meu corpo com a perícia de um companheiro de milhões de anos que já vivemos. Pela primeira vez, tive a certeza de que eu realmente compartilhava desejos, planos e sentimentos com outro homem. Que estávamos em perfeita sintonia.

Beijávamo-nos violentamente e Cauã conquistou meu corpo sem mais tardar. Livres, finalmente nos amamos. Estava conhecendo, finalmente, nosso, até esse momento, estranho amor, não havia como retornar. Estávamos nos reconhecendo, celebrando o desejo e furiosamente nos amando. Acima de tudo, eu estava conhecendo meu corpo. Não existiam palavras para nós, éramos um, estávamos completos e eternos. Eu sentia cada curva de seu corpo com o estranho sentimento de saber que meu prazer resultava no profundo prazer dele.

Quando ele se deslizou sobre mim, em cima da mesa, abri as pernas e enlacei-as em torno de seu quadril como para melhor assegurar uma captura que mais parecia um aprisionamento. Não contei os minutos indicados pela Lua. Claramente ela sabia, se me conhecesse um pouco, que não dava para pensar em outra coisa.

Eu estava excitada, mas, acima disso, nervosa. Não queria dormir. Não poderia dormir.

– Desculpe-me, mas não sei se consigo controlar. – Então, senti outro choque, ainda mais forte, um desejo que me fez sussurrar:

– Eu amo você. – Minhas palavras impulsionaram seu clímax. Ele me abraçou com tanta força que senti o ar sair completamente de meu pulmão. Foi nesse momento que senti um sono profundo.

Queria falar para Cauã da minha maravilhosa descoberta ao seu lado. Mas não conseguia. Bocejei. Simplesmente não tinha o menor controle sobre meu sono. Olhei em volta e me deparei com a terrível cena de destruição de todos os pratos, copos e ornamentos que haviam sido colocados na mesa de jantar. Havia cacos de pratos e copos de vidro espalhados pela cozinha. Mas isso não importava. Conseguimos! Eu estava acordada! Olhei no relógio, que marcava dez horas da noite. Passou-se mais de que meia hora, mas não me importei.

– Acho que vou pedir uma pizza, pois a cozinha está inóspita. Você vai jantar?

Consegui rir mesmo com meu encontro marcado com Morpheus. Sabia que não havia como jantar. Precisava dormir. Ao tentar me levantar, senti uma tontura inesperada. Segurei-me na mesa e Cauã me pegou no colo imediatamente. Meus olhos foram fechando sem que eu tivesse qualquer controle sobre eles. Cauã me beijou com ternura quando sussurrou:

– Imagino que não.

19
PERCALÇOS

Cape Cod, quarta-feira, 20 de abril de 1994

Já eram seis horas da manhã e, com sua leitura completa, Cauã finalmente sentiu-se seguro para assinar os papéis. De imediato, sentiu um peso sair de suas costas.

Entrou no quarto para observar Joana dormir. Olhou para a cama e lá estava Joana, linda e delicada, dormindo. Era cedo e o Sol estava saindo. Logo ele teria de se alinhar ao Sol para orientá-lo, assim como fazia todos os dias, nos primeiros minutos em que seu elemento surgia à sua órbita. Uma forma de domar o leão feroz, ardente, enquanto gozava de uma vida parcialmente humana. Cauã passou a mão na nuca e estalou o pescoço. Passou a mão em seus cabelos, já sentindo o incômodo de ser obrigado a subir ao Sol para acalmá-lo e prepará-lo para o que viria. Estava prestes a enfrentar mais um cruel percalço de seu ciclo de vida: a máxima solar. Se fosse esse único percalço, não havia com o que se preocupar. Poderia manter a Assendent. No entanto, havia outros problemas em volta, as entidades de suporte que coexistiam em Ci e agora se rebelavam e buscavam uma rota de fuga. Elas queriam sair desse mundo, acreditando estar morrendo. Para piorar, além de ser obrigado a enfrentar a fúria da máxima solar, a fim de não torrar tudo por perto, acalmar e resgatar a sintonia das entidades e seus elementos adjacentes, ainda haveria o alinhamento planetário em poucos anos. Joana precisaria estar preparada então. Ele passou agora as mãos no rosto para afastar a preguiça e concluiu, mais uma vez, que foi melhor vender a Assendent. Não poderia se distrair. Não agora.

Com cuidado, ele foi até o banheiro para tomar seu banho. Ligou a luz e deu mais uma olhada em Joana, agora com a luz do banheiro ligada. Juntou as sobrancelhas. Havia algo de estranho em Joana. Ela estava com uma cor diferente. Estava imóvel e esquisita. Cauã abriu a porta da varanda para que o Sol, já enviando seus primeiros raios, pudesse iluminá-la para analisar melhor. Seus lábios estavam azuis, como se o sangue houvesse deixado de circular.

Cauã a estudou, trêmulo e sem acreditar no que estava vendo, tirou o cobertor e o lençol de Joana. Seu corpo estava imóvel, parecia estar se transformando em uma espécie de cera, mas havia uma respiração mínima em seu peito. Com seu susto, sem intenção, ele soltou o sinal de socorro tão intenso que imediatamente Lina, Cristiano, Alcinoe, Gabriel e Adriana entraram em seu quarto.

Gabriel pediu para Cauã se afastar com um gesto. Adriana saiu do quarto e voltou em segundos com sua maleta de médica, para analisar o estado de Joana. Sem pedir permissão, Adriana sacou vários equipamentos e passou a avaliá-la. Enquanto examinava os seus sinais vitais, ela falou:

– Joana está viva, mas em estado de coma... Isso de acordo com a medicina formal. No entanto, sua aparência não indica um bom prognóstico. Esse é um caso típico de uma anomalia de que a medicina ainda não tem total entendimento.

– Fale diretamente, sem enrolação. – Cauã estava descontrolado e seu tom de voz aumentava gradativamente com seu nervosismo. – Fale, Adriana, o que Joana tem?

– Não acredito que exista registrado em nosso CID-10 uma classificação para essa doença, de forma que os sintomas de Joana são atípicos e não se assemelham com os sintomas normais de um estado de coma. – Adriana pausou, como se estivesse dando um tempo para Cauã se preparar para as próximas palavras. Então prosseguiu: – O que eu quero dizer é que, se não consigo fazer um paralelo achando, pelos sintomas, a causa para este mal, não consigo propor nenhum medicamento alopático que venha curar Joana.

Cauã rugiu de raiva. O som de seu tormento era tanto que se assemelhou com o estrondo de um raio. As nuvens cobriram os céus com ferocidade e tornou a chover torrencialmente. Ele desceu as escadas se segurando nas paredes, sem acreditar no que estava vendo. Joana se desmantelava em sua frente e, dessa vez, nada poderia fazer para reverter a situação. Nem sequer podia tocá-la! Ele correu para o telefone e passou a discar. Gabriel correu logo atrás:

– Joana está desmantelando. – Ele confirmou o medo de Cauã. – Mauro está inacessível – observou.

– Caaporã – Cauã balançou a cabeça em um gesto de negação e, enquanto discava, se corrigiu: – Digo, Cláudio... – Exasperado, já não sabia se o chamava pelo nome de entidade, ou o nome que assumiu nessa vida.

Gabriel concordou e pegou o telefone da mão do amigo antes que o quebrasse com seu desespero. Lina apareceu assustada, e Gabriel indicou para ela assumir a ligação. Então perguntou:

– Vocês usaram a caixa que dei a Joana?

– Claro! A caixa antiga... Ela está na sala de estudo – respondeu Cauã, impaciente com a pergunta do amigo.

– Não, Cauã... – Gabriel corrigiu. – A caixa nova. Lembra-se de que eu havia feito uma caixa nova que poderia absorver ainda mais os seus poderes?

– Não... Era a caixa antiga que Joana me deu – Cauã respondeu confuso.

– Impossível. Expliquei para Joana que deveria usar a caixa de Rudá nova. Eu lhe mostrei – e perguntou: – Por que Joana escolheria a velha se deixei explícito que deveria utilizar a caixa nova?

A esse ponto estavam na sala de estudos. Cauã mostrou a caixa utilizada e Gabriel abriu a gaveta. Outro susto. Não havia nenhum sinal da nova caixa construída pelo Gabriel há pouco.

Lina chamou todas as icamiabas. Precisavam de pistas. Afinal, quem levou a caixa nova? Assim que todas apareceram, Gabriel mostrou a caixa antiga:

– Preciso saber se alguém levou uma caixa similar a essa e por quê.

Lindalva se empalideceu ao ver a caixa. Ergueu a sobrancelha e respondeu:

– Priscila levou a outra caixa. Ela me disse que era seu porta-bijuterias.

Cauã se deixou levar pela raiva. Socou a parede, deixando um buraco entre a sala de estudos e o corredor, e passou a caminhar pela casa quebrando tudo pelo caminho: espelhos foram despedaçados, vasos colidiram contra paredes, móveis foram arremessados pela casa e caíam em cima de outros. Um verdadeiro cenário de guerra.

– Por que não nos deixam em paz?!

Foi então que, com um soco, explodiu a mesa em que ele e Joana transaram na noite anterior. Era um momento perturbador, mas precisavam controlar as emoções para agir com urgência. Cristiano finalmente chegou à sala e Gabriel pediu:

– Acuda Cauã, ele não está pensando direito, Cauã vai acabar nos atrapalhando e agora precisamos correr.

Cristiano avançou em Cauã por trás e colocou sua palma da mão nos olhos dele. Isso o fez dormir imediatamente.

– Nossa. Nunca vi Cauã ter uma reação desse tipo – Alcinoe comentou enquanto Cristiano o levitava até o sofá, ou o que restou do móvel.

– Eu já vi – Gabriel resmungou, lembrando-se da fúria de Guaraci pelo primeiro desmantelamento de Jaci. O coração de Gabriel sangrava ao ver o amigo enfrentar essa amargura depois de tanto tempo sofrendo. Pior, ao notar o casal enfrentar um ataque dessa proporção. Ele precisava interferir e ajudar o casal, ou tudo estaria perdido. Então passou a coordenar o grupo em meio à crise que se instalou.

Em poucas horas, todos estavam no avião particular para irem ao Amazonas e encontrar Cláudio. O momento era de urgência. Gabriel carregava Joana. Cristiano participou do estabelecimento de plano de voo com Orlando, o piloto responsável pela aeronave. O resto entrou em silêncio na aeronave já equipada e preparada para partir.

Assim que o avião decolou, Amanda perguntou a Alcinoe:

– O que significa desmantelar?

– Significa morrer temporariamente – Alcinoe respondeu. – Desmaterializar-se e viver em estado de energia por um tempo, sumarizando.

– Como isso ocorre? – Amanda perguntou.

Alcinoe aparentava estar cansada e triste, mas sorriu com ternura e decidiu dar atenção a Amanda. Afinal, eram perguntas importantes.

– Existem três estágios – respondeu Alcinoe. – O estágio inicial é exatamente no qual Joana se encontra. Em poucas horas, inicia-se o estágio dois, no qual os órgãos deixam de funcionar. Podemos dizer que, assim que uma entidade entra no segundo estágio, é difícil retornar. Já no terceiro, é impossível. Todos os tecidos manifestam uma amostra do elemento que a pessoa representa.

– Quanto tempo isso leva?

– Pode ser imediato, ou assim, como o que está acontecendo com Joana. Bom, quando não é de imediato, dois dias aproximadamente para os três estágios, porém o primeiro é o mais demorado. Geralmente levam 24 horas. Nesse caso, se Joana iniciou seu estágio às dez horas da noite, teremos até dez horas da noite de hoje para reverter.

– Por que estamos indo ao Amazonas? – Adriana perguntou.

– Lá mora Cláudio, a entidade que cuida das matas e dos animais. Uma entidade muito pouco sociável, não gosta de seres humanos, em parte porque tem que brigar com alguns irresponsáveis a fim de proteger sua mata.

Gabriel complementou Alcinoe:

– Um cara machucado pelos percalços. Há não muito tempo, havia mais de 350 aldeias que foram vistas como "selvagens", ou "bárbaras", e, aos poucos, aniquiladas para dar espaço à "civilização desenvolvida".

– Mas você faz parte dessa "civilização desenvolvida" – observou Adriana.

– Sim, fazemos. Também fazemos parte da vida em meio àqueles que ainda compreendem o que significa representar Ci. Fazemos parte de cada envolvimento e cada elemento. Interferir, impulsionar uma harmonia e influenciar. Também não concordo com o recluso de Cláudio. – Gabriel passou a mão sobre os cabelos e Lina colocou a mão sobre seu joelho, confortando-o. Aparentemente não era um assunto fácil. – Já fiz o mesmo um dia e jamais o farei. – Então voltou ao assunto. – Ele aceitou prontamente ajudar Joana e está nos esperando já no aeroporto.

– O que ele vai fazer? – Adriana perguntou.

– Ele pode curar o que os médicos e os remédios alopáticos não curam. Ele pode dar vida àquilo que o homem mata. Ele protege enquanto os homens destroem. Se Cláudio não tiver uma planta medicinal para Joana, certamente ele deve estar preparando um banho de cheiro… – Gabriel falou.

– Onde Claudio mora mesmo? – agora Rafaela perguntou curiosa com o assunto em questão.

– Ele mora no que denominamos "Terra sem mal". – Gabriel riu nostalgicamente e continuou: – Certamente todos conhecem os Guaranis. Somos profundamente orgulhosos pela coragem desses nossos irmãos. Os Guaranis, assim como outras tribos, foram cruelmente caçados, e ainda são. Rotulados como "selvagens", foram atacados. Tentamos influenciar a harmonia, fizemos todos os contatos possíveis, mas os humanos se mantiveram cegos pela ganância. Mesmo assim, não podíamos interferir nos assuntos entre entidades de Ci. Assim como não podemos interferir diretamente em guerras ou desentendimentos. Somos apenas hospedes de Ci e não seus anfitriões. Tentamos influenciar, é o que fazemos. Influenciamos.

– Conheço essa lenda da “Terra sem mal” dos Guaranis. Eles entendem que há uma terra sem doença, ou maldade – Adriana comentou. – Mas essa “Terra sem Mal” fica na Amazônia?

– Não. Uma mulher inesquecível batizou o território da tribo para onde vamos como “Terra sem mal” inspirada pela lenda dos Guaranis – Gabriel assentiu. Lina pegou na mão de Gabriel e comentou.

– Não precisa dizer.

Houve um estranho silêncio. Gabriel cortou-o, sorrindo para Lina:

– Não se preocupe. Lembranças boas não ferem. – Ele então explicou. – Um pouco antes de a Segunda Guerra Mundial explodir, eu era casado com uma moça, Beatrice.

– Havíamos nos separado nessa época – Lina explicou para apaziguar o espanto de Amanda. – Nunca cheguei a lhe contar que já nos separamos algumas vezes. Mas aconteceu...

– Decidimos nos mudar para a Amazônia, Beatrice e eu. Moramos na tribo de Cláudio por um bom tempo. Éramos tão felizes que ela acabou nomeando o local como “Terra sem mal”.

Notando a dor que exalava na feição de Gabriel enquanto ele olhou pela janela no avião, Lina pediu:

– Chega.

– Ela também conhecia a lenda – comentou Gabriel melancolicamente nostálgico.

– O que aconteceu com ela? – Rafaela perguntou e Lina a encarou incrédula. Rafaela cerrou a boca, já notando a gafe.

– Eu a perdi – Gabriel respondeu e olhou Joana, que deitava sobre uma maca. Ela estava imóvel e sua cor cada vez mais indicava que outra fatalidade estaria prestes a acontecer, justo agora.

Com isso todos se calaram.

20
ABRINDO O JOGO

INDAIATUBA, QUINTA-FEIRA, 21 DE ABRIL DE 1994

A casa dos pais de Joana se situava no centro da cidade de Indaiatuba. Alcinoe havia conseguido o endereço entrando em contato com a empresa. De acordo com as coordenadas de Alcinoe, era uma casa de três andares e atrás de um bazar. Assim que pousaram no aeroporto de Viracopos, havia quatro carros já os aguardando. Todos com motores potentes. Um deles confortável, para colocar Joana no banco de trás. Cauã, Gabriel e Cristiano foram em um Ferrari preto, Alcinoe e Lina em uma BMW preta, com Joana e as icamiabas distribuídas entre os outros. Em outras duas Mercedes.

Estacionaram à frente da casa dos pais de Joana como uma comitiva. O número da casa claramente exposto ao lado de um bazar, uma porta de ferro pintada na cor creme indicou a entrada da casa de Joana. Como se o carro não fosse suficiente para chamar atenção, assim que os três saíram do automóvel, a rua parou. Cauã colocou seus óculos escuros para esconder seu cansaço e reparou mulheres surgindo das casas, lojas, cabeleireiros, encarando-os com curiosidade e algumas não esconderam o sorriso encabulado. Sem falar, Cauã olhou para Gabriel, que recomendou a Cristiano:

– Coloque seus óculos escuros. Não queremos e nem temos tempo para suas encrencas.

Cristiano obedeceu aos risos. Cidade nova, mulheres encantadas... Ele alargou o seu sorriso com o choque maravilhoso em sua virilha. Procurou se concentrar no momento. Joana estava em perigo e ele não poderia desfocar. Com isso em mente, Cristiano trancou o sorriso. Tornou a contar passo por passo e, segundo seus cálculos, faltavam apenas dez passos... sete... Surgiu uma bela morena pela esquina e ela sorriu encabulada... Choque... cinco passos... se a contagem estiver errada e adicionar outro passo nos dez, Cristiano abordaria a moça, que, por sinal, além de sorrir, soltara seus cabelos...

Os três pararam então em frente ao portão da casa dos pais de Joana.

Gabriel perguntou a Cauã:

– Está preparado?

– Não – Cauã respondeu.

Ignorando a resposta de Cauã, Gabriel tocou a campainha da porta. Havia uma pequena brisa fria passando que amenizava o efeito fulminante dos raios solares sobre a cidade. Esses mesmos raios que berravam pela atenção de Cauã enquanto ele os ignorava. De fato, não era o momento para conversa.

Uma mulher branca de pele, cabelos pretos e olhos castanhos surgiu por detrás do portão creme. Ela tinha um corpo de dar inveja e lábios carnudos como se pudessem esconder a sensualidade do canto de uma sereia. Ela era uma mulher muito bonita. Lembrava Joana e julgaram ser Sarah.

A moça deu um passo para trás e soltou um sorriso difícil de evitar. Sarah, então, olhou em volta, reparando na comoção da rua com os estranhos visitantes.

– Ah. Isso vai dar pano para a manga! – ela comentou. – Sim, no que posso ajudá-los?

Cauã estava no meio dos dois, já que teria que assumir a difícil tarefa de se apresentar e abrir o jogo.

– Bom dia, acredito que a senhora seja Sarah, mãe de Joana. Sou Cauã e estes são Cristiano e Gabriel. – Apontou para cada um deles. – Precisamos conversar. Seu marido está em casa? É sobre Joana.

Ela se assustou e perguntou:

– Sim, sou Sarah. – Ela levantou a sobrancelha e perguntou: – Aconteceu algo com ela?

– Ela está bem – respondeu Cauã. – Mas precisamos da sua ajuda. Para isso precisamos conversar.

– Podem entrar – Sarah se afastou do portão, alarmada. – Espero que vocês não sejam ladrões ou sequestradores, vou alertá-los, não temos absolutamente nada.

Cristiano foi o primeiro a entrar, hipnotizado agora pelas curvas de Sarah. Ela andava rebolando e os guiando pelo corredor estreito que levava para a frente da casa, e Cristiano andava atrás, em perfeita sintonia, doido para achar uma desculpa e acelerar o passo.

Enquanto isso, Cauã estudava o ambiente à sua volta enquanto imaginava a infância de Joana brincando nesse corredor. A casa era estreita, de três andares, e escondia-se por trás de uma loja. O corredor era envolvido por um piso de cerâmica creme. A entrada da casa estava repleta de plantas e flores, todas cuidadas por Sarah, provavelmente. Estavam bem vivas e bastante saudáveis.

Gabriel, ao contrário de Cauã, que se perdia em seus pensamentos, caminhava compenetrado e apreensivo com a reação de Cristiano. Cristiano não se importava com a apreensão de Gabriel. Ele estava perdido em seu devaneio pelo belíssimo traseiro da maravilhosa mulher à sua frente. Aliás, ele não havia visto esse traseiro antes? Certamente essa formosura não era estranha. A cada passo que Sarah dava, acendia outra faísca em Cristiano e aumentava o seu fascínio. Logo estaria perdido em meio a essas curvas hipnotizantes. Por Deus, ele já estava! O que lhe restou foi disfarçar para não ser novamente repreendido por Cauã e Gabriel. Afinal, Cristiano somente olhava. O que havia de mal em contemplar a beleza?

Sarah lançou as mãos à cabeça e, abrindo parte do casaco de lã fina rosa que envolvia um vestido florido, expôs as curvas de seus formosos seios. Cristiano sentiu seu corpo ferver e deixou de se preocupar se seria desvendado pelos amigos. Perdeu-se de vez. Seu queixo caiu ao encarar boquiaberto, perplexo e rígido a mulher que arrancava sua sanidade da maneira mais cruel. Sentiu cada músculo de seu corpo enrijecer e o sangue deixar de vagar em torno de sua razão, para se acumular em um único ponto. Ajustou suas calças.

É a mãe de Joana, ele pensou como se pudesse controlar a fúria que crescia em seu sistema, já imaginando ser tarde demais.

Sarah gritou com um gato persa paralisado em cima do muro.

– Gato feio! Não sabe que é perigoso subir no muro desse jeito? Um dia posso não estar aqui e você ficará preso! – Com isso, Sarah subiu em um banco de madeira para pegar o gato. Ela se esticou e se agachou em cima do banco, mostrando ainda mais o charme de seu traseiro.

Cristiano tirou os óculos a esse ponto, indiferente, com Gabriel notavelmente puto ao seu lado o encarando. Ele acabava de ser hipnotizado. Além disso, ele estava invejando a atenção que aquela maravilhosa mulher desprendeu àquele gato, e a proximidade do felino com seus seios. Como ele queria estar na pele daquele animal! Não conseguiu mais disfarçar, ele nem sequer piscava ao ver essa cena desenvolver-se em sua frente. Agora não tinha jeito. Ele estava completamente encantado pela mulher. Não tinha mais como voltar atrás. Dane-se que Gabriel o criticava com o olhar, já prevendo seus planos.

– Joamir! Tem visita! – Sarah anunciou aos gritos.

Desculpe, Sr. Joamir, Cristiano pensou, tentando dissimular uma expressão arrependida e falhando completamente. Depois, buscou disfarçar seu fascínio. Olhou para o alto, mas, pelo olhar de Gabriel, que cerrou os seus, também falhou...

Eles escutaram a voz de um homem reclamando ao se aproximar da porta.

Cristiano encarava Sarah sem parar. Ele estava inconformado com sua formosura, até que foi interrompido por Gabriel, que o cotovelou olhando de forma repreensiva.

Cristiano deu de ombros.

Joamir, um homem bruto e desleixado com sua camisa parcialmente elevada pela enorme barriga, parou à porta de casa e, assim que viu a pinta das visitas, encarou Sarah e também a questionou:

– São sequestradores? – ele perguntou. – Ladrões? O que vocês querem?

– Somos amigos de Joana e precisamos conversar – Gabriel abriu a conversa.

Joamir olhou bem para cada um deles, estudou sua esposa, apertou os olhos e entrou na casa.

– Não estou com muito tempo. Vocês precisam ser breves.

Nesses breves segundos que entravam na casa, Cristiano conseguiu se libertar da formosura de Sarah e observou a reação silenciosa de Cauã com cautela. Precisava manter a calma, o foco, o direcionamento e mediar uma conversa aparentemente difícil. Os poderes de Cristiano acalmavam e manipulavam sentimentos e seriam de grande valia no momento que Cauã abrisse o jogo.

Cauã estudava cada azulejo marrom decorado da cozinha, a pequena mesa branca encostada na parede, o fogão vermelho ao lado da pia de granito marrom. Separada por uma porta de correr de vidro fumê, era a sala de jantar com uma mesa de vidro e cadeiras de ferro com forro bege. No cômodo ao lado, havia um sofá de três lugares e duas poltronas creme e um centro de mesa de madeira envernizada com outros porta-retratos. Também, havia uma espécie de extensão dessa pequena sala onde era o bar. Expostas na parede da sala, por cima do sofá, viu duas espadas cruzadas. Em frente ao sofá, aparecia a ponta de uma escada que se escondia por trás da parede da sala. Logo à frente dessa sala, havia uma grade ornamentada de ferro que separava esse ambiente de outra sala de televisão com um armário alto e uma televisão de 32 polegadas com outro sofá de dois lugares em frente à televisão.

Então, Cauã notou todos os sinais distribuídos na casa e seu coração apertou.

Joana teve revelações. O inconsciente de Jaci o chamou.

Ele viu fotos de criança de Joana vestindo camisas com o desenho, ora da Lua, ora do Sol expostos nos porta-retratos em cima de uma prateleira de madeira envernizada, no canto da pequena sala dessa casa estreita.

Sarah passou pela porta de vidro que separava a sala da cozinha e foi até a cozinha para preparar café para todos. Ela pegava as panelas de cima do armário, arrumava o pó e trabalhava agitadamente para fazer o café. Cauã acompanhou Sarah hipnotizado pela sua imaginação, que vagava pelo ambiente, pensando na vida de sua Jaci. Mas o que mais o emocionou foi um desenho grudado na geladeira. Era uma folha em formato de coração com o Sol de um lado e a Lua do outro. Ele pegou o desenho com a mão e cerrou os olhos.

Sarah então comentou:

– Joana me deu esse desenho quando ela tinha uns quatro anos. Lindo, não?

Cauã não disse nada, não conseguiu. Ela teve revelações, inconscientes.

Cristiano notou que ele iria partir ao meio de amargura. Que iria enlouquecer completamente e foi ao encontro do amigo. Concentrou-se na energia alegre de seu sistema e tocou o ombro de Cauã. Foi então que Cauã conseguiu força suficiente para entrar na sala de jantar, encarar Joamir e começar a falar.

Cristiano sentou-se à mesa da sala de jantar e aguardou.

– Respondo agora por Cauã e busco Joana há aproximadamente vinte anos. – Sarah estava organizando as xícaras em uma bandeja e pausou ao ouvir as palavras de Cauã. Então, ela respirou fundo, ergueu a sobrancelha e continuou. Cauã voltou para a sala de jantar quando Joamir decidiu sentar em uma das cadeiras, curioso com as suas palavras. – Sei que pode ser difícil de acreditar nisso, mas, acredite, não nos expomos frequentemente. Até porque a reação dos humanos é quase sempre destrutiva diante de assuntos que desconhecem. No entanto, esse é um momento especial e vamos precisar da ajuda de vocês.

Gabriel aguardava, apreensivo. Ao contrário de Gabriel, Cristiano não escutou nenhuma palavra. Sim, ele estava presente na conversa. Fisicamente, pelo menos, mas apenas ouvia as batidas de seu coração acelerado ao encarar Sarah.

Cauã explicava sobre os elementos, sobre sua função ao representar o Sol, sobre Jaci que respondia por Joana. Ele falava guiado pela cautela de Gabriel que intervinha quando Joamir parecia não acreditar. Cristiano estava parcialmente atento. Entre escutar uma conversa que parecia mais do que batida e encarar as curvas de Sarah silenciosamente, não teve dúvidas. A conversa estava fluindo, mas Sarah tomou novamente a atenção completa de Cristiano, seus olhares orbitaram pelos seus movimentos como se eles o ordenassem expressamente. Ela preparava o café. Como era elegante! Uma verdadeira ninfa! Sua atenção era integralmente de Sarah. Só Sarah. Ah... Essa mulher era capaz de domar sua existência.

Cristiano voltou rapidamente a atenção à conversa. Foi distraído rapidamente pela resposta sarcástica de Joamir, descrente da história narrada. Falavam sobre a importância de Joana saber quem ela é, sobre sua representação, a Lua. A conversa mudou do ar de pura ironia pelas respostas descrentes de Joamir para indignação assim que ele perguntou sobre o cargo da filha, ao saber que falava diretamente com os donos da Assendent, que contrataram Joana.

Isso não está indo bem, Cristiano pensou e voltou os olhos para Sarah. Ele olhava cada passo, seu corpo, suas curvas, seu peito, e seguiu o movimento de sua respiração. Viu-a secar o suor com um guardanapo de papel e pensou: *Realmente, está muito quente aqui*. Sentia seu corpo ferver e sabia que não teria opção, não haveria jeito. Ele não teria como deixá-la escapar.

Então finalmente Joamir se manifestou:

– Sarah! Seja forte! Estamos com três loucos em nossa casa! Acabaram de dizer que Joana é a entidade da Lua! – Joamir riu. – Ah! Saiam da minha casa!

Cauã, furioso, olhou para Cristiano. Certamente percebeu que Cristiano não estava focado e deixou a situação sair de controle. Eles não tinham tempo para desperdiçar com conflitos familiares. Cristiano deveria ter intervindo.

Subitamente, Cauã iluminou as palmas da mão e com uma luz fraca levitou a mesa de jantar.

– Rá! – Joamir debochou. – Truque.

Cristiano se levantou. Teria de intervir em breve. A situação já estava perdendo o controle. Cauã levitou as cadeiras junto ao Sr. Joamir, que se manteve sentado. Ele estava ficando sem paciência com o pai de Joana.

– Truque de mágica, eu vejo todos os dias na televisão – Joamir respondeu ironicamente, segurando-se na cadeira.

– Coloque o senhor Joamir no chão – Gabriel pediu a Cauã.

Cauã apertou os olhos. Cristiano já imaginou que o plano de Cauã já girava em torno de lançar esse homem à órbita. No entanto, respirou fundo e colocou Joamir no chão com a sua cadeira, depois as outras cadeiras e a mesa.

– O que posso dizer? Insanos, com ideias megalomaníacas e tristemente querem me manipular com truques fora de moda.

Impulsivamente, Gabriel pegou uma faca da mesa e cortou o próprio pulso profundamente. Joamir gritou ao ver o pulso de Gabriel sangrar, um fio grosso de sangue deslizar no chão, cessar e rapidamente cicatrizar.

Joamir falou um pouco apreensivo:

– Você é que nem a Joana, tem boa cicatrização. Não é novidade. Além do mais, você vai limpar. – E apontou para as gotas de sangue no chão.

Gabriel então falou:

– Muito bem lembrado. Vocês não notaram algo de diferente em Joana, como se ela tivesse uma saúde diferente da de outras crianças? E todos esses outros sinais, ao seu redor?

Gabriel apontou em todas as imagens de Lua e Sol espalhadas pela casa, nas fotos de Joana e em seus pertences. Sarah apareceu com uma bandeja com xícaras de café e, finalmente, tomou parte na conversa. Ela os olhava apreensiva. Assustada:

– Entidades?

– Cale a boca! Vou interná-la também, mulher! – Joamir os varreu com as mãos. – Vamos! Todos para fora!

Cauã perdeu a sua paciência.

– Preciso que você controle os humores, Cristiano! Agora – Cauã ordenou ao Cristiano. – Inclusive o meu!

Cristiano iluminou a palma de sua mão e seus olhos em direção ao Joamir, que ficou imóvel com o que via e tornou a sorrir calmamente ao ser invadido por um sentimento intenso de paz.

Ao ver a cena, Sarah deixou a bandeja com o café e as xícaras caírem no chão, fazendo um barulho estrondoso. O barulho tirou o foco de Cristiano que, instintivamente, olhou para Sarah. Ambos acabaram se olhando e encontrando uma magia ainda mais intensa.

– Não pode ser! – Ela comentou ao colocar a mão na frente da boca, incrédula. Joamir ficou imóvel, hipnotizado pela energia que havia sentido.

– Sente-se mais calmo? – Cauã perguntou.

– Sim, sim! – Joamir respondeu prontamente.

Cauã ordenou, também se sentindo mais calmo, ao pai de Joana:

– Então, venha comigo. Vou lhe mostrar outra coisa. Você tem um terraço?

– Sim – Joamir respondeu, confuso ainda com a reação serena que seu corpo experimentava.

– Precisamos ir ao terraço – Cauã anunciou.

• • •

Gabriel, Cauã e Joamir subiram até o terraço. Estava fazendo Sol e o calor fulminava, assim como os humores de Cauã. Subiram pelas escadas estreitas, passaram por um corredor com quatro portas fechadas, duas em cada lado, e subiram outro lance de escadas curvas até o terraço. Sem mais tardar, Cauã perguntou ao Joamir.

– O que você quer que eu faça com o clima, quer que eu ordene ao Sol se esconder? Chuva? Quer que eu torre a cidade? Escolha.

– Isso vai ser divertido – Joamir comentou aos risos e apontou ao vizinho de trás. Com gestos circulares e exagerados, ele ordenou: – Quero que chova somente na casa do meu vizinho ao lado, tipo efeito família Adams! O cara não para de nos atormentar com o seu barulho no meio da noite!

Cauã bufou com o pedido, mas não teve dúvida. Colocou um joelho no chão, em posição de concentração, assoviou para o Sol, anunciando o seu pedido. E foi então que Joamir teve que se encostar na parede do seu terraço com o susto que levou.

Os olhos e as palmas das mãos de Cauã iluminaram-se com uma luz incrivelmente clara. Era uma luz brilhante que poderia cegar quem quer que olhasse direto para ela. Era uma luz muito semelhante à do Sol.

Subitamente, as nuvens foram se acumulando em cima da casa ao lado. Trovões e raios passaram a cair incessantemente e, logo depois, uma tremenda tempestade.

Joamir, assim que percebeu o feito, pulou de alegria e vibrava com a sua conquista!

– Acorde, seu Nazareno! Ah! Atormentamos o seu soninho? Rá!

Gabriel se divertia ao ver o pai de Joana vibrar com a tempestade. Parecia que esses vizinhos tinham uma relação bem tumultuada.

– Que cara engraçado! Gostei dele! – Gabriel comentou aos risos para Cauã, que voltou a sua posição em pé e cobriu seu rosto impaciente com a reação do homem. Ansioso para voltar ao assunto que interessava, Cauã apontou para dentro de casa e cortou a comemoração do Sr. Joamir. – Vamos agora ao assunto que interessa.

21
ESPERA

INDAIATUBA, QUINTA-FEIRA, 21 DE ABRIL DE 1994

Nenhum ruído; apenas o silêncio apreensivo da tarde em uma rua calma do interior de São Paulo.

Dentro do carro, Lina e Alcinoe aguardavam em suspense.

– Por que eles estão demorando tanto? – reclamou Lina. – Estão há horas conversando com os pais dela. Não temos todo esse tempo!

– Existem coisas que não se pode sumarizar – respondeu Alcinoe.

Lina olhou para Joana deitada no banco de trás do carro. Ela aparentava estar bem confortável, nem parecia desfalecer.

– O que houve entre você e Cristiano? – Lina perguntou.

Alcinoe então respondeu:

– Existem coisas que inclusive eu não posso sumarizar. Mas, lá vai. – Ela suspirou como se estivesse buscando energia e revelou: – Quero deixar de ser um icamiaba. Quero voltar a ser humana. Eu decidi morrer, como uma humana, assim que esta confusão terminar.

O queixo de Lina caiu. Enfureceu-se com Alcinoe ao concluir que uma decisão dessas não poderia ser revelada desse jeito. Não haveria como sumarizar isso! Isso não! O que Alcinoe não tinha? Ela possuía juventude, suporte, amor, experiências e liberdade, o que faltava?

Alcinoe complementou:

– Contei para Cristiano assim que retornamos da boate aquele dia. Pedi para que ele me matasse depois que eu resgatar a minha mortalidade, mas ele, infelizmente, não concordou.

Foi então que Lina entendeu por que Cristiano acordou de mau humor no dia seguinte à boate. Algo incrivelmente estranho, já que ele domava suas emoções. Nem imaginou o susto que Cristiano deve ter levado quando Alcinoe lhe contou.

– Por quê?

– Porque estou cansada de viver esta vida que evolui ao passo de lesma. Não me leve a mal, Lina. Vocês são entidades, na sua essência, isso é natural. Eu não sou uma entidade. Sou humana.

De certa maneira, as palavras de Alcinoe faziam sentido, apesar de não entender o porquê de uma mulher escolher morrer como humana, se foi lhe dado o dom de entidade. Lina deixou o rosto cair e, como já estava triste com o que havia acontecido com Joana, tampou o rosto e soluçou.

– Não faça isso comigo, amiga! Entenda-me, pelo menos você! – Alcinoe falou. – Você poderá me devolver à mortalidade no mesmo ritual em que dará a vida prolongada às meninas após a iniciação. Por isso que escolhi que o ritual seja na Grécia, minha terra natal. Escolhi partir em minha terra natal.

Então Lina percebeu que Alcinoe havia planejado isso há muito tempo. Poderia dizer, por bem, que a amiga era jovem demais, que falou com pressa e não sabia o que dizia. Com ternura, passou a contemplá-la por um tempo. Os olhos da amiga eram firmes. Concluiu. Não foi uma decisão tomada impulsivamente. Por fim, suplantando o torpor, o susto, ficou a cólera. Lina abraçou a amiga.

A porta se abriu. Alcinoe e Lina viram Gabriel dar um sinal para levarem Joana. Cauã estava posicionado atrás do portão. Lina limpou seu rosto, levou Joana no colo até lá, e Cauã assumiu o controle, ele estava novamente usando suas luvas cirúrgicas e levitava Joana em direção a casa.

Ao entrarem na casa de Joana, Lina percebeu que o pai de Joana estava conformado e bastante prestativo. Aparentemente, eles haviam sido bem-sucedidos em explicar a história. Com a ajuda de Cristiano, e a capacidade dele de controlar sentimentos, tudo ficou mais fácil. Imaginou.

No entanto, Joamir aparentava estar focado, curioso com o que estava ocorrendo. E olhava atentamente Cauã levitar Joana pela casa.

• • •

– Sr. Joamir, poderia indicar o quarto de Joana? – pediu Cauã.

Joamir prontamente subiu e abriu a porta. Depois da prova irrevogável que Cauã havia lhe dado no terraço, Joamir mudou sua postura. Antes agia na defensiva, agora era cautela e preocupação.

Cauã levitou Joana dos braços de Lina e passou a conduzir seu corpo flutuante pelo corredor estreito da entrada da casa, passou pela cozinha, percorreu a sala de jantar e a sala. Subiu, com cautela, pelas escadas e, suavemente, a posicionou na cama de seu antigo quarto. Não conseguiu controlar a curiosidade ao espiar o pequeno quarto com móveis brancos. Rapidamente observou porta-retratos de Joana com sua família e amigos em cima de sua escrivaninha.

– Cauã, vamos... Não podemos perder tempo. – Gabriel trouxe Cauã para o presente.

Então, Cauã ajoelhou-se ao lado da cama de Joana e sussurrou a seu ouvido:

– Então é aqui que você se escondeu... – Cauã passou sua mão protegida pela luva nos cabelos de Joana. – Durma bem...

Cauã desceu para encontrar o grupo reunido na sala. O pai de Joana ofereceu seu breve descritivo sobre as companhias de Joana. Disse:

– Rodrigo, ex-namorado, péssima escolha e o que me leva a ser excessivamente protetor da menina. – E declarou, ao ver Cauã surgir na sala de jantar. – Determinarei as regras para seu relacionamento até casarem-se. – Cauã procurou controlar sua irritabilidade e sentou ao lado do amigo.

– Continue – pediu Gabriel.

– Camilla, sua melhor amiga. Uma verdadeira deusa. Sandro, seu melhor amigo. Ele é *gay*.

– Isso não nos interessa... – Gabriel comentou. – Prossiga.

Ignorando o comentário de Gabriel, Joamir continuou:

– Perguntei a ele algumas vezes se ele era veado, principalmente depois que ele passou a dormir em minha casa em meio à melancolia de minha filha quando aquele Rodrigo, filho da puta, terminava o namoro. Sandro negou veementemente, mas era estranho ver um cara, da mesma idade da minha filha, dormir na casa dos pais dela sem tentar porra nenhuma com a menina! Acredite que eu mantinha guarda! Mas nada! Eu acordava sete vezes a cada noite, para pegar alguma ação no flagra e nada! Depois de um tempo monitorando o camarada à noite, mantive minha guarda, mas por curiosidade. – E reclamou. – Acordo de uma em uma hora até hoje por causa do veado! Ele dizia que era o seu amigo. Ah! Essa é boa! Sandro, inclusive, protegia a virtude de minha filha. – Joamir riu e deu de ombros. – Eu não pedi! Ele apenas varria os camaradas de perto de Joana como um verdadeiro guardião. Vá entender! Sandro varreu todos os elementos, com exceção do babaca do Rodrigo e... – Apontou Cauã. – Você... Certamente ele vai varrer você... Pode se preparar!

Cauã elevou as sobrancelhas. Sinceramente, depois de tudo que falou, como esse cara ainda duvidava de que Joana era a sua amada? Antes que Cauã abrisse a boca para soltar o seu alerta, Amanda perguntou a Gabriel:

– Se Sandro e Camilla são entidades, Rodrigo não poderia ser?

– Camilla e Sandro são entidades? – Joamir perguntou curioso. – Como vocês?

Gabriel corrigiu Amanda:

– Todos em nossa volta são entidades. Os humanos são entidades que representam Ci. Este planeta chamado Terra, para nós chama-se Ci... Os humanos representam a Terra, são entidades deste planeta.

Uma resposta dúbia, mas Joamir estava presente. Ele já sabia demais e não seria benéfico entrar nessa questão, se pudessem evitar.

– E Rodrigo? – Amanda perguntou confusa. – Pode ser uma entidade de suporte, representando outro elemento, em vez de Ci? Digo... Ele pode não ser humano...

– Não há motivo algum para suspeitar que o ex-namorado de Joana é uma entidade como nós.

– Vamos nos separar então. – Cauã esticou as pernas e os braços e levantou da cadeira. Decidiu coordenar os esforços, buscando demonstrar praticidade. – Lina, Alcinoe, vocês devem ir atrás de Camilla. Cristiano, Gabriel e eu vamos atrás de Sandro. A gente se fala caso haja algum progresso. – Cauã se virou para Joamir. – Senhor, gostaria da sua permissão para deixar o grupo de icamiabas para assegurarem a segurança de Joana e de vocês enquanto estivermos fora.

Joamir assentiu, dando de ombros, e respondeu:

– Contanto que não quebrem nada.

Com isso, Lina e Alcinoe partiram primeiro, em silêncio. Gabriel, ao perceber que algo estava incomodando Lina, pediu um momento para Cauã. As icamiabas subiram as escadas.

Não havia espaço para outro dilema. Cauã fechou sua expressão.

A expressão antes confusa de Joamir mudou para ameaçadora assim que se viu sozinho com Cauã. Joamir o mirava e analisava com olhar frio, calculava cada expressão, como se quisesse estudar o intruso na vida de sua filha. Queria observar algo em Cauã que pudesse ser negativo. Que pudesse usar com Joana a fim de evitar esse compromisso.

Cauã passou a caminhar entre a sala de jantar e a sala de estar, desconfortável com a análise de Joamir. Cauã suspeitava que Joamir, além de ser preconceituoso, não era um camarada muito inteligente pela forma como ele o chamava para uma briga. Esta que, se Cauã perder um pouco mais a sua paciência, não teria nem a chance de iniciar. Também não era polido pela descrição que Joamir soltou de Rodrigo, Camilla e principalmente de Sandro. Por Deus! Joamir era a triste versão do homem sem qualquer intelectualidade, cultura e cordialidade. Um verdadeiro ogro. Mesmo assim, Sr. Joamir era o pai de Joana. Cauã se esforçou para captar, em meio àquelas palavras sem sentido e o olhar desgovernado, a preocupação paterna.

Joamir ainda o estudava com a fúria de um touro; ainda bufou. Cauã negou a si mesmo e passou seu punho nos olhos com o esforço de lhe dar mais tolerância. Então olhou para o teto e riu com a ironia do momento. O condenado não tinha medo de encarar o Sol?!

Apesar desse atormentado espécime de homem, pai de Joana, que demonstrou claramente seu prejuízo de atividade sináptica quando descreveu os amigos da filha, teve razão em demonstrar sua irritabilidade. Joamir pode ter escolhido palavras incorretas em seu discurso, mas Cauã atraiu Joana para o Rio, em uma mentira. Invadiu usa casa, revelou uma verdade, que mais parecia fantasia.

Cauã despencou da cadeira e Joamir resmungou:

– Se quebrar, vai pagar.

Cauã preferiu manter-se calado. Limpou o suor de sua testa, passou o suor na calça com pequenos tapas e se levantou assim que viu Gabriel retornar. Pelo visto, Gabriel tinha outra notícia perturbadora e soubera há pouco pela Lina. A cara dele fechou, como a de Lina.

Como se não bastasse tanto tormento, Cristiano apareceu logo depois e, atrás dele, estava Sarah. A feição isenta de qualquer culpa misturada com um leve toque de satisfação indicou que algo havia acontecido entre esse biscate masculino e a mãe de Joana. Joamir, felizmente, em nenhum momento, percebeu o desaparecimento do casal. Sem dúvida, Joamir estava ocupado com os assuntos ao seu redor. Cauã elevou as sobrancelhas mas buscou não demonstrar outra reação, já que Joamir não precisava saber que o boto havia sumido por uma hora com sua esposa. Cauã olhou seu relógio e constatou, haviam sumido por uma hora e meia, efetivamente. Ao contatar a feição maravilhada da mulher que de forma bastante incompetente procurava esconder o sorriso do rosto, Cauã constatou o óbvio. Gabriel também.

Cauã e Gabriel se entreolharam sérios, já certos do ocorrido. Melhor não revelar a essência de Cristiano, nada funcional. Esta que erroneamente se fez presente pelas suas inúmeras, incontáveis, aventuras. Joamir era irritante, um idiota, mas era marido de Sarah.

Não havia tempo para discutir esse outro assunto. Cauã comandou:

– Vamos logo. Estamos perdendo tempo.

Ao saírem da casa, Sarah perguntou:

– Vocês não vão demorar, não é? – Sarah falou com o olhar voltado diretamente para Cristiano. Ela nem disfarçava o seu sorriso... e suspiro.

– Procuraremos fazer tudo o mais breve possível – Cristiano respondeu também tendo uma irritante dificuldade em esconder seu sorriso sacana.

Cauã não conseguiu evitar e observou a feição apática de Joamir, que surpreendentemente não reparou.

Um verdadeiro idiota, concluiu Cauã. Melhor assim...

Cauã tornou a andar conduzindo os dois até seu carro.

Que seja, Cauã julgou melhor ignorar o ocorrido. Caso contrário, Gabriel retornaria para aliviar a moça. Gabriel, sendo grande estudioso da arte de amar, um verdadeiro teórico, em tese, não deveria interferir quando o sentimento se instala. No entanto, a perda de sua Beatrice o levou a uma amargura tão intensa e os eventos que se sucederam levaram a um remorso tão grande que desviou o que é essencial. Gradativamente, essa atividade tornou-se algo indispensável. Com exceção das pobres moças manipuladas pelo poder de sedução de Cristiano, ajudava somente aqueles que sente que beiram ao colapso da loucura, frente movida por desorganização do sentimento. Um ato rebelde, alguns dizem. Cauã preferia interpretar esse ato como parte da elaboração do luto da perda de Beatrice e que cessaria quando Gabriel se sentisse apto para tal.

Ele sugava sutilmente, e em parte, a emoção atracada na memória de um evento com um pingente de ouro virgem, que sempre carregava consigo. Isso não eliminaria a memória do ocorrido, mas tiraria parte do tempero que distorce o aprendizado. Cristiano, ao perceber esse encanto, naturalmente, se aproveitou.

Era justamente sua intenção quando disse:

– Gabriel... Acho que a relação dos dois está extremamente desgastada. Uma mulher daquelas não pode ser ignorada...

Pronto... antes um evento irritantemente assumido com todas as evidências expostas e agora uma confissão explícita. Resignado, Gabriel virou-se automaticamente, sem hesitar, como se estivesse já com a expectativa de ter que limpar a barra de Cristiano a qualquer momento. Assim como as incontáveis vezes em que foi obrigado a interferir pelo errante Cristiano, o faria nesse momento com seu pingente virgem. Um ato tão normal que nem Cauã opinou, mesmo sabendo da urgência em chegar a Sandro. Quantas vezes Gabriel interferiu, mesmo não sendo autorizado, para retirar o encanto que perdurava dias nas moças ao passo que, para Cristiano, após o amor consumado, simplesmente passava. Em poucos segundos retornou para a casa a fim de retirar o encanto que Cristiano certamente havia colocado em Sarah. Não havia como omitir tal fato. Cristiano, com esse comentário, praticamente clamou a sua interferência, assim como o fez incontáveis vezes.

Cauã riu de nervoso com a situação esdrúxula em que se encontrava e encarou o amigo incrédulo. Cristiano não estava a fim de discussão:

– Cauã, essa não é Joana... Me erra!

– Não... é a Mãe de Joana! Uma mulher casada.

– Me erra...

Gabriel retornou e alertou Cristiano:

– Não me faça perder mais tempo limpando sua barra. Não agora...

– Você também? – reclamou Cristiano indignado.

22

SACI

INDAIATUBA, QUINTA-FEIRA, 21 DE ABRIL DE 1994

Era um casebre que ficava no meio do mato. Feito de pedaços inexatos de madeira, revestido com telhas de barro feitas nas coxas, pintura velha e desbotada ao seu redor, era a visão de puro descuido. Uma propriedade que já deveria ter sido condenada ou embargada, sustentada por troncos de árvores em cada extremidade.

Esse pequeno e descuidado casebre tinha uma pequena varanda com uma poltrona de madeira na frente da casa, que parecia ter sido feita por mãos verdadeiramente amadoras. Mão infantis, no mínimo. De fato, Saci era uma entidade imatura, conhecido pelo seu descuido, assim como o lamentável estado de sua casa.

Por outro lado, Saci era conhecido pelos seus chás medicinais, adoração da brincadeira, travessura e jamais fora violento. Sendo assim, apesar do estado alarmante da sua casa, Cauã, Cristiano e Gabriel seguiram sem hesitar ao caminho da entidade.

Cauã bateu à porta. Ele não havia discutido qualquer plano com os amigos. Perderia tempo se assim o fizesse. Saci era bem conhecido. Em tese, não via como um desafio abordá-lo, mas não cometeria o erro de prever mediante a imprevisibilidade dessa entidade travessa. No entanto, se dessem espaço para Saci, ele sumiria em meio à ventania e seria praticamente impossível resgatá-lo.

A porta desse casebre abriu. Um homem de pele escura, com corpo magro, mas muito bem desenvolvido, com um short preto e boné vermelho desbotado, os saudou com uma risada. Cauã inflou o peito e pousou as mãos, uma em cada lado, como se pudesse preencher os espaços da porta para impedi-lo de ultrapassar. Caso Saci tentasse saltar por entre as duas janelas abertas da pequena sala. Iria incendiá-lo, sem hesitar.

Em contrapartida, a risada de Sandro lhe parecia genuína, hospitaleira, como se tivesse encontrado um grande amigo, ou, quem sabe, um verdadeiro patife. Havia duas alternativas: ou Sandro os aguardava e estava feliz em vê-los, ou os distraía enquanto cogitava possibilidades de fuga.

Cauã entrou na frente, mesmo sem ser convidado, com cuidado, mas manteve-se embarreirando a porta da casa enquanto Sandro passou a rir e se agitar com pequenos saltos seguidos para a mesa redonda da sua sala cheia de folhas secas e jarras de todos os tipos.

Gabriel e Cristiano entraram logo atrás. A animação do Sandro era um estado de alerta. Tinham de agir com cautela e precisavam prender Sandro nesse plano. A única forma de mantê-lo nesse plano era obter posse de seu boné predileto. Sabe-se lá por qual motivo.

Cristiano assentiu ao irritado Guaraci. Sua expressão dizia que formulou um plano. Então, Cauã voltou sua inteira atenção ao Sandro, que pegou o seu cachimbo, ainda com um sorriso no rosto, e fez com as mãos para todos voltarem à varanda.

– Já os encontro na varanda – ele disse.

Gabriel, estrategicamente posicionado à frente de uma janela, próxima à mesa, interveio:

– Não estamos aqui para lhe fazer mal. Não tenha medo. Precisamos falar sobre Joana. Precisamos de apenas alguns minutos.

– Sim, Sim! Joana! Claro! Uma menina linda, cheia de vida! – Sandro, agitado, guardou seu cachimbo no short preto e fez um gesto com a mão para todos manterem distância. Como se ele estivesse escondendo algo, passou a arrumar folhas secas em jarras. – Deixe-me apenas organizar as minhas folhas que logo lhes darei toda a atenção.

Cauã estudou a desorganização épica das folhas em cima da mesa. Rapidamente estudou os porta-retratos espalhados pelas paredes dessa pequena sala. Havia fotos de Joana, Camilla e Sandro. A amizade entre eles era de anos, Cauã presumiu.

– Largue os seus chás, Saci. – O tom de voz de Cauã era severo. Um alerta.

Sandro, ainda se esforçando e sem muito sucesso em organizar as folhas secas que caíam em abundância no chão, disse:

– Vocês acham que eu não gosto de Joana! Pelo contrário, quero ajudar! Eu a estava protegendo-a! Posso contar tudo... Minha vida é um livro aberto para...

– Joana está em perigo – Cauã interrompeu.

Sandro imediatamente parou o que estava fazendo e se virou, assustado. Um silêncio desconfortável temperou o ambiente. Sandro negou. Sua expressão era de plena frustração.

– Droga... vocês demoraram muito para aparecer.

Faziam algum tempo que as entidades não testemunhavam o poder da entidade do Sol. Talvez, por isso, Cauã esforçava-se para controlar a intensidade de sua raiva e não a expressou abertamente. Ainda assim, a Terra tremeu. Com ela, a casa balançou.

Gabriel segurou-se na parede ao lado da porta de entrada. Cristiano, na parede atrás do sofá.

Apavorado, Sandro deitou-se em posição fetal no sofá.

Era o momento de prender Sandro nesse plano.

Cristiano, escorregadio como um animal da maré, surgiu como uma onda atrás do sofá de Sandro, arrancou seu boné no susto e sentou-se no braço do sofá. Em seguida, cruzou suas pernas e, com um ar brincalhão, demasiadamente curioso, perguntou:

– Adotou um estilo mais moderno?

Sandro, surpreendido com a agilidade do boto, passou a pular em sua sala sem parar em estado de alerta.

– Devolva-me! – Ele exigiu, estendendo as duas mãos e movendo freneticamente seus dedos. Cristiano fora cruel, principalmente sabendo que Sandro não suportava perder seu boné vermelho. No entanto, era uma medida justa e que lhe daria o atalho tão necessário. Cristiano deslizou até o sofá, demonstrando calma. Deitou e esticou, deixando bem à mostra o boné, enquanto Sandro saltava, buscando uma forma de resgatar seu precioso pertence. Como Saci era fácil de manipular. Ele era uma criança sob forma adulta.

– Conte qual relação você tem com Joana – Gabriel perguntou e sentou-se ao lado de Cristiano, também com calma. Agora já prenderam Saci. Para extrair a confissão do anfitrião, era necessária uma pequena dose de tempo. Cauã cruzou os braços e se manteve como uma muralha à frente da porta. Cauã sabia que Saci tinha personalidade infante, mas, quando ameaçado, assim como agora, se tornava ainda mais imprevisível. Poderia manipular o vento e gerar um ciclone que os lançaria para fora da casa em segundos. Por isso Cauã manteve-se atento aos movimentos de Sandro.

– Quanto mais cedo falar, mais cedo receberá seu boné de volta – anunciou Cristiano.

– Que merda! A última vez que isso me aconteceu foi com Jaci, que respondia como Ana na época.

Todos se entreolharam e Cauã perguntou:

– Você conheceu Ana?

– Nós éramos amigos então, como agora... fomos apresentados por Camilla quando ela passou a morar com vocês, na Inglaterra, naquela época. Nós nos encontrávamos na mata. Ela se divertia com as minhas travessuras e eu fazia companhia a ela. Ela gostava de minha companhia! Camilla me apresentou Joana também... Novamente... Mas desta vez eu pedi... Estava com saudades. – Sandro elevou seus ombros, encabulado. Riu, sem graça. Passaram-se não mais do que dois segundos, ele começou a gesticular abundantemente e continuou: – Naquela época, no entanto, eu tinha uma missão e agora tenho outra. Camilla havia me apresentado para Ana a fim de distraí-la enquanto enfeitiçava você.

Sandro apontou Cauã, que estava sério, como se não quisesse interromper Sandro.

– Parecia que Camilla havia tido você como o próximo alvo, e vocês sabem como Camilla é quando quer algo... – Fez movimentos circulares com a mão para complementar o silêncio então prosseguiu, satisfeito, presumindo que a sua mensagem foi clara. – Pois bem. Acabei gostando de Ana, como amiga... Porém, no último dia da vida de Ana, algo aconteceu – lançando os braços para cima, comentou: – Não posso falar! – e continuou com seu discurso, gesticulando ansiosamente. – No meio da confusão, ela tirou meu chapéu. – Apontou indignado ao Cristiano e fez a sua observação. – Assim como agora! – Então complementou: – Eu fiquei louco! Falei para ela fazer um pedido logo e devolver meu chapéu. Ela fez. Assim que ela devolveu meu chapéu, eu a deixei para atender ao pedido. Foi a última vez que a vi – Sandro concluiu com um sopro de nostalgia. – Até conhecer Joana.

– Qual pedido ela fez? – Cauã perguntou.

– Ela pediu que eu a ajudasse a encontrá-lo. – Sandro apontou Cauã. – Caso ela desmantelasse novamente e... – Sandro revirou os olhos no ambiente, apreensivo.

– Houve outro pedido? – Gabriel perguntou.

Sandro riu e continuou ignorando a pergunta de Gabriel:

– Fui eu que achei vocês. O seu RH estava procurando em todo o lugar, menos aqui! E tem mais! Eu buscava dar conforto a Joana, enquanto aquele Rodrigo a maltratava. – Colocou ambos os punhos cerrados em sua cintura, em uma posição crítica e comentou: – Como vocês demoraram a aparecer... E como demorou! E tem mais: Camilla estimulou a aproximação de Rodrigo com Joana.

– Rodrigo? O ex-namorado de Joana? – perguntou Cauã incomodado.

– Sim. – Sandro revirou os olhos, irritado com o tempo que estava sem o chapéu. Passou as mãos energeticamente sobre a cabeça, sentindo-a oca e respondeu: – Não acredito que você não soube... – Riu apreensivamente e revelou: – Lucius mudou de nome para Rodrigo... – Quando notou os olhos de Cauã arregalarem, assentiu: – Isso... Tau...

A suspeita de Amanda provou-se fundada.

Há muitas décadas eles deixaram de ter notícias de Tau, desde a Segunda Guerra Mundial, quando Tau respondia por Lucius e morava em Viena. Ele se fortaleceu incrivelmente com os ares da guerra e sumiu desde então. Tau aprendeu, infelizmente, que sua maior arma eram as palavras. Conselhos ou direcionamentos. Brincava com a ambição dos demais, estimulava o individualismo e a onipotente irresponsabilidade, cegando-os para as consequências de seus atos. Ele ensinava as vantagens competitivas sobre os demais e não pensava de modo coletivo. Um esforço para neutralizar aquilo que mais fortalece a Entidade de Ci: o senso do coletivo.

Enquanto acumulava riqueza, ele também estimulava os humanos a se distanciarem cada vez mais de seu elemento e virarem as costas para Ci. Um ato suicida e incrivelmente ignorante. Parte de sua essência.

Cauã passou o antebraço pela boca, limpando o suor que caía em gotas, ao saber da gravidade da situação na qual Joana se encontrava. Gabriel e Cristiano dividiam a mesma preocupação. Sandro, ao ver a expressão de terror dos três, quebrou o tempestuoso silêncio:

– Vocês não sabiam que Tau foi o primeiro namorado de Joana?

Sandro demonstrou-se perplexo com a falta de informação do grupo.

O maxilar de Cauã se retestou. Saber que Tau esteve ao lado de Joana todo esse tempo lhe pareceu mais doloroso do que a solidão por ser obrigado a viver sem ela.

– Leve-me a ele. – Cauã ordenou, ansioso para arrebentar com a cara de Lucius… ou Rodrigo… Esse condenado que nem teria chance de escolher o nome que colocaria em sua tumba ao deixar de existir.

– Temos outros assuntos mais urgentes – Gabriel interveio.

– Continue! – Cauã berrou, com uma dificuldade imensa de controlar sua fúria.

– Parece que Tau não estava interessado nela; bom, a princípio, queira escondê-la de você… – Sandro apontou para Cauã. – Não me leve a mal. – Lançou suas mãos aos céus. – Sendo honesto, não sou louco de proteger Joana contra Tau… – Ele riu ao comentar. – Ele me desmantelaria e, francamente, não tenho mais paciência para voltar. Minha gestação é longa demais… Sete anos! É desconfortável demais, no meio de cana-de-açúcar! Não recomendo…

– Então não brinque com a sorte! Prossiga! – Cauã alertou com um tom de voz firme e impositivo.

Sandro sorriu, acuado, e continuou:

– Eu iria encontrá-lo de qualquer maneira. Mas parei para ficar ao lado de Joana. Ela precisava de mim. Por algum motivo, não sei qual foi, Camilla passou a promover esse romance. Depois revelou que Rodrigo iria entregá-la a outra entidade como, de acordo com Camilla, "sua moeda de troca".

– Moeda de troca? – Cauã perguntou, passando a mão pelo rosto ainda mais nervoso. Ele iria entrar em combustão a qualquer momento. Era mais do que previsível Tau utilizar Joana para desestabilizar Cauã… De fato, era algo a ser esperado. No entanto, negociá-la como moeda de troca… – Em troca do quê? – ele indagou.

Sandro deu de ombros.

– Rastreávamos Joana desde quando foi concebida e a perdemos. Joana estava encantada muito antes de Tau chegar nela – constatou Gabriel e perguntou: – Ela perdeu a memória e não consegue interpretar suas revelações. Você sabe de que tipo de encantamento Joana está sofrendo?

Nesse momento, Sandro assumiu um comportamento desesperado. Pulava novamente de um lado para o outro na sala e colocava as mãos na cabeça, em pânico:

– Não posso contar! Eu prometi.

Cauã levantou-se nervoso, pegou o boné de Sandro das mãos de Cristiano e anunciou:

– Meu desejo é que você conte!

– Não! – Sandro pausou, coçando a cabeça. – Estou confuso... – Sandro falava consigo mesmo desesperadamente. – Na verdade, não posso contar o santo que encomendou a obra... Foi obra da velha louca da cidade! Da Carlota!

– Quantas entidades têm nesta cidade? – Gabriel perguntou curioso.

– Muitas, elas foram vindo e se instalando há cinco anos. No entanto, a entidade que está mais nos assustando é o Guardião do Tempo. Ele tem a capacidade de viajar no tempo. Um dos filhos do Rodrigo, Marcelo, apareceu recentemente, após milênios banido. Vocês devem se lembrar, Teju Jagua. Agora responde por Marcelo. Pois é... O Poderoso Guardião do Tempo o trouxe de volta.

Gabriel reagiu, logicamente confuso. Ele não estava na reunião quando Manoel contou a história.

– O portal só transporta por dois lugares e não pelo tempo!

– Manoel também confirmou essa história – Cristiano observou.

– Mais essa... – Gabriel resmungou.

Sandro voltou a saltitar em desespero frente à ira de Cauã.

– Pronto! Contei tudo! Sugiro que vocês sumam! – Ele encarou seu boné e completou: – Claro que depois de devolver meu boné.

Sandro estendeu a mão para Cauã e Gabriel pegou o boné antes que Sandro pudesse ter a chance de se aproximar. Sandro rosnou de raiva por ainda não ter resgatado o boné.

– Quem é Carlota? – Cauã perguntou.

– Vocês estão por fora – sacaneou Sandro, já incrivelmente atormentado pela falta de seu objeto e pulando para todo o lado. – É a Cuca!

– Não é aquela mulher-crocodilo que pega criancinhas para comer? – Cristiano comentou sarcasticamente e pegou no pescoço de Sandro. – Fale sério! Isso não é brincadeira.

– Assim como esse elemento patético saltando à nossa frente e você, Cristiano. – Cauã interveio. Sim, Cuca existe. Era uma feiticeira poderosa que ele conheceu no passado. Um passado que gostaria de esquecer tanto quanto as suas últimas horas.

Sandro parou de pular e se escondeu por detrás de Gabriel, temendo a fúria do Sol. Realmente, a feição de Cauã passou de ruim para péssima quando soube que Cuca confeccionou o feitiço que o impedia de tocar em Joana. Gabriel prontamente saiu da frente de Sandro, não o protegeria, logicamente. No entanto, Cauã estava sem paciência até para dar uma porrada nessa entidade irritante. Levantou-se, sacou o boné da posse de Gabriel e anunciou, saindo da casa de Sandro:

– Vou queimar esta porra!

– Eu os levo lá! – Sandro gritou ao saltar na linha de fogo novamente. – Eu os levo lá! Ela agora está vendendo suas poções para entidades. Além disso, ela vai adorar vê-lo, Cauã.

– Imagino que sim... – Cauã respondeu, irritado com suas lembranças diante das inúmeras investidas dessa mulher, após Ana partir. Ela respondia como Jane, na época. Aliás, respondia por diversos nomes. Apenas assumia uma forma feminina, bela, e o seduzia. No entanto, ele reconhecia seu aroma, algo parecido com manguezal misturado com peixe... Cauã torceu o nariz sem esconder a cara de nojo ao se lembrar do cheiro que, por mais perfume que essa mulher usasse, sempre expunha sua essência. Cauã estremeceu, incapaz de esconder sua ojeriza em notar que deveria negociar o antídoto com a feiticeira.

Sandro continuou.

– Vive em uma caverna ricamente projetada, com todo o luxo. Toma sua forma original na sua caverna, mas, quando sai dela, toma a forma de quem ela quiser. Muito poderosa e muito perigosa.

– Hum – resmungou. Ela havia sumido há alguns séculos, depois de ele ameaçar entregá-la para a inquisição, se não deixasse de perturbá-lo. Nesse momento, ele se arrependeu.

– Não posso deixar de comentar que estou passando a adorar esta cidade! – Cristiano comentou ao se levantar da poltrona da casa de Sandro.

Sandro concordou, porém não tirou os olhos de seu boné.

23
KERANA

INDAIATUBA, QUINTA-FEIRA, 21 DE ABRIL DE 1994

Camilla havia sumido. Lina e Alcinoe decidiram retornar para a casa dos pais de Joana.

Lina entrou na frente, sem pressa, não queria demonstrar-se derrotada, mas, infelizmente, era essa a sua realidade no momento.

Ela segurava um mundo de catástrofes nas costas e não sabia se iria aguentar a amargura ao medir a pouca energia vital que ainda restava em Joana. Pelos incontáveis anos de vida, Lina aprendeu a notar as sutis mudanças do ambiente quando a morte se aproxima, e, era um fato, a morte rondava essa casa como um abutre esperando a hora de atacar. Evidências como o aroma de enxofre, quase imperceptível aos humanos, já rodeavam sua narina, davam-lhe vertigens e forçavam-na espirrar. Também a sutileza tempestiva do ar que quebrava em sua pele como a maré alta e lhe causava arrepios. Esse silêncio mórbido da casa. O peso da gravidade à sua volta. O sentimento de conclusão, ou falta dela.

Ela não tinha dúvidas, Luisón estava por perto. Bom, se esse for o caso, não havia muito mais a ser feito. Luisón não perdia viagem.

Icamiabas, indiferentes à sutileza mudança macabra do redor da casa, espalhavam e se acomodavam entre as salas de estar e a sala de jantar. Lina decidiu seguir direto ao quarto de Joana sem dizer uma palavra ao grupo. Alcinoe a seguiu. A situação era demasiadamente séria, o tempo estava se esgotando e eles estavam muito longe de conseguir um antídoto.

Na verdade, esse era um campo novo para elas. Raramente elas retornavam de um desafio com um ar de derrota. Lina, geralmente, era persistente demais para desistir antes do tempo. No entanto, a tristeza da futura perda de Alcinoe a atormentava e cegava seus sentidos. Perdeu o domínio de sua lógica e do senso de clareza. Lina instruiu que deveriam voltar para a casa de Joana e aguardar. Uma intuição pouco clara e racional. Pelo visto, a sua intuição lhe disse para se prepararem para o pior.

Ao encontrar Sarah no quarto de Joana, Lina se esforçou para dar um sorriso mantendo o ar de esperança de que Joana ficaria bem. Alcinoe, no entanto, cabisbaixa, olhava para o chão e não conseguia disfarçar sua angústia. Lina julgou, pelo estado de Alcinoe, que essa também já aprendeu a perceber a presença da morte.

Como será que Cristiano está lidando com a escolha de Alcinoe? Lina sentiu o coração encolher outros centímetros e encostou a cabeça na porta do quarto de Joana. Cristiano era misterioso, difícil de desvendar, já que controlava os sentimentos dos outros e de si mesmo com uma habilidade além do normal. Lina sabia que, apesar de ele ser totalmente incapaz de ser fiel, ele estava abalado.

Então uma inspiração forte que elevou o peito de Joana trouxe Lina para o presente. Sarah rezava ao lado da cama da filha enquanto Joamir apenas observava em silêncio, sentado em uma cadeira no canto do quarto. Era uma cena macabra, no mínimo, mas esse sutil gesto de buscar o ar pelo pulmão não lhe parecia um mau prognóstico. Quando se perde a força vital, o coração e pulmão são os primeiros órgãos a falhar.

Lina elevou as sobrancelhas, alarmada. Balançou a cabeça, respirou fundo e falou baixo para Alcinoe:

– Vamos descer e conversar.

Lina queria reanalisar a situação e rediscutir novos caminhos para que pudesse ajudar Joana e Cauã. Afinal... Estavam aqui para ajudar aos amigos. Isso importava agora, e, ainda mais, teria tempo suficiente depois para conversar melhor com Alcinoe e tirar essa ideia da cabeça.

Passo a passo desceram as escadas da casa de Joana. Assim que chegaram à sala, subitamente, as condições das sutilezas macabras do ar se retorceram como uma suave brisa que soa em direção contrária. Lina parou. Havia uma sensação suspensa, estranha. Era como se uma bomba tivesse lentamente despencando em cima dessa casa. Ela saltou de susto ao escutar a campainha tocar. Antes que pudesse alertar, Amanda foi correndo atender.

Lina correu atrás. Amanda era apenas uma menina que lhe foi entregue bebê. Criou-a no orfanato, como uma filha. Por Deus, ela a amava como filha e relutou muito para aceitá-la, tão jovem, no grupo. Agora, Amanda corria em direção a uma ameaça. Não deu tempo. O portão da frente já estava completamente escancarado e desvendou outra visão perturbadora. Era a icamiaba que fugiu com seu namorado. Era Priscila que havia descoberto, sabe-se lá como, o paradeiro delas. Lina viu-se em um dilema: lutar ou orientar?

Então pausou, confusa.

A esse ponto, as icamiabas passaram por Lina sem hesitar. Lindalva e Rafaela, com um ato de revolta, em poucos segundos se posicionaram à frente de Amanda. Em parte para proteger Amanda, que era a mais nova, em parte porque queriam confrontar essa "desertora".

– Vocês querem me dar licença? – Priscila pediu. – Preciso conversar com Lina.

– Nos dê um motivo para lhe dar licença? – Rafaela retrucou.

Lina observava o drama de longe, incapaz de escolher o correto repertório a ser tomado. Priscila, impaciente, elevou a mão. Uma luz fraca azul saiu da palma de sua mão, arremessando as três para a porta de entrada. Foi nesse exato momento que ela decidiu. Era hora de lutar, já que não lidava com uma icamiaba.

Lina apareceu sem demora à frente da casa. Seria isso possível? Priscila era uma entidade representante de qual elemento?

– Preciso falar com você – Priscila anunciou.

– Quem você é, menina? Por que se juntou às icamiabas? Quando teve a sua revelação? – Uma pergunta pertinente. As entidades detinham revelações em algum momento na vida ou em sua existência. Até os humanos, apesar de estarem cegos demais para sequer perceberem a importância de representar Ci.

– As revelações foram aparecendo depois que me juntei às icamiabas. Sou Kerana.

As palavras de Priscila apunhalavam Lina. Desarmaram-na.

– Acho melhor nos sentarmos para conversar com calma. – Priscila aparentava-se fria e apática. – Vim trazer a cura para Joana a pedido de um de meus filhos.

24
ANTÍDOTO

INDAIATUBA, QUINTA-FEIRA, 21 DE ABRIL DE 1994

Cauã seguiu ao lado de Sandro. Gabriel e Cristiano, provavelmente mais confiantes de que Sandro, iriam cumprir com a palavra e levá-los a Carlota sem subir em meio ao vento, andavam um pouco mais distantes. Apesar de Cauã acreditar que Sandro jamais fugiria e que não seria louco a esse ponto, não faria mal ser cauteloso.

Sandro expôs seu largo sorriso por ter resgatado seu boné, apesar de não haver qualquer motivo para tanta alegria, enquanto os guiava pela mata. No entanto, não foram os dentes de Sandro que irritaram Cauã, foi a falta de urgência. Ele não tinha a menor noção do perigo. Agora mesmo, o patife contava uma curiosa lenda local sobre os milhares de tarântulas que enfeitavam o alto dos troncos das árvores. Depois indicava cada tronco, localidade e mísero buraco para contar-lhe histórias sobre a localidade.

A cada passo, lembrava-se de algo sobre Joana. A cada pedra que chutava, lembrava de que seu tempo estava chegando ao fim.

– Antes de nos depararmos com Carlota, precisamos nos preparar – Gabriel quebrou o monólogo irritante de Sandro.

– Diga – Cauã murmurou. Ele tentava a todo custo manter o foco enquanto pairava entre as frases desprovidas de ponto final do guia.

Gabriel tornou a dizer:

– Cuca é uma feiticeira. Os feiticeiros conhecem o poder da magia, da energia, da manipulação; acumulam elementos. Roubam a sua energia deles, mas não os representam. Quando seu elemento deixa de existir, escolhem outro elemento. Os feiticeiros não conseguem se envolver emocionalmente com aquilo que representam. Por isso a sua condição é vaga, sem propósito.

– Não precisamos temer, é apenas Cuca! – Cristiano comentou. Seu tom de voz era ao mesmo tempo sarcástico e brincalhão. Era como se ele estivesse com uma dificuldade imensa de acreditar.

Cauã preferiu manter em silêncio.

Gabriel interferiu:

– Cristiano, a situação já está tensa e Cauã está nervoso. Não piore seu estado.

– Mas não é verdade? Que situação no mínimo esdrúxula a qual nos encontramos! – Cristiano disse aos risos. – Estou seguindo o Saci para ir ao encontro de Cuca! O sonho de qualquer menino…

– Cale a boca. – Cauã não iria impedir a conversa de fluir, mas não deixaria que Cristiano animasse o ambiente, ainda mais com comentários tolos.

– Bom, voltando ao que interessa – Gabriel voltou a dizer –, um feiticeiro pode se transformar em qualquer ser orgânico. Ele não tem uma forma humana definida. Provavelmente essa transformação é a sua maior arma. Por isso, Cauã, como você já conheceu Carlota, precisamos saber como identificá-la, se ela mudar de forma.

– Você nunca me disse que conheceu a Cuca – Cristiano comentou, muito mais curioso do que o momento permitia.

– Conheci. – Foi o que Cauã respondeu. Seria o máximo que iria responder a Cristiano. Então respondeu ao questionamento de Gabriel. – Você a conhece pelo odor nauseabundo com o qual é praticamente impossível se acostumar.

Então Sandro parou no meio do caminho sem motivo algum e sorriu. Isso culminou no punho de Cauã colidir no meio dos dentes claros de Sandro. Cauã praticamente latiu quando disse:

– Você precisa de um chá de ânimo para continuar?

– Chegamos – Sandro respondeu após balançar a cabeça, validar que seus dentes estavam no lugar e voltar a sorrir. Eles estavam em frente de um buraco enorme… Uma cratera.

Cauã socou o rosto do idiota outra vez.

– É aqui que Carlota vive? – perguntou Gabriel indignado e apontando para o buraco no chão.

Sandro tornou a saltitar descoordenadamente e apontou pulando:

– Aqui!

– Mas isso não é um buraco! – Cauã exclamou.

Sandro não discutiu e saltou para dentro do buraco. Cristiano seguiu Sandro, no reflexo. Cauã e Gabriel se entreolharam, confusos. Então, Gabriel saltou. Isso fez Cauã saltar atrás. Cauã jurou a si mesmo que se não encontrasse a casa da feiticeira voltaria ao Sol para acalmar os ânimos por alguns minutos, e levaria Sandro de companhia. Também sorriria durante todo o trajeto.

Ao entrarem, finalmente encontraram uma estrutura de porta de ferro enorme. A impressão era de que não estavam em frente a uma caverna. Ao contrário, parecia a entrada de um *bunker*. Eram duas portas, seladas, quadradas e com inacreditável tamanho de dois metros a cada extremidade. Pareciam grossas, maciças. Isso certamente impediria qualquer humano, por mais forte que fosse, de perfurá-las. Também eram reforçadas com trancas de tubos de aço que perfuravam as pedras de concreto puro para todo lado. A porta era extremamente ornamentada com símbolos de raios e uma imagem grandiosa do Sol.

– Vejo que você tem uma fã – Cristiano sussurrou uma constatação que perseguia Cauã já há algum tempo e, para sua infelicidade, sabia que esse reencontro acenderia algo em Carlota que havia se acalmado. Repreendeu Cristiano com um olhar.

Subitamente, como se ela já estivesse os guardando, após um estouro, as trancas das imensas portas moveram-se. As portas destrancaram-se e abriram com um ronco, espalhando uma névoa densa, branca ao redor. A temperatura da caverna caiu a um nível congelante. Não havia como ver o que estava por detrás daquela névoa densa.

Cauã tomou a frente. Ele deu o primeiro passo em meio à névoa densa, estendeu os braços, soltou calor das palmas de suas mãos e a névoa rapidamente se esvaiu, assim como o frio. Então se revelou o esplendor de uma sala clara, envolvida por cristais, com uma escadaria redonda ampla que parecia ser esculpida em granito e com detalhes de ferro curvado ao redor. Cada vaso, cada móvel e detalhe foram colocados com cuidado. Havia incomparáveis lustres de cristal, dos mais variados tamanhos, espalhados pela sala. Uma combinação iluminada com móveis brancos em uma ampla sala elegante e moderna.

– Sentem-se rapazes! – Uma voz melosa e feminina ordenou.

Sandro comentou:

– Carlota deve estar se preparando. Ela fica horas escolhendo uma forma em frente ao espelho. Ela não quer vir com a sua forma original. – Sandro riu e zombou de Cauã. – Acho que ela gosta de você... – Cristiano o acompanhou na risada. Cauã fechou os olhos e respirou fundo para controlar seu ímpeto de socar Sandro outra vez. O exercício de respiração que usualmente acalmava não funcionou. Cauã cruzou os braços. Mentalmente passou a xingar o alegre guia, utilizando-se de todas as línguas atuais que sabia, que até então eram todas as línguas existentes nesse imenso planeta, sem exceção. Começou com as línguas orientais.

Interrompeu na Oceania. Não estava se acalmando mesmo... Sandro perdeu temporariamente seu boné e levou outros dois socos. Então Cauã devolveu o boné do irritante moleque e apontou para a outra extremidade da sala. Uma ordem silenciosa que Sandro cumpriu, ainda mantendo seu imaculado e intacto sorriso no rosto. De fato, ele não guardava rancor, como de hábito, não conseguia. Não fazia o menor sentido para ele se sentir desrespeitado já que geralmente era ele quem fazia as trapaças.

Uma mulher de cabelos curtos, louros platinados, magra, vestida com camisola de seda creme e um robe combinando, ornamentada de pulseiras e colares de diamantes, desceu as escadas com passos sedutores. Era como se ela tivesse ensaiado essa entrada há décadas. Cada passo era suave, de pluma. Ela segurava uma bandeja com quatro margaritas e descia as escadas gloriosamente.

– Estou muito contente em finalmente tê-los em minha humilde casa – Carlota anunciou. – Quanto tempo, Guaraci...

Descendo as escadas suavemente, orquestrando uma dança sensual a cada degrau, ela cumprimentou Cauã.

Cauã passou a mão na testa, sentindo sua cabeça pulsar de dor. A mera antecipação do cheiro de Carlota já fazia seu corpo reagir.

Gabriel deu um passo para a frente, indiferente do histórico entre Cauã e Carlota e iniciou a conversa:

– Desculpe-nos pela intromissão, Srta. Carlota – Gabriel falou. Sua expressão era tensa. – Estamos com um pouco de pressa, portanto, agradeceríamos se você permitisse que pudéssemos ir direto ao assunto.

– Preparei alguns drinques para que possamos relaxar e nos conhecer melhor – Carlota disse, ainda descendo a imensa escadaria. Cada passo agudo, resultado do estouro de seu salto com o mármore da escadaria, aumentava a vontade que Cauã tinha de fugir daquele ambiente e retornar a sua Joana.

O silêncio que se seguiu na sala deu a percepção de estouro a cada fricção do salto de Carlota. Uma dinâmica agonizante, mas que foi interrompida com o toque do celular de Gabriel.

Gabriel tirou o celular do bolso, mas não atendeu. Pressionou a tecla para fazer o telefone parar de tocar naquele momento e o colocou de volta no bolso.

– Desculpe-me, mas não estamos aqui para socializar – Gabriel respondeu.

– Mas irão! – Carlota falou incisivamente, pausando alguns degraus para o solo. Os olhos de Carlota iluminaram com sua ira. Ela estremeceu, com um esforço inigualável para manter-se no controle. Cauã tencionou os ombros e olhou ao redor em busca de uma fuga alternativa. Logicamente não daria para escapar pela porta de entrada. Carlota era rápida demais e poderia prendê-los nesse local. Cauã conhecia Carlota e sabia que, se as coisas saíssem do controle, eles teriam um desafio macabro para escapar dessa caverna. Ele encontrou os olhos azuis, apaixonados, da mulher loira, estonteante e boca carnuda. Isso a fez amolecer. Ela recuperou o sorriso, desceu os últimos graus da escada. Então ela argumentou. – Sei o que querem, mas conversaremos somente após as margaritas.

Ela se aproximou desfilando. Suas pernas eram tonificadas, sua cintura era fina, seu quadril, largo e seus seios, grandes. A forma que escolheu realmente era maravilhosa. Então veio o cheiro. Cauã buscou segurar sua ânsia de vômito quando sentiu o aroma da feiticeira, que, para a sua tristeza, não havia mudado. Ela fedia à distância.

Seu estômago embrulhou.

– Sentem-se – convidou.

Todos sentaram e se entreolharam apreensivos. O aroma de Carlota envolveu a sala e inundou a todos. Não havia como fugir do perfume. Cauã, sentindo o estômago revirar com o cheiro da mulher que demorou tempo demais para colocar a bandeja na mesa de centro a fim de mostrar o colo de seus seios, preferiu deixar de respirar. Pelo menos eles tinham algo a seu favor, não eram humanos, não precisavam de oxigênio, tecnicamente. Caso contrário, Cauã jamais conseguiria manter-se nessa sala por mais de dois segundos. Olhou para os lados e todos, inclusive Sandro, também haviam parado de respirar.

Saci lambeu os beiços ao ver os drinques, mas o resto não mexeu um músculo. Ao contrário de Sandro, que parecia não se importar, havia outra variável além do olfato que os impedia de se mexer. Ela era uma feiticeira, de modo que essas margaritas poderiam conter diversos encantamentos.

Carlota sentou-se entre Gabriel e Cauã. Após alguns segundos em que ninguém se moveu, Carlota colocou a mão na testa como um sinal de impaciência e tomou um gole de cada taça.

– Pronto. Estão mais calmos agora? – Ela pegou então um dos drinques. – Tenho honra... Só faço encantamento por encomenda.

– Honra é uma palavra muito forte para descrever sua atividade.

– Está certo, honra é um conceito elitizado, nem todo mundo dispõe de meios para ter honra... – Carlota arguiu. Apontou ao redor e complementou: – Pretendo adquiri-la, um dia.

Sandro deu de ombros e tentou pegar uma das taças. Carlota bateu na sua mão e disse:

– Drinque, só para os mais velhos. Você deseja algum refrigerante ou água?

– O quê? – Sandro se sentiu ofendido, mas Gabriel interveio na discussão. – Poderia buscar água para Sandro, por favor?

Ela sorriu para Gabriel, levantou, alisou as mãos na camisola em cima de seu belo traseiro e foi em direção à sua cozinha.

Imediatamente, Gabriel tomou um pequeno gole de cada drinque para experimentar e disse para o resto:

– Realmente está limpa. Podemos beber logo para que ela nos atenda.

Carlota voltou e todos estavam com as suas devidas taças na mão, menos Sandro, que, é claro, emburrado, foi obrigado a aceitar seu copo de água. Carlota olhou satisfeita para as suas visitas e sentou no sofá entre Cauã e Gabriel novamente. Ela se esticou, com toda a calma, e colocou as pernas na mesa de centro, deixando-as à mostra.

Cauã disse:

– Sabemos que você vendeu a uma pessoa um encantamento, direcionado à entidade Jaci, Joana... – Cauã continuou. – Estamos aqui para comprar um antídoto.

Carlota riu animadamente e levantou-se do sofá.

– Vocês sabem que isso lhes custará caro, meu querido, mesmo com nosso histórico.

– Por quanto que você vendeu o encantamento? Nós pagamos o dobro para o antídoto – complementou Gabriel.

– Precisamente! – Carlota falou enquanto andava de um lado para o outro. – Geralmente, a venda de um encantamento é, para mim, um tipo de investimento... Sou muito criativa em minhas poções e, geralmente, aqueles que foram afetados pelo encantamento me procuram para buscar o antídoto... É nesse momento que lucro.

Gabriel olhou em volta e comentou:

– Seu lucro deve ser alto.

– Precisamente. – Carlota sentou-se sem pressa em sua poltrona na sala. Estudou os convidados com uma expressão reflexiva, repousando a cabeça entre o dedo indicador e o polegar. Em seguida, ela apontou para Cauã e disse: – Mas troco todo o dinheiro por você. Bom, pelo menos por uma noite.

A negociação acabou. Cauã levantou-se e tomou o caminho da porta. Ele estava cansado dessas histórias e havia decidido botar fim em tudo. Como entendeu que seria difícil de obter um antídoto de Carlota, decidiu, nesse momento, aguardar Joana se desmantelar e retornaria ao seu elemento. Cauã decidiu voltar. Sabia que seria praticamente impossível domar o seu elemento em meio à máxima solar, assim, arruinado, mas precisava tentar.

– Espere! – Cristiano saltou do sofá e impediu Cauã de sair da sala. – Carlota... Acredito que poderá ter outra forma de negociarmos esse antídoto. Você quer uma lasquinha de Cauã sem ele querer lhe dar?

As pálpebras de Carlota tremeram, seu rosto franziu completamente. A audácia de Cristiano a ofendeu. Ela o repreendeu:

– Você não manipula com o seu olhar? Não seduz? Estou apenas manipulando com outras armas! Você se esconde também, Cristiano! Sei que essa forma não é a sua forma original! Um peixe! Imagina se uma mulher deitaria com um peixe! Quer enganar quem? Você joga seus encantamentos para que as mulheres o sigam! Por que não posso fazer o mesmo?

A mão do boto trincou a taça de cristal com a bebida que, sem perceber, ainda segurava em uma das mãos. A situação fugiu do controle. Cauã, preocupado com o que poderia acontecer, segurou o amigo. Invariavelmente sentiu uma felicidade emergir desafortunadamente em seu sistema e o largou. Era estranho, mas, mesmo desconcertado, Cristiano conseguia manipular os outros com o toque de sua pele. Era algo incontrolável, indiferente da ocasião. Também indiferente do humor de Cristiano que, nesse momento, aparentava enfurecido.

Carlota enrijeceu o corpo, fazendo-se de magoada, rejeitada, mas não intimidada. Ela se aproximou, pegou a taça trincada, ainda contendo o drinque intocado da mão de Cristiano, e despejou a bebida no chão. Depois, com o nariz empinado, comentou:

– Acho que você também não tem maturidade para beber.

Aos risos intensos, exagerados pela fúria, Cristiano respondeu:

– Dispenso seu agrado... ou *drink*. Também dispenso sua malcheirosa companhia.

Os dois, Cristiano e Carlota, passaram a trocar insultos. Sandro se colocou na linha do tiro entre Cristiano e Carlota. Cauã segurava Cristiano, buscando acalmá-lo. Também ironicamente estava se sentindo mais calmo. Enquanto isso, o celular de Gabriel disparou. Não parava de tocar. Gabriel ia desligar o celular, pois acreditava fielmente que ia ter que intervir para que não houvesse um combate entre Cristiano e Carlota. Cauã voltou e cravou a mão na blusa de Cristiano para afastá-lo de Carlota, protegendo-se da energia nada bem posicionada para o momento.

A tensão da sala era tamanha que os cristais começaram a quebrar, o mármore da escadaria, rachar, e o ferro, ferver.

Sandro, vendo a evolução da discussão, buscou abrigo em uma poltrona próxima.

Então tudo se moveu em um passo desproporcionalmente rápido. A discussão de Cristiano e Carlota parecia atingir o seu clímax, quando os olhos de Carlota iluminaram e seu rosto pareceu inchar de tensão no mesmo momento. O celular de Gabriel persistia. Após muita insistência, Gabriel atendeu:

– *Não posso falar agora, Lina!* – Escutou por alguns segundos e desligou o celular, apático.

Como se o tempo se movesse igual ao caótico direcionamento dos ventos, a mudança do curso fez torcer o tempo para uma aceleração incomum. Gabriel, lutando contra esse divergente tempo e estranho espaço, avançou nos amigos, arrastando-os dali. Não dava tempo para explicações do motivo. Ele pegou Cristiano pela gola, calando-o pelo susto, e o arrastou até a porta. Cauã obedeceu imediatamente já que percebeu que Gabriel poderia ter algo a revelar, e que talvez esse não fosse o lugar em que eles deveriam estar. Sandro, assim que viu Gabriel fazer um sinal de que eles iam partir, levantou e passou a saltar furiosamente atrás dos demais.

Carlota estava muito ocupada, discutindo com Cristiano, para notar que todos estavam se dirigindo à porta, porém, assim que Cristiano calou-se, ela percebeu o movimento e foi tomada de fúria. Como se tivesse sido afligida pelo susto, ao vê-los tão próximos à saída, Carlota perdeu a concentração, a mesma que a mantinha com a aparência escolhida, e passou a se transformar na forma original. Seus olhos se transfiguraram em olhos de crocodilo e sua pele passou a escamar. Ela passou a berrar enquanto se coçava e, subitamente, as extremidades de seus membros esverdearam-se. Sua boca abriu em formas desproporcionais quando berrou:

– Guaraci! Meu Sol!

Era uma transformação horrorosa. A pele de Carlota era rosada e, nas extremidades, verde. As unhas dela retiravam verdadeiras camadas duras de casca e arranhavam o que parecia uma camada fina e sensível. As unhas perfuravam sua pele a ponto de sangrar. Ela arranhava, arranhava enquanto berrava pelo Sol:

– Guaraci!

Logo, camadas expressas de sangue percorriam o corpo deformado da feiticeira. A perplexidade de todos tornou-se uma oportunidade para Carlota, que aproveitou esse momento de fraqueza de todos para trancar a porta.

Não havia outra saída. Todos se entreolharam assustados.

– Somente eu tenho a chave para esta porta! Nenhum homem ou entidade pode abri-la. Podem esquecer. – Nisso, ela se aproximou e andou diretamente na direção de Cauã, refeita à sua forma original. Sangue ainda percorria de seu rosto, olhos e diversas partes de seu corpo. Ela andava estalando os ossos, com seus dentes tensos, como se tivesse dor. – Droga – ela reclamou. – Como coça. – Ela cambaleou pelos destroços de sua sala. Assim que viu todos parados à frente da porta selada, ela respirou aliviada e ajeitou os cabelos. Então, perguntou a Cauã: – Você prefere loira ou morena?

Um vento surgiu de dentro da casa de Carlota. Esse vento evoluiu para um ciclone, que se transformou em um furacão. Carlota ordenou diretamente a Cauã:

– Peça para Sandro parar!

Cauã, Gabriel e Cristiano mantiveram-se parados, ignorando o apelo da feiticeira e observando o ciclone fenomenal à sua frente. A força do vento era tamanha que destroçou todo o restante de móveis e objetos do recinto. Tanta era a sua potência que perfurou o teto da caverna. Em meio ao som ensurdecedor da ventania, surgiu a voz de Carlota. Ela alertou em tom de vingança como se essas palavras fossem ferir profundamente Cauã:

– Cauã! Você perdeu! Um portal se abrirá hoje! Joana vai ser entregue! A Lua precisará de uma entidade... – E perguntou, aos risos: – Você me amará se eu representá-la?

– Você não a representará, apenas roubará os seus poderes! – Cristiano berrou, em meio à sua fúria.

Ela deu de ombros e arguiu:

– Você me disse que pagaria o dobro que Tau me ofereceu. Se ele me ofereceu a Lua, o que você me oferecerá?

A Cuca era capaz de tudo, Cauã sabia disso. Teve diversas evidências no passado. O grau de extensão dessa ameaça era real.

A discussão interrompeu com a força do ciclone. Sandro fez tudo explodir à sua volta. Cauã, Cristiano e Gabriel foram empurrados para fora e despejados violentamente, como três torpedos, à frente da casa de Joana. O ruído do estouro denunciou a épica destruição do asfalto e da calçada.

Cauã levantou confuso, tonto, estalando, com muita dificuldade, como um corpo cujo esqueleto tivesse quebrado centímetro a centímetro. A dor do remendo de seu corpo só não era maior do que o seu sentimento de urgência. Gabriel o acompanhou, resmungando como um condenado, e Cristiano se manteve deitado, atônito com o ocorrido. A ventania passou e Sandro pousou suavemente sobre a ponta do pé e saltitou para frente do portão, tocando a campainha da casa de Joana.

– Cauã, tente se recompor, pelo menos você – Sandro sugeriu sarcasticamente.

Cauã o encarou sério, mas percebeu que, ao contrário de repreender, deveria ser grato a Sandro por ter intervindo naquele momento. Além disso, ele o havia socado tantas vezes que entendeu como um ato de vingança. Por fim, Cauã sorriu e imaginou que, talvez, Sandro realmente poderia estar com intenções de ajudar Joana. Afinal, Joana estava em meio a um ninho de cobras.

Mesmo assim, por que Sandro não a impediu de beber o encantamento?

Alcinoe atendeu o portão impaciente:

– Poxa, vocês demoraram! Carambá... Estávamos quase iniciando o ritual sem vocês.

Cristiano foi logo atrás de Alcinoe:

– Carlota não...

– E nem ia dar o antídoto certo. – Enquanto caminhavam em direção a casa, Alcinoe contou as novidades. – Camilla comprou o encantamento de Carlota e encantou Joana com a essência do último suspiro de Luisón. Havia feito uma negociação com Carlota através do patrocínio de Rodrigo, Tau. – Alcinoe parou no corredor e passou a mão pelos cabelos. – Agora fomos informados de outra negociação. Camilla e Rodrigo aparentemente encomendaram em separado outro encantamento e Carlota viu a sua oportunidade. Uma espécie de veneno. – Gabriel pegou de Alcinoe o pote com um líquido fluorescente e uma pedra brilhante dentro. Alcinoe voltou a andar pelo corredor e explicou. – Ela ia vender outro encantamento lhe dizendo que era o antídoto. Ela estava aguardando quem dava mais (Rodrigo ou Camilla) para indicar quem tomar o veneno (Cauã ou Joana). Bom, enquanto isso, fomos visitados pela Priscila, que é Kerana.

– Volte um pouco... Priscila é Kerana? – Cauã perguntou incrédulo. – E deu o antídoto?

– Sim, ela disse que Luisón a fez entregar o antídoto. Luisón preparou uma porção para reverter os efeitos de sua essência. – Alcinoe elevou as sobrancelhas e observou. – Francamente, ninguém se opõe a Luisón.

Cauã pegou o pote de Gabriel e passou a analisá-lo.

Cristiano perguntou:

– Como Carlota conseguiu a essência de Luisón? Digo, Luisón não é muito sociável.

– Priscila? – Cauã perguntou, ainda tentando acreditar.

– Sim, Cauã... Engula a novidade – Alcinoe disse, meio indigesta. – Ela é Kerana.

Gabriel pegou o pote de Cauã para analisá-lo.

– Sabemos que feiticeiros são oportunistas. Jamais conseguiremos saber como Carlota conseguiu a essência de Luisón. Segundo Priscila, Joana tomou a essência de Luisón relacionada ao último suspiro. É o que ele usa para desprender a alma de um corpo de que se apodera e não a liberta quando não tem condições de viver. – Alcinoe apontou para o pote e explicou: – O antídoto foi produzido por uma pedra, uma ferramenta que Luisón leva para si em seu percurso e só utiliza quando ordenado... sabe-se lá como.

Gabriel abriu e inalou a essência. Fechou os olhos e disse:

– Inala-se como uma espécie de retorno. Algo que mantém a essência presa e regenera o corpo.

Ele inalou novamente e Alcinoe complementou:

– É sua pedra da segunda chance, algo incrivelmente poderoso.

Cauã estremeceu e voltou ao seu senso de urgência. Bom, era o que tinham, então buscou ser prático. Ele pegou o pote de Gabriel. Este não impediu Cauã de levar, não haveria qualquer condição de fazê-lo, pelo desespero da entidade do Sol. Cauã subiu imediatamente as escadas. Sarah o aguardava em frente ao banheiro.

– Improvisamos uma banheira. – Sarah apontou para uma estrutura feita de partes de ferro soldada. Grande o suficiente e moldada em forma oval para assumir o corpo de Joana. – Lina soldou algumas bacias. A água está posta e já está misturada com sal grosso. Agora só falta o antídoto. Pelo que ouvimos, você deve colocar o antídoto e misturar na água para que possamos trazer Joana.

Sarah, então, abraçou Cauã enquanto ele encarava a bacia como se fosse o verdadeiro tesouro capaz de trazer o seu amor de volta.

– Minha filha é uma mulher de muita sorte e eu também, por saber que ela encontrou proteção no amor. Nem todas têm essa felicidade – Sarah disse em seu ouvido, distanciou-se e foi ajudar Lina a trazer Joana. Cauã entrou no banheiro e agachou-se perto da banheira. Finalmente estudou o líquido escurecido por dentro da garrafa de vidro. Era o que tinha. A sua única chance. Essa que foi entregue por Priscila, a moça que o atormentou por anos. Será que podia confiar em Priscila? Ironicamente, não havia outra escolha, era o que tinha. Sua única chance. De fato, perdeu Jaci incontáveis vezes, mas jamais teve tão pouco tempo ao seu lado. Ainda mais depois de quinhentos anos separados. Não era a hora de Joana partir.

Cauã estava decidido. Se essa porção não funcionasse, ele deixaria de existir. Ele sorriu para si mesmo ao finalmente se deparar com a fatal realidade da entidade da morte ter lhe dado uma chance para viver. Luisón lhe entregou aquilo que determinaria sua vontade de existir. Será que Tau, na verdade Rodrigo, planejou tudo isso?

– A ti, Rodrigo – Cauã brindou com o pote, admirando a inteligência de seu oponente. Cauã inspirou, passou a mão pelos cabelos para espantar tais pensamentos e, munido da coragem que lhe restou, despejou o líquido fluorescente na água e passou a mão para misturar.

Chegou o momento. Lina apareceu com Joana no colo.

Cauã fez um sinal com a mão para Lina parar e disse:

– A água está muito fria. Joana odeia água fria. Vou amornar. – Mergulhou a mão na água. Sua mão foi tomando a cor vermelha como se estivesse entrando em chamas e gradativamente pôde se ver uma torrente fumaça sair da água. – Pronto – ele falou. – Agora vou levitá-la, tirar as suas roupas e mergulhá-la na banheira – Cauã anunciou ao chegar perto de Joana, forçando seu corpo para responder em meio à sua angústia.

Era um momento suave, único. Uma bifurcação da vida que merecia respeito, no mínimo silêncio, e não Joamir aparecendo como um trator no banheiro, anunciando de forma bastante inquieta e indolente:

– Eles não estão nem noivos, ou namorando direito! Você não pode ver minha filha pelada! Só depois de se casar! – Joamir varreu Cauã com as mãos. – Deixe que as mulheres e eu cuidaremos disso.

Lina acenou com o rosto, como se estivesse pedindo para Cauã sair. Cauã engoliu sua aflição e teve que sair, mas não sem antes bufar de raiva. *Este é meu sogro*, ele pensava. *Pai de Joana...*

Cauã desceu as escadas ao encontro de seus companheiros e pensava como se fizesse um mantra: *este é meu sogro*.

Sandro perguntou:

– Mas você não está lá? O que houve?

– Meu sogro... – ele verbalizou.

Sandro fez uma feição de que entendia a revolta do mais recente amigo. Após alguns minutos de silêncio, pura agonia e logicamente fúria por ter sido despejado do banheiro, Cauã levantou-se em fúria súbita e falou:

– Não consigo ficar aqui parado. Quanto tempo leva para Joana acordar após desfeito o encantamento? Cadê Gabriel e Cristiano?

– Pode demorar um dia. Seu corpo vai se recompor gradativamente. Já perguntei ao Gabriel – respondeu Sandro.

– Cadê eles? Vamos atrás de Rodrigo – Cauã concluiu. Estava com muita energia, não conseguiria ficar parado.

25
CLAREAR IDEIAS

Indaiatuba, quinta-feira, 21 de abril de 1994

Finalmente, a situação se reverteria. Joana logo estaria sem o encanto e pronta para assumir seu lugar ao lado da Lua. Após tantos anos de busca, após tanta luta e o susto por ter encontrado Jaci em uma condição vulnerável, encontraram a solução.

Gabriel caminhou em profunda reflexão, e preocupação, pelo corredor estreito do segundo andar da casa dos pais de Joana enquanto Cauã preparava a banheira com o antídoto oferecido por Kerana. Ele parou ao encontrar uma pequena escadaria que daria ao terraço. Subiu, ocupando-se para clarear as ideias, e avistou Cristiano sentado em um dos cantos do terraço. A noite estava agitada. As nuvens cobriam totalmente a Lua e ameaçava chover a qualquer momento. Cristiano olhava para o céu como se estivesse buscando alguma estrela, reflexivo.

Seu amigo sofria e Gabriel sabia exatamente o motivo. Gabriel também sofria com a notícia. Desde quando soube, Lina lhe informou da decisão de Alcinoe, ele silenciou. A sua preocupação logicamente girava em torno de Joana, mas também era temperada pela tristeza de saber que uma querida amiga escolheu partir.

Quando Cristiano percebeu a presença de seu amigo no terraço, ele sorriu. Assim que Gabriel se aproximou, Cristiano colocou as mãos no ombro de Gabriel e disse:

– Quantas lutas nós enfrentamos, meu amigo. – Gabriel manteve o seu silêncio, aguardando seu amigo desabafar. – Acho que, depois dessa confusão, vou fazer uma viagem – Cristiano anunciou. Uma atitude esperada, diante das circunstâncias, principalmente para Cristiano.

Gabriel perguntou:

– Para onde você vai?

– Não sei, não gosto de planejar. Vou para onde o mar e os peixes me levarem.

Gabriel se distanciou de Cristiano, pois sabia que falar sobre Alcinoe seria uma tarefa difícil.

– Isso é devido à decisão de Alcinoe? – Gabriel perguntou.

– Talvez... – Cristiano respondeu sem dar uma pista de expressão em seu rosto, apesar de Gabriel rastreá-lo atentamente.

Silêncio.

Cristiano sorriu e cumprimentou seu amigo, dizendo:

– Não adianta. Sou difícil de entender mesmo. – Com isso, Cristiano colocou seu braço nas costas do amigo para conduzi-lo para dentro de casa. – Não se preocupe comigo. É com Joana e Cauã que você deve se preocupar, se lembra? Estamos aqui para ajudá-los.

Gabriel percebeu que seria inútil discutir com o amigo e, muito contrariado, desceu as escadas em direção ao corredor onde estavam os quartos. Assim que chegaram às escadas, Cristiano pausou e mudou sua expressão de melancolia para total curiosidade. Gabriel pausou também, e ficou tenso, pois conhecia seu amigo e as expressões dele. Cristiano parecia mal-intencionado com alguém. Automaticamente, concluiu: Sarah.

Gabriel decidiu intervir diretamente, antes que Cristiano tomasse seu rumo:

– Não crie confusão, por favor.

– Me erra... – E, com isso, Cristiano virou as costas e voltou ao terraço.

– Terraço é bom... – Gabriel comentou em um ar de incentivo. – Vai clarear seus pensamentos, se esfriar... Muito boa escolha! Sábia decisão.

26
PLANOS E SUPOSIÇÕES

INDAIATUBA, QUINTA-FEIRA, 21 DE ABRIL DE 1994

Cauã andava indócil pela sala de jantar, acompanhado pelo Sr. Joamir, que dividia a mesma ansiedade, e Sandro, que observava a cena à sua frente com bastante curiosidade. Para fugir da atenção de Sandro e da irritante presença de Joamir, também sucumbindo à sua agonia, Cauã seguiu a passos firmes para as escadas onde foi, pela terceira vez, barrado pelas icamiabas Amanda e Lindalva.

– Não interrompa. Joana ainda está reagindo ao antídoto – Amanda falou com a voz firme. Amanda e Lindalva estavam certas. Cauã tinha de esperar e olhou para a porta da sala. Não adiantaria gastar energia cambaleando pela sala.

– Vou buscar Rodrigo – anunciou.

Após alguns passos, foi outra vez impedido, desta vez pelo Sr. Joamir, que anunciou:

– Se você for, eu vou também. Sei onde encontrar esse elemento.

Cauã massageou as têmporas e alertou, ainda segurando um miserável fio de sua paciência.

– Sr. Joamir, isso pode ser perigoso, não podemos arriscar sua vida.

– Isso não é um pedido. É uma decisão! – Assim, Joamir abriu a porta da sala e informou: – Meu carro está logo aí. – Joamir impôs a Cauã.

Em seguida, Joamir fez cara feia e exigiu:

– Me avisa quando for!

– Eu aviso! – Sandro interviu. Assim que Joamir virou de costas, ele deu um tapa nas costas e disse:

– Bem-vindo à família!

Gabriel entrou na sala a tempo de a discussão terminar e lembrou Cauã:

– Você se lembra das últimas palavras de Carlota? O portal se abrirá hoje à noite.

– Sim... – Cauã respondeu reflexivo. Olhou para cima, ainda refletindo. Então perguntou: – Você consegue buscar, no pergaminho, o local exato onde o portal se abrirá?

– Lógico. Dê-me um espaço.

Sandro e Cauã andaram até a sala de jantar e abriram espaço na mesa, tirando ornamentos decorativos e os pratos, já que ela estava posta para o jantar. Amanda e Lindalva acompanharam curiosas e Alex surgiu da sala de televisão em silêncio.

Gabriel saiu da casa e, segundos depois, retornou com seu pergaminho. Uma espécie de palha enrolada, amarrada com uma corda de que desatou o nó, desenrolando sobre a mesa. Havia um mapa no meio. Então, posicionou-se em pé, frente ao mapa que cobria grande parte da mesa de jantar. Esfregou uma mão na outra para acumular parte de sua energia na palma de suas mãos.

– Esse mapa é atual, mas o pergaminho parece extremamente velho – comentou Amanda, que observava tudo atentamente.

– Perspicaz – comentou Gabriel. – Na verdade, esse mapa acompanha a mudança geológica da Terra.

Alex estranhou ao ver Gabriel fechar os olhos e colocar as mãos sobre o pergaminho. As palmas de suas mãos iluminaram pequenos pontos azuis.

– Você não é entidade do amor? – perguntou Alex.

– Amor – Gabriel respondeu serenamente, mantendo a sua concentração. – A arte da eterna busca, do encontro e da união. Meu elemento não só os une, mas acha. – Ele cerrou os olhos para manter a concentração e as três sentaram nas cadeiras da mesa, observando o feito. Surgiu outra luz escura que tornou a percorrer o pergaminho freneticamente até que queimou um ponto do mapa.

– Achou bastante rápido – Cauã estranhou.

Gabriel analisou o ponto e anunciou:

– Carlota está certa. Abrirá hoje em uma cidade próxima daqui.

– Isso explica por que encontramos essas entidades morando por perto, próximas umas das outras. Estão todas aguardando o portal se abrir. – Cauã levantou-se agitado.

– Isso também indica que o portal pode não ser espontâneo. – Gabriel riu para si mesmo, um tanto perturbado. – Poderia ser a chave? Mas Lina não nos falou que Joana tinha a chave? – perguntou Gabriel confuso.

– O que é a chave? – Amanda perguntou.

– A chave é um dom temporário; não se sabe como, mas esse dom se instala em uma entidade, aleatoriamente, e fica um tempo, então, assim como surge, ela some e se instala em outra entidade. Em algumas ocasiões, as entidades até falham ao perceber que possuem esse dom, por se instalar despercebidamente. Mas quem possui a chave possui o dom de controlar, abrir ou fechar, o portal. Não estou falando de portal físico… – Notando a expressão curiosa de Amanda, ele comentou: – Falaremos sobre o portal físico posteriormente.

Alex argumentou:

– Então, se Joana tem a chave, e está… impossibilitada, nenhum portal terá chance de abrir. Bom, considerando um portal com data e hora marcada.

Gabriel não respondeu.

– Deve haver uma explicação para isso. – Cauã fixou o olhar, refletiu e comentou: – Um portal pode ser aberto de outro mundo. Uma pessoa que tem a chave em outro sistema solar pode abrir um portal até o nosso mundo.

– Então há mais de uma chave no universo? – Amanda perguntou.

– Assim como há mais de um Guaraci, ou Sol. – Amanda permitiu seu queixo cair, reflexiva, e Cauã voltou a falar. – Houve, inclusive, um portal aberto pela entidade que possui a chave em um sistema solar próximo ao nosso. Na época, esse portal trouxe o príncipe que foi banido de seu mundo e que ronda nosso mundo até hoje. Bom, como não o encontramos pessoalmente, essa figura pode ter sido apenas uma história.

– Sistema solar próximo ao nosso? – Alex riu. Joamir a acompanhou, julgando ser insana tal conversa. Realmente, talvez fosse melhor tê-lo mandado em uma busca, de algo que não precisava, para evitar que ele participasse dessa discussão. Sandro riu, porque ria de qualquer coisa. Cauã e Gabriel não riram.

– Qual príncipe? – Lindalva perguntou.

– Alguns o chamam de Príncipe Teiú – respondeu Gabriel.

Alex chacoalhou-se assustada e disse:

– Havia um homem que botava medo em minha terra natal. Nós o chamamos justamente desse nome. – E, sem jeito, perguntou: – O que vocês sabem desse Príncipe Teiú?

– Esse é o porém – Gabriel comentou. – Não sabemos...

Alex agradeceu sem emitir um som com a boca, apesar de seus olhos gritarem com um tom mais alto e angustiante que qualquer voz pudesse atingir.

Gabriel notou o tormento na menina, passou a mão em seu ombro, mas voltou ao assunto em questão.

– Cauã, o fato de um portal ser aberto de outro mundo para este é muito improvável e perturbador. Digo aterrorizador se, ainda mais, as entidades deste mundo souberem que esse portal seria aberto. Isso indicaria que uma entidade poderosa de nosso mundo anda se comunicando com outra entidade poderosa de outro mundo.

– Possibilidades – Cauã argumentou. – Ou essas entidades de fato se comunicaram e, sabe-se lá como, previram a abertura de um portal espontâneo, ou outra entidade, com a chave, marcou uma data e hora para abrir esse portal. Ambas as possibilidades são bem remotas. Não importa. Para ambas as opções, devemos intervir.

– Qual é a relação entre você e o portal? – Lindalva perguntou, cortando Alex. – Estou confusa. O que é um portal mesmo?

– O portal é um buraco de minhoca. Ele pode ser ocasional ou provocado por uma entidade que possui a chave para este portal. O portal se abre ocasionalmente, quando há uma fusão de energia entre dois astros, ou ele pode ser aberto a qualquer momento pela entidade que possui a chave. Quando o portal se abre, as entidades podem mudar-se, escolher outro mundo para morar e adotar outro elemento. A chave, no entanto, flutua entre entidades por um período de tempo. É o que chamamos de dom flutuante.

– Qual é o problema do portal se abrir? – perguntou Amanda, cruzando os braços.

– E de entrar uma entidade banida e que não é bem-vinda? – comentou Alex.

– Entrar não é tão problemático como sair – Cauã corrigiu. – É claro que as icamiabas controlam quem entra, mas, depois que a entidade está nesse mundo e criou um vínculo com esse sistema solar, este a acolhe.

Então ela se torna parte de si. A finalidade primeira, básica e essencial da dinâmica do universo é estar em harmonia. Não há vida sem harmonia. Isso sugere harmonia entre todos os elementos. É como se fosse uma orquestra. Quando falta um dos instrumentos, ela perde a sintonia. Você consegue imaginar sair uma música coesa de uma orquestra sem o violino, por exemplo? – Cauã perguntou.

Houve um silêncio reflexivo e Cauã respondeu:

– Pois é... Minha relação com o portal é direta. Não posso perder esses elementos. Nesse caso, eu sou o maestro e preciso de todos os músicos reunidos para manter a sinfonia coesa. Preciso resgatar a harmonia nesse mundo e não o poderei fazer sem que todos estejam aqui.

Amanda olhou para Lindalva, e sorriram com a revelação. Alex acompanhou apática e reflexiva. Uma reação muito diferente das duas anteriores, mas condizente com sua personalidade introspectiva.

Cristiano invadiu a sala de jantar pela cozinha, cortando o assunto. Ele tinha aquela mesma expressão serena, relaxada e feliz. Era como se o mundo tivesse tomado uma nova forma, mais colorida e brilhante. Cauã apenas aguardou a inevitável companhia que logo se desvendaria.

Como previu, logo atrás, entrou Sarah, sorrindo e com um olhar vago, distante. Assim que ela avistou Cauã, disse:

– Você é realmente o genro que toda mulher queria – murmurou: – Quer um cafezinho? Lanche? Jantar?

Cauã cerrou a boca e encarou, incrédulo, Cristiano. Não seria possível que Cristiano houvesse encantado Sarah novamente? Cristiano sentou-se na cadeira da sala de jantar. Encarou vagamente as expressões paralisadas de Gabriel e Cauã, que também passou a mão no rosto, sentindo-se repreendido.

Imediatamente, Gabriel levantou-se. Sem falar uma palavra, ou olhar para os demais, levantou Sarah de sua cadeira com cautela dizendo:

– Venha comigo, tenho algo a mostrar-lhe.

Sarah foi com Gabriel sem discutir.

– Incorrigível... – Gabriel reclamou.

27
ENCANTAMENTO

INDAIATUBA, QUINTA-FEIRA, 21 DE ABRIL DE 1994

– O encantamento foi desfeito! – Lina exclamou do segundo andar.

Houve uma verdadeira comemoração na casa. Todos se abraçaram e festejaram, enquanto Cauã, invadido por um sentimento de paz e esperança, sentara imóvel em sua cadeira, não sabia ao certo como agir nesse momento. Ele havia se esquecido de como era sentir-se pleno e feliz. Esses sentimentos o haviam deixado há tantos anos que se tornaram parte de seu passado. Perplexo. Sim, talvez se sentisse perplexo, ou, quem sabe, confuso. Sem Jaci, seu amor, viu-se perdido, sofrendo de uma espécie de inanição ou sede.

Ele ficou mudo enquanto seus amigos o cumprimentavam. O coração de Cauã encheu-se de uma sensação doce. Nada, nenhuma matéria, ou sucesso, chegava perto do enorme prazer que sentia nesse momento.

Ele se levantou e, sem pressa, degustando o delicioso e precioso momento, caminhou ao encontro de Joana. Sua saída foi branda, despercebida pelos demais. Subiu as escadas e abriu a porta do quarto. Constatou. Ela realmente aparentava estar viva, não mais uma massa inorgânica em decomposição. Ela dormia de lado, como nas noites em que descansava em sua casa. Reconheceu imediatamente sua respiração e se aproximou dela, com cuidado para não acordá-la. Joana precisava de descanso. Ajoelhou-se a seu lado e a encarou por um longo período. Nada, absolutamente nada se comparava com o alívio que o inundou quando passou suavemente o dedo em frente do nariz de Joana e confirmou sua respiração, forte. A suave brisa que acariciava seus dedos. Ele sorriu e acariciou o corpo de Joana por cima do edredom. Ainda estava receoso de tocá-la. Gostaria de vê-la acordar primeiro e se recuperar. Reparou, na escrivaninha ao lado da cama de Joana, em um anúncio da Assendent buscando assistentes. Isso o remeteu ao plano de suas amigas. Comovido com o momento, ele sorriu para si mesmo. O plano foi ruim, mas fará parte da longa lista de eventos em seu passado dos quais fará questão de se lembrar.

O som da voz de Gabriel invadiu o quarto:

– Desculpe-me interromper, mas precisamos confrontar Rodrigo. Realmente acredito que ele tem algo planejado e está também relacionado ao portal. Enquanto isso, Lina e Alcinoe continuarão buscando o paradeiro de Camilla. Vou descer para encontrar a região em que a moça se encontra no pergaminho. Podemos nos encontrar na frente da casa em dez minutos?

Cauã abaixou a cabeça e concordou.

Subitamente, o ar ao redor, leve, tornou-se denso. Não queria ir. Mesmo assim, sabia que não havia alternativa. Precisavam agir com urgência e interceptar esse estranho portal. Ele queria ficar o restante de sua existência ali, ao lado de Joana, observando-a como um verdadeiro tolo.

Gabriel prosseguiu:

– As meninas estarão aqui, protegendo Joana. Não se preocupe.

– Rodrigo foi namorado de Joana e encomendou um encanto. De certo não era somente para me desequilibrar... – Cauã disse. Então estalou seu pescoço para aliviar a tensão e levantou-se. Iriam cutucar um terreno perigoso. Todo o diálogo com Tau era difícil, cheio de buracos e minas.

E seguiu em frente. Sabia que estava prestes a descer ao inferno, pois Rodrigo tinha a capacidade de transportá-lo para lá sem muito esforço. Cauã fechou a cara, voltou à sua conhecida face séria. Ele não era igual a um típico guerreiro desbravado que abdica de seus sentimentos e sorri diante da face do mal.

Enquanto descia as escadas em direção à frente da casa, Cauã refletia sobre o dia. Foi um dia longo, intenso. Trouxe informações importantes e, acima de tudo, uma notícia maravilhosa. Quem sabe esse dia o surpreenderia com outra boa notícia? Quem sabe Rodrigo não o atacaria gratuitamente, como sempre, e encontraria outra forma mais madura de se comunicar? Quem sabe...

Ele saiu da casa e parou pasmo ao deparar-se com uma cena desconfortante. Joamir estava afetado, vermelho, suando e se debatendo em sua luta voraz contra um Chevette verde e antigo que já havia encontrado seu fim há uma década. Joamir berrava inúmeras injúrias enquanto tentava ligar o carro claramente engasgado, morto. Deveria ser uma batalha comum, pela precariedade do carro.

Joamir xingava, reclamava, batia no volante e enxugava o suor da testa. O carro, estacionado logo à frente da casa de Joana, parecia não responder a qualquer estímulo.

Cada um tem um inferno individual e, Joamir, nesse momento, havia se transportado, sem escala, para o seu – Cauã refletiu.

Joamir era mesmo um cara estranho, Cauã concluiu enquanto se distraía com a cena. Sentiu, em dado momento, que escapou o sorriso no canto da boca.

Joamir reparou.

Cauã trancou o sorriso, cruzou os braços e limpou a garganta para mover os músculos de volta ao lugar. Voltou à sua postura imaculada.

Joamir voltou à sua luta.

– Cauã, por que você está deixando seu sogro se atormentar com o carro? Não iremos com o nosso? – Cristiano perguntou curioso. De fato, Joamir havia os deixado na sala de jantar e tentava ligar o carro estacionado à frente da casa já há um bom tempo. Cristiano observou a luta do pobre rapaz, estudou Cauã, e indagou: – Sessão de tortura?

Outra vez o sorriso escapou, confirmando as palavras de Cristiano, que soltou sua gargalhada.

Gabriel apareceu. Foi nesse momento que Cauã finalmente se movimentou.

– Ok, vamos... – Cauã determinou, dando um fim em seu breve divertimento, e seguiu em direção ao seu carro, que estava estacionado logo à frente do Chevette verde de Joamir. Ao passar pelo seu sogro, deu um sinal com o dedo indicador para que Joamir o seguisse. Disse ao Gabriel: – Vamos nos espalhar nos dois carros. Vou com Joamir na frente. – Apontou para Cristiano e o chamou. – Você vem comigo.

– Ah, não – Cristiano zombou. – Acho que você e Joamir precisam de um tempo em família para se acertar. Será uma ótima oportunidade.

– Cale a boca e venha – Cauã interrompeu, sem dar margem à discussão.

– Um cara que harmoniza um sistema solar, enfrenta entidades destrutivas e detém a responsabilidade de manter o Sol equilibrado não quer ficar sozinho com o sogro – Cristiano comentou, aos risos, e ganhou um olhar firme de advertência do Sol.

– Esperem! – Era a voz de Sandro que surgiu de dentro da casa dos pais de Joana. – Vou junto! – Sandro apareceu. Andando em uma elegância incomum, com uma calça jeans preta, camisa azul, parecia outro homem. Se ele não estivesse com o típico boné vermelho, de fato, seria difícil reconhecê-lo.

– Cristiano, pare de encarar. Tecnologia… Conhece? Saio à noite com prótese na perna. – Cauã escutou Sandro dizer por trás.

Cauã indicou:

– Sandro, vá com Gabriel.

E seguiu sem caminho.

Cauã preferiu voltar à concentração. Afinal, estavam a caminho do confronto. A mera ideia do confronto fez a boca dele formar uma linha tão dura que sentiu os músculos do pescoço saltarem. Destrancou o carro e entrou.

A última vez que viu Tau, ele respondia por Lucius. Foi há mais de setecentos anos. Na época, Cauã vivia ao lado de Jaci, que respondia como Reka, em uma pequena vila na França. Seu filho, Franco, foi quem trouxe Lucius para sua casa. Um encontro que resultou em um desastre: levou a vida de seu filho e fez Reka se desmantelar.

A dor foi tamanha que explodiu na mais poderosa arma de fogo. Por pouco ele não extinguiu Lucius. Seu milenar oponente fugiu. Habilmente e covardemente manteve-se distante todo esse tempo. Cauã ficou mais de um século atrás do imbecil. Só parou de procurar quando Aracy surgiu e acalmou seu amargo coração com suas palavras. A cada desmantelamento de Jaci, ele morria um pouco. A cada filho que perdia, morria mais.

A dor da perda de Franco foi insuportável, irreparável. Era impossível explicar tamanha angústia e impotência. Como era difícil aceitar o passado e enfrentar Tau novamente. Dependendo do que ocorreria nesse encontro, ele extinguiria Rodrigo, esquecendo-se das orientações da Entidade Primária.

– Bonito o carro, hein? É seu? – perguntou Joamir, esticando-se confortavelmente no banco da frente, assim que entrou no lado do copiloto enquanto Cristiano assentou-se no barco traseiro. Abriu a janela, deixando sua cara bem à mostra para os vizinhos. Cauã ligou a ignição. O motor do carro roncou com uma bela sinfonia mecânica que chamou atenção de toda a esquina.

– Não, é alugado – respondeu Cauã. Passou a dirigir pelas ruas do centro da cidade.

– Você alugou isso? Existe opção de alugar esse carro?

– Precisei de um carro mais potente – Cauã respondeu, sem querer prolongar o assunto.

Joamir elevou o dedo indicador justamente com o tom de voz ao contrapor:

– Ou... Buscou impressionar a família de Joana. Saiba que não se compra a família de Joamir! Nem Joamir...

Cauã juntou as sobrancelhas, confuso. Por que Joamir se referia a si mesmo na terceira pessoa?

– As pessoas que se demonstram boas em tudo, no fundo, não são boas em nada – Joamir fez um gesto firme com as duas mãos como se tivesse cortando algo em pleno ar.

Cristiano gargalhou. Cauã preferiu ignorar o amigo e seu irritante sogro.

Joamir prosseguiu:

– Prefiro a ignorância a sofrer a contaminação de seus colegas pateticamente submissos a você.

Cauã negou, em um gesto exasperado. Primeiro, jamais esperou submissão de seus amigos; além disso, não queria. Ele tinha a grata certeza de que seus amigos trabalhavam ao seu lado por escolha. Ele admirava cada um e não gostaria de ver qualquer um de seus amigos sentindo-se obrigado a estar ao seu lado.

Se ele pudesse, não abriria sua condição de entidade do Sol para Joamir. No entanto, essa exposição foi necessária e, além disso, seria inevitável com o convívio.

Joamir não dava trégua. Para piorar o seu tormento, tornou a dissertar alto sobre valores familiares e a virtude de Joana.

Cauã parou em um sinal e passou as duas mãos pelo rosto para substituir o desejo de incinerar o carro, junto com Joamir. Em vez disso, em um ato de desespero para calar seu sogro, Cauã alcançou a mão de Cristiano. Já ia colocá-la no ombro de seu sogro para acalmá-lo (ou quem sabe, apagá-lo) quando Cristiano retirou sua mão do alcance, e o alertou-o:

– Não utilize meus poderes para resolver os seus problemas familiares.

Cauã bufou. Joamir pareceu não ter ouvido Cristiano, tampouco, percebido a reação de plena impaciência de Cauã. Também não refletiu muito. Enquanto apontava o caminho, mantinha o discurso de fidelidade, na doença e na saúde e no casamento. Cristiano se divertia no banco de trás enquanto via Cauã se descabelar ao lado do sogro.

– Vamos fazer um trato! – Cauã cortou o discurso, de seu futuro sogro. – Quando isso acabar, vou dar a você e a Sarah passagens para um cruzeiro! Tudo pago... Tem algum cruzeiro saindo por agora, Cristiano? Digo, amanhã ou, no máximo, depois de amanhã?

– Deve ter, sempre tem... É só ver nas agências de viagem – Cristiano respondeu animadamente.

– Tudo pago? – Joamir perguntou reflexivo.

– Exato.

– Em troca do quê?

– Silêncio, por hora.

Sim, Cauã pagaria verdadeiras fortunas para calar seu sogro. Joamir refletiu, apesar de dissertar há tão pouco tempo sobre valores, virtudes e que não se deixaria influenciar pelo encantamento da fortuna.

– Você também irá fornecer uma grana para a viagem? Mulheres compram bastante...

– Naturalmente – Cauã respondeu, deixando Joamir refletindo por outros segundos. Quem sabe lhe dando o tão esperado silêncio? De fato, ele estava prestes a enfrentar Tau, e seu sogro parecia não conhecer o porto final de uma frase. Pelo seu estimado silêncio, pagaria verdadeira fortuna.

Felizmente, a reflexão sobre a negociação, ou o aceite da negociação do cruzeiro levou ao seu sogro manter seu silêncio até o momento que indicou o bar na outra extremidade da rua.

– Este é o bar... – Joamir indicou e perguntou. – Quanto vai dar?

Cauã ignorou a pergunta do sogro sobre a quantia de dinheiro. Não iria responder, mas sua expressão de plena sofreguidão deixou claro que era capaz de oferecer quantias absurdas, inclusive vender ações para arrecadar verdadeiras fortunas, para distanciar seu sogro e eliminar essa outra variável tão irritante quanto o encantamento de Carlota.

Cauã estacionou o carro e varreu o desejo de carbonizar Joamir, por enquanto. Era hora de confrontar Rodrigo e deixar Joamir de lado. Enfrentaria um problema por vez.

Saiu do carro e foi ao encontro de Gabriel.

– Não sabia que Rodrigo gostava desse bar – Sandro disse para Cauã, um pouco encabulado. – O dono não gosta que eu vá lá. Eles me veem como "criador de confusão".

– Acho que hoje sua fama vai se confirmar – constatou Cauã a Sandro, enquanto se direcionava ao bar. – Aliás... Cristiano, coloque seu chapéu. Não queremos que você se distraia.

28
MULATA

INDAIATUBA, QUINTA-FEIRA, 21 DE ABRIL DE 1994

Cristiano obedeceu prontamente. Era de suma importância manter-se focado nesse encontro. Foram poucas as vezes em que precisou confrontar Tau ao lado de Cauã e ele preferia mil vezes a castidade a ver a situação perder o controle. Alguns, ao conhecer sua fama, diriam que ele exageraria ao mencionar tal preferência, mas era verdade. O ódio cansa, e a luta também.

Tau é um estrategista. Criou um conjunto de ideias bizarras, regadas pela promessa do poder. Sua estratégia não mudou desde o início dos tempos. Orientava líderes de povos em troca de uma pequena comissão.

Não era difícil concluir que o real ganho por detrás dessa negociação passava longe de moedas e tesouros. A entidade da Destruição investia enquanto educava os líderes. Em contrapartida, os cegava. Manipulava o conhecimento, criando pequenos soldados que, atuando em massa em nível colossal, agem como a própria entidade da Destruição.

Após milênios nesse eterno duelo, Cristiano estava cansado. Junto com Cauã, Cristiano contribuía. Tentavam orientar esses mesmos líderes e neutralizar os atrativos inerentes aos ganhos exorbitantes quando se age sem escrúpulos. Então, após abrir os olhos daqueles que foram antes influenciados por Tau, dão-lhes o livre-arbítrio para escolher.

Francamente, Cristiano desejava não encontrar Tau nesse momento. Cauã já havia passado por muitos problemas e não merecia tal confronto. Além disso, Gabriel poderia também estar equivocado com relação ao portal.

Ao contrário do seu desejo, ele jamais viu a entidade do Amor errar uma previsão. Então, era melhor preparar-se. Cristiano fez um gesto com a cabeça para Sandro ficar atrás dele ao entrar no bar. Iria dar um jeito de colocá-lo para dentro sem que o dono criasse algum empecilho.

Havia uma recepcionista organizando a entrada. Ela cumprimentava cada cliente de forma gentil, apesar de não olhar para eles. Cauã e Gabriel entraram na frente. Joamir a cumprimentou, perguntou por sua família. Ela respondeu com um sorriso simpático, entregando-lhe a cartela de consumo. Então aconteceu... O queixo de Cristiano caiu ao ver aquele sorriso. Por que justamente agora, por obra do irônico e caótico acaso, surge uma deusa capaz de liberar um encanto tão forte a ponto de cegá-lo? Estava certo de que jamais em sua vida havia constatado algo tão belo circulando na região de São Paulo.

Intensamente afetado, retirou seu chapéu. Parou na fila. Precisava respirar fundo, encontrar a força de vontade sabe-se lá onde, para ignorar essa beldade à sua frente. Era de suma importância lutar contra o seu impertinente transe, ficar ao lado de Cauã. Não, sob hipótese alguma, Cristiano poderia se deixar levar pelos encantos da mulata. Permitiu outros clientes passarem e ignorou a reclamação de Sandro. Estava tentando focar. Era preciso. Ninguém sabia, e não teria como dimensionar a força colossal de desejo por detrás de um olhar sedutor. Cristiano geralmente entrava em um transe hipnotizante de que desviava apenas quando seu desejo fosse saciado. A sorte era que essa energia afetava ambos os lados; ele e a pessoa por detrás daquele olhar.

Cristiano estava perdendo a batalha. Nesse momento, só tinha olhos e ouvidos para aquela maravilhosa mulata da recepção. A mulher anotava os nomes nas cartelas automaticamente. Perguntava os nomes sem olhar para os clientes. Mesmo assim, não perdia a sua doçura.

Ela era uma deusa! Definitivamente, a mulher mais linda que já viu. A boca carnuda que moldava aquele sorriso o colocou em um estado não profundo de transe, que se movimentava somente no empurrão de Sandro e saltava com cada passo. Era como se ele tivesse se transformado em boneco e precisasse ser manipulado por outra pessoa para movimentar-se.

Chegou sua vez. Cristiano petrificou na frente da mulata. Tenso, sem saber o que fazer e onde olhar.

A grande chance era de a mulata simplesmente lhe entregar a certeza sem olhar para ele, mas não foi o caso. Com uma obra do acaso, ela levantou a cabeça e encontrou os olhos de Cristiano. O queixo dele caiu e não se deu ao trabalho de levantar.

Como ele estava apaixonado!

Sandro empurrou o amigo. A mulher, paralisada, nem sequer deu suas cartelas. De fato, Sandro entrou no bar, mas a que custo! Cristiano havia acabado de se perder enfeitiçado pelo olhar azul, ou verde, ou violeta daquela maravilhosa mulata como se tivesse encontrado um tesouro jamais visto em sua existência.

Achou que ouviu Gabriel dizer: "Não se encrenque".

Cristiano sentiu Gabriel cutucá-lo. Finalmente, voltou sua atenção ao amigo que repetiu:

– Não se encrenque.

E indicou uma mesa ao canto, ao lado do banheiro, para sentarem.

Cristiano suspirou. A esse ponto, ele estava encrencado. Perdido, louco e realmente encrencado.

29
ENCONTRO

INDAIATUBA, QUINTA-FEIRA, 21 DE ABRIL DE 1994

O bar era inteiramente fechado, envolvido por janelas ao seu redor. As velas e as luzes indiretas do bar presenteavam o ambiente com um ar gótico. Tinha uma pequena pista de dança vazia que deveria ganhar vida quando o bar lotasse.

– Como você sabe que Rodrigo trazia Joana para este bar? – Cauã perguntou a Joamir assim que se sentaram.

– Porque eu sempre a buscava quando a situação ficava fora de controle entre eles. Foram momentos muito difíceis para mim, minha mulher e, certamente, para Joana.

– Ele batia nela, a maltratava?

O inquérito foi subitamente cortado ao escutar-se uma risada da mesa ao lado, escondida pela escuridão no canto do bar. Todos se voltaram para esse canto obscuro. Então uma voz rouca respondeu:

– Batia, sim…

Cauã sentiu a garganta apertar ao ver uma cabeleira cheia de caracóis no meio da escuridão por onde veio aquela voz. Ele franziu o cenho. Havia algo intensamente sombrio por debaixo daquela cabeleira angelical. Então, uma forma levantou-se da cadeira e desvendou-se um rapaz de estatura média. Havia algo estranhamente abnóxio naquela aparência, como uma cobra se fingindo de morta por debaixo de uma pedra.

Então esse vulto deu alguns passos para a frente. A luz indireta do bar revelou parte de sua aparência. Os olhos cerrados, negros, cheios de raiva e sarcasmo se destacavam em meio à palidez de sua pele.

– Rodrigo – Joamir comentou entredentes, deixando clara sua repugnância. Sua intenção não era a de fazer apresentações. De fato, não havia necessidade, nem condição, para um ato cortês.

Por que Tau se manteve no interior de São Paulo, como se estivesse, assim como as outras entidades, aguardando o portal?

Rodrigo prosseguiu:

– Ela gosta de uma pegada masculina. Algo forte, intenso... ela também gemia de prazer quando eu batia em seu rosto em meio à transa. – Entre risos, Rodrigo comentou: – Insaciável.

Cauã não conseguiu evitar imaginar Rodrigo e Joana entrelaçando-se em meio aos lençóis. O peito de Cauã inflou, seu estômago revirou. Arranhou a mesa de madeira, por baixo, arrancando lasca, mas, com muito esforço, manteve intacta sua expressão facial. Precisava controlar sua fúria até levar esse elemento para um lugar isolado.

Joamir, ao contrário, horrorizado (talvez certo de que seria protegido pelos demais), levantou-se para confrontá-lo imediatamente. Foi nesse momento que Cauã percebeu que Cristiano não estava presente. Com seus olhos, Cauã deu um sutil sinal a Gabriel para segurar Joamir. Gabriel levantou, interceptou o senhor a tempo e o levou para longe da linha de fogo.

– Você demorou para aparecer depois de nosso último confronto no qual foi salvo graças à generosidade de Aracy – Cauã comentou.

– Estive ocupado – respondeu serenamente, com uma expressão apática enquanto analisava as suas unhas.

Alguns faróis de carro passaram pela janela e iluminaram a face de Rodrigo. Cauã finalmente reconheceu a face de um famoso consultor que vendia conselhos a executivos e governantes. Rodrigo, seu oponente, era um disputado consultor de política internacional.

Não bastava o soco no estômago de ver governos ignorarem as mudanças climáticas. Agora, diante desse consultor famoso, bem-sucedido, teve de admitir a vantagem de seu adversário.

Cauã ajeitou os ombros para aliviar a tensão. Precisava concentrar-se para não exalar a raiva que borbulhava em seu estômago, que revirava seu esôfago, que comprimia seu diafragma e que fervia seu cérebro. Mas, apesar do esforço, não estava conseguindo. Suas unhas já perfuravam a palma de sua mão a ponto de sentir as gotas de sangue caírem no chão.

Rodrigo se sentou ao lado de Cauã com um ar sóbrio e um tom animado, disse:

– Você sabe que fui o primeiro homem de Joana? Obrigo-me a alertá-lo de que, infelizmente para você, ela vai acabar comparando.

Cauã vacilou, já expondo toda a ira em seus olhos.

– Hoje é feriado e o restaurante está cheio – Rodrigo disse ao apontar ao redor.

Cauã perdeu o autocontrole. Ele permitiu que toda a raiva enrustida que o cegava para o que estava em sua volta brotasse. Ele não via nem ouvia ninguém. Nem os gritos dos clientes, ou a sirene dos policiais que rodeavam o bar. Sua expressão finalmente se revelou e, com toda fúria, empurrou Rodrigo para dentro do banheiro e o arremessou em direção à pia.

Rodrigo caiu, fazendo um barulho estrondoso, arrebentando parte do chão do banheiro, as pias e os azulejos em volta. Levantou-se e ajeitou sua camisa. Iria dizer algo, mas foi arremessado em direção às privadas. A força da colisão foi tamanha que destruiu todas as baias e quebrou o encanamento. Água espirrou para todos os lados e atingiu as lâmpadas, resultando em um curto-elétrico. Faíscas explodiram pelas paredes e as luzes apagaram. Não havia ninguém no banheiro. Felizmente. Cauã avançou em cima de Rodrigo, não dando tempo para que ele reagisse. Dessa vez, Cauã iria desmantelar Rodrigo e Aracy não o impediria. Ele então imobilizou Rodrigo com seu antebraço, enquanto o inimigo se debatia, e ele dizia:

– O que você quer com Joana?

A cada soco de Cauã no rosto de Rodrigo, escutava-se o barulho de um trovão. Rodrigo não conseguia reagir, ele aparentava estar confuso com os socos. Ora ria, ora demonstrava raiva. Os ossos da mandíbula de Rodrigo se quebravam e se remendavam imediatamente.

O barulho de destruição de dentro do banheiro era inegável. Sandro apareceu em frente à porta do banheiro gritando:

– Vocês estão assustando os clientes. Eles estão correndo do bar!

Cauã olhou para Sandro, assustado, como se tivesse somente agora se tornado consciente do estrago que poderia gerar com aquele confronto em público. De fato, era feriado de Tiradentes e, na cidade, o bar estava lotado. Rodrigo percebeu que Cauã havia se virado e, nesse momento, o empurrou para a parede do banheiro. Sandro, assustado com o desfecho da briga, arregalou os olhos e saiu da frente da porta. Rodrigo avançou em Cauã e o imobilizou, não sem antes bater a cabeça de Cauã na parede, arrebentando-a.

– Era ela ou eu! – Rodrigo empurrou novamente a cabeça de Cauã na parede e, logo em seguida, lhe deu um soco violento. – Escolhi a mim!

Cauã socou a mandíbula de Rodrigo de volta, quebrando-a gravemente.

Rodrigo empurrou Cauã, ajeitou sua mandíbula e disse:

– Tarde demais. Ela foi arrebatada e será entregue assim que o portal abrir.

Rodrigo passou as mãos vagarosamente pelas roupas e, ao averiguar a perda total dos trajes, reclamou e lançou-as ao alto.

Sandro retornou, ainda mais atormentado.

– Os clientes estão voltando ao bar. Algo está muito errado! – Sandro falou a plenos pulmões e saltou pela janela.

Cauã cravou as mãos na gola da camisa em pedaços de Rodrigo e o arremessou para fora do banheiro. Rodrigo bateu com as costas na parede, que se despedaçou com a força. Indiferente com a porrada, levantou-se e correu para fora do bar.

O bar explodiu em caos. Clientes, aterrorizados, não sabiam se pulavam pelas janelas ou se escondiam debaixo das mesas. Havia muitos, de fato, amontoados, em verdadeiro suspense embaixo das mesas. No entanto, ninguém se atrevia a sair pela porta de saída, onde Gabriel se encontrava, encarando alguma ameaça na frente do bar como um guerreiro solitário.

Gabriel tentava argumentar algo. Tentava negociar. Algo estava muito errado, até porque nem se deu conta de que Rodrigo passou por ele. Não havia um sinal de Joamir no bar.

Então Cauã viu a terrível cena. Havia dezenas de guardas, com viaturas, fortemente armados, rodeando o bar, apontando suas armas em formação como se estivessem obedecendo a um mandato para prender, ou matar, cada pessoa no bar.

Rodrigo sorriu, trocou sua camisa estraçalhada por outra que seu filho lhe entregou e anunciou sarcasticamente, apontando para um homem a seu lado:

– Lembram-se de Moñai? Meu filho? – Moñai sorriu e acenou. Tinha um aspecto de pele pálida, seus olhos azuis, quase brancos como seus cabelos. Apenas o molde do corpo se assemelhava ao de Rodrigo. Moñai estava à frente de um grupo de policiais. Todos os policiais em posição de combate e com os olhos arregalados sem piscar, como se estivessem hipnotizados ou em uma espécie de transe. Seus olhares estavam fixamente encarando os clientes em frente ao bar. Era notório que foram encantados.

Os guardas engatilharam suas armas.

Assim que Cristiano apareceu, Gabriel pediu.

– Acalme as pessoas, Cristiano. Eles não podem sair do bar.

Cristiano posicionou sua palma da mão em direção ao bar. Uma luz azul saiu dela. Essa energia fluiu como um aroma de perfume delicioso no bar, colocando os clientes também em uma espécie de transe.

No entanto, ao contrário da ameaça imposta através da manipulação de Moñai a energia de Cristiano acalmava, manipulava, alterava a interpretação do que ocorre em volta. Por isso os clientes ignoraram a gravidade da situação que se desvendava logo à frente do bar (inclusive os policiais, que, em transe, apontavam suas armas em suas direções) e retomaram suas conversas como se a comoção houvesse cessado.

– O portal se abrirá e terei de entregar Joana. Não quero me atrasar – Rodrigo virou de costas. Pausou uns segundos e voltou a encarar Cauã. Então explicou. – Ah... Não tentem impedir. Sugiro que iniciem logo o processo seletivo para substituir Jaci. – Cauã estava prestes a voar em cima de Rodrigo para terminar o que havia começado no banheiro. Rodrigo, ao ver Cauã dar o primeiro passo em sua direção, elevou a palma da mão e disse: – Parado, Cauã... Acho que você vai me entender depois de minha explicação.

Cauã parou e rosnou:

– Difícil!

– Infelizmente, meu filho, Teju Jaguá, o ensandecido idiota que foi banido na Primeira Guerra por uma humana, voltou... Isso mesmo... Temo informá-los que a humana sacrificou-se em vão. Hoje, Teju Jaguá responde por Marcelo... Bom, de acordo com o idiota, ele pulou no tempo e ficou apenas poucos segundos banido.

– Já sabemos... – Cauã comentou impaciente. – Continue!

– O fato é que o palerma não somente fez a besteira de voltar a esse mundo, mas também fez contato com outra entidade de um mundo mais evoluído. Talvez nesses segundos fora... quem sabe... O que posso dizer... Além de idiota, é burro. – Rodrigo riu e comentou com as mãos à frente, dando um gesto de conforto para os oponentes. – Deixem Marcelo comigo... Vocês já têm o suficiente com o que se preocupar... Infelizmente, essa entidade do outro mundo que Marcelo contatou me achou e propôs uma parceria – Rodrigo explicava.

Cauã mantinha sua posição de combate e Cristiano focava em manter os humores do público.

– Claro que não aceitei! Vocês sabem que não gosto de concorrência tampouco trabalho em time. Fui então ameaçado a ser submetido à evolução caso não aceitasse a parceria. Vocês também sabem muito bem que não lido bem com a curva de aprendizado... – Rodrigo passou a mão em seu corpo como se estivesse se lembrando da dor excruciante vivenciada nas ocasiões anteriores. – Não me interesso em evoluir e vivenciar a dor que certamente vocês não sentem. – De fato... Rodrigo vivencia evolução na dor, como se agonizando o crescimento dos ossos, mas com o grau de padecimento intensificado em milhares de vezes. – Acabei fechando uma nova negociação. Doei a minha namorada na época, Joana, para que me deixassem em paz. – Como se tivesse uma informação importante, Rodrigo estalou os dedos e prosseguiu: – Pensei em tudo... Vejam bem, achei inclusive duas candidatas a assumir a posição de Jaci junto à Lua. Elas já aceitaram o desafio. Não se importaram em largar seu elemento para representar a Lua.

– Cuca foi uma delas... – Cauã completou e Rodrigo sorriu.

– Ah! Já soube de uma... A outra indicada, Camilla. – E perguntou com um tom curioso: – Você prefere quem?

Cauã forçou a se concentrar no assunto principal: Rodrigo entregaria Joana para outra entidade, em outro mundo, para fugir de uma parceria. O que levaria uma entidade de outro mundo a buscar parceria com Rodrigo? Cauã perguntou:

– Quem entrou em contato contigo? Quem busca fazer parceria contigo?

– Ele não me disse – Rodrigo respondeu.

– Você não perguntou? – Cauã insistiu, perplexo com a apatia de Rodrigo. – Uma entidade de outro mundo mais evoluído entra em contato contigo, propõe uma parceria, o ameaça e você não sabe quem foi?

– Não.

– Por que ele quer evoluí-lo?

– Uma ameaça, logicamente, para me motivar a aceitar a sua parceria.

– Isso não parece lógico – Gabriel comentou.

– Desde quando o amor sabe o que é lógico? – Rodrigo riu e, ao notar a ameaça na feição de Gabriel, mostrou as palmas das mãos e disse: – Não tenha raiva de mim... Só amor...

– Hum... – Gabriel resmungou.

– Vamos acabar com o inquérito? – Cristiano anunciou diante da tensão crescente em sua volta. Não conseguiria manter tantas pessoas em transe por muito mais tempo.

– O que levou a outra entidade a aceitar Joana em troca da sua parceria? – Cauã perguntou.

– Ele está certo! Vamos acabar com o inquérito – Rodrigo anunciou, virou novamente e tomou seu rumo. Subiu em uma moto e acelerou no meio da rua. Cauã foi obrigado a vê-lo partir. Rodrigo era perigoso, perspicaz, inteligente e, naturalmente, mantinha-se sempre muito bem informado. Irritantemente, a cada século, ele estava mais forte.

Moñai ficou e ordenou que atirassem. Cauã, mesmo perturbado com a informação de Rodrigo, reagiu. Com a gravidade, ele atraiu as balas até as palmas de suas mãos que, com o seu calor, ele as derretia. As balas eram metralhadas por todos os lados. Enquanto isso, ordenou:

– Cristiano, preciso que você se concentre e controle a multidão e os policiais! Não deixe ninguém sair para não ser atingido por uma bala! Gabriel, potencialize a energia de Cristiano!

Gabriel energizou Cristiano, pousando as mãos sobre seu peito, como se estivesse abrindo um canal em Cristiano, e assoprou sua energia para dentro. Cristiano posicionou uma das mãos em direção aos policiais e outra em direção às pessoas do bar. Saiu, então, uma onda quente e levemente azulada que deu um efeito entorpecedor, anestésico e que acalmou a todos.

Cauã se manteve firme em meio aos tiros, mesmo perturbado com a possibilidade de perder Joana; aliás, perder Jaci! Uma perda irreparável e permanente. Se ela atravessasse o portal, seria banida para outro mundo e, vulnerável, poderia perder a si mesma. Com isso a Lua estaria abandonada, uma espaçonave sem piloto. Seria difícil conceber vida na Terra sem o satélite que a rodeia.

Ainda mais, a Lua desguarnecida, eventualmente, se curvaria a outra entidade.

Os policiais atiravam sem parar. Em pouco tempo, uma névoa cinza de pólvora rodeou os três. Um vendaval tomou conta da rua e, nisso, as icamiabas desceram arremessadas, em pé, com postura firme, prontas para o combate. Eram Paula, Alex, Adriana e Amanda.

Todas cravaram suas lanças no asfalto, o que gerou um campo energético que impedia as balas de passar. Moñai tornou a correr e Alex o imobilizou. Pegou Moñai pelo cabelo e ordenou:

– Retire esse encanto.

Para o desgosto de Alex, Moñai riu e saltou. Ela foi obrigada a soltar para não ir junto. As pessoas de dentro do bar caíram no sono pela energia emanada de Cristiano. Apenas os policiais mantinham os olhos arregalados. Cauã fechou os olhos e aqueceu ao rubro o cano de cada arma, obrigando os policiais a se livrarem delas e, automaticamente, voltaram do encantamento.

Amanda olhou para Cauã e recomendou:

– Vá para a casa de Joana agora! Nós controlaremos a situação aqui!

Sandro pegou os três. Em meio à ventania, Cauã gritou:

– Não precisamos de carona! Podemos saltar sozinhos.

– Joana está em apuros – Sandro ignorou e falou, agitado pelo susto.

– Já! – gritou Cristiano, assustado.

30
SONHO OU REALIDADE

INDAIATUBA, SEXTA-FEIRA, 22 DE ABRIL DE 1994

Abri os olhos e me assustei, perturbada na escuridão. Nem torpor ou cismo alastraram-se em minha cabeça, era como se não houvesse acordado. Confusa, movimentei as pernas na cama buscando o conforto dos lençóis de seda em que eu havia dormido nos últimos dias. Não senti. Bocejei e tentei recapitular os eventos anteriores, mas algo não parecia se encaixar. Levantei e olhei ao redor. Estava em meu quarto? Na casa de meus pais? Certamente Cauã havia dito que nós iríamos visitar meus pais, mas ele me trouxe dormindo?

Espreguicei-me e senti uma dor nas costas e pernas, como se eu tivesse dormido de mau jeito. Cocei a cabeça e levantei. Ao ligar a luz, deparei-me com a minha antiga e assustadoramente inalterada realidade. Uma realidade comum. A normalidade.

Será que sonhei tudo aquilo? De repente, tudo que vivi estava tão distante que nem parecia realidade. Realmente, parecia um sonho. Disse a mim mesma: *Não... Isso não foi um sonho!*

Infelizmente, a normalidade tomou conta do meu redor e, cruelmente, me vi perdida na vida sã. Percebi-me vestida em uma camisola nova, mas que havia sido dada pela minha mãe antes de eu sair de casa.

Lina não teria que ter me vestido com uma camisola comprada por ela?, imaginei, refletindo sobre o encanto.

Encanto... Loucura... Aos poucos a realidade tomou conta de mim. Aos poucos me deparei com o degradante estreitamento da linha entre a sanidade e a loucura. Duvidei do passado recente e estava imaginando ter vivido um sonho. Mais uma vez, me vi no meio da discussão passional entre a minha emoção, que custava a acreditar, e a razão que clamava a sua vitória, berrando: "Eu avisei!".

Abri meu armário e me deparei com as minhas roupas antigas.

– Não pode ter sido um sonho! Levei apenas roupas novas. As antigas ficaram! – racionalizei em voz alta, mas ao mesmo tempo comecei a sentir uma pontada de pânico em meu corpo. Virei-me assustada para a porta. Só haveria uma evidência que acabaria com esse conflito. Teria de descer as escadas. Quem sabe, encontraria Cauã conversando com meus pais na sala?

Loucura, mas provável!

Apática, mantive-me parada, observando sem atenção a visão de meu armário sem nexo.

Quem pôs o meu bem-querer, meu amado, dentro de um sonho?

Assustei-me novamente. Agora com uma batida na janela de meu quarto e me virei para lá. Era Camilla, acenando pelo vidro, sorridente. Ela estava linda e parecia vestida para festa. Pedia-me para abrir a janela, para que ela pudesse entrar. Camilla sempre entrava pela minha janela, já que minha mãe a atormentava quando a via. Isso porque minha janela era extremamente acessível por trás de uma escada de ferro que havia por fora da casa, que ligava o quintal de trás da casa ao terraço.

Abri a janela e ela entrou agitada.

– Rodrigo está preparando uma surpresa para você! – ela anunciou. Camilla entrou no meu quarto e, sem pedir licença, o que era muito comum dela, abriu o meu armário. Ela colocou a mão em seu queixo. Refletiu. Fez careta. Manuseou alguns vestidos. Então disse: – Você pode usar o seu vestido vinho que compramos juntas. Ele é extremamente sensual!

– Mas... Cauã, Lina, Cristiano, Gabriel... Onde estão? – perguntei, perdida.

– Quem são eles, Joana?

– São amigos que conheci no Rio. O cara com quem você me viu jantando em um restaurante! Ele é meu namorado! Cauã! Você não foi para o Rio? – respondi, beirando o desespero. Meu estômago revirou com a possibilidade de confrontar-me com a triste realidade de tudo ter sido apenas um sonho. Se a minha razão e a minha emoção fossem realmente personalizadas em mulheres, estariam arrasadas. Isso porque a razão, por mais lógica que seja, jamais deseja estar certa.

Para minha angústia, Camilla confirmou minha suspeita. Ela disse:

– Da última vez em que eu a vi, você tinha ido dormir, pois havia brigado seriamente com Rodrigo. Como assim, outro namorado? E Rodrigo?

Foi aí que a realidade bateu em mim como um raio em uma tormenta. Como a paulada do eletrochoque. Era nada além de sonho! Aliás, perdi o meu sonho... Ele se foi... Cauã, icamiabas, Gabriel, Lina, Cristiano... Sonho! Agora restou meu passado desfigurado em meio às minhas péssimas escolhas. Restou parte de mim. Quis vomitar pela náusea de ter visto meu corpo e alma pelo espelho de meu lúcido quarto. Não senti as pernas e fui caindo gradativamente no chão. Agachei-me e comecei a soluçar incontrolavelmente.

As lágrimas que passaram a lavar a milha loucura e trazer-me para a triste realidade. Reneguei a mim... Reneguei a tudo a minha volta. Reneguei as possibilidades. Queria tomar um remédio e dormir. Voltar a existir no mundo dos sonhos. Em um lugar onde meus sonhos, por mais impossíveis e loucos, poderiam tornar-se realidade.

Realidade... Contorci-me com a angústia do silêncio. Somente com essa palavra ecoando em minha mente. Queria gritar, e faria, se tivesse forças. Ainda mais, queria exigir para que a realidade trouxesse aquilo que levou sem permissão. Re-a-li-da-de... Essa palavra roubou minha esperança, liberdade e loucura.

Camilla sentou-se ao meu lado e buscou me confortar:

– Amiga... tudo vai ficar bem entre você e Rodrigo. Ele é doido por você! Só não sabe muito bem como demonstrar isso! – Ela levantou meu rosto e enxugou as minhas lágrimas. – Ele é homem. Homem às vezes não sabe como tratar uma mulher. Somos nós que devemos ensiná-los.

Lembrei uma frase de Oscar Wilde e a recitei com a voz diminuída, trêmula, quase inexistente:

– O amor deveria perdoar todos os pecados, menos um pecado contra o amor. O amor verdadeiro deveria ter perdão para todas as vidas, menos para as vidas sem amor.

A realidade fatal de que Cauã não existia caiu como um buraco em meu estômago. E me deparei com outra realidade ainda mais cruel. Eu estava perdidamente apaixonada por um homem que não existia!

Eu me contorcia pelo chão. Lembrei-me da minha última briga com Rodrigo e dele quebrar o vidro da traseira do meu carro com uma pedra. Lembrei-me de encontrar Sandro e de ele me entregar um papel: anúncio da Assendent. Foi então que me lembrei do lugar em que coloquei o anúncio antes de dormir. Raciocinei.

Coloquei o anúncio na minha cabeceira. Se ele estiver lá, então, está confirmado. Foi um sonho.

O que posso dizer? Precisava de outra prova. Olhei na cabeceira e a visão confirmou o meu medo. Estava lá o anúncio. Agora não havia forma de negar.

Já fiz verdadeiras loucuras para encontrar o amor. Passei noites chorando até pegar no sono fantasiando o amor perfeito. Passei horas me analisando à frente do espelho tentando me aceitar. Enganei o outro, mas, acima de tudo, a mim mesma. Agora encontrei o amor em Cauã. Um homem tão perfeito que só poderia ter sido fantasiado por mim. Criei uma realidade inexistente e, invariavelmente, a perdi. Minha emoção apostou em um insano sonho. Agora era a vez de a razão me guiar para a cruel realidade de que precisava de alguém, e esse alguém era Rodrigo. Quantas vezes segurei nas mãos de Rodrigo pela falta de alguém? Eu o maquiei com minhas fantasias, buscando me enganar, me confundir com a realidade de que já havia encontrado meu amor. Talvez estivesse certa. Sonhei demais, a ponto de confundir meu sonho com a realidade. Agora acordei. Eu perdi meu amor. Um amor que nunca havia existido.

Agachei ainda mais no chão do quarto. Camilla interveio:

– Amiga, vamos… Rodrigo falou que podíamos nos arrumar em sua fazenda. – Camilla me levantou. – Vamos, amiga, limpe seu choro. Pare de viver e dizer sandices! Vamos, vou arrumá-la. Você vai ficar linda!

Nisso, Camilla pegou meu vestido vinho e me aguardou na janela. Eu anunciei, indo em direção à porta de meu quarto:

– Vou tomar um banho.

– Tome lá! – Camilla me interrompeu. – Vai que sua mãe me encontra aqui!

Na verdade, eu não tinha energia para discutir com Camilla. Peguei sua mão e a acompanhei.

O caminho foi longo, choveria a qualquer momento. Eu sentia a pálpebra de meus olhos coçarem, estavam inchados e irritados com meu choro.

Minha pele estava reagindo também. Eu precisava me acalmar e não podia me abalar dessa maneira.

– Foi um sonho lindo demais – comentei com Camilla. – Agora tenho que me deparar com isso!

– Ah, deixe de reclamar. Qualquer mulher ia querer estar no seu lugar. Rodrigo é rico e maravilhoso!

Camilla era indiscreta e vulgar. De repente, eu pude entender perfeitamente por que minha mãe se sentia irritada a seu lado. Agora eu estava sentindo o mesmo. A minha vontade foi de pedir para dar meia-volta e retornar para a casa. Essa vontade aumentou de forma exponencial ao entrar no terreno exageradamente grande de Rodrigo.

Tudo naquele lugar me arrepiava. A casa, o terreno, a decoração. Tudo! No entanto, senti meu coração bater e uma sensação de pânico me envolver quando notei que o carro de Camilla entrou no caminho de terra a caminho da casa de Rodrigo. Assim que a casa surgiu no horizonte, perdi completamente meu controle.

– Leve-me para casa! – ordenei a Camilla assim que ela parou o carro entre os inúmeros carros de Rodrigo, na extensa garagem ao lado da casa.

– Imagina! Já até estacionei! Vamos lá, vou lhe dar umas doses de cachaça para você deixar de ser fresca!

A casa de Rodrigo tinha um único andar, mas era enorme. A porta principal dava para uma enorme sala com uma decoração sem vida. Havia cabeças de animais espalhadas pela sala, inclusive uma enorme cabeça de elefante no centro. Também havia búfalos, leões, panteras, onças, animais empalhados espalhados por todo o ambiente. Era evidente. Rodrigo gostava de caçar. Também havia oito quartos espalhados pelo corredor da casa, uma cozinha de dar inveja a qualquer chefe e uma ampla sala de jogos. Era uma casa notável. A sala de visita era grande o suficiente para três ambientes extensos com sofás e poltronas de todos os tamanhos. Havia um canto enorme de diversos jogos, inclusive uma mesa de sinuca e uma mesa de pôquer, em vez de uma mesa de jantar. Havia um bar muito grande com inúmeros licores atrás do canto de jogos. Ao lado do sofá, havia um corredor extenso que dava para a garagem. Passamos pela porta de ferro trancada que parecia ser uma porta de elevador antiga. Uma porta que guardava um segredo e que Rodrigo me proibiu de abrir. Jamais discuti. Também passamos pela cozinha incrivelmente moderna para o aspecto ligeiramente descuidado da casa.

Camilla disse que Rodrigo não queria que eu visse o que estava reservado, portanto, assim que passamos pela cozinha, ela tampou meus olhos enquanto caminhávamos pela casa até seu dormitório. Eu conseguia escutar algumas vozes de pessoas que pareciam arrumar o ambiente e a movimentação de alguns móveis. Procurei ignorá-los. Sinceramente, eu pouco me importava com o que Rodrigo estava aprontando.

Assim que chegamos ao corredor extenso que levava ao quarto principal, ela destampou meu rosto. O mesmo quarto que Rodrigo me levou tantas vezes, todas consentidas.

Entramos no quarto, Camilla me deu um copo de cachaça com mel e foi arrumando o vestido na cama, a maquiagem e o secador com a escova enquanto eu tomava meu banho. As lágrimas tornaram a cair ao me encontrar sozinha debaixo do chuveiro. Como era difícil acreditar na realidade, quando a loucura era incrivelmente mais bela!

O pior era me deparar com uma fantasia ainda mais terrível. Rodrigo era uma mera fantasia, nada diferente de Cauã. Mas era uma fantasia absurda de quem eu tentava fugir e terminar, sem sucesso! O que ele estava aprontando agora?

Enxuguei-me e sentei em uma poltrona posta na frente de um espelho por Camilla.

– Vamos esconder as suas olheiras e disfarçar os seus quilinhos! Seus cabelos estão uma palha! – Camilla falou carinhosamente e iniciou seu trabalho.

Não tive como disfarçar a minha cara de desaprovação e de tristeza. Pensei imediatamente na Lina e em quando ela estava me arrumando... Na ocasião, iríamos ao shopping e ela me fazia sentir linda, única. Lina era totalmente o oposto de Camilla, apesar de as duas demonstrarem carinho. A diferença era nítida, eu me sentia linda e querida ao lado de Lina. Como me senti péssima ao lado de Camilla.

Minha mãe estava certa ao me alertar sobre Camilla. Ela era invejosa e sombria. Agora me vi enlaçada em um nó e deveria aguardar o final da noite para sair e retornar para casa.

Vou me candidatar à *vaga para a Assendent*, pensei decidida.

– Pronto! Você está apresentável!

Não concordei, eu estava vulgar. Era notável pelo tamanho do decote entre meus seios. Dei de ombros.

– Tome outro gole de cachaça para irmos! – Camilla ordenou ao me dar o copo com cachaça e mel. Bebi e senti o líquido descer meu esôfago como uma bomba.

Com isso, Camilla abriu a porta e pegou a minha mão.

Déjà vu. Lembrei-me de um sonho que tive que Camilla me levaria a uma cerimônia. Foi um sonho dentro de outro sonho. Mas Cauã havia aparecido na cerimônia para me resgatar e eu o perdi pelo portal.

Tenho a chave para o portal, lembrei-me, nostalgicamente. Olhei para as janelas e notei a chuva começar a cair. Não ia ver a Lua e seria loucura escutá-la... Peguei na mão de Camilla e a acompanhei pelo corredor inadvertidamente, eles estavam goticamente rodeados por rosas vermelhas e velas. Havia tantas que temi pela estrutura da casa, que era quase inteiramente feita de madeira.

Ao andar pelo corredor, logo no fim, vi uma pessoa familiar. Julguei ser Sandro, em pé. Ele usava sua prótese, como fazia toda vez que saíamos à noite. Estava elegante. Curiosamente, fora convidado para a festa. Acenei a ele e ele sorriu de volta, mas Camilla não percebeu. Ela estava ocupada demais, falando nos preparativos feitos por ela a pedido de Rodrigo. Ela falava sem parar, apontando para cada flor e vela no caminho, até que percebeu Sandro parado no fim do corredor. Ela parou e parei logo em seguida, já confusa. Sua expressão facial mudou dramaticamente. Ela pausou imediatamente e encarou Sandro, sério e atento. Era como se estivessem entrando em fase de combustão. Eu olhava os dois, confusa. *Será que os dois brigaram?* – pensei. Foi então que explodiu uma gritaria na sala de Rodrigo. Estávamos no corredor e dei alguns passos para trás, assustada. Camilla também parecia tensa. Foi nesse momento que larguei sua mão.

Antes que pudesse imaginar o que poderia estar acontecendo, virando o corredor, Cristiano surgiu como uma miragem e meu coração disparou! Minha emoção gritou tão alto que a razão ensurdeceu! De fato, não consegui gritar, apenas parei enquanto minha emoção clamava a reconquista da gloriosa loucura.

Foi então que notei a gravidade do evento. Possivelmente, Camilla estava envolvida e se virou, ignorando minha perplexidade. Ela correu fugindo de Cristiano em direção ao quarto de Rodrigo. Ele correu atrás, com uma feição séria, muito diferente da que eu reconhecia. Nesse momento, Cristiano parecia perigoso e letal. Parei boquiaberta ao ver Camilla pular pela janela e sumir de vista. Cristiano pulou logo atrás.

Notei uma mão forte em meu braço e me deparei com Sandro, ele me empurrou para dentro de um dos quartos no corredor. Eu o abraçava e beijava sua bochecha sem parar! Não podia evitar! Estava enaltecida pela loucura! Eu disse após alguns minutos de minha individual e egoísta comemoração:

– Você conhece Cristiano? – perguntei. – O que está acontecendo?

– Sim, o conheço, conheço todos, inclusive. – Sandro me segurou na porta. – Fique aqui comigo, segura. Cauã está indo de encontro a Rodrigo. Camilla, influenciada e financiada por Rodrigo, que, por sinal, é Tau, e colocou um encantamento em você. Por isso, você não podia tocar em Cauã. Já conseguimos reverter isso e agora você tem que ficar aqui comigo e quieta!

Tudo era realidade! Consegui saltar de um pé para o outro, em uma dança, mesmo sabendo da precariedade da situação. Queria pular de alegria, comemorar o surto!

Tão logo gritei de felicidade, voltei à realidade. Então perguntei:

– Por que Camilla agiu como se eles não existissem?

– Ela pretendia trazer você aqui para que Rodrigo a entregasse a outro mundo. O portal se abre aqui e agora.

– Por quê?

Sandro ficou agitado com a quantidade de perguntas e respondeu:

– Não sei! Você acha que ela me contaria? Pelo que sei, Rodrigo foi ameaçado. Ou a entregava, por um motivo que ainda não sabemos, ou seria atacado por uma entidade de outro mundo que ameaçou evoluí-lo. – Sandro respirou fundo. – Rodrigo é Tau. Tau foge como um louco da evolução, que gera uma dor inacreditável em seu corpo. – Pisquei confusa. Sandro continuou ignorando minha perplexidade. – Tau é uma entidade secundária destrutiva, caso não saiba...

– Rodrigo é Tau? – perguntei, buscando confirmar. Difícil, mas possível. Pensando bem, fazia todo o sentido. – Por que ele não quer evoluir?

– A dor da evolução de Tau é física. Ele foge dela e a teme. – Elevei minha testa, ainda desnorteada com o relato de Sandro. Rodrigo não me parecia temer a dor. Pelo contrário! Ele não parecia temer absolutamente nada! Sandro continuou: – Marcelo, um dos filhos de Tau. – Elevei meus olhos, reconhecendo o nome enquanto Sandro falava. Era o louco que me encontrou na mata. Por Deus Sandro os conhecia! Conhecia a todos! – Espalhou para todas as entidades de suporte que este mundo vai morrer. O portal que servirá de fuga abrirá aqui. A sala está repleta de entidades de suporte que anseiam sair deste mundo. Na grande maioria são perigosas, Joana. Está um verdadeiro campo de batalha na sala. Rodrigo disse que as entidades do outro mundo só deixarão os outros entrar depois que você, efetivamente, passar.

Eu conseguia escutar os gritos e a destruição ensurdecedora, mesmo protegida nesse quarto. Sandro falava com propriedade, ele sabia tudo, o que me levou a perguntar:

– Você é?

Ele comentou, aos risos:

– Sinceramente, você me conhece... Pense bem...

– Saci – sorri encabulada. Estava ao lado de Saci todo esse tempo. – Por que não me levou a Cauã?

– Mas levei. – Ele sorriu satisfeito. – Lembre-se do anúncio da vaga na Assendent. Eu o entreguei a você e fui bem insistente para que enviasse o seu currículo. Um dia eu prometi estar ao seu lado e ajudá-la a encontrar seu Sol. Eu prometi...

Comovida, eu o abracei com tanta força que ele resmungou.

Meu errante e irritante amigo, que, por sinal, era Saci, me ajudou a encontrar meu Cauã. Agora estávamos escondidos em um dos quartos da casa de Rodrigo quando o mundo parecia encontrar o ápice caótico do outro lado da porta. Os barulhos se intensificaram. Estalos, explosivos e móveis quebrando com gritos furiosos. Ventania, raios, chuva. Sons de elementos furiosos ecoaram ao redor.

– Quantas entidades aguardam o portal abrir? – perguntei, buscando me posicionar em meio ao caos.

– Centenas.

– Quantas entidades de suporte vivem em Ci?

– Centenas.

– Elas vão me obrigar a entrar no portal?

– Sem hesitar. Digo, esse era o plano até Cauã aparecer.

– Elas querem abandonar este mundo? Todas ao mesmo tempo? – perguntei ainda mais nervosa.

– Sim. Elas foram levadas a acreditar que ele está morrendo. Isso é uma catástrofe. Veja bem, Ci as adotou, agora sua harmonia depende delas aqui, neste mundo. Se um sair, Ci sentirá, mas se adaptará eventualmente. Se todas saírem ao mesmo tempo, Ci pode não se recuperar a tempo de ainda permitir vida. Nem Gabriel nem Cauã conseguirão impedir a catástrofe que seguirá depois delas partirem.

– Meu Deus! Meu sonho! – Subitamente, meu pesadelo se tornou realidade. Eu estava vivendo meu pesadelo. Por Deus, reconheci até a cor do vestido! – Cauã vai confrontar Rodrigo? – Meu sonho! Cauã vai ser banido do portal!

Sandro pegou em meu braço com força.

– Solte-me! – ordenei. – Tenho que sair!

– Você vai ser banida! Não tenho como protegê-la lá fora!

O punho de Sandro era forte e eu conhecia a sua força. Eu não tinha a menor chance de sair desse quarto combatendo-o fisicamente. Se assim o fizesse, Sandro me amarraria ao pé da cama em segundos com um nó de marinheiro. Acredite, ele tinha habilidade, disposição e motivação para fazê-lo. Minhas chances eram ínfimas de sair desse quarto a não ser com a força do convencimento. Então, sem perder tempo, parti para a briga:

– Sandro, escute bem. Já sonhei com esse momento. Tive uma premonição. De acordo com o meu sonho, quem passa por aquele portal não sou eu, é Cauã! A Lua me disse que ele não pode passar por aquele portal! Ela disse que, se ele passar, pode jamais voltar para este mundo. Imagine o Sol sem a sua entidade! – Os olhos de Sandro estavam arregalados e eu o senti tremer. Prossegui sem hesitar. – Eu estou com a chave e, pelo que a Lua me disse, esse dom me dá condições de fechar esse portal. Deixe-me fazer isso.

O queixo dele caiu:

– Você tem a chave?

– Sim! Vou fechar o portal!

Sandro, assustado, me soltou.

– Como vai fechar o portal?

– Alguém deve saber como, sei lá, Lina ou Gabriel…

Abri a porta e agradeci ao meu amigo, que se manteve parado, sério, como jamais o vi em minha vida:

– Obrigada.

Segui confiante em direção ao grande salão. Qualquer coisa era melhor do que perder Cauã.

Tinha consciência dos riscos, estava munida de coragem, mas não estava preparada para a cena do conflito que se desvendou assim que virei o corredor. Eram diversas icamiabas estranhas lutando contra seres que eu não conseguia categorizar. As minhas amigas não estavam no meio da luta, só reconheci Alcinoe e Lina. Ambas que me impressionaram com seus golpes certeiros e táticas de defesa. Algumas mulheres carecas, outras vestiam trajes de trabalho como se tivessem vindo de um escritório, outras de vestidos longos, outras sequer vestiam o que se poderia definir como roupas. Elas lutavam com uma habilidade incomum com uma lança envolvida por uma energia verde. Precisei de alguns segundos para elaborar a visão de que exatamente elas estavam se confrontando. Eram homens com seus corpos cobertos de escamas, outros cobertos de pelos. Todos incrivelmente desfigurados. Lina lutava ora contra a cobra com rosto de pássaro, ora contra o lagarto que encontrei na mata ao lado de Amanda. Eram os filhos de Tau.

Em um surto de pânico, paralisei entre o corredor e a sala. Olhei para os lados, ofegante, assustada com o que via. Havia um amontoado de entidades, de diversas formas, algumas idosas que não pareciam ser ofensivas, presas no chão debaixo de uma rede de energia verde. Olhavam-me com os olhos mareados. Imaginei ter sido engano. Encontrei então força para dar o primeiro passo e entrar no recinto. Segui para liberá-las da rede. Uma mão feminina, uma icamiaba, me parou. Era uma mulher morena, de olhos verdes, careca e incrivelmente séria, que me alertou com sua voz rouca:

– Não chegue perto. – E, com isso, essa mulher pegou a lança e voltou à batalha.

– Ajude-me... – uma voz familiar sussurrou. Era a vidente que também estava presa na rede. Senti uma profunda pena da mulher e a soltei. Subitamente, passou uma mulher linda, loira e incrivelmente sensual pelo meu lado e andou em direção à outra extremidade da sala. Ela me desarmou e, em poucos segundos, meu mundo girou em torno dela. Pelo visto, não somente o meu. Logo vi Cristiano aparecer do corredor sorrindo e hipnotizado pela bela moça que andava suavemente com a onda das águas em um lago cristalino. Foi nesse momento que avistei Alcinoe emergindo do meio da confusão. A fúria em sua cara era notória. Sua força me impressionou, tremenda porrada que ela deu na barriga de Cristiano. Ele se curvou e lançou-se para cima, quebrando o teto e sumindo nos ares.

Como uma assombração, eu senti uma mão cravar violentamente em meus cabelos. Automaticamente, os peguei, buscando me libertar da mão que impiedosamente passou a me arrastar pela sala. Finalmente, avistei Camilla. Era a vaca da Camilla que me puxava pelos cabelos!

– Largue-me! – gritei com toda a força do meu diafragma.

Ela me levantou pelos cabelos e disse, olhando em meus olhos:

– Você olha para a mulher que roubou seu Cauã. Ele me escolheu e a largou na sua última vida. Por isso que você se desmantelou como uma covarde. – Rugi de raiva e dor ao senti-la pressionar seus dedos nos meus cabelos. – Sabe, nem Rodrigo foi fiel a você! Bom, tenho uma boa notícia. Não quero Cauã, agora quero Rodrigo. A má notícia é que Rodrigo não a quer neste mundo, ele a doou para outro. Trágico, mas verdade. Para isso, você deve partir. – Ela voltou a me empurrar com mais violência enquanto eu me debatia e lutava contra a terrível força do punho dela agarrando um maço enorme de meus cabelos. – Além do mais… Deixe que eu cuido da Lua agora – ainda disse Camilla.

Tentei levantar, sem sucesso. Não sei se gritei de angústia, raiva, amargura, ou tudo ao mesmo tempo. A única coisa que sei era a vontade de desfigurar aquela cara perfeita com uma pinça. Não importa o instrumento, queria que doesse muito no processo, mas a mão dela ainda estava cravada em meus cabelos.

Escutei um estrondo, a mão de Camilla largou meus cabelos e a vi colidir no chão. Era a vidente que interviu:

– Não, deixe que eu fico com a Lua.

Ajoelhada, mantive-me alerta, observando as duas brigarem entre si, misturando-se à multidão de socos.

Lina me levantou e apontou para a frente da sala:

– Pelo menos, Camilla tem razão em um ponto. Você deve ficar à frente do portal.

– Por quê? – perguntei assustada, enquanto Lina me conduzia com sua mão, ora golpeando entidades de suporte que se aproximavam com os olhos focados em mim, ora me conduzindo solenemente no meio do salão. Eu me sentia um peru correndo do abate dias antes da véspera de Natal. Era muita coisa para minha razão! Até para minha emoção! Sentia as duas, razão e emoção, se abraçando aos gritos! Sinceramente, achei que fosse pirar naquele pesadelo. Eu não flexibilizei meu conceito de loucura a esse ponto!

– Joana, você tem a chave! – Lina constatou assim que finalmente paramos. – Fecha-se o portal se posicionando à frente dele! – ela explicou.

– Como devo fechá-lo?

Lina esbordoou uma cobra enorme vindo em minha direção e respondeu:

– Não sei! Tente com a palma das mãos! Concentre-se e o imagine fechando!

Sim! Assim como fiz com a cadeira quando a movimentei! Então Lina sucumbia em uma luta com uma cobra enorme que destruía parte da sala.

– Dê cobertura a Joana! – ela ordenou e conduziu a luta para fora da casa.

Era muito barulho, muita gritaria, muita destruição! Eu, sem ação, acuada como uma infante perdida na sala! Então apareceram duas mulheres que cravaram a extremidade de suas lanças no chão, com uma facilidade impressionante, e uma luz verde surgiu entre elas. Era um campo verde que me protegia enquanto as entidades de suporte buscavam passar. A porta da garagem abriu e apareceu Gabriel, correndo a meu encontro. Ele parou com suas mãos em meu braço, compenetrado com a luta. Precisava aguardar a abertura do portal. Percebi, rapidamente, que o inferno não era feito de enxofre e fogo. Era, sim, feito do desamparo. Nele, você aprende quanto é insignificante e como os outros são capazes de sacrificá-lo por uma mentira.

Senti minha garganta apertar. Pisquei algumas vezes para não chorar e para concentrar-me. Não sabia como fecharia esse portal. Por Deus, não sabia ao certo como representar minha Lua!

Como um estouro, Cauã apareceu colidindo e arrebentando a janela ao lado do bar. Todas as garrafas quebraram ao mesmo tempo e coloquei minha mão sobre o peito. Queria correr até ele. Acudi-lo. Logo atrás, apareceu Rodrigo com sua expressão de guerra. Sabia que esse encontro ia ser fatal para Cauã e gritei. Gabriel me segurou e tornei a lutar para saltar de alguma forma desse punho que me impedia e ir ao encontro de Cauã.

Naquele momento, eu tinha que proteger Cauã. Ele deve ter escutado meus gritos e perdeu a concentração. Finalmente, me viu. Rodrigo deu um chute tão poderoso em seu torço que achei ter sido um trovão que caiu por cima da casa, arremessando-o para a outra extremidade da sala. Berrei. Era o que poderia fazer diante da forte mão de Gabriel, que me mantinha imóvel. Minha vontade era de avançar para o encontro de Rodrigo e apagá-lo com um soco. Sabia que minha fúria seria suficiente para triplicar-me a força, mas o máximo que conseguiria seria a atenção de Rodrigo. No entanto, eu estava furiosa demais para ficar parada e precisava intervir.

Para meu alívio, Cauã se levantou e lançou seu punho na cara de Rodrigo. Com isso, os dois se entrelaçavam violentamente. Cauã tomou a vantagem e Rodrigo apanhava, buscando reagir, mas sem sucesso.

As entidades se amontoavam nos cantos do saguão. Estavam assustadas, porém não queriam sair de lá aguardando o portal se abrir. A luta continuava sem ganhadores ou perdedores entre as icamiabas e as entidades. Também entre Rodrigo e Cauã. Gabriel me afastou da parede de trás de nós e foi então que vi algo aparecer. Começou com uma poeira, que cresceu, se tornando um amontoado de sujeira rodando, como um ciclone. Subitamente, apareceu uma ventania forte dentro do saguão. Gabriel se posicionou em frente dessa poeira, encarando as entidades de suporte com as palmas das mãos iluminadas, enquanto ela crescia. Ele estava concentrado, cerrando os olhos, e uma energia azul saiu das palmas de suas mãos em direção às entidades. Aos poucos a massa se acalmou. Em segundos, tornou-se apática. A multidão amontoada de entidades parecia acalmar com a energia azul que as inundou de paz.

Uma pequena partícula de poeira que pareceu multiplicar-se como um passe de mágica e diante de todos. Em segundos, essa poeira, que surgiu do meio do nada, se transformou em uma espécie de furacão deitado cuja maior extremidade era do tamanho de aproximadamente dois metros. Era um amontoado de poeira em redemoinho e que rodava em uma violência incomum. O portal não era longo. Ele terminava subitamente, como se estivesse cortando o ar. Era inacreditável a potência do vento que saía desse pequeno portal. Ainda mais impressionante era a força de Gabriel, que se manteve em pé em frente à boca aberta do portal quando todas as outras entidades passaram a ter dificuldade de se manter paradas com a força do vento.

– Como devo fechar isso? – perguntei a Lina. Ela estava a poucos metros de distância. Ela estava lutando habilmente, contra uma criatura meio homem, meio cabra e um homem lobo. Com as duas mãos, ao mesmo tempo, cruzando os braços, ela socou as criaturas que ficaram desnorteadas por alguns segundos. Ela se virou para mim e fez um gesto com as mãos, dando a entender que deveria encolher a estrutura. Depois deu de ombros.

– Lina está certa – Gabriel comentou. – Nas poucas vezes que vimos, as entidades faziam esse movimento, como se estivessem amassando o portal.

Ajoelhei, incapaz de manter-me firme, assim como todas as outras entidades. Chegou o meu momento. Era hora de utilizar esse dom que jamais tive chance de conhecer. Mesmo munida da pouca informação que me foi disponibilizada.

– Vou fechar... – sussurrei a mim mesma, como se eu tivesse de anunciar a esse dom que iria utilizá-lo. Senti meu coração parar e meus pés saírem do chão. Minhas mãos se iluminaram e minha respiração cessou, como se eu estivesse morrendo. Era como se eu estivesse sozinha na sala, entrando em um estado diferente, uma dimensão diferente. Senti uma força inexplicável nas mãos. Era como se os meus pulsos houvessem sido amarrados ao magnetismo do portal. Agora não poderia voltar atrás, aliás. Anunciei, aos berros, em direção ao Gabriel. – Vou fechar!

Ele assentiu. Era o momento. Encarei o portal como se fosse meu verdadeiro oponente. Era necessário fechá-lo para que não corrêssemos o risco de Cauã ser arremessado para fora.

As entidades empurravam a si mesmas, buscando manter-se no lugar em meio à ventania, enquanto as icamiabas faziam um campo de controle. Elas me protegiam contra as entidades que persistiam em me atacar. Elas também pareciam estar colocando um campo de força para prevenir qualquer coisa de entrar na Terra pelo portal.

Rodrigo agora tinha uma vantagem sobre Cauã. Em meu sonho, Cauã seria empurrado para o portal a qualquer momento. Agora entendi. Meu sonho foi uma premonição. Isso estava muito claro.

Olhei atentamente o portal e apresentei a palma de minhas mãos. Senti a poeira arranhá-las. Esse mineral perfurava minhas mãos de forma tão violenta que meus pulsos pareciam quebrar. Gritei com a dor. A força torceu meus pulsos e forçou meus dedos para trás. Achei que todos os meus ossos quebraram ao mesmo tempo. Tentei remover minhas mãos, fugir. Pareciam coladas.

O portal encolheu-se gradativamente. Ignorei a dor, sentindo-me mais confiante, e investi mais força para que esse portal se fechasse mais rápido.

Nesse momento, Cauã empurrou Rodrigo para o portal. Foi então que aconteceu. Rodrigo cravou suas mãos na gola de Cauã, empurrando-o junto.

– Não! – eu gritei.

Como se poeira fosse a rédea de um cavalo feroz sem controle, puxei-a com toda força.

Cauã bateu as costas na quina do portal, sem que fosse puxado para dentro. Ele pousou no chão e me olhou curioso. Ele percebeu. Rodrigo caiu no chão, como uma bomba, logo atrás. Sorri, aliviada, e Cauã, cego de raiva, alcançou Rodrigo, empurrando-o para o corredor da garagem.

Eu os perdi de vista. O barulho de explosões e destruição aumentou.

A poeira ainda penetrava em minhas mãos. Ainda arranhava. Meus cabelos, esvoaçantes, cobriram um pouco da minha visão do portal remanescente. Mantive-me firme, até que a ventania passou. Tudo passou. O mundo parou de agitar-se com o vento, que pareceu ter entrado dentro de mim, porque tudo rodou. Mesmo aliviada, senti o mundo rodar, não pude evitar e caí no chão.

Foi inesperado e rápido demais para que eu percebesse. Vi Lina e Gabriel me rodearem. Gabriel me pegou no colo e me levou até o corredor que dava ao estacionamento. Foi então que percebi que as entidades me olhavam fascinadas, furiosas, invejando e ambicionando algo sobre meu poder. Seus olhares eram ameaçadores. Era a chave. Elas a queriam.

Fui deixada no chão do corredor da garagem e Gabriel fechou a porta para me proteger de outro, e mais violento, confronto.

Ouvi barulhos estrondosos de luta, agora em ambas as salas. Dentro da casa, as entidades estavam atrás de mim e meus amigos buscavam controlá-las. Na garagem, estavam Cauã e Rodrigo em pleno combate. Desta vez, Cauã tinha uma vantagem muito elevada, e Rodrigo buscava abrigo. Olhei em volta e notei todos os carros, que eram muitos, completamente destruídos. Fogo encobria ao redor. Uma visão de devastação completa. No entanto, o mais assustador foi a feição de Cauã.

Enfurecido, ele socava o rosto já parcialmente desfigurado de Rodrigo que se curvava, derrotado. Fiquei parada no canto da sala, imóvel, temendo dispersar Cauã, quando senti a presença de uma pessoa ao meu lado. Dei um salto ao ver Priscila. Ela tinha lágrimas nos olhos. Estava tão assustada quanto eu, certamente. Não poderia julgá-la. A visão era realmente preocupante. Para minha surpresa, ela pegou em meu braço e disse:

– Ajude-me. Não deixe Cauã desmantelar Rodrigo. Você me deve isso!

Devo algo a Priscila? Eu estava realmente confusa, eu deveria ter apagado e perdido muita coisa porque os pontos não se encaixavam! A minha primeira reação seria questionar, mas uma voz pequena berrava para eu agir. Bom, depois de meu sonho, que se tornou um alerta, não questionei nem a ela nem a essa estranha intuição. Levantei com Priscila e fomos ao encontro dos dois.

Foi então que, ao nos aproximarmos do combate, Priscila arremessou-se em frente a Rodrigo e gritou:

– Não bata mais! Você me deve isso!

Cauã parou, mas ele parecia possuído por um transe. Uma raiva incomum. Ele alertou:

– Saia da minha frente. – A voz de Cauã era tão furiosa que por pouco não reconheci. Peguei em seu braço, esperando sinceramente não dormir com o nosso toque.

Cauã se assustou. Deu um passo para trás, depois de uns segundos, estudando a reação de meu corpo, após notar que eu não havia desmaiado, toda a raiva se esvaiu e deu lugar ao alívio. Antes que eu me desse conta, já estava envolvida pelos braços de meu Sol.

– Eu te amo – eu disse em meio ao seu abraço.

O momento era nosso. Encontro de nossa boca e reconhecimento de nosso corpo. Colocamos nesse beijo toda a fúria da saudade e o delírio do reencontro, era como estar em um maravilhoso carrossel de sensações. Beijamo-nos pela primeira vez. Sim! Pode ser considerada nossa primeira vez, porque consegui sentir todo o maravilhoso gosto incrivelmente quente de meu namorado! Ignorei a movimentação em volta, o murmúrio de Rodrigo com Priscila, os aplausos de nossos amigos, um grito estranho das icamiabas, uma movimentação de pessoas reclamando, o fogo, a destruição e a vida em volta, embriagados pela felicidade. Beijamo-nos por muitos segundos. Então, com um estalo, fui separada de Cauã.

Repentinamente, fui entregue a Gabriel. Algo acontecia. Tonta, apenas permiti que Gabriel se posicionasse à minha frente enquanto Cauã parecia se preparar para outro confronto. A porta se abriu e vimos as entidades entrarem como uma manada. Todas estavam correndo direto ao meu encontro. Gabriel ordenou:

– Feche os olhos!

Eu não consegui fechar, estava espantada e curiosa demais para fechar os olhos. Vi então as palmas de Cauã se iluminarem, como o próprio Sol.

31

UMA SEMANA DE NAMORO. UMA VIDA PELA FRENTE

Indaiatuba, sexta-feira, 22 de abril de 1994

– Gabriel alertou-a para fechar os olhos. – Pisquei algumas vezes ao escutar a voz firme de Cauã. Ajeitei meu corpo e me localizei. Eu estava em seu colo. – Desmaio justificável. – Ele indicou e o beijei.

Não vi momento, nem ocasião nem privacidade. Senti o gosto do beijo que tanto me atormentava. Ele parou de andar enquanto nos beijávamos. Seu gosto incendiou cada poro de meu corpo. Entrei em combustão. Eu queria Cauã e não esperaria outro dia. Sentia sua respiração ofegante e celebrava por dividir esse mesmo estado. Não sei por quanto tempo nos beijamos, também não importava saber. Senti acariciar o vento suave e trazer o calor brando do dia. Foi nesse momento, durante o beijo, que notei que, com esse maravilhoso dia que brotou, surgiu Jaci. Não tive revelações, ou memórias, como os outros esperavam; não foi preciso. O amor e o calor de Guaraci me tiraram da escuridão sem fim.

Escutamos a voz suave de Lina:

– Fico muito feliz por vocês, mas estamos todos cansados e queremos ir para casa.

Sem tirar seus olhos dos meus, Cauã respondeu:

– Vamos para nossa casa, Joana.

Olhei em volta. Estávamos todos juntos. Inclusive Cristiano, para meu alívio, após tê-lo visto ser arremessado pelo céu por Alcinoe. Avistei logo atrás as icamiabas. Era o grupo que eu conhecia: Ana, Lindalva, Rafaela,

Alex, Amanda e Paula. Todas andavam quietas. Pareciam exaustas. No entanto, havia uma pessoa faltando no grupo: Kátia.

– Onde está Kátia? – perguntei diretamente a Cauã.

– Não vamos falar sobre ela agora, não vai fazer bem a Alcinoe. – Cauã me botou no chão.

Automaticamente me virei para Alcinoe. Ela andava entre as icamiabas. Ela não dividia o mesmo cansaço. Apenas parecia reflexiva. As icamiabas andavam em silêncio, nenhuma sorria, ou comemorava a nossa vitória. Imaginei o pior, na perda irreparável, mas não prossegui com o inquérito, na esperança de estar errada.

– Que bom que nossa bela adormecida acordou! – Cristiano se intrometeu e lançou seu braço no ombro do Cauã. – Agora, sim, vamos enfrentar a verdadeira luta.

– Qual luta? – perguntei curiosa.

Minha curiosidade deu espaço para perplexidade quando chegamos à casa de meus pais, pelo menos, ao resto da casa de meus pais. Tampei a boca, praticamente segurando minha mandíbula com as mãos. A casa de meus pais deu lugar a um monte de entulho. Não dava para descrever tamanha devastação, porque não havia mais nada para descrever. Estupefata, perguntei:

– O que aconteceu aqui? – Minha voz foi fina, confusa. O grupo ignorou minha reação, a visão parecia ser natural para eles, e se dirigiram a um bar da esquina para tomar café. Já imaginei o Sr. Saulo, dono do bar, indagando o que aconteceu e contabilizando o seu prejuízo a fim de cobrar em juros ao meu pai. Mesmo por ter sido apenas uma rachadura na parede que encostava no local de onde antes ficava a casa de meus pais. Ao olhar para a feição apática, imaginando uma infinidade de xingamentos, rosnei novamente. – O que aconteceu aqui?

– Dissemos aos bombeiros que explodiu um botijão de gás – explicou Cauã. – Fique tranquila. – Agitei-me. – Não é tão ruim quanto parece. Seus pais estão bem… – Cauã argumentou, cruzando os braços.

A casa estava destruída, assim como parte do bazar da frente da casa. Bom, logicamente fiquei aliviada em saber que meus pais estavam bem, mas como iria explicar essa destruição? Mais! Que o meu namorado, e meus amigos, que nem sequer se conheciam, estavam envolvidos nessa catástrofe!

– O quê? – Reagi. – Como não é tão ruim quanto parece? O que vou dizer a eles? Meus pais nem o conheceram, e vou ser obrigada a explicar…

isso! – contrapus, apontando a destruição enquanto Cauã manteve seu silêncio. – E Dona Carminha com o seu bazar?

– Não se preocupe. Vamos reconstruir – disse, apenas. Eu o encarei perplexa. Cauã torceu a cabeça em um ângulo que nem concordava, nem discordava, dando a entender que a gravidade da destruição estava aberta à discussão.

Senti uma mão suave tocar em minhas costas:

– Está tudo bem com vocês? – Era a minha mãe perguntando. Eu a abracei imediatamente e ela retribuiu com uma risada.

Pelo visto, já se conheceram...

Ouvi a voz rouca de meu pai surgindo do bar ao lado.

– Não está nada bem! Não houve nada, nenhum casamento, noivado, aliança, sabe... Nada! – Joamir se aproximou de Cauã e disse novamente: – Nada! Você entendeu o recado?

Estatelada, perdi a voz com a reação de meu pai, exigindo um casório quando via seu patrimônio no chão.

Então, como se tivesse acordado de um sono longo, ou levado um choque, Cauã voltou para o momento. Ele me abraçou e disse:

– Tudo será revelado em seu devido tempo, não me faça explicar agora. Tudo será reconstruído e Dona Carminha será indenizada.

Encarei minha mãe, que comentou:

– Dona Carminha foi informada, há pouco, e, quando soube da quantia de sua indenização, decidiu se aposentar. Digamos que, se outros souberem, arrisca tacarem fogo na casa da próxima vez que Cauã vier.

Cauã falou para Joamir:

– Vou cumprir com a minha promessa. Pode escolher um cruzeiro enquanto a casa estiver sendo reconstruída.

Joamir mudou a expressão de raiva para curiosidade. Nossa, quanto perdi enquanto estava apagada!

– Onde? – Joamir perguntou.

– Assim que abrir a agência de viagens podemos ver, querido. Será um prazer viajar e conhecer outros ares – minha mãe interveio finalmente.

Boquiaberta, concluí o óbvio. Cauã havia subornado meu pai.

• • •

Mesmo imundos e cansados, direcionamo-nos à agência, a uma quadra da casa de meus pais, logo após nosso café. O Sr. Joamir deve ter levado Cauã ao limite para tamanha pressa em despachar os velhos. Fomos os primeiros a entrar e a agente de viagens foi animadamente oferecendo as opções.

– Pode ser para a Bahia? O navio sai amanhã do porto do Rio – a agente perguntou para meus pais.

Cauã, ao meu lado sussurrou:

– Tem algo mais longe?

– Tem outras opções? – Ri e reformulei.

– Tem nas Ilhas Gregas, mas só daqui um mês.

– Pode ser para a Bahia – minha mãe interferiu.

– É um cruzeiro de uma semana, mas logo após vocês podem ir para outro cruzeiro pela costa do Nordeste, três semanas no total.

– Só isso? – perguntou Cauã, elevando sua sobrancelha.

Meu pai bufou, minha mãe riu e eu disfarcei:

– Depois dos cruzeiros, vocês podem viajar pelo Nordeste para conhecer, que tal? – perguntei.

– Posso agendar um hotel em cada região turística principal. Podem ser três noites em cada região? Isso dará uma viagem, pelo Nordeste, de aproximadamente duas semanas.

– Pode aumentar a hospedagem para uma semana em cada região. – Cauã corrigiu. – Três dias pode ficar corrido.

Joamir olhou desconfiado para Cauã, mas, nas atuais circunstâncias, não havia o que negar. Era um presente muito bem-vindo para todos, especialmente para Cauã, pelo que percebi.

32
DESMANTELE

Rio de Janeiro, sexta-feira, 22 de abril de 1994

Fomos direto ao aeroporto, onde o avião nos aguardava. Cada um com o seu destino singular, que partiria do nosso destino final: Rio de Janeiro.

Meu novo lar.

Tudo parecia caminhar bem até entrarmos no carro alugado por Cauã. A caminho do aeroporto, aconteceu o que temia. Como havia de se prever, meu pai, assim que passou sua alegria da aquisição do cruzeiro, voltou a si e voltou a atormentar Cauã.

– Minha filha saiu de casa para uma vaga que sequer existia! – Joamir iniciou o seu discurso com os braços cruzados no banco de trás e ao lado de minha mãe. Cauã respondeu secamente.

– Foi a forma de trazê-la a mim, Sr. Joamir.

Fechei os olhos por poucos segundos e refleti sobre a mudança do curso da minha vida. Até o momento, vivi a vida ignorando meu elemento que me dava todos os sinais de existência. Estive tão presa no mundo imposto, que deixei de ver aquilo que era óbvio para mim. Há pouco tempo, me enganei, acreditando que era a liberdade que eu buscava. Fui incrivelmente sortuda. Se não fosse a insistência de meu amado e amigos, estaria ainda mais perdida do que antes. Isso porque estava presa a uma norma imposta pela razão da sociedade.

Nesse pequeno espaço de tempo, felizmente, aprendi que nosso universo é incrivelmente magnânimo e segue um conceito de evolução caótica, em que a normalidade não faz parte da equação. Só agora percebi que a liberdade é um conceito tão flexível quanto a loucura. Somente agora percebi o que ela significava. Isso porque, no meu caso, a liberdade só poderia existir com a possibilidade de viver meu amor ao lado de Cauã.

Quanto à minha carreira, esta seguirá em linha a necessidade de meu elemento.

– Imagine! – Sr. Joamir continuou o seu discurso. – Que proteção financeira minha filha terá futuramente?

Coloquei minha mão na perna de Cauã. Precisava senti-lo. Reconhecer a sua existência. Bom, isso a princípio. Até sentir o maravilhoso molde de sua coxa. Desfoquei (no que estava pensando mesmo?). Automaticamente elevei minha testa. Cauã observou minha reação e riu, balançando a cabeça.

Tirei a mão da perna de Cauã. Não deveria ter agido com tamanha audácia em frente aos meus pais.

Voltei do meu devaneio com a pergunta energética de Sr. Joamir.

– Asseguro que tudo que é meu já é dela.

Houve um silêncio reflexivo no carro.

Sim. Nossa liberdade, nossa vida, nossos pertences. Duas existências combinadas. O Sol e a Lua. Supostamente opostos e complementares. Agora, só agora, tudo fazia sentido. Mas só fez porque ontem vivi o pesadelo de imaginar que Cauã era fruto de minha imaginação. Cheguei a abrir a boca para contrariar sua reclamação, mas Cauã complementou:

– Entendo sua preocupação e fico satisfeito em ouvi-la. É bom saber que Joana tem pais que se preocupam com ela e a protegem. No entanto, você deve concordar que a nossa relação é bastante diferente das demais.

Olhei para meu pai, que parecia perdido, desarmado e buscando argumentos adicionais. Sinceramente, o entendi. Já fizera o mesmo, dias antes.

– Vai casar? – Ele vomitou as palavras.

Arregalei os olhos em direção a minha mãe, pedindo uma interferência. Ela fez um gesto com as mãos para eu me manter quieta.

– Vivemos e mantemos um relacionamento por um tempo inimaginável. – Cauã respondeu. Essa conversa já estava me irritando. Ainda bem que estávamos chegando ao aeroporto. – Podemos nos considerar mais que casados – ele arguiu.

– Sugiro nos atermos a esta vida. – Meu pai contrapôs, entredentes. Não recuaria. Tampei o rosto, enquanto Cauã parecia não se importar. Ele parou o carro em frente ao hangar, saiu do carro e já havia alguns assistentes para recebê-lo.

Não satisfeito, ao saímos do carro, meu pai se posicionou ao lado de Cauã, aguardando sua resposta. Cauã, no entanto, agia com uma admirável cautela e muita paciência.

Felizmente, chegou outro carro logo atrás. Gabriel e Cristiano se juntaram a Cauã, para a minha alegria, e Lina veio até mim.

– Mãe, tire papai dali. O Sr. Joamir está torturando Cauã!

Lina cortou:

– Vamos para o salão do hangar. Deixe que eles se entendam.

Assim fomos. Lina me entregou uma bolsa com roupas novas e outra para minha mãe. Abri a minha. Havia uma camisa branca e calça jeans. Lina também havia se trocado. Vestia um vestido singelo, rosa. Ninguém poderia suspeitar que, na noite anterior, ela lutara bravamente com o que, acredito, possa ser considerado o mais próximo do conceito de monstros. Entramos no banheiro feminino e, enquanto me trocava, ela contou que Alcinoe e o grupo partiram para a Grécia a fim de se prepararem para o ritual. Uma espécie de iniciação das icamiabas. Elas só podem participar de um conflito como o de ontem passando no teste. Descobri, por Lina, que partiríamos também, em dois dias, para testemunhar a cerimônia. Perguntei sobre as estranhas mulheres que combatiam no dia anterior. De acordo com Lina, eram icamiabas experientes. Ela me explicou e, assim que notamos que havia um grupo de técnicos no hangar, ela mudou de assunto; então, julguei que só saberia informações específicas posteriormente.

– Está animada? – perguntou Lina.

– Com a cerimônia? É claro! – respondi.

– Não... – Lina riu. – Em estar finalmente sozinha com Cauã e poder tocar nele sem cair dura.

Eu ri, permitindo que a minha animação seja expressamente demonstrada pela alegria.

– Falaram de mim?

– Sim... – respondi. Em seguida o alertei. – Falei que acho melhor você dormir no avião, pois não dormirei tão cedo.

Lina soltou uma gargalhada. Cauã me abraçou e me conduziu para dentro do avião. Ele escolheu a mesma poltrona em que antes sentou em nosso primeiro voo, sentei em seu colo, e nos beijamos. Estávamos sozinhos no avião e aproveitei o momento. Não queria conversa. Queria Cauã. Seu gosto delicioso, sua respiração quente, seu toque rústico, sua atenção completa. Seu beijo e seus carinhos. Queria ter a certeza de que não iria e nem poderia acordar desse sonho maravilhoso.

Quando finalmente o libertei, ele disse:

– Vou seguir seu conselho.

Era um bom conselho. Pelo visto, ele não dormia há quase uma semana. Apenas temi que a hora de voo não fosse o suficiente. Saí de seu colo. Ele reclinou a poltrona para melhor acomodar-se e, sem tirar a mão da minha, dormiu.

Em meio ao barulho e confusão do embarque, apareceram meus pais. Meu pai ainda indagava sobre minha posição precária. Ele parou por alguns segundos, deixando seu queixo cair e seus olhos arregalar, ao avistar o interior do avião. Em seguida, uniu as sobrancelhas e fechou a boca. Como se isso fosse possível, sua expressão ficou ainda mais sisuda que antes e comentou:

– Tudo isso e vai somente reformar a minha casa...

Fechei os olhos e fingi dormir ao lado de Cauã. Eventualmente, meu pai desistiria de falar.

Cara de pau...

Mas não desistiu. Apenas pausou. Isso porque, assim que acordamos com o anúncio de que iríamos pousar, Joamir tornou a reclamar do carro, da casa, dos móveis. Até notei a risada de Cristiano quando ele alertou com a cruel realidade de que podem ser sequestrados quando souber das "minhas posses". Isso porque ele aceitou, com a mais perversa cara de pau, a declaração de Cauã de que tudo que era dele era meu! Ao mesmo tempo, insistia em manter sua postura indócil diante de uma precariedade! Sinceramente, onde ele via precariedade em minha situação?

– Sr. Joamir – Cauã respondeu, inacreditavelmente, com a paciência que eu já não tinha. – Sua casa era bastante confortável. Mesmo assim, faça o que julgar melhor para o senhor e Sarah. Afinal, vocês são os pais de Joana.

Tampei meu rosto de raiva e vergonha. Já era hora de nos despedirmos. Para piorar a minha perturbação, enquanto Cauã e Gabriel planejavam a próxima viagem para a Grécia, Cristiano me contou aos risos que meu pai depenou Cauã. Em seguida, se despediu. Ele estava indo à Grécia imediatamente.

Nós nos despedimos dos demais. Após alguns minutos, todos haviam seguido os seus rumos e apareceu João, acenando pelo aeroporto:

– Demorei muito?

– Obrigada por nos vir buscar. – Cauã o cumprimentou.

– Não foi nada! Obrigado por aceitar Marina. – João agradeceu, dando um abraço no Cauã.

– Aceitar Marina? – perguntei confusa. Foi a minha vez de cumprimentar João.

Seguimos nossos rumos em direção ao estacionamento e João explicou:

– Marina, minha esposa, vai trabalhar em sua casa. Vai te ajudar...

Sorri, em gesto de agradecimento. Então João passou a comentar sobre o tempo, trânsito, violência, até que entramos no carro. Em seguida, presumindo que nos buscávamos alguns minutos a sós, ele ligou o rádio e passou a dirigir em silêncio.

Perdemo-nos em afagos e beijos tão intensos que sugavam minha respiração. Estávamos tontos e ferozes. Eu o sentia me devorando com o seu beijo e eu queria mais, eu queria tudo e sem demoras. Seu cheiro me entorpecia como vinho e sentia meu corpo louco, como se estivesse perdendo toda a sintonia. Após muito pouco tempo, pouco tempo mesmo, João parou o carro.

– Chegamos – Cauã anunciou.

O carro parou em frente a uma casa feita de madeira rústica e puro cimento. Tinha três andares, parecia ampla e incrivelmente bela. Todos os cantos da casa envolviam grandes estruturas de vidro que substituíam as paredes. Em torno da casa havia um pequeno lago com peixes. Envolvida por vegetação, que parecia ter sido cuidadosamente escolhida em cada ponto. Algo que só pode ter sido planejado por um paisagista extremamente talentoso, era a mais próxima visão do céu.

– Onde estamos? – perguntei, ainda um pouco entorpecida.

– Nossa casa, fica no Cosme Velho.

A casa era aberta, totalmente arejada, a ponto de a plantação invadir os aposentos. Tinha um ar sofisticado e rústico. Parei por alguns segundos, estudando a bela visão e tentando acreditar que um projeto arquitetônico realmente poderia refletir a mais divina e encantada natureza em meio ao conforto moderno.

Cauã entrou na casa. Eu o segui a passos lentos, assimilando cada detalhe. Quantas folhas e flores! A casa estava em um recanto que inspirava harmonia.

Passei por uma ponte sobre o lago. Subi um lance de três degraus para a entrada da casa e, ao ver Cauã se distraindo em olhar as cartas e contas colocadas em cima da mesa da sala de jantar, dediquei alguns segundos estudando a entrada da casa. Havia um pequeno saguão de entrada com uma peça maravilhosa de um casal dançando em meio a uma chuva das samambaias que se destacavam com luzes ao lado. Senti o delicioso aroma da planta molhada ao entrar na casa.

Ao finalmente entrar na casa, meu queixo caiu ao ver o tamanho da estrutura por dentro. Havia um imenso salão com quatro ambientes bem espalhados. A decoração não era exatamente coesa. Havia pontos surpreendentes em cada detalhe. O antigo se misturava ao moderno em uma composição fabulosa, charmosa e confortável. A sala era tão ampla que me deu vertigens, tinha o teto alto, que alcançava os andares superiores. Havia um lustre ornamentado de cristais escuros e ferro, tão belo que tirou meu fôlego. Toda a sala era uma mistura de antiguidade com madeira e conforto. Certamente a obra de um arquiteto talentoso.

Havia uma mesa de jantar de doze lugares, incrivelmente requintada, que seguia o mesmo modelo rústico da casa localizada a alguns metros do saguão de entrada. Não havia um lustre acima da mesa, mas o teto parecia ser moldado para que a iluminação fosse indireta.

A sala de estar ficava logo à frente, com um sofá branco enorme, um aparador atrás do sofá com diversos tipos de relógios e outras antiguidades. Logo à frente do sofá havia uma mesa de centro com livros e ornamentos acima. Ao lado do sofá, ainda tinha espaço para duas poltronas enormes, de veludo marrom, em cada extremidade e à frente do sofá havia uma corrente de água. Uma espécie de lagoa cristalina que passava no meio da sala. Essa lagoa era protegida por vidro nos lados, mas corria água dentro da casa, e senti uma brisa maravilhosa que certamente vinha dessa corrente. Olhei rapidamente em volta e notei diversas obras de arte magníficas. Então, notei uma obra posicionada atrás da mesa de jantar. Era um cenário colorido, claro, com cinco mulheres banhando em meio a uma lagoa. A maioria delas virou-se para o sol, como se o tivessem o seduzindo. Era um quadro interessante, pintado em cima de uma estrutura, que não era exatamente uma tela. A passos lentos, percorri o quadro. Passei meus dedos pelas ondas coloridas. Acariciei as cores do sol e notei pontos meio foscos com imagens de cestas, corações e canoas.

– A pintura foi feita em qual estrutura?

– Em cima de uma porta. Uma forma bem interessante de reciclar algo que deixou de ser útil. Você não acha? – ele respondeu.

Concordei silenciosamente.

– Qual o nome?

– Icamiabas. É uma representação do ritual do banho das icamiabas. A Lina vai lhe explicar melhor sobre o ritual depois, mas resumindo: algumas icamiabas desmantelam em lutas. Perdem a capacidade de usar seu corpo. Então, em forma imaterial, elas aguardam o ritual do banho. Somente uma icamiaba pode trazer outra icamiaba. Isto é, engravidar e trazer uma icamiaba para a forma humana. Geralmente o ritual acontece com o ritual do banho. – Cauã largou as correspondências e observou o quadro. – Elas se banham enquanto moldam os seus muiraquitãs. Então, escolhem os seus guerreiros, fazem amor com eles e lhes presenteiam com seu amuleto da sorte. Um ritual bem interessante.

– Ah.

Cauã me abraçou por trás e beijou meu ombro.

– Pode continuar... – Apontei as correspondências, eram muitas.

Ele concordou e comentou:

– Não tive cabeça para abri-las antes.

Revirei os olhos, cruzei as mãos atrás das costas e voltei-me à análise da casa. Andei até o meio dessa imensa, arejada e interessante sala. Dei passos curtos e lentos, como se precisasse de um tempo para entender que tudo aquilo era também meu. Que essa casa agora seria o meu lar. De fato, era uma mudança radical. Súbita. A menos de um mês, eu sequer conhecia Cauã. Mesmo assim, essa pressa me parecia certa, apropriada. Na verdade, ao ver-me no meio da casa, tive a certeza de que voltar para a casa de meus pais, ou para qualquer casa que não fosse ao lado de Cauã, não faria sentido. Agora minha vida deixou de ser minha, era nossa.

Inspirei o arejado ar da nossa casa. Parei à frente de uma imensa escadaria de madeira e observei o segundo andar, todo aberto, como uma casa espanhola. Havia oito portas bem espalhadas ao redor do segundo andar. Tudo era lindo demais.

Logo atrás da sala de jantar parecia ser a cozinha e, à frente da ampla sala, havia uma imensa varanda que dava para uma ampla área verde, cercada de mata densa.

Parei de observar a casa e voltei minha atenção a Cauã. Ele me aguardava, encostado na mesa de jantar, com um meio sorriso e seus braços cruzados.

– O que achou? – ele perguntou.

Soltei uma risada, curvando minhas costas para trás e, em seguida, saltei como uma palhaça.

Ele me pegou praticamente no ar e me sentou na mesa de jantar. Seus olhos, iluminados e sorridentes, fez minhas bochechas rosarem.

– Está com vergonha? – ele perguntou, deixando evidente, em seu tom de voz, que suas intenções, nesse momento eram de me deixar ainda mais envergonhada.

Ajeitei minha postura, mordendo maus lábios. Decidi ser ainda mais ousada. Enrosquei as minhas pernas na cintura dele para puxá-lo a mim. Então, com o magnetismo de seus olhos e a minha sensualidade, nos perdemos no beijo. Gradativamente ele foi elevando seu corpo sobre o meu e me forçando a deitar pela mesa de jantar. Aos poucos, ele sugava toda a minha respiração e me vi em uma vertigem maravilhosa.

– Esta é Marina. Minha esposa. Ela já pode ficar para arrumar a casa. – Joao cortou nosso momento. Não esperávamos. Com o susto, Cauã saltou para o outro lado, caindo da mesa. Tive vontade de rir da nossa condição. Recuperei-me tão logo vi a encabulada e extremamente enrubescida mulher de meia-idade com suas mãos cruzadas na frente da barriga.

– Olá, Marina. Sou Joana.

– Muito prazer – Marina respondeu. – Desculpe nossa intromissão. Já estamos de saída.

Os olhos de Marina eram conhecidos. Ela tinha uma aparência de mais velha, envolvida pelas rugas e com um olhar familiar. No entanto, eu não queria e nem me importava em recapitular de onde. Não nesse momento e no meio dos braços de meu Sol.

Cauã me tirou da mesa. João disse imediatamente:

– Ok, estamos indo.

– O almoço está no forno, dona Joana – falou Marina enquanto João a arrastava pelo braço. – Um bom-dia para vocês.

Agradecemos. O dia estava lindo, dourado. O Sol estava ardendo único, imponente no céu, assim como Cauã era onipresente em todos os aspectos de minha vida nesse momento.

– Venha, Joana, vou lhe mostrar algo. – Cauã pegou minha mão.

– É o quarto? – perguntei esperançosa e peguei a bolsa ao segui-lo, em um ato automático.

Descontraído, ele soltou uma gargalhada e me abraçou enquanto me conduzia até o jardim. Sinceramente, eu não estava com muito humor para ver planta. Meu corpo já pegava fogo... Sem muita opção, o segui.

De repente, vi um lago surgir do meio de uma mata densa do nosso vasto quintal. O lugar se assemelhava a um lugar em meu passado. Outra familiaridade.

– Outro *déjà vu* – eu disse a Cauã e apontei para o lago. – É de tirar o fôlego.

– É mais que isso, Joana. Pedi para um paisagista recriar, em parte, o lago em que passávamos nossas noites quando a conheci.

O lago tomou uma nova forma. De repente, recordei-me dele em sonhos. Sonhos, vívidos, que submergiram nas profundezas dessa água. Reconheci a rocha no meio do lago com margaridas. Eram flores brancas. Não exatamente iguais às do sonho, mas parecidas. Intensamente comovida, minhas mãos tremeram. As lágrimas deslizaram em meu rosto. Era uma estranha nostalgia. Uma sensação vívida do que não conseguia me lembrar. Imediatamente, me distanciei de Cauã, coloquei minha bolsa em uma pedra ao canto e comecei a desabotoar minha blusa, encarando-o. Desafiando. Eu não poderia esperar nem mais um segundo. Eu queria reviver um momento que amargamente esqueci. Um momento que vivi em sonhos. Queria fazer amor com Cauã nesse lago. Não havia outro lugar mais apropriado, mais mágico.

Os olhos dele fulminavam, desejavam. Então a mão dele repousou sobre a minha, interrompendo meu ato.

– Deixe que eu tiro a sua roupa.

Então ele passou a desabotoar a minha blusa. Seus beijos seguiam a trilha da abertura da camisa após abrir cada botão. Fechei os olhos, minha cabeça caiu para trás, concentrando-me no prazer de cada choque que sentia a cada beijo, enquanto meus joelhos tremiam. Ele desabotoou minha calça e levantou-se para me dar um beijo. Nesse momento, me despi completamente. Sem receios, sem vergonha. Eu queria sentir sua pele na minha. Cauã tirou sua camisa e eu, a esse ponto, nua. Passei a mão em seu peitoral. Para minha surpresa, ele estava ardendo de febre.

Elevei a testa, preocupada.

– Você está doente? – perguntei.

– Não... – Ele respondeu, aos risos. – Vou apenas retirar um pouco da energia.

Tirou uma caixa de Rudá de minha bolsa. Passou a palma de suas mãos na pedra da lua que iluminou imediatamente. Em seguida, colocou a pedra de volta na caixa e repousou a estrutura na pedra.

– Joana, preciso que você me prometa não se desmantelar e não me deixar sozinho a esperando, não importam as dificuldades. Sei que o que peço é definitivo. Diferente dos humanos, somos obrigados a cumprir as nossas promessas. Mesmo assim, gostaria de ter a certeza de que não a perderei por uma briga qualquer.

– Prometo.

Convenhamos! Não era nem preciso refletir muito para fazer uma promessa dessas...

A proximidade do corpo de Cauã fez meu coração disparar. Meu corpo passou a pulsar em uma sintonia diferente da que eu estava acostumada, até em minha maior intimidade com Rodrigo. Assim que ele me abraçou, elevando-me do chão e me beijando, senti meu coração dar um giro de 360 graus no peito.

– A água está fria? – perguntei, em meio aos beijos.

– Pode deixar que eu a esquento – ele respondeu e constatei que ele estava pelando.

– Você ainda está quente. – Foi apenas uma constatação, até porque Cauã parecia tudo, menos doente. Ele sorriu e assentiu. Não deu mais explicações.

Senti sua mão me segurar com firmeza e a água gradativamente foi cobrindo nosso corpo. Em meio aos beijos, que não tinham a menor intenção de terminar, finalmente eu o senti invadir meu corpo. A sensação foi incrível. Fechei os olhos, respirando agora de forma dessincronizada, como se o prazer estivesse dominando meu corpo, impedindo-o de funcionar com coesão. Cada toque, cada beijo se misturava a mordidas e arranhões que só faziam aumentar a pulsação e o deleite. Nossos corpos combinavam.

Nossos movimentos, em plena e perfeita sintonia. Deixei de sentir frio, calor e qualquer outra sensação que não fosse gerada por ele. Perdi o senso de onde estava. Ele me deitou na beira do lago sem sair de dentro de meu corpo e eu gemia suavemente. Perdi a força. Até a força de minha voz estava capturada em meio à sensação gerada por esse homem, que agora pesava sobre meu corpo. Ele tornou a se movimentar, deslizando seu corpo sobre o meu. Então deixei de beijar e lancei os braços pelos lados, derrotada. Passei a sentir meu coração batendo em um ritmo acelerado demais e muito diferente do que de costume. Pensei em alertar Cauã, preocupada com as reações de meu corpo, mas minha voz não parecia estar controlada por mim. Perdi completamente o controle sobre meu corpo e concluí: *Estou me desmantelando*. Mas estava extraordinariamente bom para alertar Cauã. Elevei meu corpo e abri os olhos para encontrar os dele, ardendo de desejo. Será que ele sentia o mesmo? Eu o analisei alguns segundos para encontrar alguma similaridade em nossos sentidos. Não, ele detinha o controle de seu corpo.

Estou me desmantelando.

Só poderia ser isso! Eu precisava alertá-lo, mas como fazê-lo, se eu queria mais? Meu coração já pulava do peito pulsando em uma arritmia desenfreada. Eu estava a um passo de perder todos os sentidos. Ele precisava saber se eu estava sob perigo. Senti uma explosão de prazer que me gerou uma vertigem imediata. Foi então que desisti e derreti-me abaixo de Cauã. Imaginei ser tarde demais e sem forças. Renunciei:

– Estou desmantelando.

– Como você se sente? – Cauã parou e perguntou.

Coloquei sua mão em meu coração. Ele riu, negou e comentou:

– Não, Joana. Você não se desmantelará hoje.

Não há definição para esse momento. Não há palavras. Apenas nosso amor final e intensamente consumado sob incontáveis explosões de sensações na beira desse lago. Foi então que o vi me encarar e, com sua expressão séria, também completamente conquistado pelo prazer. Ele me abraçou, senti seu corpo tremer e pulsar. Ele parou de respirar como se estivesse sentindo dor, uma dor maravilhosa, enquanto pressionava seu corpo no meu.

Eu estava plena e acariciei suas costas. Então, começamos tudo de novo e tornei a desmantelar livremente ao seu lado.

33
PRIMEIRA NOITE DA NOVA VIDA

Rio de Janeiro, sexta-feira, 22 de abril de 1994

Era uma sensação nova acordar ao lado de Cauã.

Ao contrário de mim, que dormi quase a semana inteira, ele ficou duramente acordado observando, rondando e me protegendo como uma águia. Agora era Cauã quem estava dormindo profundamente. Observei seu corpo completamente nu à luz da Lua, que invadia nosso quarto, e admirei sua forma. Toquei em seu torço e beijei seu ombro, sentindo seu perfume, também uma nova sensação.

Por mais delicioso que fosse estar ao lado dele, eu acordei faminta. A última refeição que tive foi no avião, há doze horas.

Levantei com cuidado e fui até o *closet*. Marina havia arrumado todas as minhas roupas compradas na viagem e que foram trazidas para essa casa, possivelmente por Lina. Acariciei o robe preto de renda que Lina insistiu que eu comprasse, apesar de meus argumentos de que Cauã não ia ligar. Tomei um rápido banho, coloquei uma camisola, peguei o robe e fui em direção à sala.

Desci as escadas. A casa estava completamente apagada, mas, pela sua ampla abertura, e pela luz da Lua, não foi difícil me encontrar. Pelo contrário, ela me encontrou e senti a sua energia. Parei em frente à sala, já beirando a varanda, e passei a pensar em Camilla. A essa altura, foi fácil juntar os pontos. Cauã comentou que nos separamos por causa de uma bela mulher. Camilla. A mesma que trocaria o seu elemento para representar a minha Lua.

– Camilla poderia trocar de elemento? Deixar de representar a beleza física para te representar?

– Muito incomum, mas pode.

– Hum... Ela queria você – comentei com a Lua, iniciando a prosa.

– Não, Jaci. Ela queria *ser* você – ela respondeu.

Fazia sentido e, sarcasticamente, eu entendia o porquê. Certamente eu não chego aos pés de Camilla quanto às nossas curvas, formas e feições. Ela era perfeita. Apesar disso, quem não trocaria toda a beleza física para viver um amor que persiste milênios?

Uma brisa suave passou pelos meus braços. Estremeci.

– Camilla foi cruel. – Murmurei ao lembrar-me do que Camilla me fez quando criou a história de que Cauã não existia. Não conseguia imaginar a vida sem ele. Só em imaginar perdê-lo me apertava o coração. Em contrapartida, não o perdi, de certa forma, quando perdi parte de minha memória?

– Quem tirou minha memória? – perguntei em forma de sussurro.

A Lua não falou mais nada. Também não poderia, eu estava completamente envolvida com a multidão de vozes em minha cabeça. Em meio à manifestação de tantas lembranças, meu estômago deu voz de comando, já impaciente com a conversa.

Chacoalhei os pensamentos tempestivos e fui em direção à cozinha. Vi-me parada e boquiaberta quando acendi a luz. Era em formato de cozinha, mas parecia uma espaçonave ainda mais complicada que o banheiro da casa anterior. Tudo parecia ser, mas não era! Por exemplo: não encontrei um fogão! Havia uma espécie de traços enrolados no meio de uma bancada de mármore escura que se estendia pela ampla parede da cozinha. Descobri um armário esbarrando em uma parede que, por sorte, deslizou. Desvendando a despensa. Olhando de um lado para outro, com as sobrancelhas unidas, procurei encontrar algum eletrodoméstico que se assemelhasse a uma cozinha comum. Torci o nariz. Apalpei alguns pontos para ver se havia alguma geladeira escondida atrás de alguma parede ou armário camuflado. Não encontrei. Revirei meus olhos ao escutar a serenata em meu estômago. Sem opção, fui em busca de algum biscoito ou salgado. Escolhi um saco de batata frita. Tentei fechar o armário, empurrando-o para dentro, mas ele se manteve parado e não atendeu ao meu comando. Ok, deixei aberto.

Assim que abri o saco de batata, ouvi passos em direção à cozinha. Sentei em um dos bancos, na expectativa de que Cauã pudesse pilotar essa espaçonave desgovernada. Ouvi a voz dele, que entrou na cozinha e me abraçou, levantando-me da cadeira.

– Está com fome? – Ele perguntou ao me deixar no chão e pressionar um botão sinistramente camuflado na parte interna do armário da despensa que, logo em seguida, fechou. Elevei uma sobrancelha, pensativa. Eu não iria achar aquele botão nem pedindo ajuda divina.

– Estou faminta

– Marina fez carne assada.

Soltei um sorriso encabulado. Torci o nariz, meio apreensiva. Sempre odiei carne assada.

Cauã elevou as sobrancelhas, entendendo meu recado.

– Sei... Vou pedir para Mauro levar. Ele mora sozinho, não é muito organizado. Vou fazer macarrão. Acredito que seja o mais rápido agora.

– Você cozinha? – perguntei.

Faminta, passei a comer a batata e sentei em uma das cadeiras do balcão de madeira muito similar ao encontrado na mesa em Cape Cod.

– Nós tivemos muito tempo para aprender e ensinar muito. Quem sabe um dia você se lembre do nosso passado... Bom, nestes quinhentos anos em que estivemos separados, aprendi a cozinhar. Mesmo após ter evitado essa tarefa há tanto tempo... Morando sozinho, você acaba aprendendo, eventualmente. Durante esse período morei nos Estados Unidos, Chile, Cuba, México, Inglaterra, Itália, Japão, Paraguai... Esses foram alguns dos lugares.

Cauã explicava enquanto buscava as panelas e os molhos. Movimentava-se na cozinha enquanto eu, bucolicamente perplexa, percebi que cada canto da parede escondia um armário. Ah! Inclusive a geladeira!

– Sabe, Joana, com ou sem memória intacta, é crucial percebermos que nossa existência faz parte de tudo isso. Do universo, de nossos elementos e de Ci. Representamos um elemento, mas interagimos com todos. O impacto de nossas escolhas afeta a todos. Quero que você mantenha isso em mente. Amanhã você participará de uma reunião e escutará entidades que há dois dias tentaram prejudicá-la. Até Rodrigo, que tenta nos incomodar por tanto tempo, isso se ele tiver forças de aparecer na reunião após a porrada que levou, pode participar. Não estranhe o fato de eu me colocar à disposição, orientá-las e mediar uma simbiose. Sua resposta é simples. Não estamos lidando com heróis ou vilões. Francamente, essa ideia do bom e ruim sobre todos os aspectos não convence nem em histórias de ação. Por isso, tente não se sentir afetada. A vida e a destruição são complementares. Tudo no mundo se transforma e precisa se destruir para se recriar. Temos que aprender e nos reinventar o tempo todo. Assim é o universo. Um verdadeiro caos em pura evolução. – Cauã colocou a panela em cima desses desenhos no mármore e ligou. Parecia um forno elétrico. Pegou dois punhados de massa e jogou na panela. Pegou os tomates e virou de costas para preparar o molho.

– Que reunião?

– Uma reunião telepática. Qualquer entidade pode participar, mas, logicamente, para manter certa organização, para o benefício de todos, tento manter um limite de, no máximo, cinquenta mentes alinhadas. Antigamente, sentia a necessidade de fazer mais de dez reuniões por dia, por causa da demanda. Hoje, faço duas por semana.

Percebi uma nota de frustração em sua voz. Decidi mudar de assunto.

– Conte-me sobre o período em que descemos à Terra pela primeira vez.

– Quando descemos à Terra, tudo era bastante diferente. Até a geologia, naturalmente, mudou. Recordo-me de que era um planeta que não conhecia maldade. Por isso, não havia possibilidade de sermos vistos como deuses, ou algo parecido. Então, poderíamos viver ao lado dos humanos sem precisar esconder nossa condição. Éramos realmente livres.

– Espere aí. Porque deixamos de mostrar a nossa condição para os humanos? Digo, se mostrarmos o que somos, a humanidade irá dar mais atenção ao nosso apelo.

– Então iremos tirar deles o livre-arbítrio de escolher. Alguns poderão temer nossa condição, outros poderão colocar-nos na condição de deuses. Joana, não somos deuses. Somo apenas diferentes.

– Tau não poderá querer mostrar-se?

Cauã abriu uma porta que jurei que fazia parte da parede da cozinha. Lá havia uma adega com muitos vinhos cuidadosamente estocados. Ele entrou na adega. Enquanto escolhia o vinho, prosseguiu:

– Não. Se ele se mostrar aos humanos, será obrigado a trabalhar mais... será requisitado e muito demandado. Rodrigo é vaidoso, mas, acima disso, gosta dessa sua condição confortável. Ele manipula os humanos e recebe em troca uma vida cheia de prazeres.

Elevei as sobrancelhas ao lembrar-me da rotina de Rodrigo. Cauã estava certo, ele vivia em meio a um luxo inimaginável em Itu. Além disso,

Camilla me disse, em uma das nossas noitadas, que a residência em Itu era a menos requintada. Informou-me que Rodrigo tinha diversas residências, incluindo um verdadeiro palácio em Mônaco.

Cauã prosseguiu:

– Bom, voltando ao passado. Depois de seu primeiro desmantelamento, subi ao meu elemento. Abri guarda. Tau clamou a Terra para destruí-la. O idiota do seu ex-namorado aproveitou que eu estava em meu elemento e convenceu a todos que era eu, em outra forma humana. Tau e seus filhos ensinaram o conceito da ambição, irresponsabilidade e territorialidade. Houve uma grande guerra... A primeira guerra neste planeta. Um dia lhe contarei sobre essa guerra. – Ele pegou um vinho, o abriu e me deu uma taça. – Tempos depois, os humanos passaram a clamar posse de terras.

Cauã encheu mais a minha taça e a dele.

– Na verdade, clamavam o poder e o conceito de posses ficou atrelado a ele. A guerra acabou, o tempo se passou... Agora, tivemos de nos adaptar a essa realidade territorialista, já que ela se instalou como uma regra. Uma coisa levou à outra. Hoje, o território se tornou sinônimo de segurança. O homem se tornou violento. Esse ciclo não mudará tão cedo. Outros problemas surgiram. O humano negou a parte intrínseca de sua existência. Deixou de representar o seu elemento. Esqueceu sua importância e sua posição no universo. Passou a se tornar mais individualista... para encurtar uma história interminável, atualmente tentamos influenciar o homem a ser menos prejudicial a Ci enquanto ele não se reinventa. No entanto, o jogo é o mesmo. Um jogo de influências. Uma verdadeira Guerra Fria, na qual eu busco a simbiose e a vida, enquanto seu ex-namorado busca o desequilíbrio e a destruição.

– E se eliminarmos Tau e todos aqueles que atuam em prol da destruição? – perguntei.

– Estaremos criando outro. Confesso que, em muitas e incontáveis ocasiões, tive um desejo incontrolável de extinguir Rodrigo, apesar de saber quão difícil seria fazê-lo... Mas sei que não posso. – Cauã refletiu e complementou. – Digamos que tive muitos motivos que vão além do encanto. Não que isso justifique. Além disso, Rodrigo não obriga ninguém a fazer nada. Ele apenas apresenta opções. Também fazemos o mesmo.

– Esse é o propósito da Assendent?

– Sim, além de outros projetos espalhados pelo mundo. Financiamos diversas empresas ligadas à construção ecológica de residências e móveis. Diversas Organizações em prol da natureza. Adquirimos terras para servir de reservas naturais. Temos certificadoras com o objetivo de orientar as empresas a tornar os seus produtos menos danosos ao meio ambiente. Financiamos e coordenamos a plantação e proteção de árvores em diversos pontos no planeta, apesar de sofrermos na mesma proporção com o desmatamento. Também temos diversos centros de atendimento veterinário e atendimento médico gratuito. Financiamos faculdades, escolas, diversos centros de educação e em diversos países. Lina e as icamiabas, inclusive, são responsáveis por 57 orfanatos espalhados pelo mundo. Financiamos centros de pesquisas e desenvolvimento.

Enquanto Cauã falava, preparou nossos pratos e me serviu. O aroma do macarrão ao sugo era delicioso. Um sorriso escapou de minha boca.

Satisfeito com meu sorriso, ele alertou:

– Dessa vez, Joana, pelo que entendo por mais sagrado, vou fazê-la comer.

– Conte-me mais – pedi. – É impressionante e maravilhoso todo esse esforço – elogiei.

– É pouco... – murmurou Cauã e sentou ao meu lado no balcão no meio da cozinha. Provei o macarrão e meus olhos fecharam de prazer. – Mas temos responsabilidades fora deste planeta. Isso também nos demanda tempo. O que podemos fazer é provar aos empresários que pode haver lucro ao se alinhar com seu elemento. Ao adotar uma postura coletiva e menos egoísta. Também temos que provar ao povo que pode haver conforto mesmo alinhando e representando Ci.

Cauã percebeu meu olhar ao redor da cozinha e explicou:

– A casa foi feita de pedra. Uma espécie de pedra que a protege do calor. Ela é totalmente arejada e permite que as plantas a invadam. Também tem uma corrente de água passando pela sala. Isso permite reduzir mais de dez graus na temperatura. A parede de plantas que você observa, neste momento, são ervas que utilizamos para cozinhar. A energia é, natural e totalmente, movida à luz solar.

Lembrei que Cauã pegou uma folha da parede, amassou-a e colocou no molho de tomate. Era manjericão.

– Nossa, como o macarrão está delicioso – gemi, sem querer, e ele riu. Peguei um guardanapo e limpei a boca lambuzada pelo molho. – Conte-me mais sobre a questão territorial.

– O problema territorial é o significado que o homem lhe deu; a ganância e o poder. – Ele beijou a minha testa. – Logo você conhecerá algumas tribos e entenderá. Quem sabe, poderá se lembrar de quando moramos com eles.

Olhando em volta, o discurso de Cauã não parecia coerente. Ele criticava a questão do poder, posses, mas tinha tudo isso. Sem hesitar, continuei o meu inquérito:

– Temos uma senhora casa, carro, bens e, pelo visto, poder. Você acabou de criticar aquisição de posses, poder e terra, mas tem tudo isso!

Ele riu e respondeu:

– Acredite, o que possuo é ínfimo perto do que poderia se essa fosse a minha prioridade. Veja ao redor... temos uma casa grande, sustentável, mas está longe de ser uma mansão. Dos investimentos e lucros, retiro uma pequena parcela. O resto é distribuído para outros assuntos, os projetos, alguns dos quais mencionei. Não me entenda mal... Quando mencionei a questão do território, foi porque esse foi um dos motivos que separou a humanidade há milênios. A semente que se tornou a maior doença. Os humanos, focados em conquistar Ci, possuir terras, optaram por deixar de representá-la. Confesso que, na época, foi triste ver a humanidade cair no jogo de Tau. Ele agiu como um malandro ao apresentar uma escritura do Cristo Redentor para tentar vendê-la a um desavisado. Para minha surpresa, a humanidade caiu na armadilha. Com o tempo, esqueceram-se de quanto Ci precisa dessa representação. Uma escolha que levou à verdadeira catástrofe. Nossos esforços são para ajudar a humanidade, de alguma forma. Tentar remediar a doença que se instalou há milênios. Fazer com que eles vejam que são cruciais para a Terra. Mostrar quão danosa pode ser uma escolha insensata.

Cauã passou a mão em seus cabelos e continuou.

– Esqueci que devo alertá-la antes que se assuste. Essa casa, a casa em Cape Cod, a casa de Gabriel, até a de Mauro (a quem conhecerá em breve), são compartilhadas. – Ele me olhou e riu da minha expressão confusa. – Digo isso porque eles têm a chave da nossa casa e tenho a chave da deles. Obviamente você terá também. Alcinoe mora no centro de treinamento das icamiabas, você também conhecerá. Apenas não temos a chave da casa de Ieda ou Cristiano. Isso por motivos óbvios. São entidades do mar. Ieda é Uiara, ela representa as águas. Você a conhecerá em breve.

– Conte-me sobre o relacionamento de Alcinoe e Cristiano. – Mudei de assunto e abocanhei o macarrão que já listei como meu prato preferido, sem sombra de dúvida.

– Esses dois têm um caso há muito tempo. Ela é a mulher perfeita para um cara incorrigível como Cristiano.

– Eles nunca assumiram um relacionamento? – perguntei.

– Não. Aliás, Alcinoe é um pouco confusa. Ela também gosta de sua liberdade e de opções. Ainda mais, é icamiaba e não pode assumir um relacionamento sério. Apesar de... Bom. Apesar de eu achar essa regra um pouco exagerada por parte de Lina.

– Lina não se relaciona com Gabriel?

– Sim. Por isso acho a regra das icamiabas incoerente. Bom, as icamiabas jamais reclamaram da regra. Acho que até gostam desse conceito de liberdade imposto... Vai entender.

Cauã pegou em minha mão e me encarou nos olhos para conferir importância nas próximas palavras.

– Tem outro assunto que devo lhe falar. Alcinoe fez uma importante revelação há pouco. Ela quer receber de volta a sua condição de humana.

– Ela está abrindo mão da vida prolongada da icamiaba para morrer em poucos anos? – perguntei atormentada.

– Não... Ela quer voltar a ser humana. Invariavelmente, morrerá um dia.

Meu estômago deu uma pirueta e abandonei o prato imediatamente. Pedi para ele pausar seu discurso com a palma da minha mão. Essa notícia não deveria, em tese, ter me deixado tão desnorteada, mas não pude evitar.

– Devemos respeitar a decisão dela.

– De morrer? – perguntei indignada. Não, praticamente berrei escandalizada. Para os humanos, essa questão de mortalidade é temida, no mínimo. Por que eu aceitaria?

– Alcinoe era uma humana que se tornou icamiaba. Ela apenas quer voltar a ser humana. – Cauã me corrigiu com um tom muito mais sereno do que eu poderia suportar. – É a sua escolha.

– Ela pode voltar à condição humana? Isso é permitido? – perguntei, realmente descrente da possibilidade.

– Sim.

– Mas por que ela escolheria morrer? – perguntei.

– Não… – ele me corrigiu novamente. – Ela escolheu voltar à sua condição humana. Morrer é uma consequência disso… Além disso, acumular memórias de uma vida já é difícil, às vezes. Imagine de diversas vidas. Experiências muitas vezes vêm através de erros, com os quais, com a prolongação da vida ou a memória intacta, não é fácil conviver.

Enquanto eu me agitava pela minha falta de memória, Alcinoe se atormentava com o acúmulo da sua. Tive pouco tempo com Alcinoe, mas sentiria a sua falta. Ela me buscou, ela me acolheu, ela me cedeu um pouco de conforto no primeiro dia do que achei que seria o meu trabalho. Logicamente, entristeci-me com a notícia. Logicamente, a cólera de Alcinoe era bem maior que a minha e tomava uma medida desesperada para buscar um alívio.

No entanto, quem disse que nosso sentimento segue o caminho lógico, racional?

Ao me ver largar o garfo e me contorcer com a notícia, ele mudou de assunto. Claro que notei que ele o fez deliberadamente para eu digerir o alimento.

– Falando em experiências, quero repetir a experiência de hoje à tarde no lago. – Não sorri. Essa notícia estava parada em meu esôfago. Meu coração apertou-se com a notícia e, ao mesmo tempo, algo parecia não crer nela. – E também a mesma vivenciada no banho, na cama, no corredor… Depois de você falar com a sua amiga.

– Você precisa convencer Alcinoe do contrário. – Voltei ao assunto em questão.

– A escolha é dela – Cauã respondeu e apontou para o meu prato. – Terminou?

Olhei para o meu prato. O prato estava vazio. Mantive em silêncio. Ele suspirou, pegou nossos pratos e os colocou na pia.

– Você pode influenciar – argumentei.

Cauã encostou-se na pia e refletiu. Então, negou sorrindo, como se estivesse satisfeito ou insatisfeito com algo. Bom, na dúvida, posso categorizar como insatisfeito, naturalmente, com a nossa conversa.

– Lina está tentando convencê-la do contrário, acredite. Não vou me meter a não ser que seja necessário

– É necessário – eu disse.

Ele pegou em minha mão e saiu da cozinha em direção à varanda. Percebi que o assunto havia terminado quando ele me beijou e disse:

– Existe alguém lá fora querendo vê-la. Vou retornar a ligação de Mauro, ele já ligou cinco vezes. Vá logo, que depois você será inteiramente minha.

E, com isso, ele me deu outro beijo e seguiu para uma porta abaixo da escadaria. Por ainda não ter explorado a casa inteiramente, julguei que aquela porta era o seu escritório.

Segui o meu caminho para a varanda e escutei a voz suave:

– Precisamos conversar sobre o que aconteceu em Cape Cod, quando eu lhe energizei e você não se atentou à hora.

– Desculpe.

– Isso foi sério. Você quase se desmantelou. Cauã teve que levá-la à Amazônia para que Caaporã interrompesse o processo.

– Caaporã?

– Agora se chama Cláudio, entidade das Matas e Animais. – Lembrei-me. Cauã falou dele quando estávamos na praia. – Ele acabou aprendendo as grandes curas advindas das plantas e utiliza esse conhecimento como um médico para as entidades. Cauã teve que, então, enfrentar seus pais, a Cuca...

– Cuca? Ela é uma entidade? – Ri incrédula, lembrando-me dos contos infantis.

– Sim, assim como Sandro, que é o Saci. Ambas entidades. Ele inclusive esteve ao seu lado a todo momento. Joana, entidades gostam da infância e ingenuidade, isso porque é quando encontram os humanos mais vulneráveis. Elas também querem influenciar! Os contos infantis são utilizados para alertar e proteger, de uma forma sutil e fácil de elaborar. Cuca é uma entidade, uma feiticeira muito perigosa, responde por Carlota. Cauã, Cristiano, Gabriel e até Sandro correram muito risco ao terem ido à casa dela para negociar um antídoto para você. Por isso, nesse momento eu peço: me escute com atenção! Hoje tenho uma história para contar. Preciso prepará-la para o que acontecerá amanhã.

Sentei em uma poltrona, confortavelmente, para poder ouvir minha Lua.

– Certo dia, um índio foi pescar com o seu pai. Os dois estavam com fome e, após vasculhar nas águas, seu filho apontou uma arraia. Após uma rápida pontaria, seu pai lançou a flecha e pescou o animal. Muito eufóricos, pai e filho foram preparar o animal para comer. Seu pai enrolou o bicho em folhas de bananeira e colocou no fogo. Após muito pouco tempo, o menino, impaciente, indicou que o animal já estava pronto para comer. Seu pai negava. Após muita insistência do filho, o pai perdeu a paciência e, em fúria, abriu a folha de bananeira. Mesmo cru, mandou seu filho comer o alimento e voltou sozinho para a casa. Sozinho, esse indiozinho começou a gritar e a chorar. Subitamente, escutou os gritos explodindo na mata. Isso o aterrorizou e, sem saber o que fazer, agarrou um pé de jatobá e pediu para que ele o levasse. O pé de jatobá cresceu, cresceu. Quando o menino atingiu certa altura, as vozes o cercaram e passaram a se comunicar com ele, por meio de assovios. Ao nascer do dia, o pé de jatobá desceu, ele correu para a aldeia e contou a toda a tribo o que aprendera.

– Linda a história... Mas por que você contou isso?

– Porque você escutará esses assovios amanhã na reunião que Cauã liderará. É a forma de as entidades se comunicarem telepaticamente, mas preste atenção no que eles dizem.

– Como?

– Lembrando-se desse conto.

Ah, resmunguei internamente, confusa com o conto. Então voltei ao assunto que me atormentou momentos atrás.

– Cauã não quer interferir na escolha de Alcinoe. Você me ajuda a convencê-la a ficar conosco? – perguntei à Lua, mudando de assunto, ainda não acreditando no que Cauã falara, ou em sua posição de não interferir. Sim, eu estava sendo repetitiva, mas o tormento não martela nossa mente insistentemente?

Um movimento suave, como uma brisa quente, denunciou que Cauã havia se aproximado. Ele segurava, com uma das mãos, duas taças de vinho e, com a outra, a garrafa.

Ao vê-lo, sentei na poltrona um pouco culpada por ter reclamado dele para a Lua.

– Quero interferir, mas não acho que vai ajudar – ele disse e me deu uma taça de vinho.

– Já tentou? – perguntei, encarando-o rigidamente. – Não há justificativa para não tentar.

Ele suspirou, me encarou derrotado e disse:

– Se isso a faz sentir-se melhor, vou tentar.

Cauã sentou ao meu lado na poltrona e me aconcheguei no calor de seu corpo. Ele tomou seu vinho e deixou a taça em uma pequena mesa de ferro ao lado da poltrona.

– Fale sobre nossa condição.

Cauã riu.

– A nossa existência cronológica acompanha o calendário do sistema solar. Aparentamos ter próximo de trinta anos. Conforme o sistema solar se desenvolve, iremos aparentar ser mais velhos. Conforme amadurecemos, nossos poderes podem evoluir. – Cauã pausou, balançou sua cabeça e se corrigiu. – Bom, pelo menos é o que esperamos. Alguns fogem da evolução, especialmente as entidades relacionadas à destruição. Isso porque elas sentem uma dor inigualável. – Ele acariciou meu rosto e explicou: – Você seria banida porque Rodrigo foi ameaçado por outra entidade, de outro mundo. Essa entidade o convenceu que poderia impulsionar a sua evolução. O fato foi que ele negociou com essa entidade para deixá-lo em paz e ele a deu como moeda de troca.

– Por que uma entidade de outro mundo me aceitaria como moeda de troca?

– Boa pergunta, Joana. Não sabemos ainda. Estamos averiguando – Cauã comentou sério, se agitou e tomou um gole de vinho. – Primeiro, temos que descobrir qual foi o mundo que se comunicou pelo portal.

– Ou poderíamos oferecer Camilla em meu lugar.

– Não – Cauã respondeu com uma expressão alegre, notando minha brincadeira.

– Tenho a chave – constatei. – Não me incomodarei em mediar essa troca.

Cauã avançou, dando-me um beijo longo. Parou, olhou e disse sarcasticamente:

– Não funcionou...

– O quê? – Assustei-me e ele riu. Como era bom rir de algo que nos atormentava tanto há poucos dias.

Cauã continuou:

– Como não consigo apagá-la com um beijo, vou ter que me esforçar mais.

E, com isso, me pegou em seu colo e levou para nosso quarto.

34

VAMOS PARA GRÉCIA

RIO DE JANEIRO, SÁBADO, 23 DE ABRIL DE 1994

No escuro, escuto assovios e gritos. Consigo, aos poucos, enxergar pontos iluminados que parecem estrelas. Pareço vagar sem rumo em meio a um barulho infernal. Assustada, grito por Cauã mas só consigo ouvir assovios. Abraço minhas pernas em posição fetal. Aguardo, encolhida como uma criança perdida.

Os assovios se intensificam em um tom insuportável.

– Parem! – grito a plenos pulmões.

Para piorar meu desespero, o som aumenta, novamente o volume. Tampo meus ouvidos doloridos. Em meio ao tormento, lembro-me do menino preso na mata e do conto que a Lua havia narrado. Concluo que são vozes, uma forma de comunicação.

Fecho os olhos e escuto com bastante atenção. Então, gradativamente os assovios começam a tomar forma, palavras e, no final, consigo perceber uma conversa bastante calorosa, que dizia:

– Jaci! Estamos queremos Jaci! Ela tem a chave e precisa abrir o portal! – É voz de homem, tom de voz grosso e bastante imponente.

Saio da posição fetal em um salto. Minha vontade era de fugir, mas, se não sabia onde estava, para onde poderia fugir?

– Ela precisa abrir o portal para que possamos sair daqui! O mundo está morrendo! – Parece a voz de uma mulher idosa.

– Eu apoio a Jaci! – Reconheço a voz: Sandro. Sinto um alívio instantâneo ao pescar uma voz conhecida.

– Cale a boca, Saci! – A voz de mulher idosa repreendeu Sandro.

– Vamos ao que interessa. – A voz de Cauã cortou uma discussão desordenada.

Pude gozar de alguns segundos de silêncio.

Outra mulher com uma voz roca disse:

– Apenas pedimos para ela abrir o portal. O Guardião do Tempo está entre nós e vai acabar com este mundo.

Ouço Gabriel:

– Não acredito que uma única entidade, por mais poderosa que seja, consiga exterminar um sistema solar sem que haja um consenso de outras. Acreditem, nem a entidade primária tem esse poder. Sei que estão com medo e sentem-se desamparados diante do que escutaram. Mas, asseguro, eu o procurei e não achei qualquer sinal desse elemento do tempo.

– Eu o vi! – Sandro disse. Vozes ao redor murmuraram com surpresa, mas logo em seguida corrigiu a si mesmo. – Talvez, ou pode ter sido um sonho…

Houve xingamentos e tive vontade de rir.

– Gostaria da opinião de alguma entidade ligada a Tau – Cauã ordenou. – Alguém viu o Guardião do Tempo? Precisamos de evidências e uma pista de seu paradeiro. Alguém tem informações sobre o nome dessa entidade que domina o tempo?

Silêncio.

– As icamiabas e eu faremos uma busca, para acalmar os humores, apesar de Rudá já ter feito – Lina se manifestou.

– Mais ainda, precisamos saber qual mundo fez contato. Não acredito que foi um contato ocasional. Algo está acontecendo. – Reconheci a voz de Cristiano.

Uma voz masculina, estranha, com sotaque nativo, como se jamais tivesse saído da mata:

– Para que nos importarmos com outro sistema solar se os humanos já estão levando esse mundo ao colapso? Que se dane o Guardião do Tempo! Jamais entidades se esconderam por trás de uma falsa percepção de conforto! Tau! Se você estiver ouvindo, seu covarde, manifeste-se!

Cauã interveio:

– Caaporã, entendo a sua aflição. Divido a sua agonia. Estamos nos esforçando para mudar esse quadro.

Cauã havia falado com Cláudio. Jamais o conheci, mas ele proporcionou tempo para que todos encontrassem um antídoto. Decidi agradecer, mesmo notando a falta de coerência ao interromper a discussão, mas temendo não ter a mesma oportunidade, no futuro.

– Caaporã, obrigada por me ajudar – engasgo. Se não tivesse agradecido nesse momento…

– Fico feliz que você esteja bem – Cláudio respondeu, mas foi cortado por Sandro, que me saudou.

– Joana! Digo, Jaci está conosco! Conseguiu entender os gritos e assovios!

Quase morri de susto antes de perceber que participava de uma reunião telepática. Outro fator curioso é que todos chamam os demais pelos nomes das entidades, não pelos nomes que escolheram nesta vida. Um motivo evidente… Como vivem diversas vidas, escolhem diversos nomes, decidem chamar ao outro pelo nome de entidade para não confundir.

Quem sabe um dia eu entenderei como isso tudo funciona?

– Jaci! Egoísta! Abra o portal! – A voz de mulher idosa ficou mais agressiva e eu escutei assustada. – Onde está o poderoso Guardião do Tempo?!

Como se eu soubesse!

– Dá para perceber que Tau criou essa baboseira de Guardião do Tempo para nos atazanar novamente! – Cláudio reclamou. – Vamos focar no que realmente interessa?

– Não rastreei qualquer entidade nova neste mundo – interferiu Gabriel. – O que me leva a crer que, se houve uma entidade conosco, já tomou seu rumo. Mesmo assim, como Iacy mesma disse, ela e as icamiabas vão fazer uma busca.

A voz idosa passa a rir e comenta:

– Duas opções: Teju Jagua voltou doido e paranoico do portal ou Rudá perdeu seu toque!

Não está óbvio que é, de fato, a primeira opção? A voz rouca pelo tempo ri, sozinha. Ninguém se manifesta. Julgo, com a falta de sinergia dos presentes, que estão confusos.

– Se você não tiver algo de útil para contribuir, Cuca, não se manifeste. – Cauã disse, em um tom severo.

– Está com saudades de mim, meu foguete veloz vindo do Sol? – Essa voz ri e convida. – Venha me visitar novamente!

Cauã reage:

– Percebi que não temos mais nada de útil a contribuir nesse encontro, portanto encerro nossa reunião.

• • •

Abri os olhos.

Impressionada e distraída com o criativo sonho, não me interessei em recapitular sobre o dia anterior. Espreguicei-me, olhei em volta e constatei que estava sozinha no quarto. Bocejei enquanto meus pés encontravam o chão de madeira. Levantei e peguei um short e uma camisa. Ainda tinha que arrumar a mala e nem sequer havia começado. Nem ao menos sabia o que levar para a Grécia.

Bocejei novamente.

Saí do quarto e fui ao encontro de Cauã. Ele estava descendo do telhado na direção da casa e me abraçou.

– Gostei que você apareceu em nossa reunião – Cauã comentou.

– Não era sonho! – Exclamei as palavras pelo susto com os olhos arregalados. Está bem, nesse exato momento, acordei. Resmunguei: – Puta merda, vivo em um hospício a céu aberto!

Cauã riu e apontou a mesa farta de frutas, pães, frios e café:

– Tem café servido. Marina já deixou tudo pronto para você. Eu acabei tomando mais cedo, muito mais cedo.

Olhei no relógio de pulso no Cauã. Assustei-me com o horário. Havia dormido até dez e meia.

Sentei à mesa e notei Cauã curvar a cabeça, olhando em direção à porta. Logo em seguida, ele foi até lá e coletou um bilhete do chão. Ele parecia curioso com o bilhete. Leu atentamente e sua expressão se fechou. Imediatamente, amassou-o e colocou no bolso da calça.

– De quem é?

– Ainda não sei... Ele se diz "Guardião do Tempo" – respondeu. Seus olhos comunicaram palavras furiosas. – Pelo visto, o chamado "Guardião do Tempo" está ficando cada dia mais popular. Vou cuidar disso... – Rapidamente, ele se recuperou e disse: – Vamos... – Ele me apressou. – Lina e Gabriel devem estar chegando para irmos até o aeroporto. Vou correr um pouco e volto logo.

Cauã saiu de casa e me vi sozinha e curiosa com aquela carta. Imaginei que havia sido uma entidade utilizando-se dessa figura fictícia para pregar um trote ao Guaraci. Tomei meu primeiro gole de café. Saudei o estímulo traiçoeiro das batalhas silenciosas que travavam dentro de minha cabeça enquanto mordi a torrada com requeijão. As entidades estavam furiosas comigo. Eu precisava achar uma solução para essa intriga, e rápido.

Ouvi a porta da sala se abrir, e entraram Lina e Gabriel. Certo, eles tinham chave da casa.

– Olá. – Gabriel saudou.

– Oi! – Virei-me confortavelmente da cadeira. Lina parou e me encarou séria.

– Você acordou e desceu assim? Vestida desse jeito? E o seu orgulho?

Sorri e respondi:

– Mas não há nenhum mal nisso, estamos juntos e morando na mesma casa.

– Nem pensar! Você é linda demais, mas não pode relaxar! Amiga, você acabou de entrar aqui e já imediatamente lançou sua vaidade feminina pela janela! – Lina pegou a minha mão. – Venha comigo! – ela ordenou. – Já arrumou as malas?

– Acho que você está exagerando, amiga.

Busquei em Gabriel alguma intervenção e fui obrigada a testemunhá-lo avançar covardemente para a cozinha para se proteger de qualquer discussão.

Revirei os olhos, levantei, coloquei uma torrada na boca enquanto levei a xícara de café e segui minha amiga.

Entramos no quarto. Tomei meu banho e ela estava me aguardando com seu kit de maquiagem, secador e escovas. Ela perguntou:

– Escolheu a sua roupa?

Esse cuidado me fez lembrar e comparar a diferença no tratamento entre Lina e Camilla. A felicidade era tanta que saí do banheiro sorrindo e a abracei.

– Como é bom tê-la aqui comigo! – comentei.

– Eu também senti muito a sua falta, amiga. Muito mesmo. – Ela retribuiu o abraço e depois passou a mão pelos braços, enxugando-se.

– Quase enlouqueci quando Camilla me convenceu de que vocês não existiam – confessei.

Lina negou aos risos e apontou para o céu:

– Era só olhar a Lua e o Sol.

– Cauã recebeu um bilhete hoje pela manhã. Ele ficou furioso. Disse-me que o autor do bilhete se denominou o "Guardião do tempo" – comentei.

Ela elevou a testa.

– Sério? – e disse: – Não sei o que pensar sobre isso... Aliás, eu também recebi. No meu caso, o bilhete me deu a proximidade de seu paradeiro. Sem esse bilhete, confesso que não teria a achado. Espere! Guardei-o em minha carteira.

Lina pegou sua bolsa, retirou sua carteira e me entregou o bilhete que dizia:

"Prezadas,

O que vocês procuram está localizado em torno da região de Campinas.

Boa sorte."

– Imagino que não seja uma pessoa tão ruim... – Lina coçou a cabeça e respondeu: – Espero desvendar esse mistério. – Então ela levou a mão para seu colar, muito similar ao das outras icamiabas. Possivelmente seu muiraquitã.

Enquanto me vestia, refleti:

– As entidades querem sair deste mundo... Percebi que, por ter fechado o portal e não permitido que fugissem, me odeiam – afirmei um fato notável e evidente na reunião. Sim, eu estava buscando me achar nestes dias, pincelando informações. Talvez uma forma de elaborar e de me preparar. Abotoei o vestido e, ainda refletindo, disse: – Aprendi que não podemos privar pessoas de ir e vir... Cada um deve escolher por si próprio. Imagino que o que fiz, apesar de essencial, foi errado.

Lina suspirou.

– Talvez... Mas, se tivessem partido todas de uma vez, Ci ficaria confusa... Não consigo nem imaginar o desespero dos elementos abandonados por aqueles que os representam. Não consigo nem cogitar a fúria. Tudo entraria em colapso... Tudo. – Ela pausou. Me observou colocar um sapato. Automaticamente retirei a mala do armário: – Não esqueça de organizar as coisas de Cauã. – Observou sorrindo. Não consegui evitar de sorrir. Ela passou a me ajudar a empacotar as malas e continuou: – Confesso que me preocupa o fato de a chave estar sob seu poder sem que você saiba quem é. – Concordo com Lina. Mas, de que adiantava tal poder se eu não sabia usá-lo? – Como você dominou o portal rapidamente! Incrível, como o fechou! – Lina elogiou.

Alisei as mãos sobre a mala que continha meus pertences e os pertences de Cauã. Passei alguns segundos degustando-me daquele sentimento delicioso.

– Seu Cauã – Lina comentou.

– Sim – assenti, bastante afetada.

Lina pegou sua mala e anunciou:

– Vamos para a Grécia!

35
CAICA DE RUDÁ

Atenas, domingo, 24 de abril de 1994

– Por que a Grécia? – perguntei a Lina, assim que embarcamos no iate e nos sentamos em um banco confortável após intermináveis horas de viagem. Cauã e Gabriel colocaram nossas malas na embarcação enquanto discutiam sobre o momento certo de Cauã subir ao Sol, ou algo parecido. Felizmente, Lina respondeu e voltou a minha atenção ao momento:

– Grécia é um país impressionante, Joana. Lindo e complexo. Alcinoe pediu para o ritual ser aqui, pois é seu país natal.

Olhei aquela paisagem magnífica e aquele Sol magnânimo, lindo. Lina passou a contar que as icamiabas encontram-se em todos os lugares. Na China, Países Árabes, na Escandinávia, na Rússia, na África, nas Índias. Enquanto isso, eu tentava registrar essa paisagem e, ao mesmo tempo, prestar atenção no que Lina estava contando. Sentia o aroma do mar passando enquanto navegávamos em direção a uma paisagem paradisíaca, com um estabelecimento grandioso, branco, em cima de um penhasco alto. Lina contou que as icamiabas têm uma característica própria; além de serem totalmente livres, elas são peritas na arte de luta e no arco e flechas ou qualquer outra arma. Mas a lança é sua arma principal e pode se transformar com a necessidade. Contou que foi moldada por Mauro (Mairata) com a ajuda de Gabriel.

O rumo da conversa tomou outra forma, Lina se aproximou e evocou lembranças:

– Há muito tempo – Lina contou. Seu tom de voz era baixo, parecia cansada. Seus olhos estavam mareados e ela deitou a cabeça no banco –, você se envolveu com Cristiano. Claro que você não era, de fato, você. – Ela enfatizou a palavra "você". – Entenda que a sua essência renasce em um corpo diferente toda vez que volta para a vida humana. Então, quando se deitou com Cristiano, era Jaci, em um corpo de outra mulher. – Ela pausou. Olhou para cima, tentando fazer sentido às suas palavras. Tentei fazer o mesmo. – Está… Os humanos dizem que temos um espírito e que encarna em diversas vidas, diversos corpos. É exatamente isso. Temos a nossa essência e renascemos em diferentes corpos, mas carregamos nossas memórias intactas. – Ela apontou para mim e fez uma observação. – Na maioria das vezes.

Suspirei, frustrada com o que estava chegando à conclusão de que era uma espécie de invalidez. Lina prosseguiu:

– Bom, como disse, Cristiano, ou melhor, Uauiara, a havia encantado. No entanto, ele não sabia que você estava compromissada com Cauã. Quando soube, ele, sem saber o que fazer, sumiu nos mares. Você, envergonhada, se desmantelou. Assim que Cauã soube do ocorrido, ficou furioso e subiu aos céus com Gabriel ao lado. Fiquei na Terra junto a nosso amigo Cláudio, Mauro, Ieda (você os conhecerá em breve) e nos esforçamos para combater o caos que foi instalado. A Terra caía em uma ruína inimaginável. Foi então que encontrei um grupo de mulheres guerreiras.

Lina foi interrompida assim que a embarcação atracou. Cauã e Gabriel pegaram nossas malas e entregaram a três atendentes que aguardavam a nossa chegada. Cauã pegou minha mão e caminhamos pelo deque até a estrutura maravilhosa.

Perdi o ar ao ver o lobby do hotel. Havia quadros de mosaico com temas relacionados aos deuses gregos espalhados por uma parede que parecia brilhar. A luz solar penetrava em todo o ambiente. Era tão belo que não percebi que Cauã havia se distanciado e fazia o nosso *check-in* na recepção.

Peguei nos braços de Lina e a conduzi para a varanda. Sentamos em duas poltronas.

– Continue, Lina – pedi. Realmente, estava interessada na história.

Lina continuou:

– Como eu estava dizendo, a Guerra estava exterminando a vida na Terra e lutávamos. Então após um longo período de luta. – Lina riu. – E bote longo nisso! Encontrei um grupo de mulheres emancipadas, independentes, lutando com agilidade e apaixonadas. Esforçando-se para proteger suas filhas, anciãs e as aldeias que a rodeavam. Encantei-me com elas e passei a treiná-las. Ensinei tudo que eu sabia. Com a energia de Tupã, ganharam memória perene e envelhecem como nós. Ora vencidas, ora vencedoras, as icamiabas atravessaram séculos lutando bravamente e nos encantando com sua persistência, sua coragem de assumir diversas experiências.

Lina suspirou. Notei seus olhos brilharem de pura agonia, mas ela recuperou-se rapidamente e pegou sua bolsa assim que viu Gabriel vir em nossa direção. Levantei também. Ela comentou:

– Ocorreu o que já era de se esperar: várias pediram para voltar à condição de Entidade de Ci e perder a graça da memória perene. Alcinoe é minha amiga. Ela me ajuda a treinar as mais novas, até as antigas. Ela tem um incrível talento, é tudo menos uma icamiaba.

Passei as mãos nos braços da minha amiga para procurar confortá-la.

Lina prosseguiu.

– Ela é um mistério. Recebeu a energia de Tupã, portanto é considerada uma icamiaba, mas tem algo que a difere das demais.

Gabriel apareceu, sua mão pousou em torno da cintura de Lina e anunciou:

– Em duas horas nos reuniremos para jantar. Alcinoe e Cristiano estarão conosco – disse ele.

– Você quer dar uma volta, Cauã?

Essa agonia de Lina me deixou agitada.

– Não, Joana, pode ir. Gabriel, Mauro, Cristiano e eu temos que atender uma ligação de um parceiro local para discutir o projeto de energia solar.

Ele me deu um beijo suave, mas rápido, e tomou seu caminho. Fui até o quarto, tomei um banho, coloquei um vestido florido e segui meu rumo. Saí do hotel a caminho das matas. Passei a andar sem rumo, inebriada pelo aroma fresco e doce das flores e da mata. Conforme me aproximava do oceano, senti um gosto salgado e convidativo.

Um abismo à minha frente forçou-me a parar. Sentei em uma rocha para contemplar a grandiosa cena. Vi o mar e diversos barcos ao redor. Tomei a oportunidade para refletir sobre a chave e o portal.

Ao fechar o portal, impedi as entidades, aquelas que deveriam trabalhar conosco, de escolher. Fiz porque não confiei neles. Se tivessem nos dado escolha, quem sabe perderíamos alguns, mas não todos? Além do mais, quem somos nós para prender uma entidade na Terra? Vendo por esse prisma, entendi por que ficaram tão furiosos.

Não lhe dei opção. Essa percepção fez colidir a culpa, o arrependimento e a revolta como as ondas do mar à minha frente. Fechei os olhos por alguns segundos, sentindo somente a brisa do mar. Firmei os lábios e neguei, arrependida.

Passei as mãos pelas coxas.

– Oi, Joana…

Assustada, abruptamente, virei em direção do meu ombro e vi Priscila ao meu lado.

Não tive a oportunidade de conhecê-la, nem poderia, por ter adormecido. Cauã me contou sobre a transformação de Priscila quando o indaguei sobre o que levou a ex-icamiaba proteger Rodrigo. Então, minha curiosidade se cessou assim que senti o calor do corpo de Cauã sobre o meu. De fato, tive outros assuntos mais interessantes para tratar naquele momento.

Uma sombra perpassou o rosto emagrecido da mulher ao meu lado. Priscila estava irreconhecível.

– O que faz aqui? – perguntei sem mais tardar.

– Estou aqui para ver a cerimônia. Bom, de longe, já que as meninas ainda não querem me ver. E… Pedir minhas mais sinceras desculpas para você, porque levei algo que não poderia.

Mantive meu silêncio, sem saber o que perguntar ou falar.

Ela se espreguiçou. Não consegui deixar de notar seus pulsos magros. Era uma cena, no mínimo, triste. Ela continuou:

– Não é fácil se achar na caverna que Marcelo anda criando, sujeito paranoico e agitado. – Priscila riu, sozinha, enquanto eu a encarava sem saber definir o motivo de seu contato. – Estranhamente, trocamos os companheiros! Percebeu? Estou com Rodrigo e você com Cauã… Já tenho sete filhos… Não me sinto nem um pouco maternal… Nem aceita…

– Hum.

Talvez isso explique o seu estado. Não quis saber.

– Conte-me sobre seu filho de casaco longo.

– Luisón, entidade da morte e, estranhamente, não é perverso como os outros. Segue suas próprias regras. – Ela respirou e citou uma frase que possivelmente foi dita diversas vezes pelo seu filho, revirando os olhos. – Ele não mata, ele conduz.

– Como você e Rodrigo estão? – perguntei, agora estava com pena de ela ter acabado com um patife violento e cruel como Rodrigo. Não desejaria isso para uma amiga, nem filha, ou inimiga…

Priscila suspirou impaciente, elevando a sobrancelha.

– Temos nossas diferenças. Devo confessar. Mas ele é perfeito para mim… Veja bem, nunca senti-me atraída por heróis. Também nunca tive dom para bancar a donzela em perigo.

Pesquei a ironia. Firmei os lábios para não abrir minha opinião. Precisei reprimir minha vontade de esbofeteá-la diante de seu cinismo. Então, Priscila sacou de sua bolsa uma caixa de bronze. Reconheci como sendo a Caixa de Rudá, mas um pouco maior.

– Vim lhe devolver a caixa e, como disse antes, lhe pedir desculpas.

– O quê? – perguntei confusa ao ver finalmente diante de mim a caixa que Gabriel moldara naquele dia. Foi então que percebi que entreguei a caixa errada a Cauã em nossa primeira noite de amor. Ao fazer isso, ela piorou uma situação que já estava ruim. Durante essa transformação, recuei, mas não tão depressa para que pudesse pegar a caixa de Rudá das mãos de Priscila.

Meu silêncio falou mais que qualquer sermão.

– Deixe-me explicar – ela pediu.

Era impossível explicar. Pouco provável que eu enxergasse a situação em seu ponto de vista. A conversa se encaminhava para um terreno perigoso. O espaço entre nós, que já era grande, ficou maior.

– Não precisa – eu disse. O tom de minha voz demonstrava que seria insensato insistir com a conversa.

Priscila suspirou. Ela ajeitou seu casaco como se quisesse cobrir-se. Esconder os destroços do naufrágio que certamente fizeram sua vida.

Apertei a caixa em meu peito, lembrando-me de que quase desmantelei por causa dela. Essa agonia apertou meu coração. Ela pressionou seus lábios e explicou:

– Rodrigo pediu para eu trazer uma isca para você que a levaria até ele. Ele não me deu muitas pistas e acabei pegando isso, porque haviam acabado de se desfazer de tudo que você tinha.

Foi de tal modo inesperado. Fiquei um momento sem reação; depois, encrespei-me, senti o sangue fugir de minha cabeça enquanto a cólera me invadia.

Priscila continuou:

– Quando entreguei a caixa para Rodrigo, ele se enfureceu, foi extremamente cruel comigo. Muito mais cruel do que na ocasião da mata. Quando ele soube o que houve com você, após utilizar a caixa errada, ele me felicitou. – Ela retomou. – Quando soube que eu lhe dei o antídoto correto, após a sua recuperação, ele me bateu. Quase desmantelei.

Acho que ela falou isso para me apaziguar. Não conseguiu.

– O que a levou a me entregar o antídoto para o encanto?

– Meu filho, Luisón, soube que o encantamento tinha a essência dele como um dos ingredientes. Ele ficou injuriado. Fez o antídoto e me pediu para lhe entregar. Levou-me até lá e monitorou a entrega. – Priscila riu. – Francamente, não há como se opor ao que Luisón pede.

Correto, não se desafia uma entidade secundária tão diretamente relacionada à morte. Passei a mão nos cabelos realmente incomodada. Deveria ter ficado no hotel. Não importa. Na verdade, eu não estava interessada. Estava incomodada com a presença de Priscila.

– Você simplesmente aparecerá no ritual? – Mudei de assunto.

– Sim. – Ela deu de ombros. – Vou estar escondida. Não conte para ninguém.

Pausei e encarei os olhos sombrios e reflexivos de Priscila. Senti pena. Não havia qualquer resquício de raiva. Na verdade, não havia o que perdoar, ela não tinha feito nada de muito errado. Apenas pegou a caixa de Rudá sem saber sua verdadeira função. Mesmo assim, era difícil me sentir à vontade. Priscila buscava sua sombra enquanto eu buscava meu Sol.

Achamos. Para minha sorte e seu azar.

Então Priscila pediu:

– Preciso que você me ajude a provar a possível existência, ou não, do Poderoso Guardião do Tempo. Sei que Gabriel não o achou e, supostamente, eu não poderia questioná-lo. No entanto, Carlota espalhou, na reunião, que haveria duas possibilidades. Ou o Guardião do Tempo existia, ou Marcelo está louco. Meu filho se sentiu ofendido em público. Agora ele planeja acordar Ipupiara, uma Entidade odiosa, presa no mar há milênios, para provar a todos que o Guardião do Tempo está entre nós.

– Se Ipupiara está preso no mar há milênios, como ele pode ajudar?

– Há milênios, Marcelo foi banido da Terra no mesmo portal que Ipupiara entrou na Terra. Uiara logo o prendeu no mar e o mantém preso desde então. Bom, de vez em quando Ipupiara foge, mas é efetivamente capturado e assim a vida se segue. Marcelo quer ajudar Ipupiara fugir e o esconder de Uiara. Isso é muito ruim... Na minha opinião, Ipupiara consegue ser ainda mais odioso do que Rodrigo. É uma criatura perigosa que escraviza e se alimenta dos humanos... O problema é que Marcelo alega que não foi banido. Que ele ficou em outro mundo por meros segundos e foi empurrado para a terra nos dias atuais. Ele não quer ser questionado, então pede uma testemunha.

Ipupiara?

Por mais que minha emoção elevasse sua atenção pela curiosidade com o estranho nome, levei meu olhar para o mar, escondendo minha excitação. Precisaria de um tempo para confiar nela. Meu coração gritava para não me envolver nisso e controlar minha curiosidade.

Então sorri para ela. Levantei e segui para o hotel, sem me despedir ou manifestar.

• • •

– Joana? – Cauã perguntou assim que entrei no quarto. Ele estava no banheiro.

– Encontrei Priscila! Quem é Ipupiara?

Cauã terminou o banho e saiu para se enxugar. Seu corpo molhado, envolvido por uma toalha, me distraiu. Fiquei ali, analisando seu tronco. Quando consegui me atentar à situação, estremeci. Sem jeito, pedi:

– Cubra-se. Você está me distraindo.

Certo, precisava focar na comunicação. Não conseguia pensar direito quando estávamos em momentos íntimos. Isso tinha que ser controlado de alguma forma. Cauã, confuso, elevou a sobrancelha e apontou para a caixa de Rudá que estava em minha mão:

– Ela me devolveu a caixa nova que Gabriel havia feito. Pegou julgando que ela pudesse servir de isca para que eu fosse ao encontro de Rodrigo – respondi desnorteada, sem querer me estender no assunto com a imagem de Cauã à minha frente.

– Hum. Ela lhe falou sobre Ipupiara?

– Sim – concordei e me virei para a janela.

– O que ela falou? – O tom de voz rouco e imponente me atraía, mas mantive minha posição, segurando firme a caixa de Rudá, como se fosse uma âncora.

– Que seu filho, Marcelo, pode estar buscando Ipupiara para provar que não era louco. Ele alega que o Ipupiara também conheceu o Guardião do Tempo.

– Ipupiara é uma criatura do mar que foi presa por Uiara, mas que foge, de vez em quando. A cada fuga, ele cria iaras com o objetivo único de escravizá-las. Elas seduzem pessoas e as levam para Ipupiara se alimentar.

Abri a janela para entrar um pouco de ar e, já fervendo, sabia que perderia o fio da conversa para outras atividades bem mais sensuais. Meu corpo tremia com a proximidade de Cauã:

– Agora não utilizaremos essa caixa. – Então fechei os olhos assim que ele acariciou meus braços já com seu corpo quente perigosamente atrás do meu. Seus lábios estavam trêmulos, e então meu corpo todo pareceu amolecer gostosamente quando, para minha surpresa, ele cheirou meu pescoço.

– Acho que jamais vou me recuperar da saudade de você – ele sussurrou. – Vamos mudar de assunto?

Foi então que ele me virou para si e senti sua toalha cair no chão acidentalmente. Passaram-se somente dias desde quando foi retirado o encantamento. Fomos finalmente liberados para nos amar sem restrições. Confesso que jamais sentira que meu corpo seria capaz de explodir de prazer, apesar da pequena confusão minha em definir o prazer achando que estava me desmantelando, até porque jamais havia sentido algo parecido. Por isso, me acendi ao encontrar Cauã acariciando meu rosto com a promessa de me dominar em breve. Depois de incontáveis momentos, nesses dias, que meu corpo esteve com o dele experimentando maravilhosas sensações, propiciados por nosso amor vivo, eu não precisava de muito mais que um olhar para me acender e sentir-me umedecer.

Cauã beijou carinhosamente meus lábios e disse:

– Vou tentar uma coisa com você.

Meu coração perdeu o compasso; depois acelerou. Curvei minha cabeça para lhe dar mais acesso enquanto Cauã beijava meu pescoço e caminhava pelos meus ombros.

As forças de meu corpo pareceram sucumbir. Meu corpo só queria o dele, consumir-se, acabar-se se assim fosse junto ao dele.

Então ele interrompeu seus beijos como se estivesse iniciando uma sessão de tortura e pediu:

– Preciso que você me diga se sentir seu corpo queimar. – Ri encabulada. Meu corpo já queimava! Cauã colocou as mãos em meu rosto, me olhou sério e falou: – Estou falando sério, Joana. Preste atenção. Existe uma diferença nítida entre se sentir excitada e queimar ao ponto de carbonizar seus tecidos. Vou fazer algo de que você gostava muito e, obviamente, não se lembra. Mas pode ser perigoso se você não me avisar quando sentir queimar.

– Sim.

Queria ser invadida, conquistada e já sentia meu coração bater desenfreadamente só de imaginar.

– Tire seu vestido. – Meus joelhos tremiam, as pernas estavam pobres de força. Mas o desejo era vasto, faminto e enorme. Ele suspirou em meu ouvido. – Vou queimar o vestido.

Minha razão esmaeceu. Inconsciente, como se estivesse sendo movida por um transe incomum, me aproximei mais uma vez, passei as mãos pelos seus braços fortes e caminhei com as pontas dos dedos até sua ereção firme como uma pedra. Cauã suspirou. Ele me desejava tanto quanto eu a ele. Sabia que ele se controlava para não me invadir imediatamente. Então sussurrei em seu ouvido, já caminhando meus dedos em torno de sua ereção e virilha:

– Queime.

Não precisei dizer mais nada. Beijamo-nos intensamente e Cauã me abraçava, pressionando seu peitoral quente sobre meu seio, que parecia inchar ainda mais com essa sensação maravilhosa. Ele me largou e tornou a ora beijar, ora sugar, ora assoprar meu pescoço. Logo, um aroma de queimado se misturou ao calor. Não me importei. Olhei para cima sem reação à sensação de um calor que parecia sair de sua boca e penetrar em minha pele, explodindo cada célula diante da divina sensação. Umas sequências de choques maravilhosos atravessaram meu corpo como correntes de fogo. O prazer passou a governar cada célula de meu corpo e uma necessidade dolorosa e desesperada me empurrava para além da decência. Ele explorava meu corpo com sua língua, mas sugava uma luz azul de meu corpo que me deixava louca de prazer. A sensação era de orgasmos em locais específicos que começavam em meu pescoço e, conforme ele descia e caminhava para baixo, gradativamente, aumentava a sensação ao unir-se ao próximo em uma explosão sem fim. Senti meu vestido deslizar de meu corpo e o cheiro de tecido queimado. Olhei para o chão e constatei que ele, de fato, carbonizara o vestido. Sim, sentia minha pele queimar e cicatrizar imediatamente. No entanto, era uma sensação de puro prazer. Então fechei os olhos ao sentir seus lábios envolvendo o bico de meu seio. A sensação já parecia intensa demais e gemi, curvando-me para a frente. Cravei meus dedos nas costas de Cauã, já sentindo a tontura que passei a conhecer bem depois que comecei a fazer amor com ele. Ela precedia o orgasmo. Inexoravelmente eu cairia. Meus pés já formigavam e minhas pernas tremiam. Cauã me levantou e me sentou na ponta da cama. Ele estava em pé à frente e perguntou:

– Posso continuar?

– Pode – respondi esbaforida.

O rosto dele estava tomado pelo desejo. Estávamos em uma febre caótica que obliterava o tempo. Cauã ajoelhou-se à minha frente e abriu minhas pernas. Nisso continuou seu percurso com a boca explodindo cada centímetro, agora iniciando pelo meu umbigo. Eu estava certa de que não poderia ficar mais excitada do que já estava, mas cada novo toque intensificava a sensação. A sensação foi ficando mais intensa e fabulosa quando seus lábios chegaram à minha virilha. Então, ele ordenou:

– Relaxe, Joana.

Arregalei os olhos e abri a boca ao sentir seu calor invadir minha intimidade. Não consegui controlar o volume de minha voz e gritei ao sentir meu corpo inteiro entrar em combustão.

36
NAUFRÁGIO

ATENAS, DOMINGO, 24 DE ABRIL DE 1994

– Joana?

– Hum? – Abri os olhos. Demorei alguns segundos para me localizar.

Ao notar o quarto de hotel e Cauã, deitado a meu lado, estranhamente vestido, cheguei a duvidar da experiência de orgasmo que parecia não ter fim momentos antes. Sorri encabulada com meus pensamentos impuros e sentei. Estava nua. Foi então que vi, boquiaberta, parte dos lençóis da cama, parte do colchão e meu vestido literalmente carbonizados como se tivéssemos acendido uma fogueira no meio do quarto. Cauã perguntou:

– Você está bem?

Abri a boca e a fechei algumas vezes. O telefone do quarto tocou e Cauã atendeu. Falou rapidamente com outra pessoa no telefone em uma língua que não reconheci e desligou.

– Vão trocar o colchão. Obviamente, pedi para cobrarem – Cauã passou a mão em seus cabelos e reclamou. – Não sei onde estava com a cabeça. É claro que não podemos fazer isso em cima de um colchão.

Levantei confusa, e Cauã me segurou quando achei que perderia a estabilidade.

– Você está bem? – ele repetiu.

Claro que estava! Nossa, era como se meu corpo ainda estivesse em um transe maravilhoso e estivesse levitando pelas nuvens.

– Faz de novo?

Ele deu uma gargalhada maravilhosa, foi até o armário e sacou um vestido curto de seda creme.

– Sugestão – ele propôs e pegou o colar de esmeraldas no cofre do armário. – Vista-se. Já estamos atrasados.

Aceitei a sugestão. Entrei no banheiro, levando a roupa. Recompus-me e me arrumei enquanto ele me aguardava. Em seguida, Cauã ajoelhou-se e, enquanto acariciava meus pés, colocou a bela sandália neles. Seus dedos massageavam meus pés com suavidade. Um carinho sem precedentes, sem aviso. Munido de puro sentimento, de amor, um amor divino que sobrepõe palavras.

– Eu o amo – eu disse.

Ele sorriu e seus olhos brilharam. Era estranho ver como eu o afetava e subitamente me vi perguntando como ele sobreviveu, como ele existiu estes quinhentos anos. Aliás, como nós dois existimos tanto tempo longe um do outro.

Sem responder, ou dizer qualquer palavra, ele levantou, estendeu a mão. Peguei-a e ele disse que me amava também, encarando-me.

profundamente.

Ele abriu a porta do quarto e continuou:

– Vamos, antes que eu me arrependa, a arremesse naquela cama e queime o resto do quarto.

Chegamos ao restaurante do hotel. O restaurante era ao ar livre e tinha uma vista deslumbrante do mar, já que estava posicionado no alto de uma colina e o mar batia logo abaixo do restaurante. Uma boa pedida para quem viajou o dia inteiro e que teria um dia cheio planejado para o dia seguinte.

Gabriel e Lina já haviam pedido um petisco com vinho enquanto aguardavam. Eles estavam sozinhos. Cauã e eu havíamos chegado com meia hora de atraso, mas não havia nenhum sinal de Cristiano e Alcinoe.

– Onde estão Cristiano e Alcinoe? – perguntei.

– Deveriam já estar aqui – reclamou Lina.

– Dê um tempo para eles – Gabriel interveio. – Diante do que ocorrerá amanhã com Alcinoe, eles devem se curtir muito nesta noite e no dia de amanhã.

Meu coração se apertou novamente.

Decidimos então pedir outro vinho e aguardar a possibilidade de ambos aparecerem. O restaurante estava bem animado e tocava música ao vivo. Porém, somente nos animamos quando vimos Alcinoe e Cristiano entrarem no restaurante. Ambos bastante animados.

– Será que Cristiano convenceu Alcinoe a mudar de ideia? – perguntei a Lina, e ela respondeu esperançosa.

– Eu não duvidaria. Ele é bastante persuasivo.

Foi então que, com a mera perspectiva de que Alcinoe pudesse ter mudado de ideia, passamos a nos animar. Nenhum de nós perguntou diretamente a Alcinoe, mas isso estava implícito na alegria dos dois.

Cristiano e Alcinoe nem se sentaram à mesa. Cumprimentamo-nos, ela deixou a bolsa e acompanhou Cristiano em uma dança.

Eles dançavam felizes e carinhosos. Quem não conhecia os dois mais intimamente diria que estavam em lua de mel. Era um casal realmente muito bonito.

Cauã pegou minha mão e me conduziu à pista de dança. Seria difícil competir com Alcinoe e Cristiano.

Pelo menos, motivamos outros clientes a também irem à pista de dança.

– Será que Alcinoe mudou de ideia? – perguntei a Cauã e ele respondeu.

– Duvido. Como você pediu, falei com ela hoje, mas Alcinoe está convencida e não quis ouvir qualquer argumento.

– Mas por que motivo os dois dançam como se estivessem comemorando algo? Como se estivessem completamente apaixonados?

– Porque estão apaixonados. Mesmo se Alcinoe não tivesse mudado de ideia, o que eu sinceramente acredito, Cristiano sabe como disfarçar bem seus sentimentos.

– E Alcinoe? – questionei.

– Pelo que percebi, e pelo que ela me contou, Alcinoe está feliz com sua decisão.

Dessa vez eu não ia recuar e olhei Cauã, fixando nele meus olhos. Cauã me deu um beijo longo no meio da pista de dança. Já imaginei que ele queria mudar de assunto.

– Não vou dormir, não adianta – reclamei.

Cauã soltou uma linda gargalhada.

De repente, ouvimos gritos de alguns clientes apontando para a água. A música ao vivo parou. Corremos para ver o que estava acontecendo. Era uma cena horrível, um barco estava pegando fogo e havia pessoas na água em alto-mar. O barco estava longe demais para que as pessoas pudessem nadar com segurança, e as ondas, ferozes demais para deixá-las alcançar a margem sem sentir antes os efeitos da hipotermia.

– Não, Cristiano! – Escutei o grito de Alcinoe por trás. Virei-me e meu queixo caiu ao notar que Cristiano corria em direção ao abismo, já presumindo a sua intenção.

Sem olhar para os lados, Cristiano deu um impulso e saltou em queda livre para o abismo, mergulhando no oceano. A queda era longa, imagino que uns vinte metros de altura. Não houve um cliente que não visse a cena. Todos ficaram perplexos com a visão do barco e, agora, com o salto heroico de Cristiano.

Estávamos paralisados no alto da colina, vendo se Cristiano havia mergulhado bem nas águas quando Alcinoe nos alcançou.

– Cristiano não pensa! – Ela estava furiosa. – Ele acha que pode se mostrar assim para os humanos!

A noite transformou-se em um inesperado inferno. Os ventos, irados, mudaram de rota, anunciando uma terrível tempestade.

– Vamos dar cobertura para ele. – Gabriel dirigiu-se a Cauã. – Tem uma lancha ancorada na praia. Vamos remar até lá, dar cobertura e ajudar.

– Cristiano já não está lá? – perguntei.

Lina respondeu. Ela estava furiosa também.

– Ele salva quem ele quer! Na maioria, ele salva somente as mulheres...

Lina e Gabriel foram ao encontro dos homens em alto-mar. Eu já podia ver as mulheres sendo empurradas para a costa. Nisso, Cauã, Alcinoe, eu e outros clientes nos juntamos para pegá-las conforme apareciam na costa. Cauã discretamente colocava a mão iluminada sobre algumas pessoas que apresentavam sério estado de hipotermia.

– Tem mais gente! – Escutei a Lua alertar. – Há crianças.

– Tem crianças! – alertei aos berros o Gabriel e a Lina.

Com a comoção, Adriana, Amanda e Paula apareceram. Nesse momento, quase todo o hotel estava observando a cena; espectadores do desastre.

Adriana começou a atender as mulheres na costa, imediatamente. Paula e Amanda a auxiliavam. Gabriel e Lina chegaram com a canoa cheia de homens e algumas crianças. Olhei para a Lua.

– Tem mais?

– Ainda tem gente na água. Não pegaram todo mundo!

– Voltem! – ordenei. – Ainda tem gente na água!

Gabriel retornou ao alto-mar. Lina ficou.

Subitamente, vi uma mulher se recuperando, levantou-se confusa. Então, passou a gritar assim que viu Cristiano surgir da água. Ela gritava em uma língua que eu não conhecia. Perguntei a Lina o que ela havia falado. Ela respondeu:

– O filho dela está perdido no mar.

Olhei para Cristiano e o vi retornar imediatamente para alto-mar. Cheguei próximo a ela para acalmá-la:

– Cristiano salvará a criança – disse.

Coloquei a mão nos ombros da mulher. Sentamos na areia. Cega pelo desespero, a mulher cravou os dedos em meus braços e desmoronou em prantos.

Alcinoe sentou ao nosso lado. Negou, incapaz de controlar sua raiva.

– Cristiano vai salvar o menino... Tenho certeza – ela assegurou. Disse para a mulher em grego. Não consegui entender. Foi algo que confortou a moça, um pouco. Então Alcinoe engoliu em seco e comentou: – O que essa moça não sabe é que ele fará isso porque encontrou os olhos dela. – E soltou alguns impropérios. – Justo hoje...

Cerrei os lábios para não falar algo impróprio, mas a minha vontade era de chacoalhar Alcinoe e tentar fazê-la ver o ato heroico de seu amado. Ela continuou: – Além do mais, como ele vai achar a criança em alto-mar sem ser percebido? Ele terá que iluminar todo o ambiente com a palma da mão. Imagine uma luz iluminando o mar como uma tocha submersa! Como explicaremos isso?

A mulher disse algo para Alcinoe.

Engolindo sua fúria, ela falou em grego algo que apaziguou a mulher outra vez. Então notei uma movimentação ao redor.

Pessoas apontavam a uma luz, movimentando freneticamente, com uma velocidade incomum, no meio do oceano.

Alcinoe tinha razão, em parte, apesar de não ser justificável sua fúria. A luz caminhava como se fosse uma lanterna desgovernada. Parei para observar a luz e o que as pessoas conseguiam ver.

Enquanto isso, a mãe se contorcia de desespero. Foi a vez de Lina a abraçar, procurando conter seu pânico e buscando evitar outro incidente.

A luz se apagou e concluí.

Cristiano achou a criança.

Foi precisamente o que aconteceu. Cristiano apareceu saindo do mar com a criança em seu colo, desmaiada.

– Agora, sim, não há mais pessoas perdidas no mar. – Ouvi a Lua e informei Gabriel. Minha voz soou como um suspiro pelo alívio.

A mulher gritou e foi ao encontro de seu filho. A criança estava desfalecida e provavelmente desmaiada pela hipotermia e por afogamento. Como essa criança já estava desaparecida há alguns minutos, seria improvável revivê-la. A mãe passou a ajoelhar-se ao perceber o estado em que seu filho chegou e gritava com a sua dor. Lina correu a seu encontro e a acalmava, falando baixo para a mulher. Esta agarrou-se nos braços de Lina e chorava em puro desespero.

Cristiano levou a criança para dentro da mata. Cauã, Adriana e eu fomos logo atrás. Eu não conseguia fazer mais nada. Adriana passou a reanimar a criança, enquanto Cauã esquentava seu corpo gradativamente com a palma das mãos.

A criança passou a engasgar-se e expelir a água do mar dos pulmões. Vibrei.

Cauã trouxe a criança de volta em seu colo para a mãe. A criança chorava pelo susto e Adriana sorria em saber que essa criança estava chorando. Afinal, para o estado em que se encontrou a criança, o choro era ótimo prognóstico.

Somente agora vimos as ambulâncias e os paramédicos finalmente chegarem ao local.

A mulher tomou o filho, beijando cada centímetro de seu rosto. Logo em seguida foi ao encontro de Cristiano e lhe deu um abraço. Sem jeito, Cristiano assentiu e gesticulou exageradamente. Falavam em uma língua que não entendi, mas foi nítido que ele queria sair dali, urgentemente. A moça segurou o rosto dele entre as duas mãos e o obrigou a encontrar o seu olhar. Ela disse algo, chorava e sorria; comovida. Provavelmente agradecia pelo ato heroico que salvou seu filho. No entanto, ao encontrar os olhos de Cristiano, algo mudou. A expressão corporal de ambos mudou, como se tivessem encontrado um tesouro inesperado.

– Alcinoe estava errada. Ele não havia encontrado os olhos da moça, até agora. – Murmurei em um tom de voz baixo para ninguém escutar.

Cristiano sorriu, lambeu os lábios e disse algo que fez a moça enrubescer. A mulher sorriu. Logo em seguida, ele pegou o menino no colo e o carregou até uma ambulância.

– Aonde você vai? – Alcinoe perguntou a Cristiano. Fiquei lá, petrificada, observando a perturbadora crise amorosa se instalar.

Ele e a mulher viraram-se para Alcinoe, ambos sorrindo, e Cristiano respondeu:

– Você sabe que sempre volto.

• • •

Assim que vi Alcinoe subir com Lina, fui logo atrás, meio curiosa, meio atormentada com a reação estranha de Alcinoe. Encontrei ambas no quarto de Alcinoe. Ela chorava inconformada enquanto Lina encostava-se na parede, notoriamente irritada.

Alcinoe pegou minha mão, dizendo:

– Agora você entende por que quero partir?

– Não, amiga. – Tive de ser sincera. – Cristiano salvou pessoas, crianças. Certamente você deve dar crédito a ele.

– Joana está certa. – Lina me deu um suporte. – Apesar do resto...

– Não consigo controlar! Estou ficando louca – ela confessou, negando freneticamente com a cabeça. Engasgou. – Dr... Droga! Ele salvou vidas, vocês estão certas. Mesmo assim, não consigo controlar essa raiva de ser obrigada a dividi-lo com outros! Não se pode viver assim, amando uma pessoa que é diariamente enfeitiçada por outras.

Alcinoe soluçava, envolvido por uma cólera profunda. Ela não conseguia abaixar o tom de voz, já que sua dor era tanta. Ela gritava sem querer e soluçava com o seu choro. Lina a abraçava e mantinha-se quieta, deixando a amiga soltar a sua dor.

– Joana, tentei me manter indiferente diante desse jeito de ser de Cristiano. Até porque não posso me comprometer com alguém, não é? – Mantive-me quieta, escutando Alcinoe. Ela continuou: – Sou humana e amo como os humanos, isso não posso evitar. Amo desesperadamente Cristiano e investi nele com a esperança de que ele pudesse ser meu um dia. Só meu! – Foi então que seu choro ficou mais forte. – Nem em nossa última noite juntos ele deixou de me lembrar que eu não sou a única em sua vida, de que não sou especial. Ele acabou de me dizer o nosso código.

Lina sussurrou:

– Que ele sempre voltaria...

– O que isso significa?!

– Ele está ao lado da outra mulher e só voltará quando sentir que o seu feitiço foi satisfeito! – Lina explicou.

– Eu o odeio! – Alcinoe berrou.

– Isso não faz sentido! A mulher que ele acompanhou é a mãe daquele menino que quase morreu! Ela ficará ao lado do menino, naturalmente!

– Ela vai ter alguns minutos para agradecer Cristiano. Não vai? – A voz de Alcinoe era sombria, arrastada. Não conseguia acreditar, mas mantive-me quieta. Não iria argumentar com uma mulher tão amargurada que não conseguia ver nenhum gesto belo por detrás de seus ciúmes. Alcinoe se desfez em lágrimas. Após alguns amargurados minutos, ela continuou: – Por isso, quero partir. Não aguento mais esta vida prolongada! Essa prisão cheia de liberdade! Amar um homem que não hesita em me informar quando e com quem me trai.

Francamente, mesmo após Cauã dizer que não conseguiu convencê-la, eu estava certa de que Cristiano havia feito Alcinoe mudar de ideia. Repentinamente, encontrei o olhar confuso e transtornado de Lina. Ela também levou um susto. Ela também achava que Alcinoe havia mudado de ideia.

Sua voz era quase um sussurro.

Como ele poderia ter aparecido no restaurante tão feliz e animado se Alcinoe não havia mudado de ideia? Como ele poderia ser tão frio a ponto de largá-la assim?

Subitamente, aquela admiração de vê-lo salvar a criança se transformou em desalento.

– Hoje não! – Alcinoe gritava de dor.

– Por que você escolheu receber de volta a sua mortalidade? – Minha pergunta soou como uma revolta.

Alcinoe me encarou firmemente. Limpou as lágrimas de seus olhos. Sua face estava desfigurada de amargura.

– Quando se tem a eternidade pela frente, deixa-se de valorizar o presente. Quanto tempo perdi esperando Cristiano mudar e aguardando a chance de viver ao seu lado. Prefiro a morte a viver esta contaminação... – Ela soluçou e reformulou. – Essa paixão que me mata diariamente!

Lina interviu:

– Mas você não precisa...

– Chega! – Alcinoe ordenou. – Já basta o que tive de ouvir de Cauã! Minha decisão está feita!

Confesso que Cristiano entrou no quarto em um momento perigoso. Cauã e Gabriel estavam logo atrás.

Alcinoe perguntou:

– Satisfez o seu desejo?

– Rapidamente. Eu lhe disse que voltaria – Cristiano simplesmente respondeu.

Meu queixo caiu com a resposta fria e prática de Cristiano. Custei a acreditar que ele pudesse ser tão cretino. Com esse gesto, toda a magia do ato heroico se desfez com sua basbaquice.

Subitamente vi Alcinoe levantar-se e, apesar de seu rosto aparentar inchaço pelo choro, ajeitou sua postura e ordenou a Cristiano com uma voz firme e controlada:

– Saia desse quarto, saia da minha frente, saia da vida que ainda me resta!

Friamente, Cristiano virou-se e obedeceu. Francamente, se fosse Alcinoe, ia voar para cima dele, chamá-lo para a briga, sem mais tardar. No entanto, considerando que ela seria intoxicada pelo sentimento de paz emitido pelo cafajeste, não ia adiantar muito. Talvez tocá-lo não fosse boa ideia, nem olhar em seus olhos.

Alcinoe levantou-se como uma fera faminta e foi de encontro a Cristiano para um combate direto. Gabriel e Cauã seguraram Alcinoe no ar. Houve estrondos de barulho ao redor. Com a força das pernas de Alcinoe, ela fez buracos nas paredes, destroçou móveis e arruinou a decoração do quarto.

Gabriel e Cauã, no esforço de conter a fúria descontrolada da icamiaba descontada dos móveis, a levou ao corredor.

– Você sabe que eu não tive escolha, que é maior que eu. Que eu não tenho escolha. Quantas vezes conversamos sobre isso? – Cristiano comentou, com as duas mãos dadas atrás das costas e com o tom de voz isento de qualquer tormenta.

A calma de Cristiano me desconcertou.

Alcinoe se debatia, desesperadamente, enquanto berrava:

– Isso! Esconda-se por detrás de sua essência libertina! Nessa falsa percepção de modernidade e liberdade que apenas o levou a submeter-se da mesma forma! Você sabe tanto quanto eu que essa tal liberdade pela qual tanto estima é fantasia estigmatizada, é um mero personagem de ficção!

Cristiano tencionou sua mandíbula. Essas palavras o afetaram, pois feriam a sua essência. Uma mulher, mesmo guerreira, quando machucada, tende a usar as palavras para esfaquear da pior maneira. Mesmo assim, ele se manteve firme e controlado:

– Essa ficção, à qual se refere, não é tão real como esse ciúme doentio? Esse sentimento, impalpável, não move suas pernas, seus braços? Não é, por esse sentimento, que você está destruindo parte do andar? Esse estado é tão impalpável, tão fantasioso, como a minha essência. Mesmo assim, ele não a impulsiona a tomar uma escolha tão drástica? – ele respondeu com um tom de voz rígido.

Cauã e Gabriel estavam com uma dificuldade enorme de manter Alcinoe parada. Cada um segurava um braço, mas Alcinoe era forte demais. Alcinoe tornou a gritar.

– Era nossa última noite juntos! Você não tem respeito por se deitar com outra mulher! Você não é homem! Você é uma criança! Um moleque! Vou perder o dom de uma icamiaba! Poderei morrer!

– Você *escolheu* voltar à sua condição humana amanhã, consciente de que poderá morrer! – Cristiano enfatizou a palavra "escolheu", e a repetiu aos berros. – Escolheu! – E prosseguiu, entredentes. – Não fale de respeito! *Eu* a estou respeitando! – Ele enfatizou a palavra "eu" com o dedo indicador apontando para seu peitoral.

Alcinoe passou a debater-se enquanto Gabriel e Cauã a seguravam. Ela era forte demais.

Gabriel alertou Cristiano:

– Cale a boca e vá embora, Cristiano, não conseguiremos segurá-la por muito tempo! – E pediu: – Alcinoe, acalme-se!

Alcinoe saltava e, com o reflexo de suas pernas, quebrou parte da parede em volta.

– Solte-a – Cristiano ordenou. – Ela se acalmará assim que me tocar.

Lina virou as costas e entrou em um dos quartos, provavelmente para não entrar em combate direto com Cristiano. Confesso que, se eu tivesse metade da força de Lina, eu estaria dando o primeiro soco.

Meu estômago revirava de náuseas pelo desespero de Alcinoe e pela decepção. Cristiano apenas observava e aguardava como um guarda bem treinado, prestes a enfrentar a fúria de uma multidão.

Cauã e Gabriel hesitaram, mas Alcinoe era forte demais. Eventualmente, ela se soltou e foi de encontro a Cristiano, dando-lhe imediatamente um tapa na cara. Seu tapa gerou um barulho estrondoso de trovão.

Então ela riu, respirou profundamente, como se precisasse de oxigênio para prosseguir, e fixou seus olhos nos de seu amado:

– Consegue ver? Seus olhos não me manipulam mais... Além do mais, para que vale uma vida prolongada quando se admite a impossibilidade de mudar ou amadurecer? – Ela apontou para o mesmo lugar que Cristiano tinha apontado, para o peito dele, quando este falou de si mesmo. Comentou, em um tom sarcástico e profundamente triste: – Quando eu morrer, se, de fato, puder voltar a viver novamente e você me encontrar na rua, por um triste acaso, vire as costas e não vá a meu encontro.

Com isso, Alcinoe entrou no quarto chorando e eu não tive dúvidas. Mesmo não olhando nos olhos de Cristiano, aproximei-me dele. Engasgada, segurando minhas lágrimas, perguntei:

– Como você pode ser tão gentil, sensível, amável, herói e ao mesmo tempo ser frio e cruel? Por que se deitou com outra?

Cristiano então respondeu:

– Não me culpe por uma escolha que ela fez, sozinha. Além do mais, quem deveria estar puta era Kayla, já que resumi a nossa noite em meia hora.

Cristiano seguiu Alcinoe. Entramos logo atrás para evitar outro confronto. Ele foi rápido. Pegou nos ombros de Alcinoe, ela tentou reagir, mas ele colocou a palma de sua mão nos olhos dela, apagando-a imediatamente. Ele não demonstrava emoção, remorso ou raiva. Era um poço vazio.

Feito isso, Cristiano virou-se em nossa direção. A dor em seu rosto se tornou evidente. Seus olhos mareados, seu lábio cerrado, sua mandíbula tensa. Então Cristiano anunciou:

– Vou embora. Só vai piorar se eu ficar por aqui.

• • •

– Não toque em mim! – gritei com Cauã, assim que vi sua mão envolver minha cintura na cama, agora com o novo colchão. – Não ouse tocar em mim esta noite!

– Greve? – ele perguntou sem se dar conta de como suas palavras poderiam ser interpretadas.

– Você apoiou seu amigo? Por quê? Alcinoe estava sofrendo! – rosnei.

Cauã sentou na cama com uma expressão típica de impaciência. Coçou seus cabelos, caminhou até o frigobar, pegou uma água e tomou um gole. Cansado, disse:

– Meu amor, quem disse que eu estava tomando algum lado?

– Não foi óbvio? – respondi.

– Agora me diga: quem está certo ou errado? De certo, Alcinoe estava sofrendo, mas, se não fosse Cristiano, sem sua atitude impulsiva, não iríamos interferir, muitas pessoas teriam morrido hoje. Gabriel e eu não teríamos o impulso de nos jogarmos na água. Se não fosse ele, a criança teria morrido. Além disso, não somos entidades de água e, portanto, não conseguiríamos submergir por tanto tempo para buscar a criança. – Então, Cauã se aproximou, dizendo. – Não há como negar. Cristiano foi herói hoje, apesar de Alcinoe ter reagido dessa maneira.

– E a dor de Alcinoe? – perguntei.

– Ela optou por se relacionar com ele. Além disso, Cristiano jamais mentiu sobre sua condição libertina. – Cauã respondeu. Arregalei os olhos assassinos para o condenado.

Ele sorriu e colocou as mãos em minha cintura. Fechei a cara, varri sua mão, me virei na cama e fechei os olhos.

– O quê? – Cauã perguntou. – Está melhor? Posso tocar em você?

– Boa noite, Cauã – respondi.

– Mas...

– Boa noite, Cauã! – respondi, com um tom mais elevado.

Ele entendeu o recado.

37
INTENÇÕES

Atenas, segunda-feira, 25 de abril de 1994

Incrível como homem, até mesmo uma entidade munida da energia do Sol, consegue dormir rápido.

Ao contrário de Cauã, à noite é quando tenho acumuladas todas as minhas energias. Com isso, não poderia dar outra coisa. Depois dos eventos dramáticos da noite, virei-me, revirei-me, olhei para Cauã dormindo e invejei sua serenidade.

Momentos depois, eu desisti de dormir. Levantei e fui até a varanda para conversar com a Lua. Afinal, ela foi também uma heroína hoje.

– Oi, amiga – comecei nossa conversa.

– Olá, querida Jaci – ouvi a Lua rir.

– Estou chateada pela Alcinoe – comentei. – Como pode Cristiano deixá-la dessa maneira?

– Como pode Alcinoe querer reinventar alguém que ela ama? – A Lua argumentou. – Eu sou testemunha de quanto ele se esforçou para atender seu pedido. Simplesmente, tem coisas que não se mudam com facilidade e outras que não se mudam mesmo.

Olhei para o mar e o local onde foi dada toda atividade de horas atrás. Não tinha mais uma pessoa no local. Todos já haviam sido levados para o hospital. Eu estava confusa, queria apoiar a minha amiga, mas Cauã tinha razão, agora, a Lua…

– Ela sabe que ele tentou mudar?

– Sim.

– Então, por que ela insiste?

Momentos se passaram. Parecia que a Lua buscava as palavras certas.

– Alcinoe é uma mulher que ama. Quando se ama, esquece-se quaisquer barreiras ou improbabilidades. Acredita-se fielmente que o amor irá vencer, independentemente de qualquer condição. O sentimento é eterno e profundo, mas a vida nem sempre acompanha ou obedece às vontades do amor. – A Lua pausou. – Alcinoe precisa tomar um novo rumo em sua vida. Algo precisa mudar drasticamente. Eles se amam... Mas, para se encontrarem realmente, ela precisa mudar.

– Mudar não significa desistir da vida que se leva... – comentei.

A Lua suspirou.

– Permita-me contar uma história, um conto... Havia uma moça que se apaixonou perdidamente por um rapaz que não tinha bem algum, de modo que o pai dela não aprovou o namoro. Os dois decidiram fugir. No dia combinado, a moça escutou batidas em sua janela e, como já sabia do planejado, ela saiu. Assim que ela o tocou, percebeu que ele estava frio e perguntou se ele queria algum casaco ou precisava de algo. Foi então que ele respondeu: "A Lua que tanto alumia, o morto que tanto caminha! Fica mal comigo, vida minha?". Então ele partiu. A moça, deixada, no dia seguinte, decidiu caminhar em busca de seu amado. Ela encontrou uma senhora, contou sua história e descreveu seu amado, na esperança de obter alguma pista. A velha empalideceu, a trouxe para dentro de casa e apontou para um defunto posto no meio da sala, perguntando: "Minha querida, é este o rapaz que está aguardando?". A moça desmaiou assim que soube que o defunto e seu noivo eram a mesma pessoa. Assim que conseguiu se recompor, descobriu que ele havia morrido em uma queda de cavalo no dia anterior, mas que não quis deixar de cumprir o prometido para ela, mesmo depois de morto.

– Amor impossível – comentei em pura reflexão.

– Amor impossível, mas não deixa de ter o encanto e a intensidade da magia de ser amor.

– Obrigada.

– Vá até Cauã – ela disse.

Dei mais uma olhada em Cauã, dormindo serenamente em nossa cama. Sentei a seu lado e beijei seu pescoço. Senti um pouco de remorso ao vê-lo se mexer. Ele se virou em câmera lenta e olhou para mim, sonolento. Sorriu e me puxou para o seu lado.

– Não consegue dormir? – perguntou.

– Você estava certo. Nenhum dos dois tinha razão nessa confusão – falei resoluta.

– Tente dormir.

Abracei-o e permiti que o seu cheiro me intoxicasse.

– Eu não consigo – respondi. – Me beija?

Cauã me beijou. Extremamente mal-intencionada, enrosquei minhas pernas nas dele. Confesso que o efeito de suas carícias sem a caixa de Rudá me impressionou demasiadamente e ansiava por uma nova experiência. Então não o alertei de que a caixa estava na cabeceira da cama quando deslizei meu corpo sobre o dele.

38
AMOR IMPOSSÍVEL

ATENAS, SEGUNDA-FEIRA, 25 DE ABRIL DE 1994

Encontro-me novamente em um ambiente escuro, ouvindo assovios. Já consciente do que ocorre ao meu redor, concentro-me e escuto um diálogo que já havia começado.

Falhei. Contorço-me em uma cólica que parecia ser menstrual.

– Nunca antes o homem esteve tão preocupado e focado em buscar soluções sustentáveis para gerar uma vida com conforto sem agredir o meio ambiente. Estamos vendo uma diversidade enorme de especialistas se unindo, ao redor do mundo, para trazer propostas ou uma solução para desacelerar a destruição do planeta. Convido a todos nós para nos unirmos a eles, e que possamos, com a nossa influência e orientação, contribuir para essa busca. – Era a voz de Gabriel.

– Estou dentro! – Ouvi a resposta quase impulsiva de Sandro, uma figura sem dúvidas.

– Se os humanos de forma geral não se unirem, o que os cientistas, ambientalistas, podem fazer? Os humanos são egoístas, arrogantes e vaidosos. Não vão deixar sua vida cômoda para se preocupar com o meio ambiente, até que seja tarde demais. – Era uma voz masculina nada familiar.

– Estou fora! – Ouvi novamente a resposta de Sandro. Distraí-me, por alguns segundos, da dor e ri. Também escutei algumas gargalhadas.

– Jaci precisa abrir o portal – certa estranha pediu.

– Foquem todos, isso é sério! – Cauã ordenou.

– Mas é aí que entramos! Devemos instruir e informar sobre os perigos ocultos nas intervenções mais inocentes que realizam no meio ambiente à sua volta. Devemos convidar todos os humanos a se unirem para adotar práticas sustentáveis, reduzir os desperdícios e o despejo do esgoto doméstico nos rios, por exemplo. Devemos chamar todos, não somente alguns. Só conseguiremos com a sua ajuda.

– Estou dentro! – Sandro falou novamente, distraindo todos.

– Saci! – Cauã exclamou.

– Quanta força... masculinidade... – A velha babaca manifestou-se.

– Novamente, teremos que cancelar a reunião devido ao mau comportamento de algumas entidades. Já alerto a essas duas entidades que se comportem na próxima. Eu não hesitarei em aplicar medidas disciplinares – advertiu Cauã.

– Só aceito advertência aplicada pessoalmente. Onde podemos nos encontrar? – a velha respondeu animada.

• • •

Que cólica horrível! Parecia que eu havia sentado em uma cadeira em chamas. Acordei com minhas pernas abertas e não conseguia fechá-las, não dava. Doíam demais! O quarto cheirava a queimado, como se alguém tivesse feito churrasco nele.

– Cauã! – gritei.

Não escutei nenhuma resposta.

– Cauã! – gritei mais alto.

Foi então que ouvi a voz de Lina no corredor:

– Tudo bem? Posso entrar?

– Entre! Arrombe a porta, se for necessário, eu não consigo levantar!

Escutei a porta se rompendo. Lina havia entrado no quarto, arrombando a porta sem qualquer esforço.

– Amiga, o que houve? – Lina pausou ao ver meu estado na cama, também parcialmente carbonizada. Eu não estava coberta por lençóis que, claramente, haviam sido queimados. Sua cara não indicava algo bom. – O que houve aqui? Por que as suas coxas estão carb... – hesitou. Elevou as sobrancelhas. Estremeceu e finalizou: – Queimadas?

– Não sei – respondi, me contorcendo de cólicas.

Lina uniu as sobrancelhas e fechou a cara. – Vou chamar Cauã. – Ela disse enquanto caminhava para fora do quarto.

– Não! – Eu a interrompi na hora. – Não quero que ele me veja assim.

Lina parou por um instante, bastante nervosa.

– Se você não conseguir se lembrar, ele terá que contar. Vocês fizeram amor ontem? – perguntou.

– Sim, no meio da madrugada – respondi com muito esforço.

– Usaram a caixa? – Parei por um momento. – Responda, Joana. – Lina ordenou.

– Acho que não – respondi, arrependida.

Lina lançou as mãos ao alto e soltou um ar exasperado. Então começou a reclamar:

– Vocês dois parecem crianças! Cauã sabia que ele poderia queimá-la sem a caixa. – Conformei-me com o seu sermão. Difícil era suportar a dor. – Que irresponsável. Vou chamar Adriana. Coitada, nunca utilizou tanto seu conhecimento em medicina como agora.

Nisso, Lina saiu do quarto como um tiro.

Era como se alguém estivesse torcendo o meu útero e ao mesmo tempo pisando em minha bexiga. Além disso, da dor interna que corroía sem piedade, era como se eu houvesse sentado na churrasqueira.

Tentei levantar. A pontada veio como uma facada na boca do estômago.

– Puta merda, que dor! – gritei e deitei novamente.

Ela entrou no quarto poucos segundos depois com Adriana que carregava a sua maleta. Logo atrás surgiram todas as nossas amigas. Senti-me na cena principal de um melodrama. Tentei não me alarmar com a expressão de dor que todas faziam ao me analisar. Respirei fundo e fechei os olhos assim que notei Adriana inclinar. Precisava preparar o meu corpo para a dor do toque da médica.

Adriana passou a me examinar com cautela. Após alguns minutos, disse:

– Bom, não sou ginecologista, mas dá para ver que Cauã a queimou por dentro severamente. Pelo visto, queimadura de terceiro grau. Vai doer, e muito, até se recuperar. Poderia lhe dar um medicamento e reduzir a dor. Eu recomendaria morfina. Isso lhe dará quase seis horas sem dor. É um narcótico, então pode haver algumas reações desagradáveis. – Adriana pausou. – A boa notícia é que você deverá estar bem em algumas horas, já que seu corpo está se recompondo bastante rápido. É só o incomodo da dor.

Adianto que a morfina tem reações adversas bem fortes. Há uma grande chance de você não conseguir ir ao ritual.

– Não, obrigada. Eu aguento – respondi. Eu não poderia arriscar perder o ritual.

– Boa escolha – Adriana respondeu.

Lina olhou para o corredor, fez uma expressão séria e saiu do quarto.

– Aonde ela foi? – perguntei.

Paula saiu do quarto e retornou logo em seguida, respondendo:

– Ela foi de encontro a Cauã, que acabou de chegar com Gabriel. Ela está furiosa! Eu não queria estar na pele dele.

Em seguida, escutei uma comoção no corredor. Lina argumentava com Cauã. Eles estavam se aproximando a passos largos. A voz aborrecida de Cauã aumentava gradativamente a cada segundo.

– Ela não quer que você a veja nesse estado – escutei Lina.

– Eu *vou* ver como ela está! – Cauã praticamente berrou ao mencionar a palavra "vou".

Contorci-me desesperada e praticamente clamei:

– Cubram-me, rápido!

As meninas se mobilizaram e me cobriram imediatamente com uma parte do edredom não queimada. Respirei fundo para espantar o imenso incômodo do pano em cima de minhas pernas. Elas já pelavam, ainda mais com o edredom, agora pareciam incendiar. Houve uma mobilização ao meu redor. Alex e Amanda freneticamente arrumavam o edredom, Lina ainda argumentava no corredor e Cauã apenas alertava para Lina sair da sua frente.

– Que calor! – reclamei do edredom. Felizmente, Alex ligou o ar-condicionado e o posicionou em minha direção. Então, como um estouro, a porta do quarto abriu e, logo em seguida, ele entrou no quarto.

– Nunca faça isso comigo! Nunca me impeça de vê-la, não importa como! – Cauã falou furioso, apontando o dedo em minha direção. Pausou assim que se deu conta de meu estado na cama. – Eu a queimei.

Não respondi. Não precisava. Não havia como negar o estado desse novo colchão e de parte da cama. Havia imensos buracos incendiados no colchão e no edredom. O que restou do edredom estava queimado.

– Você não viu isso quando levantou? – perguntou Lina.

– Não – ele respondeu secamente. – Acordei em cima da hora para falar com o Sol. Não reparei.

Sua expressão era triste e séria. Adriana interveio:

– Joana está se recuperando rápido. Ela vai ficar bem. Sugiro que vocês não se encostem por uma semana, no mínimo, para que ela esteja totalmente curada. Além do mais, temos que tirar Joana desse quarto – Adriana comentou.

– Sim, claro. Mudaremos de quarto. – Cauã respondeu. Passou a mão no cabelo e resmungou: – O proprietário daqui já está cabreiro com a gente. Pelo visto vamos ser obrigados a reformar o hotel inteiro para o proprietário... – Sua voz estava tensa. Mesmo sabendo que ela tinha razão, depois do encanto, qualquer barreira que nos impedia de nos tocar era um assunto bem delicado.

Realmente, não havia nada o que fazer. Eu deveria me recuperar.

– Vou poder ir à cerimônia? – perguntei a Adriana. Senti um desconforto nas costas. Ajeitei-me na cama, senti uma pontada de dor absurda e me arrependi. Cauã, provavelmente vendo minha feição de dor, sentou-se ao meu lado lentamente e acariciou meus cabelos.

– Perdoe-me.

Beijei sua mão e sorri para lhe dar confiança. Não precisei responder.

Adriana respondeu:

– Caso sinta cólica, deverá retornar imediatamente. Até lá, não saia da cama, por nada! Banheiro, você deverá pedir para ajudarmos, já adianto que o ato de fazer xixi será extremamente doloroso e defecar será impensável hoje. Antes de movê-la, preciso examiná-la ginecologicamente. Não é a minha especialidade, mas tenho conhecimento suficiente e, se precisar de ajuda, peço ao Mauro.

Sorri constrangida em direção a Cauã. Realmente eu não queria tratar desse assunto na frente dele. Por motivos óbvios.

– Cauã, poderia me dar um tempo com elas?

Sobre hipótese alguma eu iria me contorcer de cólicas, arreganhada e cutucada, na frente de Cauã. Apesar de esparramada e carbonizada na cama, ainda me restava um pouco de dignidade.

– Não vou deixar – ele negou ao responder.

– Estou bem. Existem coisas que devem ser evitadas diante de um homem. – Olhei para ele, segurei a dor e sorri sem mostrar os dentes que, certamente, não se encontravam em seu melhor aspecto pois não os havia escovado. Ele me olhou sério, fixando os olhos, refletindo. Então disse:

– Vou acompanhar Gabriel e Lina com os preparativos e ver como está Alcinoe. – Então, ele se virou para as icamiabas, dando uma voz de comando. – Não a deixem sozinha nem um segundo. – Ele se aproximou de mim, me deu um beijo e sussurrou em meu ouvido: – Amo você.

– Também amo você – respondi.

Então, em silêncio, mas exibindo uma clara oposição em seu olhar, Cauã saiu do quarto.

– Quando terminar a análise, me avise. Eu a levarei para o outro quarto.

Assim que a porta se fechou, Adriana me encarou com olhos tristes, como se estivesse pedindo perdão pelo que viria. Fechei os olhos e preparei-me para a dor que se instalou como se ela tivesse passando uma trituradora vagina acima.

Na tentativa de segurar o grito, acabei apagando.

• • •

Abri os olhos e olhei em volta. Estava em um novo quarto. Muito similar ao anterior, mas a cama era posicionada no lado oposto da parede.

– Vou pedir café na cama! Estou com fome! O que você quer, Joana? – Rafaela anotou todos os inúmeros pedidos e passou uns bons quinze minutos no telefone com o restaurante. Desligou, reclamando: – Disse que subirá em quarenta minutos! Demorado!

O grupo se amontoava no chão, nas mesas. De fato, o quarto não tinha móveis para todas, mas era grande para comportar esse grupo.

Alex, sentada em uma das cadeiras da mesa redonda do quarto de hotel, disse:

– Amiga, não reclame da dor, nem da fome que sente, pois elas são momentâneas. Lá no sertão, de onde vim, essas sensações fazem parte da rotina diária.

Paramos para escutar o relato da ruiva que pouco revelou desde o momento que uniu-se ao grupo.

– Eu sou caçula de uma família com três mulheres. Fisicamente, bem diferente dos demais. Dizem que eu puxei o lado da minha mãe. O lado que não usualmente escolhe migrar ao Nordeste do Brasil. Tive que dividir o meu leite materno com outras irmãs, já que comida era um artigo de luxo. Tudo se aproveitava, até a areia do chão para engrossar a farofa. Tomávamos muito caldo ralo, uma mistura de água com farinha, para enganar a fome. – Alex respirou fundo para continuar. – Eu morava em um casebre que tinha uns dois cômodos. Um lugar difícil de se acostumar. Quando eu era menina, tentaram me comprar algumas vezes, por ser ruiva e diferente das outras meninas da região, mas meus pais não permitiram.

Incrível como eu estava compenetrada com a história de Alex, deixei de sentir dor e consegui sentar na cama. Alex continuou:

– Minha mãe, apesar de humilde e sofrida, tinha uma postura firme pelo sofrimento e me tratava com carinho e gratidão. Quando ela morreu, eu tinha apenas quinze anos. Sofri como um cão. Principalmente depois que a minha irmã mais velha se casou com um cangaceiro que passou a morar em nossa casa.

Alex enxugou as lágrimas e juntou as sobrancelhas, odiando evocar tais memórias.

Lindalva perguntou:

– Sofreu como?

Alex balançou a cabeça verdadeiramente afetada com seu passado. Ela se contorceu e continuou:

– O filho da puta abusava de mim sempre que podia. No entanto, os problemas de todos os demais era muito maior do que o choramingado de uma menina molestada. Cada dia era um desafio para comer. Tinha que ser criativa. Meu pai trabalhava no canavial e ganhava muito pouco. Não queria vender nenhuma filha para ter comida para casa, mas estava entrando em desespero.

– Vender um filho? – Adriana perguntou horrorizada.

– Sim. – Alex respondeu sem aparente emoção. Ajeitei-me abismada com aquilo. – Um belo dia eu o vi chegando sorrindo com um saco enorme nas mãos. Fiquei curiosa e corri a seu encontro, nunca havia feito isso. Foi aí que ele fez um gesto desesperado, como se não quisesse me ver. Era tarde. Ele me contou que negociou com um rapaz, muito mal-humorado, que deu sua fartura para a família. No entanto, o trato foi dar a primeira coisa que visse ao chegar em casa.

– Você? – presumi, assustada com o relato.

– Correto – Alex continuou. – Achei que meu pai havia enlouquecido de vez. Tentei conversar com ele, inserir razão em sua mente, mas ele estava resolvido. Disse que eu deveria ir, honrar com a negociação. De acordo com meu pai, a criatura deixou claro que ele não poderia me forçar a encontrá-lo e que deveria ir por conta própria. Ele parecia aterrorizado. Disse que, se eu não fosse, o homem iria matá-lo. Mas isso não seria forçar-me a ir? – Ela nos encarou com seus olhos lacrimejantes, buscando conforto. Silenciosamente concordamos. – O homem que negociou, de acordo com meu pai, não era inteiramente homem. Ele repetia dia e noite que a criatura iria buscá-lo e matá-lo se eu não fosse. Preocupada com a sanidade de meu pai, procurei saber mais sobre a criatura. Então, surgiram outros boatos de que ele era um príncipe em seu mundo. Logo, seu nome surgiu: Príncipe Teiú.

– O príncipe banido de outro sistema solar! – Amanda interrompeu a história de Alex e eu boiei. Pela minha expressão, que claramente expôs a minha confusão, Amanda explicou: – Na casa de seus pais, um dia Gabriel explicou sobre os portais e disse que esse Príncipe Teiú foi banido de seu planeta e vive na Terra. – Amanda coçou a cabeça, um pouco confusa e perguntou a Alex: – O que esse Príncipe quer com você?

– Lembrem-se: nem Cauã soube dizer ao certo se o príncipe banido na Terra é, de fato, o Príncipe Teiú. Ele pode ser apenas uma lenda da região... – Alex observou. Deu de ombros. – Bom, mudei para o Rio de Janeiro. Mudei meu nome para Alex, pois soube que, em alguns países, é um nome feminino, mas que no Brasil é considerado um nome masculino. Foi uma forma de me esconder, sabe-se lá do quê. Aprendi a ler, escrever, a falar como os cariocas para me misturar com a população – concluiu ela, voltando-se para Amanda.

– Você tem notícias de sua família? – perguntei, mudando de assunto.

– Não.

– Não sabe como estão vivendo? Não tem telefone?

Alex riu, com lágrimas nos olhos, e respondeu:

– Se lá em casa não tinha nem o que comer, telefone, televisão e computador nem pensar!

– Agora você terá como enviar uma renda para o seu pai – Amanda comentou.

O rosto de Alex se iluminou.

– Sim – ela continuou. – Na prostituição não me restava dinheiro para mandar aos familiares. Eu tive apenas um cliente, que me manteve como sua amante. Exclusiva. Gostava que eu o chamasse de mecânico. Imagino que era seu ofício. – Ela sorriu encabulada. – Ele era mudo. Escrevia suas mensagens em bilhetes e era assim que nos comunicávamos. Lindo... E sinceramente me vi pensando por que ele me pagava para sexo. Eu ficava sem jeito de cobrar. No entanto, ele vinha quase toda noite e deixava dinheiro suficiente para me suportar durante o dia. Eu perdia a hora ao seu lado e... – Ela apontou para varanda. – Acho que o vi... Bom... Ontem na comoção. Mas pode ter sido apenas impressão.

Amanda disse:

– Alex, procure não entrar em paranoia. Amanhã é o ritual e você deve se concentrar nisso.

Alex concordou.

Chegou nosso café.

• • •

Faltavam somente quatro horas para o evento, e eu, nessa demora em recuperar, me enfurecia:

– Quanto tempo mais levará para que eu melhore completamente? – perguntei a Adriana, que lia seu livro ao meu lado da cama.

– Uma semana, mas poderá andar em algumas horas – Adriana respondeu.

Então ela me contou sobre Kátia. Disse que Kátia confessou ter encontrado Rodrigo quando voltaram de Cape Cod. Rodrigo a manipulou, da mesma forma que manipulou Priscila.

Por isso, enquanto Camilla me abordava no quarto, Kátia foi incumbida de distrair a equipe.

Kátia propôs um jogo. Todas se distraíram.

Amanda prosseguiu a explicar que só descobriram quando ela decidiu subir para dar uma olhada e Kátia tentou impedi-la. Contou, em seguida, com certa cautela, que chegou a lutar contra Kátia na sala, com as espadas de enfeite da sala de meu pai. Foi quando descobriram o meu sumiço. Disse que as meninas voltaram do quarto transtornadas. Houve um duelo descontrolado, que levou parte da casa, e Kátia.

Paula interrompeu Amanda e anunciou:

– Lina retornou com Alcinoe, Cauã e Gabriel. Mandou nos apressarmos para o combate... Vamos, meninas.

– Vocês se sentem preparadas? – perguntei.

– Claro! – Amanda respondeu. – Vou fazer uma luta gloriosa e dedico a você, amiga!

– Eu também! – Lindalva falou logo depois.

– E eu! – Rafaela falou.

Sorri.

De alguma forma, o olhar vago e distante de Alex me preocupou. Então perguntei a Alex:

– Você está pronta?

Ela sorriu e falou:

– Meu destino, de alguma forma, já foi traçado. Resta saber qual é o caminho correto. – Entreolhamo-nos com a resposta de Alex. – Acho que vi o mecânico, sim...

O rosto dela enrubesceu, permitindo que uma nota de esperança escapasse de seu leve sorriso.

– O que ele faria aqui, na Grécia? – perguntou Adriana.

Uma pergunta seguida por um silêncio. Alex olhou para o chão, meio encabulada. Era evidente que ela se sentia afetada pelo mecânico. E muito!

– Depois do ritual e da nossa festa, quem sabe ele não apareça lá? – eu disse. O sorriso de Alex alongou. Então algo se transformou dentro dela.

Alex saltou com um grito como se tivesse se libertado de um pesadelo e contribuiu para o verdadeiro caos muito bem-vindo ao quarto. Então ela disse:

– Ele precisa saber do local da festa! Não sei seu nome... Ele é mudo, e tem uma cicatriz no pescoço, abaixo da orelha direita, na forma de uma letra "G".

Adriana revirou os olhos e ligou para a recepção, aparentemente interceptando esse cliente e pediu para o recepcionista informá-lo da festa. Sorri, ao ver a esperança brotar em um coração moído pela tristeza.

Ana alertou, como se estivesse precisando de alguém para trazê-la de volta para a Terra:

– Certo, agora, antes de mais nada, concentrem-se na luta.

Assim como Ana, Amanda revirou os olhos ao escutar o grupo gargalhar. Confesso que até eu o fiz.

39
O RITUAL

Atenas, segunda-feira, 25 de abril de 1994

– Adoro quando o céu enche de cores.

– Essas cores envolvendo o Sol e a Lua são as mensagens de Rudá – Cauã explicou e me ajeitou em seu colo.

Os dois elementos, a Lua e o Sol, se olhavam, mesmo distantes, com uma ternura incomum. Algo maravilhoso acontecia acima de nós. Puro esplendor. Nossos elementos pareciam se comunicar, sendo que suas palavras surgiam em forma de cores. Um arco-íris de esplendor, como um quadro de pura poesia em tons de aquarela.

– Eu posso andar – comentei. Sério, eu já me sentia melhor.

– Isso não está em discussão. – Ele fechou a questão e prosseguiu. – Estamos a caminho de uma arena aberta, onde será feito o ritual de iniciação das novas icamiabas. Elas serão apresentadas às outras icamiabas e receberão a benção de Tupã.

– Como será esse ritual? – perguntei.

– Guerreiros de vários tipos de lutas marciais foram convidados para esse combate. Eles lutarão com as suas habilidades, desafiando as icamiabas. Se algum deles ganhar, terá o direito de levar a derrotada por uma noite. O objetivo das meninas, obviamente, é de não serem levadas.

Ri e perguntei:

– Nem Lindalva ou Rafaela? Tem certeza? Acho que elas farão questão de perder!

Cauã respondeu:

– É inacreditável como elas mudaram. Estão concentradas. Realmente elas vão impressioná-la.

– Qual é a chance de elas ganharem?

– Muito grande. A luta das icamiabas é milenar e infinitamente mais eficiente que as técnicas de combate de qualquer outra luta conhecida.

– Mas elas tiveram muito menos tempo de experiência, digo, para treinar, comparando com os adversários.

– Isso é irrelevante – Cauã comentou.

– Quais seriam, então, as chances dos adversários?

– Eles só ganham quando as dominam antes da luta. Primeiro devem conquistá-las com o olhar – Cauã sorriu. – Eles não têm chance alguma se utilizarem a força física.

– Eles sabem disso? – perguntei.

– Não – Cauã respondeu, aos risos.

– Após saírem daqui, esses guerreiros não poderão contar o que viram? – perguntei.

– Eles tomarão água durante o combate. A água tem uma toxina que apagará sua memória por algumas horas. Não lembrarão muito. Simplesmente acharão que beberam demais na noite anterior.

Percebi diversos grupos de mulheres caminhando para o mesmo local. Elas aparentavam estar animadas e enturmadas. Vestiam-se com roupas de noite, ou de forma comum, mas seus corpos não se escondiam. Os músculos saltavam sob as roupas, exibindo um novo conceito de estética feminina. Seus músculos sobressaíam-se no abdômen, nos braços e nas coxas. Eu estava rodeada pelas icamiabas!

Seguindo-as, penetramos a mata densa.

Não havia arquibancadas. As pessoas se espalhavam em volta de um campo de areia vasto que julguei ser a arena. Havia diversas tochas acesas espalhadas em torno da arena, oferecendo uma iluminação interessante para o evento. Olhei em minha volta ao chegar e surgiu no horizonte um terreno cercado de tendas e casebres de madeira. Era um terreno cercado de árvores e plantações. Uma terra plana, vazia e esquecida. Um lugar perfeito para se conduzir um ritual desses. Em volta, pude ver alguns médicos e ambulâncias de plantão.

– Ambulâncias? – perguntei a Cauã e ele riu.

– Espero que elas não os machuquem. – Cauã respondeu, notoriamente muito pouco preocupado com a condição física delas. Uma confiança estranha para um grupo com tão pouco tempo de treinamento.

As mulheres espalhavam-se em volta da arena, animadas, aguardavam o espetáculo que se iniciaria em breve. Percebi na arena um arsenal de cordas, lanças, espadas, facas, adagas e arcos com suas flechas espalhadas. Não havia escudos, só armas de ataque.

Nisso, surgiu da mata um homem alto, belo, com ombros largos, cabelos castanhos, um *sex appeal* incomum e bem-arrumado.

Andando com uma ginga que me deixou boquiaberta, se aproximou de Cauã.

Cauã segurou meu corpo com um braço e cumprimentou seu amigo, dando-lhe a mão. Essa demonstração de força por parte de Cauã não deveria me atrair, mas o fez. Ao mesmo tempo, o *sex appeal* do rapaz de ginga não deveria me impressionar, mas, confesso, o fez.

– Joana, este é Mauro. Ele é nosso solucionador de problemas e, claramente, está contribuindo no ritual com seus conhecimentos da área médica. Acredite, por mais triste que fique a condição médica dos guerreiros após o combate, eles acabam saindo daqui com sua saúde melhor do que chegam.

Mauro então complementou com seu nome de entidade:

– Sou Mairata. É um prazer.

– Prazer – respondi. Sorri. Ele me olhou profundamente, com seus olhos verdes. Subitamente, arregalou os olhos, deixou de piscar por alguns segundos, como se estivesse em transe. Limpou a garganta. Piscou algumas vezes.

Estranhei sua reação, mas mantive-me calada.

– Cauã... Preciso falar com vocês sobre um... assunto. Não deixe de me encontrar depois do ritual – disse Mauro. – Agora preciso ajustar a água.

– Não já nos falamos?

– Eh. – Mauro coçou a cabeça. – Surgiu outro...

– Sim, claro – Cauã respondeu, sem se alarmar. Mauro fez um gesto com a cabeça, e disse:

– Um prazer, Joana.

E, com isso, Mauro voltou para a arena.

Forcei minha atenção em Cauã, que me colocou no chão e disse:

– Ficaremos aqui.

Ficamos posicionados entre duas árvores. Ao redor, estávamos rodeados por icamiabas.

A Lua me chamou. Ela estava cheia, linda e imponente, logo acima da arena.

– Fomos convidadas para abençoar o novo grupo e purificar as águas para se banharem depois. Acabei de purificar o lago próximo, a oeste, e dediquei-o especialmente a Alcinoe.

– Obrigada – agradeci, olhando a Lua.

Subitamente as luzes ao redor se apagaram, dando lugar para tochas da arena, que se acenderam de uma só vez. Todas as icamiabas pararam de falar, deixando somente o som das folhas das árvores e dos grilos ao redor. Então, Alcinoe abriu a cerimônia, dizendo:

– Estamos todas reunidas para iniciar nossas novas icamiabas junto de nossa querida Iacy. Presenciaremos um ritual incomum. O ritual que ocorre poucas vezes em nossa existência. Não é um ritual amoroso com o qual estamos acostumadas, e, sim, um duelo, uma iniciação, uma nova vida. Agradeço a presença de todas e também de nossos convidados: Cauã, Joana, Mauro e Gabriel. – Alcinoe apontou em nossa direção e continuou: – Sei que todas estão ansiosas e não vou tardar ainda mais com um discurso prolongado. Convido então a entrar na arena nossos visitantes e desafiados da noite.

Entrou um grupo de sete homens até o meio da arena. Cada um com um estilo muito diference do outro. Cada um representava uma luta. Todos, exceto um, vestiam-se com as suas roupas típicas, representando uma arte marcial. Reparei em um único desafiante, de calça jeans e camiseta branca. Em parte, por não estar preparado para a luta e também por ser incrivelmente belo. Ele era careca, sua pele, queimada de Sol, e sua expressão compenetrada o diferenciavam dos outros, que pareciam se divertir por subjugar a capacidade de suas oponentes.

Alcinoe continuou:

– Agradeço a todos vocês, respeitosamente, por terem aceitado nosso convite. É uma noite muito importante. Sem mais demoras, entre meu grupo.

Amanda, Paula, Alex, Rafaela, Lindalva, Adriana e Ana entraram na arena. De longe, reparei como seus corpos haviam sofrido uma mudança radical. Estavam extremamente definidos e saltavam como se tivessem malhado a vida inteira. Suas expressões, sérias ao encarar os seus adversários, pouco os intimidavam. Alguns chegavam a expor seus músculos, já prevendo o resultado da luta. Todos, exceto um, o belíssimo careca de roupa comum.

Cauã comentou em meu ouvido:

– Procure não torcer para ninguém. Somos apenas convidados e devemos demonstrar respeito para o ganhador e também para o perdedor.

– Eles nem olharam para os olhos delas – comemorei.

– Arrisco a dizer que apenas um deles tem chance de ganhar. – Imaginei que seria o belo e introspectivo homem de calça jeans. – O resto acabou de perder o desafio – Cauã comentou.

– Como os pares são escolhidos? É algo aleatório?

– Os convidados sorteiam os nomes das icamiabas. As icamiabas não sabem contra quem vão lutar, até entrarem na arena.

Lina andou para o meio da arena e anunciou:

– Após uma sirene, cada participante deverá escolher uma arma. Essa arma deverá ser oferecida ao adversário que irá, obrigatoriamente, lutar com ela. Caso escolha lutar com as mãos, não tem problema. É só indicar, mostrando a sua palma da mão para mim. – Lina anunciou a regra. – Serão dez minutos de combate armado. Após esses dez minutos, uma sirene tocará. Cada um deverá largar suas armas e passar para combate manual imediatamente. Somente será considerado vencedor aquele que derrubar o seu adversário e o mantiver imobilizado no chão por mais de três segundos. Conforme combinamos, a mulher que vencer será agraciada com o presente da obsessão e se unirá a nós.

Ouvi as mulheres em volta gritarem e saudarem essa condição.

Lina acenou para que elas se acalmassem:

– Caso o adversário ganhe, ele terá o direito de levar a moça por uma noite. A mulher derrotada deverá retomar o seu treinamento no dia seguinte e aguardar o próximo ritual.

E indicou para que ambos os grupos retornassem para as suas respectivas tendas.

Assim que retornaram, Alcinoe anunciou:

– E, com isso, chamo os primeiros adversários. Que a luta seja gloriosa e limpa.

Lindalva entrou na arena e parou no meio. Séria, compenetrada e com uma imponência estranhamente magistral. Senti uma vontade enorme de gritar a favor dela e segurei nas mãos de Cauã para controlar minha ansiedade. Logo após, entrou um homem duas vezes o tamanho da icamiaba. Ele vestia um quimono e retirou a parte de cima, ficando somente com a calça, mostrando os seus músculos. Lindalva o encarava com a expressão demasiadamente séria, impenetrável. Ela se movimentava com cautela, aguardando a arma escolhida por ele.

Ambos olharam Alcinoe, que autorizou a escolha das armas, assentindo com a cabeça e fazendo soar uma sirene. Satisfeito, ele andou até as armas, pegou a lança das icamiabas, aproximou-se de Lindalva, deu um longo salto e, com uma força irreal, cravou a ponta da lança na areia, afundando-a até o meio, para que Lindalva fosse obrigada a utilizar a sua força para pegar. Foi claramente uma demonstração de força física com o objetivo de retrair Lindalva.

Lindalva, contrariando a minha expectativa e a de seu oponente, pouco se intimidou. Andou lentamente até as armas e escolheu duas adagas. Retornou, com passos firmes para o encontro de seu adversário, ajoelhou-se na sua frente, em um ato de respeito, e apresentou as adagas. Notei que ela não encarava seu oponente nos olhos.

O homem pegou as adagas. Rispidamente, deu dois passos para trás. Lindalva retirou a sua lança do chão com bastante facilidade e sorriu para o oponente, dando o claro sinal de sua desvantagem na força física. O rapaz vacilou. Assustou-se com a força da menina. Limpou o suor de seu rosto e trancou o sorriso. Pelo visto, havia perdido sua confiança. Então ela agachou seu tronco sobre a perna direita, enquanto a esquerda mantinha-se levemente esticada para trás, segurando a lança ao lado do tronco, com as duas mãos apoiando o chão. Sua mão direita segurava a lança. Ela parecia compenetrada; letal. Encarava-o como um leopardo pronto para o ataque.

Não foi uma luta demorada. Assim que Alcinoe deu um sinal com um grito agudo, ele avançou em Lindalva com suas adagas. Ela deu um salto e passou rodopiando por cima dele. Pousou por trás. O oponente parou, confuso. Nesse movimento, ela cravou sua lança por trás da calça de seu quimono e, com uma força difícil de acreditar, o arremessou para o outro lado da arena. O rapaz apagou em meio a uma poça de sangue. Logo vi Mauro coordenar os esforços com dois assistentes enfermeiros para reanimar o rapaz enquanto levaram-no para uma das ambulâncias.

Entraram Amanda e seu adversário. A luta foi ainda mais rápida. O adversário escolheu para Amanda uma corda e Amanda escolheu uma espada. Ambos trocaram as armas sem sutileza. Ávida pela batalha, Amanda manteve-se parada, em pé, aguardando o sinal de Alcinoe. De primeira vista, tive o ímpeto de proteger a menina. Ela parecia inocente e indefesa ao se comparar ao impressionante porte físico de seu adversário. Uma visão chocante. Precisei reprimir minha vontade de contestar, declarar minha oposição diante dessa covardia.

Alcinoe iniciou o combate com seu sinal. Amanda saltou e, no meio do salto, enquanto rodeava seu apático adversário, o envolveu com a corda do pescoço aos joelhos. Parei de respirar com o susto. Foi tão rápida que não deu tempo de ele reagir. Ele perdeu o equilíbrio e caiu no chão, imobilizado. Bateu a cabeça em uma pedra e apagou. Amanda aguardou alguns segundos para ele reagir, sentou-se ao lado dele, buscou acordá-lo, reclamou e olhou Alcinoe, buscando sua orientação.

Alcinoe mandou Amanda sair da arena para que os médicos pudessem atender o rapaz. Amanda obedeceu Alcinoe, mas saiu, cabisbaixa. Aliviada, e intensamente orgulhosa, e, ao contrário das icamiabas ao redor, tive que reprimir a comemoração. Mauro entrou em cena novamente, com a mão direita na boca, buscando esconder seu sorriso do público, mas era evidente. De alguma forma ele falhou em demonstrar imparcialidade, como na luta anterior.

Mauro passou alguns segundos analisando o rapaz. Pôde ver uma curiosa luz verde passar pelo corpo do adversário. Não sei por onde, Mauro estava de costas para mim. Então, Mauro facilmente carregou o monstro em seus braços a caminho da ambulância. A esse ponto, orbitei entre a curiosa reação de Mauro diante da conquista de Amanda, a luz verde e por que ele carregou o oponente pelos braços com o claro risco de quebrar a cervical. Encarei Cauã.

– Notou a luz verde passando pelo rapaz? – Cauã comentou, notando minha curiosidade. – Ele acabou de analisar toda a estrutura corporal do rapaz. É a forma de ele analisar as lesões. Não me pergunte como ele desenvolveu esse dom. Bom... Nesse caso, claramente não houve dano algum, para Mauro carregar o homem pelos braços até a ambulância.

– Mauro não deveria demonstrar imparcialidade? – perguntei.

– Bom... Amanda foi criada no orfanato de Lina... De alguma forma, a temos como uma filha. Principalmente Mauro, que cuida das crianças.

Amanda foi uma órfã do orfanato aqui no Rio. Ambos, aliás, todos nós a acompanhamos desde bebê...

– Você deve estar orgulhoso.

Cauã assentiu, mas não demonstrou qualquer emoção, seguindo a linha de imparcialidade. Então notei, por um breve segundo, que escapou um sutil sorriso no canto de sua boca.

Paramos de conversar ao ver Rafaela no meio da arena, sorrindo para o seu adversário. Estava incrivelmente confiante. Tomada por uma estranha curiosidade, estudava o seu adversário como se estivesse procurando algo. Quando a sirene tocou, ela mostrou as mãos, indicando que não ia escolher uma arma. Seu adversário fez o mesmo, aceitando o desafio imposto por Rafaela.

A sirene tocou. Ambos passaram a caminhar em círculos, examinando um ao outro, rodeando. A gritaria excruciante ao redor não distraiu os guerreiros. Então, quando eu já não aguentava mais o suspense, ela disparou. Lançou um único soco no rosto dele que o fez vacilar. Após alguns segundos, ele saltou para o ataque. Tive a impressão de que Rafaela estaria brincando com o seu adversário, já que ele buscava arremessar seus socos e Rafaela o despistava com toda habilidade.

Algum tempo se passou. Ora o rapaz atingia Rafaela, ora ela o fintava. As icamiabas ao redor soltavam seus gritos característicos e ovacionavam a luta. Assim que Alcinoe indicou que faltava um minuto para o duelo terminasse, Rafaela percebeu que seu tempo estava terminando e parou na arena. Com os dedos, sinalizou para que seu adversário fosse a seu encontro. O rapaz, furioso e confuso, saltou a seu encontro como um leão. Assim que ele se aproximou, Rafaela enrijeceu a sua postura e deu um soco em seu torço. O rapaz voou para o outro lado da arena, apagando imediatamente.

As icamiabas em volta deliraram com a luta. Eu também já estava me infeccionando com a energia, mas fui imediatamente repreendida com o olhar de Cauã. Revirei meus olhos, mas voltei à aparente imparcialidade.

Agora era a vez de Paula, que entrou na arena serena e calma. Também muito diferente do que a conheci há pouco tempo. O homem entrou na arena escolhendo uma corrente para Paula, e ela, uma faca para ele. Assim que Alcinoe abriu o torneio, a corrente foi imediatamente arremessada para o pescoço do rapaz, jogando-o no chão, contorcendo-se de dor.

– Pelo menos esse não apagou! – comentei.

Mauro apareceu com dois enfermeiros. Ele retirou a corrente do pescoço do rapaz que, ao se ver liberto, decidiu gritar aos quatro ventos que a luta não havia terminado. O rapaz cuspiu sangue e passou a mão pelo nariz, claramente quebrado. Escorria sangue pelo seu torço. Mauro deu um sinal para Lina ignorar o pedido do rapaz. Este certamente não tinha consciência de que não havia condições físicas para prosseguir.

Entrou Alex com uma postura infelizmente diferente das anteriores. Suas pernas cambaleavam entre si, arrastando parte da areia do canto da arena. Seu corpo, curvado, parecia enfrentar um julgamento público, em vez de um duelo. Com pouca graça, parou no meio da arena. Estava evidente, em sua expressão atormentada, que esse momento despertou emoções pungentes e, por muito tempo, reprimidas. Algo não estava certo, não se encaixava. A reação de Alex era de estar sendo levada a lutar com uma fera na arena, sem preparo. Seu adversário demorou a entrar, aumentando o suspense de Alex.

Alcinoe fez um gesto para Alex se acalmar. Alex assentiu. Fechou os olhos e tomou ar profundamente. Foi então que vi o belo rapaz, careca, surgir no meio das icamiabas, como se ele tivesse saído da tenda momentos antes para estudar sua adversária. Era justamente o rapaz que havia alguma chance de ganhar a luta, de acordo com as indicações de Cauã. Agora, adicionando o nervosismo da aspirante à icamiaba, a chance do rapaz aumentou exponencialmente. Será que Alex encontrou os olhos de seu combatente?

Arrependi-me de não o ter observado mais atentamente quando Alcinoe apresentava os oponentes. Ele tornou a andar pela arena, encarando com feição séria e magnetismo incomum. Algumas mulheres ao redor pararam de torcer. A tensão parecia agir na força gravitacional ao redor, tornando o ar pesado e denso. Alex empalideceu. Tive a impressão de que ela parou de respirar.

Aturdida, levei a mão para a cabeça enquanto aumentava minha preocupação. Ele parou a metros de distância de Alex, ainda a encarando. Quis berrar de frustração quando a vi encarando de volta. Aparentemente, Alex dividia a minha frustração, pois parecia claramente traída, incrédula consigo mesma. Fez-se sobressaltar as marcas de uma vida dura em seu rosto. Ficara de pé, de braços caídos, bestificada demais para mover-se.

A sirene tocou. O rapaz curvou o torço na direção de Alcinoe e Lina, cumprimentando-as. Andou lentamente, estudou as armas e pegou o arco e flecha enquanto ela parecia paralisar diante dele. Então o rapaz voltou a andar de encontro a Alex, encarando-a, enquanto ela o encarava de volta, e se ajoelhou à frente dela, oferecendo-lhe um arco e flecha.

Todos perceberam a tremedeira nas mãos dela ao pegar a arma. Houve um mortal silêncio à sua volta, como se as icamiabas estivessem sentindo a mesma tensão. Perguntei a Cauã, confusa:

– Por que Alex não está reagindo?

Cauã respondeu:

– Você se lembra de que só se pode derrotar uma icamiaba com os olhos? Alex acabou de se deixar derrotar.

Cauã parecia resoluto. Nitidamente, não tomou um lado. Eu, pelo contrário, boquiaberta, frustrada, soquei uma árvore ao nosso lado de raiva. Cauã me encarou, eriçando a sobrancelha. Tudo bem! Vou ficar quieta! Cruzei os braços, cheia de emoção, lançando um sinal de fumaça imaginária para ela despertar, enquanto minha razão ansiava em tirar o pulso de Alex para analisar sua apatia.

Então Alex olhou para Alcinoe, buscando alguma orientação. Alcinoe apontou para as armas. Alex deveria escolher a arma de seu adversário. Alex pegou uma corda e a atirou no chão para seu adversário. Percebi Lina abaixar a cabeça com tristeza.

Alex buscou se afastar de seu adversário. Ela se distanciava para utilizar a sua arma, confusa, trêmula e agitada. Seu adversário mostrou a palma da mão e correu, se aproximando dela, segurando a corda, mas sem fazer qualquer menção em utilizá-la. Alex vacilou. Relutando, deu alguns passos para trás. Ele cravou os dedos nas roupas de Alex, elevou-a para o ar com uma força inimaginável e, quando ela voltou com a força da gravidade, ele intensificou a violência da queda, empurrando-a com a mão em cima de seu peitoral. Um barulho estrondoso rasgou o céu. Fechei os olhos por alguns segundos, agonizando a sua dor. Com a força da queda, ela pareceu perder o controle de seus movimentos e a atenção. Pude ver seu rosto salpicado de areia, irreconhecível, furioso. Foi o tempo de ele imobilizá-la com o seu joelho em cima de um de seus braços e com sua mão, a mesma que a arremessou ao chão, em cima de seu peitoral. Ele a imobilizou parcialmente em segundos, sem muito esforço. Assim que ela se deu conta, Alex se debateu no chão buscando reagir, gritava. Lançava soco com o outro braço e batia com as pernas no chão para se libertar. O rapaz a manteve imóvel, muito pouco afetado pela sua fúria. Não havia escapatória. Era um fato. Alex perdeu a luta. Meu coração já estava saltando pela boca, Alcinoe interrompeu o duelo. O adversário aguardou a liberação de Lina, que foi dada poucos segundos depois.

Imediatamente após a liberação de Lina, ele se levantou, elevou Alex, posicionando-a sobre o ombro, e partiu pela floresta, segurando a corda em um dos braços. Alex gritava de raiva e batia nas costas do adversário. Um gesto bárbaro e ofensivo a todas as outras icamiabas. Até eu me senti afetada com a cena de ver Alex ser carregada como um saco de batata nos ombros pelo rapaz, por mais belo que fosse. Mesmo assim, não havia nada que pudéssemos fazer, o adversário a havia derrotado.

Alcinoe pediu um momento para conversar com o grupo. Lina concedeu, após conseguir autorização do grupo dos adversários restantes. Faltavam Ana e Adriana e, com a perda de Alex, toda a plateia silenciou.

Eu queria gritar de raiva, clamar contra a degradante posição de objeto na qual aquele oponente colocou Alex. Que sujeito infeliz, bárbaro! Que gesto infeliz! Ele começou tão bem, respeitando, foi cordial com Alcinoe, agradeceu e defecou no final!

– Quem foi o homem que lutou contra Alex? – perguntei a Cauã, ofendida.

Cauã parecia confuso. Precisou refletir por alguns segundos antes de responder:

– Certamente ele não era um homem comum, um lutador. Mesmo assim, foi seu adversário. Veja bem, Joana, elas lutam para manter o equilíbrio em Ci e proteger as entidades de Ci. Não importa quem seja, elas devem estar preparadas para enfrentar qualquer desafio.

Cauã encarou Gabriel, igualmente tenso. Poderia ser o Guardião do Tempo? Será que eles estavam tensos porque viram o Guardião do Tempo? Olhei para a Lua e seu silêncio me deixou ainda mais tensa.

Entrou Ana compenetrada. Seu olhar estava intransponível e concentrado. Entrou seu adversário. Ela escolheu a adaga e ele escolheu a espada. Com o sinal de Alcinoe, iniciaram o duelo entre a espada e a adaga. Ambos eram muito bons. O rapaz saltava, evitando as investidas de Ana. Ela, em contrapartida, impaciente, após alguns minutos de combate, jogou a espada e se distanciou. O rapaz fez o mesmo.

Ambos partiram para um encontro. Foi então que vi Ana se agachar no chão para se proteger de um golpe de pernas do rapaz. Ela agarrou o tornozelo dele e o lançou para o ar. Ele rodopiou e caiu com sua cara na areia, dando alguns segundos de vantagem para Ana. Foi então que ela saltou, pousando em pé sobre o rapaz e o imobilizando com as pernas. Assim como o rapaz careca, ela não teve dificuldade de segurar o oponente.

Ouvi as icamiabas saudarem Ana.

Foi a vez de Adriana.

Ela escolheu a lança, enquanto seu adversário escolheu o arco e flecha. Ambos escolheram juntos, diferente dos outros pares. Ele entregou as armas encarando-a enquanto Adriana lhe ofereceu a lança. Com o sinal de Alcinoe, o adversário andou em direção a Adriana, buscando uma forma de dominação. Adriana aproveitou a distância de ambos e lançou uma flecha que cravou na lança em frente à virilha do rapaz.

Ele riu e comentou:

– Errou.

– Não... isso foi um alerta para não dar mais um passo – Adriana disse, sorrindo.

O rapaz ignorou e continuou sua aproximação. Adriana firmou os olhos e, quando estava a ponto de lançar outra flecha, Lina interrompeu a luta.

– Nenhum rapaz deve levar consigo qualquer marca desta batalha. Ordeno que ambos deixem as armas e partam para o combate manual.

Adriana, frustrada, jogou seu arco e flecha para o outro lado da arena. O rapaz riu da reação de Adriana e largou a sua lança no chão. Com isso, ele fez um gesto como se fosse dar um abraço nela. Isso a deixou ainda mais nervosa.

– Venha, minha querida!

Adriana saltou e, com a perna, atingiu o rosto do rapaz. Ele caiu no chão, contorcendo-se. Ela se ajoelhou. Com fúria, pegou seu pescoço. Quando estava se preparando para dar um soco no rosto do rapaz, foi novamente interrompida por Lina:

– Nenhuma marca.

Adriana levantou-se decepcionada, mas agradeceu a Lina e foi ao encontro de seu grupo na tenda.

– Adriana conseguiu? – perguntei a Cauã.

– Sim. Mas ela estava lutando com raiva. Ela não perdeu por pouco.

Alcinoe apareceu com todo o grupo na arena, menos Alex. Todas pararam assim que chegaram até o meio da arena. Lina surgiu em cima de uma pedra para que pudesse elevar-se do chão. Olhou para todos e disse:

– Antes de iniciarmos a cerimônia, gostaria de falar um pouco sobre a imortalidade. Primeiro falarei sobre esse dom que vocês estão prestes a receber. – Assentiu para o novo grupo das icamiabas. Após alguns segundos, ela continuou: – Também falaremos sobre a mortalidade, um dom que Alcinoe, nossa querida irmã, optou por resgatar.

Lina olhou para o chão, em vez de olhar para Alcinoe. Todo o grupo e as icamiabas já sabiam dos planos de Alcinoe, e o silêncio fúnebre imperou.

– Não reconhecemos a imortalidade. Com isso, não posso dar a imortalidade. Ao receber esse dom, vocês não morrerão, o termo técnico seria desmantelar, isto é, nos transformamos em energia pura. Esse dom lhes permitirá envelhecer junto com este sistema solar. Retornarão som as suas memórias intactas, retomarão a missão como se nunca tivessem partido. – Lina pausou, olhou ao redor e continuou: – Como Alcinoe, vocês terão a possibilidade de pedir para que esse dom seja tirado de vocês a qualquer momento, já que estar nesse grupo faz parte de uma escolha. Alcinoe, nossa grande amiga, pediu para eu tirar dela esse dom, para eu devolver-lhe a sua mortalidade, ou condição de entidade de Ci. Farei o que ela pede. No entanto, sei que ela irá se frustrar.

Lina respirou, aproximou-se da amiga e continuou:

– Assim como as entidades se desmantelam e retornam para a forma de vida humana, os homens morrem e se transformam.

Pausou seu discurso, olhou para a sua amiga. Alcinoe sorria. Um silêncio momentâneo, triste, acompanhado de lágrimas. Meus olhos embaçaram. Coloquei a mão sobre o coração e senti minhas lágrimas deslizarem sobre o rosto.

Lina se aproximou de Alcinoe:

– Não existe morte, amiga, nem para você. Não posso tirar dom algum de você. Você apenas passará a vivenciar aquilo que todos os humanos vivenciam. Apenas isso.

As duas se abraçaram e abracei Cauã. Eu estava tentando controlar o choro em seu braço acolhedor.

Lina se distanciou e retornou à pedra. Ela parecia estar controlando o choro. Pegou sua lança e ordenou que todos se ajoelhassem. Todos obedeceram, inclusive nós. Ela olhou para os céus e disse com uma voz imponente:

– Com toda a lealdade de uma icamiaba comprometida, convoco então, para esta cerimônia, a energia de Tupã, nosso grande mensageiro. Aquele capaz de enviar parte da mensagem divina de Nhanderuvuçú. Peço humildemente que me envie sua faísca, para que eu possa transformar o corpo dessas guerreiras à minha frente. Para que eu possa retirar o dom de uma e dar o dom para seis. Prometo guiar as seis para lhe servir sempre e prometo ensinar-lhes tudo o que sei, para que possam defender esse sistema, em especial, Ci e tudo que a cerca.

Enquanto Lina recitava essas palavras, escutei o trovão anunciar sua presença, como se Tupã estivesse respondendo à mensagem de Lina, como se eles estivessem dialogando. Suas palavras foram ditas como um esforço de convencer, para que a entidade primária respondesse. De repente, vi um raio lançar-se em direção à lança de Lina.

Olhei assustada a Cauã e ele comentou:

– Tupã.

Senti uma energia agressiva nos impulsionar para longe como uma violenta explosão. Algumas icamiabas foram arremessadas para trás com a força da energia. Cauã me abraçou e me manteve ao seu lado. Fomos obrigados a nos segurar ao chão, nos ajoelhamos para obter o equilíbrio e não sermos arremessados. Olhei em volta e notei algumas icamiabas também se ajoelhando enquanto seguravam em árvores. Estas que, por pouco, não eram arrancadas do chão pelas raízes com a força do estrondo do raio e do vento. Lina, ao contrário de todos, manteve-se imóvel. Lina irradiava eletricidade. A energia de Tupã fluía livremente pelo corpo dela.

Lina mostrou sua lança para Alcinoe, que a tocou. Ao contrário de Lina, Alcinoe tremeu violentamente, como se tivesse levado um choque, e foi lançada para o outro lado da arena, caindo no chão violentamente. Então, Lina mostrou a lança para o grupo novato. Elas já estavam próximas a Lina, de joelhos, também mantendo as mãos cravadas em raízes. Assim que Lina abaixou a lança, todas colocaram uma das mãos na lança. Uma luz brilhante as envolveu e Cauã tampou meus olhos com a mão.

40
MORTALIDADE

ATENAS, TERÇA-FEIRA, 26 DE ABRIL DE 1994

O ar tinha um aroma diferente quando Alcinoe finalmente abriu os olhos. Pela primeira vez em muito tempo, sentiu dor, pelo impacto da queda em suas juntas e em seu tronco. Também sentiu uma ardência severa na barriga e curvou o corpo para aliviar o incômodo assim que deu seus primeiros passos em direção ao lago. Teve que, além de controlar a vontade de gritar por ajuda pela dor que a invadia violentamente, se manter firme e segurar o choro para permitir que Cauã e Joana partissem.

Joana quis saber como ela estava. Alcinoe mentiu. Não havia motivos para falar a verdade. Joana comentou algo sobre um lago, e Alcinoe fingiu que entendeu. Foi uma conversa estrangulada.

Dor... Medo.

Sentimentos estranhos, agora, eram o que lhe restou.

Cauã sofreu demais, por tanto tempo, merecia paz. Joana, enfraquecida pelos encantamentos, também.

Virou para trás e sentiu novamente a pontada da dor. No entanto, a visão de Lina e Gabriel indo ao seu encontro era pior. Desta vez, Alcinoe teria que aguentar a dor e retribuiu o abraço da amiga, fechando os olhos já mareados. Alcinoe deu um beijo na mão da amiga sem dizer uma palavra, pois não haveria o que dizer naquele momento. Então, ela fez um sinal para que Gabriel segurasse Lina e virou de costas. Como sempre, Gabriel entendeu e abraçou Lina, inconformada. O que poderia dizer nesse momento? A dor era um sinal de que ela finalmente encontrou sua condição humana e que, em breve, encontraria sua morte. Alcinoe estava indo rumo a um caminho que nenhum deles poderia seguir. Afinal, sempre foram de mundos diferentes, isso não haveria como negar.

Eles não conheciam a morte, a perda, mas também não conheciam a magia de ver sua história terminar com a esperança de começar outra. Era isso que ela buscava. Começar novamente, sem vícios, sem obsessão, sem memória e sem passado. Lina nunca entenderia essa escolha, portanto não havia por que prorrogar a dor de ambas em uma discussão. Simplesmente Alcinoe queria experimentar algo novo, sendo esse algo realmente novo. Queria cavar oportunidades diferentes, realmente viver outra vida, se houver, de fato, uma.

Alcinoe havia morrido uma vez, no fim do século anterior. Voltou imediatamente, decidida a se vingar. Conheceu Cristiano e tudo mudou.

Assim como agora. Tudo mudou.

Alcinoe sentia seu corpo vulnerável e esperava não ter que pedir ajuda a Lina para levá-la à lagoa. Sabia que a sua amiga não toleraria. Tentando disfarçar a dor, olhou para sua amiga e para Gabriel, sorriu e acenou. Virou-se novamente e andou lentamente em direção ao lago. Ela dava passos suaves para não causar impacto sobre a barriga e o torço. A dor estava intolerável e, a cada passo, parecia que ela estava levando uma martelada nas costas.

Finalmente, ao ver-se sozinha, Alcinoe pensou em Cristiano. Onde ele poderia estar? Ela nem se despediu dele da maneira que planejara, que imaginara. Irônico vivenciar essa falta de opção em seus últimos dias. Foi um adeus amargo, cheio de espinhos. Ele já havia partido, e ela, ficado, novamente.

Ela se lembrou das diversas noites em que se amaram. Especialmente de sua última noite antes do fatídico evento do barco. Quando Cristiano a havia procurado no hotel. Ele apareceu em sua varanda e passaram a última noite juntos. Ele a havia tirado de órbita na cama. De acordo com seus planos, aquela não deveria ter sido a última vez que amou Cristiano, mas infelizmente não teria como mudar o passado. Ele deveria ter estado ao seu lado em sua última noite nesta vida, mas escolheu se exibir aos humanos. Deveria estar ao seu lado nesse momento, mas escolheu fugir. Será que já se encontrava enfeitiçado por uma moça nova, ou madura, ou, quem sabe, algum rapaz? De fato, Cristiano preferia as mulheres, era encantado por elas, mas, acima de tudo, prezava pela liberdade de escolha. Nesse caso, jamais negaria ao encanto, quando este era consensual, independente do gênero.

Lembrou-se da noite que estiveram nos Estados Unidos. Foi naquela noite de amor que ela contou sobre sua decisão. Cristiano, ao contrário das expectativas de Alcinoe, não demonstrou reação emotiva alguma. Controlou a exposição de seus sentimentos com maestria e a deixou sozinha. Não houve choro nem escândalo, apenas fechou a cara. Não a olhou nos olhos para manipular sua opinião, nem a agitou para que mudasse sua decisão. Foi então que ela, com a fúria desregrada de um ser humano, errante e sentimental, varreu-o de seu quarto como se pudesse limpar seu nome de seu coração.

Esse poder que Cristiano tinha de controlar os sentimentos a confundia.

Caramba, como dói!, Alcinoe quis dizer, mas não conseguiu.

Havia, sim, a possibilidade de mudar de ideia por amor. Tal condição cruelmente aniquilada com o incidente com o barco. Mas, depois do ocorrido, concluiu que não haveria outra perspectiva nova para ela nesta vida. Percebeu o marasmo ano após ano. Finalmente, aprendeu que não poderia pedir mais que Cristiano mudasse sua essência. Ela sabia que isso não seria possível, já que ele tentara diversas vezes a seu pedido.

Ele amava e desejava demais. Era solícito demais e, na maioria das vezes, era mais controlado pelos seus poderes que o contrário. Diversas vezes foi traído pelos seus olhos. Então ela não podia negar quanto sua presença o intrigava pela lembrança de uma vida a dois que nunca poderia ser.

Mas, eu também não fui?, Alcinoe pensou encabulada com as inúmeras ocasiões em que ela se deixou levar pelos olhos de belos rapazes, e também de algumas moças... Apesar de irritantemente e incrivelmente mais discreta que Cristiano, Alcinoe gozava da liberdade que não queria. Agora queria abraçar a liberdade plena, longe de seu corpo.

Subitamente, ela se agachou assustada ao ouvir passos pela mata e sentiu uma pontada de dor insuportável. Arrependeu-se por ter se movimentado bruscamente, mas atribuiu como um impulso de guerreira. Algo que ela já deixou de ser. Gradativamente, os passos foram se tornando mais altos e Alcinoe fechou os olhos com temor do que poderia encontrar.

Foi então que a voz de Cristiano ecoou por trás dela:

– Esta será a última vez que venho até você para discutir esse assunto. Não aguento mais. Você me distorce e me destrói. Cria outra realidade minha, me fantasia e assume que devo me encaixar nela como se você tivesse o poder de me moldar. Quer que meus sentimentos sejam fáceis de observar, como se a minha essência não fosse transparente o suficiente.

– Não quero discutir mais, Cristiano, não agora... – Sua voz suave ecoava uma resposta triste pela amargura do cansaço e da dor física.

Cristiano parecia ignorar a vontade de Alcinoe e continuou como se tivesse, somente agora, conseguido moldar um repertório de reação emocional para a situação dramática que o cercava.

– Você me nega! Como se a minha essência não tivesse importância alguma e como se eu magicamente pudesse deixar de ser quem sou para assumir uma fantasia que você criou. Desculpe se minha essência a confunde. Sou assim: livre, infante, febril, intenso e amante no ato de amar. Não sei ser de outra maneira. Confessei-lhe como o faço diariamente e nunca menti para você. Ainda assim você reclama.

– Sei...

– Eu lhe dou aquilo que mais amo. A liberdade! Apesar de ter que me controlar ao deparar-me com suas investidas, lhe dou a liberdade de escolha. Quando estou com você, escolho você inteiramente e espero que faça o mesmo. Quando não estou com você, a amo mesmo assim... Meu afeto se transforma em devoção, amizade, paixão, loucura, ou afago e não temo mostrá-lo para você. Isso porque eu a amo profundamente, livremente, e não consigo nem vou aceitar a condição de ignorar a mim para lhe provar isso.

A voz de Cristiano aumentava sua dor. Alcinoe não conseguiu guardar suas lágrimas, que caíam sem barreiras. Passou a soluçar. Cristiano, então, andou até parar a seu lado. Alcinoe manteve o rosto olhando para o chão.

– Desculpe-me, meu amor. Não posso mudar. Não quero mudar, nem quem sou, tampouco o que sinto por você – Cristiano sussurrou em seu ouvido.

Alcinoe fechou os olhos. Queria esconder sua cara de choro e pediu:

– Pode me ajudar a arrumar o meu vestido? – Uma desculpa boba para que ela tivesse tempo para enxugar as lágrimas.

• • •

Cristiano se agachou e, sem discutir, passou as mãos em seu vestido. No entanto, ele sentiu algo molhado. Seu vestido estava molhado. Ao ver a sua mão, era sangue. Ela estava ferida, concluiu. Levantou seu vestido um pouco para ver e se deparou com uma ferida que percorria a barriga de ponta a ponta. Percebeu a ferida aberta. Era um corte profundo. Em volta da ferida, uma camada de pus e terra sobre as entranhas lhe indicava o pior. Ele desceu o vestido assustado. Não dá tempo para *levá-la ao hospital*, pensou.

Então concluiu o óbvio e inevitável: Alcinoe ia morrer e logo. Respirou fundo, fechou os olhos para buscar forças e controlar (agora mais que nunca) a exposição da degradante emoção que corroía seu sistema e anunciava uma avaria tão profunda quanto à exposta na barriga de Alcinoe. Respirou fundo, como se tivesse que tomar um veneno, e se levantou, escondendo o olhar. Cristiano se concentrou, tinha de fazê-lo, por mais difícil que parecesse.

– Você quer tomar um banho no lago? – ele perguntou, controlando o tom da voz para não soar trêmula.

– Sim... – Alcinoe irrompeu em um soluço que embargou suas palavras.

– Vou levá-la.

Alcinoe sorriu para Cristiano, enquanto ele a pegava no colo. Ela se sentiu levitando e sua dor parou um pouco. Ele tornou a andar agora quieto, sério, sem dizer uma palavra.

Isso não era comum nele.

Durante todo o percurso, ele olhava para a frente, sem focar em Alcinoe.

– Ficou chateado quando eu disse que seus olhos não me manipulavam mais? – Alcinoe perguntou. – Ontem falei muita coisa com o único objetivo de machucá-lo. De buscar algum sentimento seu.

Cristiano andava calado, não respondeu a Alcinoe. Precisava se concentrar.

– Amo você – Alcinoe falou.

Isso foi como uma facada no estômago de Cristiano. Como ele conseguiu salvar tantas mulheres e se via na posição impotente de não ter tempo para Alcinoe? Essa incapacidade decorria da cruel realidade do tempo. O tempo, traíra! Antes considerado um forte aliado, o confrontava hoje como seu maior oponente. Nesse momento, ele daria tudo para trair e trapacear o tempo. Ah, se ele pudesse achar algo que pudesse enganar o tempo, que, em vez de obrigá-lo a seguir para o futuro, pudesse escolher para onde ir. Se encontrasse o Guardião do Tempo, iria obrigá-lo a voltar atrás. Assim, ele conseguiria salvar Alcinoe.

Cristiano se manteve em silêncio e andava procurando se distrair, olhando para a mata. Sim. Olhando para a mata. Adiantava pouco demonstrar seu tormento para Alcinoe. Era fato iminente sua morte e não poderia deixá-la sofrer um de seus últimos momentos.

Ao chegar ao lago, ele agachou e suavemente se ajoelhou com Alcinoe em seu colo. Ela não conseguia mais levantar. Estava fraca demais. Foi então que Cristiano quebrou o silêncio:

– Agora você tem todas as fragilidades físicas de um humano.

Alcinoe pediu:

– Eu não consigo me levantar, poderia banhar meus cabelos, pelo menos?

Cristiano sentiu outra facada cravada no peito. Elevou seu rosto em direção à Lua, fechou os olhos já afetados pela visão turva da amargura, engoliu em seco, respirou fundo e voltou-se para Alcinoe, sorrindo. Passou a mão discretamente no rosto dela, retirando uma lágrima solitária que fugiu desavisadamente. Alcinoe não percebeu. Seus olhos já pareciam vagos pela fraqueza.

– Quanto trabalho você me dá! – Ele pegou com a palma da mão um pouco de água, enquanto a outra segurava a cabeça de Alcinoe. Ele despejava a água suavemente em seus cabelos.

Agora munida de uma súbita força, ela encarou seus olhos. Estranhou a forma como ele a encarava.

– O que há em seu olhar? – Ela tossiu. – Quer falar algo?

Essa realidade o engasgava. Era como se uma garra tivesse enforcado Cristiano e tomado seu ar. Buscava manter-se controlado. Ele queria falar, mas não conseguia. Travava uma verdadeira batalha contra seus sentimentos e empregava todo seu poder naquela luta. Era como se cada célula de seu corpo inflasse com a necessidade de expor tudo que foi inexoravelmente postergado na insana sensação de vida prolongada e murchavam acuadas com a fatal realidade de que o tempo havia chegado ao final.

Mesmo assim ele lutava, em vão. Batalhava, em vão, para controlar a ânsia de sua emoção. Nesse momento, era uma luta sem esperança. Ele seria inevitavelmente derrotado, em algum momento. Já era um fato, esses mesmos sentimentos que eram dominados por ele, como escravos, se vingavam cruelmente. Era como se estivessem saindo de uma cela trancada há tanto tempo e ele não os conseguisse trancar novamente. Estavam revoltados, não aceitavam ordens. Nesse momento, ele se sentiu completamente traído pelo seu poder. Ele iria implodir. Sentia sua energia consumi-lo assim como uma estrela que se autoconsome até concentrar sua energia em um ínfimo ponto para depois explodir em uma verdadeira bomba.

Ele cerrou os olhos e deixou cair outra lágrima. Seu oponente o massacrava sem piedade.

– Olhe para mim – Alcinoe pediu.

Ele respirou fundo novamente, buscando acumular mais energia para que pudesse se manter estável e finalmente a olhou. Foi nesse exato momento, em que encontrou os olhos de Alcinoe, que perdeu a batalha. O olhar de Alcinoe perfurou toda a essência como golpe final e enxergou sua alma.

Ela o encarou boquiaberta. Como se, neste momento, ironicamente, no fim, tivesse a capacidade de desvendar Cristiano completamente. Assustou-se ao ver a expressão de tristeza de Cristiano ao encontrar seus olhos. Era como se seus sentimentos fossem transparentes e vivos, em sua frente, passando como um filme. Como se seus olhos efetivamente desvendassem o segredo de sua essência.

Foi então que ela, finalmente, encontrou o amor, escondido no fundo dos olhos de seu amado, onde sua essência se escondia, e concluiu que viveu um longo e profundo caso amoroso.

Ele a amava. Não havia como negar. Esse breve instante revelou Cristiano como nunca antes. Ele a amava muito além de sua essência e muito mais do que ela poderia fantasiar. Ela percebeu, com um simples olhar, que Cristiano já havia travado verdadeiras batalhas contra sua essência para permitir esse relacionamento amoroso ser vivido de acordo com a fantasia dela. Sim. Ele tentou se encaixar em sua fantasia. Sem sucesso. Com isso, ela concluiu, eles tiveram, sim, um compromisso amoroso.

Não disse nada. Não era o momento. Tudo estava sendo dito pela emoção. Ela viu, pela primeira vez, as lágrimas dele percorrerem seu corpo, sentiu a paz do toque de sua pele, sorriu com a conclusão obtida, perdeu seus sentidos e fechou os olhos.

Cristiano paralisou com a perplexidade de ver Alcinoe imóvel sobre seus braços.

Como um trovão e toda a sua fúria, Cristiano gritou.

Um grito anunciando sua derrota.

Então, como um escravo controlado por aquele que o dominou, ele sucumbiu aos sentimentos.

Ele perdeu todo o controle sobre seus poderes. A dor era intolerável e inexplicável. O aperto no peito o deixava sem ar, corrompia seus músculos. A náusea e a dor muscular eram inevitáveis pela tensão de se deixar dominar, pelo medo de se deixar transparecer. Sentiu-se vulnerável e se permitiu chorar como criança sem controle, sem ego, sem vaidade.

Ele não queria aceitar a realidade, chorava destemidamente. Também pudera... Ele não tinha forças nem para levantar, quanto menos para controlar seus sentimentos. Ele a procurava, a abraçava e chorava com a certeza de que nunca mais a veria. Não poderia.

Seus olhos já não enxergavam direito, por estarem cobertos pelas lágrimas. Sentiu uma fúria e seu diafragma respondeu. Ele gritou novamente, agora ainda mais desesperado, como se estivesse explodindo em mil pedaços.

41
AGONIA

Atenas, terça-feira, 26 de abril de 1994

Cauã sentava na beira da cama, angustiado. Estava com a cabeça baixa, envolvida pelas mãos e o tronco curvado. Escutamos um grito agonizante. Cauã levantou o rosto. Pude perceber seu olhar vazio e sério, muito semelhante ao olhar de quando o vi pela primeira vez na empresa.

Vi seus olhos se encherem de lágrimas e o abracei. Senti o ar sombrio e mórbido, como se um grande vazio houvesse dominado nosso quarto. Cauã me abraçou com força, completamente tomado pela cólera. Era tamanho seu sofrimento que seu corpo despencava ao me abraçar; buscava meu suporte.

Então, sem que eu pudesse prever, ou registrar, Cauã saiu do nosso quarto em disparada. Confusa, corri atrás dele. Já não sentia mais as cólicas e também pouco estava me importando com a dor.

Sem saber para onde ele ia e com medo, muito medo do que ele poderia fazer, após correr pela mata, tropeçando e caindo, consegui alcançá-lo aproximando-se do lago. Lina e Gabriel já estavam lá na margem, em silêncio.

Gabriel passou a mão no rosto. Ao perceber nossa presença, comentou:

– Cristiano está se desmantelando. Já pedi para Ieda o trazer de volta.

Aos poucos, vi o corpo de um homem surgir pelas águas. Na verdade, o corpo parecia duro, de cera. Uma aparência que colocava à prova a identidade do home em questão.

Suavemente esse corpo foi boiando para a margem do lago. Fechei meus olhos longamente, ao notar a estranha aparência de alguém que desmantela. Sim, era Cristiano. Ou, ao menos, parte dele.

– Obrigado, Ieda – Cauã disse. A moça de cabelos negros, olhar delicado, boca carnuda e feição perfeita assentiu. Então submergiu na lagoa.

Cristiano estava sem expressão, parado. Seus olhos não piscavam. Sua face parecia dura como pedra. Seu corpo inchado parecia ter assimilado parte da água como se estivesse a ponto de se desfazer em meio a ela.

– Entrando no primeiro estágio. Pelo menos ele não está com aquele encantamento. Cauã, você pode tentar reanimá-lo. – Gabriel anunciou a Cauã.

– Coloque as duas mãos acima dos olhos de Cristiano e energize-os com cuidado para não o cegar. Com sorte, o processo não se instalou. Assim seu calor poderá reanimá-lo.

Cauã obedeceu às ordens de Gabriel. Vi sua expressão concentrada enquanto iluminava as palmas das mãos. Segundos depois, Cristiano passou a movimentar os músculos em um tipo de espasmo.

Gabriel falou:

– Está funcionando. Você chegou a tempo.

Aos poucos, a água parecia sair dos poros do corpo de Cristiano. Os poucos, ele tomou a sua forma normal, mas bastante pálido.

Passou a chover torrencialmente e seguimos o nosso percurso em direção ao hotel, Cauã carregando Cristiano. Nesse momento veio a confirmação da morte de Alcinoe.

Silenciosamente, meu coração partiu.

Deitamos Cristiano em nossa cama no hotel, para que Cauã pudesse acudi-lo caso optasse novamente por se desmantelar. Sem querer tornar-me outro fardo, estrangulei a dor que corroía meus sentidos e ardia meus músculos e busquei preencher o silêncio com perguntas.

– Quem é Ieda?

– Ela é uma entidade secundária, assim como você. Ela representa as águas. Uiara, seu nome de entidade. Extremamente poderosa e ama incondicionalmente a todos. Ela também é volátil como as ondas do mar e temperamental como a maré. Acabou ficando famosa por criar ninfas do mar, sereias.

– Criou?

– Sim, passou parte de sua energia... Joana... podemos falar sobre isso outro dia?

– Tudo bem... Cristiano é semelhante à Ieda?

– Não. Apesar de entidade do mar, ele é único. Na verdade, já cruzei outros mundos, conheci diversos Guaracis, mas jamais conheci outro

Uauiara. – Cauã respirou fundo, ajustou-se na cadeira. Fez uma careta. Um levíssimo calafrio fez seu corpo esbelto estremecer.

– Prefere cessar a conversa? – perguntei e lambi os meus lábios secos.

– Não... Pode falar.

– Mauro queria falar com você. O que houve? – perguntei.

– Vamos falar de outro assunto. Prefiro não falar sobre o que discuti com Mauro depois do ritual. Também não discutimos longamente.

– Diga – pedi. – Pela sua aparente expressão, não é coisa boa. Já enfrentamos desafios demais com a dissintonia das entidades neste mundo. Com o fato de que elas querem sair daqui, abandoná-lo... – Apontei para Cristiano. – Com a perda de Alcinoe. – Então pedi. – Não esconda nada de mim.

– A força de seu olhar não passou despercebida por Mauro.

– O quê?

– Quando a conheci, fui terrivelmente afetado pelo seu olhar. Na época, achei estranho. Inclusive, duvidei de que você poderia ser Jaci. Bom, agora Mauro levantou uma suspeita de que você pode ter sido afetada pelo encanto de Iara.

– O que é isso?

– É uma espécie de vírus. Um câncer. Esse poder de sedução fora do comum... e muito poderoso.

Assumi, pela expressão tensa no rosto de Cauã:

– Pelo visto isso é ruim.

– Sim. Se você estiver infectada, precisa abrir mão desse dom. Não é tão simples assim... Joana, precisamos investigar sobre isso – Cauã respondeu em um tom monossilábico. Curvou-se. Por um tempo, ele murmurou algo estranho. Ao levantar, disse: – Bosta, não deveria ter falado isso para você... Mauro foi claro. Não poderia mencionar isso com você.

– Tudo bem... Só me diga o que pode acontecer comigo, se não tratar.

– Pode desmantelar, Joana – ele disse. Pausou, esperando de mim uma reação. Esta que não veio. Cauã prosseguiu. – Não se preocupe. Mauro é nosso vizinho. Ele apenas recomendou que você limite contato com estranhos por um ano, mas não estará sozinha. Durante esse período, Mauro irá colher amostras de seu sangue e monitorar suas células para ver qualquer sinal de desmantelamento. Vamos ver como essa infecção vai se manifestar. Tudo bem?

Não me opus.

Não tive forças.

Acariciei o rosto inativo de Cristiano e dei de ombros.

42

DESPEDIDA

Atenas, terça-feira, 26 de abril de 1994

O dia seguinte à morte de Alcinoe foi triste, nublado. Não seria um dia para ser comemorado. Ao contrário, deveria ser suportado. Ela se foi.

A pedido de Cauã, desci para o café ao encontro de meus amigos. No salão, encontrei Lina, com algumas meninas, e Gabriel. Soube que um padre viria prestar a última homenagem a Alcinoe no lago em algumas horas.

Unidos pela dor, rodeamos a mesa em silêncio, engolindo em seco o café.

Tomei um gole de café enquanto minhas lágrimas salpicavam a bebida. Meu coração, apertado, queria fugir da dor, mas, ao mesmo tempo, não conseguiria. A agonia estava por toda a parte. Ele me seguiria até as profundezas de aonde quer fosse.

Cauã surgiu, ao lado do que parecia ser Cristiano. Nós os aguardamos em silêncio e, rapidamente, limpei meu rosto com o guardanapo.

Cristiano andava com alguma dificuldade, apoiando-se em Cauã, como se tivesse passado por uma noite de tortura medieval. Ele sentou calado, ao meu lado, e começou a tomar o café. Não cumprimentou ninguém nem olhou para ninguém. Ele estava vazio. Esse não é Cristiano, imaginei. Mas, também, nenhum de nós estava aparentando ser quem era. Amanda lhe contou sobre a missa, que Alcinoe gostaria que houvesse.

Ele respondeu de uma forma vazia:

– Façam o que quiserem. Depois da cerimônia, vou partir.

Após o café, todos nos dispersamos e finalmente tive um tempo para ir atrás de Cristiano. Eu precisava desculpar-me pela intromissão do dia do naufrágio. Os dois eram amantes e se, porventura, tivessem acumulado injúrias, mal-entendidos, não poderia interferir. Pelo menos com as poucas e frágeis informações, meramente superficiais, disponíveis para mim naquele momento. Ele estava sentado na piscina que, por sinal, estava completamente despovoada devido ao tempo ruim, confortavelmente olhando para o mar. Fui me aproximando de mansinho, como se pudesse assustá-lo com o nosso encontro.

Sem se virar na minha direção, como se tivesse pressentido minha aproximação, disse:

– Alcinoe não me aceitou, mas sou assim. Sou vadio e pedinte e sou por minha inteira culpa, isso porque não desejo mudar. Sou vadio, porque me recuso a viver às normas sociais, quando se refere à paixão. Ninguém pode me dizer como ou por quem devo me apaixonar. Simplesmente acontece e mergulho no sentimento na confiança que dedico à paixão. Sou pedinte porque não canso de pedir para que todos me aceitem assim, do jeito que sou. – Ele se virou. Seu rosto inchado, vermelho, expôs uma amargura que jamais vi em uma pessoa. – Cristiano suspirou. Então prosseguiu: – Há pouco tempo, decidi por bem tentar uma mudança. Uma decisão amargurada, acreditando que eu precisava me proteger um pouco da intensidade da paixão. Não deu... além disso, percebi que tamanho da cela altera completamente o senso de sentir-se preso. Veja bem... se imaginarmos a Terra como uma cela, então não somos todos prisioneiros com a falsa sensação de liberdade? Depus uma máscara hipócrita e vi-me no espelho. Tirei a conclusão de que eu era uma criança fazendo um papel de adulto em uma peça melodramática. De que eu não havia mudado em absolutamente nada... pelo contrário, estava vivendo um papel ridículo. Tirei a máscara e voltei a viver como se jamais tivesse desviado de minha rota original.

– Você é maravilhoso do jeito que você é – eu respondi, com sinceridade.

– Obrigado.

– O mar está agitado – comentei.

– É Alcinoe, tocando o caos nas águas. Mal se desmaterializou e já está fazendo barulho.

Trouxe ele em meus braços. Cristiano retribuiu o meu carinho. Ele estava oco, sem energia. Apertei o abraço na esperança de que essa força fosse capaz de transferir um pouco da minha morna energia para ele. Assim ficamos um tempo, o qual não calculei, inalando a brisa do mar, testemunhando a dança violenta das ondas e do círculo do vento ao nosso redor. Uma marcha fúnebre e macabra; festa crepuscular.

Gabriel deu um sinal e levantamos. Seguimos sem pressa para a missa de Alcinoe. Acompanhamos uma pequena multidão silenciosa. Icamiabas e entidades caminhando em silêncio. Eu tornei a rezar enquanto segurava a mão de Cristiano. Soluçando, caminhei sem pressa para a última homenagem à mulher de pura coragem. Acima de tudo, uma amiga devota, passional. No meio da cerimônia, presenteei Alcinoe com parte de meu coração. Este que, a partir desse dia, viveria ao lado de minha querida amiga.

– Talvez iremos nos encontrar em breve, amiga – sussurrei ao oceano revolto, lembrando-me do vírus que me infectou.

De uma forma louca, todos os meus instintos sinalizavam que realmente iria encontrar-me com Alcinoe muito antes do que imaginava.

Sem energia, apática, segui Cauã, para o seu isolamento.

43
A PROMESSA

Rio de Janeiro, terça-feira, 20 de junho de 1995

– *Alô? Oi, Lina.*

– *Oi, querida. Como você está?*

– *Ao contrário do péssimo prognóstico de Mauro e do pessimismo de Cauã, estou bem!*

– *Adoro quando você responde com ironia.* – Ela riu.

– *Mauro coletou uma amostra de meu sangue. Informou que eu realmente tinha células de Iara em meu corpo. Quase matou Cauã de preocupação. Ficou monitorando minhas células por um ano. Ao mesmo tempo, Cauã ficou me enchendo de recomendações. Em suma, como fiquei isolada e desprovida de qualquer outra novidade, o sarcasmo é o que resta* – expliquei.

O encanto é assim: uma mulher, inadvertidamente, esbarra em Iara, que lança uma espécie de maldição, assim como fizeram com o príncipe. Mas, nesse caso, Iara só pode lançar o encanto se a mulher levar algo de Iara. Pode ser um fio de cabelo, um brinco, um pedaço de pano, qualquer coisa, mas deve ter pertencido a Iara. Então essa mulher passa a ter um poder de sedução incrível. Esse poder alimenta seu ego, a faz se sentir bela, irresistível, mas, ao mesmo tempo, a mata de dentro para fora, sem que ela perceba. Como um câncer. Então a mulher, um belo dia, deixa de respirar. A ironia é que, tecnicamente, é fácil reverter o encanto. Basta apenas a mulher negá-lo, desfazendo-se do objeto de Iara. O problema é abdicar-se desse poder de sedução.

Lina mudou de assunto:

– Gabriel comentou que Cauã saiu da França há quase meia hora. Já chegou?

Eles realmente não usaram avião para se transportar. Saltavam de um lugar para outro, de um continente a outro, como se estivessem pulando amarelinha. Retirei o telefone do ouvido para escutar algum movimento em casa.

– *Não* – respondi.

– *Assim que Cauã chegar, sugiro que voltem à lua de mel.*

– *Já se passou um ano. Lua de mel dura no máximo um mês.*

– *Não foi isso que aconteceu comigo e Gabriel.*

– *Ele é entidade do Amor* – respondi, com um tom de voz agudo, incapaz de controlar minha inveja. Ela riu. Então notei um tom meio melancólico em seu riso. – *E Alex?*

Soube, pouco tempo depois que voltei ao Brasil, que Alex não havia retornado ao treinamento. Fiquei preocupada. Aliás, liguei para justamente obter notícias dela.

– Como disse, a única informação que temos é de que ela está segura. Droga... até agora não entendo o que houve. Veja bem! O rapaz que duelou com ela durante o ritual é praticamente um fantasma. Ana tentou procurar o registro dele em todos os arquivos possíveis, e nada. A única coisa que sabemos é que o rapaz ameaçou nocautear aquele que tirar o nome da Alex e não colocar de volta para o sorteio. Ele trapaceou! Inclusive eu soube posteriormente que ele nocauteou um dos adversários que não fez o que ele pediu.

– *Não tinha alguém para fiscalizá-los?*

– Joana, eles eram maiores de idade! Sinceramente! Agora, pensando bem... Vou colocar uma icamiaba para fiscalizar esse sorteio de agora em diante.

Foi como me sentir puxada por um vácuo. Uma hora, estava em meu quarto, deitada na cama, outra hora me encontrei em um quarto escuro. Quando passei a participar das reuniões telepáticas, passei a ser puxada para elas, fui sentindo náusea a cada experiência. Notava o esforço de Cauã e Gabriel em alinhar as entidades. Seus comentários ignorantes aumentavam a cada momento as chamas de minha ira.

• • •

– Notícias de Alex. Alguém tem notícias de Alex? – Guaraci pediu, impondo certa urgência em sua voz.

– A humana já está morta – uma voz masculina respondeu. Pelo visto, o companheirismo não estava mais fazendo parte da natureza dessa reunião e nem toda a paciência do mundo seria capaz de mudar isso.

– Jaci! – A velha me chamou. – Quanto tempo vai nos manter cativos?

– Cuca... – Iria responder, munida de toda a paciência que deixei de ter após esse ano de reclusão, quando ela disse:

– Pisadeira.

– Pisa, o quê? – perguntei, assustada. Fui pega de surpresa.

– Sim, sou aquela que vai pisar em você até a asfixiar, sua filha da puta! Estou tão próxima de você que não acredita! Apenas não pisei até o momento porque achei que fosse desmantelar durante este ano!

Meu queixo caiu. Senti todas as minhas costelas arrepiarem. Realmente acreditei no que a mulher disse.

– Tente! – Iacy desafiou.

Uma multidão de vozes tornou a discutir, ao mesmo tempo. Comentários impróprios, tolos, uma forma rebuscada de incitar a confusão. Recuei.

– Chega! – A voz de Guaraci cortou a discursão. Queria ser como ele: predador. No momento, apesar de não ter sido infectada pelo vírus de Iara, ainda era a presa, tinha muito o que temer. Afinal, tinha a chave.

• • •

Ao ver-me espalhada na cama, assustei-me. Cauã jamais finalizou uma reunião subitamente. Cauã estava puto, cansado e agonizava. Acompanhei o seu trabalho durante um ano. Jamais vi um homem trabalhar tanto. Sem contar com o trabalho em Terra, o Sol demandava muita atenção. Era um astro feroz. Uma fera que deveria ser amansada diariamente. E, para piorar o seu estado, a maioria das entidades que deveriam alinhar-se e ajudá-lo a manter sintonia intoxicavam ainda mais o ambiente com revolta. Talvez, por isso, não criei tanto caso em ficar tanto tempo isolada, apesar de não sentir absolutamente nada. Cauã precisava de mim ao seu lado.

– Merda! – A voz de Cauã, enfurecida, tremeu a estrutura da casa.

Exasperada, desci as escadas correndo e lancei-me em seus braços. Sem saber como confortá-lo, em um ato de puro desespero, anunciei:

– Vou trazer a maioria das entidades para o seu lado, imediatamente. Eu prometo!

O clima mudou. Em vez de minhas palavras confortarem Cauã, elas o aterrorizaram. Sua expressão, antes furiosa, tornou-se profundamente afetada, alarmada. Seus olhos cresceram. Seus músculos incharam. Sua mandíbula tremia. Era como se ele estivesse encarando a ameaça de uma tempestade monstruosa à sua frente. Então, ao me segurar em seus braços, ele finalmente exclamou:

– Não! – Eu podia notar o desespero em sua voz. Seus dedos afundaram em meus braços. – Por que você prometeu?

Segundos depois surgiu, em meu quintal, Lina, Mauro e Gabriel, que, com o passar dos meses, ao ver-me mais acostumada, passaram a invadir minha casa, literalmente pousando em meu quintal.

– Por que você fez isso? – Lina perguntou exasperada. – Joana, já lhe expliquei que, quando nós prometemos algo, é como se estivéssemos lançando um encantamento a nós mesmos. Somos obrigados a cumprir nossa promessa a qualquer custo. É irreversível.

– Vocês se comunicaram telepaticamente, em pequenos grupos? – perguntei, curiosa, ignorando o comentário de Lina.

Cauã respondeu, sem me deixar sair de seus braços.

– Em poucas palavras.

– Escutamos: Joana, prometeu, reunião, sinergia – Mauro constatou.

– Promessa é apenas uma palavra – murmurei. Eu ainda pensava como uma humana. Ainda não tinha a extensão da gravidade de meu comprometimento. Minha intenção era de resolver o problema de Cauã, mas (por Deus!). Não conseguia nem me envolver completamente com a Lua, não havia internalizado completamente toda a extensão de meu ofício, como resolveria o problema da falta de sintonia das entidades?

Só me dei conta da gravidade quando comecei a sentir meu coração acelerar, agonizando. Arregalei os olhos, em alerta.

– Um contrato. – Escutei Cauã me corrigir. – Joana, você acabou de firmar um contrato com o universo. – Pelo tom de voz, notei. Se antes ele estava zangado, agora estava à beira de explodir. – Preciso de ar – disse. Ficou de costas, de braços cruzados, observando a vegetação de nosso quintal.

Notei um silêncio na sala. Todos estudavam e aguardavam a minha reação. Meus olhos caminhavam de móvel a móvel, perdidos. Perdi noção do espaço, tropecei. Senti ondas quentes e frias passando pelo corpo e, automaticamente, fiz um gesto com os braços como se estivesse em alto-mar e precisasse nadar. Senti as mãos de Cauã me segurando antes de cair no chão. Ele me sentou no sofá.

– Ok, vamos ser racionais – Gabriel comentou.

– Racionais? – Mauro riu. – Você está sugerindo para sermos racionais? – Um sorriso pequeno e mordaz surgiu dos lábios grossos de Mauro.

Gabriel fez um gesto encenado, ignorando a ironia do amigo:

– Talvez precisávamos desse empurrão para pôr um fim àquela palhaçada. – Ele comentou, na tentativa de enxergar a situação com outros olhos.

O olhar de Cauã, isento à conversa ao redor, permanecia inquisitivo em minha direção. Então passou as duas mãos na cabeça, sobre seus cachos castanhos, deixando sua cabeleira revoltada, assim como ele.

– Gabriel, você não entendeu? Joana prometeu que ELA resolveria o problema. Não a gente. ELA!

Droga. Foi exatamente isso que disse. Meus olhos procuravam um norte. As ondas vinham e passavam, revoltadas, insistentes. Tremendo, senti as lágrimas deslizarem pelo rosto.

– Joana... Escute-me. – Mauro tomou a palavra. Colocou a mão em meu ombro e disse: – Você vai conseguir formar um plano. Tem que ser agora. Entendeu? – Assenti. Realmente entendi a sua urgência. – Jamais ache que promessa é apenas uma palavra jogada ao vento. Ok? – Assenti novamente. Aprendi a minha lição. Mauro passou o dedo em minha bochecha, limpando as lágrimas. – Vamos. Pense... as entidades já estão apreensivas há um tempo, mas, recentemente, houve algo que intensificou e desencadeou toda essa crise. O que foi?

Mauro já sabia e me direcionava. Disse a primeira palavra que surgiu à minha mente:

– Rodrigo.

Assenti.

– Como? – ele perguntou.

– Fofocas – respondi. – Ele criou o que entendemos como lixo sonoro. Refiro-me à história fictícia sobre o Guardião do Tempo.

– Aonde quer chegar? – Lina perguntou. – Joana... Não podemos ajudá-la nessa tarefa – ela lembrou.

– Não tenho tempo para pensar melhor? – quis saber.

– Você disse "imediatamente" – Cauã constatou.

Merda! Disse isso mesmo! Levantei da poltrona.

– Você namorou Rodrigo, Joana – Mauro constatou. – Conhece o lado recente e mais íntimo de Tau. Veja, você sabe a rotina de Rodrigo, seus planos, quando dorme e toma banho. Também sabe…

– Joana já entendeu – Cauã cortou, incomodado.

Passei a andar de um lado para outro. Juntando todas as informações que aprendi sobre a natureza de Rodrigo, os relatos que Gabriel e Cauã me disseram sobre o confronto no bar e as informações que obtive com o desprazer de conviver com o safado, levantei um dedo e disse:

– Na última vez que o confrontamos, na casa de Rodrigo, ele havia mobilizado uma quantidade enorme de entidades para uma cerimônia. Ele disse a elas que esse mundo seria destruído pelo Guardião do Tempo. De acordo com ele, esse portal iria levá-las a outro mundo e salvá-las. Então informou a data e hora que o portal abriria. Francamente. Ele simplesmente não acordou um belo dia prometendo salvar essas entidades. Ou… – ri de minha estupidez. – Ele não prometeria algo, sem pensar nas implicações desse comprometimento. Assim como acabei de fazer. – Voltei ao assunto em questão. – Posso apostar que ele jamais teve a intenção de deixá-las partir. Elas foram uma distração para vocês. Queria ganhar tempo para possibilitar dar prosseguimento ao seu verdadeiro intento: me entregar como moeda de troca. – Levantei o segundo dedo e continuei: – Sabemos, pelo que o palerma do meu ex-namorado disse, quando vocês o confrontaram no bar, antes da cerimônia, que houve uma misteriosa entidade lhe oferecendo uma espécie de parceria. Então há de se convir que ele estava falando com outra entidade da sua linha de vertente. Da destruição.

– Joana… Por que Rodrigo…?

Cauã foi impedido quando Mauro levantou sua mão.

– Deixe Joana prosseguir.

Levantei o terceiro dedo:

– Uma entidade da destruição não faz parceria. Ela ameaça. Posso apostar que Rodrigo foi ameaçado. Mas… onde originou esse contato inicial?

– O filho dele fez contato. Marcelo, lembra? – Gabriel comentou. Ah, sim. Cauã me relatou também sobre esse detalhe.

Perguntei:

– O que poderia ameaçá-lo a ponto de amedrontá-lo?

– Rodrigo detesta evolução e faria qualquer coisa para impedi-la, Joana, você está no caminho certo! – Mauro apontou para Gabriel. – Você também me contou que Rodrigo confessou que, se não concordasse com a parceria, enfrentaria a sua evolução! – Mauro afirmou. – Cauã lhe explicou como Rodrigo experiência a sua evolução?

– Mais ou menos… – confessei.

Mauro explicou:

– Sua evolução é instigada quando sua pele é perfurada por ferro, mas não é o ferro vacinado, cheio de impurezas, modificado pelo humano daqui da Terra. É um elemento que só pode ser criado por outra Entidade da Destruição. – Antes que eu presumisse o óbvio, que Rodrigo havia sido ameaçado por outro Tau, Mauro adicionou: – O espaço está cheio de Guardiões em forma de ferro. Qualquer entidade mal-intencionada pode ter acesso ao mineral. Mas, de uma coisa você está certa: essa entidade o ameaçou com o ferro. Em todo caso, sua dor é tanta que realmente dá pena.

– Não dá pena, não – Lina interferiu.

Senti-me confiante para prosseguir:

– Rodrigo não foi bem-sucedido na negociação. Isso sabemos. Então, olha lá! Ele deu o pé! Sumiu! Não apareceu nem para tomar um cafezinho. Isso me leva a crer no óbvio. Convenhamos! Se a negociação se estendesse. Ou seja, se ele tivesse outra chance de me dar como moeda de troca, não estaria nos infernizando nesse exato momento? Vocês acham a apatia súbita de Rodrigo normal?

– Prossiga. – Mauro sorriu, satisfeito.

– Não há outra chance de negociação – prossegui. – Se eu abrir o portal, tecnicamente, Rodrigo se sentirá exposto. Não saberá o que virá desse portal. Já que ele não foi bem-sucedido na negociação, não pagará para ver. Conheço ele. Rodrigo é covarde. Ele vai aparecer e exigir para eu fechar o portal. Então o forçaremos a falar… – Voltei-me para Cauã. – Não vai dizer alguma coisa?

– Ainda estou decidindo como vou puni-la por ser tão tola a ponto de sugerir algo tão arriscado. Deixe-me entender: VOCÊ planeja abrir o portal quando centenas de entidades nossas querem sair. Vai abri-lo quando também sabemos que uma entidade destrutiva está querendo fazer parceria com o nosso Tau. Uma entidade que, inclusive, ameaçou evoluir o nosso Tau.

Pior! VOCÊ quer abrir o portal quando, da última vez, ele foi aberto para VOCÊ ser banida desse mundo. Joana, você foi negociada como moeda de troca. Não sabemos por qual motivo a outra entidade aceitou essa negociação! MAS ACEITOU! Além disso, até agora não entendo por que Rodrigo teve tanto trabalho para criar todo esse circo quando poderia facilmente ter lhe dado uma paulada na cabeça e a arremessado para o outro lado!

– Meu plano tem algumas falhas.

– Algumas?! – Cauã rosnou.

Houve um mórbido silêncio na sala.

Gabriel comentou.

– O plano tem que vir de Joana. Dê algum crédito a ela.

Cauã apontou o dedo indicador para o meu nariz e exclamou:

– Não vou perdê-la outra vez! Se eu sentir que algo estiver saindo de seu, ou do nosso, controle, vou interrompê-lo imediatamente e dane-se sua promessa! Você vai ter que aprender a conviver com essa agonia!

Eu já sentia uma insuportável vontade de prover sinergia. A vontade era tanta que poderia ser facilmente comparada à sede após três dias caminhando sem rumo debaixo do Sol escaldante do período do verão em um deserto. Não, era pior! Não daria para conviver com essa agonia. Firmei meus lábios para não argumentar.

– Podemos abordar facilmente as entidades na festa junina – Lina adicionou.

– Posso abrir o portal agora? – pedi, cruzando os dedos uns nos outros. Suavemente pedi: – Pode chamar todos para a reunião, Cauã?

– Não – Cauã respondeu secamente. Tive de reprimir minha vontade de estrangulá-lo.

Mauro comentou:

– Só cuidado com a energia de Joana. O código genético de Joana é munido de um grau muito elevado de sedução. Não consigo entender como ela ainda está entre nós.

Cauã lançou as mãos aos céus, exasperado.

– Convenhamos, Cauã. As entidades estão a cada dia mais impossíveis de controlar, e o plano de Joana pode até funcionar.

– Chama todos para a reunião, por favor? – sussurrei em seu ouvido, maquiavelicamente. A esse ponto, o desespero era tanto que já estava utilizando meios apelativos para corrompê-lo. Foquei meus olhos nos dele, lançando mão de todo o meu charme. Seus olhos foram gradativamente amansando. Até que disse:

– Tudo bem.

Mauro interveio, colocando seu corpo no meio de nós.

– Cauã, seja forte. Você não quer uma centena de entidades agrupadas em seu quintal. Vamos esperar a festa junina. Durante a festa junina tradicional na Bahia, teremos já todas as entidades agrupadas. É a nossa chance. Pense!

Cauã saiu do transe. Dei de ombros, sem me importar ao ver a fúria retornar nos olhos de meu amado. Nesse momento, nada mais importava além de cumprir a minha promessa.

44
ENCONTRO - O PRÍNCIPE TEIÚ

BAHIA, QUINTA-FEIRA, 22 DE JUNHO DE 1995

O hotel tinha um estilo fazenda e era bastante luxuoso. Uma combinação agridoce misturando-se a estilos rústicos e modernos. Era a primeira vez que estava na Bahia e, em tese, deveria estar inebriada pela magia do lugar, mas não consegui. Só pensava na maldita promessa. Descobri há pouco, por Cauã, que era tradicional as entidades se encontrarem em eventos festivos. Principalmente as festas juninas e o carnaval. Em tese, era o momento perfeito para colocar meu plano em ação. Mas não hoje. NÃO HOJE!

Enquanto Cauã e Gabriel faziam o *check-in*, caminhávamos em volta da piscina e paramos no bar. Lina pediu um suco de laranja. Eu pedi uma água. Perguntei:

– Por que esperar até amanhã? Não consigo entender!

Lina revirou os olhos. Confesso que, a cada segundo que passava, eu ficava mais agitada e, por conta disso, perturbava meus amigos.

– Não entende a minha urgência? – Entreguei o suco a Lina.

– Sim. Acredite. Entendo. Você já deixou isso bem claro em telefonemas, mensagens, sinais, entregas de flores para uma quantidade inacreditável de entidades e em diversos momentos. – Torci o nariz. Lina prosseguiu. – Isso em apenas dois dias… O que era aquilo que fez no quintal de sua casa? Dança da chuva? E os espantalhos?

Rosnei:

– Eu estava me comunicando com as entidades primárias, informando-lhes que iria cumprir a minha promessa. Eventualmente.

Aprendi sobre as entidades primárias. Como elas interferem, orientam uma diversidade incalculável de elementos em diversos mundos, ou sistemas solares, para a mais perfeita simbiose ou a mais catastrófica aniquilação. Estava, justamente, tentando falar com elas: Aracy ou Tupã. Aracy poderia me ajudar. A Grande Mãe, que guarda a todos com o modelo de vínculo incondicional e estimula a sinergia, poderia me dar uma luz. Tupã poderia também mandar mensagens para Nhanderuvuçú. Por meio de suas mensagens, por raios, trovões, relâmpagos, poderia ser o meu grande mensageiro. Quem sabe Nhanderuvuçú me ajuda? – elucidei-a.

– Além do mais, aqueles espantalhos, não eram, de fato, espantalhos. Eram bonecos que captam pensamentos bons.

Ela riu e disse:

– Não deveria, mas estou me divertindo demais com sua promessa.

Lina pegou seu suco e fez menção de bebê-lo. Pausou. Sua expressão se transformou. Antes descontraída, agora estava felina, examinando algo. Olhei em sua direção e avistei o rosto familiar de um homem, cruzando a piscina do hotel. Supostamente, não poderia imaginar que, só porque ele era lindo e careca, fosse o rapaz que lutou contra Alex. No entanto, reconheci a forma como ele andava, como se estivesse se preparando para conquistar um reino, mas, ao mesmo tempo, parecia carregar o mundo em suas costas. Ele era careca e de estatura alta. A marca parecida com a letra "G" em seu pescoço. Consegui ver seus olhos azuis e belos, mesmo de longe. Apesar de emanar luz em seus olhos, sua expressão facial era pura escuridão.

A luz do Sol o favorecia. Sob uma camada fina de uma túnica branca e calça jeans, seu vigor impressionava. Como o rosto, o corpo parecia esculpido de maneira bruta e fazia supor uma energia prestes a explodir.

– É ele...

O tom de voz tenso sombrio e frustrado de Lina expôs um nervosismo que me deu arrepios. Sem perder tempo, ela foi ao encontro ao rapaz. Eu a acompanhei.

Ele parou, incapaz de continuar, já que bloqueamos sua passagem. Seu olhar deixou claro que ele nos reconheceu. Lina não perdeu tempo e disse:

– Onde está Alex?

– Quem é Alex? – O rapaz respondeu com a sua feição apática de início e riu, incapaz de terminar sua frase. O rapaz não se intimidou com a fúria de Lina.

– Não se faça de desentendido. Você não tomou água no torneio. Notamos. Estou sem paciência. Alex, a moça contra quem você lutou há um ano. Infelizmente, você ganhou e ela teve que acompanhá-lo. Desde então, não sei onde ela está. Por um acaso você sabe?

– Eu lutei contra Angélica – ele corrigiu aos risos. – Você, minha cara, é que não está entendendo – zombou.

– Angélica! Você nem sabe o nome dela!

Lina estava partindo para um confronto e eu tive que interferir. Segurei no braço de Lina e disse:

– Realmente, Alex disse que ela havia mudado seu nome, devido a uma crise familiar.

– Como ela está? – Lina voltou ao inquérito do rapaz, assim que constatou que ele disse a verdade.

– Calma, ela está bem… – Elevou as duas palmas das mãos, em rendição. Refletiu. Ele parecia esforçar-se para ser cavalheiro, mas notei que o elemento ocultava um lado bem menos civilizado. Prosseguiu. – Estou cuidando muito bem dela.

– Onde ela está?

– Na nossa casa – respondeu o rapaz.

Lembrei-me do comentário de Cauã durante o duelo de que aquele homem não parecia ter uma força comum. Está certo, eu poderia ter um raciocínio lento, mas funcionava quando necessário.

– Por que ela não entra em contato conosco? – Lina continuava com o inquérito, já boquiaberta e incapaz de acreditar.

O rapaz elevou a palma das mãos em uma demonstração de que não estava interessado na discussão:

– Escute aqui… ela está bem e não estou com tempo para responder sua lista exagerada de perguntas.

Foi então que perguntei:

– Quem é você?

– Antônio – ele respondeu. – Preciso ir. – Virou-se.

– Não – persisti. – Não perguntei o nome.

Foi aí que o rapaz mudou sua expressão de indiferença para total ironia. E com isso ele deu outro passo para trás, inclinou-se em uma vênia irônica, que me colerizou. Com uma elegância incomum, seguiu seu caminho. Ao virar-se, vi um animal agitado dentro do compartimento e notei que era um lagarto. Cutuquei Lina enquanto ela olhava perplexa a indiferença do rapaz ao se distanciar de nós e entrar em um dos elevadores.

– Ele carrega um lagarto – indiquei.

– Um Teiú. – Lina cerrou os olhos e em seguida os arregalou, assustada. – Ele é o príncipe perdido!

– Quem?

Lina respondeu:

– Ele é o famoso príncipe que foi banido para nosso mundo, vindo de um sistema solar similar ao nosso. Seu planeta é Gaha, um planeta menor, mas idêntico à Terra. Há humanos que também representam aquele planeta. Um mundo sofrido – ela refletiu e arregalou os olhos. – A Letra "G" em seu pescoço! – Ela falou tão alto que reparei algumas pessoas olhando. – "G" para Gaha! – Ela coçou a cabeça e comentou: – Ele realmente existe! – Ela colocou a mão na testa e praticamente rosnou quando disse: – Foi por isso que Tupã mandou uma mensagem de que não poderíamos resgatar Alex?

– Espere aí! – Precisei de um momento. Tudo estava muito confuso. – Tupã mandou mensagens para você? Ele manda mensagens direto a você?

Está, confesso, cogitei a possibilidade de pedir para ela enviar um recado para ajudar-me com meu plano, mas não falei nada.

Lina não conseguia pensar direito e murmurava:

– Agora consegui entender por que não poderíamos interferir! Ela está sob custódia do Príncipe Teiú! Nossa! Onde ela se meteu?!

Lina andava com urgência em uma mata, ao lado da piscina. Ela estava pensando, juntando as peças, e precisava se distanciar dos ouvidos curiosos dos hóspedes. Assim que chegamos a uma distância segura, ela continuou:

– Isso não pode ter acontecido. É claro que Alex jamais ganharia aquela competição. Ela precisava ter se preparado mais para lidar com um lutador desse porte – ela já falava sozinha. – Ele existe!

Fiquei ali, ao lado de Lina, desconcertada. Observando. A esse ponto, o camarada já havia sumido, entrado no hotel. Lina, enquanto isso, falava sem parar. Nervosa. Ela olhou para as nuvens revoltas e perguntou:

– Como ela pode estar bem?

Assustei-me ao ver o corpo de Lina tremer, como se tivesse levado um choque. Olhei em volta, mas ninguém percebeu.

– Droga, odeio isso.

– Tudo bem? – perguntei, ao vê-la segurar em uma das árvores, ofegante.

– Tupã acabou de repetir a mensagem. Não tenho permissão de me meter. – Então exclamou e estapeou o tronco da árvore. – Droga!

– E agora? – perguntei, interrompendo a autopiedade de Lina.

Ela inspirou o ar para se acalmar e indicou:

– Vou falar ao Gabriel. Percebi a extensão do problema somente agora. Ah, Alex! Como você foi se meter nessa maldição!

– Que maldição?

Cauã e Gabriel se aproximaram de nós. Gabriel disse:

– Vamos descansar? Hoje haverá uma festa no hotel. Amanhã, Joana tem uma importante tarefa.

Preocupação rasgava em seus olhos, mas ela se controlou. Então se virou para mim e disse:

– Gabriel está certo. Estou cansada.

Lina firmou seus lábios, mas seus pensamentos eram bem claros a partir de sua expressão sombria. Gabriel suspirou, resignado, encarou Cauã, meio sem jeito, pegou a mão de Lina e disse:

– Encontramos vocês mais tarde.

Nós os seguimos em direção ao hotel. Minha vontade era de abraçar Lina e lhe dizer que estava tudo bem. Por que ela estava tão incomodada com o Príncipe Teiú? Qual era a ligação entre aquela entidade e Alex? Qual era a maldição?

Tropecei no meio do caminho ao sentir um choque. Logo em seguida lembrei da minha promessa. Cauã me segurou. Ele abriu a porta de nosso quarto. De alguma forma insana precisaria segurar a minha ansiedade até amanhã. Fechei a porta do quarto, e decidi mudar o assunto que se repetia a cada mísero segundo. Era melhor pensar no Príncipe Teiú. Isso!

– Descobrimos que Alex está com o Príncipe Teiú. Isso faz sentido? – eu disse.

– O que disse? – Cauã parou.

– Alex lutou e foi levada pelo Príncipe Teiú. Conte-me sobre… quando vou abrir o portal? Droga! Sobre a mal-di-ção do P-Príncipe Teiúúú. – Não

tive intenção, mas minha força foi tanta para manter-me interessada que terminei a frase fazendo um bico.

Cauã reagiu de imediato. Ele murmurou algo estranho para si mesmo. Estava irritado. Mantive-me paralisada, encarando-o, buscando desesperadamente ficar nesse novo assunto. Ele me encarou tão profundamente que pude ver o desespero estampado em seus lindos olhos âmbar. Meu corpo reagiu instantaneamente. Um choque arrebatou minha nuca e percorreu pelo caminho do pescoço até os joelhos, arrepiando cada pelo de meu corpo. Sorri, encabulada, não consegui resistir. Ele amansou. Piscou algumas vezes. Para minha surpresa, ele pareceu mudar completamente.

– Conte-me – pedi, esforçando-me para manter foco no assunto.

– Ele é um príncipe oriundo de outro planeta, idêntico ao nosso; Gaha. Um príncipe com um temperamento imprevisível e difícil. Quando bebê, foi adotado por um rei ao saber que era filho do Guaraci; entidade do Sol em seu sistema solar. Dizem as más línguas que o rei adotou o menino para se apropriar das riquezas do Sol. Também dizem que Guaraci deu o menino diante do temor de Antônio ficar cego pela vaidade ou pela onipotência, caso soubesse que era o filho da entidade do Sol. Um temor que todos nós temos.

– Por quê?

Cauã retirou sua camisa, expondo seu belo peitoral. Perdi o fio da meada. Voltei a pensar em minha promessa. Internamente, amaldiçoei a mim mesma por ter sido uma imbecil ao subestimar o efeito dessa palavra. Ele continuou:

– O rei acabou chantageando Guaraci por anos, após ter aceitado criar seu filho, e esse menino, ao crescer, se tornou exatamente aquilo que Guaraci temia. – Ele fechou as cortinas e eu liguei a luz do quarto; prosseguiu. – As entidades responsáveis por aquele mundo passaram por diversos desafios que vamos enfrentar. Mas ter que testemunhar o filho se tornar um homem com esse temperamento foi cruel. Acredite, eu sei.

– Sabe?! – perguntei boquiaberta. Ele balançou a cabeça, divertindo-se com a minha curiosidade e me calei. Ele andou até o banheiro e fechou a porta, selando a luz solar do quarto. O que ele estava fazendo?

– O seu mundo sofreu. As entidades tiveram um trabalho inimaginável para resgatar a harmonia no humor dos seres vivos. Um dia, o rei sumiu e atribuíram esse sumiço ao príncipe.

Cauã passou os dedos pelas minhas costas. Arrepiei-me. Droga! Ele me seduzia, mas eu só pensava na promessa! Na verdade, não sabia se eu estava excitada pela sedução ou pela antecipação de concluir minha promessa. Ah! Estou ficando louca!

– Decidiram matar o menino. Guaraci, para proteger seu filho e, ao mesmo tempo, para lhe dar uma lição e obrigá-lo a mudar seu temperamento, jogou um encantamento, uma espécie de maldição, e o baniu para este mundo através de um portal.

Ele desligou a luz do quarto, deixando-nos em um breu. Eu não conseguia ver absolutamente nada. Escutei sua voz vindo em minha direção.

– Disse que daria a permissão para seu retorno somente após provar que mudou seu temperamento. Ele foi obrigado a deixar de lado sua beleza, para conquistar uma moça unicamente com seu temperamento e seu discurso. Ele deve ter um filho com ela para conhecer o amor entre pai e filho. Essa seria a prova que seu pai ordenou.

Foi então que percebi seus dedos caminharem do meu ombro até minha cintura. Senti cada pelo de meu corpo arrepiar com o singelo toque. Nisso senti seu beijo em meu pescoço:

– Imagine você fazer amor com quem nunca viu, nem conhece e com um temperamento de um monstro. Com alguém cuja humanidade você só conhece pelo toque das mãos e da respiração pela boca. Imagine.

– Deve ser terrível... – comentei, meio em órbita, meio em Terra firme. Ao perceber que Cauã já levantava o meu vestido, voltei à Terra. Estava agitada e realmente confusa. Precisava me distrair para não cair de joelhos e pedir para abrir o portal pela quinta vez. Enfim, eu pensava em tudo menos em fazer amor.

Distanciei-me, liguei a luz.

– O que Alex tem a ver com a maldição do Príncipe?

Cauã estava em pé, descabelado, aparentemente com uma dificuldade imensa de segurar seu autocontrole. Reclamou:

– Preciso descobrir o que está detrás de seus olhos.

Revirei os olhos. Após um ano convivendo com essa energia, sem desmantelar, ou matar, ou destruir nada, poderia alegar que era inofensiva e, por isso, irrelevante. Cauã sentou-se na cama. Balançou sua cabeça, murmurou algo para si mesmo.

– Responda! – exigi. – O que acontecerá depois de Alex gerar um filho dele?

– Pelo visto… De acordo com a reação de Lina e todas as evidências, Alex foi a escolhida e, sobre a sua segunda pergunta, não sei o que acontece depois.

– Mas… ela não viu o príncipe? Digo, foi ele que lutou contra ela!

Cauã refletiu e disse:

– Você está certa… algo não bate… De acordo com a maldição, ela não poderia vê-lo.

– Isso não faz sentido.

– O nome verdadeiro dela é Angélica – resmunguei.

Cauã olhou confuso; balançou a cabeça.

– Precisamos ao menos ter a certeza de que ela consente com tudo aquilo. Nem a entidade primária tem o poder de munir o livre-arbítrio de Alex. – Negou a si mesmo. Então sugeriu. – Vamos descansar. Mais tarde vamos à festa. Ainda mais, você precisa se a-cal-mar.

– Droga. Você percebeu meu desespero?

– Esse é o efeito de sua promessa. – Cauã pausou. Passou sua mão nos cabelos, desconcertado. – Por isso que fiquei tão desconcertado naquele dia. Você entrou em obsessão, como assumiu o compromisso de cumprir a sua promessa de imediato. Imagino que esteja… – Revirei os olhos. Intensamente frustrada, bati meu pé no chão, em birra. Cauã riu. – Peço apenas uma única coisa. – Ele me encarou nos olhos. Sorri, inadvertidamente. – Não olhe nos olhos de ninguém. Escutou? NINGUÉM!

Ele abriu um saco de lona estranho, o qual não tínhamos trazido, e sacou do armário um cabide com um vestido típico de festa junina.

– Eu não vou usar isso! – contestei imediatamente.

– Fale com Lina então. – Cauã o pendurou no armário.

Bufei, desgostosa. Então, voltei a pensar na maldita promessa.

– Não vou sobreviver até amanhã! – gritei e tampei o rosto com o travesseiro.

45
FESTA JUNINA

BAHIA, QUINTA-FEIRA, 22 DE JUNHO DE 1995

Em um campo aberto, havia diversas barracas coloridas com comidas típicas, doces e bebidas. No meio, havia uma tenda colorida, imensa, do tamanho de um circo, com uma pista de dança decorada com bandeiras e fitas coloridas. Luzes coloridas acompanhavam a animada melodia de forró. O clima me contagiou. Fez-me esquecer do meu drama. Passei a cantarolar e me movimentar ao lado de Cauã, infectada pelo batuque distorcido da banda ao vivo. Adorei a forma animada com que os integrantes da banda tocavam a música.

Havia diversos casais dançando. Sorriam e entrelaçavam as pernas de acordo com a música. Também foram inebriados pela animação da banda local.

Avistei, no meio da multidão de dançarinos, um casal que se destacou com movimentos diversificados e bem ensaiados. Esse casal enfeitava a dança em uma cronografia genuinamente criativa. Eram bons, realmente bons. Exibiam sinergia e alegria. Pareciam em lua de mel. Verdadeiros dançarinos em total sintonia nos passos.

Mantive a minha atenção nesse casal ousado até que consegui ver o rosto da mulher. Era Lina, e logo reconheci que o rapaz era Gabriel.

Lina também usava um vestido típico azul e que a deixava ainda mais maravilhosa. Parecia uma ninfa de roupa típica, uma fantasia sexual de qualquer homem. Gabriel não vestia uma fantasia, não precisava. Ele já era em si uma fantasia sexual feminina.

Ambos pararam de dançar assim que Gabriel no avistou e alertou Lina com seu dedo. Ela sorriu e lançou as palmas das mãos para o alto, em comemoração, ao me ver com o vestido. Eles saíram da pista de dança e nos alcançaram.

– Eu lhe disse que Joana ia vestir! – Lina disse ao Gabriel enquanto me abraçava. – Como você está?

– Pior do que você. – Observei uma verdade inegável.

– É a animação da dança. Consegui distrair-me da raiva. – Ela pegou em meu braço. – Você está conseguindo pensar em outra coisa além da sua promessa? – Eu a encarei com olhos raivosos. – Conte, produziu quantos espantalhos? Já pendurou em seu quarto?

Não respondi. Tampouco acompanhei Lina na gargalhada.

– Por que você está produzindo espantalhos? – A voz de Cristiano surgiu da multidão. Saltei e lhe dei um abraço, uma ousadia movida pela saudade. Cristiano retribuiu. – Posso ver os espantalhos? – ele perguntou.

– Não pergunte, Cristiano! Vamos distrair Joana. Para isso, precisamos ficar perto da pista de dança. – Lina me puxou. Cristiano cumprimentou os amigos e acompanhou os dois, seguindo-nos. Notei a reação da mulherada em volta. Realmente, era covardia desfilarmos com esses monumentos, deixá-los à mostra, para que a mulherada fantasiasse, sem esperanças.

Sim, sem esperanças! Pelo menos no que diz respeito ao Cauã. Eu não tinha a aparência de uma modelo. Não era magra nem tinha traços simétricos como a minoria da população. Minha aparência era natural, e eu não mudaria nada, nenhum traço ou centímetro. O amor de Cauã me bastava e estava confiante de seu sentimento. Deixei de querer agradar aos demais e passei a focar em quem eu realmente me interessava: Cauã.

Aliás, onde estava Cauã?

Cristiano me puxou para dançar. Lina dançava com outro homem. Vaguei meus olhos e avistei Cauã, sentado, ao lado de Gabriel em uma mesa próxima.

Logo em seguida, vi Antônio no outro lado do saguão. Ele estava sentado no lado do bar e bebia cerveja, conversando com uma moça. Ela aparentava estar bastante interessada. Cruzava as pernas e se debruçava para perto dele, estufando o peito para aumentar o volume de seus seios, direcionados como um satélite para o seu alvo. Então vi os dois se beijarem. Comentei:

– É o Príncipe Teiú.

Cristiano olhou na direção do bar e fechou a cara.

– Ele é o famoso príncipe? Achei que estaria sob forma de Teiú.

– Ele se transforma mesmo? – perguntei e parei de dançar. Era uma distração intrigante. Melhor do que a... Isso! Precisava focar no príncipe. A história dele, assim com sua maldição, era atraente. Digna de manter-me ocupada até parte do dia de amanhã. Veja bem! Uma mulher ser sequestrada por um homem que luta como um bárbaro, lindo de morrer, forte ao ponto de intimidar qualquer oponente, interessante ao ponto de carregar conhecimento de outro mundo. Tentei achar pontos negativos para essa história... ah, tá. Depois de a criança nascer, não se sabe o que acontecerá. Mas uma criança é um verdadeiro tesouro e também não consegui ver nenhum ponto negativo nessa questão.

– Oi! Está se distraindo? – Lina apareceu inadvertidamente. Saltei assustada. Achei que meu coração havia fugido pela boca. Assim que vi Lina, recuperei-me rapidamente. Droga, por que ela me lembrou do portal? Vacilei. – Posso dançar com Cristiano? – ela pediu.

Larguei Cristiano. Passei a andar em direção a Cauã, ou Príncipe Teiú, ou... em direção a algum lugar. Foi então que fui surpreendida pelo belo índio que dançava com Lina momentos antes. As mãos firmes dele circularam minha cintura e me deu muito pouco espaço para movimentar-me. Assustei-me e, sem querer, encontrei seus olhos. Meu queixo caiu ao sentir um arrepio incômodo em meio às pernas. Subitamente escapou-me a vontade de experimentar um beijo do índio, só um beijo e não se fala mais nisso. Engasguei. Meus pensamentos me traíram. Eu os reprimi. Voltei a pensar na promessa. Onde estava mesmo?

– Você tem olhos encantadores – o índio comentou com um tom de voz suave, quase feminino. Minha emoção paralisou, perplexa diante do desejo que cresceu sem permissão. A razão já havia desistido de se manifestar e apenas bufou. Dançamos nos entreolhando como se estivéssemos hipnotizados e ele disse: – Seu silêncio me encanta também.

Sim! Sou uma mulher encantadora. Agora me largue!, pensei, revoltada com meu corpo. O que estava acontecendo comigo? Será que a promessa já estava afetando meu julgamento de vez? A energia? Subitamente consegui entender por que Mauro e Cauã quiseram me manter em casa, sem me expor. Ah! Tive vontade de berrar! Com a força que não sabia que tinha, fechei os olhos, lacrei a boca e me libertei dos braços desse índio, deixando-o confuso na pista de dança. Eu precisava de uma palavra de sabedoria.

Segui em direção à praia. Eu precisava falar com a Lua. Balancei-me para distrair meus pensamentos. Foquei nos arredores. A praia era linda, com ondas mansas, e a areia tocava os meus pés com maciez. Havia diversos coqueiros e árvores espalhadas, o que contribuía para um visual paradisíaco. Decidi parar para olhar o reflexo da Lua no mar e respirei a brisa. Subitamente ouvi o gemido de uma mulher pela mata. Captei aquela brecha para redirecionar minha atenção. A pura e simples distração. Segui na direção do grito. Por detrás de um arbusto, flagrei um casal se beijando ardentemente. A mulher enroscava as pernas na cintura do rapaz e sentava em uma pedra. Não pareciam fazer sexo, isso porque estavam completamente vestidos, mas estavam próximos do ato, certamente. Beijavam-se e acariciavam-se. Ele a prensava em uma rocha, enquanto ela passeava as mãos sobre seus braços. Trinquei meus olhos para pescar traços desse casal. Meu queixo caiu ao constatar que o rapaz era Antônio.

Confesso que fiquei alguns segundos olhando, sem saber como me comportar. Ele não deveria conquistar Alex? Eles tinham uma espécie de compromisso. Não tinham? Balancei a cabeça, novamente. O tormento fez-me voltar a pensar na promessa.

Em um estouro saí dali e corri até a praia em busca da Lua. Precisava de outro norte.

Um punho forte cravou em meu braço, forçando-me a parar. Olhei na direção do ofensor, assustada. Era o índio que não perdeu tempo com palavras. Segurou minha face com as mãos e me beijou com um carinho incoerente com sua pegada bruta. Com um estalo, libertei meus lábios dos dele. Sem saber se eu estava enojada comigo, ou com ele, ou com o gosto amargo de seu beijo, reclamei com um grito. Ele, notando a evidente repulsa em minha face, me largou. Queria bater nele pela violência, mas desisti. Ao contrário disso, corri. Sem olhar para trás, fugi. Precisava da Lua. Por que não fiz exatamente o que Cauã pediu? Por que me permiti olhar nos olhos do índio? Haveria uma explicação para tanta idiotice?

– Ajude-me! – pedi assim que encontrei uma rocha para esconder-me do mundo. A brisa do oceano acariciou o meu rosto, mas não me confortou. Passei a soluçar.

– Você entrou em obsessão quando fez a promessa. Além do mais, para piorar o seu estado de descontrole, há uma energia estranha que cresce em você e a confunde. Foi o que Mauro tentou alertar – ela respondeu. – Quando a encontramos, você havia apresentado essa energia estranha, mas era pequena demais para nos preocupar. Hoje, ela é pulsante!

As lágrimas passaram a cair sem controle. Minha vontade era de fugir, de voltar à minha origem. De desmantelar. Como eu queria sumir e me encolher nos braços da Lua. Chorar até minha vergonha passar. A reação de meu corpo diante do índio me chocou muito mais do que eu poderia imaginar.

– Encanto de Iara! Melhor desmantelar logo! – pedi, amargurada. Qualquer coisa era melhor do que a vergonha e o desejo que sentia. Qualquer coisa era melhor do que ver a feição traída de Cauã. Agi como uma otária, sem rumo ou controle. Cauã não merecia isso, nem a mim. Quem sabe, voltando com outro nome, outra vida, eu finalmente estivesse preparada para valorizar esse amor? – Meu corpo... – Engasguei com a confissão. – Ele está infectado.

– Você não pode desmantelar. – Lembrei-me da minha promessa a Cauã e, derrotada, assenti. – Joana... há uma explicação para tamanha energia. Sei que há!

Confusa, mas sem forças para argumentar, pedi:

– Energiza-me?

– Claro. Você já sabe o que fazer.

Vi uma ponta de luz no mar e fui na direção dela. A Lua havia acertado um ponto um pouco distante da beira da praia.

– Nossa, está distante – reclamei.

– É o que consigo. Notou as nuvens?

Fui em direção à luz apontada no mar. Estava fria a água, mas eu sabia que, assim que chegasse ao ponto, ia esquentar. Nadei e senti a energia entrando eu meu corpo. Era uma sensação boa. A energia da Lua me acalmou, aliviou um pouco e mergulhei.

– Está bom? – a Lua perguntou. Sua voz estava distante. Realmente era difícil de ela alcançar.

Agradecida pelo amortecimento dos sentimentos que me corroíam aos poucos, eu respondi:

– Claro. Obrigada.

As nuvens encobriram a Lua completamente e o ponto de luz sumiu, me deixando no frio da água do mar. Julguei, pela tempestade que formava, que a Lua não teria como me abordar novamente. Mergulhei e nadei lentamente em direção à praia. Mergulhei novamente e, de fato, sentia-me melhor. Foi então que senti que uma mão masculina segurou meu braço esquerdo e me interrompeu. Assustei-me e passei a engasgar debaixo da água. Ele me levantou e foi então que vi. Era justamente quem eu mais temia.

– Fiz ou falei algo que não deveria? – o índio perguntou.

A pergunta foi feita com tanta calma que demorei um tempo para entendê-la. Depois abri e fechei a boca sem saber como responder na instabilidade da água. Estávamos ambos no meio do mar e as ondas passaram a ficar mais agitadas, pude sentir a água esfriar gradativamente em meu corpo enquanto ele me encarava.

– Por que me seguiu? – perguntei trêmula de frio ou nervoso.

Ele me beijou novamente, sem anunciar. Eu não tive chance de virar o rosto. Senti novamente seu gosto amargo, como se fosse limão azedo. Tentei distanciá-lo com as mãos, sem sucesso.

Sua boca foi afastada subitamente. Abri os olhos e o vi arremessado para outra extremidade da praia. Acompanhei boquiaberta a violência do arremesso. Ele voou metros de distância e achei tê-lo visto se transformar em uma cobra, mas pode ter sido o desespero. Resoluta, ciente de que esse arremesso só poderia ter sido com a força de Cauã.

– Desculpe-me – disse com os olhos fechados, temendo ser Cauã. – Você estava certo! Tranque-me no quarto para sempre!

– Mulheres! Seres fracos, mesmo como entidades secundárias. Você não chega aos pés de Angélica!

Abri os olhos, assustada.

Antônio trincou os olhos ao estudar os meus e assumiu:

– Não era para ter intervindo.

Cerrei os meus, agora injuriada. Sabendo que não corria o risco de ter sido flagrada, parti para o ataque. Até porque o babaca do Antônio não tinha a menor capacidade de me julgar.

– Seu babaca! – respondi gritando. Estava nervosa e não devia explicação para ele. Então me lembrei do assunto que interessava realmente. – Como está Alex? – perguntei, desviando do assunto em questão.

– Eu lhe disse que Angélica está bem.

Ah, sim... Angélica.

– Vocês estão juntos? Digo... porque você estava com outra há pouco tempo...

Antônio riu:

– Estamos juntos, sim... – Ele me encarou e comentou ironicamente. – Assim como você está com Cauã.

Sua arrogância me deixava repugnada. Estava com frio, longe da costa, boiando como uma merda no meio do mar e acompanhada de um réptil. No entanto, ele me segurava com uma cordialidade incomum no mar. Vilão ou mocinho? Uma dissonância que intrigava.

– Por que beijou outra? – Balancei a cabeça, confusa. Milhões de perguntas pipocaram em minha mente e precisava organizá-las. Mudei de assunto, movida pela curiosidade. – Você não precisa de Alex para quebrar sua maldição?

Antônio fechou a cara e me encarou furioso.

– Quem você é para investigar a minha vida? Quem lhe deu permissão? – Paralisei boquiaberta ao ver a sua súbita explosão de temperamento. Ele riu e continuou: – Você é uma menina, não chega aos pés de Angélica.

Respirei fundo para relaxar. Perguntei.

– Como me descobriu aqui?

Ele comentou:

– Eu a vi na mata, larguei a mulher e vim a seu encontro. Foi então que vi o camarada atrás de você e achei que deveria intervir. Fiz bem?

– Obrigada.

– Tudo bem... – Antônio murmurou.

– Você não acha que deve respeito a Alex? – perguntei e ele riu.

– Respeito! Para uma prostituta?

Então, todo o pequeno respeito que parecia emergir se quebrou com sua resposta. Perguntei, ainda mais confusa:

– Mas você disse que eu não chegava aos pés de Angélica.

Aos risos, comentou:

– Justamente.

Revoltante! Antônio era repugnante! Não acreditei que já parecia dar crédito a esse cafajeste! Agora se tornou ainda mais evidente a minha infantilidade. Como eu era patética! Ignorei seu comentário e passei a nadar de volta. Ele me alcançou facilmente. Cravou os dedos em meus braços.

– Largue-me – eu repeti, estremecendo.

Ele comentou:

– Você tem alguma ideia do que já fiz pela Angélica? Mulheres são ingratas, fracas e não são confiáveis.

Libertei-me das mãos de Antônio. Sinceramente! Segui em direção à orla quando ouvi uma embarcação chegar perto. Antônio se distraiu e olhou ao lado. Eu fiquei imóvel, talvez aguardando a evolução dos eventos. Era uma embarcação pequena com um tripulante somente. Ele pegou sua pá de bordo e a lançou em direção de Antônio, que este tornou a nadar para a praia com uma velocidade impressionante. Abri e fechei os olhos algumas vezes. Logo em seguida, um homem esticou a mão em minha direção e eu acabei embarcando em seu barco.

– Menina tola! – O homem malcuidado, com cheiro de peixe, falou. – Não sabe escolher homem!

E jogou uma escada de corda. Tive um pouco de dificuldade em me equilibrar nos degraus, mas subi no barco.

– Obrigada pela sua ajuda – disse assim que embarquei. – Não precisa me levar à costa. Não estou tão longe assim.

– A maré está alta e as ondas quebrando. Entre e não discute! Infelizmente acabei sabendo em detalhes de sua aventura! Menina tola! – O homem chegou bem perto, como se a proximidade lhe permitisse ler meus pensamentos. Examinou meus olhos e perguntou. – Você queria ajuda?

– Mas é claro! – exclamei. – Quero ajuda! Muita. – Fui sincera, mas pensei em minha promessa. Será que, ao abrir o portal, instigaria Rodrigo a aparecer, será que ele iria cair na isca e se desmascarar? Será que, com isso, resolveria o problema de sinergia entre as entidades, ou criaria outro? Será que eu sobreviveria se não desse certo? Que diabos! Acabei de ser atacada por outro homem, acusada de ter traído Cauã, e ainda pensava na promessa!

O homem refletiu em minha resposta. De um lado para outro, como um bêbado, caminhou de forma desajeitada pelo convés da embarcação. Entrou no pequeno passadiço e ligou o motor.

– Vou levá-la até a costa. Depois não quero mais vê-la!

Ele parecia bastante nervoso.

– Desculpe-me pelo incômodo – respondi envergonhada. Recolhida, torci os dedos uns entre os outros. De uma forma estranha, esse louco e rude homem me acalmou, um pouco.

– Há um ano resgatei um homem jovem como você. Mas, no caso dele, eu o fiz com gosto. Ele estava amando, feliz. Você, ao contrário! Está cavando a própria cova!

Foi assim que acabei chegando a terra. Sob injúrias e sermões, acabei, finalmente, colocando meus pés na areia.

– Obrigada e, mais uma vez, desculpe-me pelo ocorrido.

– Não se desculpe para mim! – falou o homem. – Desculpe a si mesma!

– Qual é seu nome? – perguntei.

– Pescador – o homem respondeu.

– Obrigada, Pescador.

Com isso, ele disparou seu barco para o horizonte. Eu observei, cruzando os braços para proteger-me da brisa. Meu corpo molhado tremia de frio. Para mim, a festa acabou. Tornei a andar para o quarto, sem pressa. Logicamente, olhando para o chão, ouvia a todo momento. Ouvi a voz da Lua:

– Menina tola!

Parei. Indignada e sem paciência para brincadeiras, exclamei:

– Por quê?

Aos risos, ela comentou:

– Esse pescador é um rapaz interessante. Ele tem um relacionamento colorido e bem conturbado com Ieda.

Não quis sorrir. Imaginei que a Lua quisesse me alegrar. Foi uma noite difícil. Voltei a andar. No entanto, nesse momento, eu precisava me esquentar. O vento da madrugada rasgava minha pele molhada. Caminhando a passos largos, sem conseguir pensar em meio ao frio, segui em direção ao hotel. Eu estava agora em frente à porta do hotel, pulando de frio, esperando um atendente abrir as portas do fundo, quando a Lua perguntou:

– Vai falar com Cauã sobre o beijo?

– Não consentido! – rosnei com bastante sinceridade.

– Conheço o rapaz. Ele não é de roubar beijos sem consentimento. Foi a sua energia. – Eu estava arrepiada de frio, confusa, e agora decepcionada não somente comigo, mas também com a Lua. – Não permita que essa história seja outro segredo. Conte para Cauã.

– Como assim, mais segredos?

Comecei a sentir impaciência com tanta confusão. Decidi pôr um fim no diálogo que, ao que parecia, não caminhava a lugar algum. Apontei um dedo à Lua, em um gesto intimidador, e gritei:

– Esqueça! Eu não quis aquele beijo e não foi nada!

– Você contará a Cauã!

– Nem matando! Não quero que ele se incomode com isso! Além disso, é a energia estranha! – argumentei com firmeza. – Aliás, por que insiste que eu devo falar sobre o incidente ao Cauã?

– Porque é certo. Acredite no amor de Cauã. Não permita que essa energia mine ainda mais seu sentimento. Esse é o conselho que eu, e o meu amante, o Sol, lhe damos.

Meu queixo caiu. Ela falou demais, fofocou, tagarelou, deu com a língua nos dentes! Irritada e traída pelo meu elemento, que não conseguia controlar o seu ímpeto de falar, calei-me. Virei de costas. Cortei a multidão de gente da festa e fui direto ao hotel. A Lua me dedurou, no mínimo. Nesse caso, eu não teria alternativa, ou teria?

– Senhora? Está bem? – Um atendente perguntou, obviamente assustado. Deve ter me visto discutir com os céus. Ele deve ter concluído que eu era insana. E estava certo.

– Sim, sou louca! Insana! – confirmei o que imaginei ser a sua suspeita. Sem olhar para trás, entrei no hotel. Retornei para o quarto sem falar com ninguém. Queria ficar sozinha. Tomei um banho e botei uma camisola. Deitei na cama e fechei os olhos. Fechando-me para o mundo.

• • •

– Joana – ouvi a voz macia de Cauã me chamando. Eu o senti acariciar meus cabelos. Então senti seu beijo em meus lábios. – Você deve estar cansada. Vou avisar o grupo que você está bem.

46

O DIA SEGUINTE

BAHIA, SEXTA-FEIRA, 23 DE JUNHO DE 1995

Acordei arrepiada, curvada, como um felino assustado.

– Bom dia – Cauã disse, enquanto calçava o seu chinelo. – Vou à praia. Acho que é o melhor local para conversar com o Sol. Volte a dormir. Você está cansada.

Olhei para o relógio, que acusou cinco da manhã. Então lembrei-me de que o meu elemento havia inadvertidamente me dedurado no dia anterior. Tecnicamente eu tinha bastante subsídios para defender-me: primeiro, não consenti aquele beijo. Segundo, foi um acidente e não tive qualquer intenção de olhar para o índio. Terceiro, o índio insistiu, apesar de eu fugir. Ah, droga. Será que Cauã iria torrar o índio? Queimá-lo vivo?

Levantei.

– Vou junto – anunciei.

O belo índio não poderia, nem teria condições de defender-se contra a fúria do Sol. Precisava estar atenta à reação de Cauã e preparada para defender meu pobre ofensor e, se for necessário, me defender junto.

Cauã não questionou. Simplesmente pegou a minha mão e me guiou para fora do hotel. Também não estranhou meu interesse. Eu o acompanhei nessa faina durante esse ano por mera curiosidade em vê-lo encarando diretamente o Sol com os olhos abertos e sem piscar.

Momentos depois, sentia a brisa da madrugada e o observava, em silêncio, estendida na canga, quando a postura de Cauã, antes serena, passou para agitação. Sua feição foi se fechando e seus músculos do pescoço e ombros tencionaram. Ao mesmo tempo, tive a sensação de meu estômago virar do avesso. Ficou evidente qual era o assunto de sua conversa com o Sol. Cauã despertou do transe e partiu para a discussão.

– Eu pedi para você não olhar nos olhos de ninguém!

– Foi sem querer!

– Quem é o condenado?

Sentei ereta e meus olhos arregalados não escondiam o meu desespero. Meu corpo inteiro ficou tenso. Todas as possíveis palavras cuidadosamente arrumadas em frase, minha linha de defesa, evaporou. Passei a falar descoordenadamente:

– Cauã, não é tão ruim quanto parece – falei. Francamente! Até eu não acreditaria nessas palavras!

– Conte...

– Não foi nada... – Eu precisava de tempo para pensar.

Cauã me olhou irritado. Senti subitamente os meus músculos inflarem e perdi a noção de meu corpo. Automaticamente, passei da extrema paralisia para nervosismo descomunal! Sem conseguir me controlar, arremessei toda a probidade pelos altos assim que vi a sua fúria e comecei a rir de nervoso. Eu não sabia como dizer de forma que não soasse "tão ruim".

Cauã, ao testemunhar minha reação, inclinou-se de raiva.

Enquanto isso, eu buscava apoio sob um braço e gesticulava, com outro, pedindo um tempo para me recompor.

Cauã perguntou irritado:

– Minha cara a está incomodando?

– Não – respondi, gargalhando de nervosismo. – Desculpe!

– Vou saber de todos os detalhes de qualquer maneira. Descobrirei, inclusive, em qual quarto o filho da puta está hospedado! – Voltou seu olhar para o Sol.

– Não! Eu conto, prefiro... – gritei, agora resignada com a confissão.

Contei que estava buscando a Lua após dançar com um índio que, por sinal, dançou comigo e Lina (enfatizei bem o nome de Lina, pois ela estava envolvida tanto quanto eu!). Disse que me assustei e olhei diretamente nos olhos do índio, mas omiti os detalhes desnecessários sobre a reação de meu corpo. Fiz um rápido paralelo ao contar sobre ter visto Antônio com uma mulher na mata. Logo em seguida, voltei ao assunto. Contei sobre minha conversa com a Lua e que pedi para ser energizada no mar. Foi então, com a sutileza que uma mulher encontra nesse momento, que contei do beijo do moço. No entanto, busquei maquiar a cena, informando que havia sido um mal-entendido, já que ele não sabia que eu estava namorando e, é claro, me pegou de surpresa. Como poderia saber? Uma infeliz ocorrência, nada além disso. Contei que Antônio arremessou o cara para o outro lado do mar (ignorei o aspecto da cobra, já que poderia ser fruto de minha imaginação). No fim, sorri e concluí:

– Viu? Não foi assim tão ruim. Agora você pode me trancar no quarto para o resto de minha existência. Não me importo.

Cauã não disse nada. Cerrou seus olhos.

Fui salva por Lina, Gabriel e Cristiano, que interromperam nossa conversa.

Cauã, desfigurado de raiva, resumiu:

– Quer dizer que um homem avançou um beijo em você, sem o seu consentimento, e não foi tão ruim assim?

– Claro – assenti. Não importa a reação de meu corpo, era mesmo sem o meu consentimento. Além disso, não entendi de onde veio aquele desejo, a estranha e misteriosa energia, melhor ignorá-la.

Cauã continuou:

– Você disse que foi *um mal-entendido*?

– O quê? – Lina perguntou assustada.

Mostrei as palmas das mãos e elevei as sobrancelhas, exigindo uma interpretação mais amena da situação.

– Ok, sabe de uma coisa? Eu não tive culpa de nada, e a minha consciência está tranquila. – Olhei para o Sol, que pareceu queimar com a distorção das minhas palavras. Sim, eu era uma covarde, babaca e infantil. O que posso dizer? Não tinha como mudar da noite para o dia! Mantive a linha de pensamento errante. – Vou dar um mergulho no mar. O Sol está lindo, e o mar, maravilhoso.

Ao levantar, percebi que nuvens grossas encobriram o Sol em segundos. Olhei para Cauã furiosa.

– Não haverá Sol hoje – Cauã rosnou. – Você não vai a lugar nenhum. Ficará ao meu lado hoje. Eu a avisei que aquela energia estranha iria confundi-la!

– Lina também dançou com o índio – dedurei, apontando o dedo em sua direção. Ela bocejou e limpou os olhos mareados de sono. Um indicativo de que ela pouco se importou em ter sido dedurada. Automaticamente, olhei para Gabriel, que elevou uma sobrancelha, mas não se abalou com a notícia.

Indiquei, silenciosamente, a reação de Gabriel e comentei:

– Que sirva como modelo!

– Sei quem é o índio – Lina finalmente disse. – Ele realmente não sabe quem é Joana. Esqueça isso. Não seria uma boa hora para abordar Antônio para obter notícias de Alex?

– Não mova um músculo – Cauã me alertou ao levantar e voltar para o hotel ao lado de Lina.

– Relaxe, Joana. Já que não tem Sol, podemos curtir as nuvens – Cristiano comentou ironicamente e espalhou-se em minha canga.

Pateticamente abaixo do guarda-sol, sem a luz solar, comentei com Gabriel:

– Não sei o que fazer.

– Você precisa confiar no amor de Cauã. – Essas palavras, estranhamente iguais às da Lua, me deram arrepio. Ele continuou: – E em si mesma. – Sorri encabulada. Gabriel pegou em minha mão e prosseguiu. – Não é um beijo, ou um desvio qualquer que afastará Cauã. Principalmente porque você está inegavelmente afetada.

– Gabriel, não sei que pensar. Sinto que não controlo o meu corpo como deveria. Sinto-me… estranha… possuída… promíscua. – Estremeci com minha confissão. – A cada mês que passa, sinto-me mais estranha.

– Por causa disso, Cauã quer protegê-la. Por isso ele sugeriu que você fique reclusa e não se exponha.

Silenciei, sentindo-me culpada. Bati os dedos nas coxas, observei as nuvens, cocei a cabeça. Comentei:

– Minha mãe não saía de casa para se expor, a pedido de meu pai – comentei e ri da estranha semelhança. – Mas meu pai era… inseguro. – Sorri. Antes que eu pudesse explicar os motivos que sustentam os ciúmes de meu pai, Cristiano interrompeu:

– Porque ele está um bagaço enquanto sua mãe está maravilhosa!

Gabriel encarou Cristiano, que passou a estudar as nuvens. Isso me deu outra suposição:

– Talvez essa energia é porque sou imatura?

Precisava, desesperadamente, entender o que houve na noite anterior.

Gabriel me interrompeu:

– Não é isso. Eu lhe asseguro. Também não tenha pressa de amadurecer. Cauã é um cara bem experiente, um pouco amargo, e se beneficiará com a suavidade da juventude.

– Então diga isso a ele. Quem sabe o manterá ao meu lado?

Ele riu:

– Você acha que tenho cara de cupido?

– Acho que sim! – respondi, dando de ombros, com naturalidade.

Ambos riam descontraídos e Gabriel comentou:

– Idealista... Amante na arte de amar. Tudo, menos cupido. Não desencadeio amor, apenas o conheço.

– Ainda não desencadeia – comentou Cristiano.

– Quando o fizer, você será o primeiro afetado – Gabriel ameaçou Cristiano, que arregalou os olhos, preocupado.

– Hoje interfere naquilo que não é chamado... – Cristiano atacou.

– Só quando um amigo interfere no amor consolidado entre duas pessoas. – Gabriel atacou de volta.

– Mesmo quando a moça quer pular a cerca – Cristiano prosseguiu.

– Existem muitas mulheres disponíveis... não é preciso confundir a cabeça de senhoras casadas.

A conversa era paralela e tensa, mas, subitamente, Cristiano levantou seu dedo indicador, como se tivesse lembrado de algo, e sacou um saquinho de presente de seu bolso.

– Sua mãe pediu para lhe entregar.

Gabriel murmurou algo que não consegui decifrar.

Peguei o pacote. Cristiano explicou:

– Por um acaso, estava andando pelas ruas do Vaticano e encontrei sua mãe. Ela pediu para eu lhe trazer um presente. Bom, isso foi há alguns meses... agora eles se encontram em Olinda...

– Você anda bem informado... – elogiou Gabriel, apesar de seu tom de voz ser inquisitivo.

– Agradeço por lembrar da importância do vínculo.

– Lembrarei sempre que for necessário, apesar de você distorcer, ou ignorar as minhas palavras cada uma das vezes – argumentou Gabriel.

Aparentemente, uma discussão que atravessava milênios. Abri o presente. Era um terço de pedras verde-claras do Vaticano. Mais calma, beijei o terço. Poucos minutos depois, Lina e Cauã retornaram e se sentaram ao nosso lado.

Cristiano, como sempre, quebrou o silêncio e perguntou para Cauã:

– Não dá para iluminar só o meu quadrante? Prometo que Joana não chegará nem perto…

Cauã não emitiu um som, apenas olhou para Cristiano, que voltou sua atenção às nuvens. Sem jeito, sussurrei no ouvido de Cauã:

– Se precisar, ficarei em casa, reclusa, por outro ano.

– Não será preciso. Vamos descobrir. Ok? – ele disse e beijou minha testa. Então anunciou: – Alex faz parte da maldição. Não há o que fazer. Além do mais, precisamos nos preparar. Joana vai colocar seu plano em ação.

– Que plano? – Cristiano perguntou, curioso. O sorriso em seu rosto indicou que ele não tinha a menor ideia do que havia acontecido há alguns dias e do que estaria prestes a enfrentar.

– Mais tarde lhe conto – eu disse e fechei o assunto.

47
PORTAL

Bahia, sexta-feira, 23 de junho de 1995

– Jaci! Abra esse portal!

Agora confrontada com essas mesmas entidades, e minha promessa, escolhi agir movida pela audácia necessária. Friamente conjecturei: as entidades não representam este planeta. Elas foram adotadas. Para elas, ficar é uma escolha diária.

– Nos dê escolha! – A voz de um homem se destacou no meio da orquestra caótica de pedidos, medos e reclamações.

– O Guardião do Tempo! Temos que fugir dele! – Outra voz feminina, delicada e cheia de aflição, por pouco não fez meu coração partir; quase.

Logo em seguida, senti revolta. Afinal, eu havia decidido. Iria colocar meu plano em andamento. Daria escolha para as entidades. Ainda mais, iria elucidá-los da consequência delas.

Tomei a palavra:

– Não é sua conveniência, ou medo, que força minha decisão. Apenas noto que, apesar de tanto tempo morando neste belo planeta, junto com os humanos, ainda lhes falta o sublime toque de humanidade. Também lhes faltam coragem e a dignidade para enfrentar o inevitável. A vontade de unir-se para enfrentar uma situação de cabeça erguida; com esperança. Sacrificar-se para possibilitar uma vida para as gerações futuras. – Alguns zombaram de meu discurso. Prossegui, de forma igualmente eloquente. – Sim, muitos humanos agem como vocês, preferem dar desculpas vagas para renegar seu elemento e negam os alarmantes alertas ao seu redor. Muito, inclusive,

esqueceram o real significado de humanidade. Ora, vamos colocar o nome certo ao demônio. Este não é o medo de enfrentar o Guardião do Tempo, pois sabemos que essa figura é apenas uma desculpa para encobrir seu egoísmo e covardia. Anuncio, então, que abrirei o portal. No entanto, se vocês escolherem sair e encontrar algo pior do outro lado, não haverá volta. Meu elemento e eu asseguraremos que Ci não os aceite de volta.

Não pretendia que meu anúncio fosse visto como uma ameaça. Mas poderia ser interpretado assim. Que seja…

– Aguardem o sinal – indiquei.

• • •

Abri os olhos, ainda furiosa. Cauã apareceu pela varanda. Essas reuniões sempre nos afetavam. Estremecendo, mergulhando em uma cólera sem fim, exclamei:

– Eu não pedi esse dom! Não o quero!

Cauã me abraçou. Não falou nada, obviamente respeitando minha raiva. Após alguns minutos, quando minhas lágrimas sanaram minha raiva e devolveram minha razão, ele disse:

– Logo se sentirá mais aliviada. Você cumprirá sua promessa.

Precisava agir. Tomar coragem e agir como uma mulher, totalmente. Eu havia escolhido abrir o portal, mas meu plano era de convencer essas entidades em ficar. Um frio na barriga anunciou a gravidade do que poderia acontecer. Se não ocorresse conforme esperado, estava preparada para aceitar as consequências disso? O resultado dessa ousadia poderia ser catastrófico e eu não estava certa de que estava preparada para tamanha responsabilidade. Mordi os lábios e passei a andar sem rumo pelo quarto. Chacoalhei as mãos para suavizar o suor. Cauã me abraçou e disse:

– Ok, não tenha medo. Estou ao seu lado. – Com seus dedos em meu queixo, ele levantou meu rosto, suavemente. Encontrei seus olhos e, de alguma forma, encontrei a coragem. Assenti. – Troque-se. Conheço um lugar calmo e recluso. Posso mandar o sinal para todos nos encontrarem lá.

Demorou alguns segundos para eu reagir.

Então, assenti.

• • •

A festa estava animada. Todas as ruas decoradas, fogueira, quadrilha, música e muita comida típica e os licores, mas não era o momento de comemorar. A Lua estava ainda minguante, mas ainda conseguia escutá-la perguntando por mim. Chamei a atenção de Cauã e apontei para a Lua. Ele me pegou pela mão e nos afastamos da agitação.

No caminho, descendo a ladeira, estava uma mulher ao lado de uma criança de no máximo três anos. Uma imagem comum. Mas algo me chamou atenção. Havia uma magia na relação entre essa mulher e a criança. Meu coração amoleceu, assim como o coração da Lua. Subitamente nossos sentimentos entraram em uma verdadeira simbiose. Eu pude efetivamente presenciar e ter consciência do que a Lua sentia ao ver esse amor. Pude perceber quanto era maravilhoso poder acolher as pessoas que demonstram esse verdadeiro amor. Um amor puro, inocente, sem barreiras sociais ou vícios de aparência. A criança apontava para os enfeites de bandeiras espalhados pela rua e ria de felicidade. A mulher apontava tantas outras coisas à sua volta. Assim, a criança virava seu rosto de um lado para outro, deslumbrada com o que estava vendo. Nisso, vi um homem correr atrás dos dois, aproximando-se deles sorrindo. Beijou a mulher e pegou na mão da criança.

Murmurei:

– Eu amo. Eu sinto.

– Sim! Você ama, assim como eu, somos uma só. Finalmente estamos em sintonia! – A Lua respondeu com um tom de voz melódico, cheio de alegria.

Era a minha missão. Amar e proteger. Eu não era profunda conhecedora do amor, como Gabriel, e nem sequer tinha a força de Lina. Minha autêntica missão era inspirar a esperança naqueles que preferem a noite para produzir. Impulsionar a fé naqueles que buscam na noite um momento de reflexão. Acariciar a humanidade e adorá-la. Estabilizo esse planeta no lugar preciso para permitir vida enquanto ele roda em torno do Sol. Minha devoção gera mudanças de marés, reflito a luz solar à noite permitindo orientação, interfiro nos ciclos femininos e auxilio na fertilidade. Acaricio amantes e conforto crianças. Confortar aqueles que buscam esquecer e possibilitar renovar energias, aquecendo os sonhos daqueles que acreditam ou não na Lua; em mim.

Surgiram meus amigos. Estava na hora de abrir o portal. De agir como uma mulher corajosa e madura, apesar de estar longe de ser. Essa percepção me incentivou. Essa cena fez-me importar. Sim, eu havia feito uma promessa e, nesse momento, deixei de me incomodar com o incômodo pela urgência de ser obrigada a atendê-la. Lancei mão das minhas necessidades egocêntricas. Nesse momento, percebi quão importante era a sinergia. Manter a vida ativa neste mundo. Finalmente encontrei a motivação de que precisava para dizer:

– Estou pronta.

– As icamiabas estão vindo – Lina assegurou.

Notando a expressão confusa de Cristiano, até porque ele não esteve presente quando apresentei a estratégia, expliquei:

– Vou abrir o portal. Rodrigo vai aparecer e pedir para fechar. Então vamos pedir para ele desmascarar a confusão que criou. Tem mais. Não quero que vocês segurem ninguém no mundo. Você não poderá impedi-las de sair. Isso faz parte do plano. Vou tentar convencê-las a ficar, mas tem que ser a escolha delas!

Cristiano comentou:

– Joana, tem certeza? Existem muito poucas coisas que afetam Rodrigo. Será que ele vai realmente pedir para fechar o portal? Ou melhor, será que ele vai se interessar em vir?

Gabriel interveio, me dando o suporte necessário:

– O plano de Joana é arriscado, reconheço, mas precisamos virar esse jogo. Precisamos das entidades ao nosso lado, inteiramente e rápido. Concordam?

Silenciosamente concordaram.

Cristiano ajeitou sua postura, juntou as sobrancelhas, claramente refletindo em algo. Então disse:

– Preciso ir!

– Aonde você vai? – perguntei curiosa. Cristiano não poderia me abandonar agora. Não poderia!

Cristiano agachou, para saltar, mas antes explicou:

– Tenho conhecidos que podem facilmente plantar a sementinha do mal em Rodrigo. Precisamos de toda a ajuda necessária.

Então saltou. Olhei para Cauã, sem entender.

Cauã enrugou a testa, ao notar minha consternação. Explicou:

– Cristiano está certo. Ele… tem conhecidos. Bom. Teve uma boa ideia. – Sorriu para mim, meio sem jeito, sem querer prosseguir. Então anunciou: – Vou dar o sinal.

• • •

Aos poucos, as entidades foram se aproximando. Todas assimilavam uma forma humana, com aparência estranhamente normal. Cinco pessoas surgiram, em seguida, dez, depois cinquenta, cem e mil. Seria impossível discernir qual seria o poder que cada uma guardava. O que a denunciou foi o temor em seu rosto. Mantive-me parada, em meio à rua, compenetrada. Ao identificar alguns rostos das entidades que me atacaram na casa de Rodrigo, vacilei. Precisei controlar minha vontade de fugir porque não havia como voltar atrás em meu plano. As icamiabas já estavam posicionadas e bastante tensas. Eu aguardava uma multidão de entidades e as meninas se espalharam em cada lado. Nossa, jamais imaginei o número de entidades que viviam neste mundo. Parecia irreal. Cauã permaneceu ao meu lado, compenetrado e preparado para me proteger a qualquer momento. Cristiano, Lina e Gabriel ficaram posicionados no outro extremo. Inspirei e olhei para Cauã, que assentiu. Ele quis me passar a sensação de confiança.

– Quando quiser – Cauã disse, sem deixar de encarar cada entidade que se aproximava.

– Pode começar, Joana – a Lua anunciou.

Respirei fundo. Precisava de voz para efetivamente conseguir falar em público. A sensação de ser o centro das atenções, no meio de entidades com as quais eu não estava familiarizada, me atormentava. No entanto, estava tão certa do que ia dizer que não hesitei nem gaguejei.

– Vocês se divertem, em forma humana, com os humanos, em uma festa proporcionada pelos humanos, mas não deveriam nem estar aqui! Vocês não têm esse direito de gozar dos prazeres de Ci, neste mundo, se não o valorizam o suficiente para cuidar ou contribuir para sua renovação. – Bati no peito e disse: – Eu serei a entidade que tirará tudo isso de vocês! Seus doces, suas bebidas, sua dança e a sua vida neste mundo! Vocês merecem começar de novo! Vocês merecem ter que esperar milênios para então chegar aonde estão hoje!

Pausei. As entidades pareciam confusas e pensativas ao mesmo tempo. Cristiano começou a se animar com o meu discurso e balançou a cabeça, encorajando-me a continuar.

– Vou abrir o portal e peço para que as icamiabas se posicionem para controlar que nenhuma entidade entre neste mundo, ou retorne, caso seu desejo for de realmente sair.

Cauã se distanciou de mim. Eu me ajoelhei e me concentrei. Como da outra vez, senti meu corpo paralisar, meu coração parar de pulsar nesses instantes. Era como se ele estivesse totalmente ligado em liberar a chave. Senti as palmas de minhas mãos iluminarem e passei a ver o mundo por trás de uma lente brilhante.

Uni as palmas de minhas mãos e, assim que as liberei, senti o fluxo das partículas de poeira como se eu induzisse uma tempestade de areia. Essa poeira se juntou complexamente, como se puxada por um ímã, e, no meio da rua, o buraco foi crescendo magicamente. Uma ventania monstruosa, seguida de uma breve explosão, evidenciou o poder da massa cinzenta a nossa frente. Na retaguarda, as icamiabas cravaram as lanças no chão, criando a barreira protetora, e permaneceram atentas ao que poderia sair dali.

– Podem ir! – ordenei.

Senti uma comoção em volta, uma confusão de argumentos e discursos. Alguns gritavam, outros buscavam envolver mais alguém para saírem juntos, mas o portal, de fato, ficou lá, aberto e vazio. Por mais que falassem, nenhuma entidade realmente queria ir. Rezei para que nenhuma entidade cruzasse o portal até Rodrigo aparecer. Olhei para os céus, procurando Rodrigo. Será que Cristiano conseguiu dar o recado? A sementinha do mal, assim como disse? Ah! Rodrigo tinha que aparecer!

Então, como uma tempestade que subitamente se formou à nossa volta, em reação à fúria dos ventos pela abertura do portal, algo mudou. Antes, um céu limpo, noite repleta de estrelas e Lua cheia, agora nuvens pesadas, carregadas por relâmpagos e raios que açoitavam o ar. Antes, a ameaça era perder entidades e agora se torceu para outra vertente. Retirei as mãos da frente do portal e me assustei novamente. Isso porque tive a impressão de perder o poder sobre o portal. Para minha surpresa, ele se manteve aberto! Certamente havia outra entidade, em outro mundo, mantendo sua estrutura. Os ventos passavam por nós com tamanha violência que mal se podia permanecer em pé. A rua sem saída se tornou um funil que intensificava a força do vento. O que foi que fiz?!

Meu estômago saltou quando vi Rodrigo aterrissar, puto, ao lado do portal que crescia diante de mim. Logo aterrissaram seus filhos pelos cantos. As entidades que estavam no local se amontoaram no meio da rua.

Rodrigo gritou:

– Feche esse maldito portal!

Assustada demais com o portal, notando minha nítida falta de controle dele, não dei atenção a Rodrigo. Por que sugeri esse plano imbecil?

– Você não queria o portal, Rodrigo? – Cauã berrou para sobrepor o som ensurdecedor da ventania tomando frente, ao notar minha inatividade.

– Seu idiota! – Rodrigo rasgou a força do vento como uma fera em direção de Cauã. Priscila teve de ser imobilizada por um dos filhos, acredito que foi Túlio que a segurou. Sim, ela tinha motivos para ficar tensa. Com a fúria de Cauã, Rodrigo não teria chance desta vez.

Respirei fundo para retomar a minha concentração e foquei no portal. Precisava achar uma forma de controlá-lo. As icamiabas, Amanda e Lindalva, pareciam firmes com as lanças. Não havia chance de outra entidade entrar. Pelo menos isso!

Rodrigo cravou as mãos na gola da camisa de Cauã e rosnou:

– Instiguei o medo às entidades para distraí-las. Fiz uma negociação! Apenas isso! – Rodrigo deu um soco no rosto de Cauã, que se manteve irremovível, inabalável. – Joana tinha de ser transportada naquele portal! Era a minha única chance! Ou ela, ou eu!

Meus olhos se arregalaram. Gabriel sorria. Isso porque Rodrigo acabou confessando às outras entidades seu plano, em uma prova clara de que não havia Guardião do Tempo. Meu plano deu certo. Senti uma onda de alívio tão imensa que me fez gemer. Esse alívio foi tão intenso que poderia ser comparado à retirada de um objeto que obstruía minha respiração.

– Imbecil – Cauã provocou Rodrigo. De fato, ele havia acabado de expor a todas as entidades, agora furiosas, que as manipulara todo o tempo, com a ajuda de seus filhos. Encarei Priscila. Ela olhava com muita tensão cada entidade. Todas com uma expressão de ira diante da confissão de Rodrigo.

Priscila se soltou de Túlio e correu ao meu encontro. Ela apontou para o portal em pleno desespero. Algo acontecia além da ameaça de perder as entidades. Ela berrava algo que eu não conseguia discernir em meio à ventania, porém lia em seus lábios que ordenava para que eu o fechasse. Eu a encarei assustada e não conseguia entender por que o portal se mantinha aberto e como perdi o controle sobre o portal. Era como se tivesse tomado uma vida própria. Apenas instiguei sua abertura e ele tornou a sua forma imponente, intimidante e massivamente espessa, independente da minha vontade ou poder. Os ventos tornaram a reagir ao portal. Vórtices nervosos de vento passaram em torno de nós.

Precisava sentir firmeza sobre meu corpo e, com o vento à minha volta, era um verdadeiro desafio. Já havia conseguido o meu intento, agora precisava fechar o portal. Iniciei o movimento para a palma de minhas mãos resgatar a poeira acumulada e, com isso, iniciei o processo. Priscila se distanciou, preocupada. Rodrigo e Cauã se encararam, prontos para entrar em combate físico. Pelo visto, a situação esquentaria em breve. Rodrigo, tremendo de raiva, enquanto cutucava Cauã no peito, disse:

– Um dia, você vai pedir a sua morte. Isso é inevitável. Nesse dia, eu poderei até ser cordial com você e lhe dar o seu pedido, mas, antes disso, quero que você agonize. – Aproximou-se, encarando profundamente os olhos de Cauã, e disse. – Por prazer.

Em meio àquele ambiente hostil, o ódio entre os dois evidenciava-se claramente. Gabriel se enfiou no meio, e com uma incrível força ele empurrou ambos simultaneamente, com seus dois braços, cada qual para um lado. Boquiaberta, testemunhei Cauã colidir e quebrar parte da parede de um prédio e Rodrigo também colidir e quebrar a parede do prédio do outro lado.

Rodrigo demorou para levantar. Gabriel saltou ao encontro de Cauã e lhe disse algo. Isso o fez se acalmar, um pouco.

Gabriel estava certo. Se entrassem em combate, desencadeariam um evento de total descontrole, já que todas as entidades de suporte estavam ávidas para se vingar dos filhos de Rodrigo. Tentei não me distrair com o clima agonizante que precedia uma batalha.

Rodrigo, por sua vez, levantou e ajeitou suas roupas. Observou à sua volta, cercado por essas entidades. Cauã, ao notar a precária situação do oponente, virou as costas e seguiu em minha direção.

– Feche o portal – ele lembrou. Assenti e ajoelhei. Sem querer racionalizar o que possa ter mantido o portal aberto, passei a sugá-lo com força.

Rodrigo saltou atrás dele e lançou seu braço no pescoço de Cauã, dando-lhe uma chave de ferro. Senti a poeira finalmente entrar em minha mão e gritei com a dor e a agonia de testemunhar mais uma vez uma luta se iniciar entre Cauã e Rodrigo. Foi então que Cauã cravou as mãos por trás da camisa de Rodrigo e o lançou para frente. Rodrigo voou por cima de Cauã e pousou no chão. Cauã manteve-se imóvel, imponente, parece que seus músculos incharam com a raiva que fulminava em seu corpo. No entanto, ele estava atrás de mim, em pé, em frente à poeira, completamente exposto. Para o meu desespero, testemunhei uma pequena estrutura de ferro surgir do meio do portal em direção de Cauã. Gritei. Ela ia atingi-lo! Para a minha surpresa, Rodrigo, que já corria em direção a Cauã para continuar a batalha, sem perceber a ameaça, acabou passando em frente e foi atingido por ela no ombro. Ele caiu no chão, berrando e curvando-se de dor. Finalmente senti o portal fechar e paralisei, perplexa com a dor de Rodrigo. Todos estavam pasmos! Era agoniante vê-lo nesse estado. Priscila se aproximou chorando, enquanto ele berrava e agonizava como um homem jamais fez. Seus músculos saltavam, se desfiguravam, e seus olhos reviravam com desespero.

Rodrigo evoluía. Uma péssima notícia.

Então, o cara de casaco preto longo – acredito ser Luisón – surgiu entre nós, assustando todos. Abraçou Rodrigo e desapareceu.

48
A FESTA ACABOU

BAHIA, SÁBADO, 24 DE JUNHO DE 1995

Vejo-me em uma sala escura, novamente. Mentalizei para poder participar da reunião.

– Quero me desculpar. Fui movido pelo medo. – É a voz de um homem. – Confesso que, se tivesse saído, teria me arrependido amargamente.

– Jaci abriu o portal para dar opção a todos – Gabriel explicou. – Quero agradecer a ela por ter tido uma atitude corajosa. Confesso que foi difícil aceitar de início.

– Obrigada – respondo. – Estou muito feliz que vocês escolheram ficar e lutar conosco.

– Jaci, estou muito orgulhoso de você – É a voz de Cauã. – Percebo que a sala está cheia. Suponho que estão prontos para o trabalho.

Consenso geral. Confesso que eu estava inflada de orgulho, além de aliviada pelo resultado de minha audácia.

– Então vamos ao que interessa – a voz de um homem, imponente, o qual eu ainda não conheço, falou. – Não aguento mais ter que trazer entidades do primeiro estágio de desmantelamento. Ontem peguei uma já entrando no segundo estágio! Não sei nem como consegui.

– Ok. Obrigado, Caaporã – Gabriel anuncia. – Vamos nos dividir. Precisamos nos aproximar de pessoas que tenham alguma influência, voz ativa. Podem ser cientistas, jornalistas, políticos, escritores, músicos, empresários e outros. Precisamos orientá-los e passar nosso recado.

A discussão desenfreada entre as entidades dava a verdadeira impressão de que elas estavam se mobilizando.

Então ouvi mais uma vez Cauã:

– Vou enviar, pelo Sol, a energia e a harmonização de que todos precisam para assumir essa importante tarefa. Agradeço a todos pelo encontro. Anuncio, portanto, o início de nosso foco no alinhamento que ocorrerá em breve. Precisamos nos preparar. Juntos e aliados com os humanos, vamos reavivar esse mundo e retomar o equilíbrio, afinal.

• • •

Abri os olhos e me encontrei sozinha no quarto de hotel, como de costume. O dia estava apenas começando e ainda estava um pouco nublado. Também, após energizar todas as entidades, ele deveria estar cansado. Não consegui comemorar a sinergia. Depois que vi Rodrigo agonizar, só consegui repetir esta mesma frase: "Rodrigo evoluiu". Assim que vi Cauã entrar no quarto, com semblante iluminado, meu coração amansou um pouco. Então lembrei-me do portal e disse:

– Em algum momento, achei que não tive controle sobre o portal.

– Não teve. Era esse o meu medo. Bem, ao menos isso me provou que há uma real ameaça estrangeira vindo em nossa direção. Precisamos investigar mais sobre isso.

– Essa entidade estrangeira conseguiu seu intento. Rodrigo evoluiu.

– Não... ela apenas puniu Rodrigo porque ele não quis fazer parceria. Por isso precisamos investigar mais sobre essa ameaça, mas não agora. Apenas não abra mais o portal. Combinado? – O tom de voz de Cauã era tão iluminado quanto sua expressão.

Concordei. Ele prosseguiu:

– Nesse momento, Rodrigo apenas sofrerá aquela evolução, o que o lembrará de como o processo é doloroso. Então levará outros milênios para se descuidar novamente. Agora, vou seguir o exemplo dessa entidade estrangeira e puni-la por ter sugerido um plano tão arriscado.

Ele me agarrou pelos braços, segurou minha cabeça e castigou a ousadia de meu plano com um beijo na boca.

49
MILAGRES ACONTECEM

Bahia, sábado, 24 de junho de 1995

Já era hora do almoço quando decidimos nos encontrar com o grupo no restaurante. Gabriel e Cristiano já tomavam suas caipirinhas enquanto Lina tomava seu vinho. Todos se viraram, assim que perceberam nossa presença.

Lina me deu um abraço e disse:

– Como estou orgulhosa!

– Estamos! – Gabriel falou.

Sentamos nas cadeiras em volta da mesa onde nossos amigos estavam.

– Confesso, foi por pouco. Se aquela estrutura de ferro pegasse em Cauã, estaríamos encarando a morte do Sol – Cristiano comentou animado.

Arregalei os olhos e os direcionei a Cauã, que riu, acariciou minhas costas em um gesto de conforto e me disse:

– Outro dia lhe explico. Tudo em seu tempo. Você ainda está digerindo o fato de Rodrigo sofrer sua evolução. – Cauã se virou aos amigos e disse: – Aquele ataque, a negociação, enfim... sobre a ameaça estrangeira, precisamos investigar.

– Não vamos esquecer Alex – Lina disse. Estremeceu e se corrigiu: – Angélica.

Perguntei:

– Conte, Cristiano. Você chegou a plantar a sementinha do mal em Rodrigo?

– Lógico – ele respondeu. – Rodrigo não veio? Não estava doidinho para você fechar o portal a ponto de abrir seu bico e tagarelar tudo de uma só vez?

– Como você fez isso?

Cristiano riu, bateu em suas coxas de forma descontraída e respondeu:

– Isso, minha cara, faz parte dos meus segredos!

Lembrei-me do comentário de Rafaela quando ela me disse que parte do charme de Cristiano girava em torno de sua discrição. Isso me fez rir.

Com isso, a conversa tomou um rumo totalmente diferente das outras conversas que tínhamos antes. Sim, tínhamos o problema de minha estranha e obscura energia. Também queríamos saber se Alex... Angélica estava bem. Também torcíamos para que o Príncipe Teiú finalmente dissolvesse a sua maldição, mas não tínhamos a menor ideia do que aconteceria depois disso. No entanto, agora tínhamos um ponto a nosso favor, as entidades estavam ao nosso lado e isso fazia toda a diferença no mundo!

Meu celular tocou. Era minha mãe.

– Filha, tenho uma notícia maravilhosa! Estou grávida!

Distanciei-me do grupo. Precisava de certa privacidade.

– *Papai não pode engravidá-la* – sussurrei, ao constatar. – *Como?*

– *Milagres acontecem!*

– *Papai fez algum tratamento?* – perguntei, dando de ombros.

– *Você conhece seu pai! Jamais faria! Mas aconteceu um verdadeiro milagre!*

– *E bota milagre nisso!* – Comentei, sem querer expor as outras possibilidades que poderiam ter levado minha mãe a engravidar. Notando a alegria dela, elevei minhas sobrancelhas e disse: – *Parabéns?!*

Não consegui evitar o tom questionador, ele simplesmente saiu. Após tantos e tantos anos de casamento, em uma idade já avançada, minha mãe engravida de um homem que... Bom, em tese, deveria ser estéril.

Desliguei agitada. Andei de um lado para outro. Decidi dispensar a possibilidade de como ela foi engravidar e pensando no que realmente interessava. Seria irmão ou irmã? Menino ou menina? Com o pensamento, saltei e comemorei com os punhos cerrados, como se tivesse ganhado uma partida de jogo.

– O que houve? – Lina perguntou, aos risos.

– É um mi-milagre! – gaguejei, mas consegui falar. – Joamir sempre foi estéril!

Cauã engasgou em sua caipirinha.

– Rummm... – Limpou a garganta. Balançou a cabeça, para recuperar-se, e socou seu peito. – Nossa – reclamou e perguntou. – Você não é filha de seu pai?

Neguei e dei de ombros.

– Não biologicamente, mas sou filha dele. – Apontei um dedo para cada um dos presentes: – Não deveria ter contado isso para vocês.

– Nem para mim? – Cauã perguntou, claramente ofendido.

– Nem para você! – suspirei, frustrada com minha indiscrição. – Vocês conheceram o Sr. Joamir! Perceberam que ele não e fácil! Minha mãe não gosta de que eu diga que não sou filha de Joamir. É um assunto familiar. Então... é como se eu não tivesse dito. Ok?

Cauã encarou Gabriel, que encarou Cristiano, que fez um gesto indicando que estava selando a boca e jogando a chave fora. Lina arregalou seus olhos, reflexiva.

– Mas isso não é o que quero dizer! Prestem atenção! Minha mãe acabou de ligar! – anunciei para Cauã. Este, consternado, confuso, atônito, me encarou boquiaberto. Notei claramente que havia algo que ele queria dizer. Varri a reação exagerada de Cauã com a mão. Jamais me preocupei com o fato de Joamir não ser meu pai biológico. Não havia motivo algum de criar um alarde sobre o assunto. Então disse: – Ela está grávida!

Parei subitamente, assustada quando Cristiano engasgou. Ficou vermelho, bateu em seu peito, no esforço para se recuperar. Seus olhos lacrimejaram. O último trago em sua bebida havia descido por vias "impróprias". Lina e eu batemos em suas costas, quando o engasgo, enfim, foi vencido e Cristiano respirou. Teria que contar a boa notícia outra vez, mas pedi que ninguém bebesse por um instante.

GLOSSÁRIO DE NOMES E TERMOS PRÓPRIOS

Terminologia

Caixa de Rudá – Uma caixa de bronze desenvolvida por Rudá para abrigar temporariamente os poderes de Guaraci, a fim de ele poder consumir seu amor sem oferecer perigo ao companheiro (ou companheira).

Chave – Um dom. Habilidade flutuante que infecta uma entidade, por tempo determinado porém de duração desconhecida. Tal poder dá à entidade a capacidade de abrir ou fechar qualquer portal espontâneo.

Ci – O nome dado a um planeta que abriga a natureza, permitindo a diversidade de vida.

Desmantelar – O ato de abrir mão da vida orgânica, da vida como humana e assumir a forma imaterial junto ao elemento original, mantendo a memória latente de todas as vidas passadas e escolhendo o melhor momento para retornar à vida humana, se quiser retornar.

Entidades de suporte – Imprevisíveis, mas fascinantes. De fato, todos os outros seres, além das entidades primárias e secundárias, são considerados entidades de suporte. Cada ser representando algo, mesmo sem a intenção de fazê-lo. No entanto, pela força de uma entidade primária, altera-se a representação de uma entidade de suporte. Cada uma com poderes diferentes, de acordo com sua representação. Uma entidade primária pode também alterar a representação de uma entidade de suporte, mas há consequências nesse caso. Isso porque, por um tempo determinado, a entidade secundária assume, em parte, o dom do outro.

Entidades primárias – Entende-se que seja o nível primário o máximo de evolução que uma entidade possa alcançar, apesar de nada haver impedido a evolução maior. Quando a entidade evolui para a condição primária, torna-se tão complexa que não pode se materializar em um organismo vivo único por muito tempo e o tempo parece não ser suficiente para chegar ao nível de energia pura. Elas se responsabilizam pela harmonia dos elementos em diversos mundos e não se atêm a um sistema solar único.

Entidades secundárias – Seres que evoluem seus dons impactantes em um sistema solar específico. Podem representar um astro ou condição, são poderosos e responsáveis por harmonizar o sistema, para permitir vida, e também podem orientar as entidades cujo poder se encontra no nível de suporte.

Entidades superiores – Energia pura, cuja força existe e sempre existirá no universo e está além da compreensão. Um nível de desenvolvimento acima das entidades primárias; a maioria das entidades deixa de existir muito antes disso.

Portal espontâneo – Um caminho entre dois mundos. Uma espécie de buraco de minhoca que se abre espontaneamente no espaço, como uma espécie de furacão, diferentemente do que se abre com a chave. Transporta qualquer entidade para outro mundo. Infelizmente, não há controle sobre qual mundo será conectado pelo portal espontâneo.

Portal físico – Age como o portal espontâneo, mas há total controle do destino. Uma espécie de porta cravada em uma estrutura física (usualmente pedras) que é aberta com uma pedra preciosa que já determina o destino. Cada pedra preciosa representa um mundo específico (planeta ou astro).

Nomes próprios

Anhangá (entidade primária) – Conhecido como Buraco Negro. Um monstro que tem a capacidade de destruir a matéria e o tempo.

Ao-Ao (entidade de suporte) – Sexto monstro lendário. Filho de Tau e Kerana. Incumbido pelos montes e montanhas.

Aracy (entidade primária) – A Grande Mãe, com o modelo de vínculo incondicional, estimula a sinergia.

Boto-cor-de-rosa – Ver Uauiara.

Caaporã (entidade secundária) – Apesar de seu temperamento explosivo, tem a importante tarefa de proteger as matas e os animais.

Caupê (entidade de suporte) – Representa a beleza física.

Cuca (entidade de suporte) – Poderosa feiticeira que negocia porções e encantamentos.

Entidades de Ci – Seres humanos, entidades da mãe natureza, da Terra. Puro mistério para todas as outras entidades, pois não carregam intacta a memória latente de sua existência. Não desmantelam, eles morrem. Destacam-se por terem vida curta. De certa forma, eles são um mistério para si mesmos.

Guaraci (entidade secundária) – O Sol, estrela central do sistema solar. Seu calor preenche todos os elementos. Seu magnetismo clareia os sentidos, penetra na alma e emana direcionamento. Força que envolve os elementos e suas entidades como uma manta, uma energia irradiante provendo orientação para que todas as entidades e seus elementos trabalhem em benefício mútuo. Atua como mediador e influencia a simbiose. Já impactante por natureza, nasce como entidade secundária.

Iacy (entidade de suporte) – Incube-se de proteger. Chefe das icamiabas. Ela as escolhe, nutre, orienta.

Iaras (Entidades de suporte) – Ninfas das lagoas, que seduzem e amortecem os sentidos com seu canto. São criadas pelas entidades do mar. Geralmente são criadas pela Uiara ou pelo Ipupiara. Quando são criadas pela Uiara, são livres, quando são criadas por Ipupiara, são escravas.

Icamiabas – Grupo de mulheres guerreiras, orientadas pela Iacy. Conhecidas como amazonas, elas recebem a permissão de Tupã para viver uma vida milenar, com memória intacta para se dedicarem à sua luta.

Ipupiara (entidade secundária) – Entidade do mar que se perdeu. Uma espécie de criatura mágica. Um feiticeiro, já que prefere viver sem representar um elemento ou condição. Alimenta-se de carne humana e cria escravas para seduzir e delas se alimentar.

Jaci (entidade secundária) – A Lua, entidade com uma energia atraente. Influencia a natureza, a fertilidade e a maternidade. Grande inspiradora do amor e renovação. Amante das crianças e da inocente simplicidade. Detentora de sensualidade extrema que irradia magia, enfeitiça e protege os amantes ou a natureza e todas as formas de amar. Sensível, passional e curiosa, ela se apaixonou pelos encantos da Terra, orbitando-a para observá-la atentamente e contemplar a vida.

Jaci Jaterê (entidade de suporte) – Quarto monstro lendário. Filho de Tau e Kerana. Representa a amnésia. Isso porque, antigamente, ele buscava inocentes sozinhos, coloca-os em um transe e depois lhes dá um beijo que retira sua memória.

Kerana (entidade de suporte) – Perigosa e traíra, antes uma entidade de Ci e, após unir-se a Tao, meramente atraída pelo poder destrutivo do parceiro, foi amaldiçoada com parte de seu poder. Dessa união surgiram os sete monstros lendários: Teju Jaguá, Mboi Tu´i, Moñai, Jaci Jaterê, Kurupi, Ao-Ao, Luisón.

Kurupi (entidade de suporte) – Quinto monstro lendário. Filho de Tau e Kerana. Quem impulsiona a luxúria e violência pelos artifícios da sexualidade. Também induz fertilidade e preconceito.

Luisón (entidade secundária) – Sétimo monstro lendário. Filho de Tau e Kerana. É responsável por conduzir aqueles que perderam a vida. Apesar de filho de Tau, de ser considerado um dos sete monstros lendários. Não é essencialmente cruel. Ele é a entidade de passagem, que conduz as almas para o seu destino. Curioso, instiga o filme da vida das almas e contempla a seu lado como um curioso espectador. Passional, busca emanar a paz e o sentimento de conclusão durante o processo. No entanto, quando ele encontra uma alma ruim, mostra o seu lado destrutivo, fazendo jus ao macabro termo "monstro lendário".

Macaxera (entidade de suporte) – Grande guerreiro. Entidade da guerra. Um grande estrategista.

Macunaíma (entidade de suporte) – Grande trapaceiro. Um feiticeiro poderoso e oportunista.

Mairata (entidade de suporte) – Um gênio e grande instigador de soluções.

Mantinta Pereira (entidade de suporte) – Uma senhora que vaga pelas matas e bosques. Ela carrega uma maldição que é sua própria perdição. Sua obsessão é oferecer sua maldição a quem a aceita. Assim o faz perguntando indiscriminadamente: "Quem quer?". Se encontrar uma pessoa em desespero e que responda "Eu quero!" achando que é a solução para algum problema, ela volta à sua forma antiga e presenteia a outra com sua maldição.

Mboi Tu´i (entidade de suporte) – Segundo monstro lendário. Filho de Tau e Kerana. A quem ficou incumbida a fúria das águas e criaturas aquáticas.

Moñai (entidade de suporte) – Terceiro monstro lendário. Filho de Tau e Kerana. Obsessão que se instala pelos campos abertos, já que neles está a verdadeira vulnerabilidade dos corajosos.

Neguinho do Pastoreio (entidade de suporte) – Incumbem-no de achar objetos perdidos.

Nhanderuvuçu (energia pura) – Força que existe e sempre existirá no universo e está além da compreensão.

Pisadeira (entidade de suporte) – Uma senhora perdida, perigosa, gulosa. Feitiçeira, já que não representa elemento ou condição. Gosta de se alimentar da respiração de quem dorme, às vezes asfixiando suas vítimas.

Rudá (entidade secundária) – Entidade detentora do divino dom de compreender o amor em todas as suas formas. Uma inteligência rara, um guia, um conselheiro e um mestre na arte de amar, solucionar, criar e vincular. Um poderoso ser que detém parte da energia de vida e seu propósito. Algo capaz de fazer brotar vida com o milagre do liame entre duas matérias. Uma de suas missões seria despertar o amor para proporcionar vínculo, encantamento que impulsiona o respeito e a adoração entre os demais e a si mesmo. Um dom que deve ser medido com virtudes e valores. Pela sua importância, surge como Entidade Secundária.

Saci (entidade de suporte) – Uma eterna criança. Nasce de uma gestação que dura sete anos na cana-de-açúcar. Nasce sem uma das pernas, característica única de seu porte e conhece ervas medicinais. No entanto, ele se transporta em meio ao vento e, quando o faz, gera um verdadeiro ciclone que destrói tudo em volta.

Tau (entidade secundária) – Antes era um Guardião, ou uma poeira advinda, aprisionado em Anhangá, e que se libertou. Quando isso acontece, ele se transforma em poeira de puro ferro, isto é, um aglomerado de ferro que vaga no universo em busca de uma forma para se instalar e consumir, assim como Anhangá, aquilo em sua volta. Então, ao encontrar um local para instalar e consumir, escolhe a forma de Tau, um poderoso líder por natureza e péssima notícia para o astro que o recebe. Uma bomba-relógio cujo poder se torna mais destrutivo a cada evolução. Mas ele evita a evolução, por temer a profunda dor física que corrói cada célula de seu corpo durante o processo. Talvez a dor seja um mecanismo de defesa do universo para controlar a ambição dessa entidade perigosa, o único que sofre fisicamente a cada evolução.

Teju Jaguá (entidade de suporte) – Primeiro monstro lendário. Filho de Tau e Kerana. A quem ficou incumbida a sorte daqueles que teimam em se aventurar em cavernas, além de prover de frutas, provavelmente para lembrar Kerana de sua fraqueza, já que, quando ainda era humana, ela foi convencida a seguir Tau após experimentar o gosto de uma fruta.

Tupã (entidade primária) – Harmoniza o ambiente para proporcionar vida. Um dos meios pelo qual Nhanderuvuçú envia suas mensagens; é o único que consegue desvendá-las. Manifesta-se por raios, trovões, relâmpagos e tempestades como um grande mensageiro.

Uauiara (entidade de suporte) – O boto-cor-de-rosa como forma original. Cuida e representa os animais marinhos. Uma personalidade extremamente impulsiva, amante das mulheres e incapaz de se controlar diante da formosura feminina. Como se a natureza fosse uma mulher vaidosa e quisesse retribuir a sua admiração, presenteou-lhe o dom especial de persuadir e manipular. Um sedutor irresistível, um bruxo que manipula sentimentos. Utiliza seu poder de galanteador para persuadir mulheres e possuí-las com uma maneira peculiar de fazer as conquistas.

Uiara (entidade secundária) – A brisa suave do mar, a incerteza da corrente das lagoas, o romântico brilho refletido das águas que acaricia os olhos de quem quiser contemplar sua formosura. O complexo emaranhado dos rios tem uma entidade que mantém em si o amor incondicional.

FONTE: Electra LT Std
IMPRESSÃO: Paym

#Talentos da Literatura Brasileira
nas redes sociais

novo século®
www.novoseculo.com.br